我有一派山水偶像

江月年年 著

上册

青岛出版社
QINGDAO PUBLISHING HOUSE

图书在版编目（CIP）数据

峨眉派偶像 / 江月年年著. —青岛：青岛出版社，
2020.7
ISBN 978-7-5552-8859-6

Ⅰ. ①峨… Ⅱ. ①江… Ⅲ. ①长篇小说—中国—当代
Ⅳ. ①I247.5

中国版本图书馆CIP数据核字(2020)第059054号

书　　名　峨眉派偶像
著　　者　江月年年
出版发行　青岛出版社
社　　址　青岛市海尔路182号（266061）
本社网址　http://www.qdpub.com
邮购电话　18613853563　13335059110
　　　　　0532-85814750（传真）　0532-68068026
责任编辑　李文峰
特约编辑　龚雅琴
校　　对　宋　芸
装帧设计　蒋　晴
照　　排　梁　霞
印　　刷　三河市良远印务有限公司
出版日期　2020年7月第1版　2020年7月第1次印刷
开　　本　16开（640mm×920mm）
印　　张　36
字　　数　390千
书　　号　ISBN 978-7-5552-8859-6
定　　价　65.00元（全二册）

编校印装质量、盗版监督服务电话　4006532017　0532-68068638

建议陈列类别：畅销·青春文学

峨眉派偶像

目录【上册】

峨眉派偶像

目录【下册】

第一章

剑光初起　侠女下峨眉
欲求万金　偶获女团名

灵山胜境，云迷蜀岭，一道金光破开万丈雾海，直戳云霄。

楚瑞清抬头一看，便见悬空的古剑裹着光芒，颤动着发出嗡鸣。它像是拥有自己的意识，想要飞向天边，用山间大雾遮盖身影。

“大师姐！”

楚瑞清听见师妹担忧的声音，冷静地甩出纸剑，轻松地翻身而上，稳稳立在半空中，镇定地说道：“小贝，我去追剑，你待在阁里别出来。”

楚瑞清身着白衣，束发如墨，踩在脚下的纸剑竟离地一米，颇有御剑飞天的仙人姿态。她乃峨眉派内门大弟子，师承云蒙真人，跟同门师弟、师妹修行于峨眉云岭阁，今日正是她拔剑的日子。

按照门内规矩，学成的弟子可在剑冢中拔出命定之剑，替代以往练习用的纸剑。楚瑞清作为大弟子，是同辈中第一个拔剑之人，无奈师父云蒙真人正在闭关，没人为她护法，她只得独自降服古剑。

这古剑很不安分，不但生来傲气十足，还颇为狡猾。它跟楚瑞清大战数回合，发现不敌对方，竟产生溜走的念头，找准机会便冲向云雾！

“想跑？”楚瑞清不由得挑眉，指尖微动，乘着纸剑俯身追去，循着那淡金的剑气，纵身冲向翻滚的云雾。

底下的师妹小贝眼看楚瑞清飞身离开，急得在原地跳脚，大声喊道：“大师姐，不能飞！不能飞！”

峨眉景区的管理人员上回就警告他们，不允许在山间练习御剑之术，怕引起游客恐慌。三师兄阚和好不容易出面摆平此事，当时对大家千叮咛万嘱咐，如今大师姐又忘了！

楚瑞清眼中只有古剑，哪顾得上小贝的喊叫，一眨眼便消失在雾海山间。

峨眉山雄伟秀丽，其中时开时合的云海颇为有名，白茫茫的云雾在山岭中飘移，直让山间的青葱翠绿半遮半掩，别有一番滋味。山边的游客本在拍照，却见云雾中闪现金光，一道身影飞驰而过，不由得诧异地揉了揉眼。

“那是什么？是不是有人飞过去了？”那人难以置信地问道。

“胡说八道，你看到的是猴吧，这里的猴凶得很！”同行人笑笑，显然并不相信。

今日云雾正浓，御剑的楚瑞清借助云海的遮掩，并未引起什么恐慌。古剑见她紧追不舍，骤然提速，朝着东北方向冲去，速度之快，竟连凡人的肉眼都看不清。

楚瑞清自不会相让，当即朝它追去，无奈纸剑资质不敌真剑，一时半会儿追不上。

云岭阁内，小贝焦虑地来回踱步，久不见大师姐归来，顿时方寸大乱。她在门内年纪最小，修为低微，帮不上大师姐的忙，然而师兄们又不在，她一时束手无策。

“小贝，快过来，看我带什么回来啦！”门外，低沉愉悦的男声响起，阚和抱着崭新的铁牌进屋，上面还刻着“川蜀非物质文化遗产峨眉武术示范点”。

小贝看到三师兄回来，像是瞬间找到救星，带着哭腔说道：“三师兄，不好啦！大师姐上天了！”

阚和心想：这是什么怪招，师姐不早就学成御剑好多年，怎么又开始瞎飞？

小贝磕磕巴巴地将来龙去脉说完，从楚瑞清拔剑到古剑逃窜，直让阚和眉头越皱越紧。阚和连忙占了一卦，卜算大师姐的方位，然而得知结果后，脸色越发难看。

阚和不安地问道："师姐离开前带钱了吗？"

小贝满脸天真，理直气壮地回答道："师姐几十年没下山，怎么会带钱？"

阚和："……"

两人对视一眼，像是想起关键问题，都陷入了沉默。

修行之人寿命极长，外貌更不受岁月影响，楚瑞清常年待在山中，对外界的认知怕是停留在第二个千禧年之前。她对如今人类社会的了解，恐怕跟二师兄不相上下。此处顺带一提，他们的二师兄是峨眉山上的猴王，是猴不是人。

小贝迟疑地说道："师姐那么厉害，应该没问题……吧？"

大师姐楚瑞清修为精深，又向来靠谱持重，在小贝心目中无所不能。虽然师姐对外界一无所知，但她聪颖好学、有勇有谋，估计没几个时辰便能飞回来。

小贝和阚和现在出去追人，肯定赶不上。他们只能在云岭阁内惴惴不安地等待，浑然不知御剑的楚瑞清速度可媲美现代高铁，已经踏上遥远的旅程。

天空中，楚瑞清紧追古剑，竟一举冲出川蜀地区。成语一日千里，生动地形容了她的现状。如果是往日，她离奇地悬浮在空中，恐怕早有市民举报，被人当作不明飞行物打下来，好在沿途省份雾霾严重，竟没人注意到头上高速移动的小点。

她乘的是师妹小贝制作的纸剑，纸剑本身是门内用于练习的武器，跟难以被驯服的真剑没法比。双方追逐数小时仍不分胜负，周围逐渐下起小雨，烟雨蒙蒙。

楚瑞清感受到清凉的雨滴，不由得抿了抿嘴唇，加速冲上前。纸剑不能长期泡水，她必须速战速决！

京西别墅内，淅淅沥沥的小雨敲打着落地窗，黑发的苍白青年坐在轮椅上，遥望远方的流水。他的头发略长，眼神阴郁，脸上透着几丝病态，双腿上盖着厚厚的羊毛毯，上面还放着一本《倚天屠龙记》。

他安静地听着窗外的雨声，望着外面的雨景出神，看晶莹的雨滴从绿叶上坠落。

管家贴心地上前，将微微敞开的窗户合上，低声道："二少爷，回屋休息吧。"

青年见雨声被隔绝在外，隐隐有些不快，抬眼望向管家，慢悠悠地说道："我在自己家里，还没资格选择待在哪儿？"

管家迟疑地答道："当然不是，只是雨天吹风，很容易着凉……"

这话听上去关怀备至，却不知为何刺激到了对方敏感的神经。青年当即暴怒，愤愤地捶腿，歇斯底里地喊道："我这样的身子，跟雨天有什么关系？就算每天是晴天，不也说没就能没？你们不都盼着吗？最好让我连口气都别透，死了才算好！咳咳，咳咳……"青年一口气骂完，便剧烈地咳嗽起来，咳得上气不接下气，面庞毫无血色，看上去相当虚弱。

"您不要胡思乱想。"管家面露无奈之色，伸手递去温开水，却遭到对方拒绝，只能担忧地说道，"二少爷，保持心情愉快，才有利于病情的恢复。"

"哼，这话我自出生起就听，二十几年来却越病越厉害。"青年冷笑着说道，显然并不认同管家的话。这副劣质、孱弱的躯壳，束缚了他二十多年，现在仍毫无改善。

管家微微叹了口气，望着偏激、倔强的二少爷，实在无法再劝。二少爷自小便被病痛缠身，从未尝过健康的滋味，偶尔换季、变天，或者柳絮、沙尘，都能让他大病一场，致使他的性格越发古怪。

二少爷有时安静异常，捧着武侠小说便能读一整天；有时又阴阳怪气，一言不合便暴躁地大骂，让周围人如履薄冰。管家偶尔却能理解他的想法，其实他现在是只能在温室中静养的将枯之草，心中唯余绝望。

青年平复刚才的咳嗽后，突然说道："我要出去。"

管家皱眉："可外面在下雨……"

青年的眼神凉如寒冰，他淡淡地说道："非要我重复第二遍吗？"

管家最后无可奈何地服软，温言道："那我陪您出去走走。"

青年断然拒绝："不要你，保镖就行。"

管家不能违抗他，只能对保镖千叮咛万嘱咐，目送保镖推着二少爷出门。

户外的小雨没停，别墅区内草木茂盛，宁静异常。两人在屋檐下躲雨，保镖站在一侧，病弱的青年坐在轮椅上。青年畅快地吸入一口饱含雨水味道的湿润空气，像是闻到自由的味道。

青年指着不远处的草丛，忽然发问："那是什么？你去看看。"

保镖没看出二少爷所指方向的异常，犹豫地说道："好像没什么……"

青年挑眉嘲道："这么敷衍我？"

保镖眼见二少爷要发怒，只能硬着头皮打伞去查看。因为二少爷身体不好，平时步行很少，别墅区内又安全，保镖便没太担忧。他打伞回来时，却发现原本坐着人的轮椅上空荡荡的，二少爷不知所终，顿时吓得魂飞魄散！

雨点滴滴答答，青年生怕被人追上，强忍肺部灼烧般的感觉，冒雨朝目的地奔去。他并不是残疾，只是前不久生了场大病，才乘坐轮椅出行。如今他狂奔几步便浑身难受，但内心涌出的对自由的向往，却让他打起精神来。

什么病痛，什么静养，什么二少爷，全都滚蛋吧！

他想，他已经束手束脚地活了二十多年，倒不如放纵一把，然后毫无遗憾地死去。他才不要做病态、孱弱的提线木偶，他也要像其他人一样，在外面随意地跑！

他最喜欢跌宕起伏的武侠小说，羡慕书中人物矫捷的身手和健壮的体魄，向往荡气回肠的江湖故事。然而，现实中的他是病床上的废物，甚至能被一阵风吹倒。身边的人每天对他嘘寒问暖，反而让他心中的厌烦和不甘更深。为什么只有他如此？

他不需要同情，更懒得搭理虚假的同情，只想痛快地燃烧一回！

青年跑到高桥上时，已经浑身湿透，亲眼看着雨中烟雾缭绕的美景，难以克制胸腔中的兴奋。过去，没有人允许他出行这么远，他只能在室内遥望高桥，今天的他却站在桥上。

即使他明天高烧致死，也算没有遗憾了。

他望着桥下的流水，眼眸中波光潋滟，不知想到什么，小心翼翼地越过桥身。

他只是稍微靠近一点儿，应该没关系吧？

常言道，不作死就不会死。初出茅庐的二少爷过于亢奋，开始在危险的边缘试探，做出幼儿园小孩儿都不会干的离谱举动，最终乐极生悲。

布满滑腻青苔的桥面沾满雨水，他一脚踩空，跌下高桥，向下栽去！

嗡嗡——

他还没来得及惊呼，刚感到可怕的坠落感，身边就有旋风袭来。

下一秒，他被拎住后领，稳稳地悬浮在空中。他诧异地瞪大眼，看着面前飞过的一把散发着金光的古剑，随即听见悠远的嗡鸣声。

楚瑞清一手背在身后，沉着地停在纸剑上，跟不远处的古剑对峙！

她和古剑激战数回合，古剑却突然俯身向下冲。她只得也从高空中降下，很远便看到有人投河，干脆顺手将人救下。令人意外的是，古剑现在变得安静下来，跟她保持着距离，不再疯狂乱窜。

敌不动我不动，楚瑞清不敢莽撞上前，怕刺激到古剑。他们的剑都有一定灵智，不是没有意识的器具，单靠蛮力降服也不行。

被救的二少爷满脸震惊，先茫然地向下望了望，自己果然双脚悬空，下方是潺潺流水。他微微扭头，努力用余光打量，只能看到对方白色长衫下的腿部，好像是个踩在剑上的人？

二少爷：等等，踩在剑上，还是悬空的剑？好像哪里不太对！

《大话西游》里的紫霞曾说："我的意中人是个盖世英雄，有一天他会踩着七色云彩来娶我。"

二少爷万万没想到，他的未来师父是个盖世英雄，有一天她会踩着奇怪的纸剑来提他，还是用提小鸡崽的姿势提他。

白衣仙人御剑救下自己，这件事对二少爷过去的世界观来说不亚于一记重击，使他完全陷入茫然的状态。

楚瑞清却没发现手中人的异常，御剑向前飞了一点儿，便见不远处的古剑也警惕地后退了一点儿。它似乎颇为忌惮楚瑞清，但又几次停下脚步，迟迟没有离开。

楚瑞清冷静地盯着古剑的一举一动，随手将投河之人放到桥上，决定暂且按兵不动。

二少爷重归地面，终于看清救命恩人的长相。楚瑞清黑发似墨，眼似寒星，远山眉黛，自有英气在其间。她脚踩纸剑，身穿古怪的翩翩白袍，却浑身透着一种超凡脱俗的距离感。

二少爷：如果现在是武侠电视剧，此处应配一段高人出世的BGM（背景音乐）。

她容貌绝世、气质出尘，光脸就能吊打当今无数小明星，但她的气场相当凛冽，教人不敢造次。

二少爷平时在家说话阴阳怪气，频频嘲讽他人，如今看看御剑之人，又望望悬空的古剑，下意识地作揖，小心地试探道："在下李天剑，敢问高人尊姓大名？"

二少爷李天剑刚刚作完揖，心中便生出无限懊恼，只觉得自己的举止太蠢了。这又不是古装电视剧，说什么文绉绉的词，他估计要被对方笑死！

楚瑞清闻言却未感异常，还觉得对方有几分礼貌，便回道："在下峨眉派楚瑞清。"

李天剑瞪大眼，惊道："您、您是峨眉派弟子……"高人的性别、外貌和气质确实十分符合峨眉派的标准，让他瞬间信服。

李天剑：原来武侠小说里说的是真的！现实中的峨眉派弟子更厉害，还能直接飞天！

李天剑对她的御剑技术震惊不已，传闻峨眉派擅长轻功，高人有这样好的身手也正常。他完全没有想过，从小到大只在梦中见过的场景有一天会突然呈现在眼前，而且展示得这么直观。他心中闪过一个念头：既然存在武侠门派，那是否还有各种奇遇，可以助他改变现状？

楚瑞清没注意到对方的激动，还紧盯着古剑。

李天剑脸上涌现兴奋之情，双眼似乎在放光。他刚见识过楚瑞清的身手，立马说道："我、我能拜您为师吗？"

楚瑞清听到对方冷不丁地冒出此话，陷入沉默。

李天剑见她不言，迟疑地问道："难道不收男弟子？但宋青书也是男的。"

楚瑞清淡淡地答道："本门男女皆收。"

李天剑有点儿落寞："那、那是我根骨不行，无法习武？"他骤然惊醒，自己身体孱弱，跑两步就会喘，怎么可能习武修炼？

楚瑞清上下打量李天剑一番，客观地评价道："你根骨极佳。"

她在空中拎人时触碰过李天剑，大致能判断出对方的资质。他竟是难得的好苗子，只是长期引导不当，力量在体内乱窜，反而压垮了身体。

李天剑听到评价，脸上露出狂喜之色，没有什么比“高人说你根骨好”更让武侠迷兴奋的了！

李天剑诚恳地躬身，哀求道：“还请高人收下弟子！”

楚瑞清沉默了片刻，一时有点儿犹豫，着实不知对方的热情从何而来。

门内有拜师收徒的规矩，楚瑞清只要收服古剑，便算正式学成，可以招收徒弟。李天剑资质不差，倒也算合适，无奈时机太巧，她还没收剑！

楚瑞清看向空中的古剑，坦诚地答道：“今日我有要事在身，倘若你我有缘，下次拜师也未尝不可。”

如果两人还能见面，那时她已经收服古剑，便能名正言顺地带他回门考核，算是一桩壮大门派的好事。

“拜师并非儿戏，正好容你三思。”楚瑞清怕对方只是头脑一热，根本没想过后果，索性善意地规劝了一句。

她说完，便不管李天剑的反应，挥手招来纸剑，飞身向古剑冲去。古剑看她突然发难，立刻卷起一阵旋风，想要借机脱逃。

李天剑被狂风吹得睁不开眼，慌张地喊道：“大师！师父！”

风过无痕，他好不容易睁开眼，桥上却已经空荡荡的，仿佛御剑之人和古剑都是黄粱一梦！

“二少爷，您怎么跑到这里来了？”

远处，管家惊慌失措的声音传来，李家一行人找到突然消失的李天剑，终于松了一口气。管家看李天剑浑身湿透，顿时紧张起来，赶紧将毛毯披在他身上：“您快跟我回去！这样会感冒的！”

李天剑只要稍微着凉，必然会大病一场，这回不知道又要折腾成什么样。

李天剑望着熟悉的用人，不由得露出怅然的神色，失魂落魄地被引向轮椅。他坐稳后，又回想起刚才的所见所闻，忘不了桥上的白衣仙人。他眼神幽深，抿了抿唇，低声说道：“我要查个人。”

管家面露诧异之色：“什么？”

李天剑咬牙说道：“既然要看机缘，那我就造一份。”

他可没法坐以待毙、随缘认命，就算是高人的主意也不行。她要看缘法，那他就造缘法。我命由我不由天，他不会放过任何潜在的机会。

管家心想：二少爷这又是犯什么病？

夜晚的暴雨摧断无数树木，李天剑却难得地并未在淋雨后重病，这更加坚定了他遇到高人的信念。虽然周围人觉得他异想天开，或者出现幻觉，居然梦到御剑的古人，李天剑却确信一切不是镜花水月。

这个倔强而且是重度武侠迷的二少爷自我安慰，小说主人公拜师都有磨难，现在他面对的只是如此小的历练，何足挂齿？他肯定能找到师父的！

反正不管楚瑞清现在收没收徒，李天剑已经选择自我麻痹，把对方看作自己的师父了。

另一边，楚瑞清望着手中被雨泡软的纸剑，觉得自己下山后事事不顺。她向来不喜欢卜算占卦，此时却第一回后悔没找师弟阚和看看，谁知道到手的古剑也能跑？

她本来差点儿握住古剑，却遭遇电闪雷鸣、狂风暴雨，不但纸剑被损坏，古剑也不知所终。

京城东郊的街道漆黑无人，楚瑞清努力将纸剑拧干，却颓然地发现抢救无效，它已经彻底报废。她失去纸剑，便面临尴尬的局面——暂时没法御剑飞天。

楚瑞清心想：不然明天晒干试试？也不知道能不能二次使用。

楚瑞清满脑子都是纸剑和古剑的事情，浑然不知她的奇装异服引人注目。她穿的是门内的练功服，放在现代社会便格格不入，显得分外异常。虽然现在盛行汉服，但大半夜穿着汉服在街上淋雨乱逛的人也少见，楚瑞清很快便被人盯上。

“美女，要跟我们一起玩吗？”深夜的街上人很少，几个醉酒的大汉流里流气地上前，不怀好意地搭讪道。

楚瑞清：“你是在调戏我吗？”

她太久没跟门外人交流，据说峨眉山下日新月异，山下人有好多潮流新词，让阚和津津乐道。她一时摸不准壮汉们的态度，干脆礼貌地出言询问。

男人们对视一眼，坏心眼地哈哈大笑，有人伸手拦她：“调戏你怎么了……啊！”

楚瑞清看对方不但承认还动手，便不躲不闪，只是手腕一翻，不知如何就将壮汉摔翻在地。那人趴在地上，被摔得七荤八素，根本没看清她的动作，顿时恼火地吼道："小娘们！"

剩下几人也被激怒，将楚瑞清团团围住，形成包围的架势。

楚瑞清看着趴在地上的男人，觉得十分意外，奇怪地看了看自己的手。她本来就是想震慑一下对方，但他好像很不禁打，竟然直接被摔趴下。她过去跟二师弟交手，对方起码能来几回合，这人还不如猴？

楚瑞清回想起师弟师妹教她的山下的知识，蹙眉问道："你碰瓷？"据说山下人人心险恶，常有碰瓷之事发生，有人没事也要倒地求赔偿，跟现在地上的男人如出一辙。

壮汉：众目睽睽之下我被你摔翻在地，你好意思说我碰瓷？

是可忍孰不可忍，醉酒壮汉们被楚瑞清的挑衅之言激怒，打算给她点儿颜色看看，个个看上去气势汹汹的。

附近常有醉汉寻衅滋事，下班经过的范彤注意到楚瑞清的情况，又不敢贸然惹火上身，只得赶忙找人求救。因为时值深夜，又逢暴雨刚过，正好四下无人。范彤是女流之辈，没法跟一群成年男人硬碰硬，便立刻跑去报警搬救兵，想要解救无辜的小姑娘。

楚瑞清面对暴躁的醉汉小队，她的表情倒是云淡风轻，颇为镇定。

战斗发生得很快，范彤不愿看惨剧发生，很快领着片儿警赶到。她勇敢地站出来吼道："别打啦！都住手！警察来啦！"

片儿警火速赶到，看着倒地的醉汉们，怒斥道："又是你们几个……"

警察严厉的话还没说完，地上的醉汉便犹如看到亲人般冲上前，一把抱住片儿警的大腿。其中一个醉汉被吓得屁滚尿流，委屈地指向楚瑞清，大声哭诉道："警察叔叔，就是这个人！赶快逮捕她！她故意伤人！"

她简直不是人，完全把他们摁在地上打！他们想跑都会莫名其妙地跌倒，宛如撞邪一样！

警察："……"

醉汉声泪俱下："你们要是没及时赶来，我们就被打死了……"

警察看看旁边孤身一人看上去无害的楚瑞清，又望着七扭八歪的醉汉。他推了推腿部的流泪大汉，冷漠地说道："你醒醒酒。"

派出所内，逐渐醒酒的醉汉们颓然地坐着，排队等待问询。楚瑞清茫然地望望四周，不知自己被带到了何处。

殊不知，她下山第一天就达成“勇进局子”的成就，算是摊上件不大不小的事情。

“你擦擦雨吧，别着凉了。”范彤看楚瑞清浑身湿透，无措地坐在椅子上，误以为小姑娘被吓坏了，主动将袋子里的干毛巾递给她。范彤就是报警的人，自然也要过来配合调查，此刻对无辜受难的楚瑞清心生怜悯之情。

“谢谢。”楚瑞清接过干毛巾，发现居然还是崭新的。这条毛巾颜色艳丽，上面有花里胡哨的图案，还印着“初梦少女团”的奇怪logo（徽标或者商标的外语缩写)。范彤还递给楚瑞清一条超大的毛毯，用来披在身上保暖，上面同样有logo，似乎是周边产品。

范彤是演艺公司的经纪人，今年三十四岁，每天跟无数女孩儿打交道，说话成熟而有条理。范彤安慰道：“他们经常夜里骚扰小姑娘，不过都没闹出什么大事。你放心吧，估计做完笔录就能走。”

这几个醉汉时常深夜游荡，但有贼心没贼胆，大多是嘴上调戏、吓唬几句，硌硬路过的小女孩儿。附近有范彤所在公司的女团宿舍，不少女团成员曾向范彤告状，希望公司能赶走这些流氓。

楚瑞清似懂非懂地点头，内心产生新的疑惑——笔录又是什么东西?

醉汉们本来一口咬定楚瑞清打架闹事，想要将事情搞大，但在做完伤口检查后，警察们表明他们都是轻伤，有的甚至只是擦破皮，显然没有大汉们说的那般夸张。

片儿警神情严肃：“现在严打寻衅滋事，你们要真坚持，那就都刑拘吧。”

大汉颇为不满：“明明是我们挨打，怎么还要被拘？”

片儿警淡淡地答道：“监控录像显示，她没主动对你们出手，你们却追逐、拦截他人，这是寻衅滋事的表现，处五日以上十日以下拘留。”

虽然醉汉们将楚瑞清的战斗力吹得天上有地上无，但警察们查看监控后，发现小姑娘根本就没动手，只是闪身躲了躲。

大汉：“我不信，我要看监控！”

监控录像放完，醉汉们皆面面相觑，影像中的楚瑞清似乎真没碰他们，他们却突然倒地，宛如碰瓷。几个大汉都蒙了，有人咬定自己被无形的力量击倒，更有人离谱地说楚瑞清能隔山打牛，说不定练过气功!

片儿警面无表情地做完笔录，认真地说道："你们醒醒酒。"他们都快听不下去了，这些醉汉真是满嘴跑火车。

范彤的预测没有错，事情不算太大。楚瑞清出手颇有分寸，警察又及时赶到，并没有造成过于恶劣的影响。然而楚瑞清面对问询，却产生新的麻烦。

"你叫什么名字？"

"楚瑞清。"

"带身份证没？"

"没。"楚瑞清仔细思索片刻，她好像根本没有这种东西。

"那你打电话给家里人，让他们来接你吧，现在挺晚的。"问话的女警察很客气，友好地建议道，"你要是大学生，叫辅导员过来也行。"

楚瑞清下山时就带了把纸剑，坦白地道："我没有电话。"

女警察诧异地瞪大眼，不可思议地望着楚瑞清，估计是觉得现代社会有人没带手机太离奇。她的态度倒挺好，她又问了问楚瑞清家里的电话和住址，得到的答案却越发离谱。

范彤本来坐在外面等待，却见跟楚瑞清交流的女警察满脸无奈地出门，不由得有点儿疑惑。警察开口说道："我想跟您先聊几句，她好像不太配合。"

楚瑞清简直是一问三不知，甚至让人怀疑她是故意的。她不但没有任何亲人好友的联系方式，还说不出本地住址，更拿不出证件。她唯一能说清的就是名字，然后老家在峨眉，甚至连年龄都不愿说。

楚瑞清默默地想，其实她可以说年龄，但怕对方不敢信。

范彤得知来龙去脉，露出了然的神色，替楚瑞清说话："估计是小姑娘脸皮薄，觉得这事传出去不好听。她年纪不大，又差点儿吓坏了，怕家里人担心吧。"

女警察听完觉得合情合理，楚瑞清应该是第一次进局子，没有见识过如此阵仗，回答得牛头不对马嘴也正常。范彤行事雷厉风行，让人颇为信服，出面保住楚瑞清，顺利地将楚瑞清带离了派出所。

外面已经是黑漆漆的夜晚，公交、地铁早就停运。范彤看了眼时间，又看向孤身一人的楚瑞清，不放心地问道："我的公司就在附近，不如你跟我过去，我开车送你回家？"

楚瑞清礼貌地婉拒，心知今日获得对方不少帮助，不好再麻烦范彤，而且她也说不出住址。既然警局的小波折已被解决，她也该继续寻剑，只要收服古剑，飞回峨眉不是梦。

两人就此作别，楚瑞清转身离开，然而范彤看着她离去的方向，脸上却露出古怪的神色。范彤对这片区域很熟悉，楚瑞清怎么没有到路边打车，反而走向公园？

范彤心生狐疑，干脆悄悄地跟上楚瑞清，想探究她的去处。楚瑞清早就发现背后的范彤，却只当两人同路，没有戳穿对方的行为。

公园早就关门，带着尖刺的铁门紧锁。楚瑞清一脚踏上铁门的栏杆，宛如一片轻飘飘的羽毛，轻松地翻越过去。楚瑞清脚尖轻点树枝，瞬间跃上繁茂的树冠，在雨后冷月的辉映下，衣袍翩然地立在树顶。

楚瑞清看了看周围，对环境颇为满意，此处灵气较其他地方更甚，适合暂时过夜。

不远处，范彤目睹犹如武侠电影的唯美动作场面，看到楚瑞清的月下轻功秀，惊得目瞪口呆。她在感受到朦胧美感的同时，被楚瑞清的大胆举动吓得魂飞魄散，出声制止道："你在做什么？"

楚瑞清在树上回头，见范彤还没走，解释道："稍微休息一下。"

范彤生怕楚瑞清从高空坠落，抬头歇斯底里地喊道："下来，快下来！"

楚瑞清："……"

尽管楚瑞清不知范彤突然发飙的原因，但还是老实地从树尖下去了。范彤看她直接从几米高的大树上跳下，差点儿失声尖叫："别直接跳……"

这棵古树有两人相抱那么粗，傲然伫立在公园边，需要人抬头仰望，高度相当惊人！

范彤还未说完，楚瑞清已经落地。她非但没有摔得血肉模糊、粉碎性骨折，反而优雅地平稳降落，宛如仙子。这绝对严重地违反了物理常识，让人难以置信。

范彤："……"

范彤就算再过迟钝，看着面前镇定的楚瑞清，也发现一丝不对劲。

楚瑞清满脸歉意——她动作太快，一时忽略了范彤"别直接跳"的要求。她迟疑地提议道：“不然我再跳一次？”

范彤闻言，头疼地扶额，艰难地问道：“你到底是什么人？”

楚瑞清客气地回道：“在下峨眉派云岭大弟子楚瑞清，今日承蒙您多番照顾。”

范彤心想：这都什么乱七八糟的？

范彤咬牙问道：“你跟我说实话，为什么刚才拿不出证件？”

楚瑞清乖乖地答道：“我下山时过于匆忙，并没有携带行囊。”

范彤：“下山？下什么山？你从香山过来的？”

楚瑞清：“不，峨眉山。”

范彤坚决地说道：“不可能！峨眉山到这里得坐高铁，你怎么会没证件？”

楚瑞清平静地说道：“我御剑飞过来的。”

范彤面露疑惑之色：“玉剑？玉简？这是哪家航空公司？”峨眉山到这里起码跨越好几个省份，这不是一段短距离。

楚瑞清抿抿唇，干脆掏出软软的湿纸剑，耐心地展开科普：“门内有特别的御剑之术，学成后可驾驭古剑，日行千里。”

范彤：你坐的不是古剑，应该是火箭吧！

范彤的大脑一片混乱，她甚至怀疑对方有中二病或臆想症，然而楚瑞清满眼清明、言辞诚恳，着实不像在说谎。范彤觉得自己“看脸”的毛病得治，遇到长得好看的人就降低防备心，甚至有点儿被楚瑞清说服了。

“行啦，我也不管你怎么来的，反正你别翻进公园，违反规章制度的事都不能做！”范彤颇为头疼，拍板道，“你今晚跟我回公司凑合一夜，明天我再想想怎么处理你的事！”

范彤心中将信将疑，但她肯定不能将楚瑞清丢在此处。楚瑞清既无现金，又无证件，暂住宾馆都不可能，难道真让她在外淋雨游荡一夜？

范彤是个热心肠儿，平日管理女团成员，说一不二。楚瑞清想要推辞，却正撞上范彤恶狠狠的眼神，一时没张开嘴。

范彤警告道：“请你暂时闭嘴，别再说些我无法消化的话，刺激我脆弱的神经。”

楚瑞清：“好的。”

楚瑞清跟着范彤回了公司，莫名其妙地找到歇脚之处，心中难免感慨：山下的人真是热心肠儿，就是脾气稍显暴躁。

范彤没法把楚瑞清带回家，家里也睡不下，好在初梦少女团的宿舍就在附近。女团宿舍楼外观很朴素，过道甚至有点儿逼仄。

灯光昏暗，范彤带着楚瑞清穿过走廊，楚瑞清扭头一看，便发现墙上贴着五颜六色的海报，上面全是青春靓丽的美少女。

范彤敲了敲某扇门，紧接着便传来忙乱的脚步声。开门的短发女孩儿眼睛又大又圆，宛如小鹿斑比，看着突然出现的经纪人，诧异地问道："范姐，怎么了？"

"思佳，这是楚瑞清。"范彤扶了扶额，硬着头皮说道，"因为某些事情，她跟你暂住一段时间。"

陈思佳是初梦少女团的成员，性格温和好说话，一直独自住一间房。范彤将楚瑞清安排好，便先行离开，让小姑娘们赶紧休息。

范彤离开后，陈思佳望着相貌出众的楚瑞清，不免好奇而兴奋地问道："你是新成员吗？"

范彤是公司挖过来的资深经纪人，入职后给初梦少女团带来不少资源。陈思佳理所当然地将楚瑞清看作预备成员，认为对方很快就要签合同入团。

楚瑞清陷入思索，不知陈思佳指什么，含混地应道："可能吧……"

陈思佳欢喜地说道："太好了，我还以为我们团会解散呢！"

楚瑞清颜值高，又愿意入团，让最近忧心忡忡的陈思佳看到希望。果然范彤姐有让偶像女团回春的能力，而且慧眼识珠。

楚瑞清："……"

楚瑞清：什么团？什么解散？听不懂山下人在说什么。

房间的面积不大，跟学生宿舍的布置差不多，陈思佳已经占领其中一张床。她将另一张床上的杂物清走，又热心地借给楚瑞清床单、被子和衣物。

屋子里有独立卫浴，楚瑞清沐浴后换上干净的衣服，默默地将纸剑和洗好的练功服晾上。陈思佳看着惨不忍睹的烂纸剑，疑惑地问道："这是什么？"

"纸剑。"楚瑞清回答得很简单，想了想又补上一句，"今天弄坏了。"

陈思佳有点儿蒙，觉得自己的幼儿园小表弟都看不上这种劣质的玩具，楚瑞清却满脸遗憾。陈思佳劝道："不然别要啦？"

楚瑞清摇了摇头。

陈思佳见她执拗如小孩儿，试探道："我明天给你买一把塑料的？这显然也没用了。"

楚瑞清继续摇头，门内只有小贝会做纸剑，目前这把烂纸剑是她唯一的希望。她感觉古剑就藏匿在附近，狡猾地和她保持着距离。如果她探查到古剑的下落，抢救后的烂纸剑也许能短暂帮她一把。

陈思佳总觉得这个高颜值的新室友外表高冷，内在却莫名有些天然呆，而且有些奇怪的小习惯。陈思佳脾气倒是很好，索性拿出自己的吹风机，让楚瑞清用来吹干纸剑。

楚瑞清在陈思佳的指导下，新奇地摆弄起吹风机，开始吹纸剑。她望向对方，郑重地说道："谢谢，你人真好。"

陈思佳被对方灿若琉璃的漂亮眼睛盯着，还收到如此认真的感谢，立刻手足无措地摆摆手，羞赧地说道："没事，没事，又不是什么大事！"

楚瑞清作为大师姐，在门内教导、照顾师弟师妹居多，还真很少被人照顾。范彤和陈思佳却处处为她考虑，而且提供如此多的帮助。师弟阚和以前说山下的世界在变好，果然是真的，连她遇到的人都不错。

楚瑞清下意识地忽略了闹事的醉汉，毕竟宵小之辈不算人。

两人休整一番，便准备入眠。如果是往日，楚瑞清并不会如此困倦，但她今天御剑一整天，着实有些疲惫，竟罕见地感受到了睡意。

陈思佳："快睡吧，明天早上还要练习呢，你要是第一天就迟到不好。"

楚瑞清："你们也有早功（早间练习）吗？"

陈思佳："当然啦，而且查得很严，快睡，快睡！"

陈思佳果断地关上灯，催促楚瑞清入眠，生怕两人明天迟到。楚瑞清有点儿疑惑，总觉得哪里不太对，但她没有多追究，老实地闭上了眼。

第二天清晨，楚瑞清醒得极早，等她打坐吐纳完，陈思佳才悠悠地睁开眼。陈思佳见楚瑞清比自己醒得还早，不由得关心起她来："你是不是认床睡不着？"

楚瑞清摇了摇头："我睡得比较少。"

两人在宿舍食堂用过早餐，便急匆匆地赶早功。楚瑞清还没见识过山下人的早功，不免相当好奇。峨眉派门内的早功很简单，基本上是她独自练剑，她偶尔会跟二师弟切磋。

练习室内，身着运动服的女孩儿们陆续聚齐，众人看到陌生的楚瑞清，表情各异。陈思佳出面介绍道："她昨天刚到，名叫楚瑞清。"

楚瑞清点头问好。她气质清冷，又初来乍到，旁人不敢找她攀谈，只是简单地打了招呼。

"真好，那她今天可以先不用排舞啦……"

"思佳，你私下练了吗？"

周围的人跟陈思佳交流起来，楚瑞清则开始打量练习室。墙面覆盖着镜子，屋中两侧设有栏杆，角落里还摆放着音箱；不远处，几个年轻靓丽的女孩儿伴随强劲有力的音乐，正蹦蹦跳跳着。

楚瑞清观察一番，偷偷在心中做出评价：早功稍显古怪，看上去花里胡哨，但好像没什么杀伤力？如果是这种招式，估计都没法跟峨眉山上的猴正面对决。

楚瑞清默默地摇头，觉得山下人的早功不适合自己，起不到锻炼的效果。她跟陈思佳打了个招呼，想要离开练习室，继续在附近寻剑。今早，楚瑞清想通了昨晚感觉别扭的地方——范彤好像只是让她暂住几天，她应该不用跟随陈思佳行动吧？

陈思佳见她想走，赶忙阻拦道："不行，马老师会生气的……"

马老师是初梦少女团的舞蹈教师，每周都会带领她们练舞，为人严苛、舞艺精湛，最讨厌学生迟到和偷懒，可谓公司里的冷面阎王。

说曹操，曹操到。楚瑞清刚走到门口，正好迎面碰到进屋的马老师。马老师看楚瑞清脸生，不由得面露疑惑，追来的陈思佳解围道："马老师，这是楚瑞清，她昨天刚到。"

马老师看楚瑞清条件不错，瞬间跟陈思佳有同样的误解，认为对方是新成员。她了然地点头，嘱咐道："好，那你先在后面跟着学吧，今天不用考核。"

楚瑞清听陈思佳称呼其为"马老师"，以为这是陈思佳的师父，难免带上几分敬重之意。他们门内很重视师徒关系，师父更是犹如大家长。楚瑞清受过陈思佳的帮助，自然要尊重对方的师长。

楚瑞清客气地询问："请问早功大概何时结束？"她还要寻剑，总不能耽误太久。

陈思佳闻言倒吸一口凉气，害怕楚瑞清惹马老师生气。马老师笑了笑，毫不留情地答道："什么时候练会，什么时候结束！"

马老师说完，扭头又开始呼喊其他人："好啦，你们都别磨蹭！现在开始考核，让我看看排舞！"

众人顿时唉声叹气，但还是老实地站队，准备接受考核。楚瑞清站在队尾观摩学习，暂时逃过马老师的火眼金睛。

初梦少女团的练习曲目名为*Joker*（《小丑》），编舞富有力量感且稍显性感，感觉想走girl crush（既帅气又性感）的风格。

马老师最近压力很大，看着稀稀拉拉的舞蹈队伍，又想起公司的未来规划，心中不免更加烦躁，吼了起来。初梦少女团跳了多少遍，便被马老师骂了多少遍。

"你们是没吃饭吗？能不能拿出力气来？！

"第一首就跳不动，上台可要连跳三四首呢！

"宗初曼，你以为躲在后面，我就看不见了？"

大家见"冷面阎王"发火，纷纷低头，大气都不敢出。宗初曼微微蹙眉，软声道："马老师，我身体不舒服……"

马老师冷笑道："你每个月得有二十几天不舒服，这首歌都学多长时间了？你看你跳成什么样子！"

宗初曼在团中人气颇高，被这样当众被批评，瞬间有些下不了台，一言不发地站到后面休息。她显然是在用无声的行动跟马老师直接对峙。

马老师早知对方心高气傲，宗初曼粉丝众多，平时对练舞便不上心。毕竟偶像人气的高低可谓玄学，有时候粉丝量和业务能力并不直接挂钩。宗初曼没打算靠舞蹈圈粉，当然不将马老师放在眼里。

宗初曼在曲目中的舞蹈分量不少，要是突然罢工，其他人很难走位。

马老师却懒得惯宗初曼的臭脾气，干脆说道："楚瑞清，你补位。"

陈思佳面露难色："马老师，她还没学过……"她当即想要劝阻，觉得楚瑞清真是惹来无妄之灾，怎么莫名其妙就被卷入这场战争？

马老师嘲道：“没事，她随便跟着混两步，效果差不多！”马老师显然是在讽刺宗初曼的水平，认为即使换个人乱七八糟地跳，估计对队伍也没影响。

宗初曼当即冷下脸来。她跟马老师硬杠许久，彼此看不对眼，就看谁能把谁逼走。初梦少女团本来就不知名，公司的员工流失率很高，没过多久就能换一批人。

练习室内暗流涌动，楚瑞清被赶鸭子上架，稀里糊涂地站在宗初曼的位置上。旁边的陈思佳安慰道：“没关系，你就比画一下吧。”

楚瑞清老实地点头。她刚刚看过她们的动作，难度不算高，便没有推辞。既然马老师说练会就结束，她当然想早点儿下课，好出去寻剑。

熟悉的音乐再度响起，众人本以为楚瑞清会闹出笑话，没想到她竟流畅地跟了下来。马老师刚开始是想凑人头，却诧异地发现楚瑞清的肌肉控制力极佳，不但动作有力，而且节奏精准！

初梦少女团的舞蹈水平普遍不高，有的成员甚至入团后才开始学舞蹈。马老师许久没碰到好苗子，如今看到楚瑞清的表现，不由得万分惊喜。

峨眉派武术本就不是靠蛮力取胜，而是刚柔并济、身灵步活，有着灵动飘逸、虚实结合的美感。楚瑞清对动作的记忆力很强，能习得翻如闪电、上惊下取的复杂剑招，怎么可能记不住高配版广播体操呢？

唯一的美中不足之处，就是她跳舞时全程面无表情，完全没有表情管理的意识。不过她眼中偶尔会迸发出杀气，倒还算符合*Joker*的气质。

一曲结束，马老师感慨地鼓掌，称赞道：“可以啊，这不是能跳下来？！”

宗初曼无疑是脸色最难看的，她严重地怀疑马老师故意找托儿整自己，不然怎么会如此巧？她本以为马老师随手点了个青铜级选手，没想到对方居然是王者级的。

马老师面对优等生，脸色顿时和善不少，好奇地问道：“你以前练过舞吧？是什么舞种？jazz（爵士舞）？popping（震感舞）？”初梦少女团一直缺少舞蹈出色的成员，这回可算弥补上了漏洞。

楚瑞清听闻马老师蹦英文，一时有点儿茫然：“……”

楚瑞清坦白道："我不太确定名字……"她不知道山下人如何称呼本门招式。

马老师痛快地说道："那你来一段给我看看！"她教舞多年，各类舞种都有接触，肯定能认出来。

楚瑞清干脆展示了一番门内早功，直接空手舞剑招，其剑法云穿转圈、刺如猛虎，甚至夸张到身体在空中转体翻身。在她看来，这才算是早功，刚才的舞蹈根本没运动量。

女团成员们望着武侠剧中的惊人动作，不由得佩服地睁大眼："哦哦哦——"

马老师满脸都是震惊之色：我说的是练舞，你理解的是练武？

马老师一时心情微妙，刚才信誓旦旦地要认舞种，现在却真说不清楚。因为楚瑞清的展示根本与舞无关，属于新领域。好在其他人不在乎这些细节，她们完全被楚瑞清的高难度动作震惊住了。

众人：虽然不明白她在干吗，但是她看起来好厉害的样子。

内行看门道，外行看热闹。如果是习武之人，便能明白刚刚的剑招并非虚势，是能真正克敌的。然而，外行的女团小姑娘们只能看懂动作的花里胡哨和利落漂亮，站在旁边兴奋不已。

楚瑞清的举动瞬间活跃了课堂气氛，让接下来的练习氛围都活泼不少。成熟的女团成员都有强烈的属性标签和经典个人技，楚瑞清虽然刚刚加入，但已经显示出极强的记忆能力，看上去很容易吸引粉丝。

课后，不少人新奇地上前跟楚瑞清搭讪，对她的好身手频频赞叹。楚瑞清被这么多女孩儿围住，一时有点儿蒙，好在陈思佳及时解围："我先带她在楼里转转，她还不熟悉呢！"

楚瑞清这才得以逃出人堆，跟着陈思佳往外走，心里松了一口气。

陈思佳见楚瑞清有点儿别扭，反而哈哈笑道："你以后肯定吸引女粉丝，大家都很喜欢你。"

楚瑞清表演时简直太酷了，还有颜值加成，估计以后她的粉丝中女粉丝是主力军。她的长相也不是楚楚可怜的类型，皱眉时眼神凛冽，思考时眸中却透着一丝沉静和悠远之色，仿佛内心有自己的浩瀚天地。

如果忽略楚瑞清偶尔的奇怪言论，陈思佳都得承认自己有时会被新室友吸引到，对此类长相的女孩儿没有抵抗力。

楚瑞清在心里默默记笔记，原来山下人的喜欢就是将你团团围住，以此表达热情。

不远处，宗初曼看了一眼被众人围绕着的楚瑞清，又一言不发地将视线投到一边。旁边的人看出她的气闷，安慰道："没事，这算是雕虫小技，陈思佳刚来时不也很让人惊艳吗？现在有几个人记得她呢？

"最后还要看人气，粉丝不买账，玩这些也没用……"

宗初曼闻言心里好受不少，嘴上却淡淡地说道："谁跟她们比。"

另一边，楚瑞清和陈思佳回屋休整，昨夜湿透了的纸剑和衣物都已烘干。楚瑞清穿的是陈思佳的衣服，提议现在换回来，陈思佳却摆摆手，大方地说道："你先穿吧，不用着急，我看你的行李一时也到不了。"

实际上，陈思佳隐隐地感觉楚瑞清家境一般，同时缺乏生活常识，不像城里姑娘，毕竟现在谁会连手机都没有？团内不少成员的家境不好，陈思佳对这种情况见怪不怪，便尽量小心地维护着楚瑞清的自尊心，也不敢表现得太明显。

楚瑞清再次向陈思佳道谢，同时挥了挥破烂的纸剑，失望地发现好像飞不起来。陈思佳望着她的动作，恍然大悟，好奇地问道："你以前是在哪里学的跳舞？我看你今天像是在舞剑。"

楚瑞清在课上是空手舞剑，动作还不明显，陈思佳见她握剑，才醒悟那似乎是剑招。

楚瑞清跟陈思佳逐渐熟悉了，坦白道："我师承峨眉派云蒙真人。"

陈思佳还没见识过楚瑞清御剑的离奇本事，似懂非懂地说道："哦……你是在峨眉山上习武？类似于好多动作明星去少林寺学习？"

如果楚瑞清是常年待在山上，陈思佳倒能理解她思维方式的独特之处了。

楚瑞清解释道："那基本是俗家弟子，跟我还是有所不同的。"她以前听三师弟阚和说过，山下人会慕名学习各宗武术，但真正能入门的人凤毛麟角。门外和门内的世界截然不同，可谓天壤之别。

峨眉武术遍布川蜀各地，例如黄陵、青城等，弟子既有民间学习者，也有深山修行者，楚瑞清所属的分支是峨眉派云岭阁。他们偶尔也会跟其他峨眉武术的传人交流，但此事基本由阚和打理。

陈思佳听着复杂的解释，更是稀里糊涂、一窍不通，又问道："那你们会九阴白骨爪吗？你的剑莫非是倚天剑？"

楚瑞清茫然地问道："九阴白骨爪？"

陈思佳兴致勃勃道："是啊，周芷若的招数，倚天剑和屠龙刀折断后藏有秘籍！"

楚瑞清摇头。

陈思佳怀疑地问道："你该不会没看过《倚天屠龙记》吧？那可是童年的回忆啊！"

楚瑞清点头。

陈思佳震惊不已，面对峨眉派内门大弟子，不禁痛心疾首道："不行，我一定要给你买套小说！你在峨眉习武，居然不知道九阴白骨爪？"

陈思佳干脆上网查资料，跟楚瑞清科普起来，隆重地推荐起这部武侠小说来。楚瑞清看完资料，评价道："倚天剑的名字挺好听，可以给我的剑命名。"

陈思佳很是无奈，吐槽道："这可有点儿中二。"她实在没法想象，楚瑞清挥舞着纸剑，同时称其"倚天剑"的画面。

楚瑞清跟陈思佳闲聊一阵，打了个招呼后，便独自外出寻剑。她能感觉到古剑就游离在京郊，并没有逃窜到其他地方，她却无法确定它的位置。如果三师弟阚和在场，或许能让他进行卜算，无奈楚瑞清没学会此类技能，她的心思都花在剑术上了。

楚瑞清后悔不迭，当初要是跟师妹小贝学做纸剑，或者稍微学点儿卜算，现在也不会沦落到这一步。她搜查了一下午，一无所获。古剑极为狡猾，当然不会轻易现身。

楚瑞清回到宿舍时相当失落，陈思佳早猜到她没吃饭，居然在桌上摆了个鸡蛋灌饼。

楚瑞清一直心挂古剑，此时却有点儿不好意思，认真地问道："我可以帮你做什么吗？或者将钱给你？"

虽然她现在身无分文，但天天找陈思佳蹭吃蹭喝，显然不符合峨眉弟子的行事标准，她不能将别人的好视为理所当然。

陈思佳笑道：“没事，等你月底拿了补贴，请我吃饭就好啦！”

楚瑞清：“补贴？”

陈思佳：“是的，虽然你还没上台，但按时上课也有补贴拿。”

初梦少女团有定期的剧场表演，楚瑞清还没被编入队伍，但好好上课也有少量补贴，每月大概一千元。底层成员的工资很低，远没有人气成员光鲜。

楚瑞清了然地点头，假如她真得在此寻剑到月底，到时候就将补贴都给陈思佳。如果提前拿到古剑，她就回山让擅长凡俗之事的阙和帮忙，看看如何感谢陈思佳。

楚瑞清和陈思佳的关系逐渐亲密，带楚瑞清过来的范彤却一整天不知所终。陈思佳怕新室友多想，解释道：“范姐平时比较忙，估计一时没顾上你，不过她工作能力很强，又是从新娱（新娱传媒的简称）过来的，做事很靠谱！”

楚瑞清捕捉到了陌生词语：“新娱？”

“新娱传媒，是超大的艺人经纪公司，据说范姐以前也是大明星身边的人……”陈思佳叹气道，“跟我们公司可不一样！”

初梦少女团本身就是小团，公司自然也是烂泥糊不上墙，规章制度极为简陋。

楚瑞清耿直地问道：“那为什么大家不去新娱？”

陈思佳面露无奈之色：“哪有那么容易，大公司谁招我们啊？范姐好像是由于生小孩儿，所以才跳槽出来的，在原公司工作很累。”

楚瑞清似懂非懂，原来山下的世界如此复杂。她默默地听着，汲取着新知识。

临近深夜，范彤才姗姗来迟，满脸歉意地敲开房门，疲惫而愧疚地说道：“对不起，家里有事耽误了，现在才过来。”

范彤像是一日之间憔悴下来，声音有些沙哑，没有楚瑞清初见她时中气十足的样子。范彤没忘记自己答应过的事情，开口说道：“我让朋友去峨眉找人，你留下家人的地址和名字，到时候我们拜托当地人问问。”

楚瑞清没有证件，肯定无法亲自乘车回去，又不知亲人的联系方式，范彤只能出此下策。

楚瑞清心生感激，老实地应下，低头在纸上写好云岭阁的位置和三师弟阚和的名字。毕竟阚和是本门最紧跟潮流的小青年，跟山下人打交道的次数最多，身份比较合适。

陈思佳关切地问道："范姐，你的脸色怎么不太好？"

范彤紧皱眉头，叹气道："小孩儿又病了，折腾了一整天……"

楚瑞清将写完的字条递给范彤，却正好瞄到对方手腕上的黑色污渍，不由得蹙眉问道："这是什么？"

范彤这才发现污渍，疑惑地搓揉一番，却不起半分作用，迟疑地说道："估计在哪儿不小心蹭到的，我也没注意。"

范彤今日都在照顾重病的女儿，完全没顾上这些细节，她的发丝颇为凌乱，没有往日那么干练。

楚瑞清沉默片刻，询问道："患者是否身体有局部红肿，额头紫黑，浑身高热不退，同时上吐下泻、四肢抽搐？"

"你怎么知道？"范彤面露诧异之色，犹豫地说道，"医生已经安排吊水，但她的高烧一直不退……"

楚瑞清笃定地说道："这种高热是由中毒引起的，患者估计是被毒物咬了。"

"不会吧，城里哪有毒物？"范彤半信半疑，突然想起什么，不由得掩嘴惊呼，"怪不得我女儿每天做噩梦，说梦里有大虫子追她！"

范彤本以为这是小孩儿生病难熬、休息不佳，所以胡言乱语。难道女儿真是被咬了？她思及此心里火急火燎的，立刻想往医院跑，赶紧让医生对症下药。

楚瑞清提出随行，范彤略微犹豫后答应下来——对方似乎略通医术，过去也许能帮上忙。陈思佳颇感好奇，干脆跟着两人，一同乘车去医院。

范彤是开车过来的，楚瑞清和陈思佳坐在后排。陈思佳疑惑地问道："你还学过医术？"

楚瑞清坦白道："不，只是老跟山上的虫子打交道。"

楚瑞清不想让范彤恐慌，没说这不是一般的毒虫，恐怕有点儿道行。

医院儿科内，四处都是忧心的家长和可怜兮兮的小孩儿。楚瑞清和陈思佳不熟路况，只能紧跟范彤，穿过长廊。

屋里，范彤的女儿正住院吊水，小女孩儿的年纪不大，估计没上幼儿园。她的小手关节处红肿，同时额头发黑。孩子的外婆守在旁边，既心疼又心焦，给孩子掖好被角。

“妈，你先歇歇，我去找医生！”范彤风风火火地赶到，对自己的母亲说道。

外婆望着突然出现的一行人，不由得有点儿发蒙。楚瑞清和陈思佳礼貌地跟长辈打过招呼，安静地站在旁边，不敢出声打扰。

外婆皱眉道：“医生早就下班了，得等明天吧……”

范彤说道：“怎么会？总有值班的，肯定能找到！妮妮是被毒物咬了，才会高烧不退！”

外婆诧异地问道：“住院时你怎么没说？什么时候被咬的？”

范彤牵挂孩子，语气有点儿暴躁：“哎呀，你别管啦，我先去找医生！”

外婆怕范彤的暴脾气惹麻烦，只能拜托楚瑞清和陈思佳帮忙看会儿小孩儿，便急急忙忙地去追范彤。

各个病床被帘子遮挡着，外人看不清其中的情况，楚瑞清觉得时机不错，上前观察起小女孩儿妮妮的模样。小女孩儿的嘴唇一开一合，像是陷入了梦魇，嘀咕道：“虫，大虫……”

陈思佳听到妮妮微弱的呢喃，担忧地说道：“真是被虫咬了吗？现在怎么办？”

楚瑞清面色镇定：“只要找到合适的解毒方子，然后对症下药就好。”

陈思佳赶忙问道：“那方子是什么？”

楚瑞清干脆地答道：“我不知道，我不学医。”

陈思佳满脸都是无奈：小老妹，你怎么回事？明明刚刚好像很厉害！

楚瑞清没有撒谎，作为一心钻研剑术的正统峨眉弟子，她在卜算、炼丹等方面造诣不深，种植药材更是二师弟的爱好。门里只有她在正经练剑，其他人都在做奇怪的副业。

床上的妮妮被痛苦缠身，像是砧板上的小鱼，虚弱地喘着气。楚瑞清观望一番，朝小女孩儿伸出手——她虽然没法解毒，但可以解决根源。

陈思佳见她要摸妮妮的额头，低声问道：“你要做什么？”

楚瑞清没出声，用指尖在妮妮紫黑的额头上一点，随即猛地抬手。空中似有微光一闪，有什么东西被楚瑞清握入掌心，床上的小女孩儿的额头竟褪去紫黑色，只剩下红肿。

楚瑞清感受到掌中物的挣扎，紧紧地握了握拳，小东西立马老实下来，似乎害怕被捏死。

陈思佳目睹此幕，惊讶地问道：“什么东西？”

驯虫显然比驯剑容易百倍，楚瑞清发觉掌中的小虫十分乖巧，索性摊开手给陈思佳看。陈思佳兴致勃勃地凑上前，随即惊慌失措地跳开，差点儿失声尖叫！

陈思佳脸色惨白，强行捂住嘴没喊出声，义正词严地说道：“太恶心啦！快丢掉！”

躺在楚瑞清的掌心里的是一条深色的小蜈蚣，正鲜活地扭动着。强烈的视觉刺激让陈思佳大为震撼，恨不得当场吐出晚饭。

楚瑞清为小蜈蚣鸣不平：“虽然它体形小，其实还算厉害，毕竟现在草木虫兽有灵智也不容易……”

陈思佳愤愤地说道：“我不管，它很丑，非常丑！”她回去要让楚瑞清洗手一百遍，女团偶像不该接触此等污秽之物！

楚瑞清觉得对方有点儿大惊小怪，不过她尊重陈思佳的意见，当即将小蜈蚣收了起来。

陈思佳惊恐地问道：“你不会要养它吧？”楚瑞清居然没立即将蜈蚣丢掉，让陈思佳产生了不好的预感。

楚瑞清面露犹豫：“可它被炼化过，直接入药有点儿可惜……”

这不是普通的蜈蚣，应该是被有心人喂养、炼化过的灵物，相当于一件简易的法宝。他们门内不太爱玩虫，一般是用剑，但不代表楚瑞清不识货。

陈思佳眼见室友真要留虫，被气得露出家长风范，竟摆出当代母亲的名言，口不择言地说道：“你要是养它，就休想让我养你！房间里有你没它，有它没你！”

楚瑞清：“……”

楚瑞清试探地道：“那我今晚在窗外树上打坐，你们好好相处？”

陈思佳心想：你是魔鬼吗？让我们同处一室？

两人正说着，范彤和外婆已经带着医生和护士赶到。因为毒虫被楚瑞清取走，接下来的工作便简单许多，医护人员只要注射相关药剂即可。如果小蜈蚣一直潜伏在妮妮体内，这中毒的状态可没法马上解决，还要折腾很久。

众人忙碌起来，楚瑞清和陈思佳识相地离开病房，没有给专业人士添乱。妮妮的外婆也退了出来，站在走廊里，痛心疾首地说："造孽啊，早知今日，何必当初……"

陈思佳安慰道："没事，您放心，妮妮很快就好了。"

"唉，好什么，当妈的就不靠谱……"外婆欲言又止，像是不知该不该说这话，最后还是抱怨道，"一天到晚拼工作，最后小孩儿变成这样！"

陈思佳噤声，不敢再接话。楚瑞清却有点儿茫然，不太明白老人的意思。

陈思佳偷偷将楚瑞清拽到一边，躲过外婆的视线，用手指点了点脑袋，悄声说道："范姐的小孩儿好像天生智力不太好，据说是怀孕时落下的……"

这是公司里公开的秘密，只有初来乍到的楚瑞清不知道。范彤当年怀孕时忙事业，小孩儿出生后先天有点儿问题，让她大受打击。她会选择离开大公司，也源于想要弥补妮妮的愧疚之情。

楚瑞清露出了然的神色，解释道："并不是智力不全，而是被毒虫控制了。"

谁家小孩儿脑袋里窝着一条蜈蚣，估计神志都不正常。这种小蜈蚣想进入人体，必然是在还是虫卵时就被植入，然后不断地寄生长大。毒虫会让宿主时不时生病，但又不会马上丧命，把这种虫放入人体是很阴损的折磨人的手法。

妮妮和小蜈蚣的年纪差不多大，虫卵很可能来自母体，也就是说，曾有人给怀孕的范彤种下虫卵，然后虫卵转移到胎儿身上。现在小蜈蚣脱离小女孩儿的身体，妮妮的智力自然会恢复正常，估计此次大病后就能变好。

楚瑞清点了点手心的小蜈蚣，语重心长地教育道："知错能改，善莫大焉，以后要做一条匡扶正义、侠肝义胆的好虫，不能欺老凌幼。"

陈思佳："你再把它拿出来，我真要生气了。"

陈思佳默默地吐槽：她居然还对虫子进行思想道德教育，仿佛它辅修过人类语言一样。

范彤必然要在医院忙很久，楚瑞清和陈思佳没有打扰，默默地离开了。陈思佳在路上买了个盒子，要求楚瑞清将小蜈蚣放进去，同时禁止她给这条虫子放风，否则自己会生气。

楚瑞清倒不在乎小蜈蚣的居住体验，乖乖地将虫子丢进盒子里，忽略了小虫的哀怨。

第二天，忙乱过后的范彤前来道谢，妮妮已经转危为安，范彤的神色轻松了不少。楚瑞清简单地提及蜈蚣的事情，提醒对方注意有没有得罪人。毕竟炼虫不易，有人会用小蜈蚣，显然是下了血本。

范彤看到蜈蚣大为惊骇，心里顿时涌起一阵恶心感。她思索片刻，最后似有所悟，艰难地说道："这回谢谢你，我大概明白了。"

楚瑞清见范彤有了主意，便没再过问对方的私事，毕竟每个人都有不愿说的事情。

两人又聊了聊去峨眉寻人的情况，楚瑞清便先行离开了。

范彤有些恍惚，心不在焉地处理着事务，办公室的门却被人敲响。马老师探头进来，提醒道："对啦，我才反应过来，你一直没把楚瑞清的单子给我。"

范彤面露疑惑："我没她的单子。"

马老师大为诧异："她不上节目吗？怎么会没单子？"

范彤："她又不是咱们公司的人，上什么节目？"

马老师："可我早上才安排她当领舞！"

范彤一脸疑惑。

两人面面相觑，这才发觉信息出现问题。范彤听闻此事，惊讶地说道："她才过来一天半，一共就上了两节课，怎么能当上领舞？"

范彤由于昨天的突发事件，没有按时来公司，没想到却闹出这般笑话，只觉得哭笑不得。她没料到陈思佳会拽着楚瑞清去上课，也怪自己那天没有说清楚。

马老师规劝道："你真不打算签她？我看她是个好苗子，很可能会红啊！"

范彤哑然。她倒是想签，但楚瑞清目前是个无证黑户，而且有很多奇怪之处。她无奈地说道："我跟她聊聊吧，到时候看她的意见。"

目前有一档选秀节目正在接触公司，基本上是女团偶像类型，这也是马老师最近加紧训练的原因。初梦少女团肯定能参加，但人选要经过节目组筛选。经纪公司自然采取广撒网的策略，想要多塞点儿人过去试试，提升通过率。

马老师走后，范彤不禁胡思乱想起来，竟然开始对楚瑞清进行专业评估：如果楚瑞清真做偶像，该把她包装成什么样？她的标签是什么？难道是峨眉派偶像？或者是女团主“武”？

楚瑞清同样没料到，自己会突然成为领舞。她做事向来专注认真，虽然对山下的早功方式不太认同，但还是一板一眼地跟着练，博得了马老师极大的好感。

楚瑞清的身体素质远超常人，不管是记动作，还是肌肉控制，都远超同期成员的水准。师父当年传授的剑招，她看一遍就能记住，更何况女团舞蹈！

马老师一贯按能力待人，立刻决定让楚瑞清当领舞，让她指导与督促众人练舞。这个职务类似于课代表，也算是表达老师对她的厚爱。

楚瑞清新官上任，还不明白职责，虚心地向陈思佳求教：“我需要做什么？”

陈思佳说道：“其实就是私下练习时替老师点名，指导不太会的成员，偶尔做示范而已……你不用太紧张！”

楚瑞清似有所悟，这听上去跟在门里教导师弟师妹练剑没差别，勉强算是她熟悉的工种。既然承担起责任，她也不会随便糊弄事，像模像样地指导起旁人，并逐渐跟大家熟悉起来。

成员们私下练习舞蹈时没有老师盯，基本是由楚瑞清点名，其中缺勤次数最多的就是宗初曼。练习点名和月底补贴息息相关，类似于上班族的打卡。

陈思佳得知消息，无奈地劝道：“她向来这样，习惯就好。”

楚瑞清点了点头，再次在宗初曼的名字后做上标记，没再管这事。

隔天，宗初曼出乎意料地出现在练习室里，身边还跟着平时要好的成员。宗初曼长相出众，身上有几分弱柳扶风的感觉，安静地站在一边。

宗初曼不说话，她身边的人却找上楚瑞清，一边绽放出灿烂的笑容，一边解释道：“是这样的，小曼最近身体不太好，所以可能没法练习……”

楚瑞清坦然地答道：“嗯，可以。”

那人见她不通人情，继续笑着暗示："但点名率太低也不好，以前的领舞都能通融一下，你看是不是帮个忙？"

楚瑞清眨了眨眼："你是说别记名？"

那人看她明白过来了，长舒一口气，点头道："对！"

宗初曼向来是不参与私下练习的，但点名率又跟工资、补贴挂钩，过去的领舞对她睁一只眼闭一只眼。宗初曼是人气成员，在公司也有自己的小团体，大家不愿得罪她，平时会让她几分。毕竟即使同为女团偶像，有的人就是红，有的人只是粉丝戏称的"洗脚婢"。

楚瑞清微微蹙眉，干脆扭头望向宗初曼，平静地说道："伸手。"

宗初曼见楚瑞清突然伸出右手，不由得面露茫然。她犹豫片刻，刚伸出右手，便被楚瑞清轻轻地捏了一下，心中更为诧异。

楚瑞清只是碰了碰她的指尖，随即眉头皱得更紧，直言道："你的身体无恙，为何撒谎？"

楚瑞清不是爱多管闲事之人，但平生最讨厌别人弄虚作假、谎话连篇，尤其是在早功练习方面。三师弟阚和当年找借口逃避练剑，还特意伪造出身体高热的样子，想要蒙混过关。楚瑞清发现后，当场对其来了一顿"竹简煸肉"，把他教训了一番。

虽然宗初曼不是门内弟子，又是娇弱的女孩儿，但楚瑞清仍不能接受对方造假撒谎的行为，当即面露不悦。楚瑞清身为峨眉派大师姐，平时会对山下不懂的事虚心求问，但她实际的心智年龄远超小姑娘们，她有着不可挑战的原则和底线。

宗初曼没料到，楚瑞清竟突然变脸、神色严肃，还透出几分长辈的威严。旁边的人看楚瑞清如此刻板，赤裸裸地戳穿了她们，不服气地辩解："你怎么知道小曼没病？有时候难受是看不出来的，你又不是医生！"

尽管大家都知道宗初曼是装病，但众目睽睽之下被说穿，依然面上无光。周围人见双方杠上，有的避到一边，有的幸灾乐祸。陈思佳则忧心忡忡，害怕楚瑞清跟对方起冲突。

楚瑞清通过简单的摸骨，其实大致可以判断对方的情况，但她不通医术，倒也不敢托大，诚恳地说道："她的身体没有问题，但如果是头部有隐疾，我确实看不出来。"

人脑是极度复杂的部位，光靠摸骨没办法确定。宗初曼没有内外伤，同时气息稳定、未有癸水，但要是头部有病症，没被楚瑞清看出来，倒也算说得过去。

宗初曼闻言，脸青一阵白一阵，像是被气得不轻。其他脑筋转得快的成员读出楚瑞清的言外之意，差点儿笑出声来。用大白话解释一下，宗初曼故意装病，楚瑞清说她没病，即使有病也是脑子有病。

旁边那人微微一愣，好一会儿才反应过来，怒不可遏地说道："大家好好说话，你怎么骂人呢？"

楚瑞清："嗯？"

那人道："不帮就不帮，你话里话外说谁脑子有病呢？你才头部有隐疾！"

楚瑞清满头雾水，觉得对方不知所云、无理取闹。

全程沉默的宗初曼骤然开口，冷声说道："好啦，我能练。"她遭此大辱，不想再纠缠，将自己推入更可笑的境地，干脆打破现在的局面。

"领舞，我站哪儿？"宗初曼直直地望向楚瑞清，语气并不算好。

楚瑞清伸手指出位置，懒得跟一帮十几岁的小姑娘计较，只觉得她们还没峨眉山上的猴懂事。

宗初曼配合练舞，简直是破天荒头一回，旁人惊得下巴都要掉了。其他人感慨楚瑞清获得了奇怪的胜利，完成了马老师都做不到的事情。然而楚瑞清并没有就此收手，而是严格地矫正宗初曼的舞姿，履行自己的职责。

"手臂抬起，腰部用力。

"手腕上是有动作的。

"拍子慢了。"

宗初曼被教得心情烦躁、极度恼火，腹诽对方握着鸡毛当令箭，真把自己当回事了。

楚瑞清教得心如止水、无可奈何，觉得对方还没有峨眉山上的猴灵活，肢体水平算半个猴。

练习快要结束了，宗初曼被楚瑞清折腾良久，越想心里越憋屈。众人最后要集体排一次舞，带队的楚瑞清也回归队伍。宗初曼看着不远处神色镇定的某人，眼中微光一闪，打起了别的主意。

*Joker*有着稍显复杂的走位，楚瑞清和宗初曼在舞蹈中要调换位置，进行配合。如果按照编舞，楚瑞清是背对宗初曼，缓缓地向后退，给对方让位，正好看不到后面的人的动作。

宗初曼瞅准时机，猛地加速，准备直接撞上去，想要将楚瑞清弄倒，让她出丑!

反正练习室里磕磕碰碰是正常的，即使知道她是故意的，对方也没法怎么样。

楚瑞清浑然不觉，像往常般退后，只觉得身边有阵风刮过，随即便是一声惨叫!

“啊！”

其他人震惊地望着这一幕，宗初曼居然倒飞出去了……

她宛如热血的少年漫画里在打斗时被击飞的主人公，竟硬生生地飞出队伍，落在了地上。如果这真是漫画，估计现在地上会出现夸张的裂缝，彰显她可怕的下落力度!

“没事吧？”

“小曼，你还好吗？”

众人惊叫出声，宗初曼则趴在地上，摔得七荤八素，半晌没有回过神来。她艰难地起身，不可思议地望向“罪魁祸首”。不远处，楚瑞清满目茫然，似乎还没明白事情的原委。

宗初曼：我想要犯规撞人，居然被弹飞了，她是什么怪物吗?

宗初曼犹记得刚才的感觉，她像是撞上一座稳稳的大山，对方一动不动，自己倒被反作用力弄翻在地!

楚瑞清确实没感觉，一帮醉酒大汉都不是她的对手，更何况是身娇体弱的宗初曼。宗初曼使出吃奶的力气，然而撞在楚瑞清身上，便犹如一片落叶，轻飘飘地落在楚瑞清的肩上。

如果楚瑞清稍微收力，宗初曼还不会摔得这么惨，然而她那时正专心地练舞，身体直接地对意外做出了反应。有些习武之人十分谨慎，即使晚上睡着时遭人偷袭，身体也会下意识地反击，而且反击的力度甚至比白天更强。

宗初曼受伤不是一件小事，不但惊动了医务室，马老师和范彤也都赶过来了。常规练习中发生的磕碰和飞出队伍摔倒，显然还是有所不同的。幸好每次集体排舞都有录像，正好方便她们查看事情的经过。

两人看完录像，一时都陷入沉默。画面中的楚瑞清无疑是在专心地练舞，倒是宗初曼莫名其妙地往人身上撞，像是不怀好意。接下来，离奇的事情发生了，被撞的楚瑞清稳如泰山，宗初曼却不争气地被弹飞在地。

范彤忧心忡忡，心想，难道派出所的事情要再度上演，楚瑞清果然不负峨眉女侠的威名？

马老师却幸灾乐祸。她早看宗初曼不顺眼了，冷笑道："我就说她没什么好心眼，这回可真是撞到了铁板！"

范彤头疼地说道："我跟她们都谈谈吧。"如果是团里成员平常的小打小闹，她们当然不好管，但涉及受伤，问题就比较严重。

宗初曼还在医务室，范彤便先找上楚瑞清面谈。她播放完录像，小心地观察对方的神色，不知楚瑞清得知宗初曼的害人之心后，会有什么反应。

楚瑞清看完录像后表情淡定，并没有发表过多的感想，一直很沉默。她好像并没生气，也不意外，对宗初曼撞人的行为没有任何评价。

范彤只得主动发问："你有什么看法？"按常理来说，被害者心里会有些不舒服。

楚瑞清却并无怨怼之色，坦白地道："她真的没有天资，学了那么多遍，动作还是错了。"

新晋领舞楚瑞清认为是宗初曼太笨，跳舞根本记不住动作，乱走位，致使摔倒在地。

范彤：等等，录像的重点难道是宗初曼跳舞不好、业务能力差吗？

两人交流过后，范彤哭笑不得。她发现楚瑞清真的很严格，同时思考问题的方式与众不同，完全不将宗初曼的挑事放在眼里。不过说实话，按照峨眉派大弟子的战斗力，宗初曼真要正面PK（单挑）楚瑞清，怕不是会被打死？

范彤好奇地问道："那你觉得宗初曼怎么样？"

楚瑞清淡淡地答道："撒谎成性，韧性不佳，前途有限。"

人的性格对一生有极强的影响力，不论是普通人还是修行者，最后都是在无数因素的诱导下做出选择。宗初曼心性已定，沉不下心，肯定走不长远。

范彤看她老气横秋地给出评价，不免感到好笑："那陈思佳呢？"

吃人嘴软、拿人手短的楚瑞清默然，实在不好评价宛如衣食父母的室友。

范彤见状放松下来，觉得楚瑞清可以跟人好好相处，只是分对象而已。她想起自己的目的，轻声道："你在这里也生活了两三天，大概明白初梦少女团的情况了，有兴趣签约吗？"

"虽然现在公司还小，但我们也陆续接触到很多好资源，处于上升期。我们觉得你有成为偶像的潜质，而且你练习时进步也很快。"范彤好歹是从大公司出来的经纪人，说话很有分寸，跟每天将"我团要解散"挂在嘴边的陈思佳截然不同。

楚瑞清最近逐渐接触了女团文化，终于发出疑问："偶像是什么？"

虽然陈思佳解释过这个问题，但她说得含含糊糊、模棱两可，偶像似乎是在台上又唱又跳的艺人，然而跟歌手、舞者又有区别。

楚瑞清至今没弄明白偶像的概念，既然偶像跟唱跳有关，为什么还要看粉丝？有人唱跳不佳，为什么反而能被更多人喜欢？偶像的进阶路线究竟是什么？

陈思佳说得越多，楚瑞清越迷糊，完全不知道偶像在做什么。

范彤比陈思佳要有阅历，心平气和地答道："从宏观上来说，偶像是为人所崇拜的对象，所有在某个领域有杰出成就的人，都可以成为大众的偶像。

"当然，我们行业里说的偶像是狭义的概念，大多数指从事演艺事业的艺人，当偶像只是他们的工作。既然是工作，水平自然参差不齐，有人仅仅为了糊口当偶像，有人却能做到巅峰，成为经典。"

范彤思索片刻，迟疑地打了个比方："这就好像你习武，有人只为强身健体，有人却能成为大师。"

楚瑞清了然地点点头，大致理解了偶像的概念。

范彤看她明白过来，满怀期盼地问道："那你有兴趣做偶像吗？"

楚瑞清眨了眨眼，反问道："如果按照剑术水平，我已经算是偶像了吗？"她觉得自己的剑术能排当世前三，完全符合"在某个领域有杰出成就"的标准。

范彤一时发蒙：你说得好有道理，我竟无言以对！

范彤感觉她们对话的方向不太对，她是觉得楚瑞清适合做女团偶像，而不是怂恿对方去奥运会搞击剑。

她强行将主线拽回，循循善诱道：“那你可以将这当成工作，也算是赚钱营生的手段。”

楚瑞清想起在陈思佳处累积的欠款，问道：“签约后才能赚钱吗？”她本来想月底将补贴交给室友，但现在的情况跟她想的有点儿出入。

范彤点头道：“是的，公司只会给员工发钱。”

范彤看楚瑞清面露犹豫，好脾气地说道：“你可以回去继续考虑，其实你要是暂时没事，工作也是成长的好渠道，能帮你更快地认识外界。”

范彤觉得楚瑞清就像是深山里的能人异士，对现代社会一无所知。她稍微闲谈一番后，才得知楚瑞清过去的日子都在习武，极少下山。说实话，虽然楚瑞清有离奇的本事，但在如今的社会很难找到工作，当女团偶像算是比较适合她的一条路。

范彤有预感，楚瑞清要是愿意干这行，绝对有大红的潜质。

楚瑞清没有马上答应，心里还惦记着古剑，毕竟这是她下山的初衷。范彤也没强求，反正签约要有证件，一切都要等联系上楚瑞清的亲人后，才能再做定夺。

范彤劝完楚瑞清，又跟在医务室的宗初曼面谈一番。她这回的态度严厉了不少，先是谴责对方恶意撞人的行为，同时提及正在接触的选秀节目。

“如果你是现在的状态，我觉得你很难入选。你不会真以为自己的粉丝很多吧？”范彤说话慢条斯理，却轻描淡写地点出残酷的现实，“外面的世界非常大，你们甚至还没踏进娱乐圈的门。”

初梦少女团的人气成员的微博粉丝量还不及一般网红，说到底就是草台班子，成员薪水很低。范彤既然来到这里，自然也是想真做点儿事。但她心里清楚，团里很多人一辈子不会出头，她能捧红一个就感天动地，红两个算公司红运当头了。

宗初曼神情复杂，她当然知道范彤说得没错。范彤是见识过大场面的人，宗初曼敢跟马老师对着干，却不会得罪强势的经纪人。如果她能上节目，便是走上了更大的舞台。

宗初曼考虑到长期利益，暂且没有再惹事，最近老实了不少。

范彤做事很靠谱，没过多久竟真找到峨眉山云岭阁的人，相隔两地的楚瑞清和师妹终于取得联系，一时颇为感慨。

小贝担忧地问道：“大师姐，你在外面还好吧？怎么现在都没回来？”她本以为师姐一天就能回山，没想到师姐突然音信全无，让人心慌不已。

楚瑞清十分无奈：“纸剑损坏，我现在没法御剑。阙和呢？让他下山给我送纸剑。”

师妹小贝身体特殊，没有办法离开峨眉山，二师弟又是猴，更不可能送东西。

小贝支支吾吾，为难地说道：“三师兄昨天卜完卦，突然急匆匆地出门去了，不知去哪里了……”

楚瑞清不禁陷入反思，当年怎么没把阙和直接打死？他总在关键时刻掉链子，她要这三师弟有什么用？

“但三师兄还是很担心大师姐的，前天还专门测算了古剑的位置！”小贝赶忙补救，想要挽回脆弱的同门之情，试探道，“不然我让猴群把东西送下山？应该也可以。”

楚瑞清虽然没有生活常识，但也知道不能让猴群大规模地逃出峨眉山。

最后还是现代人范彤出了主意，让小贝将楚瑞清的行李邮寄过来，这才解了燃眉之急。小贝尽职尽责地将楚瑞清的用品收好，往包裹里塞了无数手叠纸剑，还翻出压在箱底许久的证件，最后打包邮给大师姐，达成了“人生首次寄快递”的成就。

宿舍内，陈思佳望着敞开的箱子，不禁满目茫然：“你家里寄来的是什么？”

她们把快递箱一打开，映入眼帘的便是无数把纸剑，下面是整齐的洁白古装，最搞笑的是底部压着一层新鲜蔬果。总而言之，这完全不像少女偶像的行李，包裹的构成很复杂。

楚瑞清将东西全清出来，终于找到衣物中的锦囊。她打开锦囊，翻找出字条，开始认真地阅读上面的文字。这是阙和卜卦后的内容，也被小贝邮寄了过来，上面有古剑的方位。

楚瑞清强压下心中的雀跃之情，询问陈思佳：“这里有罗盘或者其他可以指方位的东西吗？”

陈思佳想了想，掏出手机，试探道：“地图可以吗？”

科技改变生活，峨眉派大弟子和室友最后靠电子导航，找到了卜卦字条上的位置。拍卖大楼门户紧闭，两人徘徊在人烟稀少的大门口，一时有点儿茫然。

门卫大叔皱眉道："你们是干吗的？"

陈思佳好奇地问道："您好，这里什么时候开门？"

大叔没好气地摆了摆手："早着呢，别添乱！"

两人吃了闭门羹，陈思佳干脆上网搜索起建筑的名称。她望向楚瑞清，迟疑地问道："你的东西真在这里？"

楚瑞清点了点头。她一直觉得古剑就在附近没离开，只是没法确定古剑的具体地点。古剑极度狡猾，肯定会躲在难找的地方。卜卦结果能进行准确定位，这座建筑也确实离宿舍楼不远，而且外观并不显眼。

陈思佳浏览着手机网页上的内容，不由得眉头微锁："但这是某家古董拍卖会的大楼，而且下半年才有活动……你要找什么？"

楚瑞清："一把古剑，没有剑鞘。"

陈思佳低头翻了翻，给楚瑞清看网页上的图片："是这把剑吗？"

楚瑞清眼睛一亮，当即答道："是！"

陈思佳面无表情道："这把剑在网上的估价是四百万元。"

楚瑞清："……"

陈思佳看她还不明白，平和地说道："你家给你打钱没？或者未来家里有拆迁款吗？"

快递没法邮寄现金，小贝又不可能给大师姐汇款，峨眉山怎么会拆迁？

楚瑞清："没打钱，不拆迁。"

陈思佳用充满母爱的眼神望着她，怜悯地说道："孩子，你这辈子跟它无缘了。"

普通人怎么可能赚到四百万元？陈思佳只能残忍地帮助室友认清现实。

一文钱难倒好汉，楚瑞清万万没想到，狡猾的古剑居然如此阴损，用这种方式逃避自己。

第二章

小试一剑　替友斗小人
初上节目　师徒缘起情

楚瑞清可以保证，过往绝对没有哪个峨眉派弟子要沦落到自己买剑的地步。门内一直有剑冢，每名弟子会在合适的时机进入，且只能取走一把专属的剑。她凭本事拔出来的剑，肯定是属于她的，她凭什么要掏钱？

楚瑞清皱眉道：“这是我的剑，怎么会被卖？”

陈思佳翻了翻网页，无奈地说道：“网上没有卖家信息，我也不知道。”

楚瑞清抿了抿唇，又问道：“如果想在短期内筹够这笔钱，做什么最快？”

陈思佳小心翼翼地开口：“做梦？”

楚瑞清：“……”

陈思佳赶忙摆手：“你不要生气，主要是剑太贵啦，恐怕只能抢银行吧。其实你有那么多纸剑，何必非要买真剑？”

楚瑞清认真地答道：“对我们来说，每人一生只能从剑冢中拔出一把剑，相当于本命剑器。”

陈思佳：“原来这么重要……”

楚瑞清：“所以我就是用它劈柴，也不能让其流落在外。”

陈思佳心想：价值四百万元的劈柴利器？

陈思佳望着面无表情的楚瑞清，莫名感到一丝阴森森的寒气，觉得这剑的下场不会好。

两人搜寻一通，最后空手回到宿舍，开始分享包裹里的蔬果。果实黄中带红，像是寻常的李子，又有点儿不一样。陈思佳咬了一口果子，只觉得果肉脆甜可口，汁水充沛，混合成奇异的口感，还挺美味的。

陈思佳："这是什么水果？还挺好吃的。"

楚瑞清正在叠衣服，心知蔬果是二师弟的手笔，答道："在后山自己种的，我也不知道。"

陈思佳一边吃果子，一边看她收拾东西，说道："等到月底发补贴了，我带你去商场转转吧，你家寄的衣服不太合适。"

虽然现在大众对各类服装的包容度很高，但楚瑞清也不能天天穿古装，连身常服都没有。

楚瑞清听到补贴，又想起突如其来的四百万元，不由得沉默地停下手中的动作。陈思佳见状，立马明白她想起了伤心事，安慰道："没事，说不定你哪天爆红，拍部戏就赚出来了呢！"

"现在不是好多明星的片酬很高吗？他们应该随随便便就可以赚四百万元吧。"陈思佳张口就来，却没提及底层小偶像和真正的大明星的差距。

楚瑞清已经将东西收拾完，将锦囊里的证件拿出来，发现上面有自己的照片，却不知是何时留下的。这些俗世杂务都是阚和弄的，只是原来楚瑞清和小贝都不下山，根本没用过身份证。

陈思佳凑过来看，不由得颇为惊讶："你才十八岁？比我小！"

楚瑞清心想，如果要比实际年龄，室友恐怕得敬自己为长辈，也不知这东西靠不靠谱。

楚瑞清拿到证件，又找到身价倍增的古剑，面对金钱的压力，最终只能答应范彤签约的建议。

选秀节目快要进行初选了，范彤觉得此刻时机正好，不由得相当欣喜。她向楚瑞清细致地解释了合同内容，尤其是某些略显苛刻的地方，害怕对方产生误会。

楚瑞清简单听了听，无非恶意解约后短期不能进行演艺事业，合同时长为五年。这份合约中规中矩，必然有些限制条件，但她还算能接受。签约结束，楚瑞清便算是正式“卖身”，成为山下的打工仔。

范彤笑道：“你先不用上小剧场，最近有节目初选，你直接等那个吧。”

初梦少女团的其他成员每周会定期进行剧场表演，也算是吸引粉丝的主要渠道。然而楚瑞清入团的时间比较巧，正好是《偶像新秀》初选的时候。节目组会联系各大公司，让选人导演和所有练习生或艺人进行面谈，算是初选，然后确定最终在节目里亮相的百人阵容。《偶像新秀》第一期只会出现一百人，但选角导演私下要筛选上千人，选手们的竞争压力相当大。

初选当天，初梦少女团在走廊里等待，按顺序进房间面谈。陈思佳坐在楚瑞清身边，难免惴惴不安，紧张得要命。她望着面色镇定的楚瑞清，羡慕地说道：“你完全不慌呢……”

楚瑞清不懂对方的坐立难安，问道：“今天不是光谈话，都不用表演吗？”

节目初选就是填填报名表，导演进行简单提问，甚至没有歌舞表演的环节。

陈思佳当即说道：“谈话也很重要，这可关乎你在节目上的人设！毕竟节目都是有剧本的！”

楚瑞清听她又说些“逆风翻盘”“演员剧本”的概念，一时无言，觉得室友过度不安了。

面试过程有长有短，很快便轮到楚瑞清。她推门进去，只见屋中摆着一张简易的桌子，后面是几个《偶像新秀》的导演。他们都已十分疲惫，见到楚瑞清后略松一口气，私下交头接耳起来。

楚瑞清听力甚佳，捕捉到他们的闲聊，无非“这个跟照片比较像”“好困，点杯咖啡吧”等话。负责询问的导演是个年轻的女孩儿，微笑着引导楚瑞清入座，说道：“先简单介绍一下自己吧。”

前面的介绍内容很平常，面试的重头戏是后面的采访，通过问答表现练习生的性格，也为节目的后续剪辑提供素材。

选人导演们每天要见无数艺人，早就陷入了审美疲劳，只是按部就班地完成工作。女导演很快便抛出经典的问题：“你为什么想成为偶像？”

这简直是选秀节目里评委询问选手时的万金油，评委恨不得每次都把练习生问得泪如雨下，以展现他们的努力。每个人都要从自己的梦想说起，把人听得耳朵都要起茧了。

楚瑞清平静地答道："因为要赚钱。"

"嗯，因为要……"女导演习惯性地点了点头，又觉得哪里不对，不禁抬头，"你很缺钱？"

楚瑞清："缺。"

女导演："是家里条件不好，想让家人过上好生活？"

楚瑞清："不。"

女导演："那你觉得偶像是什么？"

楚瑞清："工作。"

女导演："为什么不选择其他工作呢？"

楚瑞清："据说现在的就业环境不好。"她不是没有找工作的念头，但陈思佳说经济环境差，别的工作更不可能在短时间内赚到四百万元。

女导演看她满脸郑重，哭笑不得："难道现在做偶像就很容易？"

楚瑞清眨了眨眼，虚心请教："或者您有其他建议？"

女导演见楚瑞清一本正经，宛如着急找工作的应届毕业生，心中更觉好笑。她全程想将采访朝积极向上的风格引导，然而对方却满脸写着"什么来钱快，我要吃饭的"，画风跟梦想没一毛钱关系。

女导演好脾气地说道："如果能让你选，你希望自己的最终出道排名是多少？"

《偶像新秀》有十个出道位，最后票选前十名者组成女团，进行活动。

楚瑞清想了想，答道："九。"

女导演："原因是？"

楚瑞清："九为数之极，天地之至数，始于一，终于九焉。"

女导演："不好意思，你能不能写一下这句话？"

女导演感觉自己面临职业困境，还没见过如此言简意赅的练习生，对方说话不是一个字一个字地往外蹦，就是直接飙文言文，完全剪不出段落来。因为楚瑞清实在话太少，女导演只能努力地又看了遍表格，找寻楚瑞清的其他亮点。

"你是峨眉派弟子？"女导演浏览完资料，发现了异常之处。虽然练习生们的过往经历多彩多样，但这条实在别具一格。

其他导演闻言，同样产生了兴趣。他们刚才还无精打采，现在都围过来，调侃道：“是周芷若那个门派？”

女导演好奇地问道：“你能稍微展示一下吗？你们都学什么？”

楚瑞清看着兴致勃勃的众人，不太理解他们突如其来的热情，似乎每次提及峨眉派，山下人都会产生无数奇怪的遐想。陈思佳当初也是满脸惊奇地问东问西，还扯上了倚天剑。

楚瑞清反问道：“你想看什么？”

女导演还没回答，旁边的人已经打趣道：“乾坤大挪移？”

“你是不是傻，峨眉派是九阴白骨爪！”几个导演讨论交流起来，竟回忆起《倚天屠龙记》的情节。

女导演看向楚瑞清，温和地说道：“都可以，你随意发挥。”

说实话，楚瑞清并不知道他们在期待什么，自由发挥反而更难。她听到“乾坤大挪移”和“九阴白骨爪”，尽管不明白后者是什么，但前者的“大挪移”似乎比较好理解。

导演们本以为她会当场表演武术，还特意往旁边退了退，想要让出一片空地。女导演望着狭窄的房间，犹豫地问道：“地方够吗？”

“够。”楚瑞清却没起身，瞟向放置在一边的咖啡杯。三四杯咖啡整齐地放在桌上，是导演们刚才点的外卖，还没有动过。

楚瑞清坐在面试桌前，跟放着咖啡杯的桌子相隔一条过道。她直接运气，手腕一翻，只听一声轻响，不远处的咖啡杯盖齐齐飞了起来，宛如骤然绽放的礼花！

塑料杯盖像是被无形的外力击飞，皆四散弹落到一边，然而杯中醇香的咖啡点滴未洒。

导演们诧异地望着这一幕，又看看根本没碰过杯子的楚瑞清，惊讶得合不拢嘴！

楚瑞清和咖啡杯相隔一段距离，有人狐疑地上前检查杯子，确定并无机关，更感不可思议。这难道是隔山打牛？近景魔术？神秘气功？

导演组的人皆陷入沉默，紧接着产生了发自灵魂的疑问：现在就业环境真的那么不好，有这能力都找不到工作吗？

楚瑞清的展示恰到好处，看上去神奇，又不算离谱。导演们只当她有些小技巧，类似于魔术，也不会多想。众人惊叹片刻，不由得对她留下了些印象。

或许是楚瑞清找工作的欲望太强烈，几个导演不知为何，竟对就业展开了激烈的讨论。他们宛如给大学生上就业指导课的老师，积极地帮她出谋划策。

“你可以做魔术师啊。”

“现在魔术师赚得不多，前不久某台晚会刚请过，那都是成名的……”

“她年纪小，其实读书考大学最靠谱。”

“应届生能拿多少钱？我都觉得帝都租房贵！”

“还是做偶像吧，可以边读书边工作，公司包吃住……”

几人认真地探讨了一番，居然逐渐接受了楚瑞清做偶像的理由，并且觉得合情合理。毕竟她也很难接触到靠谱的其他工作，做哪行都免不了要遭到社会的“毒打”。

面谈结束，楚瑞清离开小房间，看到在走廊里等待的陈思佳。陈思佳疑惑地问道：“你的面试时间好长，我比你后进去，怎么都比你先出来？”

陈思佳了解楚瑞清的性格，她平时半天憋不出一句话，不爱主动发起话题，很难想象她会聊这么久。

楚瑞清：“他们讨论就业问题，稍微耽误了一些时间。”实际上，她那时基本没开口，都是导演们在针砭时弊。

陈思佳：节目组这么关注社会现实问题吗？

初梦少女团结束了《偶像新秀》的初选，陆续回到宿舍楼。屋内，陈思佳躺在床上发呆。她难得地安静下来，有点儿怅然若失。

楚瑞清将洗好的果子端出来，问道：“要吃吗？”

陈思佳这才回神，坐起身来。她握起一颗果子，拿到嘴边又放下，突然落寞地说道：“我会不会不适合做偶像啊？”

楚瑞清：“为什么？”

陈思佳无奈地笑了笑：“因为我都不知道，自己凭什么被粉丝喜欢，既没有你跳舞好，也没有宗初曼人气高……”

她长叹一声，仰倒在床上，颓丧地说道：“今天导演问我，为什么要做偶像，其实我都蒙了。我们团本来就没什么名气，但我在这里都混不出来，像是只会空谈梦想的傻子。”

陈思佳入团已经有一段时间，人气却不温不火。初梦少女团本来就算十八线艺人，她在团里都不出众，在娱乐圈里更是没有什么存在感。她刚抵达团里时，可谓满腔热血与抱负，但随着时间流逝，梦想似乎越发遥远。

她本以为可以靠努力接近心中的目标，但似乎只是跌跌撞撞地认识到自己的平凡与无力。

楚瑞清面露疑惑道："为什么宗初曼的人气很高？"这真的是她长久以来的疑问，如果单看业务水平，全团不少人吊打宗初曼。

"当然是因为……"陈思佳刚要回答，不知想到什么，又刻意压低音量，似乎怕人听到，"其实她们私下会跟粉丝联系，偶尔还见面的。"

"你没去过剧场，我们团的粉丝很固定，厉害的粉丝就是那几个人。只要跟他们关系好，基本人气就能稳住。"陈思佳小声解释道。

初梦少女团的有钱的粉丝不多。周边的出售情况是反映成员人气的渠道，而真正能冲销量的就是那些有钱的粉丝。宗初曼等人靠私下和粉丝联系抓住粉丝，所以她们的周边产品的销量从没低过。

楚瑞清迟疑地说道："既然如此，你也可以这样做。"

陈思佳当即面红耳赤地争辩："我、我怎么会做这种事，这才不是正道！"

楚瑞清看她如此郑重，不由得浅浅一笑道："所以并不是你的错，而是环境的错。"

因为畸形的剧场环境和不合理的人气计算方式，才会致使投机者上位，守规者无处发挥。

陈思佳头一回见识楚瑞清的笑容，像是雪后的柔和阳光，尽管稍纵即逝，但成功地安抚了她。她心里稍感安慰，但还是嘀咕道："那要是环境一直这样呢……"

楚瑞清平静地说道："离开它，或者改变它。"

如果自己没有立足的力量，那就只能抽身远离；如果拥有足够的实力，那就成为新规则的缔造者。

《偶像新秀》的初选结果很快公布，因为公司不算大，范彤心中推测的入选名额是两个。面试结果公布后，众人都相当惊讶，通过初选的人是楚瑞清和陈思佳。

范彤望着两人，高兴地说道：“你们屋风水很好呀，接下来要努力排舞，准备上节目！”

范彤觉得这阵容挺合理，楚瑞清舞蹈很强，陈思佳声音出众。两人又同在一屋，排舞的默契没问题，应该算是很有竞争优势，估计可以撑到节目中期。

因为范彤是外来的经纪人，对公司本身的剧场文化的认同感不强，所以并不觉得宗初曼落选是奇怪的事。毕竟《偶像新秀》后台强硬、资金雄厚，导演组不会看十八线偶像的人气，基本上将她们当新人，一视同仁，最多看公司背景。

然而这对心高气傲的宗初曼来说，简直是无法忍受的事情。她前段时间安分守己，无非担忧会影响初选，现在结果一出来，整个人差点儿被气炸了！

宗初曼心中愤愤，楚瑞清也就算了，范彤和马老师的心明显是偏向她的，早就给她大开后门了，但陈思佳又凭什么？

人是古怪的动物，横空出世的空降兵还能接受，但突然被原本默默无闻的人超越，妒火便被点燃。

录音室内，练歌结束的陈思佳放下耳机，看了眼时间，准备回宿舍。大门却突然被打开，宗初曼等人走进来，直接将身后的门关上。

陈思佳看她们面露不善，心中有点儿惴惴不安，强作镇定地问道：“有事吗？”

宗初曼一言不发地站在后面，冷漠地看着陈思佳被围住。

有人嗤笑道：“抢了小曼的机会，你很得意吧？”

楚瑞清回屋时，发现陈思佳不在房间内，感到有些奇怪。陈思佳时常会去录音室练习，但按她平常的习惯应该早就回来了，不会耽误这么久。

两人相约晚上外出采购，楚瑞清索性去录音室找她。

录音室的门年久失修，一直没法完全关上。楚瑞清想推门进去，却发现门那头似乎被东西挡住了，竟然推不开。她心生狐疑，干脆猛地用力，直接闯了进去。

挡门的椅子在地上划出尖厉的声音，被开门的巨力掀翻后，可怜地倒在地上。屋内的众人听到怪响，回头便见到面无表情的楚瑞清破门而入。

楚瑞清环顾一圈，发现被人拽住头发的陈思佳，当即皱着眉说道：“你们在做什么？”

其他人左右看看，倒是宗初曼率先开口，语气颇为高傲：“前辈教后辈些道理，请你别多管闲事。”

楚瑞清看着聚众欺凌陈思佳的女孩儿们，虽然大家号称少女偶像，但脱去舞台上可爱的服装后，跟无学历的小太妹也没什么差别。她心中生出不悦，本以为宗初曼是跳舞没猴好，现在看来居然还没猴通人性。

楚瑞清淡淡地问道：“你是她的前辈？”

宗初曼仰起下巴：“我入团比她早，人气比她高，自然是前辈。”

楚瑞清：“以强凌弱就是你的处事准则？”

宗初曼耸耸肩，大言不惭道：“有什么问题？”反正她们人多势众，楚瑞清也翻不出浪来。

楚瑞清点头：“没问题，你还是从小挨打少，所以不通道理。”

宗初曼：“……”

楚瑞清面露威严之色，语气严肃：“不打不长记性，我既是你的长辈，又是你的师姐（领舞），今日便替师长罚你，以免他日你误入歧途，酿成大错。”

宗初曼看她一本正经，还没反应过来，便感手臂宛如遭鞭击，疼得惊呼出声！

楚瑞清没有亲自给对方来一顿“竹简煸肉”，毕竟对方是女孩儿，真照打师弟的手法来，估计会半死。她索性运气，专挑疼痛感强烈的穴位抽，务必让宗初曼长教训。既然前辈可以教后辈，那她作为长辈教小辈，岂不是合情合理？

峨眉派大师姐自小教导师弟师妹，向来是走棍棒教育。阚和当初流里流气，惹是生非，经过多年“毒打”，不也成了侠义之士、谦谦君子？楚瑞清本以为宗初曼是韧性不佳，但现在看来她是要走上歪路，需要人及时帮她改正。

其他人满脸疑惑，明明楚瑞清站在原地毫无动作，宗初曼却疼得连连惊叫、倒抽凉气，控制不住地抱臂。有人犹豫地问道：“小曼，你没事吧？”

大家很茫然，连扯陈思佳头发的人都松开了手，诧异地看着这一幕。

宗初曼脸色惨白："你们都愣着干吗，看着我被打吗？"

众人皆很疑惑：可是没有人打你啊。

有人看出异常，想朝楚瑞清扑去，立刻也遭遇无形的鞭打，痛得哇哇大叫。

陈思佳看着周围的人接连倒地，犹如老太太碰瓷，满脸都是不可思议。

宗初曼咬牙说道："楚瑞清，你好样的！居然敢打人！"

楚瑞清心平气和地道："既然以强凌弱没问题，我打你不是天经地义？"

宗初曼可以得意扬扬地仗势欺人，她当然也能以其人之道，还治其人之身。她只不过是一面镜子，直接照出宗初曼的处事方式，并将其返还给宗初曼而已。

化身为思想教育老师的楚瑞清认真地说道："虽然我不认同你的处事方式，但这不妨碍我用你的处事方式教育你。"

楚瑞清贯彻峨眉式教育理念，坚信"孩子脾气老不好，多半是惯的，打一顿就好了"。

宗初曼等人本就身娇体弱，平时无非靠人多势众，实际上没什么战斗力。楚瑞清忽视太妹偶像们的哭爹骂娘，毫不客气地教训了她们一顿，打算给其留下惨痛的教训。

不得不说，楚瑞清的教育风格属于old school（守旧派），她还没有现今家长们注重的平等、交流的观念，仍坚持不服打到服。

楚瑞清惩罚结束，面无表情地问道："知错吗？"

宗初曼咬着牙，梗着脖子不说话，似乎还想保留最后的骨气。

楚瑞清挑眉，若有所思道："还是下手轻了。"她果然应该用打师弟的力度，目前看来好像没效果。

宗初曼闻言，不由得脸色一白，生怕对方再动手，只能屈辱地答道："服……"

楚瑞清这才满意地点头："知错能改，善莫大焉。你以后要做一个匡扶正义、侠肝义胆的好人，不能以强凌弱。"

宗初曼："……"

旁边的陈思佳面露迟疑，思索片刻，总觉得这话分外耳熟。

宗初曼一行人终于被放了，一溜烟地往外跑，脚步踉踉跄跄。陈思佳理了理自己乱七八糟的头发，既感谢楚瑞清出手相救，又不免担忧："她们肯定不会善罢甘休的，我们不如去找范姐吧……"

陈思佳并不觉得此番威慑有效，反而认为双方算是正式结下梁子了，以后更麻烦。

楚瑞清沉着地说道："那就只能多教育几次。"

陈思佳："……"她突然觉得室友超凶。

陈思佳莫名其妙被堵，自然会向范彤汇报此事。另一边，宗初曼却倒打一耙，声称楚瑞清打人，而且有证人。双方僵持不下，让范彤万分头疼。虽然陈思佳解释楚瑞清并没有碰到宗初曼她们，但范彤知道峨眉大弟子有隔空打人的本事。

范彤：总觉得认识楚瑞清后，便跟"寻衅滋事"结下了不解之缘。

房间内，范彤望着两人，严肃地说道："我不管你们有多正当的理由，但现在比赛在即，我想练习才是更重要的事情！她们不用上节目，难道你们也不用？"

陈思佳面对经纪人的怒火，不安地低下头，一旁的楚瑞清则静静地听着。

范彤放软语气道："你们也清楚她们闹事的原因，所以更不能被影响。我会跟老师们说一声，以后你们单独排练，最近不用跟团里的活动。"

宗初曼等人无非嫉妒，这是范彤无法控制的事情。她唯一的办法就是将双方隔离，避免她们再起冲突。宗初曼确实有错在先，但公司不可能将所有涉事人全部开除，那更会引起轩然大波，甚至影响到《偶像新秀》。

范彤看着懵懂如白纸的两人，语重心长地说道："外面的世界很大，你们只要冲出去，其实就不用再顾虑这些……"

"但如果摔回来，结果就会很惨。"她无奈地笑笑，轻轻叹息道。

这个光鲜的圈子就是如此现实，只要能飞上云霄，便不用再看浊泥一眼，但要是不小心跌下云端，便会被曾经的奉承者踩到底。

两人只要能在《偶像新秀》闯出成绩，别说是宗初曼，甚至连公司，她们都不用放在眼里。但如果她们灰溜溜地回来，未来的日子恐怕还不如现在。

因为范彤的安排，楚瑞清和陈思佳成功地脱离队伍，过上了封闭而孤独的排练生活。她们的初舞台曲目是*Joker*，编舞略微进行了调整，还配有崭新、漂亮的舞台服装。

“老年人”楚瑞清最近正在学习使用电子产品，对各类舞蹈和武术视频产生了浓厚的兴趣，每天都窝在屏幕前看。

陈思佳见状，笑道：“你更喜欢看哪类？”

楚瑞清：“舞蹈。”

陈思佳颇感诧异：“我还以为你会选武术。”楚瑞清毕竟是峨眉派弟子，怎么能不遵从人设？

楚瑞清解释道：“他们的视频对我没有帮助。”

武术本身是小众技艺，网络上流传的武术视频数量较少，而且质量一般。在楚瑞清看来，这些视频都有点儿小打小闹，不算优质资源。舞蹈视频则不一样，她对此了解少，且舞蹈种类繁多，可以看挺长时间。

陈思佳点点头，像往常一样继续看手机。片刻后，她不知看到什么，愤愤地说道：“宗初曼好不要脸，居然还在网上倒打一耙！”

楚瑞清：“……”

陈思佳：“她发微博暗讽被人抢了名额，真是好一朵‘白莲花’！”

楚瑞清逐渐熟悉她们这个圈子的术语，冷静地指出：“你们团不是快要解散了吗？她发的东西，会有人看吗？”

“你说得好像有道理……”陈思佳还没说完，突然反应过来，吐槽道，“等等，什么叫你们团，现在也是你的团。”

楚瑞清被点破小心思，一时无言。她还真不想跟宗初曼等人共沉沦。

宗初曼的微博很快被删，不知是她自己作妖，还是被公司要求删除的。虽然初梦少女团的粉丝很少，但还是有些有话语权的粉丝相信谣言，在网上将楚瑞清和陈思佳说得很不堪。

楚瑞清不会上网，看不到流言蜚语，心境相当平和。陈思佳却被气得不轻，反倒由此激起斗志，发誓要好好准备，洗脱“抢名额”的污名。

怒火冲天的陈思佳突然战斗力激升，唱歌越飙越高，宛如吃了枪药的小海豚。两人配合得不错，还在舞蹈中加入了飘逸优美的武术动作，让楚瑞清在空中翻身。

陈思佳看完练习录像，画面中楚瑞清有着令人惊艳的空翻动作。她不禁拍手赞叹：“不错不错，果然不翻不是中国人。”

这是一句调侃，“不翻不是中国人”，特指韩国女团里的中国成员几乎人人会翻跟头，常有武术基础。楚瑞清有天赋，在此类特殊动作上有优势，让舞蹈完成度很高。

练习的时光稍纵即逝，留给楚瑞清和陈思佳的时间不多了。两人很快便要提着行李，进入封闭摄影棚参加节目。练歌间隙，陈思佳闲聊道：“你的东西收了吗？”

楚瑞清前不久居然想直接抱着快递纸箱参赛，被陈思佳明令禁止。陈思佳可不希望两人的首条新闻，便是“凄惨的十八线偶像抱纸箱打工”。两人特意外出挑了行李箱，方便楚瑞清打包东西。

“没有，不过我的东西不多。”楚瑞清觉得把纸剑和衣物装上后，自己也不剩什么了。她仔细回想了一番，感觉好像有所遗漏。

宿舍门口，宗初曼和同伴鬼鬼祟祟地看看四周，前往楚瑞清和陈思佳的房间。旁边的人劝阻道：“小曼，别了吧，这绝对会被开除……”

虽然楼道里的监控被关，但纸包不住火，她们这么做难保不会被人发现。

宗初曼不满地说道：“那就让她们风光地上节目吗？开除就开除，反正范彤也偏心！”

宗初曼满腹抱怨，楚瑞清公然打人，范彤都对她高高抬起、轻轻放下。宗初曼算是看出来了，要是楚瑞清真靠节目翻了身，回来还不把她们踩进尘土里？范彤根本没想捧她们，眼里只有楚瑞清。

门锁轻轻一响，宗初曼顺利地推开房门，看到墙角极度整洁的床铺，立马明白其主人是谁。房间里的摆设跟其他宿舍无异，床边有着矮小的置物柜，常用来放些贵重物品。

“这算是偷东西吧……”同伴看宗初曼上前，不禁为难地说道。

宗初曼皱眉道：“我可不要她的破东西，不过得给她点儿教训。”宗初曼不贪财，但总想要给楚瑞清造成点儿损失。

同伴踌躇着，似乎心中在挣扎，不敢贸然行动。

宗初曼干脆自己动手，蹲下身翻柜子，半天没找到值钱的物件，直到发现最深处的木制小盒。木制盒子雕刻精致，旁边有两个小小的透气孔，好像装有贵重物品。

宗初曼好奇地晃了晃盒子，感觉里面装的是首饰，又藏得如此隐蔽，恐怕价格不菲。

她如果把这个损毁、丢掉，应该会让楚瑞清心疼许久。

宗初曼打定主意，决定将木盒里的东西取出。她刚刚掀开盖子，便见小小的黑影朝自己扑来，紧接着面部传来刺痛感！

小蜈蚣在盒子里被晃得七荤八素，一感受到新鲜空气，便愤怒地咬了罪魁祸首一口！

小蜈蚣：蜈蚣不发威，你们真把我当菜青虫？

小蜈蚣被关押良久，如今也是满肚子火气。它畏惧楚瑞清，但可不怕寻常人，直接对宗初曼发起攻击。

虫子绝对是女生的天敌，同伴看清宗初曼脸上的东西后，当即色变，尖叫道："啊——蜈蚣！是蜈蚣！"

宗初曼闻言，简直是脸色惨白，浑身冒冷汗，吓得魂飞魄散。她强忍痛楚，鼓起勇气将脸上的小蜈蚣扯下，猛地扔在地上，摔门逃离。她恐慌地摸了摸脸，总觉得麻痹感经久不散，伤口好像肿了起来。

屋内，木盒被随手丢在一边，小蜈蚣顺利放风，大摇大摆地爬上桌子，缩进了果盘里。

练习结束后，陈思佳开门回到了宿舍，不经意瞟到果盘里的小蜈蚣，恨不得当场爆炸，嘶吼道："楚瑞清，你居然把它放出来？这日子还过不过了？！"

主唱陈思佳的肺活量果然不凡，她宛如暴躁的更年期妇女，差点儿把楚瑞清的耳朵震聋。

楚瑞清："……"

楚瑞清看到小蜈蚣，这才恍然大悟，原来这也算她的行李之一！

差点儿越狱的小蜈蚣被丢回木盒，濒临崩溃的陈思佳一边用消毒剂擦桌子，一边抱怨："都不知道它爬过什么脏东西，你还留着它！"

楚瑞清很想解释，小蜈蚣稍有灵智，并没有那么脏，但她看着暴跳如雷的陈思佳，一时不好开口。小蜈蚣许久没有外出，躺回木盒里后分外哀怨，看上去病恹恹的。

楚瑞清这才想起，自己好长时间没管它，估计它饿得不行了。小蜈蚣爬过的水果，陈思佳是肯定不会要了，楚瑞清索性将水果削成片，丢进木盒。虽然小蜈蚣是肉食动物，但它此时也不敢挑剔，不情不愿地开始进食。

楚瑞清做完这一切，便合上木盒的盖子，想将其放回原位，却感到一丝异状。她平静地说道："我的东西好像被人碰过。"

陈思佳正在疯狂地消毒，闻言十分诧异："怎么会？"

楚瑞清说道："木盒原来是放在最里面的。"

陈思佳满脸疑惑："还有人偷这破玩意儿？"这得是多重口味的爱好？

虽然财物没有丢失，但两人还是将此事上报，想查查监控。楼道里的监控却很不靠谱，时常停止工作，偏偏没有那天的记录。此事本该不了了之，然而楚瑞清很快便发现了嫌疑人。

原因很简单，宗初曼的脸肿了，传得全团皆知。

房间内，范彤严厉地说道："公然到其他成员的房里偷东西，你觉得这是少女偶像该做的事？"

宗初曼前几次的举动还能当作小打小闹，这回她直接入室行窃，完全是品行问题，绝不能姑息。

宗初曼脸上的红肿还未消，伤口处麻痒难忍，看上去有点恐怖。她极度不服，愤愤地说道："楚瑞清是故意的！她早就猜到，否则怎么会放蜈蚣？难道用蜈蚣害人，就是少女偶像该做的事？"宗初曼认定是楚瑞清使计陷害，甚至怀疑同伴走漏风声，暗中背叛了她，所以当时不敢上前，故意让自己毁容。

宗初曼无比在乎外貌，现在看到脸上的青黑色痕迹都作呕，恨不得永远戴着口罩不见人。

如果换个人评议此事，估计还会疑惑蜈蚣的由来，但范彤怎会不知楚瑞清藏有小蜈蚣的原因？她看着宗初曼走火入魔的样子，不由得摇了摇头："事情不是你想的那样。"

楚瑞清是从妮妮身上取走的小蜈蚣，范彤是最清楚事情经过的人。

"你只要按时用药，伤口很快就会消失，痊愈后公司会跟你沟通合同的事情。"范彤照顾过妮妮，知道伤口不会持续太久。她觉得宗初曼已经不适合待在团内了，不然很容易便会搞坏一锅好汤。

宗初曼皱着眉说道：“你们要跟我解约？解约赔偿呢？”

范彤冷静地指出：“这不是解约，这叫作劝退。”

宗初曼的行为显然属于“偶像失格”，但公司不可能让她跳槽，而是让她进入冷冻期。她短期内无法从事演艺事业，需要等待冷冻期结束，否则便会面临赔付违约金的问题。这基本等于告别星途，毕竟冷冻期有5年—10年。

在范彤的控制下，宗初曼的离去并没有引发太大的波澜。即使网上偶有闲言碎语，其他成员也守口如瓶。初梦少女团本就没什么人气，事情很快便平息下来。

外出打工的楚瑞清并不知道，自己在团内莫名地背上了“养蛊偶像”的称号。因为她在宿舍里养虫，许多人相当震惊，同时佩服其室友陈思佳的勇气。

其他成员对楚瑞清有了新印象：不但舞跳得霸气，连养的宠物都如此霸气。

《偶像新秀》的摄影棚内，楚瑞清和陈思佳身着舞台装，贴上带着名字的名牌，正在工作人员的引导下等待入场。陈思佳有点儿紧张，在后台来回踱步，试图找话题分散注意力，问道：“你入场后想坐几号位？”

按照节目规则，首期有1—100名的座位供练习生挑选。楚瑞清被陈思佳强逼着观看了两集男版的《偶像新秀》，大致了解节目的基本程序，以免到时失误。

楚瑞清：“都可以。”

陈思佳：“我们不会首期就回家吧……”

楚瑞清：“不会。”

陈思佳：“你有没有觉得后台的空调冷？”

楚瑞清：“喝点儿热水？”

陈思佳皱着眉说道：“你怎么好像敷衍的直男？”

陈思佳仔细打量对方一番，楚瑞清今天首次上妆，可谓颜值暴增。楚瑞清略描眉黛后，妆容稍显古典，反倒加深了她身上飘然世外的距离感，让人不敢靠近。

如果单看脸的话，楚瑞清的条件无疑很好，唯一的问题就是她没综艺感，而且没表情。

虽然陈思佳早就知道室友的性格，但她此时还是语重心长地教育楚瑞清道："孩子，你要明白一个道理，这档节目有综艺性质，要是想有镜头的话，还是得适当地说点儿什么。"

如果按照楚瑞清往日在宿舍的状态，陈思佳害怕楚瑞清的粉丝会误以为偶像是哑巴。

楚瑞清看了眼佯装大人的陈思佳，心平气和地说道："你才是孩子。"她可比陈思佳大好几轮，甚至快忘记十九岁时的事情了。

陈思佳感受到对方长辈式的眼神，不由得满脸疑惑："……"

陈思佳：总觉得室友把这句话说出了"你才是弟弟"的意味。

楚瑞清和陈思佳终于在工作人员的提示下入场，两人进入大厅，诧异地发现周围一片漆黑。陈思佳正有些慌张，楚瑞清却听见旁边器材启动的声响。

下一秒，宏伟的舞台在灯光中升起，拼接组装成水晶的形状，照亮了漆黑的演播室。绚丽的灯光让人有些睁不开眼，金字塔般的座位映入眼帘。舞台设计宛如精致闪烁的水晶宫，流动着紫粉色的光泽，第一位的宝座位于顶端。

陈思佳惊得移不开眼，感叹道："好漂亮……"

两人是入场的第一组成员，这也是范彤疏通关系后的结果，千方百计地为她们提高出镜率。厉害的大公司不可能第一个登场，但首位亮相显然是让观众记住的好机会。

因为大厅里没有人，楚瑞清和陈思佳可以轻松地逛一逛，四处观摩一番。

"我们坐哪里？"陈思佳正仰头看着高处的座位，回头却发现楚瑞清已经坐下，不禁诧异于对方动作之快，惊道，"你坐了多少号？"

楚瑞清面色平静地道："99。"她的左右正是98和100，这位置可谓位于死角，镜头很难扫到。

陈思佳更加感觉不解："为什么？"

楚瑞清："玄生万物，九九归一。"

陈思佳试探道："会不会太没斗志，我们往上走一走？"

练习生选择的座位代表了他们个人对成绩的期许，首位登场的人选99号，未免太没斗志了。

楚瑞清奇怪地问道：“这不是随便坐坐，跟最终结果无关吗？”

陈思佳：虽然道理是这样，但你瞎说什么大实话？

陈思佳没有办法，又不想跟楚瑞清分开，只得破罐破摔地坐在98号位上。她心想，反正等级测评就两期，前期她要是没镜头就认栽吧。

楚瑞清并不知陈思佳的想法，解释道：“而且坐在这里，更能看清表演。”底部的座位离表演者较近，可以近距离感受舞台的氛围。

陈思佳心如死灰，面无表情地说道：“嗯，你想得真周到。”

没过多久，其他练习生陆续入场，众人彼此打过招呼后，便开始找座位。其他人果然都往上坐，极少有人挑底部的座位。陈思佳坐在平静的楚瑞清身边，看着无数人登上台阶，竟离奇地产生了看破红尘、脱离凡世的镇定感。

陈思佳：选座在人境，而无车马喧。问君何能尔，室友道理偏。

所有练习生入场结束，随后是导师们登场的环节，然后便可以进行等级测评。练习生们在表演过后，将被分为A、B、C、D、F等级，开始分班学习。

虽然楚瑞清和陈思佳入场早，表演顺序却很靠后，她们安静地观看着其他人的表演。等级测评环节会被剪辑成两期，两人的舞台表演很可能被放在第二期。这样的结果是她们可能在后期才会逐渐吸引到新的粉丝，跟首期便出镜的练习生产生差距。

然而，《偶像新秀》首期播出后，某知名八卦论坛的吐槽帖却让镜头量极少的两人突然出现在大众前，惹来一波热议。

帖子：有姐妹看《偶像新秀》吗？这妹子的表情跟我爸一模一样！

内容：今天无聊看了一期《偶像新秀》，我爸做完饭陪着我看，他全程冷漠无言、不感兴趣。最搞笑的是场上有个妹子和他的表情超像，简直一模一样！！我快要笑死了，必须放出这两张对比图。

一楼：看啦，看啦！我也关注到这位了，身上莫名地有长辈的气场，超级像我奶奶看综艺时的样子。

二楼：图上的妹子和你爸爸明明长得不像，为何威严的神情如此相似？

三楼：她的镜头量超少，但清新脱俗的冷脸令人印象深刻。

四楼：现在的年轻人，真是不行啊。

五楼：这不算偶像失格吗？这种面无表情的人还能当偶像？

六楼：搞笑帖别搞阴谋论！这帖子里都没出现人家的大名！

七楼：保温杯里泡枸杞，我对节目没兴趣。

八楼：颜粉有点儿被吸引了，所以这位的大名叫啥？

九楼：长发的是楚瑞清，短发的是陈思佳，都是十八线女团的小偶像。

十楼：这不就是高冷人设？这套路很常见啊。

十一楼：不不不，真不是高冷，反倒有点儿像父系偶像，有种爸爸式的淡定，哈哈哈。

十二楼：想起了“你就是个弟弟”那个表情包。

十三楼：好奇她的实力咋样，网站上有弹幕说妹子太狂，一直面无表情。

十四楼：一惊一乍的偶像就不狂？说实话好多选手的表演，我看完也面无表情，更何况人家还是看的现场无剪辑版。

十五楼：这是个表情包帖，禁止歪楼。

场内的楚瑞清并不知道，她会靠着吐槽帖的表情包莫名其妙地红了一把。她观摩其他练习生的表演，头一次发现外面世界的广阔，原来真有偶像跳舞跳得比猴强。初梦少女团整体水平偏低，这导致楚瑞清对偶像职业的初认识不太准确。

虽然不少练习生表现得不错，但场内迟迟没有出现A班生，大家越发感慨节目严格。此时，大屏幕上闪过花体英文“new（新的）”的公司logo，引发场上众人的惊呼。

楚瑞清对各大演艺公司不熟悉，还没有相关常识，并不理解旁人的惊讶。

陈思佳偷偷说道：“这是新娱传媒，范姐以前的公司！”

新娱传媒无疑是业内首屈一指的大公司，旗下明星大咖无数，所培养的练习生自然备受期待。陈思佳本想看看，却收到工作人员的提示，让她和楚瑞清前往后台准备。

两人绕开摄影机，缓缓往外走。陈思佳不免无奈道："我们的顺序不太好，要是新娱的练习生拿了A，后面的人会被压分……"

楚瑞清和陈思佳在新娱的练习生之后表演，两队无疑会形成强烈的对比，后上的有点儿吃亏。

楚瑞清倒不担忧，安慰道："尽人事，听天命。"

陈思佳对她镇定的态度习以为常，不由得叹气："你也真是佛系偶像。"

她总感觉室友像是打卡的上班族，真把上节目当作寻常工作了。如果楚瑞清是佛系偶像，应该也是斗战胜佛了。

楚瑞清瞟了她一眼，纠正道："我不信佛。"虽然峨眉是佛教名山，但其中不乏道观，峨眉派寻其根源，理念和道教更接近。

陈思佳：差点儿忘记室友是听不懂梗的老年人。

舞台上，新娱传媒的练习生辛媛已经开始表演。她的妆容颇具少女感，她挑的是一首老歌，唱跳起来元气十足。

后台同样有放送屏幕，陈思佳看完演出，却稍感失望："没有我想象的那么惊艳……"

虽然辛媛的表现力很好，中途却一度走音，舞蹈也有些许失误，并未达到尽善尽美的地步。她似乎同样意识到了瑕疵，双手紧握话筒，神情有些紧张，安静地等待最终结果。

《偶像新秀》的导师阵容相当强大，包含舞蹈、歌唱、说唱等多领域明星，众人正中间便是中心导师路霖。他是知名演员，并不会直接辅导练习生，却是为节目引流的代表人物。

万众屏息下，路霖终于开口，宣布道："新娱传媒练习生辛媛，最终测评结果——A班。"

陈思佳微微叹气，场上的个别练习生疑惑地左右看了看。她们私下也在偷偷摇头，动作虽然小，但显然对结果有些质疑，认为名不副实。当事人辛媛像是面上无光，低头匆匆下台，想要躲过周围的视线，脚步迈得很快。

后台暗处的工作人员见楚瑞清不说话，索性直接问她："你觉得怎么样？”

陈思佳好歹发表了意见，楚瑞清全程简直是木头人，一直惜字如金。

她们的表演和辛媛的表演离得很近，她们对辛媛的评价很容易产生戏剧性的矛盾点。辛媛可是如今的首A选手，但似乎颇有争议，楚瑞清看起来又对谁都不服（实际上只是没表情），说不定能弄出个火爆的话题。

楚瑞清觉得辛媛看着挺顺眼的，便客观地点评道：“小姑娘长得挺精神。”

工作人员：这是什么评价？

工作人员面露狐疑之色：“你为什么会有这种感觉？”

楚瑞清认真地解释：“头发扎着，露出额头，看着很利落。”

峨眉大师姐下山后，一直不太适应山下人花里胡哨的发型，尤其是各类奇怪的颜色。辛媛梳着漆黑的马尾，露出光洁的额头，看上去阳光向上，比较符合楚瑞清的审美观。

陈思佳吐槽道：“你怎么跟我妈有同样的审美，觉得最美的样子是光额头？”

工作人员：“……”

工作人员望着楚瑞清，神情颇为复杂。他们本想给她打造高冷的人设，引爆话题，在网络上掀起腥风血雨，但现在觉得不太对。她难道不该觉得辛媛不配A班，然后对导师提出异议吗？她怎么还露出长辈般关爱的眼神？

陈思佳在等待演出时本来有点儿紧张，但她听闻楚瑞清的评论后，刚才的忐忑竟莫名地消失了。初梦传媒的logo终于出现在大屏幕上，两人结伴登场，即将迎来首次舞台表演。

因为初梦少女团并不出名，导师们并没有过多寒暄，直接说道：“请开始你们的表演。”

陈思佳深吸一口气，偷瞄了一下自始至终都很镇定的楚瑞清，竟也安心下来。楚瑞清有种极度沉稳的气质，关键时刻让人颇有安全感。

“戴上小丑面具，展开国王游戏，喧嚣的迷宫中，什么也听不清……”

*Joker*的音乐响起，楚瑞清听到熟悉的旋律，瞬间进入状态。她和陈思佳配合默契，因为排练过不知多少次，早将舞蹈动作记得滚瓜烂熟，所以有心力在保证动作不出错的同时，表现出自己的风格。楚瑞清观看过无数舞蹈视频，

逐渐摸透其中的规律，真正的舞蹈不是过度用力，而是张弛有度。

优秀的舞者是用动作解读音乐，甚至创造出新内涵。他们沉浸其中，不是简单地完成动作，而是抒发感情。这跟练剑有异曲同工之妙，绝世高手都有自己的剑意。楚瑞清很快便灵活变通，找到自己在舞蹈中的“境”，并加以应用。

*Joker*本就是黑暗系的曲风，楚瑞清的killing part（一场表演中最令人印象深刻的片段）无疑惊翻很多人。她目如寒星，面无表情，深渊似的眼眸中暗藏杀意，具备一定的侵略性。陈思佳透亮的高音也将表演进一步推上高潮，她的音域甚广，歌声像是能刺入人心。

楚瑞清和陈思佳的外貌、性格迥异，但表演时很有默契，简直就像磨合多年的成熟女团，跟前面许多东拼西凑的队伍完全不同。

两人的表演结束，场上便自然地响起热烈的掌声，有人嘀咕道：“这得双A吧……”

导师们察觉场内的激烈反应，脸上也泛起笑意，调侃道：“这算是众望所归？”

陈思佳闻言稍感放松，楚瑞清表演完则又恢复了木头人的状态。

路霖见状不由得感到有趣，望向楚瑞清，笑道：“为什么你看上去总是一本正经？没有其他表情吗？”

路霖观察了楚瑞清许久，她上台前面无表情，表演时面无表情（倒是恰好符合曲风），下台后也面无表情，这是个面瘫偶像？不光如此，她还言简意赅，自我介绍好像都没凑足二十个字。

楚瑞清还是头一次面对这种询问，迟疑地问道：“你需要什么表情？”

路霖摸了摸下巴：“起码稍微笑笑？”

楚瑞清：“……”

人在江湖，身不由己，峨眉大弟子也得打工吃饭。漫长的沉默后，楚瑞清终于勉强将嘴角上扬三十度，挤出极为浅淡的笑容。她的动作之微小、缓慢，简直宛如《疯狂动物城》里的树懒。

众人：这笑容莫名给人一种被生活打垮，硬着头皮挣钱的错觉。

舞蹈老师都看不下去，燃起惜才之心，指责道：“路霖，你反思一下自己，看看把人孩子都逼成什么样了！”

路霖只是随口一说，看到楚瑞清勉为其难的假笑，竟突然感到愧疚，赶忙说道："嗯，辛苦了。"

楚瑞清闻言，瞬间卸下假笑，一秒恢复了木头人的状态，甚至看上去比刚才更加冷漠。

路霖："我看你在峨眉习过武，你能不能……"

楚瑞清面无表情地盯着他。

路霖凭借强大的求生欲，识趣地说道："嗯，其实也不用展示。"

路霖：总感觉要是继续乱说话，下一秒好像就会被习武之人打死。

两人和导师们的沟通结束，终于到了结果发布环节。路霖看着桌上的纸张，缓缓说道："初梦传媒练习生评测结果，A班……"

后面有人喊道："双A！"

楚瑞清和陈思佳绝对献上了顶级的舞台表演，目前没人能超越，实力值得肯定。

路霖闻言，露出遗憾的笑容，开口道："没有。"

"B班楚瑞清、陈思佳。"他一口气说完，便听到了身后的议论。

两人双A变双B，又有辛媛衬托在前，难免引发一片哗然。陈思佳稍感失落，不过成绩远超预期，她也算松了口气。楚瑞清则更平静，好像对评价没有过多感触，还没其他打抱不平的练习生反应激烈。

路霖感受到争议声，看向两人，态度放软："你们需要我们对结果进行解释吗？"

他确信对方心有疑问，甚至打好了完美的腹稿：两人各有优势，是通过1+1>2的配合加强了舞台效果，但楚瑞清的唱功、陈思佳的舞蹈都还要加强。

陈思佳犹豫地看向室友，楚瑞清则简洁地答道："不用。"

楚瑞清由于假笑已经消耗完了能量，生怕导师们又提出新要求，现在只想赶快下场。楚瑞清觉得范彤的话没错，工作确实是修炼和成长的渠道，它逼迫着人挑战不可能，有时甚至比练剑还难。

路霖的腹稿被干净利落地堵住，他看楚瑞清如此痛快地接受，不由得有点儿憋得慌。

路霖心生狐疑：为什么感受到了一丝着急下班的迫切？

楚瑞清和陈思佳顺利下场，周围的练习生竟再次献上热烈的掌声。这可是前面的选手没有过的待遇，她俩有种无冕之王的意思。两人坐回98和99号，从最初无人知晓的状态，变得颇引人注意，搞得100号的小姑娘也挺激动。

首期等级测评的录制时间极长，直至凌晨才全部结束。所有人测评完毕，路霖向练习生们公开主题曲，并宣布新任务："三天后，我们将根据视频测评结果，确定大家的最终等级！"

《偶像新秀》的主题曲名为《钻石花》，曲风阳光、充满力量，又带着女生特有的俏皮活泼。虽然音乐可爱欢快，但舞蹈动作难度不低，致使场上的练习生们叫苦不迭。

陈思佳向来不擅长舞蹈，压力倍增："三天哪……"初梦少女团以前学一支舞蹈，可以磨磨蹭蹭地花一个月的时间，她不太确定是否能在规定时间内学完舞步。

其他练习生同样面露难色，等级测评时的表演是准备良久的结果，但仓促地现学新舞，难保级别不会下降。大屏幕上播放着视频，周围有人已经开始悄悄模仿，好像想抓紧时间记住。

陈思佳偷偷说道："我们一会儿放下东西，先去找练习室记动作吧。"虽然她此时身心俱疲，但《钻石花》的压力让她喘不过气来。

楚瑞清平静地说道："我已经记住了。"

陈思佳突然想起楚瑞清刚入团时，对*Joker*的舞步过目不忘，课上直接代替宗初曼的事迹。她不由得咂舌道："你是人吗，还是有写轮眼？"

楚瑞清对动作的记忆力极强，毕竟他们向师父学剑时，一般只能看一遍。大家都是有根骨的人，要是翻来覆去地学不会，基本也不可能踏入峨眉派大门。当然，凡事都有例外，比如阚和成心捣乱不学，这就需要直接上竹简。

众人结束录制，便在工作人员的安排下入住宿舍。因为楚瑞清已经记住舞蹈的动作了，陈思佳骤然轻松不少，两人约定明天早起练习，今晚先去找找练习室的位置。

B班宿舍是八人间，墙角放置着摄影机，它正转动着镜头，像是在晃脑袋。陈思佳笑道："它好像在跟我们打招呼。"

两人来得较早，楚瑞清环顾一圈，挑选了最为偏僻的位置。陈思佳看她故态复萌，提醒道："孩子，注意你的出镜率……"

陈思佳：没见过如此清心寡欲的偶像，简直毫无争夺镜头的意识。

“我不习惯被人盯着睡。”楚瑞清不想靠近镜头，这会导致她晚上格外紧张，她取出装有小蜈蚣的木盒，眨了眨眼道，“而且你又说要把它藏好……”

陈思佳当即变脸，尖声道：“快把它收起来！！”

楚瑞清：“哦……”

陈思佳挑选的是楚瑞清的上铺，两人将行李放好，又换上B班统一的橘色练习服，便出门寻找练习室的位置。宿舍楼走廊里人来人往，皆是忙碌地入住的练习生，她们竟在楼梯口意外地碰到了上楼的辛媛。

辛媛拖着巨大的行李箱，正艰难地往上挪步。她抬头看到两人，不好意思地微微点头，算是打过招呼。楚瑞清和陈思佳没想到她会记人，她们礼貌地回礼，继续往下走。

三人目前在练习生中知名度都很高，在众目睽睽下碰面，却莫名有点儿尴尬。毕竟在外人看来，她们似乎该有点儿利益上的小冲突。辛媛看到两人衣服上的B，更有种抬不起头的羞愧感，不敢正面直视。

楚瑞清和陈思佳侧身下楼，辛媛略显慌张地让了让，结果手一滑，笨重的大箱子竟直接掉下去，一下滑落了几级台阶。楚瑞清听到声响，微微侧头，干脆利落地单手抵住滑落物，面无表情地将其提正。

“对不起，我没拿稳！”辛媛心知箱子有多重，赶忙出声道歉，唯恐误会更深。

“没事。”楚瑞清索性转身，握住箱子的手柄，需要辛媛双手拖着的笨重行李箱被她轻松地单手提起。她沉默地提着箱子，直接登上A班所在的楼层，将其放在辛媛脚边。

A班宿舍比B班的还高一层，楚瑞清和陈思佳本来是下楼，却又专程折回来。辛媛的脸红得发烫，她不好意思地说道：“谢谢……”

楚瑞清不言，转身下楼，只余背影。陈思佳怕辛媛误会，替室友客气地回道：“没事，你也早点儿休息吧！”

陈思佳追上楚瑞清，不由得感慨道：“我怎么觉得你在勾引妹子？”

楚瑞清：“……”

陈思佳心想，虽然楚瑞清也帮她拿过行李，但总觉得没有刚才那种古怪的氛围，刚才的画面看上去特别像偶像剧情节。

陈思佳打量了室友一番，解释道：“可能是这身衣服让我产生了错觉。”因为B班的服装是橘色，所以产生了奇怪的暗示吧。

楚瑞清不知陈思佳在说什么，山下人的用词总是花里胡哨的，让她满头雾水。

《偶像新秀》第二期播出后，*Joker*的舞台表演视频被奉为经典，楚瑞清和陈思佳也正式被记住了。因为楚瑞清在八卦论坛上的表情包小火了一把，节目组还故意剪出她整期节目的神态集锦，她真的全程面无表情。

首期节目播出时，很多弹幕批评楚瑞清太张狂，对别人的表演毫无反应。但第二期两人精彩的舞台表演呈现出来后，许多人扭头便为“2B组合（两个B班成员的组合，指楚瑞清和陈思佳的组合）”打抱不平，认为她们应该拿双A！

——我必须替楚瑞清辩解两句：你连个A都不给，还有脸让我笑？老娘笑得出来吗？

——你面无表情的样子很美，努力营业的态度也像极了爱情。

——楚瑞清面对导师，像是看到甲方的我，有种为生活低头的辛酸。

——楚瑞清：小老弟，你这种评级，我很难帮你办事啊。

——节目组炸了！这种水平不给A，公然捧亲女儿？

——为什么大家要叫“2B组合”？好难听啊，明明是没头脑和不高兴！

——辛媛是保送选手？她竟然让那么多妹子陪跑？

——看完有点儿烦路霖。面对不公的结果，谁会想听你们解释啊？

——哈哈哈哈，你们好认真。为啥我觉得楚很佛系？这就是上班族的态度：都行、可以、没关系。

——都先别骂辛媛，继续往下看！

初梦二人组和新娱辛媛的舞台表演被节目组有心剪辑，致使辛媛在网上恶评如潮。她确实名不副实，但如今会招来这么多恶评，也令人没想到。

网友是翻脸极快的无情群体，前一刻可以指责楚瑞清太狂，下一刻也能为她打抱不平，将辛媛踩到谷底。暴躁汹涌的情绪在网上肆无忌惮地爆发，转化成刻薄的文字，轻松地刺向了镜头下的每一个人。

节目组要的就是爆点，当然他们也不敢太过分，以免惹来新娱传媒的不满。最后节目专门放出楚瑞清帮辛媛提箱子的小片段，在结尾时刻强行淡化了前一百多分钟的对立感。

楚瑞清沉默寡言、气质沉静，无声地出手帮助，又转身下楼。辛媛慌慌张张、手足无措，又羞又愧地出言道谢，还目送其离去。两组镜头莫名被剪出偶像剧氛围，简直就差一个韩剧里的背景音乐了。

旁边的陈思佳简直替网友们精准吐槽，弹幕上全都是“好暧昧”“甜”，偶尔夹杂着“不可以，2B才是真爱”等言论。

——我没想到有一天会靠选秀综艺看偶像剧，冷峻、沉默的侠客和傻傻的富千金的搭配，我喜欢。

——天哪，楚瑞清好帅啊！我没追过女偶像，但突然感觉我喜欢她！

——我明天也要梳马尾、露额头，吸引新晋偶像的注意力。

——人狠话不多，默默付出型，脸好能力强，背景很神秘，这不就是男主角的配置吗？

——陈思佳：本宫不死，尔等终究是妾。

陈思佳可能有做预言家的潜质，当初随口说的“楚瑞清吸引女粉丝”的观点居然莫名其妙地应验了。

京西别墅内，空荡荡的屋子里毫无人气，显得静悄悄的。用人们小心地挪动脚步，生怕闹出任何动静，又惹得二少爷暴躁大怒。二少爷最近脾气很差，常为一点儿小事厉声训斥，变得更加阴阳怪气。

屋内，李天剑心情格外烦躁。他派人追查大师的下落，恨不得将和“楚瑞清”谐音的人名全查遍，却还是找不到人。那天，师父也没写下自己的名字，他甚至不知她姓“楚”，还是“储”，寻人宛如大海捞针。

二少爷望着书桌上的《蜀山剑侠传》，心中难免怅然。他目睹御剑飞天的能力，又搜索峨眉派的资料，发现楚瑞清不像来自金庸笔下的峨眉，反而更像来自还珠楼主描绘的峨眉。

李天剑快把这部长篇小说读完了，都没找到心心念念的师父，难免心情阴郁。

他像往常一样，随手在搜索引擎里输入人名，却意外地发现输入框内直接蹦出了“楚瑞清”，跟前几天有所不同。他摁下回车键，望着网页上的内容，不由得露出惊讶的神色，随即便喜不自胜！

管家礼貌地敲门，将温水和药端入屋内，提醒道：“二少爷，该吃药了。”

“戴上小丑面具，展开国王游戏，喧嚣的迷宫中，什么也听不清……”

昏暗的屋内回荡着少女偶像的歌声，管家望着入神地盯着屏幕的二少爷，差点儿没端稳手中的东西，直接将其扣在地上！

李天剑的神情格外专注，他甚至没回头看进门的管家。屏幕上闪烁着绚丽的灯光，或明或暗地映在他苍白的脸上，他的视线追着台上的人，丝毫不在乎外界。

管家听着靡靡之音，不禁痛心疾首地想：二少爷终于在压抑中彻底变态，变成了喜欢少女偶像的死宅？

第三章

剑露锋芒　名师速成型
身陷污名　幸得巧澄清

虽然二少爷由于身体状况不佳，很少能够外出，但长辈们对他的教育并没有落下。他身边自小便有专业的家教团队，学的都是高雅艺术。二少爷的母亲不但是珠宝大亨之女，更是杰出的歌剧家。如今，管家望着沉迷偶像节目的二少爷，总觉得落差实在太大。

李天剑可不知道管家复杂的心理活动。他终于找到楚瑞清，立马着手搜集更多资料。他不光了解了节目内容，还调查了初梦传媒的背景，发现这家公司极小，甚至没有知名艺人。

李天剑：骗子皮包公司，居然还拉师父入伙！

尽管李天剑不知楚瑞清签约的具体原因，但初梦传媒注册资金少、人脉资源差，看上去随时会垮，让他坚信师父遭人蒙骗。他还在网上找到了宗初曼当初留下的风言风语，心想，师父都已经上了节目，公司还没把这些东西处理干净，执行能力也不行。

二少爷的健康状况不好，经营头脑却不受影响。他思索片刻，向管家吩咐道："你找人帮我做几件事。"

管家："您说。"

楚瑞清目前在录节目，肯定无法和李天剑见面。李天剑觉得自己该怀抱诚意，提前为师父扫平一切障碍，也好在再次相遇时张嘴拜师。

管家顺利领取了“二少爷的追星梦”的任务，任务描述如下：

一、删除网上有关楚瑞清的负面评价，如团内欺凌、空降、走后门等内容。

二、引导楚瑞清的粉丝建立后援会，并着手完善百科，建立投票、反黑等小组。

三、接触初梦传媒娱乐公司，洽谈股权收购事宜。

四、准备艺人危机公关方案，实时关注楚瑞清在《偶像新秀》的后续情况。

管家听闻这些要求，感到一阵无力。他觉得事情似乎在朝更可怕的方向发展：本以为二少爷只是为小偶像砸钱的“土豪”粉丝，现在看来，二少爷是要认真地为偶像拼事业。

李天剑可不知道自己在管家心中的形象如何，正在认真地学习微博、投票等内容，并创立新账号。他看到网上有人质疑楚瑞清在峨眉派习过武的经历，心中既不屑又恼怒，暗骂他们有眼不识泰山。

楚瑞清的黑粉（反对或恶意抹黑某明星的人）数量不多，实际都是宗初曼的粉丝。他们看不惯楚瑞清和陈思佳在节目上大放光彩，便到处造谣，想要酸几句。节目播出后，楚瑞清习惯在空闲时间练剑的片段被放出，被他们说成“为了形象，不择手段”“不专心练习，没事还练剑”。

李天剑：庸碌之辈，辱我师门，还敢妄言师父！

二少爷向来尖酸刻薄、阴阳怪气，早把自己当作峨眉派的预备役弟子，立马登录新账号“南明离火剑”，将黑粉狂骂了一顿。普通的键盘侠只敢在网上战斗，二少爷在现实里都战斗了多年，嘴巴毒得要死，在骂人上堪称经验丰富。

键盘侠不可怕，就怕键盘侠有文化。在《偶像新秀》的粉丝圈里横空出世的南明离火剑引经据典、冷嘲热讽，不带脏字地将楚瑞清的黑粉们骂得狗血淋头，堪称一战成名，在粉丝圈中有了一定的地位！

经由此役，南明离火剑同样小小地涨了一些粉丝，还吸引了不少其他艺人的粉丝的注意。

疯狂小石头："楚瑞清真的红，节目才播两期就有了战斗型粉丝，惹不起。"

另一边，楚瑞清正在专心练习，完成了《钻石花》的舞蹈和歌曲学习。虽然她过目不忘，很快就将动作记住了，但边唱边跳对她是另一种考验。大师姐毕竟没有系统地学习过歌唱，唱功也就是普通人的水准。

好在陈思佳的声乐实力很强，可以和楚瑞清进行一对一指导。两人互相补课，进度倒是飞快，基本上一天便将歌舞串下来了。陈思佳休息之余，楚瑞清便会拿起纸剑练一练，缓解自身的压力。她每回练舞过后，脸色就会很臭，只想疯狂练剑。

"你好，可以麻烦你教教我吗？"有人小心翼翼地上前，等楚瑞清练完剑，试探地开口。

楚瑞清对面前的圆脸女生没印象，看了眼对方的名牌，上面写着"刘筱白"。

刘筱白是鼓起勇气过来的，苦笑道："我实在是看不明白视频，就想稍微请教几个动作……肯定不会耽误你太多时间！"

刘筱白也是没办法，她和陈思佳状况相似，在舞蹈上不算出众，属于主唱的定位。B班里能半天学下舞蹈的人真是凤毛麟角，楚瑞清却连细节都练过一遍了。刘筱白注意她很久了，却有点儿顾虑对方的冷脸，一直没敢上前。

楚瑞清看了看对方满是期盼的眼睛，鉴于她对好学的小孩儿很包容，便应道："可以。"

"谢谢！"刘筱白见她如此痛快，不由得长舒一口气，露出感激的笑容。

楚瑞清带着刘筱白跳了两遍，陈思佳则坐在旁边看效果。周围人发现情况，陆续跑过来，站在一边观摩楚氏私教课。楚瑞清经常面无表情，看上去不好接近，但刘筱白成功求教，便激起了其他人的勇气。

"我可以跟着练吗？就在后面，不打扰你们……"

"我也要！"

"我想请教一下，这个动作后面……"

B班有将近二十人，陈思佳望着乌泱泱地围上来的人，不免有点儿惶恐："这人有点儿多呀。"初梦少女团的人可没有如此好学，她面对求知若渴的众人，感觉分外新奇。

楚瑞清好歹是见惯猴群的人，镇定地拍了拍手，冷静地指挥道："现在分成两队，左边站记住动作的，右边站还没学会的。"

楚瑞清实力出众、气场沉稳，看上去颇具威严。B班女生们安静地分成两队，甚至排得整整齐齐，像是被班主任管理的小学生。

楚瑞清指了指陈思佳，开始分配任务，说道："左边的跟她去练细节，右边的跟我先学动作。"

陈思佳被钦点为学习委员，茫然地问道："我也要练舞吗？"她觉得自己是主唱，怎么突然开始教舞？

楚瑞清："全班都在练，你要不合群？"

陈思佳："……"

陈思佳望着整齐的求学队伍，B班竟无一人落单，一时哑口无言。她仔细地想了想，要是没有楚瑞清，她学舞不可能如此快，估计跟其他人差不多，倒也应该回馈奉献一下。

楚瑞清向来专注、有韧性，既然答应教会别人，肯定不会故意藏私，而是尽心尽力地传授方法。

其他班级也有教人舞蹈的练习生，毕竟这也算节目的常见剧本之一，教的人可以在观众面前获得印象分。有此类人设的通常是温和的老好人，一般脸上时刻挂着笑，耐心地教导后进生，带动班级氛围。楚瑞清却与众不同，真的只是在教人，而且教学风格非常传统。

虽然B班大多数人非常努力上进，但不乏浑水摸鱼之辈，她们只是不想落单，所以在队伍里充当南郭先生。楚瑞清指导进度慢的练习生时，便发现队伍里有这种情况。

楚瑞清看着后排连胳膊都抬不起来的人，不由得皱着眉头道："停。"

其他人本在练舞，突然听见楚瑞清叫停，不由得疑惑地停下动作。楚瑞清直接走向后排，胡茗看见她面无表情地走过来，不知为何心虚地低下了头。

楚瑞清望着胡茗的头顶，平静地说道："抬头。"

胡茗只得抬起头来，眼神却还是飘来飘去，像是作弊被抓的学生。虽然大家是同龄练习生，但楚瑞清总让人有点儿敬畏。胡茗像在面对高中教导主任，莫名有些气弱。

楚瑞清淡淡地问道："你觉得自己练得好吗？"

胡茗偷懒被戳穿，支支吾吾地找借口："我就是有点儿累……"她确实对舞蹈兴趣不大，所以随便糊弄，望着楚瑞清却没胆说这话。

楚瑞清表情严肃，缓缓地说道："你是为自己学，而不是为我学。你如果不想练的话，可以离开这个队伍。"

周围人纷纷噤声，胡茗颇有种遭批评的羞愧感，低声道："对不起，我会好好练的……"

楚瑞清沉默片刻，没有再说胡茗，重新回到前排，继续示范动作。胡茗被点名批评后，倒是打起精神来，开始全神贯注地学舞。

陈思佳目睹此景，总觉得有种莫名的熟悉感：室友的口气怎么那么像高三班主任？这是什么军事化管理的高校吗？

B班练习生在楚瑞清的指导下，以肉眼可见的速度进步了，表演惊到了导师们。舞蹈老师看过展示，甚至感慨道："我感觉自己在这里很没用……"

声乐老师好歹还有发挥空间，舞蹈老师觉得自己在B班无立足之地。

B班强势崛起，给A班带来极大的压力。毕竟B班成员一旦评测结果上升，便会直接挤掉现役A班成员的位置。三天后，视频评测结果终于公布，B班练习生竟然无人掉级，还有不少人强势杀入A班！

身穿橘色衣服的练习生不断推开A班的大门，让老A班成员感到一股压迫感。画面中，橘色简直快把粉色包围。穿橘色衣服的成员站成一排，像是一条极长的战线。

路霖看着满满当当的房间，笑道："B班人好多啊！"如果不是他确信这是选秀节目，现在简直宛如帮派对峙，橘、粉分明。

话音刚落，楚瑞清和陈思佳便推开A班的大门，周围人竟自觉向后，给她们让出一条路来。最搞笑的是B班的人还退后半步，让楚瑞清站在前排，搞得她像是黑帮老大，其他人唯她马首是瞻。

路霖望着面无表情的楚瑞清，总感觉她的派头比自己还大。

路霖："你这三天是建帮立派，还是开门立宗了？"

弹幕显然跟路霖颇有共鸣，一时纷纷吐槽，对楚瑞清带兵围攻A班颇有感触。

——剪辑师配的背景音乐居然是《乱世巨星》，excuse me（对不起）？

——这盛世如你所愿。

——胡说，什么开门立宗？！明明是衡水中学的班主任，专搞军事化管理教育！

——君子报仇，三天不晚，你不给我A级，我就剿灭整个A班！

A班教室内，橘、粉阵营分明，路霖左右看看，长叹道："这是要大换血啊……"

A班是唯一人数有限制的班级，出道位是10个，所以A班只有10人。楚瑞清和陈思佳进门后，屋里的B班学员便有8个，对应就要挤掉8名老A班成员。

双方皆沉默下来，等待路霖宣布最终结果。

两班对峙中，身着柠檬黄衣服的夏枚颇感绝望。她作为原C班成员，茫然无措地站在原地，感觉自己像是卷入A、B班间的争斗的路人甲。

夏枚环顾一圈，实在不知自己该站哪儿，最后感觉楚瑞清比较厉害，干脆鬼鬼祟祟地窝过去。楚瑞清察觉动静，扭头便见身边的夏枚缩成一团，似乎想掩藏自己。夏枚被楚瑞清发现，露出尴尬而不失礼貌的笑容，更加努力地缩了缩。

——楚老大回头一看，发现橘子和草莓打架时，突然混进一个柠檬。

——我要笑死了，妹子们为什么如此怕她？夏枚简直露出了卑微的小弟的表情。

——夏枚千辛万苦地进入A班，却发现原A班惨遭灭门，不禁瑟瑟发抖。

——灭绝师太当年要有楚瑞清的本事，明教肯定完蛋了。

B班升入A班8人，C班升入A班1人。原A班在猛烈的攻势过后，竟仅剩1人。

穿粉衣的辛媛和穿黄衣的夏枚老实地蹲坐在新队伍里，被浩浩荡荡的橘子军包围，像是两个等着爸妈接回家的小朋友。两人作为幸存者，还喜获新绰号，分别为“原A之光”和“原C之光”。

辛媛的心情也很复杂。她本想用汗水洗刷恶名，证明自己的实力，如今目标看似达成，同班同学却被杀得片甲不留！

练习生们换班结束，路霖便宣布主题曲首演的消息：“接下来就是主题曲的舞台表演，这是大家的初次正式亮相，同时《偶像新秀》将会诞生节目的首位center（指在团队中处于核心位置的成员）。”

A班练习生们认真地听着。众所周知，往期节目的首位center全都出自A班，而且最终肯定会出道。首位center的曝光率很高，基本上能直接升入出道位，少有最后坠机的。

“本次《钻石花》的C位（核心位置）将由所有练习生直接票选，票数最高者成为center。”

路霖和工作人员将选票发给众人，陈思佳不禁对楚瑞清偷偷嘀咕：“这回居然不先进行表演比赛，直接选吗？”

其他选秀节目好歹有竞争环节，《偶像新秀》却犹如竞选小学班干部，直接进行投票。楚瑞清拿到选票，不加思索地就写完，并将其上交。

《钻石花》的舞台表演排练在下午，C位也会在那时公布，练习生便先到食堂用餐。食堂的伙食极度清淡，甚至没有高热量的食物，像在饲养小兔子。

楚瑞清和陈思佳端着餐盘找位置时，陈思佳边走边聊，好奇地问道：“你选的谁？”

楚瑞清言简意赅道：“你。”

陈思佳本是无聊找话题，闻言瞬间惊讶，感到不好意思，羞赧地问道：“为、为什么？你觉得我适合做center？”

楚瑞清老实地答道：“因为我只认识你。”她对周围人基本没印象，还是跟陈思佳最熟。

陈思佳：“把我的感动还回来。”

楚瑞清脑海中从来没有人缘的概念，平时都很难憋出一句话，常靠陈思佳找话题，更不会特意跟人搞关系。练习生中有性格外向、善于交际的成员，如今已经能记住一百名练习生的名字，例如夏枚。楚瑞清的识人程度却还局限在班里，甚至教过的人都没记全。

陈思佳遗憾地说道：“如果是原来的竞选环节，说不定可以是你。”

陈思佳对楚瑞清的才艺展示极有信心，想当初室友在课上舞剑，初梦少女团不少人看呆了。现在换上更大的舞台，楚瑞清岂不是如鱼得水？可惜流程突然调整，直接票选拼人缘，而楚瑞清真不像人缘好的类型。

楚瑞清反倒比陈思佳平静，因为有点儿自己的小心思，对C位不太期待。

下午，所有练习生齐聚录影棚，望着搭好的崭新的舞台和绚丽的灯光，发出惊喜的感慨："天哪——"

"这舞台比上一季的还好看！"

舞台设计仍然使用水晶元素，像是搭起一座透明的宫殿。练习生们会按照等级分区域站位，A班会通过升降梯上升，C位则可以站在顶端的位置，受万人瞩目。

路霖和导师们看到孩子们的笑容，同样面露欣慰，路霖开口道："现在是大家最期待的环节——公布我们的center候选人！"

路霖话音刚落，大屏幕上骤然出现楚瑞清和辛媛的照片，点燃了全场的热情。

楚瑞清一愣，陈思佳则拉着她又惊又喜道："你的人缘这么好？"

陈思佳心想，室友教人时的冷脸，经常把周围人弄到自我怀疑，搞得她差点儿以为室友没戏！

虽然楚瑞清教人时严厉、犀利，但原B班的姑娘们知恩图报，仍然将票投给她。其余班级的练习生对*Joker*的舞台表演印象深刻，也有不少人记得楚瑞清，顺势帮她将票冲上去。

镜头切向楚瑞清和辛媛的脸庞，两人都盯着屏幕，等待着最终结果。

五六秒后，伴随着音效声，大屏幕上只余楚瑞清，首位center宣告诞生！

陈思佳搭着楚瑞清的肩膀，激动地晃来晃去，叫道："是你！是你！"她看上去比当事人还高兴，只差原地跳起来了。

楚瑞清望着屏幕，抿抿唇，坦白道："稍微有点儿麻烦了。"

陈思佳还沉浸在喜悦里，下意识地驳斥道："不许说招黑的话！不麻烦，好好练！"

陈思佳非常严格，每天都在纠正楚瑞清说话太直的习惯，唯恐室友祸从口出，招来恶评。现在的观众很容易便会挑刺，从一句话中解读出很多东西，而楚瑞清有时又没有上节目的意识，难免让陈思佳战战兢兢。

楚瑞清："……"

楚瑞清实在不忍打击陈思佳的喜悦，但她真有一些不想做C位的原因，而陈思佳很快便会理解室友口中的"麻烦"指的是什么。

《钻石花》的音乐响起，所有练习生在台上完成初次排练，导师们则在旁边观察。排练过后，导师们私下交流一番，路霖若有所思地摸了摸下巴，突然问道："楚瑞清，可以稍微笑笑吗？"

众人听到路霖的要求，竟然发出稀稀拉拉的笑声，像是回忆起他在等级评测时说过的话。路霖见状反应过来，哭笑不得，委婉地解释："这首歌的曲风比较活泼，可能有点儿笑容更好……"

楚瑞清的动作完成度极高，但《钻石花》本就是活力十足、欢快动人的歌曲，需要灿烂的笑容。导师们看完排练，都觉得楚瑞清表情太少，跟曲风不太配。

楚瑞清早就知道此事，只好虚心地接受意见，应道："好的。"

虽然峨眉大弟子的态度很诚恳，但困难总是不好克服，要是什么麻烦都能马上解决，世上也不会有"挫折"一词。

众人又排练了两次，路霖看着楚瑞清的状态，感到有点儿头疼。他无奈地招了招手，说道："楚瑞清，你稍微过来一下。"

楚瑞清从升降台上下来，穿过练习生群体，走到导师们面前。路霖看着她镇定平静的状态，一时不知从何开口，为难地说道："嗯……不然你加点儿微表情，可能效果会更好？比如说wink（眨眼）。"

楚瑞清："……"

路霖："比如说这样。"

路霖看她满目茫然，干脆直接示范。他相貌英俊，翘起嘴角，轻巧地朝楚瑞清眨了下眼，露出又帅又暖的笑容，像是杂志上的模特。

楚瑞清目睹此幕，神情却越发冷漠。

国民男星路霖大受打击："你这是什么表情？好像很不舒服？"

楚瑞清知道对方在指导自己，但她一时很难形容现在的微妙心情，原本就话少的人，不由得更加沉默。

路霖心痛欲裂，捂住胸口说道："你简直打击了我的职业尊严，好歹吱一声！"如果她只是面无表情就算了，但为什么整个人感觉像是被彻底冰封了？

楚瑞清真不知道说什么，索性配合道：“吱。”

路霖：“……”

——老路，对不起，换个女人我会吃醋，但我现在想笑了。

——公然向衡水中学的班主任抛媚眼，同学，你留校写检查吧！

——别人收到wink像被电了一下，楚瑞清却像心脏复苏失败。

——我的天哪，这期节目没啦？我看这预告，节目不会换C位吧？

楚瑞清确实想努力攻克表情难关，但实在感到身心俱疲，修行多年都没碰到如此难的坎儿。导师们也不好批评楚瑞清，毕竟她的业务能力没问题，表情管理和性格有关，没办法强求。

楚瑞清正是练习时发现这点，才不期待C位。因为center的表情要比旁人更好，可《钻石花》的风格实在跟她不合。

路霖硬着头皮说道：“你再私下练练吧，但要是改变不大，真有可能要换C位……”

楚瑞清的首C之路相当坎坷，她的表情管理训练被提上了日程。

练习室内，楚瑞清面对镜子，在陈思佳的指导下，努力露出极为浅淡的笑容。陈思佳看她勉强的样子，不由得长叹一声，无奈地说道：“总感觉让你笑，像是把刀架在你的脖子上……”

陈思佳是为数不多见过楚瑞清的笑容的人，不过那是个为了安慰陈思佳而露出的和蔼的笑，跟《钻石花》需要的甜蜜的笑又有所不同。两人结伴特训许久，但是收效甚微，楚瑞清的表情看上去还是相当别扭。

楚瑞清其实对center的欲望不大，但一受挫便放弃，又不是她的作风。

陈思佳为她出谋划策：“你想一想开心的事，那些能让你笑出声的。”

楚瑞清：“例如？”

“例如你一夜暴富……”陈思佳思索片刻，兴奋地举例，“如果你花四百万元买到了剑，你是不是很高兴，会想要笑？”

楚瑞清点头：“会。”如果不是那把破剑，她也不会在这里发愁，要真是找到它，非拿它劈柴不可。

“那你可以想象一下……”陈思佳望着她，吐槽道，“等等，你这是冷笑吧？”

楚瑞清目前似笑非笑的状态实在不像偶像，倒像企图手刃仇人的无情剑客。

两人躲在练习室的角落进行特训，终于引来旁边的人的注意。同班的辛媛看不下去，好心地提议道：“其实你别把这当作笑容，把它看作舞蹈动作就好。”

辛媛突然出声，让楚瑞清和陈思佳都有点儿诧异。辛媛见她们看着自己，也有点儿不好意思，解释道：“我以前也笑不出来，后来就逐渐适应了。”

陈思佳惊讶道：“怎么会？我感觉你笑得很自然。”

辛媛的表情管理能力在练习生中出类拔萃，她的笑容极具感染力，充满元气和少女感。因为这份实力，她在台上始终透着自信、活泼的魅力，偶尔出现失误，也是瑕不掩瑜。众人只当她是天生的偶像，她怎么可能笑不出来？

辛媛苦笑道：“这都是练习的结果。”

“你只要把笑容当作舞蹈动作，然后心无旁骛地反复练习，就会形成肌肉记忆，跳舞时便自然地表现出来了。”辛媛没有藏私，将楚瑞清引到镜子面前，指导道，“你可以看着镜子练，记住自己笑得好看时的角度，然后重复训练，跟跳舞一样。”

楚瑞清闻言，开始对着镜子尝试。她先是微微扬起嘴角，紧接着手动调整，让面部肌肉定格在合适的状态。她反复微调几次，努力记住肌肉的感觉，寻找着自然的微笑弧度。

辛媛赞道：“不错，现在好多啦！”

陈思佳看着楚瑞清揉脸，感慨道：“这是什么假笑培训班吗？”

虽然辛媛的办法听上去有点儿笨，但意外地适合楚瑞清。楚瑞清原来笑不出来，是因为她本身就不是感情外放的人，即使觉得高兴，也只会露出浅笑。现在，她直接将舞台笑容当作面部舞蹈，问题便迎刃而解。

楚瑞清：这不就是在脸部练功？虽然我不擅长，但多练就可以了。

楚瑞清私下用功许久，很快便将成果应用于实践。排练过后，导师们望着焕然一新的楚瑞清，皆赞叹地鼓掌：“这真是大不一样。”

楚瑞清跟以前的状态犹如天壤之别，像是突然开窍，在舞台上尽情绽放，神采奕奕……不过，她的笑容有点儿标准化。

路霖偷偷吐槽："如果别跳完立刻变脸，可能会更好……"

虽然楚瑞清的表情管理能力大幅提升，但她只要表演完，神情便会瞬间变得冷漠。她平时面无表情，看上去能以一敌十，假笑后却像攒满了怒气值的狮子，浑身散发着能以一敌百的气场。

路霖心想：这简直像疲于应酬的上班族进入了自我厌弃期。

《钻石花》的第一次舞台表演将在音乐频道直播，算是给节目进行预热。如果有粉丝等不及节目播出，便可以先看直播。所有练习生化妆过后，换上统一的舞台服，静待首次舞台演出。

活泼欢快的音乐响起，展现完舞台全景后，便是center楚瑞清的镜头。眼眸灿若琉璃，嘴角漾起笑意，她跟平时冷若冰霜的状态截然不同，让人眼前一亮。

如果是惯于微笑的辛媛，粉丝们还不会如此震惊，但现在楚瑞清这个面瘫满脸笑意，跟冰川消融有什么区别？

——天哪，C位是楚老大？这简直太可爱了吧！

——啊啊啊，崽崽看上去好甜，呜呜呜！宝宝平时喜欢装严肃而已！

——反思一下，楚瑞清都能努力微笑，你却还在对工作甩脸色？

楚瑞清最近在排练中摸索出技巧，发现镜头不会永远跟随自己。毕竟场上有一百人，稍有名气的成员都得有在镜头前露脸的机会，还有大全景。楚瑞清只要在个人镜头里绽放出笑容即可，其他时间不用长期维持微笑。她把镜头抓准，便不会过于辛苦。

《钻石花》的结尾，舞台周围炸出漫天银色彩条，飘满整个上空。楚瑞清看到迎面飞来的银条，下意识地眨了下眼，竟机缘巧合地达成了"wink成就"。

"大家辛苦啦！"工作人员在旁边示意。

众练习生唱跳过后，皆气喘吁吁，听到这话才放松下来。稍后，所有人的直拍便会被传到网上，供《偶像新秀》的粉丝们观看。

楚瑞清在直播中的表现相当惊艳，直拍里却露出端倪。因为直拍镜头时刻跟着她，便会暴露一些小动作。粉丝们本还惊讶于她的突飞猛进，等到直拍被放出，发现了她抓镜头的小心思，都哭笑不得。

只要镜头离开她，她就会由满面笑容变得一脸冷漠。

——震惊！当代女团偶像为了表演，竟公然做出这种事！

——直拍结尾几秒，她完美地诠释了那个“笑容逐渐冷却”的表情包。

——她让我体会到做老板的感觉，平时我就如此应付上司。

——楚瑞清配得上粉丝圈的名句：“你知道她有多努力吗？”她做到这步真是太努力了。

——充电十小时，笑容三分钟，这种偶像，你值得拥有。

虽然楚瑞清的直拍暴露出了一些瑕疵，她的笑容也没有直播中那么饱满，但反而让观众们更有亲近感。观众看多了闪光的少女偶像也会审美疲劳，平时面无表情的人迫于生活压力，私下努力练习笑容，倒更让人感到好笑。

楚瑞清过去气场太强，又实力出众，总让观众有种疏离的不真实感。直拍假笑事件却透出她有血有肉的另一面，即使是桃李满天下的楚老师，也有要私下补习的偶像必修课。

楚瑞清和陈思佳在节目上人气不断上涨，待在公司里的范彤却忙得焦头烂额。范彤最近心情跌宕起伏，随着两名练习生在外界打开知名度，各类活动、资源找了过来。这本该是一件好事，但公司老板竟产生了转让艺人合约的念头。

不知是谁突然找上门，想要高价买走楚瑞清的合约。初梦传媒的老板居然真的动了心，让暴脾气的范彤瞬间火冒三丈。

“我不同意，孩子还在节目里，你觉得这合适吗？”范彤厉声道，“尤其是楚瑞清更不行！”

楚瑞清显然对偶像行业和公司合约不了解，范彤当初说服对方签约，现在若坐视不管，那跟倒卖孩子有什么区别？范彤自认有起码的职业道德和责任心，既然引楚瑞清入门，便没有贸然把她丢下的道理。

老板无奈地说道：“其实对方本来想收购公司，但看了下女团的状态，又打消了念头……”

范彤努力平息怒火，尽量冷静地问道：“哪家影视公司要收购？名气大吗？说不定我认识。”她好歹在业内混了这么多年，该有的人脉关系还在。

老板欲言又止，最后道：“他是以私人名义接触我的，但那位家里……是新娱的。”

范彤一愣，随即眉头紧皱。人真是越不想碰到什么，偏偏就会遇到什么。虽然她和前任公司有些旧怨，但此时也不是扭捏的时候，当即提出跟对方谈一谈。老板还算尊重范彤的意见，答应了她的要求。

会议室内，头发稍显花白的男子坐在屋里，看上去有五十多岁，精神颇好。范彤在门外瞟了一眼，颇为疑惑地说道：“这既不是新娱的李总，也不是公司的人啊。”

新娱传媒目前是由李恒翘掌舵，他确实不太可能亲自出面，但屋里的人也不像前公司的同事。

老板解释道：“不是新娱要买，是李恒翘的弟弟联系我，这是他弟弟的管家。”

范彤心想：派管家出来洽谈收购，这是什么奇怪的行为？

管家被二少爷委以重任，只得派人跟初梦传媒的老板接触。然而双方沟通完细节后，李天剑发现初梦传媒旗下的女团人数众多，便瞬间改变主意，决定只要师父的合约。

二少爷：原公司居然有那么烂的女团，难道让我师父出道后养她们？

二少爷非常愤怒，作为楚瑞清的忠实粉丝，他决不允许任何人蹭楚瑞清的热度！

李天剑碍于身体不佳，不可能千里迢迢地过来洽谈，但仍然远程关注动向，让管家开着语音给自己听。

范彤跟在老板后面进屋，望着管家一行人，越发觉得奇怪。双方先寒暄一番，便聊起细节，管家的态度很明确，依然是要人不要团。他们只要楚瑞清的合约，对初梦少女团不感兴趣。

范彤皱着眉头旁听良久，礼貌地询问：“请问您为什么只要楚瑞清呢？”

管家客气地笑道：“这是二……老板的要求，我们也不好说。”

范彤抿抿唇，直接说道：“您的老板好像没接触过艺人经纪业务。可能对您来说，这是一场前景不错的投资，赔了也无所谓，但对艺人来说，失败却是毁前程的事情。”

这话是在质疑李天剑等人的专业度，范彤怀疑对方是贸然进场的土大款，抱着撞大运的态度投钱。虽然短期上看，对方财大气粗，但考虑到长线发展，楚瑞清肯定不能选择这种团队。

管家好脾气地解释道：“这不是一场投资，您大可放心，艺人今后的资源绝不会差……虽然老板没有相关经验，但您也该了解老板家中的情况。”

范彤闻言更觉诡异，世界上竟还有如此善解人意的老板，不求回报地砸资源？李恒翘确实在业内很有名，但他的弟弟还真没在外界露过面，不由得让人不安。

范彤面露狐疑之色，女人的直觉促使她问道：“您的老板是粉丝吗？还是说他认识楚瑞清？”

管家动了动嘴唇，一时不知如何回答。

范彤看管家沉默下来，感觉自己像是猜中了，当即说道：“如果是粉丝，那很抱歉，更不可以。”

富家大老板突然拿走艺人的合约，一路砸钱、砸资源，本人还是粉丝，这事听上去相当变态。虽然圈子里有很多类似的情况，但范彤不太认同此类方式。如果有一天大老板翻脸无情，楚瑞清的合约却还被人捏着，那基本上楚瑞清的星途就算被断送了。

“您误会了……”管家听到耳机里二少爷的话，深吸一口气，硬着头皮艰难地开口，“实际上，老板是峨眉派弟子。”

范彤：“……”

管家平时颇有涵养，让他对人说出如此离谱的话，也算是为难他了。他深感无奈，总觉得二少爷最近不但迷上了追星，而且中二病还越发严重了。

范彤感到不可思议：“你们老板和楚瑞清是同门？”

管家僵硬地点头：“嗯。”

“请问名字是……”范彤有点儿蒙，听到管家的回答，干脆拿出自己的手机，“稍等片刻，我打电话确认一下。”

“她要跟师父联系？”京西别墅内，李天剑听到范彤的话，莫名有点儿紧张，又隐约有一丝期待。虽然他吵吵嚷嚷地让人联络，但真要马上面对楚瑞清，却又有点儿紧张。

李天剑焦虑地咬起指甲，不禁感到后悔，早知如此，刚才就不该把话说满。楚瑞清还没答应收徒，他就自称峨眉弟子，会不会给师父留下张狂的印象？二少爷忧心忡忡，又觉得还是该亲自出面，现在远程听语音，连跟师父交流都不方便。

范彤当然不可能给正参加节目的楚瑞清打电话，但她有其他峨眉弟子的联络方式。电话接通后，小贝的声音响起："您好。"

经纪人偶尔要跟艺人的亲属联系，小贝上次给楚瑞清寄完东西，便跟范彤建立起联络。范彤从会议室中出来，开口道："我想请问你一下，你们门派大概有多少人？"

"嗯……"小贝面对提问，有点儿迟疑，"需要算二师兄吗？"

"算。"

"如果算上二师兄，一共是五人。"小贝老实地答道。她在门内最小，排第四，加上师父共计五人（猴）。

范彤又问道："那你认识李天剑吗？"

小贝面露疑惑："不认识呢。"

"他不是你们峨眉派弟子？"范彤瞬间将李天剑打为骗子，认定对方隐瞒细节，刚才是故意唬人。她料到峨眉弟子不会太多，不然人人都像楚瑞清，肯定早在社会引起轰动了。

"不是，峨眉弟子肯定会来云岭阁考核，但我几十年没见过新人了。"小贝没法下山，每天都待在云岭阁，所以语气相当笃定。她有些惋惜，要是有新人，估计门里可以更热闹。

范彤握有关键证词，一时气势汹汹地要杀回去对质，倒忽略了小贝话里"几十年"的细节。她回到会议室，神情从容许多，若有所思地看了管家一眼，露出看破真相的表情。

另一边，李天剑正屏息等待回复，不知楚瑞清得知消息会说什么。

"不好意思，您的老板好像不是峨眉弟子……"范彤面无表情地戳穿道，"说是不认识呢。"

管家闻言反应不大，远在别墅内的李天剑却如遭雷劈，一时面色惨白。他大受打击，心痛欲裂，耳边回荡着范彤的话。

二少爷：师父说不认识，不认识……师父把我忘了，忘了……

《偶像新秀》的拍摄现场，楚瑞清对外界的乌龙事件一无所知，正站在队伍里等待新的考核内容。练习生们按班级整齐站好，A班位于最前排，她们的不远处竖立着蒙有幕布的高板。

路霖握着手卡：“接下来是小组对决。在我身后的板上共有六首曲目，你们会被分为十二个小组，其中选择同一曲目的两组将进行对决。当然，有人拥有优先选择曲目和组员的权利，例如我们的……”

“Center！”练习生们收到路霖的眼神，立马接茬儿，纷纷看向队伍里的楚瑞清。

“是的。”路霖笑了笑，“楚瑞清，现在你可以上前选择。”

楚瑞清从队伍中出来，刚刚往前迈了几步，高板上的幕布便骤然落下，露出藏在背后的六首曲目。节目组放出的皆是经典歌曲，可以展示不一样的女团风格。练习生们的注意力瞬间被吸引，在板上寻找适合自己的曲目。

路霖：“有很多经典有名的老歌呢……”

楚瑞清：“……”

楚瑞清望着歌曲犯难，觉得这些歌曲还是不够老，她真是一首都没听过。Center首位选歌本来是优势，但对楚瑞清来说，没有任何意义。

路霖好奇地问道：“你想要选择哪首歌？”

楚瑞清想了想，问道：“我可以先选队友吗？”

众人皆是一愣，路霖闻言有点儿诧异。他先望了望旁边的导演，接收到眼神示意后才答道：“可以。”

“看来你更期待队友。你都想选谁？”路霖回头看站成队的练习生们，她们同样有点儿惊讶，等待着楚瑞清的答案。

楚瑞清握着手持麦克风，望向前排，率先点出室友：“陈思佳。”

陈思佳似乎早有预料，认命地走上前，并不感到意外。陈思佳站到楚瑞清身后，两人顺利结队后，楚瑞清便沉默下来。她们简直宛如连体婴，每天都同进同出，周围人对楚瑞清的选择也见怪不怪。

路霖提醒道：“还有呢？”楚瑞清这才说出一个名字，至少得再选五六人。

楚瑞清直接将手持麦克风递给陈思佳，一脚将皮球踢走，果断地说道：“曲目和剩下的人由她选。”

路霖：“……”

路霖：陈思佳难道是你妈，怎么什么都要帮你干？

楚瑞清将优先选择权拱手相让，让其他人相当震惊。陈思佳同样满脸疑惑，不知所措地握着麦克风。她想起楚瑞清不认人脸，又很快镇定下来，顿时明白了室友把皮球踢给她的原因！

陈思佳：这家伙该不会既选不出歌，也选不出人吧？

陈思佳早知楚瑞清宛如老年人，连吹风机和手机都要研究好久。她怀疑室友根本没听过这六首歌，所以挑不出来。陈思佳环顾一圈，只能接过重任，试探道：“那我先选歌？”

歌曲确定后，她们再选择合适的练习生加入，效率便能提升很多。陈思佳选择的歌曲为《红》，既有激烈有力的舞蹈，又有高音段落，是比较性感的风格，跟*Joker*有点儿相似。这是考虑到两人的优势，让她们都能有发挥的空间。

陈思佳本还想跟楚瑞清商量下队友的人选，无奈对方当起甩手掌柜，不管她说谁的名字，楚瑞清都点头，完全没有任何意见。陈思佳接手后，楚瑞清便瞬间轻松下来，开始安静地发呆。

——我怀疑她是天秤座，有选择恐惧症。

——习惯了军事化管理的老楚当然不用选歌，每天的训练内容早由上面定好了。

——其实真相是楚瑞清不认人，我发现她常偷瞄别人的名牌。

——这是我爸下班后玩手机的状态，我和他说啥，他都只会嗯。

——严厉痛斥“渣男”楚瑞清，大力反对丧偶式婚姻！

陈思佳选人算有策略的，挑的都是风格合适又关系不错的人。如果贸然选辛媛等风格不同的人气选手，估计对方的粉丝也不愿意，到时候更难配合。每首歌的人数各有不同，《红》需要七人，刘筱白、夏枚等人也被吸纳进了队伍。

所有练习生分组结束，便各自到场地角落里集合，开始分配每人的分量。每队需要一名队长和center，由队友们商议后选出。刘筱白举手提议：“我觉得楚瑞清适合做队长。”

“我也觉得！”

“同意。”

大家甚至没有进行匿名投票，便七嘴八舌地附和起来，几秒后便敲定队长之位。陈思佳将队长标志贴到楚瑞清的胸口，笑道：“就这样吧！”

队长投票结束，小队便迎来center竞选，陈思佳询问道：“都有谁想做C位？”

楚瑞清默默地举起手，众人看她直接表态，原想举手的人都面露踌躇。如果是其他人参选center，她们还有比拼一下的勇气，但面对楚瑞清，总是莫名地有点儿害怕。

楚瑞清面无表情，举手道：“我不做。”

其他人闻言顿时松了一口气，陈思佳吐槽道：“那你瞎举什么手？”

楚瑞清主动弃权，余下的人便踊跃报名。《红》小队的center候补通过层层筛选，只剩下陈思佳和刘筱白。两人都是vocal（主唱），各自献上了惊艳的高音，最后陈思佳略胜一筹，获得center标志。

楚瑞清最终负责歌曲中的主舞，众人协商完各自的分量，便正式开始训练。楚瑞清既然当上队长，进行指导便更加顺理成章。她仍然秒速学会了舞蹈，然后把舞蹈拆解成几部分来教学。

在练习生们训练间隙，节目组还安排了一次通话机会，让她们和家人联络。这是例行的煽情环节，许多精神紧绷、压力巨大的练习生会在亲人面前打开心门，潸然落泪。

相较而言，楚瑞清和小贝的通话是如此冷静。楚瑞清询问道：“门里一切还好吗？”

小贝乖乖地汇报：“山上最近出现很多小猴，比往年数量还多呢……然后二师兄又在后山开了半亩地，全都种上新作物啦。”

楚瑞清蹙眉道：“不是说不能种？”二师弟什么都好，唯一的毛病就是爱开荒种地。景区的工作人员就此事说过很多回，表示景区的规章制度里明令禁止私自伐树开荒，让他们收敛收敛。

小贝支支吾吾道：“大师姐，你不在，我又不好劝，而且那都是人定的规矩，对二师兄也没约束力。”

景区的规章制度都是管理人类的，二师兄又不是人，怎么会听大道理？他们作为人伐树开荒叫破坏自然环境，二师兄作为猴伐树开荒叫顺应自然的选择。

楚瑞清不在山上，索性不再纠结：“算了，阚和回来没？”

“还没。”小贝又道，“对啦，前天范姐联系我，还问我认不认识李天剑。”

楚瑞清沉默片刻，总觉得这名字格外耳熟，忽然想起当初在桥上捞起的人，脑海中略有印象。说起来，那人当时还极为执着地想拜师，可惜她现在也没拿回剑。

楚瑞清：“她怎么突然说起此人？”

小贝：“我也不知道……大师姐，你还要在外待很久吗？”楚瑞清头一回下山这么长时间，小贝待在云岭阁内很不适应。师父在闭关，二师兄在种地，三师兄玩失踪，小贝感到很寂寞。

楚瑞清听出师妹语气中的落寞，安慰道：“录制结束后，我会回山一趟。”这是范彤当初就答应过的，会给楚瑞清一段时间，让她放假回家。

练习生们的通话都会被剪辑，楚瑞清和小贝的对话也不会幸免。节目组尊重选手隐私，没有放入涉及人名的片段，只留下师姐妹聊起的山上趣闻。楚瑞清没想到，自己和师妹的随口闲聊，会在网上引发轩然大波。

随着《偶像新秀》的热播，练习生们的人气开始拉开差距。楚瑞清作为节目的首位center，又是实时排名前三的选手，自然引人注目。她在人气上升的同时，也不可避免地招来一批黑粉。

——楚老大是什么家庭出身啊？山上有小猴，后山有半亩地？

——这是她的家人吗？为什么叫她大师姐？

——楚瑞清的峨眉派剧本真是令人作呕，还要假到编出师妹？全节目里我最烦她，整天臭着脸。

——哪家又坐不住来诋毁我们楚老大，挡着你家那位的路啦？

——明知家里人违规违法，她还坐视不管，这就是正能量偶像？恶意开荒还有理，真是穷山恶水出刁民！

——键盘侠们哪只眼看到她家违规违法了？这都乱扣什么帽子？

虽然楚瑞清平时表情少、不爱笑，但她的业务能力没话说，也确实帮助过不少练习生，真没什么可以指责的。过去，黑粉们只能指责她没有偶像精神，表情管理很敷衍，但此类批评不痛不痒，对楚瑞清的形象没什么影响。现在，楚瑞清和小贝的对话播出，黑粉们紧咬小贝说的“人定的规矩”不放，宣称楚瑞清作为公众人物，公然支持家人违法开荒，不配再做偶像！

楚瑞清在《偶像新秀》上火了一把，确实挡住不少人的路。这明明是件小事，却招来谩骂和诋毁。营销号们纷纷下场，转发黑粉的截图，“楚瑞清违法开荒”这个话题竟被拱上了热搜。

羽毛：“这是什么热搜？楚瑞清不是在打工吗？”

用户52352：“早知道楚的形象都是包装出来的，峨眉弟子这个身份太假了。节目里人人怕她，估计她家里也没好人。”

Zdt：“盗伐林木、非法开荒，上面没人管吗？怪不得楚瑞清如此嚣张，真够没天理的！”

西瓜太郎：“时间、地点、人物都没搞清，键盘侠上来就说非法开荒，可以看出楚瑞清挡了某位的路。大公司真厉害，小公司的员工没人权啊！”

这波网络上的议论气势汹汹，话题上了热搜榜前五，一直没有撤下，甚至态势愈演愈烈。有人还眼巴巴地等待楚瑞清的粉丝反击，毕竟楚瑞清的粉丝南明离火剑大名在外，至今没有败绩，让人分外期待。

令人遗憾的是，这回南明离火剑迟迟没有上线。这被黑粉们解读为连南明离火剑都抛弃了楚瑞清，楚瑞清迟早要完云云。

网上粉、黑大战，线下的范彤则赶忙给小贝打电话，询问事情经过。她早知云岭阁在峨眉山上，不禁满脸忧色：“你二师兄真的在违法开荒吗？”

范彤暗骂自己疏忽，没有彻底了解楚瑞清的家庭情况，要是早有消息，肯定会在事情爆出前制止。楚瑞清平时为人正直，范彤便也没有多想，却忘了她还有一帮师弟师妹，全是不稳定因素。

小贝既不上网，也没看节目，对外界舆论一无所知。她眨了眨眼，犹豫地说道：“确实在开荒，但说不上违法吧……”

范彤："你们是在峨眉山上？那里是不是禁止盗伐林木、私自开荒？"

小贝："是……"

范彤："那就是违法，千万别再做了！"

小贝："……"

小贝很无奈，道理她都懂，可她怎么跟猴群讲啊？

范彤生怕小贝没意识到严重性，果决地说道："如果你二师兄继续这样，会对节目上的楚瑞清产生很大的影响！后果很严重！"

小贝前面还云里雾里，听到这话瞬间认真起来，保证道："好的，我一定会劝阻二师兄的！"

范彤这才放心一半。她现在分身乏术，只能等公关完毕，亲自前往川蜀一趟，处理后续事项。初梦传媒毕竟还是小公司，真想扛过这波争议，着实不太容易。

京西别墅内，医生给躺在床上的李天剑换完吊瓶，默默地退出房间。门口，管家担忧地问道："情况怎么样？"

"高烧还没退，意识也不清醒。"医生极为无奈，抱怨道，"二少爷不能受刺激，你们还不小心一点儿？"

李天剑只要稍微情绪不佳，便病来如山倒，此次更像大受打击，病情又加重了。管家内心也很委屈，他们事事都听二少爷的，但追星的人就是情绪波动大，他们能怎么样呢？

李天剑那日听闻楚瑞清不记得自己，在家直接当场昏迷，晚上立马发高烧。

管家轻手轻脚地开门进屋，本想观察一下情况，却发现虚弱的二少爷竟迷糊地睁开了眼。

李天剑望着天花板，声音微弱："节目播第几期了？"

"刚播一期。"管家暗骂二少爷不知轻重，好心劝道，"您还是先养好身体，别总劳心劳神。"

李天剑对规劝充耳不闻，继续问道："网上评论呢？"

管家："……"

管家心生犹豫，不知该不该告诉二少爷，他的偶像正面临巨大争议，遭千夫所指。他纠结良久，觉得此时隐瞒下来，日后会被骂得更惨，还是硬着头皮说出情况。

“什么？”李天剑听闻楚瑞清遭此困境，瞬间“垂死病中惊坐起”。他气得半天没说话，剧烈地咳嗽起来，蜷缩着身体，犹如小虾米。

管家又惊又怕，连忙叫道：“二少爷，您快躺下吧！”

李天剑：“把、把我的键盘拿来……”

管家：“……”

管家痛心疾首地想：好好的二少爷不当，为什么非要做键盘侠？

片刻后，南明离火剑顺利上线，火速赶往战场。

虽然李天剑是键盘侠，但他向来严谨客观，就算是为楚瑞清撰写澄清稿，也要提前搜集素材，进行文献综述，非常有条理。他先点了开最新的那期节目，调查楚瑞清被骂的原因，从源头处寻找解决办法。

观片结束，二少爷才惊觉自己不够了解峨眉派，原来他有那么多师叔？

李天剑仔细回想一番，楚瑞清从未说过她孤身一人，当初也提起门里男女皆收，这还真是他自己疏忽了。现在问题的关键就是，二师叔究竟有没有违法开荒。

二少爷一边噼里啪啦地打字，一边指挥管家：“你去联系公司，我要知道地址。”

李天剑起码得知道开荒的确切位置，才好进行下一步行动。管家看他执迷不悟，只能尽职尽责地出面联系。他们以帮助楚瑞清为由，向范彤讨要楚瑞清的家庭住址。范彤有点儿犹豫，又深感现在力不从心，怀着试试对方实力的想法，给出了地址。

李天剑发现云岭阁就在峨眉山上，不由得相当惊讶。这可是闻名全国的景区，他干脆直接跟景区领导联系，确认真实情况。

“违法开荒？”领导听闻消息，笑道，“怎么会？没有的事。”

“可网上如今都在传，说楚瑞清的师弟公然违反制度，在后山开荒……”李天剑说道。不过网友们并不知道开荒的地址，更没想到就在峨眉山上。

领导闻言面色古怪，又道：“你说的楚瑞清是不是峨眉弟子？还有个师弟叫阚和？”

楚瑞清向来不处理凡俗杂务，门里的世俗琐事都是由阚和来处理，所以景区工作人员对她没什么印象，也不知她下山做偶像的事。

“是。”李天剑不知阚和是谁，但还是应下。

领导得到肯定的答案，瞬间明白事情原委，哭笑不得：“嗯……那你要非说开荒，也勉强算是吧，不过我们管不了！”

李天剑蹙眉：“管不了？”

“你看这满山的猴，每年抓伤多少人？我们除了立警示牌、卖驱猴棍，也实在没办法啊。”领导苦笑道，“人家占山为王，我们真管不了！”

李天剑：这领导在打什么哑谜？

峨眉山猴群是出了名地凶，时常抢游客的手机和零食，但每年慕名来看猴的人也源源不绝，山上甚至设有专门的猴区。景区工作人员都对峨眉二弟子印象深刻，因为它是一只体形巨大、威风凛凛的猴王，经常带着猴群漫山遍野地游走。

这只猴王颇通人性，神出鬼没。它有个小爱好，就是极其喜欢果树。它甚至会挑选山上的最佳位置，将各处的果树搬运、种植在一起。因为果树需要空间，原本的树木难免会被猴群挪走，这勉强算得上是开荒。它们还会撒些草籽、种子，这应该算得上是种地。

工作人员早对猴群习以为常，觉得猴王格外聪明，并没有多想。虽然阚和等人称猴王为二师兄，工作人员也只当是昵称，从来没真当回事，偶尔还跟着这样叫。

在领导看来，猴群抓人、抢东西，他们都管不了，开荒种地只算小打小闹。领导心知李天剑误会了，便好脾气地解释了一番，说出二师兄的来历，却让二少爷更为震惊。

李天剑：我的二师叔怎么是只猴?

二少爷想起惨遭网络黑粉指责的师父，只能匆匆地消化完这些劲爆的消息，希望景区可以出面解释，化解误会。领导当然不会驳李天剑的面子，这本就是举手之劳，不由得满口答应。

峨眉山景区的官方微博名叫“美丽峨眉”，拥有蓝V认证（新浪微博中的一种认证类型，指机构认证），很快发出公告，并接连放出照片。

美丽峨眉：“针对近期的舆论风波，工作人员进行了实地考察，对私下开荒种地的违规者进行了思想教育，已初步获得成效。感谢广大网友们的监督，我们会再接再厉，人猴同心协力，保护美丽峨眉。（二师兄是景区人员对峨眉山猴王的爱称，它已经虚心接受批评，反省自己的错误行为。）”

美丽峨眉：“二师兄的小菜地欣欣向荣、绿意盎然，它并未破坏自然环境。”

峨眉景区的工作人员认真负责，不但费劲地进入深山，查看猴群的情况，还专门拍摄照片。图片有点儿模糊不清，但能看出是一大帮猴子。为首的猴王身形高大、表情很凶，眼神不善地盯着拍照者，看上去很有威慑力。

最搞笑的是，它身上挂着根红绳，背着一把纸剑，纸剑看上去分外眼熟……

小菜地的图片则很清晰，其实就是一片规划很好的果园，旁边还有些矮矮的草丛，像是种植的野草莓。如果陈思佳看过照片，还能认出树上的果子，因为她曾经吃过并对其大加赞扬过。果树附近也徘徊着许多猴子，它们全都警惕地盯着镜头，看拍照者犹如贼。

“美丽峨眉”官方微博的粉丝很少，没法马上引起强烈反响，但李天剑可是人民币玩家，直接将其推上热搜。既然黑粉们可以让全网的营销号下场，他当然也能花钱捧公告。峨眉景区倒是没意见，还省了一笔宣传费，感觉美滋滋的。

“二师兄是只猴”的真相爆出，直接让此事被评为年度最荒唐事件，简直笑掉人大牙！

火烈鸟：“美猴王，是你吗？你还在管蟠桃园？”

哈哈侠：“城里人管果园叫菜地？还有你确定它凶狠的表情像在反省？”

土豆：“所有营销号齐心协力地黑一只猴子，真是‘猴努力（好努力）’啊。”

小猪佩奇：“二师兄——别管我，我种地关你屁事！”

可乐可乐：“为什么要批评它？快！点！让！它！种！”

青草：“现在营销号不转啦？肆意诽谤二师兄违法开荒，都不给名誉损失费？是不是看不起猴？”

猴王二师兄神色凶狠，小弟众多，它的冷脸竟跟楚瑞清颇为神似，有种一脉相承的霸气，由此在网上一炮而红。楚瑞清在节目中常拿纸剑练习，偏偏猴王也背着把纸剑，真是别提有多像。

无聊的网友甚至直接给猴群图加上文字，猴王标为楚瑞清，旁边一圈猴子标为陈思佳、刘筱白等人，最上面写着“偶像猴团”，看上去生动形象。

当初转发的营销号此时纷纷装聋作哑，安静得要命，无论网友们怎么在评论区嘲笑、挑衅，都不出声。营销号们也很委屈，谁会想到猴群能开荒种地，猴王还被称为二师兄？没人想过天蓬元帅的感受吗？

“楚瑞清违法开荒”这个话题在热搜上挂了很久，故事却发生如此神奇的反转，还莫名其妙地捧出一只网红猴，真让人啼笑皆非。网友们还打算结伴去峨眉旅游，既然拿不到《偶像新秀》的入场券，没法看女团，前往川蜀看猴团也挺好。

虽然还有少数黑粉号称这是楚瑞清的公关手段，但他们很快便被楚瑞清的粉丝骂得一声不吭。李天剑看着黑粉们含沙射影的帖子，立马取来键盘，提起十二分的精神，在微博上又开启了一轮战斗。

黑粉们声称楚瑞清故意公关，用猴摆拍，想要洗脱罪责。

南明离火剑：“不是二郎神，就别开天眼。你奋力抹黑别人的样子，像极了哮天犬。”

黑粉们吵嚷说楚瑞清峨眉弟子的形象太假，在节目上惺惺作态。

南明离火剑：“总觉得别人恶心虚伪，实际上也是一种病，建议及时挂精神科医治，千万不要讳疾忌医。人活一世，健康第一。”

屋内，管家望着全神贯注地打字的二少爷，端着药盘，一时无可奈何。常年卧病在床、如今还在吊水的人，居然大言不惭地对别人说“健康第一”？

李天剑心想，他也就是现在状态不好，等自己不用吊水了，可以骂得更狠！

南明离火剑的归来同样让粉丝精神一振，前不久疲于澄清的粉丝们都很高兴，一时集中调侃起来。

大师姐的剑：“大佬，你终于回来了！！”

彩虹乔：“黑粉哪配做二郎神的坐骑，我怀疑你在侮辱哮天犬，举报了。”

第四章

你失我得　茫茫少女心
大道独行　浮世守菩提

宿舍楼内，老年人楚瑞清对网上的腥风血雨一无所知，不知道二师弟比自己还早出道，已经领着国民猴团在峨眉山上叱咤风云、声名显赫了。楚瑞清正负责地完成着队长的工作，督促着队友们的训练。

最近几天，夏枚的日子很不好过，竟有种梦回高考的错觉。她原来是从C班升入A班的，还没有经过B班的军队式训练，一时颇不习惯《红》小组的训练方式。陈思佳、刘筱白等人都是老B班成员，全都经过了楚式培训，所以插班生夏枚颇有压力。

楚瑞清并不是简单地带练，而是全方位地提升队友的能力，甚至还要带着大家晨跑，加强体能训练。夏枚跟着早起锻炼了几天，每天主修女团歌舞，又辅修少许峨眉武术（平民健身类），突然觉得自己的生活方式跟某类人群极度相像。

夏枚：这不就是公园里的大爷大妈？清晨起床，作息规律，有事跳跳舞，没事练练武！

夏枚恍然大悟，自己是还没出道，便迎来退休？

夏枚虽然满腹牢骚，但训练时相当老实，并且发现楚式学习法卓有成效。

因为队伍里老B班成员众多，仅有夏枚一人曾属于C班，楚瑞清带领的《红》小组又被戏称为“BBC小队”。组合是老B班成员中夹着一个C班成员，训练时间规律得犹如BBC新闻。

在楚瑞清的带队下，BBC小队的水平突飞猛进，且士气如虹，看上去像受训良久的女生军训班。相较而言，同选《红》的另一组成员却气氛惨淡，宛如散沙。另一组成员大多来自C班，实力本就不及楚瑞清等人，又缺乏合理规划，进步甚微。

同选一首歌的两组会一起上课，接受舞蹈老师的指导。因为双方差距太大，课堂上几乎是BBC小队一面倒地碾压，让另一组士气低迷。楚瑞清等人蹲坐在角落旁观，夏枚看着曾经的同班同学挨骂，心里颇不是滋味。

“说实话，你们这组真的很差。”舞蹈老师看着面前乱七八糟的舞蹈，头疼地揉揉脸，严肃地说道，“不是光跟对手比显得差，而是在十二个小组里最差！”

几个C班练习生闻言更是颓丧地低下头，大气都不敢出。

“胡茗，你是里面等级较高的，又是center，难道不该帮帮其他人？”舞蹈老师毫不客气，继续问责。

胡茗当初没有升入A班，但以她老B班成员的水平，在一众C班成员中也算出色。

胡茗闻言抿抿唇，不知为何下意识地瞟了眼面无表情的楚瑞清，又默默地收回视线。胡茗也很无奈，不是每个人都擅长教学，现在她才发现统领小队有多难，大家可以摩擦、碰撞出无数矛盾。

舞蹈课程结束，胡茗所在的小组成员们大受打击，众人皆脸色沉重，打不起精神。胡茗看到不远处楚瑞清和陈思佳结伴出门，思索片刻后，像是终于下定决心，跟了上去。

“那个……”胡茗鼓足勇气，想要拦住楚瑞清，然而她看到熟悉的冷脸，又像是被戳破的气球，踌躇着说不出话。

楚瑞清听到声音，回头便看到有点儿眼熟的胡茗。她先下意识地瞄了眼对方的名牌，然后挑眉道：“有事？”

胡茗面露窘迫，说话磕磕巴巴，神情中透出一丝哀求：“那个，组里大家情绪很低落……但我实在不擅长教人，可以请你帮帮我们吗？”

胡茗硬着头皮说完，看着楚瑞清面无表情的样子，心里一阵打鼓。她其实也没有把握，毕竟双方是竞争对手，楚瑞清不帮也情有可原。胡茗是走投无路了，每天看着队友满脸疲惫、毫无斗志的样子，换谁心里都不好受，好歹别做十二个小组中的倒数第一。

陈思佳闻言一愣，欲言又止，偷偷地打量起楚瑞清的脸色。

楚瑞清面色平静：“你需要我怎么帮？”

胡茗看她没有立刻拒绝，当即说道：“其实教教大家就好，就像当初在原B班那样，只是我们可能学得不太快……可以吗？”

胡茗的队友们都是C班生，在能力上当然不及升入A班的成员，学舞会稍显笨拙。胡茗有心想帮，但发现自己并没有楚瑞清的指导能力，根本教不到点上。

虽然胡茗当初在B班练舞时，曾遭受过楚瑞清的点名批评，但她有种奇妙的直觉，认为对方没有恶意，而且从不会虚与委蛇。有的练习生愿意帮忙，天天笑着，只是因为这是节目，她们需要“好人”的面具，让观众们喜欢。

但楚瑞清不是这样，只要别人向她求助，她基本上不会拒绝，而且不求回报，颇有种行侠仗义后潇洒离去的侠客之风。

果不其然，这回楚瑞清也没有拒绝，应道：“可以。”

胡茗立马露出惊喜的神色，连连道谢，然后赶忙回去通知其他人。

陈思佳看胡茗兴高采烈地离去，其实心中有点儿顾虑，但最终没有说出口，只是无奈地长叹一声：“你真是教学上瘾啊……”

楚瑞清：“总没有打击别人学习热情的道理吧？”

陈思佳：“算了，你觉得对就好，顺从你的心意吧。”

陈思佳了解楚瑞清的性格，心境比较平和，接受了室友的选择，但她担心的事情还是很快来临。

因为答应了胡茗的请求，楚瑞清每天督促完BBC小队的练习，便会抽出时间教导另一队。楚式教学模式果然弹无虚发，不但直接激起了隔壁组的士气，还推动了胡茗的队友们飞速地进步起来。

夏枚见楚瑞清愿意出面教学，心里也很开心。她原来是C班成员，在隔壁组有不少老熟人。过去老同学们上课挨骂，夏枚心情同样难受。现在她偶尔也会参与进来，与楚瑞清一起指导旧友，气氛倒是其乐融融。

两组共用同一间练习室，每天都会碰面，加上楚瑞清、夏枚时常指导隔壁组，大家便熟络起来了。偶尔隔壁组成员会直接在BBC小队训练时，默默地站在后面跟着练，这直接引发了BBC小队中部分人的不满。

李橙望着身后一大群隔壁组C班的人员，皱眉道："我们好像不是一队的吧？"

C班成员最近跟楚瑞清等人熟悉起来，还没见过如此直白的冷脸，不由得有些不安："我们就是想跟着练一遍……"

李橙淡淡地说道："我们正在排舞，请你们自己去训练好吗？"这话夹杂着一丝火气，颇有种意有所指的味道，像是极度不满隔壁组的行为。

楚瑞清向来在前排带舞，并没发觉队伍末尾的小冲突。胡茗最先发现气氛不对，便召集自己组的成员，劝道："我们先到旁边练吧。"

双方都有些气闷，但由于顾忌练习室的摄影镜头，并没有多争执。隔壁组难免有人心中不爽，嘀咕道："又不是她教我们，甩什么脸色……"

胡茗组的成员跟楚瑞清、夏枚相处得不错，也没打扰BBC小队，只是默默地练着，却被人阴阳怪气地讽刺一通，实在有些委屈。教学的楚瑞清都没嫌弃她们，李橙凭什么夹枪带棍地来这么一句？

练习室内有些暗流涌动，但事情彻底爆发，却是在不久后。楚瑞清和夏枚像往常一样教完隔壁组，回去却发现休息室大门虚掩，有人聚在里面交谈。

夏枚刚要推门进去，却被楚瑞清伸手拦住，夏枚不免面露诧异之色。楚瑞清往屋里瞟了一眼，淡淡地说道："她们在说我们。"

走廊过道里很安静，楚瑞清的听力不错，她捕捉到自己的名字，索性停下脚步听起来。

"思佳，我们都知道瑞清和夏枚是好心，但现在这种情况，实在有点儿不合适……这毕竟是场淘汰赛，不是来交朋友的。"屋内，李橙正苦口婆心地规劝，想要发动周围的人。

陈思佳没说话，倒是刘筱白插嘴道："可当初在B班不也是这样吗？我们都被教过。"

"那时候竞争没这么激烈，而且现在我们跳的可是同一首歌……到时候现场投票，要看人气，不是光看谁练得好！隔壁组可有好几个成员人气很高！”李橙振振有词道。

陈思佳：“你为什么不直接跟她谈？”她觉得李橙很怪，不把想法告诉楚瑞清，却扭头说给自己听。

李橙哪有胆面对楚瑞清，当然只敢私下找陈思佳。她低声道：“你们不是关系很好吗？你劝劝她吧，长此以往，队里的人都会感觉不舒服……”

“如果觉得不舒服，你就努力忍一忍。”熟悉的清冷女声响起，直把李橙吓得魂飞魄散。她僵硬地扭头一看，便见楚瑞清轻轻地推开门，脸上没有什么表情。楚瑞清身后还跟着神情微妙的夏枚，夏枚似乎不知该说什么，手足无措地站着。

没有比背后议论人却被当事人发现更尴尬的了！

李橙面对戏剧化的桥段，甚至怀疑两人是被导演组故意引来的。她被当事人发现，有点儿紧张，不过片刻后便镇定下来，索性坦白道：“你听到了也好，我只是觉得既然是淘汰制的节目，你这么做不太好，对我们不公平……”

楚瑞清轻飘飘地反问道：“什么叫公平？其他人永远比你差，就是你所谓的公平？”

李橙咬牙道：“但我们现在是一个小队，你去教其他组的人，会直接影响全组人的成绩！我们是来竞争出道，不是来交朋友的！”

楚瑞清淡淡地说道：“我确实不是来交朋友的。”

李橙闻言，神色稍有缓和：“这就对了……”

楚瑞清：“所以你应该清楚，你也不是我的朋友，没资格阻止我。”

楚瑞清望着气得不轻的李橙，认真地说道：“我教导队友，是出于队长的职责，但并不代表我向你承诺，以后不帮助其他人。你的不舒服感只是幼稚、自私的心理在作祟，自己是既得利益者，便排斥落后的人。

“你没明白一件事，对我来说，除了我们同队以外，你跟隔壁组的成员没有任何区别。”

楚瑞清说话时语气平和，李橙却被对方凉凉的话气得血液上涌、面红耳赤，她最终怒气冲冲地摔门而去，显然火气很大。

李橙走后，屋内剩余几人相当无奈，楚瑞清和李橙的交锋可谓毫不留情。

陈思佳面露难色，看向楚瑞清，婉言劝道：“你也别生气……”

“我没有生气。”楚瑞清的语气很诚恳，她眨了眨眼，“为什么她那么生气？”

楚瑞清实在不明白，自己好好讲道理，李橙为何大发脾气？

陈思佳见室友不像在说假话，似乎真没把此番波折放在心上。她在放心的同时，不禁吐槽道：“因为你说的话真的很伤人啊……”

楚瑞清就差对李橙直白地说：我们是普通队友，你少自作多情！

陈思佳努力解释着，尽力把李橙的心境讲给楚瑞清听。她生怕室友不理解，还举了些现实例子，比如父母生二胎后老大不快、好学生觉得老师对自己的喜爱减少了等，希望能让楚瑞清有设身处地的感受。

楚瑞清听后，不但没打消疑惑，反而更加不解。她摇了摇头，感慨道：“你们独生子女事情真多，实在是被骄纵过头了。”

陈思佳：你说话怎么像个上年纪的老头？

峨眉大弟子从没有过此种心理，她要是跟李橙一样，不满师父继续收徒，恐怕师弟师妹三个早被打死了。她和李橙没法有共鸣，只觉得对方像是被宠坏的小孩儿，蛮不讲理。

陈思佳和刘筱白都跟楚瑞清关系比较好，夏枚现在更是打入了楚瑞清的阵营。三人见她没放在心上，基本上也就没太纠结李橙的态度。

陈思佳见楚瑞清心胸如此宽广，忍不住好奇地问道：“如果隔壁组真练得很好，快要超越我们了呢？”

楚瑞清镇定地答道：“那更好，我剑下不斩无名之辈。”对她来说，打败强者可比击溃弱兵有意义得多。

陈思佳：“嗯？”

自从那天不欢而散，楚瑞清和李橙便再没说过话，当然，确切来说是李橙刻意避开，不想再跟楚瑞清接触。BBC小队其他人发现紧绷的氛围，又没法促使两人和解，一时也有点儿为难。楚瑞清没把事情放在心上，李橙却像有解不开的结。

胡茗听闻消息，不由得心生歉意，说到底是她当初冒失地找上门，才会致使楚瑞清和队友产生隔阂。胡茗组的成员们讨论一番过后，开始有意识地将练习室让给BBC小队，同时尽量不再麻烦楚瑞清，以免她又遭队友指责。

胡茗甚至私下找到李橙，想要从中说和，却被暴躁的李橙拒之门外。

——李橙有点儿小心眼，胡茗组都夹着尾巴做人，快把练习室让给BBC小队了，她还想怎么样啊？同一首歌肯定共用教室，难道让别人在太阳下练？

——楚瑞清当初就不该教，现在搞出一堆问题。

——李和楚都没问题，胡倒像是在搅事。

——关大师姐什么事？这里面最无辜的就是她了，坦坦荡荡还要遭小姑娘嘀咕。

——这是淘汰竞争赛，楚瑞清就不该充好人。

——说实话，李橙和胡茗都是B班的水准，李要是在隔壁组肯定不敢说这话，BBC小队里她最没资格指责楚。果然跟打游戏一样，能力不行的话最多。

——哈哈哈哈，大家竟讨论得这么认真，只有我觉得隔壁组是害怕被斩，所以才让出教室的吗？

——导演，你这回的剧本编得不错，我居然信了，比首期的楚、辛矛盾要真实。

——这破节目的热度全靠大师姐，导演组真该剑下留名。

楚瑞清和李橙的争执在网上引发热议，网友们众说纷纭，各自站队，对事件里的几人褒贬不一。两人的矛盾本来就难以评定对错，楚瑞清是典型的强者心态，她不在乎任何敌人，李橙则比较现实，会计较团队的得失。

导演组发现如此有话题度的矛盾，立刻对当事人进行采访。毕竟真实的剧情可遇不可求，必须好好留下素材。楚瑞清作为事件的中心人物，自然少不了被工作人员提问。

工作人员：“你参加节目的心态是什么呢？毕竟这是一场出道竞争赛，我们很想知道你把它当作什么。”

楚瑞清言简意赅道：“当作工作。”她没说假话，毕竟做偶像的初衷就是工作赚钱。

工作人员提醒道：“但节目毕竟有竞争出道的性质，万一你好心帮助对手，却被挤掉出道位……”

楚瑞清试探道：“那我可以回原公司出道吧？不是说这类节目人气更重要，名次无所谓吗？”

楚瑞清记得很清楚，陈思佳说过出道名次无所谓，反正最后都是各大公司的博弈，节目往往会有黑幕。她们只要在节目上赚足热度，就算没进前十，后续的发展空间也很大。

工作人员哑口无言：“……”你瞎说什么大实话！

——哈哈哈，你们以为大师姐圣母，实际她最通透，都看破了黑幕节目的本质。

——工作人员：你挺有人气，也挺气人的。

——天哪，这个回答真是令人醍醐灌顶，反正最后都是各大公司的博弈，现在较真有什么用呢？

——楚瑞清：什么队友、朋友，全是普通同事。

——居然说得挺有道理，相比最终票数，三千票确实没啥用。

——大师姐成功地靠这事引发热度，被利用的隔壁组却茫然不知，还差点儿成为剑下亡魂。

网上喧嚣声不止，两组终于要献上《红》的舞台表演，一切争论都要在投票结束后才能尘埃落定。如果BBC小队获得胜利，事情皆大欢喜，没人会指责楚瑞清；如果胡茗组获得胜利，那么毫无疑问，楚瑞清会再次被骂。

练习生们换装结束，静静地在后台等待。漂亮的舞台下聚集着八百名现场观众，他们举着各式各样的应援手幅，看着上台主持的路霖，发出阵阵尖叫。有人竟然还举着猴团的照片，上书一行大字——二师兄前来应援。

后台有练习生望着观众席的画面捧腹大笑，叫道：“陈思佳、刘筱白，你们都在猴团里呢！”

楚瑞清抬头一看，看到国民猴团的照片后也是一愣：这里怎么会有二师弟的照片？

小组对决环节将由现场观众进行投票，小组总票数更高的那方获胜，获奖的小组组员可以获得三千票的奖励。其中，获胜组最高票者将再加二千票，获得共计五千票。

这就是楚瑞清和李橙当初产生矛盾的原因。要是换作采访前，现在弹幕上的网友又要掐得天翻地覆，争执楚、李谁对谁错。但采访过后，网友们竟被楚瑞清的心态感染，不但把一切看淡，还调侃起来。

——妹子们，没关系，三千票不算啥，反正最后看公司，“偶”选之女才能出道。

——妹子们，没关系，出道也不算啥，赶上垃圾公司无作为，照样天天在家休息。

——妹子们，没关系，成团也不算啥，一年后都各自单飞，在团里待着还会遭骂。

——各位预言家，真相都被你们说完，导演组要恨死楚瑞清了。

两组自我介绍结束，BBC小队率先登场表演。舞台灯光亮起，center陈思佳率先出声，用高亢的歌声引爆全场。楚瑞清穿着一袭红衣，黑发如墨，今日的妆容冷艳魅惑，又有股冷酷之气，一上台便引发台下尖叫。

现场舞台表演和节目影像完全不同，台下的观众们能直观地感受到很多视频里看不到的东西，并且更易被气氛感染。过去节目里的练习生有点儿怕楚瑞清，很多观众还难以理解，但现在近距离看到真人，他们才突然明白其他成员的心情。

现场观众：她的气场真的好强！

楚瑞清习武已久，身边自然环绕着说不出的气场，而她在舞台上没有收敛这种气场，可谓释放得淋漓尽致！

三分多钟的表演并不算长，但表演过后练习生们都气喘吁吁。她们最终进入后台，焦灼地坐在椅子上，等待最终票数。

房间内放置着大屏幕，屏幕画面两侧是两组成员的名字，现场投票很快就要公布。胡茗组坐在BBC小队旁边，屋里无人说话，都在安静地等待结果。

片刻后，屏幕上弹出第一排分数：李橙（7）vs王妍（28）。

李橙瞬间面无血色。众所周知，屏幕出分是从低到高的顺序，这意味着她是两组成员中的倒数第一名！

——怪不得不高兴呢，这成绩确实怕被隔壁组超越。

——李橙那么差吗？她好歹是B班成员，看过直拍的快来说说。

——当初B班都靠楚瑞清带，李橙也没飞升进A班，这两天李橙一直避着楚瑞清，心散了，肯定掉队。

BBC小队和胡茗组的票数咬得很紧，刘筱白和夏枚往上拉了拉成绩，但也没拉开差距。最后，BBC小队只剩下楚瑞清和陈思佳没公布成绩，显然她们是队内的前两名。

最终四人成绩同时公布，引来周围人的感叹。

陈思佳（143）vs胡茗（101）

楚瑞清（271）vs林小媛（93）

楚瑞清的票数竟比陈思佳的票数差不多多出一倍，她们这一队的票数直接和另一队拉开了差距，让BBC小队一步飞升！

片刻后，BBC小队全员增加三千票，楚瑞清的票数则变为五千二百七十一。

——恭喜大师姐逃过一劫，主角光环仍在，不用被键盘侠骂了。

——王者带青铜，胡茗组换个队长就是另一个故事，输得真冤。

——实名羡慕李橙，只要队长选得好，天天都做蹭票党，没事还能骂队长。

网友是翻脸无情的群体，最开始可以指责楚瑞清充好人，但在成绩公布后，又能一面倒地嘲笑李橙。

实力是最强的武器，这也是楚瑞清和李橙当初发生争执的根本原因。楚瑞清对自己的能力很有把握，所以不在乎许多事，但李橙没有此等信心，便要左右权衡、小心定夺。

李橙心里也不好受，知道自己有点儿赌气心态，这两天故意跟楚瑞清冷战。但现实给了她一记响亮的耳光，事实就是没有楚瑞清的帮助，她确实比胡茗等人要差很多。假如她在隔壁组，根本不会获得加票，还会拖众人的后腿。

所有表演结束，练习生们可谓几家欢喜几家愁。楚瑞清和陈思佳结伴回宿舍，楚瑞清本在前面走着，却突然停了下来。陈思佳不禁面露疑惑："怎么了？"

楚瑞清左右看了看，像是听到什么动静，解释道："有人在哭。"

陈思佳疑惑地看了看周围："哪有？"

楚瑞清没有答话，而是顺着断断续续的哭声开始寻找声源。两人最后在楼道的暗处发现了蹲坐在角落的李橙。她哭得上气不接下气，看到楚、陈两人又仓皇地抹泪，像是不想被看到如此狼狈的样子。

陈思佳安慰道："没事的……"

"让我一个人待着吧！"李橙猛地将头埋进膝盖，声音带着哭腔，颤巍巍地说道。她现在碰到楚瑞清，只感觉越发丢脸，恨不得钻到地下去。

陈思佳束手无策，一时不知如何是好。

楚瑞清望着努力维护最后的自尊的李橙，不由得沉默下来，似乎若有所思。

陈思佳刚想再说点儿什么，突然听到身边的人开口："对不起……"

陈思佳满脸不可思议，紧盯着道歉了的室友，强忍内心的震惊：你是什么脏东西，居然还敢附身楚瑞清？

楚瑞清："是我没教好你。"

这件事有她的过错，要是早知李橙大幅度掉队，她肯定会熬夜给对方补课。

原本抽噎的李橙停了下来，有点儿呆呆地抬起头。她望着楚瑞清郑重的表情，终于哇的一声大哭出来，直接扑到对方怀里痛哭流涕！

楚瑞清有点儿僵硬地被李橙靠着，脸上还是没有表情，却像是木头人，一动也不敢动。

陈思佳看着感人至深的和解场景，一时满头雾水。

——峰回路转！陈思佳，对不起，以后我站"清晨夫妇"！

——原来大师姐吃软不吃硬！李橙要早哭着求她不教，说不定就没后面的事情了。

——楚瑞清有着直男式思维，最怕女生的请求和哭泣。

李橙本来还强作坚强，但听到楚瑞清率先道歉后，满腹委屈瞬间爆发，哭得上气不接下气。虽然她心知此事跟楚瑞清关系不大，但人的情绪就像鼓鼓的气球，有时候被针尖轻轻一扎，便会骤然炸开。

楚瑞清只是觉得她作为队长，忽略队友的情况，感到有些不好意思，却没想到一句话惹得李橙哭得更大声。她哪里见过如此架势，要知道师妹小贝也没哭成过泪人。楚瑞清的手臂僵硬而小心地放在两侧，整个人形似笔直的挂衣架。

片刻后，李橙胸中的酸楚、羞耻、自我厌弃最后都随泪水流去，而她的涕泪直接让楚瑞清的上衣宣告报废。她终于哭到没劲，晕晕乎乎地被两人送回房间，看上去乖巧、平静不少。

陈思佳回头，看到上衣狼藉、面无表情的楚瑞清，笑道："回去换一件？"

楚瑞清："……"

——惨还是楚瑞清惨，莫名其妙要洗上衣。

——怎么办？猴团的图上已经没地方加李橙的名字了！

——这是什么武侠小说套路，主角一路收小弟？

小组对决过后，练习生们还没马上接到新任务，算是稍微寻得喘息的空隙。

天蒙蒙亮，宿舍楼里出现人影，夏枚洗了把脸，强行打起精神，举着自拍杆出门。她还有点儿睡眼蒙眬，朝镜头挥手道："各位全民制作人早，我是今天的一日记者夏枚，马上要突击拍摄大家的宿舍……"

"现在练习生们应该都没起床，我们先选个难度比较高的房间……"夏枚露出小小的笑容，似乎既紧张又期待，"例如楚老师的宿舍。"

清晨的走廊上空荡荡的，显然练习生们还深陷梦乡之中。夏枚蹑手蹑脚地抵达宿舍门前，在工作人员的帮助下悄悄地进了屋，随后成功惊醒陈思佳等人。刘筱白的美梦被打扰，她看到突然进屋的夏枚，既好气又好笑，挥舞着枕头让对方出去。

屋里的女孩儿们笑闹成一团，夏枚直奔最内侧的床位，想要坏心眼地吓楚瑞清一跳，却扑了个空。简洁的床铺上，被子无比平整服帖，简直像是没被人睡过，床铺的主人已经失踪。

陈思佳刚刚睡醒，揉了揉凌乱的头发，像是看破夏枚的小算盘，嘲笑道："你爸还能比你起得晚？做什么美梦呢？"

夏枚看了眼时间，不禁满头雾水，心想：外面天都没亮呢！

夏枚面对无人的床铺不知所措，弹幕却纷纷滑过新内容。

——去吧，精灵球！啊，野生的楚瑞清逃走了！

——姐妹们，这就是单身直男的床铺。

——大师姐昨晚没回屋睡吗？

另一边，宿舍楼外的空地上，楚瑞清正跟架机器的工作人员大眼瞪小眼。今天是节目组布置早起任务的日子，他们会用广播提前叫醒练习生，随后让众人在十分钟内火速集合，接受体能和形体训练。

然而，工作人员刚在空地上架起机位，却意外地发现有人已经抵达。准确地说，对方甚至比节目组还先到一步，身后背着纸剑，诧异地望着面前的一大堆人。

"楚瑞清……"导演看她露面，一时有点儿发蒙，"你怎么在这里？"

节目组明明还没放广播，按道理练习生们都没起床，难道是谁提前透露了风声？

楚瑞清看看周围的摄像、编导们，镇定地反问："你们怎么在这里？"

导演微微蹙眉，不悦地说道："我们在提前布置机位。谁跟你说了早起任务的事？"他深感此事不能姑息，哪有工作人员乱往外传流程的？这会严重影响节目效果。

楚瑞清平静地说道："我每天都在这里练剑。"

导演看了眼微暗的天光，又看了眼表："现在距离小组对决结束不到四个小时，你是一夜没睡觉？"

楚瑞清："你们要是把地方都占了，我以后就换个位置。"
导演："……"我为什么突然有种把人逼走的奇怪的愧疚感？

——不许赶她走！让！她！练！
——导演：瞅啥呢？楚瑞清：瞅你咋了？
——大师姐：小老弟，搞没搞清楚先来后到？
——虽然大肚子导演比她高一个头，但我好怕他被摔翻在地，想劝他别惹楚老师。

如果没有过度疲劳的情况，楚瑞清的睡眠时间相比常人要少。她一直都有清晨练剑的习惯，以往都是练完剑再去叫队友练舞，基本上风雨无阻。陈思佳原来还震惊于她的精力充沛，现在却已经见怪不怪了。

导演望着楚瑞清一本正经的样子，不知为何感到有点儿理亏，应道："我们就用一天，你练吧……"

楚瑞清点头，倒没有客气，提起剑便练起来，舞得行云流水。因为还没到放广播的时间，工作人员架完机器，索性也围过来看，纷纷惊叹不已。

导演是个大肚子的中年男性，见楚瑞清像是练完一套，不禁好奇地问道："你这么爱练剑，为什么要做偶像？"

楚瑞清对习武的热情不似作假，毕竟她能够雷打不动地早起练功。别看楼内的练习生们如今练得哭爹喊娘，等她们真正出道了，恐怕很难再像现在一样投入和努力，必然会被各种事情分散注意力。

人在封闭的环境下的拼搏有时只是被环境感染，能在充满诱惑的外界继续努力，才算是真本事。楚瑞清恰巧具备此种本领，但这让导演越发不解，到底是什么将她引向了偶像道路？

楚瑞清总觉得回答过这问题无数次，便再次重复道："因为要工作挣钱。"

导演似乎并不相信。他见过无数艺人，看惯了各类套路，老觉得这是对方事先准备好的说辞，不免稍有不快。他总觉得楚瑞清不够真诚，故意隐瞒自己的想法，毕竟工作赚钱的手段那么多，她选择当偶像肯定也是有原因的。

导演故意给楚瑞清挖了个坑："那要是其他工作挣得更多，你就不当偶像，另谋高就？”

楚瑞清：“对。”

导演看她答得痛快，又道：“假如每份工作的收入都差不多，你会想要做什么工作？”

楚瑞清想了想，答道：“你的工作。”

导演：“为什么？”

楚瑞清坦白道：“感觉你不用做什么，还能坐在这里闲聊。”

她觉得做导演挺轻松，既不用架机位，也不用管选手，没事还能骂骂人。今早，其他工作人员在筹备早起任务，他却能和自己闲聊，看上去不算太繁忙。

导演：“……”我本想给她挖个坑，突然被反杀？

“哈哈哈哈哈哈哈！”

周围的工作人员看导演吃瘪，竟也不惧大领导的怒火，毫不客气地嘲笑出声。有人甚至大胆地叫道：“导儿，群众的眼睛是雪亮的，反思一下你自己！”

导演见旁人幸灾乐祸，挥了挥拳，笑骂道：“抽你！”

——大胆，还敢在峨眉女侠面前抽人！

——当初吓哭选手的导演，在大师姐面前宛如弟弟。

——楚瑞清：一天到晚话那么多，肯定工作量不饱和。

——剪辑师还敢放出这段，饭碗不想要啦？

导演望着出言不逊的楚瑞清，一时感到既好气又好笑。他本想解释自己的工作内容，又觉得像在挽尊。最后，导演丢下一句：“楚瑞清，你厉害！我就pick（选择）你，等着你出道！”

楚瑞清满脸疑惑。

工作人员见她面露茫然，解释道：“导演的嘴有魔咒，他pick的人从没出道过，上届就是这样。”

楚瑞清：“……”

——哈哈哈哈哈，最毒妇男心？

——大肚子导演，请你晒出投票证明，否则将被视为说谎。

——楚瑞清和导演简直是宿敌！

闲聊过后，工作人员也重回工作岗位，被广播叫醒的练习生们陆续入场。她们手忙脚乱地裹着外衣，步履匆匆地赶到，有人还忙乱地理着头发，看上去像一群夜里紧急集合的学生。

陈思佳早上被夏枚吵醒，衣着还算整齐。她看到队里的楚瑞清，站到对方身后，感慨道："你果然够早的。"

"今天我们专门为大家邀请了老师，给你们进行体能和形体上的训练……"节目组在一旁介绍，顺利地引起练习生们的哀号。

体能训练最基本的就是长跑，导演望着队伍中的楚瑞清，不由得有点儿幸灾乐祸。工作人员可是知道楚瑞清练过早功，而且看上去运动量极大，她再做完今天的体能训练，估计会累坏。

弹幕上纷纷说导演老奸巨猾，刚才不提醒，让楚瑞清平白地消耗体力。

队伍里的楚瑞清倒是神色如常，脸不红气不喘地跑完长跑，又跟随其他练习生完成压腿、开合跳、平板支撑等内容，仿佛刚才疯狂舞剑的人不是她。

练习室内，健身老师环顾一圈，笑道："虽然引体向上一般是男生在练，但有人想尝试一下吗？"

夏枚捏了捏自己的小胳膊小腿，感觉没什么肌肉，默默地低下头。其他人跟夏枚差不多，尤其是她们入住以来节食得厉害，还真没什么把握。

健身老师见无人举手，便用起了激将法："没人吗？上届可是有很多人练得很好啊。"

夏枚吐槽道："上届都是师哥们啊……"上届节目是男版选秀，这怎么能相提并论？

"楚瑞清！大师姐！"有人颇不服气，在下面喊起来，想让楚瑞清给健身老师开开眼。她们并不知楚瑞清今日的运动量，有人张嘴便一呼百应，声浪颇大。

弹幕里的观众们却都为楚瑞清捏把汗，显然没有练习生们有信心。

——谁喊的啊？闲的吧，自己怎么不上？

——她以前应该能做，但前面体力消耗太大，估计有点儿勉强。

——总感觉妹子们像是在外挨了打的小屁孩，不服气地喊家长救场。

楚瑞清在呼声中站出来，有点儿犹豫：“我没有做过。”

楚瑞清望着引体向上的器材，不知该如何下手。她还不太理解山下人的锻炼方式。

健身老师爽快地说道：“我给你示范一个！”

老师示范完，楚瑞清便在指导下握住杆，尝试着完成了一个，大致掌握了动作要领。健身老师见她上肢还算有力，开始为其计数：“一，二，三……”

楚瑞清做着引体向上，思绪有点放空，总觉得这动作颇像峨眉山上攀树的猴。

“三十五，三十六，三十七……”

“六十七，六十八，六十九……”

楚瑞清以前没做过，并不知道自己的极限在哪里。健身老师却是越数越感古怪，难以置信地盯着楚瑞清，稍显茫然地继续数道：“七十九，八十，八十一……”

虽然引体向上看着简单，但实际上难度挺高，要知道不少男性也做不了那么多，更何况楚瑞清从始至终看上去游刃有余！

周围的练习生们早就佩服得嗷嗷叫，她们比健身老师还要激动，大声地共同计数：“九十八，九十九，一百！”

健身老师早就目瞪口呆，停止计数，慌张地伸手阻止，叫道：“可以了！可以了！没必要，真的没必要！”

健身老师生怕练出人命，毕竟从肌肉量来看，楚瑞清也不像金刚芭比。

楚瑞清这才松手，轻松地落地。她神色如常，稍微甩了甩手，便恢复往日的木头人状。

“大佬就是大佬！”

“上届男生都没做这么多！”

练习生们见她成功地打了健身老师的脸，一窝蜂地欢呼拥上，场面其乐融融。

楚瑞清没有经验，哪知自己一不小心练完一百个，直接吓呆了健身老师和观众。

相比练习生们的雀跃，专业的健身老师和知道来龙去脉的观众均感到不可思议。

——她是退役后来做偶像的吗？

——楚瑞清男扮女装参加节目，她应该参选上届才对！

——这明明是战斗机器人进行女团选秀，这是人类的实力吗？

——看完她的无限体力，我突然能接受某些电视剧了。手撕鬼子也不算太离奇……

形体课的欢乐时光过后，练习生们皆大汗淋漓，陆续回屋休息。楚瑞清沐浴结束，回到自己的床位，偷偷取出藏好的小木盒，打算投喂小蜈蚣。

刘筱白睡在上铺，察觉楚瑞清的小动作，不禁好奇地问道：“你的盒子里装的什么呀？”

大家长期住在同一间宿舍里，发现楚瑞清的东西不多，几乎两只手就数得清。小木盒可以说是其中最神秘的东西，至今无人看到里面的内容。楚瑞清每次都避着人打开，反倒搞得众人越发心痒，想知道里面藏着什么东西。

楚瑞清想起陈思佳的警告，敷衍道：“没什么……”她不敢说出真相，唯恐又引起大范围骚乱，山下人似乎很讨厌蜈蚣等生物。

刘筱白还想探究，陈思佳语重心长地说道：“我劝你最好别看，这可是潘多拉宝盒。”

陈思佳想起医院的事情，仍然后悔不已。她当初就是好奇心过重想看看，却差点儿被楚瑞清手心里的蜈蚣吓个半死。

众人收拾结束，逐一躺在床上，本想关灯睡觉，却又兴奋得没法合眼。女孩儿们索性在黑暗中闲聊起来，像一群叽叽喳喳的小鸟。

“明天就是首轮排名公布了，说不定我以后就没资格睡这张床了……”

刘筱白忧心忡忡地说道，“排名公布完，我们宿舍还能聚齐吗？”

“你一定要在睡前说如此悲伤的话题吗？”陈思佳吐槽道。

明天《偶像新秀》便会公布第一轮投票的排名，排在前六十五名的练习生可以留下，其余人则会离开节目。如果说等级测评是看得见、摸得着的考核，投票排名便是玄学考试，谁都不知道自己的观众缘和人气如何。

“不过要是被淘汰，就能回家看我妈，我还挺想她的。”

“其实时间很快，一轮剩六十五人，二轮剩二十五人，没多久就都能回家……”

…………

“楚老师，你家里人看节目了没？”

众人七嘴八舌地聊了一阵，才发现楚瑞清自始至终没说话，有人便主动问她。

楚瑞清坦诚地答道：“没有。”

“你爸妈不关注吗？我姥姥都在学看视频。”

楚瑞清答道：“我没有父母，山上信号不好，应该看不了。”她下山前，门里连无线网络都没有，师妹小贝应该是没法观看线上的节目的。

楚瑞清语气平静，周围人闻言却突然噤声，刚才搭话的人不好意思地说道：“对不起，我不知道你父母……”

楚瑞清：“……”

楚瑞清发现对方误会了，解释道：“我们门里的弟子都没有父母，从小生活在一起的只有师兄弟。”

刘筱白更感惊奇：“为什么？这是收徒的规矩吗？”难道楚瑞清的师父是个好心人，只收无父无母的孤儿？

“不。”楚瑞清平静地说道，“因为大道独行，没人能陪你走到最后。”

虽然门里只有楚瑞清在认真修剑，其他师弟师妹都是半吊子，但他们的寿命仍比世俗人（猴）要久得多。他们入门时，便会跟过去的亲人朋友斩断联系，不再相见。即使偶尔有人藕断丝连，和山下的亲友有书信来往，十年后也会发现沧海桑田，更别说二十年、三十年后……

彼此相忘是最好的方式，否则便是无尽的告别。家人们逐渐老去，而你容颜不改，双方的思想认知离得越来越远，相聚也只剩无言。

楚瑞清入门时年纪尚小，没有太过伤感，倒是阚和当时闹得天翻地覆、死去活来，每天吵着要回家。阚和还一直跟家人联系，要不是后来他家里人闹着要上山找长生不死药，恐怕双方至今没断。

楚瑞清的话不知为何有点儿伤感，让屋里的人平静下来。众人又闲谈了几句，便各自闭眼休息，等待明天的到来。

——楚老大的身世有点儿惨，怪不得她上回是跟师妹通话。

——对不起，大家都很正经，为什么我却觉得“大道独行”有点儿中二？

——前面的大哥，你怎么回事？

第二天的录影棚内，练习生们重回初次表演的舞台。棚里仍然搭建着金字塔状的座位，每个座位上标明了数字，等待对应排名的练习生坐上去。

陈思佳长叹道：“只要别太快回去就行，好歹让我再苟活一轮……”

楚瑞清虚心求教：“如果现在回去，工资会受影响吗？”

陈思佳：“大哥，现在你该想这些吗？”

楚瑞清镇定地答道：“快到月底了。”她作为贫困人口，至今还没领到工资，多少有点儿郁闷。

——难道垃圾公司公然欠薪？我为崽崽花的钱去哪儿啦？

——不过楚老师确实超级朴素，私服也便宜。

——我怀疑楚瑞清不参加这个比赛的话就会饿死街头，好歹这个节目包食宿。

——别看有的人表面上是大佬，实际上却在为生活奔波。

绚丽的灯光过后，路霖握着麦克风登场，开始公布排名：“首先是排第六十五名的练习生，她获得的票数是六位数……”

场上众人发出惊呼，陈思佳也相当讶异，嘀咕道：“最后一名居然就是十万级……”

《偶像新秀》显然越来越火，本届最后一名的票数比上届还高，要知道向来是男团的票数更高。现在票数大幅上升，只能说明节目越来越受欢迎，观众基数变大。这代表舞台加票对排名的影响越来越小，毕竟前十名的票数很难被几千票影响。

路霖逐一公布成绩，被喊中名字的练习生不少会痛哭流涕，察觉自己落选的人则郁郁不乐、精神不振。陈思佳有点儿紧张，名字越往后代表名次越高，但她又怕自己是落选的那一批，排在六十五名之后，不由得坐立难安。

楚瑞清倒是面无表情，要不是她偶尔还在眨眼，观众还以为画面静止了。

——楚瑞清此刻还在想，公司到底有没有发工资。

——楚瑞清：路霖，你下来，换个会rap（说唱）的练习生来念。

——我现在和楚瑞清的表情一样，心里想的是：这是谁？这又是谁？

楚瑞清确实认不出多少人，除了她宿舍里的同伴和经常合作的练习生，剩下的人全靠看名牌。刘筱白等人好歹是高水平选手，又有一定镜头量，名次比较靠前，基本上顺利晋级了。

路霖公布名次时总要拖长调，加上每人还有发言，过程相当冗长。练习生们经过漫长的等待，终于可以迎来前十名的公布。楚瑞清认识的人开始陆续上台，夏枚排名第九，胡茬排名第七，陈思佳排名第六。

路霖望着手卡，露出意味深长的笑容，感慨道："历史总是相似的，又要公布第一名……"

下一秒，大屏幕上弹出楚瑞清和辛媛的照片，竟重现《钻石花》时的景象。

"有请两位候选人上台！"路霖看向楚瑞清和辛媛，将她们引向舞台上的升降台。两人要在此等待排名公布，第一名所在的升降台将会升起。

楚瑞清和辛媛以前竞争过center，现在又同为第一名候选人，可谓极其有缘。虽然辛媛在首期节目播出后招来很多黑粉，但她靠自己的努力逐渐翻身，加上她身上有正统偶像的魅力，慢慢地就吸引了一大批粉丝。楚瑞清和辛媛的粉丝群体实际并不重合，两人的性格完全是两个极端，她们属于不同的风格。

名次公布前，节目组按惯例会让主持人故弄玄虚。路霖采访道：“辛媛，你觉得这回能拿第一吗？”

辛媛握着麦克风笑了笑，认真地看向镜头，回道：“不管最后的结果如何，我都感谢所有为我投票的粉丝。”

路霖点了点头，又看向不远处的楚瑞清，问道：“楚瑞清，你觉得自己能拿第一吗？”

楚瑞清：“不能。”

路霖看她如此笃定，不禁诧异道：“为什么？”

楚瑞清指指他手里的手卡，坦然道：“因为上面写着我第二。”

路霖下意识地低头看看手卡，随即震惊地问道：“你怎么能偷看？”

路霖确实早知结果，但他跟楚瑞清相隔甚远，便没有刻意隐藏手卡，毕竟上面的字相当小，不可能被人看到。

楚瑞清面对指责，无奈地解释：“我没有偷看，只是恰巧一扫。”她确实是无心看到的，谁让路霖完全没藏，凭借她超强的视力，想不看到都难。手卡上的内容猝不及防地映入她的眼帘，她还能提前闭眼不成？

路霖：“……”

路霖沉默良久，诚心发问：“你让我怎么接着主持？”

楚瑞清的话简直让节目组营造出的紧张气氛瞬间消失，后台里的导演已脸色发青，看上去快要昏厥。

楚瑞清沉默片刻，像是也发觉不太好接，试探地建议：“再录一条？”她假装没看到，路霖也别再提问，就像无事发生过。

路霖神色冷漠，吐槽道：“你做节目导演的梦还没碎啊？”这话是在调侃楚瑞清和导演的闲聊，她曾说觉得导演的工作挺闲。

台下的练习生们简直笑出声来，弹幕里也热闹非凡。

——她没有偷看，明明是光明正大地看。

——本该十分钟的名次公布被两秒终结，不愧是导演组的头号宿敌。

——感谢楚老师为我节省几分钟的流量，路霖可真磨叽。

——楚瑞清：花里胡哨，耽误下班。

——导演，你再不给楚老师投票，她就要毁了你的节目啦！！

首轮排名公布以出乎意料的方式结束，远在别墅里看节目的李天剑却气得要摔锅砸碗！

管家看着暴躁的二少爷，宽慰道："这就是第一轮，其实只有最后一轮的票数管用……"

管家觉得二少爷实在小题大做，追星还付出了真情实感。《偶像新秀》说到底就是真人秀，早晚会有经纪公司介入，何必现在就着急？

李天剑极为不满，咬牙道："唱跳都一般的假笑偶像，凭什么排第一？"

二少爷：我师父可是实力主舞！全团领袖！无冕之王！

管家看他毫无理智的模样，小心地提醒："第一名是新娱传媒的……"

新娱传媒是大少爷李恒翘的产业，公司人脉与资源雄厚，辛媛便是旗下的练习生。二少爷现在疯狂抗拒第一名，属于胳膊肘往外拐，要知道他们当初联系初梦传媒时，还让新娱传媒的人从中牵线搭桥过。

李天剑淡淡地说道："垃圾公司，肯定有黑幕。"

管家：这可是您自己家的公司啊。

李天剑吐槽完，又开始噼里啪啦地打字，跟楚瑞清应援会的管理员们交流。因为南明离火剑凶名在外，所以李天剑没在应援会的管理组里挂名，避免为楚瑞清扯上纠纷。当然，他私下早就进入管理群，开始监督集资、应援等重要事务，避免心怀不轨者卷款潜逃。

管理组内都是楚瑞清的忠实粉丝，众人就楚瑞清的发展问题进行了深入的探讨。

大桃："我还以为这回是第一，毕竟现在每人能投十票。"

蛋蛋："不过我家比辛家的观众缘好，她家真能冲票，也没看辛跟谁捆绑联票，全靠新娱的家族票。"

呱唧："我们下一轮还是跟陈思佳、刘筱白家联合投票？"

大桃："联投说到底没啥用，最后一轮还是一人一票，也就前面看着有脸面。"

《偶像新秀》目前每名用户可以投出十票，且不能给同一人投两票，这跟最后女团的十人出道位正好对应。应援会粉丝为帮偶像冲排名，会选择和同公司或关系好的其他偶像的应援会结盟，号召两家粉丝互相为对方的偶像投票。

虽然楚瑞清向来是冷脸天王，但她在节目中人缘不错，且CP粉（网络用语，指喜欢配对组合的粉丝群体）众多。现在楚瑞清应援会的联盟对象是陈思佳、刘筱白两家，原因是三人本身关系不错，而且阵容稳定。

然而，最终投票赛制会被改为每名用户一票，会员用户十票，这对吸CP粉的楚瑞清来说比较不利。因为辛媛在节目上无明显要好的成员，所以一直没有联投对象，不过新娱的艺人纷纷推荐辛媛，倒让她蹭上不少家族票。楚家第一轮没靠联投冲上第一，后续只会越发无力。

大桃："我感觉现在联投就是扶贫，陈、刘两家倒是排名挺高的。"

大桃："我们还是得改变策略，给我们自己家的粉丝打打鸡血，CP粉说到底肯定偏一方。"

南明离火剑："现在集资账目谁在管？"

呱唧："我！大佬，我发给你！"

李天剑看大桃在群内疯狂地散播负能量，不禁微微蹙眉，出言打断对方的长篇大论。虽然管理组几人还没正式见过面，但他通过平时的言谈，已经逐渐摸清管理员们的特长。蛋蛋主要负责给楚瑞清拍图，呱唧是账务达人，大桃负责管理应援会的微博。

大桃性格相对偏激，常在群里说些不好听的话，让蛋蛋和呱唧没法接。不过她是百分百的粉丝，对楚瑞清忠心度很高，李天剑觉得对方暂时可用，只是会适当地打断她的激进演讲。

对李天剑来说，管理组成员并不是他的朋友，只是他帮助师父登顶的人。他本人精力有限，没法亲自经手所有环节，便挑选有能之士协助管理。即使他跟其他管理员交流频繁，对他们也没什么特殊感情。

二少爷非常中二，心中早有定论：毕竟我是有根骨的准峨眉弟子，他们不过是追星的普通人。

首轮排名公布结束，楚瑞清可谓双喜临门，不但收到公司要发工资的消息，还拥有赚外快的机会。

前十名的练习生将会拍摄广告，为节目的冠名商宣传。虽然广告收入经过节目组和公司的盘剥，落入练习生们手中的并不多，但对楚瑞清来说也是意外之财。

广告拍摄当天，楚瑞清和陈思佳向工作人员打了个招呼，先戴着口罩偷溜到银行，办理了银行卡。楚瑞清站在大厅内茫然四望，倒是陈思佳胸有成竹地指导，让室友拿号到窗口办手续。

片刻后，峨眉大弟子成功收到人生中的第一张银行卡，可以等待工资降临了。两人急急忙忙赶回片场拍摄，现在出宿舍一趟不容易，要不是有广告任务，她们还找不到机会办卡。

上车后，楚瑞清想起陈思佳一直以来的帮助，说道：“我把前段时间的钱还给你吧。”

楚瑞清下山时，可以说是身无分文，全靠陈思佳的帮助存活下来。虽然范彤后来帮她预支了工资，但也相当微薄，赶不上陈思佳的付出。楚瑞清当时便打定主意，拿到钱后先偿还债务，不能让室友承担开销。

陈思佳愣了愣，随即摆手婉拒：“没事的！没有多少钱！”

楚瑞清：“手机、衣服、食物，还有很多东西……”

陈思佳笑道：“手机又不贵，再说你现在身上也没多少钱。”楚瑞清的手机还不到两千元，其他零散物件更便宜。陈思佳家里虽不是大富大贵，但也算小康，所以她手头还算宽裕，并没将此事放在心上。

陈思佳看楚瑞清坚持，只能用缓兵之计：“反正工资还没下来，到时候再说吧，现在不着急。”

楚瑞清这才答应。

广告拍摄片场，路霖见楚瑞清和陈思佳结伴回来，不禁调侃道：“你俩真是连体婴啊。”

楚瑞清和陈思佳的友谊非常奇妙，两人都不是火热地表达感情的外放类型，却有种说不出的默契。路霖在娱乐圈混迹多年，又是话题追逐的对象，早就遗忘了如此纯粹的交往的感觉，他像是看到手拉手的小学生，心中满是感慨。

路霖和练习生们都要拍摄广告，广告商是一家全国连锁的知名餐饮公司，所以练习生每人手上要端着不同类型的美食进行拍摄。

现在正值夏季，美食套餐也极具清凉感。楚瑞清拿的是薄荷派，陈思佳拿的则是清火鲜柠汁。工作人员面露为难之色，提醒陈思佳：“你的可能味道有点怪……”

练习生们有吃下美食的广告镜头，陈思佳试探地尝了口手中的饮料，差点儿当场吐出来！

陈思佳的口腔中弥漫着无尽的苦味，她猛地灌下一口矿泉水，说道：“喀喀……好苦……”

工作人员无奈地解释：“因为放了苦瓜汁，味道是很奇怪。”

刘筱白面露诧异：“这是什么黑暗料理？苦瓜和柠檬配合？”

胡茗更不理解：“既然知道味道奇怪，为什么还要卖？”

女孩儿们叽叽喳喳地讨论起来，皆好奇心旺盛地上前尝试，最后纷纷败在苦味面前。楚瑞清望着透亮的绿色汁液，掀开杯盖闻了闻，只嗅到青草和柠檬的清香，感觉似乎还可以。

陈思佳看室友拿出新吸管，像是也要尝试，劝阻道：“真的难喝，你别试！”她刚才就抿了抿，五官便因苦味拧到一起。

楚瑞清尝了一口，回味了一下，点头道：“好像是很降火。”这味道和二师弟配的草药汁差不多，似乎还偏甜一点儿，确实挺健康的。

楚瑞清说完，竟面不改色地继续喝起来，成功喝完一杯。

刚刚被苦倒的练习生们：“……”

工作人员见状，立马说道：“这条镜头由你来拍！你们俩换一下吧！！”他们本来还发愁，人喝完这么苦的东西后，面对镜头如何笑得出来？没想到楚瑞清居然不被黑暗饮料支配，简直是天选之人！

陈思佳因此莫名其妙地拿到薄荷派，由楚瑞清来拍摄清火鲜柠汁。虽然楚瑞清是第一回拍广告，但她竟颇有天赋，尤其是配合上台词“健康的味道”，神情相当令人信服。

然而，快餐广告播出后，《偶像新秀》的观众和楚瑞清的粉丝们简直要破口大骂。其他食物的味道都很正常，他们便没对清火鲜柠汁产生警惕，加上楚瑞清的粉丝多，不少粉丝自愿去贡献销量，结果喝完都感到仿佛受了刑罚。

——史上最大骗局，这是什么味道？怪不得会让楚瑞清拍清火鲜柠汁，因为她的面部神经坏死啊！

——楚老师：想知道我排名第二的秘密吗？吃得苦中苦，方为人上人。

——楚瑞清，我信你个鬼，你的口味简直跟我爸一样！吃苦瓜的都是邪教！

——节目组，你摸着良心说，本来该让谁拍这条的？

——前面的弹幕怎么回事，关陈思佳什么事？两人关系很好啊。

——好个屁！不是你家偶像被蹭热度，你当然不心疼！垃圾公司赶紧解绑，少来组CP（英文couple的缩写,网络用语，指一对）！

网上，网友们本没将清火鲜柠汁当回事，只是调侃了几句，却不知是谁传出这条广告本该由陈思佳拍摄，因为成员们都觉得味苦，最后楚瑞清才主动提出交换。CP粉们看到此类小道消息，纷纷大呼好甜蜜，不少楚瑞清这边的粉丝却气得要死，恨不得找节目组的麻烦。

随着节目的热播，众多粉丝的阵营也成熟、稳固起来，不再像早期那么零散。越来越多的粉丝号召只专注自己的偶像，拒绝联票，为最终之战磨剑。

楚瑞清和陈思佳的人气有所差距，其CP粉最近便被重点围攻，他们像是过街老鼠、人人喊打，两边都讨不到好。

事情爆发的最终导火线是楚瑞清应援会管理组的一名成员的小号被挖出来了，其微博中有大量对陈思佳的辱骂言论，用词极度恶毒，引得陈思佳的粉丝们大怒，楚、陈联盟彻底宣告破裂！

网上战火纷飞，群内一片焦灼，其他管理员不知如何是好，干脆私信南明离火剑。虽然他说话犀利、骂人很毒，但向来很理智，是能出谋划策的人。

呱唧："不好啦，大桃的小号被挖出来了！现在陈思佳家找我们要解释！"

呱唧："咋办啊，我该回什么？我都不知道大桃有小号！"

南明离火剑："开除她的粉籍。"

呱唧："什么？大佬你别跟我开玩笑，我现在真没主意！"

呱唧本以为南明离火剑是开玩笑，故意玩"除你粉籍"的表情包梗，没想到大佬是认真的，居然真把大桃一脚踢出去了！

李天剑暗骂这帮人成事不足、败事有余，完全是群没用的东西，偶像没黑料，粉丝瞎折腾。他看到大桃就来气，直接把她踢出群聊，同时更改所有官方微博账号的登录密码，公开宣布大桃被踢出管理组。

大桃发现自己被踢，更是气得半死，又回头反咬南明离火剑一口，把事情越闹越大。她不但大骂南明离火剑，还继续挑动着楚、陈两家的粉丝的战争。

网上的喧嚣逐渐蔓延到现实，也引得当事人有所变化。楚瑞清从没有上网的习惯，还没发现异常，倒是陈思佳最近有点儿怪怪的，时常走神。

位置测评的曲目分配结束，陈思佳满怀歉意地说道："我最近要跟她们排练，可能没法和你一同去练习室啦。"

《偶像新秀》的位置测评要考核练习生们的团队位置，陈思佳是主唱，楚瑞清是主舞，两人确实没法同组，需要分道扬镳。

楚瑞清提议道："那我练完去找你？"

陈思佳笑了笑："不用，我们可能练得很晚，你练完先去食堂吧。"

楚瑞清听完陈思佳的解释，觉得合情合理，便点头答应，也没有多想。

陈思佳见室友转身离开，这才长舒一口气，紧接着又稍显落寞。她当然不会由于网上的恶言恶语迁怒楚瑞清，只是突然意识到她们在录节目，或许在镜头下该适当保持距离。

陈思佳很了解楚瑞清的性格，对方并不会理解粉丝的愤怒，但自己是在女团里生活了很久的人，很清楚粉丝意味着什么。偶像没有出众的实力，既不是歌手，也不是演员，全凭粉丝的满腔喜爱才能活下来。

楚瑞清不是心思细腻的人，一连几天都没发现陈思佳在小心地掩藏情绪，直到位置测评排练当天，才感到一丝不寻常。因为粉丝们早就得知录影棚的位置，不少人围在棚外等练习生们上下班，将场地堵得水泄不通。

粉丝们热情洋溢地摇晃着手幅，对着陆续入场排练的练习生们大喊"崽崽"，场面相当热闹。楚瑞清和陈思佳所在的小组是先后出场，楚瑞清走在队尾，陈思佳作为center则在队首，两人这几天难得地碰到了一起。

"陈思佳，你死开啊！！"旁边的人群中发出声嘶力竭的尖叫，紧接着便是周围人的吵嚷。

陈思佳听到突如其来的怒吼，霎时面色惨白，手足无措地站在原地。她率先停步，身后的主唱们也面面相觑，不知该不该往前走。

楚瑞清听力甚佳，同样听到了人群中的喊声。她相比其他人镇定得多，直接走到被栏杆挡住的粉丝面前，淡淡地发问："刚才是谁喊的？"

楚瑞清身着及膝的宽大外衣，遮住了藏在里侧的舞台装。她已经化完整妆，眼线被轻巧地描长，同时朱唇似血，眼神中透着杀意。毕竟她所在的小组的表演曲目就叫*Killer*（《杀手》），如今她冷漠地质问粉丝，倒真像无情的杀手。

前排的粉丝们大多没近距离见过楚瑞清，一时被对方的气场吓傻，紧张得说不出话。

楚瑞清目露寒意，皱眉道："别让我重复第二遍。"

"是她！是她喊的！"其他人看楚瑞清要发怒，立刻往旁边让了让，开始指证犯人。

喊话的女生周围竟被让出了一片空地，她望着面无表情的楚瑞清，一时也有点儿怯懦。女生心想，自己的偶像真人确实挺美，但也真的好凶。

楚瑞清打量对方一眼，平静地说道："你叫什么名字？"

喊话的女生虽然快被美色冲昏头脑，但也深知不能暴露个人隐私，否则传到网上会被陈思佳的粉丝人肉。她支支吾吾地装傻充愣道："什、什么？"

楚瑞清面露不耐烦之色："我剑下不斩无名之辈……"

楚瑞清一边说着，一边伸手从身后拔剑，露出隐藏在外衣下的雪白纸剑。她的声音如寒风："所以报上你的名字。"

喊话的女生本以为楚瑞清要掏出可怕的武器，吓得半死，但她心惊胆战后仔细打量了纸剑良久，确定这就是把普通的纸剑，质地还相当粗糙。

众人本来还沉浸在紧张的氛围中，但看着满脸杀气的楚瑞清拔出纸剑，却感到分外疑惑。

粉丝们：你上台排练怎么还背着纸剑？而且你确定这破玩意儿有杀伤力？

楚瑞清杀气腾腾，群众却松懈下来，倒是陈思佳看出室友的神情不似作假，火急火燎地前来劝架，拉着她往回走："大哥，可以了！别这样！"

陈思佳想起楚瑞清手擒蜈蚣的战绩，生怕室友再来一个手擒粉丝，还没出道就登上社会新闻的头版头条。

楚瑞清的神情颇为不爽，她仍紧紧地盯着喊话的女生，举剑的手迟迟不肯落下。峨眉大弟子很重感情，她可以记不住李橙的名字，并直言伤人，但对她的友人，有着古人般舍命相护的觉悟。

峨眉弟子跟普通人不一样，由于寿命绵长，不会轻易跟人建立亲密的关系，但只要产生亲密的关系，便会珍惜与守护。

楚瑞清最后还是被陈思佳劝走了，但她胸口像堵着一口上不来的气，让她憋得慌。楚瑞清放下纸剑，迈步往回走去，但仍感不悦，干脆随手朝着无人的栏杆挥下了剑！

一声巨响过后，栏杆应声断裂！

楚瑞清发泄结束，这才吐出郁气。她挽了个剑花，沉着地收起剑，无视背后目瞪口呆的粉丝们，头也不回地往棚里走去。

粉丝们原本还笑楚瑞清傻傻的，现在见识了隔空劈栏杆，吓得快当场跪下。有人一路小跑地到达受损的栏杆前，摸了摸粗糙的断口，竟还感到有些滚烫。栏杆是用金属制造的，要是中招的换成真人，恐怕会变成剑下亡魂了。

众人不禁战战兢兢：天哪，这不是纸剑，这得是激光剑吧！

路霖听闻棚外的吵闹声，跟着工作人员出来。他看到被劈断的栏杆也吓了一跳，但他好歹是见过世面的人，很快就镇住了场子，怒吼道："楚瑞清，公然破坏公物，你给我滚过来——"

路霖："显得你有能耐是吧？让你的公司来赔钱！！"

楚瑞清："……"

楚瑞清本来还有点儿余火，但听到"赔钱"两个字，一切情绪烟消云散，立刻向生活卑微地低下了头，一路小跑地过去挨骂。工作人员也不客气，劈头盖脸地将她教育了一顿，同时还抱怨换栏杆的麻烦。

练习生们见识了刚才的场面，本来既惊又怕，如今望着角落里被骂的楚瑞清，心中又生出同情。楚瑞清这算是耍帅三分钟，挨骂三小时吗？

楚瑞清的室友和*Killer*的组员看不下去，纷纷上前帮楚瑞清说情。陈思佳无奈地说道："我来出钱赔偿，她下回不敢了……"

*Killer*组的center辛媛也在一旁帮腔，婉言劝道："老师，我们组马上要排练啦，您这回放过她吧。"

两人好话说尽，终于把楚瑞清从工作人员手中救出。

陈思佳的黑粉公开叫板，楚瑞清当场维护陈思佳，这绝对是一条炸翻《偶像新秀》的粉丝圈的消息，现场的视频很快便流传到网上。毕竟楚、陈两家在网上吵得火热，但楚瑞清与陈思佳似乎关系不错，楚瑞清甚至当面为陈思佳出头。

——楚老师是条汉子，完全不！

——“剑下不斩无名之辈”的梗我算是忘不了了，大家以后见到她别报名字，小命就保住啦！

——天哪，谁来解释一下那把剑？这视频是节目组后期制作的吧！

——真汉子也要吃饭，挨骂时真是弱小、可怜又无助。

——节目组，楚瑞清的激光剑是怎么通过现场安检的？你们来解释一下！

——本以为这是《倚天屠龙记》，搞半天是《星球大战》？

——楚老师是正派弟子、邪道偶像，感觉她把所有偶像不敢做的事，全都做了一遍。

路人们都在友好地调侃，但他们的担心不无道理。那些偏激的粉丝作为投票时的中流砥柱，肯定会由于楚瑞清对陈思佳的维护而被赶走一批。在那些偏激的粉丝心中，他们全心全意地支持偶像，偶像却要为他们最恨的人出头，这个偶像简直就是在亲自赶粉丝走。

有的粉丝心中不悦，但也会装瞎，宣称其他人想太多了，楚、陈只是同事云云；有的粉丝脾气很大，直接宣布不再喜欢楚瑞清，甚至破口大骂，称喜欢上楚瑞清是眼瞎了。

大桃无疑就是后者，在微博上说楚瑞清还没红就骄傲自满，颇有“哀其不幸，怒其不争”的感觉。她还阴阳怪气地讽刺楚瑞清的应援会，暗示管理组和他们的偶像一样，无能得要死。

李天剑本来还在楚瑞清拔剑的视频下控制评论区的形势，看到大桃又像跳梁小丑般出来，直接冷漠地上线开战了。

南明离火剑："有的人只配做生活中的loser（失败者），在网上混成管理员，便觉得自己是头号人物，可以看破世事、洞悉真相。殊不知离开她诋毁的对象后，自己一辈子是个井底的丑八怪，误以为在楚瑞清的身上窥得一线天光，便能原地飞升。这实在让人笑掉大牙。"

南明离火剑："追个星都要听你指点江山，还追什么星？我追你算了！@大桃。"

两个十分出名的楚瑞清的粉丝南明离火剑和大桃吵架，简直堪称"决战紫禁之巅"。毕竟双方都是嘴毒的激进派代表，战斗力极强。

李天剑当初不想给楚瑞清惹麻烦，所以没在管理组挂名，没想到内部反倒蹦出"背叛者"大桃。他一边漫不经心地骂两下大桃，一边在拔剑视频下评论，毕竟当务之急是科学地解释他师父的"激光剑"。

不管评论区有多少调侃，还是有网友发现异常，惊讶于楚瑞清隔空劈栏杆的本事，同时提出那把剑的危险性。李天剑尽力措辞解释，还安排其他粉丝冲入评论区，给出各种理由，例如天热导致栏杆断裂、栏杆质量不佳、视频是特效等。

李天剑甚至翻出早期电视节目上的纸牌劈西瓜、空手接白刃等视频，故意降低隔空劈栏杆的离奇程度，让群众信服。

二少爷：科学地解释修仙着实不是一件易事。

《偶像新秀》节目组总算做了一回好人，先是发公告严厉地批评了现场粉丝的过激行为，然后解释了此批栏杆质量不佳，在天热高温下会发生断裂情况，节目组已派人更换。这份声明中没有提及楚瑞清，但字里行间算是替她解释了。底下还有人调侃不该让楚瑞清赔钱，明明是节目组自己的问题。

官方出面帮忙，李天剑很快就成功地转移了公众的视线，同时顺手将大桃挤出了粉丝圈。

棚内，*Killer*组在后台等待带妆排练，小组成员都是主舞定位，center是按照首轮排名选出的，所以由辛媛担任。练习生们选歌时都是排队盲选，楚瑞清和辛媛机缘巧合地进入一组，也是吸引人眼球的话题。

后台里，辛媛望着楚瑞清，规劝道："其实你不用管粉丝的话，听听也就过去了……"她觉得对方有点儿莽撞，楚瑞清很有实力，但若是做太多伤粉丝的心的事情也不行。

辛媛对楚瑞清的情感比较复杂，一方面对方是竞争对手，另一方面对方的业务能力没话说，连她都自愧不如。唯一的问题就是，楚瑞清似乎没有如何做好偶像的常规认知。

楚瑞清皱眉道："那是粉丝吗？"她只见过舞台下应援的粉丝，还没见过破口大骂的粉丝。

辛媛欲言又止，然后道："总有偏激的人。"她不好向楚瑞清解释，喊话的女生有可能是楚瑞清的忠实粉丝，毕竟楚、陈战火正烈，众人基本知道，只有楚瑞清被蒙在鼓里。

楚瑞清沉默下来，然而众人的劝说并没有结束。

排练过后，路霖又找楚瑞清单独相谈，他的疑惑则直接得多："你当时为什么要拔剑？"

虽然节目组说是天热导致栏杆断裂，但工作人员其实也没有确切的主意。他们检查过楚瑞清的纸剑，确实平平无奇，毫无杀伤力。栏杆的锯齿状裂口摆在那里，说栏杆是被剑砍断的，实在过于牵强。

楚瑞清："找人对决，自然要拔剑。"有人挑衅还不还手，完全不符合她的作风。

路霖哭笑不得："对方又没习过武，你不算以大欺小？"

楚瑞清面无表情，平静地说道："每个人都要为自己说过的话付出代价，只是有的代价小，有的代价大。人既然有发言的勇气，便该有为此负责的心理预期。"

如果是往常，楚瑞清自然不会对弱者动手，但既然对方选择口出狂言，便没资格在她拔剑时充弱者了。

路霖无奈地说道："可你是公众人物，忍耐不好听的话也算工作之一呀……"

楚瑞清提出质疑："我的劳动合同里没写这一条。"

路霖："这是大家约定俗成的规矩……"娱乐圈里每个人都知道这类事情难以避免，早就见怪不怪。

楚瑞清坚持说道："我没跟你们约定过。"

路霖："……"

路霖感觉这天是聊不下去了，索性拿出手机，专门寻找粉丝争吵的内容，打算让楚瑞清有清楚的认知。他将手机递过去，解释道："因为你是公众人物，能够对你评论的人非常多，所以偶尔有偏激、难听的话，你也不可能一一问责的。"

路霖苦笑道："这就是娱乐圈的常态，怎么你好像还没开窍？"

路霖找的都是楚、陈大战的内容，由于很多帖子已经被清理了，他不得已只能上论坛找截图，在一个帖子的底部翻出了双方粉丝大战的集锦。李天剑要是知道此事，估计要大骂路霖多管闲事，他好不容易把事盖过去了，对方还要将这些龌龊言辞捅到师父面前。

楚瑞清望着屏幕上的文字，像是窥探到一方新的小天地。她以前从没看过网上的评论，这里的每行字中都散发着愤怒与戾气，充斥着对她和陈思佳的人身攻击。她像是贸然闯进粉丝圈的路人，微微地皱起了眉头。

路霖偷瞄到她的神色，采访道："有什么感想？"

楚瑞清看完吵闹的论坛，摇了摇头，评价道："无聊，聒噪，现在的人吃得太饱了。"

和平年代的人真是闲得慌，每天没事似乎都在上网，子虚乌有的事也能对骂那么久。

路霖："……"

楚瑞清："过去的文人在报纸上打笔墨官司，也没有如此暴躁、没文采。"

路霖："现在网友在网上吵架难道还要求高学历吗？"莫非粉丝要有鲁迅的水平，才有资格出面一战？

片刻后，楚瑞清递还手机，路霖说道："现在你该明白了吧？如果你要将偶像当成工作，必然会面对这样的环境，这才是常态。"

"常态并不代表正确。"楚瑞清思索片刻，下了结论，"偶像是我的工作，但是我在选择工作，而非工作支配我。"

楚瑞清确实想赚钱拿剑，但如果代价是让好友面对污言秽语，默许畸形的粉丝圈文化，那就偏离了她的初衷。如果她是靠此种不堪的手段握剑，这剑倒不如不要，实在称不上行事磊落。

"谢谢你的介绍，但我并不认可。"楚瑞清大致明白了粉丝圈的生态，但还是没法接受。她认为自己或许有必要了解网络，用山下人的办法来处理此事。

路霖长叹一声道："我还从没见过像你这样固执的人……"准确来说，稍微反感此事的人都不会进入娱乐圈，楚瑞清冒冒失失地闯进来，也算是很奇怪了。

位置测评当天，现场舞台下观众仍旧爆满，粉丝们看着楚瑞清等人按顺序上台，发出撕心裂肺的尖叫声。*Killer*组齐聚舞台，在路霖的引导下发言，讲述对舞台表演和曲目的看法。

楚瑞清身边正巧是辛媛，辛媛看了看楚瑞清。辛媛发言时相当从容："这首歌对我和队友们都有特别的意义，我们既是竞争者，也是共同奋斗的伙伴，希望能让大家看到完美的舞台表演……"

辛媛发言完毕，便将话筒递给楚瑞清。路霖面对面无表情的峨眉大弟子，挠了挠脸，露出无可奈何的笑容："其实我是不太想提问楚瑞清的……"

台下观众面露诧异之色，有人叫道："为什么？"

路霖笑道："因为我们前不久刚就一些问题发生分歧，我觉得她现在说不出好话。"

位置测评是楚瑞清最近向外表达观点的唯一机会，她可以面对面地跟粉丝交流。路霖思及此，更加忧心忡忡。他回想起楚瑞清固执的态度，生怕她会在现场口吐惊人之语，所以干脆提前打预防针。

部分观众露出了然的神色，路霖说完，还故意圈定楚瑞清的发言范围，狡猾地提问："楚瑞清，你怎么理解*Killer*的舞台表演？"

路霖想得很好，既然只问了舞台表演，那楚瑞清就不会说其他东西，也就不会有危险的发言了。

楚瑞清握着麦克风，一本正经地说道："打着喜欢的名义，以言语伤害他人，必然会为此付出代价。"

路霖一听，楚瑞清居然还真围绕*Killer*回答了问题，可似乎又像在含沙射影。他下意识地问道："什么代价？"

楚瑞清结合最近的学习成果，娓娓道来："言语辱骂他人违反了《中华人民共和国治安管理处罚条例》。情节较轻的，处五日以下拘留或五百元以下罚款；情节较重的，处五日以上十日以下拘留。互联网并非法外之地。"

路霖："……"

楚瑞清的认真发言竟引得现场观众哈哈大笑，还有人出言附和："说得好！还网络空间一片绿水青山！"

路霖：等等，这都混进来了什么观众，怕不是网信办的？

楚瑞清深感自己网络知识匮乏，完全不知道线上的腥风血雨。她吸取教训，准备从头学起，在源头获取知识，用山下人的手段来解决问题。

对大师姐来说，既然要好好学习，当然还是用纸质资料比较习惯。

楚瑞清的学习方法比较正统，她找到的纸质资料书同样官方，翻开后的第一篇文章就是《国家网信办启动网络生态治理专项活动，严厉整治网络负面有害信息》。

楚瑞清学习过后，颇感充实，书上的内容不但言辞精练，而且有理有据，可比网友们的争吵要有文采得多。她最近认真完成笔记，对书上的内容产生了不少新思考，可谓卓有成效。

——楚瑞清，你能不能别在认真时突然犯傻？

——终于知道网上的黑评如何消失的了，原来是被守法良民大师姐举报了。

——楚瑞清：某些粉丝都给老娘听好了，互联网并非法外之地。

——按照这个逻辑，*Killer*莫非是网信办的宣传曲目？

第五章

寻得剑意　无私粉丝情
身份受疑　沽名与钓誉

虽然楚瑞清的发言会引发部分粉丝的反感，但无疑很博大众的好感，没有哪个正常的观众愿意看到乌烟瘴气的网络环境。很多人只想默默地喜欢小偶像，并不想掺和粉丝间的争端，现在看到楚瑞清公开表态，不少网友颇感敬佩。

不是谁都有勇气说穿此事，偶像们为保持粉丝的战斗力，维护自身的地位，即使知道粉丝圈的烂事，也是睁一只眼闭一只眼。这就像职场的潜规则，算是大家心照不宣的秘密。

当然，楚瑞清作为捅破窗户纸的人，在网上受到的评价同样两极分化：一方面，大众对楚瑞清的好感度增加，她的粉丝增多；另一方面，部分人暗骂楚瑞清天真，说新增的粉丝在投票上帮不上忙，她是捡了芝麻，丢了西瓜。

*Killer*组全员发言结束，终于迎来舞台表演。辛媛站在队伍正中央，楚瑞清则蹲在前排，从开场镜头看去，两人同样引人注目。暗红的舞台灯光亮起，营造出危险、神秘的氛围，接着富有节奏的鼓点响起，每一下都像敲在人心上。

*Killer*是楚瑞清目前遇到的歌曲中的最爱，它的舞蹈动作有力而富有杀

气，要求整齐的团体配合，同时扭腰等展现女性形体的动作较少。简单来说，*Killer*的风格更像男团舞，比普通的女团舞蹈激烈得多。

成员们的服装甚至都是白衬衫，要不是还有其他配饰装点，这一组跟男团基本没有差别。楚瑞清喜欢*Killer*还有一个重要的原因，就是这首歌的舞蹈不用假笑，而主要展现冷血无情与侵略性！

大师姐终于能摆脱尴尬的微笑，在舞台上露出平常的表情，且不会遭人指责！

楚瑞清演绎*Killer*，简直如鱼得水、浑然天成，旁人常通过眼神的凶狠来表达此类曲风，例如辛媛，但楚瑞清眼中的无情更为淡漠，宛如高手俯瞰蝼蚁。人对歌曲的理解由于阅历各有不同，或许辛媛再过几十年，都没法理解楚瑞清的眼神的奥义。

虽然楚瑞清过去的舞蹈完成度很高，但只有*Killer*让她百分之一百地展现出自己的心境。可以说，过去的歌曲只是表演，*Killer*却是她的思想与情绪的抒发，是艺术品。

即使这首歌的center是辛媛，她也完全无法跟楚瑞清的气场抗衡。故作帅气的辛媛在楚瑞清的对比下犹如装凶的幼童，眼神经不起推敲，难免黯淡无光。

楚瑞清最后的勾手动作再次让现场沸腾起来。这一幕被观众单独截取出来，传遍了各大新媒体平台，成为《偶像新秀》的经典镜头之一。

——大家都很强，只可惜楚瑞清是创世的泰坦神，其他人只是普通的神。

——我收回觉得她天真的评价！她说什么都对，不服也给我憋着！

——她太帅了！

——C位的光芒完全被压住了，我的眼睛居然只追着大师姐……

——我表演前被楚瑞清气得半死，然而看完表演又被拉回来了。我对她真是爱得卑微。

——我作为上一届师哥团的粉丝、《偶像新秀》的普通观众，公正地点评一句：楚瑞清是业务能力强的偶像，部分粉丝却追不上她的步伐，只知道粉丝圈的蝇营狗苟。

——本粉丝强烈请求某些宵小之徒不要败坏粉丝的名声。她有自己的思想，不是你幻想中的纸片人。

如果说*Killer*前还有人觉得楚瑞清不自量力，认为她是在赶粉丝走，那么看过她的表演过后便只剩心服口服。世上有再多的争议、批判，最后都敌不过“实力”两个字！

即使有人不认同楚瑞清的道理，却没法否认她的业务能力。她在*Killer*中的表现可谓大杀四方、格外抢眼，有种无人能敌的气势。

现场投票更加直接，楚瑞清以高票的成绩击败辛媛，顺利拿下位置测评第一名。

因为*Killer*的出众表现，楚瑞清的排名并未受到“隔空劈栏杆”事件的影响，反而成功斩获第二轮投票的第一名！

楚瑞清获得第一，绝对是狠狠地打了大桃等人的脸，毕竟他们当初叫嚣新增的粉丝没有战斗力，现在结果一出，楚瑞清的人气不降反升，与其预测截然相反。

小紫毛：“出来挨打，你是我见过的最差的一个粉丝，投票还没路人强。@大桃。”

嘻嘻哈哈：“有的人退出管理组却让偶像更火，这是什么原理？”

牙牙：“楚老师现在的国民度好高，不追星的朋友居然都知道她了，看来确实红了。”

《偶像新秀》的粉丝们同样感到匪夷所思，楚瑞清明明是节目中最沉默寡言的选手，却是名副其实的话题女王，上过无数次热搜。前有“楚瑞清班主任”和“楚瑞清违法开荒”，后有“剑下不斩无名之辈”和“楚瑞清普法”，她身上简直有说不完的话题。

楚瑞清的表情包和*Killer*的截屏镜头更是被传遍网络，甚至有许多没看过节目的路人会收藏，可以说她的国民度远超她的竞争对手辛媛。不管最终出道位如何，毫无疑问大师姐已经火了，人气甚至赶超国民猴团的二师弟。

京西别墅内，李天剑对第二轮排名的成绩相当满意，难得优哉地哼了两句*Killer*。他的好心情没维持多久，便得知不速之客的到来。二少爷眉毛微皱，脸上写满反感，直白地问道："他来干什么？"

管家温和地说道："大少爷也是关心您……"

李天剑冷笑："哼，他是来看看我死没死透吧？"

管家面露为难之色："话不能这么说……"

"你说得没错，我就是来看看你死没死透。"别墅尽头的门廊传来成熟的男声，身着西装的英俊男子换下皮鞋，在用人的簇拥下进入屋内。

李恒翘松了松领结，望着窗边脸色苍白的李天剑，淡淡地说道："连命都不要，发烧还追星，我看你是一心求死。"

李恒翘听到管家传来的消息，简直感到不可思议，没想到如此离奇的事情居然会发生在李天剑身上。

李天剑啧了一声，像是懒得理自己的亲哥哥，将头扭到一边，把视线投向窗外。

"我已经跟公司那边说过，最终轮的投票不会帮忙，你也别白费力气，第一肯定是新娱的。"李恒翘无视李天剑的臭脸，解释道，"前两轮可以帮你些小忙，但最终轮不能瞎胡闹。"

李天剑过去动用新娱传媒的资源在网上控制营销号，帮助楚瑞清，李恒翘向来是睁一只眼闭一只眼，只当弟弟无聊玩闹。然而，《偶像新秀》是公司培养艺人的重要项目，如今楚瑞清的成长速度远超想象，再不加以控制，辛媛可能拿不到第一了。

李天剑像是被踩中尾巴的猫，勃然大怒，咬牙道："这是黑幕！你们绝对会遭千夫所指，被人骂死的！"

李恒翘神色平静，轻松地说道："骂呗，哪个选秀节目的艺人不会挨骂？对公司来说，只要话题度够高，能在艺人身上捞取好处即可。"

李天剑强压火气，尽量心平气和地说道："师……楚瑞清可比你们公司的小艺人强百倍，如果非要赚钱，难道不是她更有价值？"

如果换个人说这话，李天剑肯定已将他骂得狗血淋头，但他面对的是在娱乐圈颇有权势的李恒翘，思及师父的后续发展，一时不敢轻举妄动。他打起了忽悠李恒翘签约师父的主意。新娱传媒总比初梦传媒靠谱得多，毕竟背景强大。

李恒翘看着试图跟自己讲道理的弟弟，沉默了片刻，说道："既然你这么说，那她就更不行了。"

李天剑遭到拒绝，瞬间火冒三丈："凭什么？"

"居然有人能让你压住脾气说好话，这代表她对你过于重要。"李恒翘说道，"我本以为她就是个还没红的小明星，现在看来是不能留了。"

李恒翘太了解弟弟的性格，他暴躁易怒、敏感阴郁，稍有不爽便大发脾气，说话极度尖酸刻薄。现在楚瑞清竟让李天剑愿意低头，显然这人对他有特别的意义，这让李恒翘感觉到了一丝危险性。

即使弟弟身体不好，李家的门内也不可能再踏入这样的女人，李恒翘绝对不会允许。

李天剑望着哥哥欠揍的嘴脸，听见对方赤裸裸的威胁，竟被气得剧烈咳嗽起来，像是要将肺咳出来。

李恒翘脸上露出一丝慌乱，他赶忙上前，想为对方拍背顺气："怎么回事？你没按时吃药？"

"滚！回你的公司去吧，少管我吃没吃药！"李天剑只觉肺部灼热难受，却仍倔强地挥开李恒翘的手，"尽管去赚你的大钱，我一时半会儿还死不了！"

李恒翘见弟弟宛如处在攻击状态的刺猬，皱眉道："你非要这样说话吗？"

李天剑阴阳怪气地说道："我该怎么说话？你想我怎么说话？我不过是你闲暇时看望的宠物，不劳烦李家大少爷在此惺惺作态！"

兄弟俩突然陷入对峙状态，让旁边的管家面露不安，只感觉周围的空气都凝滞了。

李恒翘沉默良久，最后长叹一声，起身拿起衣架上的外套，开口道："她的作品最近被收入拍卖行了，你有空时去鉴别一下真假，是真的的话就拍回来。"

"不管你认不认同，你总归是我同父同母的弟弟。"李恒翘说完，见背对自己的李天剑毫无反应，向来冷静的脸上闪过一丝黯然，片刻后便推门离开了。

李恒翘走后，管家无奈地说道："二少爷，大少爷在公司里也很辛苦，前有狼后有虎，甚至没有普通人快乐……”

李天剑却不为所动，淡淡地说道：“生而为人都会辛苦，世上没人可以例外。既然身在富贵之家，他就理应面对这些。”

“既要建功立业，又想要平凡人的幸福，难道全天下的好事都能落在他身上？”李天剑透过窗户，看着楼下上车的李恒翘，像是在看毫无关系的陌生人。

“他是您哥哥，对您也很好……”

“他只不过是愧疚。”李天剑冷漠地瞥了一眼管家，言语锋利如刀，“不了解真相的人，还是别随意装作感同身受为好。”

管家见二少爷态度如此果决，只能沉默不言。

李天剑沉思片刻，又道：“他说的是哪个拍卖行，你知不知道？”

李天剑可以天天跟李恒翘掐架，但事关母亲流落在外的作品，两人都不会开玩笑。

另一边，《偶像新秀》第二轮投票结束，楚瑞清和陈思佳终于获得放风的机会，可以离开节目组回公司整顿。陈思佳倒在宿舍床上，像张摊开的大饼，感慨道：“现在才发现两人间的宽敞……”

节目组安排的宿舍还是有些狭小，洗漱也麻烦，让人住着不畅快。

楚瑞清低头看看银行卡上的数字，还完欠陈思佳的钱，也算有进账，虽然进步甚微，但总归是开始朝四百万元迈步了。

楚瑞清收拾好东西，朝室友打了个招呼，便准备出门。陈思佳诧异地问道：“你真要去拍卖楼问啊？我看距离下半年还早啊。”

网上一直没有今年举行拍卖活动的具体时间，陈思佳只能查到以前的新闻，推测拍卖应该在下半年举行。说起来，参加此类活动的人非富即贵，举办方没道理将消息挂在网上，估计都是私下通知，她们查不到很正常。

楚瑞清打算去找那栋楼的工作人员询问，同时感应一下古剑是否还在，毕竟她进入节目组也有一段时间了，鬼知道会发生什么。

拍卖行里，坐在轮椅上的李天剑有一搭没一搭地听着解说，漫不经心地将视线投向窗外。工作人员戴着白手套，小心地出示柜中珠宝，为李天剑和管家进行展示。

“据说这是路女士留学海外时期的作品，您可以从红宝石的雕刻工艺中看出……”解说人的声音逐渐放低，他看着走神的二少爷，向管家投去求助的眼神。重要客户的注意力不集中，不禁让解说者面露难色。

管家看向李天剑，礼貌地提醒：“二少爷？”

李天剑不耐烦地说道：“假的，我妈的手艺没那么差……”

解说人：“您说笑了，这绝对是真作无误，路女士曾在……”

李天剑毫不客气地回道：“路女士究竟是你妈还是我妈？我连亲妈的水平都不知道？”

解说人：但您也不能靠血缘搞鉴定啊！

李天剑白跑一趟，心中超级不爽，懒得跟解说人虚与委蛇，直接让管家推着轮椅走人。李恒翘上次的拜访将病弱的二少爷气倒，致使李天剑最近都坐轮椅出行。

李天剑总觉得最近破事一堆，不禁心情郁郁。他被推着从走廊走向后门，不经意间瞥到大门外保安亭旁边的人，突然喊道：“等等！”

管家停下脚步，面露疑惑：“二少爷？”

下一秒，刚才还坐在轮椅上孱弱无力的李天剑猛地起立，宛如吃下菠菜的大力水手，瞬间精神一振。他向来阴郁的脸上闪现一丝紧张之色，说话的语气飘忽不定。他郑重地望着管家发问：“你觉得我今天怎么样？”

管家：“……”

李天剑看管家满目茫然，心中越发焦灼，叫道：“你快评价一下！我能不能这样去见师父？”

管家：“……”

李天剑仓皇地整理了一下衣物，遥望远处的楚瑞清，又陷入新一轮的纠结：“师父怎么在这儿……我的天哪，这栋楼的旁边是师父的公司，我简直是猪……”

李天剑宛如即将看到偶像的焦虑的追星党，平时嘴上喊着师父，一旦看到真人便怯得发慌，完全丧失了正常思考的能力。

管家看着踱步的李天剑，不禁满脸疑惑：二少爷究竟是被《西游记》里哪个角色附身了，怎么嘴上师父、师父喊个不停？

李天剑发现楚瑞清后，本想打起精神靠近，没往前走几步便又窝在一旁暗中观察起来。他心中满是纠结，想要去搭话，又迟迟不敢上前。他紧张得手心冒汗，脑海中涌现出无数台词，然而半天挑不出一句合适的。

二少爷：我该说什么？师父好像不记得我了，她会不会觉得我很奇怪？贸然上前会不会打扰到她？

楚瑞清在门外找保安大叔简单地询问了几句，不过收获不大。她本想进入大厅，到前台再找其他人问问，却感觉有人盯着自己。楚瑞清环顾一圈，发现暗处有一团鬼鬼祟祟的人影，不由得眉尖微挑。

李天剑本在偷偷打量楚瑞清，见她突然回头看过来，心脏都快跳出胸腔！

李天剑被人发现后，像是遭人定住了身。他紧紧地抿着嘴唇，只能僵硬而傻气地朝楚瑞清招招手。南明离火剑平时在网上肆意地开炮，看到真人却连一句话都挤不出来，成了没有思维能力的木偶人。

二少爷：啊啊啊，为什么我说不出话——快说点儿什么呀！！

楚瑞清不擅辨别普通人，但对根骨特别的人有印象。她发现对方很面熟，犹豫地问道："你是……李天剑？"

李天剑是楚瑞清下山后遇到的唯一一个有根骨的人，而且小贝前不久在电话中还提起过李天剑，所以她仍有印象。

李天剑宛如军训中被点名的学生，回答的声音格外洪亮："师……大师好！！"

李天剑被叫出名字，内心欣喜若狂，仿佛快要飞上天：啊啊啊，师父居然还记得我的名字，她并没有忘记我！！

不远处，管家看着二少爷一惊一乍的样子，简直不忍直视。他痛心疾首，明明二少爷出身豪门世家，从小深受高雅艺术熏陶，向来谈吐有礼（中二病发作时不算），怎么会露出如此傻气的模样？

李天剑面对楚瑞清，心里七上八下，突然有种古代游子近乡情怯的感觉。他明明天天在网上看节目，从花絮里的各类蛛丝马迹中推测师父的喜好，然而看到真人后，便变成了哑巴。他就像个傻傻的普通粉丝，看完了她的所有视频，了解了她的所有习惯，却惊觉自己根本没跟她说过几句话。

向来牙尖嘴利的南明离火剑面对真人，只能又怯又慌地捏手指，找不到任何话题。

相比有失水准的李天剑，楚瑞清镇定得多，问道："你在这里做什么？"

李天剑答得磕磕巴巴："我、我来买我妈的作品，不过是假的……师……大师是来做什么？"

楚瑞清："我来询问些事情。"

李天剑立马问道："什、什么事情？或许我知道。"

楚瑞清看对方热心肠的样子，坦白道："我想买把剑，不过没法确定拍卖的时间。"

李天剑想起师父上节目带纸剑，初见时她还在追古剑，不禁好奇地问道："师……您很喜欢剑？上回您也在追剑。"

楚瑞清被提起伤心事，当即面无表情道："我要买的就是那把剑。"

李天剑："……"

因为李天剑见过古剑，楚瑞清索性没有隐瞒，简单地讲述了后续的事情。李天剑听完来龙去脉，当即为师父打抱不平，愤愤地说道："怎么能这样？明明是师父的剑，凭什么被拍卖？"

楚瑞清不语，听完此话深感舒畅，一时忽略了对方的称呼。本来就是她的剑，现在莫名其妙地要掏钱买，她真是别提多憋屈。

李天剑立刻伸张正义，开口道："去找拍卖行的人，查卖家是谁，让他赶紧还剑！"

楚瑞清："可以吗？"陈思佳说查不出卖家，李天剑却信誓旦旦地保证，两人的说法不一样。

李天剑应道："当然可以，不行也得行！"

管家闻言："……"

二少爷可是闹事达人，他要是想做成什么事，可以搅得周围天翻地覆。拍卖行哪敢得罪他，刚开始工作人员还说不能透露卖家的信息，但在李天剑的纠缠下只能卑微地低头，开始查询古剑的信息。

令人意外的是，古剑的卖家并不是个人，而是机构，就是拍卖行本身。

"这把剑好像本来就在库藏中，至于从哪里进的货，我就查不到了……"工作人员看着信息，老实地汇报。

拍卖行不但承接私人珍藏品的拍卖，也会拍卖自己的馆藏品，会按时进出货维持效益。拍卖行的藏品会被依次鉴定，然后陆续被挂出来，有的藏品可能多年不面世，来路更不清楚。

楚瑞清心想，古剑自己混入仓库，也不是没有可能，工作人员只会把它当成多年前购进的藏品。只要不是丢了藏品，仓库里藏品变多，也没人较真去查。

李天剑听完此话，理直气壮地拍板："哦，那就是你们拍卖行偷了我师父的剑，赶紧还回来！"

工作人员勉强地笑道："您真会开玩笑，我们哪有这本事……"

李天剑："我不管，快还剑。"

工作人员求饶道："您可别为难我，查信息已经违反规定，再拿藏品我们就死定了……"

楚瑞清又没法证明古剑的所有权，东西既然进入了仓库，想拿出来就要走拍卖行的流程。工作人员若贸然还剑，那估计要把牢底坐穿，谁会为此冒险？如果不是李天剑，工作人员连信息都不查，根本不会理这茬儿。

李天剑见如此麻烦，不耐烦地皱眉，也懒得再纠缠："那你现在去取剑，我用四百万元买下来。"

工作人员支支吾吾地解释："可是藏品信息已经公布，按规矩都要等拍卖正式开始才能交易，而且四百万元只是拍卖底价……"

李天剑牙尖嘴利地反驳："你少给我提规矩，规矩就是用来打破的！你们白捡四百万元还不满意？这东西能卖多少钱还说不定呢，再漫天要价，小心我告你们敲诈勒索！"

工作人员面对李天剑，像是遇到在菜市场砍价的大妈，被逼得说不上话。

李天剑又胡搅蛮缠了一阵，逼得工作人员开始走程序，付款完成后古剑便能在一周内调出仓库，送到买家手中。

楚瑞清在旁边目睹李天剑和工作人员的交锋，突然问道："我可以晚点儿再来取剑吗？"

李天剑面露诧异之色："为什么？他们调库藏很慢，也需要走流程的……"他今天来看的红宝石胸针，也是提前预约调货，否则很难当场取出。

楚瑞清平静地说道："我目前还没有四百万元，需要等一段时间。"

李天剑当即说道：“我来付就好！”这简直是送上门的博得师父的好感的机会，他绝对不会错过。

楚瑞清摇了摇头，无声地婉拒。她没有白拿东西的习惯，只要受过别人的帮助，总有要偿还的一天。

李天剑看她不愿，小心翼翼地问道：“师……大师还记得，当初你说如果有缘再见，便收我为徒的事吗？”

“这就算我的拜师礼，不行吗？”李天剑生怕楚瑞清当场拒绝收徒，斟酌着言语。

楚瑞清有点儿讶异：“你还想拜师？”李天剑确实提起过，但她只当对方一时冲动，并没有放在心上。

李天剑拼命点头，像是啄米的小鸡崽。

楚瑞清望着满脸期盼的李天剑，又看看紧随在他身边的管家等人，淡淡地发问：“如果你要入门，就得斩断尘缘，你愿意吗？”

楚瑞清看出李天剑家世显赫，他和三师弟阚和一样，所在家族应该在尘世中颇有地位。这样的人很少愿意入门，阚和刚拜师时娇气得要命，整天在山上一哭二闹三上吊。

虽然峨眉弟子寿命长，但无形中也会产生种种约束，生活相当枯燥。每个人所求的东西不一样，有人想在无尽的光阴里追寻大道，有人却只想在有限的时间里尽情绽放。楚瑞清担忧李天剑还不成熟，并不知道自己想要什么。

李天剑看着楚瑞清认真的神色，同样微微一愣，心知她没说假话。

管家闻言则又惊又疑，感觉楚瑞清的话像极了传销，生怕她下一句就是“入门后我们就是一家人，你别再跟过去的亲属联系了”，不禁惶恐地提醒：“二少爷……”

楚瑞清见他迟疑，冷静地说道：“等你思考清楚，再决定拜师与否吧。”

李天剑愣神过后，脸上非但没有伤感，竟还闪现一丝惊喜。他不可思议地捂着嘴：“真、真的能彻底斩断吗？我家还挺有权势的，我等这一天等太久了……”

李天剑从小的梦想就是脱离李家，但他人微言轻，身体不佳，又被层层用人环绕，可能连自我了结都做不到。他厌恶病痛，厌恶李恒翘，厌恶金丝笼般的李家。他其实从未在家中获得重视和关注，但为了虚假的和睦，周围人需要锁住他的躯壳。旁人不会在乎他的想法，他只要作为偶尔被人看望的对象活着就好。

现在楚瑞清说要斩断尘缘，对他来说简直是圆梦时刻，他差点儿就要喜极而泣了！

管家望着狂喜的二少爷，简直满头雾水。

楚瑞清点头保证："肯定能斩断，但你身后的人也不能再带着。"阙和家当初都有能力找长生不老药，不是照样说断就断，更何况现在是法制社会。不过李天剑一旦上山，便要摆脱现在的被仆人簇拥的生活，生活水平会大幅下降。

李天剑果断地说道："没事，他们不重要！"

惨遭抛弃的管家一时语塞。

李天剑打量着楚瑞清的神色，小心地说道："大师，如果我答应下来，您就能收拜师礼吗？"

楚瑞清摇了摇头。

李天剑以为楚瑞清不愿收徒，不禁大失所望，落寞地低下头。

楚瑞清："我们门里没有收拜师礼的习惯，一码归一码，这笔钱算我借你的。"

李天剑猛地抬头，不禁满怀期待："那师父……愿意收下我？"

楚瑞清点头："等我办完山下的事情，你便跟我回门里进行试炼。"她当初既然许诺，两人又顺利再遇，证明冥冥中自有缘法，她没有反悔的道理。

楚瑞清思考片刻，又缓缓垂眸，像是有点儿气馁，自责道："身为师父却向徒弟借钱，我也算是丢脸到家，愧为人师。"

峨眉大弟子深感愧疚，她拜师时只从师父手里拿东西，哪有师父拿徒弟的东西的道理？楚瑞清反省一番，认为是自己没有未雨绸缪地攒钱，才导致出现此等尴尬的局面。她下山时没带自己收藏的物件，现在连给李天剑当见面礼的法宝都没有。

李天剑哪里在乎这些，拜师成功，已经快高兴疯了。他见向来沉默强大的师父陷入愧疚，赶忙像只小动物般围着她打转，安慰道："怎么会？徒弟孝顺师父是应该的，师父是最好的师父！"

管家：我真是没法看你一本正经地胡说的样子。

楚瑞清想了想，又道：“你随我回去一趟，我给你点儿东西。”

李天剑面露激动之色：“难、难道是心法？”莫非他终于能习得武术的奥义，学会飞剑？

楚瑞清解释道：“我可以先传你心法，但你要等试炼后才能修行，目前你的身体是个问题。”

有根骨之人先天不会控制力量，入门前身体或多或少有问题，这也是许多人必须入门的原因。小贝就是典型案例，她要是不拜师，当普通人便会命不久矣，即使她已经入门，现在也无法贸然下山。

虽然楚瑞清没带法宝出来，但她下山后意外捡到一只，现在也能先给李天剑用着。一行人抵达初梦传媒附近，楚瑞清看着让车停在角落、躲藏在车厢内的李天剑，疑惑地问道：“你不下车？”

李天剑振振有词道：“师父去拿吧，师父现在是偶像，被拍到就完了！”

作为粉丝的李天剑要为神经大条的师父操碎了心，楚瑞清如今参加《偶像新秀》，要是有“被豪车接送”的消息传到网上，肯定会被愤怒的网友骂。虽然楚瑞清不在乎世俗的闲言碎语，但李天剑相当小心谨慎，绝不能让师父染上污名。

楚瑞清看对方神神秘秘的样子有点儿奇怪，不过也没有多言，上楼将纸剑和小木盒取了下来。她给李天剑口述完心法，演示完纸剑，说道：“你完成试炼后再习剑，最近先找找感觉。”

李天剑拿到师父的同款纸剑，不由得欣喜异常，乖乖应道：“好的！”

他看着剩下的小木盒，好奇地凑上前：“这又是什么？”

“你还不会控制体内的力量，将此法宝带在身边，它能帮你分担一部分病痛，让你的身体逐渐好转……”楚瑞清现在用不上小蜈蚣，不过它作为李天剑的入门法宝，应该是够格的，等徒弟试炼完，小蜈蚣还能被炖掉入药。

李天剑和小蜈蚣还不知道自己的悲惨未来，他们正要迎来命运中的首次相遇。李天剑兴高采烈地掀开盒盖，看清里面的生物后，差点儿吓得魂飞魄散！

他要不是强作镇定，不想在师父面前丢脸，此时便要将木盒丢开！

李天剑声音发颤道：“师、师父，这是……”

楚瑞清并未察觉他的惶恐，平静地解释：“这条蜈蚣被人炼化过，有些灵智，带着它对你有益。”

李天剑艰难地咽了咽口水，呆呆地应道：“谢、谢谢师父，我很喜欢……”

即使师父（偶像）送的是蜈蚣，他作为徒弟（粉丝），也要满怀感激地收下！

楚瑞清也不能在外徘徊太久，两人留下了联络方式，约定节目结束后同回峨眉。虽然李天剑不断强调不用还钱，但楚瑞清还是没法接受，坚持要还钱，让李天剑很无奈。

京西别墅内，李天剑给小蜈蚣换了大房子，还送上各种高级饲料。虽然他还是觉得小蜈蚣很恶心，但思及它是师父送的礼物，又觉得它似乎越看越顺眼。

楚瑞清的话没有作假，李天剑将装有小蜈蚣的盒子放在身边，发觉自己的身体日益转好。过去他总觉得浑身沉重、心情烦躁，最近却觉得身体轻盈、毫无病痛，像个普通的正常人。

没错，过去的二少爷想跟普通人一样健康地生活，似乎都是一种奢望。长期遭受病魔侵蚀，谁都会脾气暴躁、郁郁寡欢，强健的体格能让人自然而然地心情变好。

然而，总有人不长眼地惹事，搅坏李天剑的好心情。李天剑在拍卖行付款后，按道理一周内便能收到剑，却迟迟没等来东西。他派人一问，才得知李恒翘扣下了古剑，先行将其取走了。

李天剑得知消息，火冒三丈地致电罪魁祸首，质问道：“李恒翘，你是不是有病啊？不问自取就是偷，三岁小孩儿都知道！”

李恒翘问道：“怎么？我让你在小明星前丢了脸，所以你跑过来发脾气？”

李恒翘得知李天剑花四百万元讨楚瑞清的欢心，便立刻出面叫停此事。据说他的傻弟弟还叫着要拜对方为师，上山后跟家里人断绝关系。这故事要是转换一下主人公的性别，就是“富家千金下嫁山中凤凰男，头脑一热跟其私奔”。李恒翘身为兄长，怎么会允许弟弟犯傻？

李天剑大怒：“我花的是自己的钱，关你屁事！”母亲离世后，遗产早就分割干净，他现在又不靠李恒翘养活，对方凭什么管这么多？

李恒翘冷笑：“你花的还不是家里的钱吗？我好歹在外工作，你却如此大手大脚，还不许我说两句？”

李恒翘自认算是业内杰出人士，社会阅历远超弟弟，当然有资格教育对方。

李天剑快被亲哥的歪理气死，觉得对方是刚愎自用的自大狂。他听着对方自以为是的话语，翻了快一万个白眼，反唇相讥道：“瞎装什么精英，没有爸妈的资金积累，你现在能在外开公司？真以为自己是商界奇才了？还上赶着教育我，自己几斤几两心里没点儿数吗？”

李天剑最烦对方的说教，大家都是靠爸妈，怎么李恒翘就如此有优越感？

无论是哪个普通人拿到祖辈攒下的几十亿资产，只要脑子没问题，都能做出点儿成绩，钱生钱的能力远比人生钱要强。最可怕的是，李恒翘居然误以为他拥有的这一切都是靠自己的能力赢来的，完全忽略了自身的起点。

李天剑就是身体不好、精力不佳，他平时搞鉴定、卖古董，也能赚不少钱。但他心里清楚，这不代表他的能力有多强，而是家庭条件给了他很大的助力。大山里的孩子连饭都吃不饱，哪有时间搞艺术？

人贵在有自知之明，李恒翘显然没有。

李天剑只恨自己还没入门，不然就能让师父一剑斩断尘缘，赶紧让他和这个傻子脱离关系！

李恒翘听弟弟骂完，倒也没有生气，威胁道：“你跟她断掉关系，我就当此事没发生过……”

李恒翘还没说完，电话那头已经是嘟嘟的声音，原来暴躁的二少爷直接挂掉了电话。

片刻后，管家打来电话，汇报道：“大少爷，二少爷刚刚报警，告您侵占财产。”

李恒翘：“……”

二少爷果然随偶像，好好学法，知法用法。

李天剑由于身体不好，以前懒得搭理李恒翘，觉得平白浪费精力，但并不代表他畏惧兄长。他要是想让别人不爽，有一百种方法硌硬人，而且招招致命。古剑价值四百万元，属于数额较大的财产，真要追究下来，李恒翘得被判刑。

李恒翘倒不在乎四百万元，但他是要面子的人，上市公司老板传出这种新闻，说出去简直让人笑掉大牙。因此即使李恒翘满腔郁气，最后只能不情不愿地归还古剑，提出跟李天剑私了。

当然，李恒翘身为兄长，还是致电向弟弟明确地表达了自己的态度。

李恒翘在电话中冷冷地说道："李天剑，我严厉地警告你，事情没那么容易结束！"

李天剑懒洋洋地答道："好、好、好，知道你是灰太狼，一定会回来的……"

李恒翘还想再说两句，李天剑已经毫不留情地挂断电话。李天剑望着面前装剑的匣子，兴奋地说道："快拍张照片，我要发给师父！"

古剑没有剑鞘，但又颇为锋利，所以被拍卖行装入匣子送来。管家提议道："您不将匣子打开再拍？"

照片里是匣子，没有露出里面的剑，管家总感觉怪怪的。

李天剑闻言刚要开盖，又想起古剑会飞，不由得谨慎起来，说道："我们去地下室，找没有窗的房间。"

路女士当初留下不少收藏品，由于李恒翘对此一窍不通，分割遗产后收藏品便都落入李天剑手中。因此，京西别墅内有着专门管理藏品的房间，甚至配有完善的防水抗湿系统，避免珍宝在意外中被毁。

李天剑让管家将门紧闭，同时戴上白手套。他害怕古剑逃跑，索性先小心翼翼地掀开一条缝，从空隙中观察匣子内的古剑。古朴的剑身静静地平躺其中，跟上回散发金光的样子完全不同，看上去年代久远。

李天剑鼓起勇气，将盖子彻底揭开，警惕地等待了几秒，发现古剑并没有飞起，才放心地拍照。李天剑算是见过不少古董，但一时还真没辨别出古剑的材质。虽然他满腹好奇，但由于这是师父的剑，他也不敢贸然上手触摸，而是先给楚瑞清打了个招呼。

南明离火剑："师父，剑到了，我放在密闭的房间里了。"

南明离火剑："师父师父，我能摸摸剑吗？"

楚瑞清："可以。"

楚瑞清："只要别让它跑，你拿去劈柴、削水果都行。"

李天剑："……"

李天剑看着楚瑞清发来的消息，不由得相当感慨，原来师父看着冷淡，实际却是如此有幽默感的人，还会说笑呢！

李天剑得到师父的许可，这才大着胆子凑近观察，研究了半天，却琢磨不出古剑的具体来历。虽然剑身看上去有青铜器的光泽，但这肯定不是青铜器，否则拍卖行的人得把牢底坐穿。

李天剑觉得古剑像是由多种金属冶炼而成，但能拥有如此精湛工艺的同类型藏品少见，外形又不似明清刀剑制式。现在古玩拍卖市场上，古刀剑以明清时期的为主，稍有来历的便是千万级高价。拍卖行估计也是拿不准古剑的底细，所以先标上四百万元的底价，打算看最终的拍卖结果。

李天剑查阅了大量古籍，琢磨到脑袋发昏，最后放弃了自己愚蠢的鉴定行为。他想起师父用纸剑隔空劈断了栏杆，突然觉得较真没有意义，反正凡是没法鉴定的怪剑，他通通视为激光剑！

楚瑞清和陈思佳没休息几天，便要重回《偶像新秀》宿舍楼。两人拉着行李箱，进入空荡荡的走廊，竟感到一丝寂寥。陈思佳感慨道："人变得好少，跟以前完全不一样……"

第二轮投票排名结束，练习生便只剩下二十五人，第三轮结束后是十六人，到时候连一层楼都住不满。过去走廊里熙熙攘攘、热闹非凡，现在却是半天都看不到一个人影。

楚瑞清所在的宿舍只剩三人，其他床位陆续空出来了，刘筱白还没回来。片刻后，夏枚拖着行李，无可奈何地前来投奔："大佬们，能不能收留我？我屋里都没人了……"

夏枚的宿舍只剩她，其余人都被淘汰了，房间瞬间变为冷宫，让她相当难受。楚瑞清和陈思佳都没有意见，夏枚立刻兴奋起来，占据楚瑞清旁边的空床，说道："那我要挨着楚老师睡，蹭一蹭仙气。"

陈思佳吐槽道："你的楚老师每天四五点起床，不吃饭就跑到外面进行光合作用，天天挥着纸剑吸收太阳能，这仙气你蹭不来的。”

夏枚目瞪口呆，看向楚瑞清：“真的吗？为什么？”

楚瑞清：“修行之人都是如此。”

夏枚饶有兴趣：“那我也可以修行吗？”

楚瑞清想了想，上前捏了捏夏枚的手腕，夏枚则被楚瑞清的动作弄得满脸疑惑。大师姐摸骨后，颇为认真地摇头道：“你根骨不行。”

夏枚：“……”

夏枚只当楚瑞清在调侃，索性半开玩笑地说道：“我觉得自己还有点儿慧根……”

楚瑞清笃定地回道：“不，你没有。”

夏枚：态度如此肯定？

——夏枚小小的眼睛里装满大大的疑惑：原来我是没慧根的傻子吗？

——修仙技术哪家强，川蜀峨眉有保障，老牌猴校，质量可靠。

——看看楚老师那一本正经的态度，她说胡话都令人信服。

——大师姐别做偶像，搞个武术学校吧，也能赚得盆满钵满。

过了一会儿，刘筱白也抵达宿舍，跟其他人团圆了。所有练习生“返校”结束，便被集合在阶梯教室内，等待主题评测曲的发布。《偶像新秀》将推出五首风格完全不同的歌曲，由网友们为练习生们票选曲目，每组限定五人。

部分好歌的竞争很激烈，有的练习生票数不高，很可能被动选择次一档的歌曲。当然，选歌也要考虑每个人的风格，就像楚瑞清是主舞，陈思佳是主唱，两人倾向的歌曲就会发生分歧。

在结果公布前，练习生们并不知道自己要表演的歌曲，会各自进入不同的练习室，等待歌曲公布。楚瑞清坐在空无一人的房间里，很快就等来老熟人，刘筱白、夏枚接连推门而入，三人再次碰头。

刘筱白笑道：“可以，我们宿舍倒是陈老师落单啦。”

夏枚调侃起来："莫名有种暑假我妈不在家，突然自由的感觉……"

她们正说着，又有两人推门而入，分别是金莎微和黑禾。金莎微从C班升B班，第二轮投票中排第十六名；黑禾则从A班掉入B班，第二轮投票排第九名。总而言之，这两人楚瑞清都没接触过，前期可谓完美地避开了。

练习生们集结完毕，弹幕上也涌现很多评论。

——这房间里前十占了四个，绝对是好歌。

——我的天哪，两大硬汉偶像碰头，楚老师和老黑终于见面了！

——黑禾掉入B班时发誓要复仇，可算找到罪魁祸首了。

黑禾是《偶像新秀》里特征极度明显的练习生，在位置测评时荣获说唱第一的名次，留着个性的短发，五官有种高级的厌世感。虽然楚瑞清被戏称为直男偶像，但她的外表并不中性，反倒黑发飘飘，极具东方韵味。

因为楚瑞清和黑禾都不是话多的人，便经常被观众拿来对比，这回是两人第一次碰头。发弹幕者看热闹不怕事大，已经开始打赌推测谁是center，毕竟双方看上去都非常强势。

众人围坐一圈，听完歌曲《最后的黎明》，又轮到惯例的center竞选。金莎微笑嘻嘻地说道："瑞清想做center吗？"

刘筱白和夏枚皆感到有些奇怪，她们平时跟楚瑞清玩得较好，还真不太适应"瑞清"的叫法，一般称呼"楚老师""大师姐""大佬"等。金莎微的声音娇滴滴的，听上去总觉得有些微妙。

夏枚坐在刘筱白身边，嘀咕道："看好咱爸，我不要后妈。"

楚瑞清给出了标准答案："都可以。"

金莎微顺水推舟，好声好气地说道："既然如此，我可以试试center吗？因为可能是最后一场表演，我很想能站在中间一次……"

金莎微打起了同情牌，《最后的黎明》小组内其他四人都站过C位，还真只有她从未尝试过。楚瑞清沉默不语，刘筱白和夏枚面面相觑。她们最烦此类怀柔战术，但此时如何拒绝又成问题，偏偏金莎微盯上了楚老师。

——师姐你擦亮眼，别再被“绿茶”骗好吗？金显然不是啥好娃！

——第十六名让第一名给你伴舞？这得多大脸？

——我做小组作业时最烦这种人，能力不佳还要求署名挂在前面。

金莎微用可怜兮兮的眼神望着楚瑞清，眼神中充满乞求。楚瑞清还没来得及答话，旁边的黑禾冷不丁说道：“你配吗？”

金莎微瞬间脸色煞白，被对方的话挤对得下不来台，她低声说道：“什么……”

黑禾不愧是rap担当，说话简单直接。她毫不留情地说道：“在这屋里，你还没资格竞争center。”

黑禾站起身来，随手拍了拍练习服，看向楚瑞清，直接说道：“楚瑞清，你跟我比一场，决出center。”

楚瑞清面对突如其来的挑战，神色平静：“或许其他人也想争。”

夏枚像幼儿园小孩儿般猛地举手：“我不想！”

刘筱白附和：“我也不想！”

金莎微：“……”

两人双双弃权，金莎微倒是想做center，但她没胆卷入这场纷争中，毕竟对比下来也是自己丢脸。

黑禾显然早有准备，进屋时便盯紧楚瑞清，要跟她一决胜负。楚瑞清其实对center并无执念，但黑禾要求比试，峨眉大弟子总没有避而不战的道理。两人起身展示，夏枚等人则坐在旁边评判，进行投票。

黑禾率先表演，她带来的是一段干净利落的breaking（街舞的舞种之一，是以个人风格为主的技巧性舞种，主要是地板动作），此类舞种有着复杂的地板动作，和女团风格的舞蹈有一定的区别。黑禾舞技高超，夏枚等人露出惊讶的表情，对方显然来势汹汹。

夏枚担忧地瞟了一下楚瑞清，却发现对方目不转睛地盯着黑禾，还不时微微点头，似乎毫无紧张感。

夏枚：明明你是要跟她竞争，怎么表情却像面试学生的艺考老师，还满意地频频点头?

虽然楚瑞清以前在网上看过此类舞种，但还是第一次近距离观摩，看得相当仔细。黑禾的实力就算做主舞也不逊色，她要不是位置测评时选择说唱，估计在主舞队里也能取得好成绩。

黑禾表演完站起，小声地喘着气，向楚瑞清伸手，示意对方展示。

楚瑞清没有扭捏，轻松地下了个腰，随即单手撑地，游刃有余地完成了高难度旋转，跟黑禾刚才的动作一模一样!

Breaking本来就是技巧性较高的舞种，黑禾为了击败楚瑞清，特意挑选了高难度的动作进行展示，这些动作的完成需要极为灵活的肢体控制能力。现在，楚瑞清却复刻了黑禾的舞蹈，不但动作毫无差错，其带来的视觉冲击力还比黑禾的舞蹈更强!

楚瑞清稳稳地单手撑地，做完最后的动作，便跳起来站稳。她脸不红气不喘，称赞道:“这段舞编得很好。”

她在《偶像新秀》经历了多次舞台表演，已经逐渐对编舞有所了解，具有一定的审美能力。

黑禾望着对方镇定轻松的态度，抿了抿嘴唇，随手捡起地上的外套，说道:“我输了。”

夏枚看着痛快认输的黑禾，试探道:“那就不用我们三个投票啦?太好了，我还怕自己和老刘被当作楚老师的随身水军……”毕竟她们关系太好，容易被人看作有失公正地投好友票。

刘筱白补充:“还是没拿钱的那种。”

对决结束，《最后的黎明》的center由楚瑞清担当。两人的竞争也让弹幕热闹非凡，大家在调侃之余，又莫名地同情起折戟的黑禾。

——楚老师真的有写轮眼!!

——我的天哪，这对老黑的打击未免太大了，老黑被自己的编舞击败了。

——原来夏、刘是楚老师的随身水军，我说三人咋老能碰到。

——黑禾太惨，其实你跟人比就好，何必跟神作斗争?

“楚瑞清。”

众人竞选结束，便陆续往宿舍走，楚瑞清本跟夏枚、刘筱白结伴回去，突然听到身后有人叫自己的名字。她回头一看，便见黑禾站在门边，眼神幽深。

夏枚有点儿畏惧黑禾身上凶凶的感觉，小声道：“她不会输不起吧？”

楚瑞清转过身来，问道：“有事吗？”

黑禾沉默良久，望着面无表情的楚瑞清，态度认真而笃定：“我很喜欢你，你会成为国民偶像的。”

黑禾说完，不顾剩下的人的表情，转身便回了练习室。

楚瑞清：“……”

刘筱白：“……”

夏枚：“……”

三人皆满头雾水，刚才同情黑禾的网友们也是满脸疑惑。

——难道这就是“男人”间的友谊？我怎么看不懂这剧情的走向？

——我说老黑怎么替楚老师解围，她该不会是楚老师的粉丝吧？上回她还夸过*Killer*。

——怪不得强行拉楚争C位，这算不算公开送人头？我要举报了！！

——敬告楚老师，男孩儿出门在外上节目要注意安全。

黑禾突如其来的真情表露，让众人相当震惊。宿舍内，陈思佳听闻此事也诧异不已，反复确认道：“黑禾说的？你们没开玩笑吧？”

黑禾总让人觉得她走错了节目，她似乎应该去玩说唱，浑身带着一种高傲的气质，跟周围人的女团感格格不入。陈思佳努力想象对方当众表白的样子，好半天都没有画面感。

“真的！我和老刘亲眼所见！”夏枚绘声绘色地演绎起来，还让站在对面的刘筱白饰演楚瑞清。夏枚扭头露出酷酷的表情，深沉地说道：“楚瑞清，我很喜欢你，你会成为国民偶像的……”

刘筱白吐槽道："我总觉得黑禾没你那么傻。"夏枚再现的情景像是早期的偶像剧中的情节。

陈思佳听闻事情经过后，望向楚瑞清，调侃道："可以，不愧是爱吃橘子的楚老师，现在有何感受？"

当事人楚瑞清正面无表情地整理歌单，仿佛室友们讨论的是别人，而她只是普通群众。她思考片刻，认真地说道："你们该随我上山。"

室友们皆面露疑惑之色："为什么？"

楚瑞清："比山上的猴群还能聊。"

室友们：这叫什么话？

楚瑞清觉得云岭阁冷冷清清的，但室友们聚在一起，估计每天能有聊不完的话题。她以前还真没经历过如此叽叽喳喳的环境，不管是多么鸡毛蒜皮的小事，室友们都能聊出花儿来……不过她也不讨厌。

楚瑞清不是活泼健谈的人，但她并不排斥小女生们扎堆的热闹生活。因为大家关系熟稔，所以她只是做沉默的旁听者也不会无聊。如果陈思佳等人上山，小贝应该也会感到一丝慰藉，室友们品性都不坏，估计能跟小贝和谐地相处。

陈思佳等人感觉被楚老师隐晦地说了一句，但她们很快又兴奋地热聊起来，夏枚期盼道："我们真能上山吗？山上是什么样的？"

楚瑞清："可以，门里偶尔有人拜访……"不过大多是景区的工作人员，或者是阚和在外结识的世俗朋友，以中年男性为主。

刘筱白好奇地问道："所以真的有猴？可以看到二师兄吗？"

"有猴……"楚瑞清沉吟片刻道，"不过二师弟要看情况。"

毕竟二师弟是有个性的猴王，要是对陈思佳等人没眼缘，不现身也是有可能的。

陈思佳见其他人兴致勃勃地讨论着，不由得吐槽道："我们猴团的人，还真要结伴去看猴？"

国民猴团的照片流出后，无聊的网友曾在每只猴的下方加上了练习生们的名字，楚瑞清是猴王，陈思佳、刘筱白、夏枚等人皆是她身边的小猴，这张图堪称《偶像新秀》最经典的表情包。

夏枚笑着提议："如果我们都能出道，那就一起上山看猴，怎么样？"

刘筱白："我拒绝，这话听着好像最后有谁会没法出道……"

陈思佳："那就不管结果如何，大家都去一趟，让楚老师接待，怎么样？"

陈思佳说完，扭头争取楚瑞清的意见，楚瑞清点头道："可以。"

插科打诨中，宿舍四人顺利达成"看猴之约"，决定节目结束后一同去峨眉游玩。

练习室内，《最后的黎明》小组按计划排练着，除了金莎微偶尔跟不上，舞蹈的完成度倒是很高。金莎微气喘吁吁，望着在旁边指导的楚瑞清，苦笑道："瑞清，真是麻烦你了，一直在教我……"

夏枚和刘筱白听到此称呼，不禁打了个寒战，好在楚瑞清心理素质过硬，平静地答道："没事。"

黑禾自从上次当面向楚瑞清表达过欣赏后，就没再在练习时多言，基本上是独来独往。金莎微不想落单，似乎感觉到楚瑞清是剩余三人中的核心，刻意地想跟其拉拢关系。

说实话，楚瑞清不是擅长社交的人，她在《偶像新秀》上的好人缘来得莫名其妙，除了可以归结于她前期的教学外，根本原因可能是她话少、事少、不计较。当然，这也直接导致她不懂金莎微的热情，更感受不到对方的示好。

楚瑞清对金莎微的唯一印象，就是对方的实力实在有点儿差，竟让她体会到给初梦少女团教学时同样的感觉。《最后的黎明》的舞蹈难度很高，但歌曲很好，金莎微是侥幸入队，自然没法跟其他的几人相比。

四人接连练好，只有金莎微偶尔走位都不对。黑禾看完练习室视频，不禁皱眉道："改一改编舞吧，现在实在没法看。"

原版舞蹈走位复杂，黑禾的主意是略微调整编舞，让夏枚和金莎微交换部分动作，弥补当前的漏洞。

重新编舞后，夏枚的动作会增多，对她的体力要求更高。她倒是没有意见，点头道："改也可以。"

金莎微看完新编舞，面露迟疑地道："再给我点儿时间，我会练好的……"

金莎微总觉得黑禾厌恶自己，害怕改动舞蹈后，自身分量变少，自然有些犹豫。

黑禾不耐烦地说道："难道其他人都要等你？"

练习生们本来就没有过多时间准备舞台表演，明天就要上台彩排，金莎微却连走位都不顺，难免让黑禾心情烦躁。

黑禾恶劣的态度让练习室的氛围有些紧张，夏枚和刘筱白大气都不敢出。楚瑞清最终出面，平静地说道："让她再练一晚，如果还没办法，明天上课时跟老师协调。"

黑禾见楚瑞清开了口，张了张嘴，最后还是什么也没说，默许了对方的提议。其余人走后，楚瑞清继续指导金莎微，毕竟今晚没进展，明天就要改动作。

金莎微望着留下来教学的楚瑞清，轻声说道："瑞清，谢谢你……"

楚瑞清不言，正低头调整音乐，然后重回位置。

金莎微垂眸又道："我总觉得黑禾很讨厌我……"

楚瑞清："你想多了，她不讨厌你。"

金莎微见她出言安慰，不禁眼睛一亮："真的吗？"

楚瑞清坦诚道："真的，她只是讨厌你的舞技，并不是讨厌你。"

金莎微听到如此直白的话，一时哑口无言，感觉楚瑞清的话更伤人。

楚瑞清说的是大实话，她觉得黑禾是对事不对人，毕竟自己也觉得金莎微进步太慢。两人本该好好练习，金莎微还要东拉西扯，确实有些不合时宜。

楚老师久经历练，教过不少学生，却还是在金莎微身上败下阵来，最终没让对方学好。金莎微的根本问题是基础太差，尤其是随着节目接近尾声，练习的节奏和强度越来越大，她确实跟不上《最后的黎明》，应该换首歌。

第二天上台排练，金莎微不情不愿地接受了黑禾的提议，与夏枚交换部分动作，对编舞略微调整。重编后，其他人承担了更多的动作，可以稍微遮掩金莎微的瑕疵。

主题测评当天，各个小组在后台集结完毕，很快便轮到《最后的黎明》小组。陈思佳看楚瑞清等人上场，便给她们握拳打气，笑道："等你们的舞台表演！"

三人跟陈思佳挥手告别，便匆匆过去候场。

陈思佳是《梦雨》的center，这是一首风格温婉的抒情歌曲，可以极好地体现她的音色。她不跟楚瑞清她们同组，便能坐在后台里，观看室友们在屏幕上的表现。

高清镜头拍摄的画面中，楚瑞清站在舞台中央，正垂眸等待音乐。她的睫毛根根分明，眼角点缀着几粒细碎的水晶，在灯光下闪闪发亮，让人挪不开眼。化妆师在眼妆上颇费工夫，每个人眼角的妆容有不同的设计，但统一使用了水晶元素。

音乐响起，楚瑞清抬眼望向镜头，泛着凉意的眸子比水晶还要透亮。舞台升起白色的烟雾，引得台下的粉丝发出阵阵尖叫。

陈思佳望着屏幕，对楚瑞清的惊艳表现十分感叹，觉得对方的台风越发成熟了。楚瑞清刚来节目时，更多是在模仿，模仿舞步，模仿表演，模仿如何做偶像……但她现在已经开始掌控舞台，拥有自己的独特风格。

即使网上许多观众不是楚瑞清的粉丝，但他们仍然会观看她的表演。外人或许对大师姐的性格有褒有贬，但并不妨碍他们欣赏《偶像新秀》最高水准的演出。*Killer*过后，楚瑞清成为节目里无形的标杆，其业务能力极好，表演时完全不受灯光、服装等外在因素影响，成为很多人追星的备选。

陈思佳望着室友们的表现，觉得楚瑞清和刘筱白发挥正常，倒是夏枚给人留下的印象不深，不禁稍感可惜地摇了摇头。

楚瑞清今日一如既往地夺得了《最后的黎明》小组中的第一名。

然而，楚瑞清下台后脸上并无欣喜之色，她直接进入后台，礼貌地找工作人员询问："请问我能看看刚才的表演吗？"

陈思佳听到声音，不禁有点儿疑惑：她为什么不等节目播出后再看呢？楚瑞清过去可没有一下台就要看视频的习惯，让人感到分外奇怪。

楚瑞清想起刚才台上的变动，坚持道："我想现在看。"

工作人员看她态度坚决，好心地调出视频，用小屏幕进行播放。楚瑞清道谢后，便一言不发地重看舞台表演。陈思佳走过来道："你刚才发挥得很好。"

楚瑞清并不是看自己的部分，默默地等到夏枚和金莎微的走位，突然点击暂停，又往前拉了几秒，重新进行观察。画面中，金莎微绽放笑靥，将夏枚完完全全给挡住了。

陈思佳陪着重看了几遍，点评道："我怎么感觉夏枚的镜头好少。"编舞老师会给每个成员分配舞蹈动作，按道理每人都有几次机会单独出现在镜头前。

楚瑞清淡淡地说道：“不是少，是被人挡住了。”

楚瑞清表演时，便发现金莎微的走位有点儿怪，舞蹈中的个别小动作也和排练时不一样。她一直指导金莎微的舞蹈，自然知道对方的水平，金莎微是体力不好，但没道理连这些小动作都出错。

现在从结果看来，金莎微像是挤占了不少属于夏枚的出境机会，至于这是有心还是无意，一时没法确定。虽然这对现场投票没影响，但视频放到网上，许多不看直拍的观众便会对夏枚毫无印象。

走廊内，金莎微看到站在自己宿舍门口的楚瑞清，不禁微微一愣。楚瑞清背着剑，静静地倚靠着墙，像是等候多时。

金莎微沉默片刻，脸上堆起笑容，主动说道：“恭喜你拿第一，你要去练剑吗？”

楚瑞清没有多加寒暄，眼睛犹如深潭。她直接问道：“你是故意挡住夏枚的吗？”

金莎微闻言，眼神闪烁，随即装傻充愣：“什么意思？我不太明白。”

楚瑞清抿了抿嘴唇，淡淡地说道：“你在舞台上占了夏枚的出镜机会。”

金莎微狡辩：“我……”

“我很讨厌别人撒谎。”

楚瑞清平静地打断对方，说完便直接拔剑，再次问道：“你是故意挡住夏枚的吗？”

峨眉大师姐心中实际早有定论，但金莎微在舞台上耍小伎俩是一回事，撒谎是另一回事。现在一切就看金莎微的态度，楚瑞清在矫正孩子的错误行为方面，有自己独特的教育理念，深得峨眉派真传。

金莎微早就找好理由，但她面对冷漠严厉的楚瑞清，竟一时不敢说出口。金莎微望着被举起的纸剑，脑袋里开始胡思乱想。楚瑞清号称不斩无名之辈，但楚瑞清知道自己的名字，莫非自己真要被斩？

金莎微望着面无表情的楚瑞清，紧张地咽了咽口水，最终硬着头皮，打算破罐破摔：“是又怎么样？”

虽然宿舍走廊里装有摄像头，但是没有收音设备，两人的交谈即使被拍摄下来，也没人会得知对话内容。金莎微没有顾忌，索性壮起胆子挑眉道：“是你们先排挤我的，不是吗？”

金莎微心想，如果不是另外四人执意要改动舞蹈，她又何必做到这步？人不为己，天诛地灭，既然她们先动手，她当然没有客气的理由。她现在是料定楚瑞清没法拿自己怎么样，所以如此肆无忌惮。即使楚瑞清发现了真相，表演也已经录制结束，夏枚根本没地方说理。

楚瑞清见金莎微彻底撕破脸，平静地点评道：“你现在的样子倒比平时真实不少。”

金莎微过去宛如在脸上戴上了面具，让人感到不适。

金莎微闻言一愣，又听楚瑞清接着道：“不过对就是对，错就是错，即便为自己的行为找再合理的借口，也不能逃避惩罚……”

“因为你是女生，又不是本门弟子，所以我不会用剑，让你先跑十步。”楚瑞清想了想，要是用过去教育阚和的手法，金莎微的小身子骨可能受不住。她过去让阚和三步，现在在不用剑的情况下让十步，对金莎微足够公平。

金莎微又惊又疑，皱眉道：“你在说什么？”

楚瑞清的眼眸仿佛被寒水浸过，她缓缓地收回纸剑，淡淡地说道：“如果你有任何不满，现在只要报上名字，对我发起挑战即可……”

“但要是输了，惩罚就会加倍。”

这就是峨眉派的规矩，他们对任何人感到不满，双方交换名字后，便可以开始比试，以武论道。无论是产生了矛盾，还是观念不同，他们都用此类方式来解决。阚和早些年还有跟楚瑞清搏一搏的念头，想和大师姐打上几场，近几年已经放弃了和楚瑞清动武的念头，有时转身就跑。

楚瑞清说完，走廊里便吹起奇怪的风，刮得金莎微脸庞旁边的发丝乱飞。金莎微心中生出不祥的预感，望着站在原地的楚瑞清，拔腿就逃！

金莎微转身刚踏出第一步，身后的楚瑞清便开始计数：“一……

“二，三，四……”

金莎微快到走廊时，正好走了十步，不过她体力太差，十步还没阚和的三步远。楚瑞清还站在宿舍门口，铁面无私地喊道：“十。”

下一秒，金莎微感觉自己像是被奇怪的风扣住，僵立在原地无法行动，同时被人狠狠地抽了一下，引得她惊叫出声！

这一下绝对抽得毫不留情，让她身上又辣又疼！

金莎微愤愤地回头，又气又恼地喊道：“楚瑞清，你居然敢打我的屁股！”

她可以发誓，四岁后就再没有经历如此丢脸的时刻，她的父母都不敢打她的屁股！

金莎微刚说完，便看清楚瑞清的位置，脸色瞬间煞白。原因很简单，楚瑞清仍在十步之外的宿舍门口，并未在她身后，按道理是碰不到她的。

楚瑞清神情镇定，一边朝金莎微的方向走，一边重新开始计数，慢条斯理地数道：“一，二，三……”

空气中，无形的长鞭随着计数声一次次落下，让向来戴着假笑面具的金莎微叫骂连连。最可气的是，楚瑞清用的是羞辱式打法，并不是为解气，而是像教育小孩儿般打屁股，这不仅带给金莎微疼痛，更让她自尊心扫地！

金莎微：“打人是犯法的！”

楚瑞清：“九，十，十一……”

金莎微咬牙道：“我要是告诉导演，你就完了……”

楚瑞清脸上毫无波澜，继续数道：“十五，十六，十七……”

金莎微气得要死，又被打得说不出话，内心的脏话也喊不出来。

“十八，十九，二十。”楚瑞清平静地计完数，正好走到金莎微面前，随手托了一把额头冒汗的金莎微。摄像机画面中，楚瑞清全程没碰到对方，反倒像是拉住了快栽下楼梯的金莎微。

金莎微脸色发白，恨恨地盯着楚瑞清，又有点儿顾忌对方的实力，畏惧地向后躲了躲。她脑海中充斥着复仇的念头，却找不到任何有力的办法，只能隐忍地咬紧牙。

楚瑞清像是看穿了对方的不服，轻轻地摸了摸对方惨白的脸，缓缓地说道：“明明挨了打却拿不出证据，没有镜头记录下真相，所以很委屈？”

“这就是你对夏枚做的事，你那时有没有换位思考过？”楚瑞清早就看穿了金莎微的小聪明，平静地说道，“我在走廊等你时，你心里很得意吧，觉得没人会得知事情的真相。

“你既然敢利用歪门邪道谋利，就该知道自己也不会有好果子吃。”

金莎微无非断定两人的对话没被收声，只要别人不知道，她就是安全的。她哪里能想到，楚瑞清会以其人之道，还治其人之身。

金莎微气急败坏道：“你、你真以为我不敢找导演？”

楚瑞清面无波澜：“无所谓，你可以随便去找，告诉他们你被人打了屁股，同时解释一下被打的原因。如果你说不清楚，我不介意帮忙。”

峨眉大师姐行事坦坦荡荡，打了就是打了，只要金莎微敢告状，她肯定不会否认，还能拉着其他人评评理。

金莎微作为少女偶像，哪有脸告诉别人自己被打了屁股，更别提露出臀部验伤。她看着楚瑞清镇定自若的样子，差点儿当场气晕，心想，这人早有计划，太毒了！

楚瑞清对金莎微愤怒的眼神视若无睹，补充道：“这不过是你做错事的教训，但你可还没获得当事人的原谅。”

金莎微闻言警惕起来，不由得眼神闪烁：“你什么意思？”

楚瑞清：“去向夏枚道歉。”

夏枚还没看到表演视频，极有可能还不知道此事。

金莎微冷笑：“我要是不去呢？”她又不傻，其他地方可有收音设备，这跟昭告天下有什么两样？

楚瑞清说道：“那你以后最好别落单，否则我见你一次打一次。”

金莎微很快便发现，楚瑞清并不是在开玩笑。她莫名被打，本就憋了一肚子火，刚开始还硬撑着不道歉，但楚瑞清犹如潜伏的刺客，只要发现金莎微，立刻持剑打她一次，简直无一次失手！

金莎微原来还暴躁愤怒，后来便被打到怕了，满肚子火愣是被楚瑞清直接打消了，每天只感到神经衰弱。大家在紧密的录制中排练本就很累，若还要防备有人突然冲出来打你的屁股，换谁坚持几天都顶不住。

没过多久，金莎微便撑不下去，主动向夏枚致歉。当然，金莎微专门寻找了没有摄像机的场合提起，至于当事人夏枚原谅金莎微与否、会不会在以后的采访中透露，便是夏枚自己的选择，楚瑞清无权插手。

得知真相的夏枚回到宿舍依旧开朗乐观，没有向旁人说起此事，却开始跟金莎微保持距离。楚瑞清看破却没说穿，毕竟这是夏枚成长中必经的磨难，大师姐可以出手相助，但夏枚也该有自保和反击的能力。

峨眉山上的大猴会适当地保护小猴，但小猴不可能一辈子躺在大猴的臂弯里，总要试着自己攀树。当然，如果有人真的伤害到小猴，也免不了被成群结队的大猴教训一顿。

夏枚是有综艺感的人，对节目的剪辑套路烂熟于心。如果她是舞台表演播出后得知此事，恐怕还没法有力地反击，但只要这期节目还没播出，她就能在采访中暗示一二。语言是一门艺术，夏枚在节目采访中欲言又止的样子，很快便点燃了观众的好奇心，让他们发现她表演时被挡的真相。

有人甚至专门一帧一帧地看《最后的黎明》小组的排练，并将排练时的走位和表演时的走位进行对比，证明金莎薇在故意挡镜头。夏枚和金莎微两家的粉丝更是掀起骂战，吵得天翻地覆，好在观众们的眼睛是雪亮的，他们为夏枚主持了公道。

第三轮排名公布时，金莎微的人气一落千丈，掉出前十六名的位置，可谓大快人心。

楚瑞清的排名则下降至第二，辛媛重归第一，两家的票数咬得很紧。从第三轮排名开始，《偶像新秀》的投票规则也发生了变化，每个用户只能为一名选手投票，不再是每人能投十人的方式，各家联和投票的形式彻底丧失作用。

楚瑞清作为很多粉丝的备选，自然会受到影响，过去有其他偶像的粉丝分票给她，现在大家都给自己的偶像投票去了，部分票源便流失了。

新娱传媒办公室内，助理前来汇报节目进展。得知辛媛重回第一的消息时，李恒翘神色稍微和缓，又道："对了，你们查得怎么样？"

助理欲言又止，最后说道："都按您的吩咐查了，但是……"

李恒翘没看出对方的为难，果断地说道："那就拿来给我看看。"

助理看李总坚持，只得硬着头皮递上报告，担心又要被大骂一顿。

李恒翘派人去查楚瑞清的身世，实际上是想去找对方的污点。处在事业上升期的少女偶像最重形象，李恒翘要是想搞垮楚瑞清，找楚瑞清的污点是最简单、直接的办法。他接过助理的报告，越看眉头皱得越紧，问道："毕业院校？”

“没查到……”

“入团前的交友情况？”

“没查到……”

“过去的旧照？”

“没查到……”

李恒翘看着空空荡荡的报告，冷声道：“那能说一说，你查到什么了吗？”

助理赶忙汇报道：“她今年十八岁，老家是川蜀峨眉，入团后的室友是陈思佳，无父无母，疑似跟师兄弟生活在一起……”

李恒翘忍无可忍：“这还用你们查？这些资料是个观众都知道。”

李恒翘简直快被助理气死，他要是想知道这些众所周知的事情，直接上街抓个楚瑞清的粉丝（比如他弟）问就好，估计粉丝能说得比助理还清楚，还用得着专门雇狗仔或私家侦探？

助理极度委屈，却无法抱怨。谁让楚瑞清像是横空出世，过去一片空白呢？他们调查的能力也是有限的，总不能找出不存在的东西。

李恒翘想找楚瑞清的污点，但着实不太容易，此人像是未曾在世上生活过，没留下任何痕迹。这反让李恒翘更感警惕，怀疑楚瑞清的过去不可言说，所以被人为地掩盖了。

如果是身世清白、毫无污点的普通人，也该留下成长轨迹，楚瑞清却来历不明。常言道：“事出反常必有妖。”此人必然有所隐瞒。不得不说，李恒翘的感觉很准，但他哪里能想到，楚瑞清从年龄到证件都有问题。

因为没找到太多资料，新娱传媒的人只能从楚瑞清现有的履历里找切入点，最后翻来翻去，发现“峨眉派弟子”这一点最适合做文章。他们疯狂调查如今的峨眉武术传人，也没找到哪一支跟楚瑞清有关系。

《偶像新秀》的宿舍楼外，楚瑞清还不知自己被人扒了老底。她提着行李箱，正跟陈思佳一同离开宿舍。众练习生在宿舍内封闭训练许久，被允许在决赛前回家休息两天，调节几个月以来的疲惫。

范彤提前说好，会开车来接两人。陈思佳望着栏杆外人头攒动的场景，诧异地说道："怎么回事？好多人！"

楚瑞清扭头望去，发现无数粉丝端着相机，挥舞着练习生们的宣传照，朝她们声嘶力竭地喊着："崽崽看这边！"

"陈思佳好好休息！"

"楚老师最近练剑没？"

"你们都要出道啊！"

楚瑞清和陈思佳还没走出宿舍楼大门，跟粉丝们有栏杆相隔，但此时的画面宛如丧尸围城，热情的粉丝们将手伸过栏杆，激动地朝她们招手。陈思佳见两人被包围，不由得嘀咕："估计是我们离开宿舍的时间被泄露了，粉丝专门过来等……"

随着《偶像新秀》的播出，上节目的练习生们也凝聚起人气，收获大批粉丝。据说李橙被淘汰后回老家，在机场被人堵得差点儿出不去门，被吓了一大跳。

楚瑞清和陈思佳长期待在宿舍内，只在现场表演时接触过观众，对自身的人气还未有真实的感受，当然没见过此种阵势。片刻后，范彤的车终于抵达门外，楚瑞清和陈思佳要穿过人群，在停车场上车。

两人刚走出大门，粉丝们便像海水般拥来，让初梦传媒前来接人的工作人员也吓了一跳。工作人员护着楚瑞清和陈思佳，想要疏散人群，喊道："让一让！麻烦让一让！"

陈思佳被挤得有点儿惊慌失措，干脆窝在楚瑞清身边。楚瑞清倒是神色如常，镇定地拉着行李箱往外走。她本就气场强势，有种拒人于千里之外的疏离感，还真逼退了旁边拥过来的粉丝。

虽然粉丝们早就习惯了楚瑞清的冷脸，但真人和隔着屏幕的画面还是不一样的。粉丝们在屏幕前可以激动地大喊"崽崽"，面对真人却莫名变乖，只是乖乖地追在楚瑞清身边，不敢往她身上贴。

如果有人拼命往前挤，前排拍照的粉丝还会回头大吼："挤什么？挤什么？是不是上赶着被斩？"

陈思佳缩在楚瑞清旁边"苟且偷生"，同时满头雾水：这些粉丝是不是对楚瑞清有什么误解？

当然，部分粉丝还是鼓起勇气上前，想将各类名牌袋子往两人手里塞。

因为陈思佳躲在内侧，各类购物袋先被举到楚瑞清面前，楚瑞清面露疑惑之色："这是什么？"

购物袋上印着经典的奢侈品牌的logo，一看内里的东西便价值不菲。送礼的女生却有点儿不好意思，谦虚地说道："一些小礼物，就是普通的衣服和鞋子……"

楚瑞清向来衣着朴素，粉丝们早就看不下去，所以很多人送衣服和鞋，只差直接给她打钱了。这在粉丝圈里是很正常的事，许多粉丝会在机场等地方给明星送礼。

楚瑞清摇了摇头："谢谢，不用了。"

送礼的女生遭到拒绝，有些失望，轻声道："你收下吧，不然我们都会心疼的……"

楚瑞清入宿舍时，全身衣物价格不过百，简直刺痛了粉丝们的慈母心，让她们感到阵阵心酸。

楚瑞清觉得自己的衣服挺好，并不懂粉丝的弦外之音。她打量一眼对方的神色，认真地说道："如果心脏不舒服，应该及时医治。"

送礼的女生一下子愣住了。

楚瑞清看她傻愣在原地，伸手握住对方的手腕。片刻后，楚瑞清说道："你的心脏并无大碍，就是内火过旺，吃些清热解毒的食材调理即可。"

送礼的女生暗自想道：怎么会心脏并无大碍？我的心都快跳出来了！

送礼的女生骤然被楚瑞清触碰，宛如被定身般呆立当场。她傻傻地提着礼物袋，竟忘记再说服大师姐收下，似乎还在回味着刚才手腕上的触感。

其他粉丝见状，纷纷挤上来，叫道："楚老师，我的身体也不舒服！"

"楚老师，麻烦您看看，我有什么病……"

"大师姐，我的心脏也很难受！"

粉丝们皆伸出手腕，想让楚瑞清把脉，人群看上去犹如翻滚的海浪。

陈思佳在心里吐槽：原来这里不是追星现场，而是中医大师的门诊队伍吗？

楚瑞清微微一愣，老实地婉拒："我在医术上所学不精……"

"没关系！你医吧，医出问题算我的！"

"……"

楚瑞清向来冷静，但面对如此脸皮厚的粉丝，也有点儿束手无策。没过多久，送礼的粉丝们又举起购物袋，想要强行塞给楚瑞清和陈思佳。陈思佳见楚瑞清没拿，索性也不收。两人跟着工作人员一路向停车场逃窜，终于坐上了车。

上车前，粉丝们见两人执意不拿礼物，又改变战术，喊道："可以收信吗？大家亲手写的信！"

陈思佳试探地看向车里的范彤，范彤摆摆手道："收吧，收吧！收完就该走啦！"

有人见陈思佳将两人的信抱走，又开口道："这是我亲手种的花，可以收吗？我一路坐高铁抱过来的，想送给楚老师……不值什么钱！"

坐在门口的陈思佳面露犹豫之色，刚要询问范彤的意见，旁边的楚瑞清已经面无表情地探身过来。楚瑞清越过陈思佳，单手取过小花盆，同时向送花的人告别："谢谢，再见。"

送花的人见楚瑞清收下，欣喜不已，也乖乖地挥手："再见！"

范彤见状，长叹一声，提醒道："好啦，麻烦粉丝朋友们往后退！我们要发车！"

车门终于缓缓地关上，送花的人透过车窗，看到好好抱着花的楚瑞清，又笑着朝她拼命挥手。楚瑞清扭头看到对方兴奋的样子，同样面无表情地朝对方挥了挥手，不知为何看上去有种严肃的可爱之感。

车辆启动后，副驾驶座上的范彤抱怨道："节目组也不派人疏导一下，幸好今天没出现踩踏……"

不过节目组的行为也能理解，新晋偶像有如此热闹的接送场面，也从侧面反映出节目的火爆。这就像有些明星会雇用在机场接机的粉丝，以此保证自己在外人眼中的人气，避免别人以为自己过气。

陈思佳看楚瑞清抱着花，建议道："你不然放在地上吧，回程还有好长时间。"室友一路抱着花盆，有点儿束手束脚，实在不好休息。

楚瑞清摇了摇头，陈思佳见状也不勉强。陈思佳将刚才拿进来的信件分类，留下自己的部分，将其余的给了楚瑞清。

陈思佳有点儿晕车，很快就靠着靠枕睡得昏天黑地。楚瑞清一手抱花，一手拆信，默默地开始阅读厚厚的信。信件上字迹各异，天南海北的粉丝们讲述着不同的事情，但无一例外，都表达出了自己对楚瑞清的喜爱。

有的人夸奖*Killer*的表演，有的人鼓励楚瑞清坚持自己、忽略流言蜚语，有的人说自己在楚瑞清的激励下也开始清晨锻炼，有的人说自己也想有在环境中不被改变的勇气和力量……

楚瑞清第一次有如此奇妙的感受。她读完所有信件，望着窗外的风景，不禁陷入沉思。她过去知道粉丝的概念，却没有如此清晰地认识到，原来会有无数人由于自己的一举一动产生新思考，甚至从中获得继续努力的力量。

楚瑞清望向范彤，问道："我有很多粉丝吗？"

范彤有点儿疑惑地回头，看着楚瑞清腿上的信件，瞬间明白对方发问的原因，笑道："确实还挺多，而且活跃度很高。"

如此难喝的清火鲜柠汁都能卖脱销，楚瑞清的带货能力实在强，以后的代言不会少。

楚瑞清抿了抿嘴唇，缓缓地说道："可我没法回报他们。"

大师姐并不理解如此狂热的爱，她感受到别人的付出，便会自然而然地想要回报。世界上没有不计代价的付出，每个人轻松地得到什么，必然会为此承担起什么。

范彤愣了愣，还是头一次听到艺人对粉丝产生要回报的想法，毕竟大多数人只将粉丝当作赚钱的工具，哪里需要回报？

范彤安慰道："你为观众献上了无数好表演，这是你应得的，不需要回报……"

楚瑞清："但我并没有付出什么，可以获得那么多东西吗？"

楚瑞清将偶像视为工作，努力表演换取报酬，却没想到还会收获这么多的喜爱。在大师姐看来，她的表演只能换来工资报酬，配不上如此毫无保留的爱。

她就像一个普通的厨子，只是简单地做好每道菜，想要拿份工资，却有无数食客追着她，还号称以后只吃她做的菜，这让她感到良心不安。她并没有用心钻研厨艺，仅仅做好了本职工作，值得这么多赞扬声吗？

范彤觉得楚瑞清太过实在，努力开解道："没事的，很多明星还不及你……"

毕竟像楚瑞清如此有自知之明的偶像是少数，大部分偶像一红就开始膨胀，业务能力也是稀烂。

“你要明白，有的人的存在对别人来说就是力量，你获得他们的喜爱，他们也从你身上吸收到有价值的东西。”范彤又轻松地笑了笑，“如果换别人，我可不敢说这话，但是你的话，我可以保证。”

楚瑞清的能力和品格可是吊打不少小明星的，范彤偶尔也反思过自身，是否该把懵懂的楚瑞清拉入圈子，但她很快就说服自己，如果正直、高尚的人都不能做偶像，还有谁配得上“偶像”两个字？

楚瑞清沉默下来，也不知有没有被范彤说服。她静静地抱着花，望着天空中飘浮的云，像是独自在想什么。

楚瑞清一路都抱着那盆朴实无华的花，一刻也没有放手。她和陈思佳离开宿舍的火热场面也被报道，传遍各大网站。

——等等，现场的粉丝好不要脸，我也想被大师摸腕啊！

——点开视频听声音，我还以为是医闹现场呢！这难道是病患在排队看病？

——楚老师的粉丝咋想的？送花居然不是花束，还连盆带泥的。

——话不多说，我去种花，不搞成种植专家不罢休！

——楚老师不管经纪人，单手接花还挥手的画面，简直太帅了。

——隔壁大公司的某练习生可把名牌礼物都收了，倒是小公司的偶像知道心疼粉丝，不收贵重礼物。

——粉丝愿意送，她拿了又怎样？你管得着吗？

——麻烦别和其他人比，拒绝挑事。

——隔壁又不行医，楚老师是看病不收礼，谨遵医院规章制度，没什么问题啊。医生收礼有可能被开除，花还是可以收的。

粉丝送礼本来就是一个愿打一个愿挨，辛媛并不缺钱，但她不好拒绝粉丝，离开宿舍前便收下了塞上来的礼物。实际上，不少小偶像收过礼物，只是楚瑞清和辛媛作为热门的center候选人，难免被提出来比较，辛媛的举动便贻人口实。

毕竟过去有人嘲笑楚瑞清衣着廉价、不上档次，现在两相对比下，又有人嘲笑辛媛虚荣拜金、爱收豪礼，两边的粉丝少不了明争暗斗一场。决赛之前，无论是多么鸡毛蒜皮的事情，都能被无限放大，引申出各种含义。

初梦传媒内，李天剑看到进门的楚瑞清和陈思佳，立马兴高采烈起来，喊道："师父！"

陈思佳面露不解之色，范彤却极度无奈，向楚瑞清求证："他说自己是峨眉派弟子，真的吗？"

自从李天剑获得心法和纸剑，便开始频繁出入初梦传媒，并且插手公司业务，美其名曰帮师父监督进度。他对范彤上回向小贝求证的事耿耿于怀，觉得对方故意破坏他和楚瑞清的师徒情谊，拿到纸剑后少不了耀武扬威一番，要证明自己的身份。

范彤不想得罪大老板，又确实发现他的纸剑和楚瑞清的极度相像，便没有赶走李天剑。

楚瑞清点头道："是，他是我的徒弟。"

李天剑听到此话，心中已经美得冒泡。他还没学御剑，恨不得就要立马飞天。

陈思佳望着李天剑和他身后的随从，不由得面露疑惑，问道："你徒弟怎么看着比你还富？"

楚瑞清还没答话，李天剑便振振有词地说："师父不拘小节，从不在乎身外之物，她不需要外物点缀自己，都是她来照亮外物！"

毫无理智的二少爷心想：师父不用穿几百万的华服，她穿过的衣服都值几百万！

陈思佳：粉丝们解释楚瑞清衣着朴素的原因时的语气，跟李天剑的论调怎么如出一辙？

见李天剑如此傻头傻脑，陈思佳反倒放心下来，李天剑看这智商看起来也不像大老板，倒像全心全意为楚瑞清服务的粉丝。如果有人误会楚瑞清和李天剑是包养关系，估计李天剑会第一个跳出来骂街，认为对方侮辱自己的偶像（恩师）！

因此，李天剑提议带楚瑞清去拿剑，陈思佳也没有意见。她只当李天剑和小贝一样，都是跟楚瑞清从小一起生活到大的人。陈思佳帮楚瑞清将花和信件抱回屋，说了声早点儿回来，便先行去休息。

古剑还被封存在京西别墅里，李天剑上车后解释道：“师父，我怕它跑了，就没有带过来，辛苦您专程去取……”

李天剑见识过古剑飞天，又没有收剑的实力，所以不敢大意，一直将其压在地下室里。

楚瑞清并不介意跑一趟，答道：“没事，倒是你有心了。”她一直在录节目，都是徒弟为古剑跑里跑外，她当然不会怪他。

李天剑见她神色如常，又小心翼翼地说起另一件事：“师父，辛媛那边票买得很凶，如果您最后没拿第一，也不要沮丧……”

李天剑想起此事就心烦，新娱传媒疯狂地为辛媛买票，最讨厌的是他们可以看到内部票量，每次都略微压楚瑞清一点儿票数。普通粉丝只能等节目定时公布票数，但大公司可以实时关注后台票数，随时加票，无疑很占优势。

虽然李天剑有钱，但他在圈内的人脉无法跟李恒翘抗衡，想要打破此类黑幕很困难。楚瑞清的粉丝刚投了五百万张票，新娱传媒便会立马为辛媛买六百万张票。这导致楚、辛两家的票数远比第三名高出一大截，新娱传媒是想靠这种方式，榨干楚瑞清的粉丝的血。

李天剑觉得现在就算最终胜了，也会耗光粉丝们的热情，不利于师父后续的长远发展。李恒翘是伤敌一千，自损八百，他出了个烂招，但李天剑暂时没想到合适的解决方法。

楚瑞清平静地说道：“没关系，我最近也觉得自己能力不够，还不能成为第一。”

楚瑞清一路上都在反思，觉得自己还不够出色，自我要求不够严格，无法回报粉丝们真挚无私的喜爱。她痛下决心，认为自己该打起精神，将偶像事业视作练剑，才算真正无愧于心。

如果粉丝们是崇拜楚瑞清的剑术，那她可以坦坦荡荡，但他们喜欢的是她的表演，楚瑞清便觉得她在这方面还没使出全力，不由得感到惭愧。

李天剑闻言，义正词严地说道：“怎么会？师父不做第一，还有谁配做？”

楚瑞清：“我还有很多不足……”

李天剑斩钉截铁地说道："没有，不存在的！"

楚瑞清："……"

李天剑没料到师父会自我怀疑，简直心痛到无法呼吸。师父是如此响当当的人物，却要蒙受黑幕的冤屈，这世道何其不公！

李天剑难过之余，脑海中灵光乍现，问道："师父，我上山以后，门里会管我的吃喝住行吗？"

楚瑞清点头："当然会，尤其你还是小辈。"

现在峨眉派里李天剑辈分最低、年龄最小，就像猴群里的小猴，还需要细心地照顾。

李天剑脑筋一转，开始盘算自己手中的资产。既然他上山后吃喝不愁，为何不把资产都套现呢？他一股脑将钱花光，给楚瑞清投一波票，就算李恒翘等人能看到后台数据，也无力回天。

李天剑虽然不受家族重视，但手上的财产还是相当可观的，他不信李恒翘敢出和他一样的钱。由此一来，既能让师父获得第一，又能让粉丝们保持住热情，岂不是美事一桩？李天剑向来不在乎浮华利禄，觉得不带分文、潇洒自然地上山也挺好。

管家还不知道二少爷打算倾家荡产给楚瑞清投票的可怕想法，否则他现在便要慌张地告诉大少爷，说二少爷在被骗的歧路上越走越远。

地下室内，李天剑让人将房间密封，支走了管家等闲杂人士，害怕他们耽误收剑。楚瑞清终于看到逃跑的古剑，上前一步，刚要伸手，静静地躺着的古剑便发出嗡鸣，振动着要起身逃窜。

屋内并无门窗，又只剩楚、李两人，古剑刚飞入空中，便被楚瑞清当场擒住！

楚瑞清挑眉道："还想跑？"

她握剑的瞬间，房内金光四射，古剑在她手上不住地震颤。双方僵持许久，金光终于缓缓弱去，古剑变得安静下来。

楚瑞清伸出手指，轻轻地在剑刃处拂过，将流出的鲜血抹在剑身上，淡淡地说道："你就叫倚天剑吧。"

这把古剑折腾了楚瑞清许久，她也没有好好起名的耐心，索性随便说一个。剑只要拥有自己的名字，便没法再逃窜，会受到名字的约束。

二少爷闻言，面露疑惑之色：他和剑同名不同姓？

李天剑小声地说道：“师父，好了吗？”

楚瑞清单手握剑，合上敞开的剑盒，应道：“好了。”

李天剑打量着沾过血的倚天剑，总觉得剑身发生了些许变化，想要细细观摩一番，低声道：“师父，我能看看吗？”

楚瑞清痛快地将剑递给他，大方地说道：“如果你想要，那就拿着玩。”

李天剑刚要接剑，听到此话却大惊失色：“那怎么行？这剑不是对师父很重要吗？”

李天剑略微听楚瑞清说起过剑冢的事情，每名峨眉派弟子都只能拔出一把剑，这把剑将是陪伴他们终生的法器。

楚瑞清心平气和地道：“你是我的徒弟，我的东西你都能拿。”

楚瑞清的师父对弟子们也是毫无保留，从不吝惜天材地宝或珍贵法器。虽然他们斩断尘缘，跟世俗的亲朋告别，但在门内获得了无私的爱与照顾。在楚瑞清看来，李天剑还是没长大的小朋友，做什么都可以。

楚瑞清教育师弟，是因为两人算同辈，师父不打阚和，当然由她打。然而李天剑还是小辈，楚瑞清又初为人师，自然要更换教育方式和理念，变得更为耐心。

李天剑看师父神色认真，不似说谎，简直感动得快要落泪。当然，他还是摆手婉拒：“师父，我看看就好，拿了也没用……”

二少爷：师父连最珍视的剑都能给我，天底下还有比师父更好的人吗？

楚瑞清见他拒绝，想了想，说道：“说得对，这剑也没什么用，以后拿来给你削桃子吧。”

李天剑：“嗯？”

李天剑听到跟自己同名的剑的下场，总觉得哪里不太对。

他好奇地看完倚天剑，便将其还给楚瑞清。两人将收剑的正事做完，又顺道一同参观了地下室的藏品。地下室的门配备复杂的密码锁，同时屋内装有避湿防潮的系统，木制的展柜内陈列着琳琅满目的珍宝，看上去古色古香。

“这都是我的一些收藏……”李天剑陪着楚瑞清转，又偷偷打量着她的视线，但凡楚瑞清多看哪件藏品一眼，他便恨不得立即将东西取出，递给她观摩。

楚瑞清看柜子里的白碗有些眼熟，李天剑便马上开柜，拿出那件宋定窑刻花碗，交给师父把玩。他怕师父对老物件无感，耐心地在旁边解说："这种瓷器釉水莹润，上手宛如白玉，当时的宫廷制瓷以其有玉质感为上品，师父可以摸一摸……"

楚瑞清摸了摸白碗，好奇地问道："你喜欢这些？"

李天剑见识过不少珍宝，面对楚瑞清却有点儿不好意思，谦虚地说道："只是稍微了解，就收集了一点儿……"

楚瑞清若有所思，说道："山上倒是有很多，你可以拿着玩。"说起来，这白碗和二师弟喝水的大碗真像孪生兄弟，让她刚才看到时愣了一下。

李天剑："……"

李天剑有点儿惊讶，只当师父不太了解古玩，误将其当作普通瓷碗，索性也不戳破。

两人转了一圈，楚瑞清在最里侧的柜台前驻足，看着其中典雅端庄的蓝宝石项链。这条项链在众多藏品中别具一格，不像是老物件。

李天剑犹豫片刻，缓缓地说道："这是我母亲的作品……"

楚瑞清点头："很漂亮。"

如果是别的藏品，李天剑听到这话，肯定会马上取出，此时他却有点儿迟疑。李天剑并不是过于珍视母亲的遗物，只是觉得师父和神经质的母亲不是一类人，潜意识地不想让两者扯上关系。

所有跟李家沾边的人都是污浊、愚蠢的，不配和师父搭上关系。

好在楚瑞清只是夸奖一句，便扭头去看其他藏品，没有过多逗留，让李天剑松了一口气。两人逛完地下室，又回到客厅内，李天剑立刻向楚瑞清展示小蜈蚣的豪华别墅。

楚瑞清望着受到悉心照料的小蜈蚣，又看了看自家徒弟兴奋的神色。她动了动嘴唇，想劝李天剑不用对小蜈蚣太好，最后还是没说出口。在楚瑞清看来，法器和法宝早晚会被磨损，没必要如此小心翼翼。

楚瑞清：徒弟果然还是小孩儿，居然把法宝当宠物养。

临走前，楚瑞清还检查了李天剑的身体状况，发现他逐步变好，便放心下来。她又传了他少许心法，由于是拗口的文言文，李天剑每回都要背诵、琢磨许久。

楚瑞清收完剑，回到宿舍，才发现麻烦之处——倚天剑没有剑鞘，又属于利器，根本没法带出门。

陈思佳望着盒子内的古剑，既惊又奇："你哪儿来的钱买剑？你别告诉我，你要带着它出门。"

楚瑞清过去出门时总爱背纸剑，陈思佳还勉强能接受，现在换成真剑，实在太惹人注目。

楚瑞清："不行吗？"

陈思佳为阻止她的危险举动，义正词严地说道："当然不行，你坐地铁时会被人扣下的！这是管制刀具！"

楚瑞清无言以对，没想到倚天剑真是碍手碍脚，所受限制颇多。她没有办法，只能先将倚天剑放回盒内装好，打算等节目结束后再启封。

楚瑞清和陈思佳休息的时间很短，她们稍微处理了些公司杂务，便要重回《偶像新秀》的宿舍楼。

范彤倒比李天剑看得开，送她们回去时提前告知："出道肯定没问题，你们别有压力……"

最终出道选手的经纪公司都会跟节目组协商，敲定女团活动期间的协议细节，这是业内心照不宣的事情。如果原公司和节目没商量好，节目组在决赛时直接把练习生淘汰也不是不可能。

范彤能保证两人都出道，却没法得知最终名次。楚瑞清和陈思佳的心态倒是挺好，毕竟她们上节目时对此想都不敢想，现在起码能确定出道。

宿舍楼内，楚瑞清和室友们欢乐相聚，又跟夏枚、刘筱白碰头，一时其乐融融。众人寒暄嬉闹一番，便各自躺下休息。夜里，夏枚半睡半醒间，恍惚看到有人影经过，悄声道："楚老师？"

楚瑞清停下脚步，回头看向缩在被窝里的夏枚，脸上隐现一丝被叫住的疑惑。

夏枚不过是试探着出声，她摸索着看了眼时间，不禁面露诧异，压低声音问道："这才三点，你去干吗？"

夏枚看着穿戴整齐的楚瑞清，心中满是茫然。要知道若是放假在家，她凌晨三点才刚刚睡下。屋内，陈思佳和刘筱白还在酣睡，都没被轻手轻脚的楚瑞清惊醒。

“练剑。”楚瑞清刚答完，又平静地补充，“然后练舞。”

大师姐深感自己过去对偶像事业不够用心，但她不可能缩短练剑的时间，干脆缩减睡眠时长。楚瑞清要想做成什么事，绝对会痛下决心，不达目标不罢休。

夏枚：“这又不是闻鸡起舞，怎么突然这么拼？”楚瑞清过去的作息已经很反常，现在是变本加厉了。

楚瑞清微微垂眸，似乎有点儿自责，坦白道：“我觉得自己太过懈怠。”

夏枚敢发誓，如果楚瑞清算是懈怠的人，那其余人就是正被晾晒的咸鱼，连人类都算不上。她完全不知道，楚老师从何处获得的如此离谱的自我认知，这跟学神考前说没复习、考后说没发挥好有何区别？

楚瑞清并不理解夏枚的心思，解释完便先去练剑，然后练舞。夏枚本想跟着楚瑞清去练习，但她努力挣扎几番，还是没从舒适的被窝里爬出来，只能自暴自弃地缩回去。

夏枚：算了，做咸鱼偶像也没什么不好。

不得不说，楚瑞清的疯狂练习给别的练习生带来极大的压力。按道理，同辈压力应该是一个团体带给一个人的，楚瑞清却以一己之力，让其余人生动、真切地感受到了什么叫“peer pressure（同辈压力）”。

没过多久，辛媛便肉眼可见地憔悴和焦虑起来，毕竟她现在是大众眼中的楚瑞清的对手，当然不能在练习上落后。同时，陈思佳等人的练习量也显著上升，显然她们在楚瑞清的熏陶下变得动力十足。

——大师姐原来是心机学神，夜里背着大家偷偷学习。

——为什么她能把《偶像新秀》逼出高考冲刺班的氛围？

——夏枚像极了跟学霸相约去图书馆复习，却起不来的我。

——楚瑞清的粉丝能努力一把投出第一吗？楚老师没拿第一拼命练习，倒把我的偶像吓得焦虑得掉头发。秃头很难治的！

楚瑞清的变化在网上引发大批调侃，当然其中也夹杂着些酸言酸语，说她是在诱导粉丝投票，以此增加票数。

最近，楚瑞清和辛媛的流言蜚语在各大平台上乱飞，竞争显然进入白热化。因为楚瑞清曾在节目中提及自己是峨眉派弟子，一直有人抓住这点不放，说现实中根本不存在峨眉派的概念，只有峨眉武术。

这算是讨厌楚瑞清的网友常挂在嘴边的所谓楚瑞清的污点，但最近微博大V徐铁建的公开发言，又将此话题引入大众眼中。徐铁建的微博认证是“峨眉武术传人”，又有黄V加持，看上去还真像模像样。

徐铁建：“最近总有人问我，某节目里的小明星和峨眉武术的关系，我经过多方查证，可以郑重声明，此人不属于任何协会，所谓‘峨眉派弟子’只是名利场上的无聊噱头。”

红庙：“哈哈哈哈，专业人士来打脸了，某家粉丝可别洗啦，谁不知道楚瑞清最爱包装自己了呢？真是《偶像新秀》的‘亲女儿’，上回还特意隔空劈栏杆，实际上都是后期制作的。”

小楼楼：“我要笑死了，每天带把纸剑就装峨眉弟子，还凌晨练剑，是真把观众当傻子了吗？最搞笑的是居然有人信，这都什么年代了？”

菱格：“保护敢说真话的大师，某家粉丝马上就要来骂街了。”

清风浩荡：“评论数不过两百，便能空降热搜，我看是有人故意整我偶像吧。”

滕腾腾：“大师姐的粉丝别回，别给黑粉们热度！一看就是钓鱼帖！”

徐铁建刚发微博没多久，“楚瑞清作假”这个话题便空降热搜，显然有人花钱搞事，专门要抹黑楚瑞清的形象。其实大多数粉丝并不在乎楚瑞清是否真是峨眉弟子，但他们没法看到偶像的话被人曲解，又苦于不能马上反击。

楚瑞清说过此话，就是落下口实，她只要拿不出证据，便会被认为是在撒谎，会破坏不知真相的网友对她的好感。

李天剑最先发现异常。他看到热搜，顿时气得咬牙切齿，明白是谁在搞鬼。他立刻花钱撤掉热搜，同时引导评论区的风向，用各类调侃扰乱网友的思路，弱化事件的严重性。评论区内网友的调侃被顶了上来，陆续挤掉了嚣张的恶评。

四季春：“我看到‘楚瑞清作假’这个话题，还以为是她男扮女装这件事暴露了，白激动半天。”

旋风：突然觉得初梦传媒挺厉害，那边都翻出了辛媛整容前的旧照，新娱传媒只能搞出这点事？楚老师身正不怕影子斜。

李天剑强出手后，立马扭转局势，然而徐铁建并未善罢甘休，又接连发微博，显然要将事情闹大。

徐铁建：“打着峨眉武术的幌子招摇撞骗，实在是可耻的行径！”

徐铁建：“难道都没人能管吗？应该将这类骗子告上法庭！”

徐铁建的措辞越发激烈，让评论区里楚瑞清的黑粉们更加欢呼雀跃，恨不得立即让其出面，将楚瑞清告上法庭。

李天剑不禁皱眉，觉得堵不如疏，应对此类情况最好的办法就是拿出证据，但他确实不知如何证明师父的峨眉派弟子的身份。徐铁建最有利的武器就是“峨眉武术传人”的认证，只要能击垮这一点，问题便迎刃而解。

公司内，李天剑和经纪人范彤围绕舆论进行了深刻而激烈的讨论。

“峨眉派认证？”范彤面露诧异，疑惑不解地说道，“你不是峨眉弟子吗？应该知道得更清楚吧。”

范彤感到疑惑，李天剑自称峨眉弟子，却管她要峨眉派的认证，这是哪门子道理？

李天剑说话的音量不自觉降低，他尴尬地说道：“我还没跟师叔们见过面……”

虽然楚瑞清答应收徒，但李天剑还没有进行拜师仪式，更没有经过试炼，对峨眉派的事情仍懵懵懂懂。他有点儿面上无光，感觉自己对本门的了解还没范彤多。

范彤闻言点头，也没有过多追究。她索性打电话询问小贝，看有没有能证明楚瑞清的门派身份的东西。

电话中，小贝犹豫地说道：“嗯……我也不是很清楚，屋里好像有块非物质文化遗产的牌子。”

范彤问道：“没有能直接证明楚瑞清的身份的东西吗？”

小贝有点儿不懂山下人的思维，天真地说道：“大师姐直接亮剑不行吗？应该怎么证明？”

小贝从未下山，听懂了范彤的要求，却只感到莫名其妙。让楚瑞清证明自己是峨眉弟子，就像让二师兄证明自己是猴一样，完全属于没事找事。这有什么好证明的，这不是明摆着的事情吗？

范彤为难地解释："我们可能需要更权威的机构认证，否则外人无法相信……"

在小贝看来，楚瑞清是峨眉大弟子属于板上钉钉的事情，但对外界来说，摆不出有力的证据便是欺骗，范彤她们无法理直气壮地进行辟谣。

小贝思索片刻，提议道："我给三师兄打个电话，好像是他在管这些，可以吗？"

小贝不太理解范彤的难处，但她捕捉到"权威""机构"两词，觉得此事该交给善于处理凡俗事务的阚和。

过去，门里只有阚和有手机，小贝也是在范彤找来后，才开始摸索这类现代高科技成果。她倒是挺聪明，在三师兄的屋里翻翻找找，发现了阚和印给山下人的名片。

纸质颇佳的名片的正面印着八卦阵图案，在阳光下发着光，背面是阚和的名字和号码，排版和制作完全符合三师兄的审美。如果引用大师姐的评价，三师兄的审美便是"花里胡哨"。

阚和经常下山，然后音信全无，小贝没给三师兄打过电话，于是试探地拨通了号码。

另一边，网上的战火逐渐蔓延到现实，节目组也对楚瑞清进行了采访。导演们不忍看种子选手被肆意抹黑，总要给她一个向公众解释的机会，所以故意说起此事。

工作人员："你曾说自己是峨眉弟子，是真的吗？"

楚瑞清应道："是。"

工作人员态度极好，问道："你可以证明一下吗？"

楚瑞清微微一愣，第一反应竟跟小贝一样，试探道："我直接亮剑可以吗？"

大师姐有点儿迷糊，完全不知道该如何证明。如果看剑术招式，这不是明摆着的事情吗？

工作人员耐心地说道："有人说你并非峨眉弟子，不属于任何协会。"

楚瑞清不懂对方口中的协会，微微皱眉，又道："谁说的？"

工作人员支支吾吾："对方也是峨眉派传人……"

实际上，工作人员对这些基本概念也不了解，并不清楚"峨眉派""峨眉派传人""峨眉武术传人"间有何差别，便把它们含糊地混在了一起。概念划分不清楚，传递出的信息自然令人误解。

楚瑞清紧皱眉头，面露不悦，说道："阚和说的吗？他也不怕被打断腿。"

工作人员一脸震惊，总觉得好像产生了什么误会。

既然是峨眉派传人，那就是门里的人。楚瑞清筛选了一圈，二师弟和小贝显然不是多嘴多舌的人，只有频繁下山的阚和最可疑。而且，阚和幼时还真想将楚瑞清赶出师门，如今故技重施也不是不可能。

远在天边的阚和久违地打了个喷嚏，莫名其妙地感到背后发寒。他握紧手机，摸了摸鼻子，打算立刻处理小贝说的事情，哪知自己变身背锅侠。

周围人看阚和打喷嚏，当即嘘寒问暖："大师，您没事吧？难道是身体不适？"

"我家有上好灵芝和人参，不如送给阚大师补补身体……"

"大师，我名下的大楼刚刚竣工，劳烦您前去看看风水……"

几个中年男人争先恐后地开口，平日里说一不二、颇有威严的大老板们围着长辫青年团团打转，看上去分外滑稽。

阚和无暇跟他们虚与委蛇，连连摆手推托，婉拒道："去不了，去不了，我现在有急事，晚了要被打断腿的！"

阚和要是敢怠慢大师姐的事情，估计能被揍得屁股开花！

"哈哈哈，大师真会开玩笑，谁要是敢打您，那得跨过我们哥儿几个的尸体呀……"旁边的老板被阚和的话逗乐了，谁都知道阚和是精于卜算的大师，到哪儿不是备受景仰呢？

阚和好心劝道："人活一世，祸从口出，还是别开此等玩笑，我可不想替你们收尸。"

开玩笑，几个肚大腰圆的中年男人还想拦住楚瑞清，这是上赶着送人头吗？

阚和无心剑术，偏爱钻研《周易》，搞些被大师姐视为歪门邪道的东西。他本就出身富贵之家，入门后也难改陋习，仗着自己有几分本事，喜欢下山跟权贵人士打交道。

阚和并不需要钱，但他觉得在世俗中翻滚，看着形形色色的人为功名利禄打破头，露出百般丑态很有趣。楚瑞清最烦他这点，觉得此种思想应该加以改正，因此多次施行棍棒教育，但也只让阚和略微收敛。

年幼时，阚和还想过力压楚瑞清，将可恶的大师姐踢出师门，但他如今遭受多年峨眉式教育，早就打消此等愚蠢的念头，不敢跟楚瑞清对着干。

阚和心有余悸地摸摸屁股，下意识地回忆起上次挨打的时间。他居然完全不知大师姐下山做偶像，要是被楚瑞清知道此事，估计他又要挨一顿打！

阚和火急火燎地出门，又突然想起什么，转身折回来，说道："对了，李总，我问你一件事情……"

李总态度极好，立马说道："不敢当，大师叫我老李就好！"

阚和："李总上回不是帮我搞了块牌子，你好像跟峨眉武术协会的人很熟？"

李总连忙道："是有联系，不过他们的本事完全比不上大师，都是一群武夫！"

阚和比其他师兄妹更了解外面的世界，山下也有人在传承峨眉武术，并组建协会，但跟云岭阁有天壤之别。

楚瑞清是峨眉派云岭阁的弟子，又不是研习峨眉武术的俗家弟子，当然不在任何协会内。不过如今网上议论纷纷，大师姐又需要相关机构证明，让她在协会内加个名也不失为好办法。

阚和觉得，大师姐的加入只会给协会增光添彩，她好歹是真传弟子，机构也不吃亏。

阚和痛快地说道："那你让他们给我大师姐加个名，她也就是个武夫！"他只敢私下过嘴瘾，这话是不敢当着楚瑞清的面说出来的。

李总面露诧异之色："您的大师姐是……"阚和大师如此有本事，他的大师姐岂不是世外高人？

阚和答道："名字叫楚瑞清，就是正在录制《偶像新秀》的那个，网上一搜就有。"

李总搜索完名字，看着图片上的少女偶像，不禁满头雾水。

李总：两人的职业差别够大啊！大师看上去近三十岁，他大师姐才十八？

李总望着楚瑞清的资料页面，陷入疑惑，总觉得哪里不对。这究竟是大师隐瞒年纪，还是大师的师姐驻颜有术？

楚瑞清等人的俗世证件都是阚和搞来的，当初为报私仇，他故意将楚瑞清的年龄往小了填的，想要借此隐隐压她一头。阚和对外都谎称自己二十七岁，他两年前给楚瑞清随手填了个十六岁，可惜大师姐就没下山用过。

阚和：别看我的真实年龄和武力值都没法与师姐比，但可以在假证的年龄上获得阿Q式胜利！

峨眉派，名字源于上古修仙学道圣地峨眉山，属于道家正统，峨眉武术起源于春秋战国。然而北宋后峨眉山逐步成为佛教名山，道教渐渐退出此区域，峨眉武术也衍生出无数支派，遍布川蜀地区。

云岭阁是现今峨眉派唯一有仙家传承的宗门，尽管这一门的后人相当少，但好歹也在跌宕后存活下来，隐于山中。门里仅有师父和楚瑞清在好好修行，其他弟子不是沉迷于种地，就是热爱折纸，不然就是喜欢玩厚黑学……总之，由于师父的纵容与放任，大多数弟子不务正业，爱搞副业。

峨眉武术协会，则是山下的峨眉武术传人和研究学者建立的组织，跟修仙完全不沾边。协会创建的目的是交流与研究峨眉武术的历史，传承与发扬峨眉武术文化，保护此项非物质文化遗产。协会的现任会长姓王，而在网上闹事的徐铁建只是普通会员，在组织者里排不上号。

李总听从阚和的吩咐，非常靠谱地找上了王会长说起此事，并留下了楚瑞清的资料，希望对方出手帮个小忙。

协会内，头发花白的王会长听完来龙去脉，不悦地皱紧眉头，倒没立即口吐怨言，等撂下电话后，才愤懑地说道：“可笑！”

王会长是已过花甲的老人，但由于常年练武，仍然神采奕奕。他一心研究与传承峨眉武术，觉得李总的要求有违他的初心，顿时十分不爽。

老年人对微博上徐铁建掀起的风浪一无所知，更没看过《偶像新秀》，但他认为李总要强行给十八岁的小姑娘加名的做法，是将协会的规章踩在地上。

周围人好声好气地劝道：“会长，您生哪门子的气？人家是明星，也算给咱们增光添彩，提高知名度了。”

毕竟协会也是要吃饭的，没有李总的赞助，哪有钱搞研究、弄院校?

王会长冷笑："哼，一锅好汤都让这帮人搅烂了！"

王会长虽然生气抱怨，但一把年纪还是要为生活低头，只得让人去查楚瑞清的详细资料。尽管国家提倡保护非物质文化遗产，但现今急需保护的非物质文化遗产过多，还没法面面俱到。王会长想要谋求更多发展，必须对商人们做出让步。

王会长有点儿闷闷不乐，又开始反省自己该不该商业化，想到学校里习武的孩子们，才感到一丝安慰，有心情看楚瑞清的资料。

王会长一开始觉得李总是牵强附会，强行为楚瑞清加名，看完资料后却对楚瑞清的印象有所改变。

因为要将峨眉武术和楚瑞清扯上联系，周围人给王会长看的是粉丝剪辑的视频。粉丝将楚瑞清的练剑片段全部截出，配上了激昂的古风音乐，看得人热血沸腾。

观众们都是外行，只能疯狂赞叹，说不出楚瑞清的剑招的门道。王会长却是内行人，越看越惊，竟拍案赞道："化万法为一法，以一法破万法！"

周围人看他激动的样子，不禁面露疑惑之色。

"这音乐真吵……"王会长觉得背景音乐严重影响了自己研究、学习，随手将声音关掉，又复看楚瑞清的动作，感慨道，"大师，这是真正的大师啊！"

王会长兴致高昂，竟在旁边的空地上练起来，想要模仿楚瑞清的动作，口中喃喃道："剑不行尾，方是峨眉……"

王会长练习过半，又有点儿颓然地停下来。由于动作难度较高，他感到体力不支，不禁沮丧而落寞："我真是老啦，练不动了……我不配做会长，应该由她来。"

周围的人：会长，请您清醒一点儿，快振作起来!

《偶像新秀》的观众的年龄主要在18—32岁，峨眉武术协会管理者的年龄主要在35—60岁，不得不说两个群体几乎没有重合的，所以王会长以前从未听说过楚瑞清。他立马召集其他人，众人热火朝天地讨论研究，最后得出结论，楚瑞清的武艺当世罕见!

她甚至让许多古籍中的招式重见天日，楚瑞清练的很多招式王会长等人都能在书上一一找到与之对应的内容。武学招式都由文言文记载，说得虚虚实实，招式名更是花里胡哨，他们过去摸索不透，需要来回琢磨，现在看到楚瑞清的招式才反应过来！

如今不用李总说，王会长都必然要吸收楚瑞清入会，唯一的苦恼是不知该给她安排什么职位。

王会长本想退位让贤，却遭到其他人的反对。大家认为会长之位更多是行政工作，或许高人并不愿处理烦琐杂事，而且显然楚瑞清现在挺忙，没空做管理。

众人最后统一意见，认为楚瑞清可以做峨眉武术协会的名誉会长，毕竟她简直是“峨眉武术活化石”，谁要是把她展示出的招式研究完都能著书立说了，此职位更类似于表彰的意味。

峨眉武术协会宣称楚瑞清是名誉会长，不亚于投下惊天巨雷，在网上激起千层浪。

网友们可以理解楚瑞清为了辟谣需要拿出证据，但也不用上来就亮出这么高的段位吧？

公告一发，网友们同样产生了新疑问，既然楚瑞清是名誉会长，为什么徐铁建会跟她掐架？

王会长面对外界质疑，总算搞清楚事情的首尾。原来竟有协会会员出言中伤楚瑞清，这才致使李总上门相求，又引导王会长看到她的视频，冥冥之中似有天意！

王会长：缘，妙不可言！

王会长对普通会员徐铁建毫无印象，协会只是吸收跟峨眉武术相关的人士，至于他们在社交媒体上说什么、摆出什么样的身份，协会当然没法管。

王会长的回答挺温和，他先声称协会任命楚瑞清为名誉会长，是肯定与感谢她在峨眉武术上的杰出成就，实际上楚瑞清本人并不参与协会的日常管理。至于徐、楚之争，王会长觉得是徐铁建学艺不精，不识庐山真面目，所以才闹出误会。

王会长没说假话，徐铁建确实造诣不深，不然老头子们都兴奋得嗷嗷叫，他却睁眼瞎般出言抹黑，这只能归咎于他没研究。

星星茶：“协会管理太松散啦，差点儿让我崽崽背负冤屈！！”

琪琪不说话："建议会长查一下徐铁建，这人没拿赃钱才怪，我可不信他这是无心之失。"

38472："杰出成就是指什么？别告诉我是因为她是明星。没想到堂堂协会还为戏子洗地，真是烂到家了。"

信阳真人："黄口小儿，信口雌黄！等你摸得三分武学奥义，老夫再跟你理论！@38472。"

小鸟："《峨眉武学奥义精编》的作者居然出面了，楚老师真是峨眉派的啊？@信阳真人。"

即使武术协会发出公告，仍有黑粉气得跳脚，在评论区继续抹黑楚瑞清，甚至质疑协会的公信力。这回黑粉们却捅破马蜂窝，人不该跟武者打架，更不该跟知识分子吵起来，最不该招惹的便是两者的结合体。

几个研究峨眉武术的老武夫纷纷出面，别看近几年他们出书做学者，早年都是练武的暴脾气，冲上去就对黑粉们进行嘲讽。文人间的战斗一开始就是几千字，老年人们索性挽起袖子做科普，以著书立说的态度为楚瑞清澄清，引经据典地分析楚瑞清的练剑动作，在线传承、发扬峨眉武术文化！

黑粉们哪见过这种阵仗，又不懂峨眉武术，现实里连论文都不一定能写规范。老年队却已经研究峨眉武术几十年，出版刊物都能堆满一桌，很快便将黑粉说得哑口无言。

别说黑粉们满脸震惊，就连楚瑞清的粉丝都被这澄清的架势吓到了。

楚老师的小迷妹："老师们太凶了，没文化的我不敢辟谣，以后我一定好好学习，争取有朝一日能有资格张嘴。"

小黑狗："卑微的毕业生在线求助，老师们可以帮我查一下论文格式吗？"

因为老年队都是协会的重要成员，峨眉武术协会很快也针对争议再发公告，表明了机构本身的立场。

峨眉武术协会："感谢大家的监督，协会的初衷是凝聚志同道合的峨眉武术爱好者，我们在管理上确实存在人员涣散、疏于沟通的问题。我们会尽快改正问题，加强管理，但协会在峨眉武术上的初心不容置疑，任命决策也是经过武者、学者们的多轮探讨后作出的，不存在任何弄虚作假的行为。"

峨眉武术协会言尽于此，算是直接将徐铁建的后路堵上了。

徐铁建确实在研究上不及王会长等人，他加黄V也只是觉得很酷，当初就没拒绝抹黑楚瑞清的要求，哪想到自己会遭遇王会长的反驳。他在现实中毫无影响力，但在网上有着黄V，便自觉高人一等，更别提这几天抹黑楚瑞清时，他体会到了一呼百应的感觉，仿佛每句话都拥有力量。

现在真相被揭露，王会长派人调查徐铁建，发现对方并不积极参与协会活动，却在网上抹黑协会的形象，最后做出将其开除出会的决定。毕竟徐铁建连真正的峨眉武术都看不出来，还待在协会里干什么呢？

另一边，《偶像新秀》的十六名选手频繁地出席各类宣传活动，为决赛预热，现场也少不了记者采访的环节。网上舆论闹得沸沸扬扬，记者当然也问起了当事人楚瑞清。

记者：“请问你是什么时候加入峨眉武术协会的？习武是你一直的爱好吗？”

楚瑞清面露疑惑之色，坦白道：“我从没加入过峨眉武术协会。”

她是峨眉派云岭阁弟子，确信自己没加入过任何协会，即使这个协会听上去跟峨眉沾边。

陈思佳听室友语出惊人，刚要出言制止，记者们已经蜂拥而上。记者追问道：“可峨眉武术协会宣称你是该协会的名誉会长。”

楚瑞清平静地说道：“可能是同名不同人吧。”

记者：你骗鬼，人家的官方微博现在都开始为你拉票了。

记者：“不可能，武术协会的官方微博公开宣称你……”

楚瑞清见对方如此坚持，好奇地问道：“既然你选择相信别人的话，为什么还要来问我呢？”

楚瑞清有时不太理解山下人的思维，她本就不善言辞，此时更感到无奈，只能心平气和地开口：“人只愿相信自己想信的，你已经选择相信它，我再说什么都没用。”

楚瑞清逐渐感受到世俗的麻烦，网上真真假假、虚虚实实，到处传着不真切的话，直让她觉得吵闹。她既没有外人说的那么好，也没有外人说的那么糟，但所有人都在自说自话，像是蜜蜂般嗡嗡直叫。

楚瑞清的逻辑简单分明，愿意信她的人，总归会信她，不愿信的人，她也不在乎。她从不苛求全世界的理解或认可，她的感情与努力只能投在有限的人身上。在她看来，用全力以赴的表演回报粉丝信件中溢出的无私之爱，才是现在最重要的事情。

不得不说，她活在自己稳定的世界里，很难被外界打扰。

记者望着楚瑞清诚恳的神色，一时无言。她的目光坚定，整个人看上去波澜不惊，仿佛胸中自有丘壑。

记者突然不再有追问的冲动，小声地补救："不，我相信你……"

楚瑞清认真地说道："谢谢你。"

楚瑞清是发自内心地在感谢，毕竟在如此嘈杂的世界，人光是选择相信，也快用尽勇气。

楚瑞清拒绝承认名誉会长之位，可谓出乎人意料，自然少不了被调侃。不少网友突然心疼起峨眉武术协会，毕竟官方微博每天努力给自家的名誉会长拉票，楚瑞清却根本不认它，真是闻者落泪，见者伤心。

天蓝甜："协会的任命不存在任何弄虚作假，唯一的问题是本人并没有同意。"

小草草："案件破了，楚老师确实没加入任何协会，因为她不愿入任何协会。"

VC银翘："协会——会长，等等我！楚瑞清——我不是，我没有，别瞎说。"

大烈菊："楚老师太坏了，残忍地抛弃了协会，我们协会还那么努力地给她拉票。"

银尖："自己选的名誉会长，硬着头皮也得宠下去。还不快先投一万票表现一下自己？"

第六章

剑舞长空　功得C位名
斩断尘缘　日出御剑行

《偶像新秀》大决赛前，十六名练习生迎来最繁忙的时段。她们不但被分为两组分别排练一首主题曲，还要频繁地参加各类宣传、商业活动。人气越高的选手要参加的活动越多，这毕竟是考验她们的商业价值的时候。

楚瑞清最近有了新绰号“会长”，刚刚进入练习室，便听夏枚笑嘻嘻地喊道：“会长，我们练什么？”

楚瑞清：“……”

陈思佳看向夏枚，调侃道：“会长倒是想带你练剑，问题是你也不会。”

楚瑞清所选的主题曲名叫*Crystal*（《水晶》），她担任center，组内都是陈思佳、夏枚、刘筱白、黑禾等老熟人，这一组则被观众戏称为“偶秀男团”组。

另一边，辛媛担任C位的*Hello，girl*（《女孩儿，你好》）小组则全是活泼可爱的成员，两首主题曲可谓曲风分明。

除了主题曲排练，决赛时每名选手还有自己的单独表演环节，可以表演舞蹈、歌唱或说唱，形式不加限定。其他人早早选定自己的部分，倒是夏枚极为犯难："我什么都一般般，应该表演什么？"

夏枚跳得可以，唱也还行，偏偏没有突出项，一时陷入困境。

刘筱白提议道："你可以在台上讲一段相声，一定清新脱俗。"

夏枚见对方打趣自己，不满地啧了一声，溜到楚瑞清身边："那我做逗哏，楚老师来捧，一定也会受欢迎！"

楚瑞清有点儿疑惑："怎么捧？把你举起来？"她想象了一下大猴举小猴的盛况，觉得夏枚的想法挺怪的。

夏枚："……"

楚瑞清看夏枚立在原地，索性伸手比画了一下。夏枚吓得赶紧逃跑，生怕被楚瑞清举起来。

刘筱白笑到打嗝："你们可以演《泰坦尼克号》……"

外界的粉丝大战如火如荼，*Crystal*小组在练习室内却其乐融融。无论出道与否，大家都要迎来在节目上的最后的表演，正式跟生活了几个月的地方告别，心态反而放平了。

楚瑞清坐在角落里准备要单独表演的舞蹈，回想起下山以来的日子和节目中的故事，竟有些想抒发的新感受，这是她在云岭阁内所不曾有的。山下的生活纷扰而嘈杂，但又沾满烟火气，让人充满新鲜感。

楚瑞清向黑禾学习了一些编舞技巧，第一回开始创作自己的舞蹈。

另一边，阚和正在试图加入楚瑞清的粉丝应援会，却接连被拒绝，百思不得其解。大师姐如今进行节目录制，阚和肯定没法跟对方联系，他本想在粉丝会里转一圈，没料到根本进不去。

虽然阚和对山下生活很了解，但粉丝圈显然不在他的常备知识里，毕竟他天天跟中老年老板们打交道，哪知道如何追星？

最终，身边的李总看不下去，询问道："大师投过票吗？或者参与过什么集资吗？我女儿说都要投票或集资证明的……"

现在的粉丝圈组织管理严格，为避免其他偶像的粉丝混入其中，基本上都要审核新成员的身份。

阚和笃定地说道："投了啊，我还上传了投票证明！"然而，楚瑞清的粉丝应援会并没有通过他的申请。

"那就奇怪了……"李总探头过来，想要出谋划策，看清页面后，不禁有点儿无奈，“您才投了一票？”

李总看着阚和理直气壮的模样，内心颇感无奈——别看有的人表面上是仙风道骨的大师，实际上却连视频网站的VIP（会员、重要人物）都不是。

即使阚和投过十票，都不一定能加入应援会，毕竟很多粉丝是上千上万地花钱，更别提那些出名的有钱粉丝了。

阚和听懂了李总的解释，颇感不可思议：“我跟她是同门，凭什么不加我？”

阚和还特意在申请时注明，表示自己是楚瑞清的师弟。前两次申请被拒，他并没收到拒绝理由，第三次申请时最可气，管理员居然还回复了。

拒绝理由：猴又不能上网，你怎么会是师弟？

阚和：原来在外界心中，大师姐的师弟只有二师兄。

阚和在山下耕耘多年，又通晓卜算风水之事，积累了不少人脉资源。毕竟越有钱的人越爱信这些，且他的本事货真价实，还真接触到许多权贵。

因为阚和不图钱财，又比较讲究，帮人平事也要看眼缘，并不是什么工作都做，所以深受圈内人的追捧。众人都上赶着捧他，想博得大师的好感，然后托他办事。他们发现阚和对《偶像新秀》上心，心里立马有了主意。

几个做实业的老板聚头，认真地商讨起来，其中便有李总。

“我觉得应该对症下药，还是要看大师关心什么……”肚大腰圆的煤老板摸了摸自己的肚子，开口道。

李总面露好奇之色：“大师关心什么？”

有人接茬道：“老李，你不是最清楚吗？前不久你刚办过的事……”

众人商议一圈，决定将钱花在刀刃上，从阚和的师姐入手。

李天剑正在认真地筹备决赛投票，清点完自己名下的资产，刚打算逐步脱手，却突然收到应援会管理员呱唧的消息。

呱唧：“大佬，你看一下最新的集资页面！”

呱唧：“天哪，好大一笔钱！”

李天剑有点儿疑惑，索性去查后台的账目。因为VIP用户可以在《偶像新秀》上投出十票，应援会自然要囤积账号，少不了资金的支撑。粉丝们会进行集资，帮助应援会更好地投票，剩余资金还可以用于楚瑞清的后续发展。

李天剑看到百万级的集资金额时也是一愣，还真不知道这钱从哪儿来的。然而，令人惊奇的情况并未结束，应援会又从各个渠道陆续收到百万级打款，而且都注明来自“阚大师”。

实业大老板们纷纷出手，打着阚和的名义投钱，想替阚大师聊表心意。

部分集资页面的金额会对外公布，此番离奇怪象也引发其他偶像的粉丝的震惊，他们纷纷感慨楚瑞清应援会的管理员可能为了投票卖房了。

二少爷满脸震惊：我不是，我没有，我还没来得及卖呢！

李天剑的资产加起来肯定远超这几笔集资，但他手中可流动的现金不多，大多是古董和不动产，变卖需要时间。

李天剑的手倒是挺快，及时开放集资页面，又办理新手续，才没让应援会账户由于非法集资被关。毕竟涉及资金巨大，陆续又有巨款打入，账户内竟积少成多，有了一笔十分可观的资金。

一个大老板投钱并不难，难得的是一群大老板争先恐后地投钱，还攀比似的竞争起来。他们的要求都很简单，就是注明集资人为“阚大师”，然后在决赛现场摆放阚大师送的花墙。

李天剑当然不会拒绝这么小的要求，毕竟峨眉武术协会都能摆放花墙，再摆个神秘的阚大师，也没什么大不了的。他看着集资金额，又盘算一番自己手中的现金，突然感觉他不用卖房，好像也能和他哥竞争一番。

决赛现场，《偶像新秀》搭建了有史以来最大的舞台，可容纳观众数也再创新高。舞台的主色调是粉紫色，在闪烁的灯光下宛如熠熠生辉的水晶宫殿。舞台一侧坐着陪伴练习生至今的导师们，另一侧则是上届节目的出道男团TENS。

场外四下无人处，范彤看着戴着黑色口罩、包得严实的李天剑，无奈地问道：“你不热吗？”虽然场内有空调制冷，但他未免穿得太多，更何况现在是在室外。

李天剑淡淡地说道：“我一会儿还要见人……”他还要去看一下师父的现场应援物，免不了要跟别的粉丝打照面，当然要全副武装。

过去李天剑由于身体不好没法出门，但现在他在小蜈蚣的帮助下身体好多了，当然要身体力行。他今日专门支开管家等人，就是不想引起别人的注意，毕竟他在网上声名远扬，难保不会有人找他对决。

范彤摇了摇头，只觉得峨眉派的师徒关系扑朔迷离，徒弟居然还要管投票、应援。

李天剑监督完应援，入场时正好赶上开场视频。场内光线暗下来，巨大的屏幕上投放出视频，全是练习生们几个月来的生活点滴，凝聚着她们的欢笑、努力与眼泪。决赛并不代表结束，十六名选手今日便要真正告别《偶像新秀》。她们宛如刚毕业的学生，即将踏入全新的世界，迎接更残酷的竞争。

视频末尾，所有人面对镜头，重新自我介绍，说出对未来的展望。

“我是练习生黑禾，未来想成为厉害的女rapper（说唱歌手）……”

“我是练习生夏枚，未来想成为主持人……”

“我是练习生陈思佳，未来想做一名歌手……”

“我是练习生辛媛，未来想成为出色的演员……”

“我是练习生楚瑞清，未来想成为真正的偶像。”

“什么是真正的偶像？”

这似乎是工作人员的画外音，显然他们对楚瑞清的回答有点儿不解。

画面中，楚瑞清望着镜头，平静地解释：“道之所在，虽千万人吾往矣。”

楚瑞清的话刚引起场上观众们的感慨，视频便戛然而止，大屏幕重回黑暗，片刻后旋转出《偶像新秀》的logo。

恢宏的舞台亮起，十六名练习生已经在台上聚齐，重新唱响最初的主题曲《钻石花》。熟悉的旋律再次奏响，引得台下敏感的粉丝快要流下眼泪，目不转睛地盯着表演的偶像们。

台上的少女们光鲜靓丽，面对挥舞着应援棒的观众们绽放微笑。

弹幕里同样热闹非凡，气氛竟变得和谐起来。

——不管最终结果如何，大家都要闪闪发光！

——我的人生哲理导师：楚瑞清。

——呜呜呜，楚老师想做真正的偶像，我明明不是她的粉丝，现在也疯狂地流泪。

——完全无法想象猴团被拆，我会伤心欲绝成啥样，求求她们都出道吧。

《钻石花》的表演结束，便是*Crystal*的表演，紧接着是舞蹈组练习生们的个人表演。黑禾最先登场，献上一段干净利落的地板舞，随着音乐的变化，楚瑞清同样在粉丝的尖叫声中上台。

两人在台上对视，随性自在地伸手击掌，悠闲地踱了几步，转瞬便随着节奏密集的鼓点，开始了动作有力的双人齐舞！

楚瑞清和黑禾前一秒还懒洋洋地击掌迈步，下一秒便神态一变，两人不但杀气四溢，还呈现了高度同步的精妙舞步，配合极度默契。她们在练习生中本就实力出众，不但献上了地板舞的高难度动作，舞蹈中竟还融合了猴拳，使得舞蹈夹杂着几分潇洒灵动感。

现场的气氛瞬间被她们的表演点燃，观众在台下声嘶力竭地尖叫。

——老黑违规啊，说好的个人表演，你往上带家属？

——两个大男人跳什么舞？我太迷惑了。

——这不是双人舞，这是分身之术。

——请她们立即加入隔壁师哥团TENS，别占今天的出道位。

——为什么剽窃二师弟的猴拳舞？我要举报了。

激烈的音乐渐弱，配乐中出现古琴和箫的声音，黑禾从侧边下场，将舞台留给楚瑞清，让她献上剑舞。楚瑞清单手持剑，其剑亮如长虹，是道具组老师专门制作的舞台用剑。她忆起山下的经历，不禁在练剑中悟得新知，在黑禾的帮忙下编得剑舞。

光影明暗间，楚瑞清游刃有余地运剑，起落翻转，自在挪步，尽是刚、柔、脆、快、巧！

她使出一招峨眉剑法“残虹一式定乾坤”，握剑时才算找回本心，长久以来的所思所想，依靠剑舞被尽情抒发出来！

过去，外行的观众们并不能看懂楚瑞清的剑法，但此刻他们无一例外地被剑舞所震撼。这是一场不需要专业知识就能看懂的视觉盛宴，即使他们读不透剑招背后的渊源，仍然能被剑舞缥缈的美感所打动。

——朝闻道，夕死可矣。

——峨眉剑法形似燕飞，落如风停，趋避须眼快，四两拨千斤，步法注重斜出。

十六名练习生依次单独表演完，便是*Hello*，*girl*小组的表演，只可惜前面的表演气氛太热烈，这组的甜蜜风格便显得有点儿寡然无味。好在观众们并不在乎这些，所有人都在紧张地等待名次公布。

《偶像新秀》的练习生们也陆续进入候选座位，正好坐在师哥团TENS的斜后侧。

决赛是现场直播，陈思佳看着时不时扫过来的镜头，又瞟了眼面无表情的楚瑞清，提醒道："你好歹表情好点儿，别进入贤者时间啊。"

陈思佳知道楚瑞清每次表演剑舞都会调动情绪，误以为对方还没缓过神来。

楚瑞清努力打起精神，认真地求教："我们要坐很长时间吗？"

她完成决赛的所有表演后，想到最讨厌的名次公布环节，总觉得又是漫长而无尽的等待。

陈思佳犹豫地说道："嗯，应该会比以前更长……毕竟决赛还要念广告。"

楚瑞清："……"

陈思佳望着楚瑞清缓缓变冷的神色，深切感受到了什么叫"表情逐渐麻木"。

楚老师：莫理我，又要加班。

陈思佳：你快醒醒，这是决赛啊！！

果不其然，台上的路霖没有马上公布名次，而是开始念冗长无味的广告，且又发起新一轮现场催票。练习生们本来紧张地坐在座位上，由于等待的时间过长，紧张的情绪也逐渐消失，坐姿变得僵硬起来。

夏枚扭了扭身子，偷偷地说道："我好饿啊，不会在排名公布前就饿死了吧……"

夏枚最近节食得厉害，但如今是决赛现场，陈思佳也只能悄声提醒："忍一忍。"

刘筱白望向旁边："隔壁有小零食。"

师哥团TENS面前的小圆桌上摆放着散装零食和饮料，只可惜练习生们面前空空荡荡的，连果腹的东西都没有。

楚瑞清坐在最外侧，正好跟TENS的程檀相隔一臂之遥。她本来安静地坐着，突然看到出现在眼前的零食盘，不禁疑惑地扭头看向送食物的人。

楚瑞清："……"

程檀跟她对视，有点儿不好意思地指指夏枚，吞吞吐吐地说道："你儿子……要饿死了……"

楚瑞清："什么？"

夏枚："什么？"

夏枚：这是什么奇怪的师哥，怎么还替别人乱认爹？

程檀此言一出，四人皆诧异地望着他，像是颇感不可思议。他有点儿尴尬，又露出一丝腼腆的笑容，解释道："我是你们家族的粉丝，欢乐一家猴……"

四人望着特意比画了一个爱心的程檀："……"

"欢乐一家猴"是粉丝们对宿舍四人的戏称，他们认为登上过那张经典的表情包的楚瑞清等人像是小家族，楚瑞清是爸爸，陈思佳是妈妈，刘筱白是大女儿，夏枚是小儿子。因为"欢乐一家人"是微信里经典的家族群名，她们便被称为"欢乐一家猴"。

楚瑞清沉默片刻，静静地向座位下探手，像是要寻找什么。

陈思佳见状，连忙压低声音阻拦："大哥，不行的！别拔剑，这是师哥！"

毫无危机感的程檀没听到陈思佳的话，仍满脸疑惑，微微歪着头看向楚瑞清。

因为《偶像新秀》的决赛开创了新模式，允许VIP用户在网上自选机位观看，候选区的小故事便也没逃过粉丝们的火眼金睛。

——程檀的粉丝跪谢大师姐不杀之恩！他不会说话，别见怪！

——峨眉的猴有那么好投喂吗？程檀不看景区告示就瞎喂，也不怕被大猴打。

——"你儿子要饿死了……"哈哈哈！他好像在指责不负责任

的家长。

——说女孩儿是猴，此等师哥可以拖出去斩了，本粉丝举双手同意。

漫长的广告环节结束，路霖终于开始公布最终名次，首先是第十名林小媛。随着名字的宣布，候选区的练习生们陆续上台，进行出道致辞。

第九名胡茗，第八名黑禾，第七名陈珞，第六名刘筱白，第五名何小晶，第四名夏枚，第三名陈思佳……

候选区内的人越来越少，只剩楚瑞清和辛媛孤零零地坐在前排。楚瑞清仍旧是往日平静的状态，辛媛则将背挺直，等待着最终时刻。

台下，李天剑望着大屏幕上师父的脸，同样屏住呼吸，静待第一名的产生。粉丝们都相当焦虑，两家的票数一直咬得很紧，不到最后一刻，谁都不知道会发生什么。

路霖望向镜头，斟酌许久，将众人的胃口吊足，终于慢条斯理地宣布："第二名，辛媛，她的票数是……"

话音刚落，舞台下的粉丝们便犹如炸开的浪花，或欢呼，或唏嘘。他们嘈杂的喊声彻底宣告最终之战的结束，既然第二名已经产生，第一名便不用言说！

辛媛听到结果，眼神稍显失落，但她很快便调节好心态，坚强地起身致辞。

她尽量镇定地站起，望着前排楚瑞清不动如山的背影，突然又控制不住地觉得，或许这样也挺好。

观众区一片欢腾，李天剑听到结果，刚要随其他人一起放肆欢呼，突然感觉身侧有人挤来。因为他的位置是站立区，所以他并没有马上警觉，直到有人在暗处用力，他才察觉一丝不对。

李天剑发现有人拽自己，不禁皱着眉扭过头。他还没看清来人，便被对方捂住口鼻，紧接着失去了意识。

"二少爷，得罪了。"

李天剑彻底昏迷前，不由得感到后悔，早知道自己不该托大，应该跟师父学成后再独自外出。

舞台上亮如白昼，衬得观众区越发昏暗，混乱中没人注意到小小的骚动，大家全都沉浸在结果发布的兴奋之中。范彤不会参与粉丝活动，所以待在坐区。她入场时便跟李天剑分道扬镳，并没有发现对方被人劫走。

《偶像新秀》决赛正式结束，范彤在后台看到了楚瑞清和陈思佳，两人各自捧着奖杯。众人寒暄过后，范彤便将手机递给楚瑞清，远在峨眉山的小贝特意致电，祝贺大师姐获得比赛第一名。

小贝贺喜完，又委婉地替阚和转达怨念："大师姐，三师兄一直想和你联系，他还说进不了你的粉丝应援会……"

楚瑞清在节目录制中不能随意联系亲属，阚和找不到当事人，只能委屈地向小贝告状，希望师妹能伸张正义。

楚瑞清从小贝处得知阚和的号码，诚实地答道："但我也不知道如何加入应援会……"

楚瑞清都不爱上网，更不可能混进应援会窥视粉丝们的生活，还真帮不了阚和。

范彤闻言，在旁边悄悄插嘴："你徒弟不是管这事吗？他刚刚还去看现场应援了。"

楚瑞清并没有料到李天剑会亲临现场，范彤现在提起，众人才发现二少爷音信全无。一行人在外寻找一圈，范彤也有点儿茫然，疑惑地说道："他知道停车位置，按道理应该会来。"

李天剑是坐范彤的车过来的，楚瑞清获得第一，他没道理缺席庆功宴。

楚瑞清沉默地听着电话里的嘟嘟声，电话那头无人应答，实在有点儿可疑。如果放在平时，别说是楚瑞清的电话，就算是楚瑞清的消息，李天剑都绝对是立马回复的。

陈思佳："难道是手机没电？"

楚瑞清想了想，深感山下的设备不太靠谱，又回归原始的找人方式，拨通了另一个号码。电话中传来嘟嘟声，楚瑞清并未等来应答，反倒听到被挂断的声音。

她一时无言，脸色微冷，执着地再次拨号。

屋内，阚和懒洋洋地躺在榻上，正横着手机打游戏，眼见屏幕上弹出陌生号码来电，立马不耐烦地再次挂断，同时抱怨道："怎么一天到晚泄露我的号码！”

阚和满腹牢骚，他早告诉李总等人不许乱传号码，却仍有人不开眼地到处散播。然而陌生号码相当固执，一而再、再而三地打扰阚和玩游戏。他终于不堪忍受，打算接通电话后大骂一通，却听到熟悉到令他发慌的声音。

楚瑞清听到电话接通，淡淡地问道：“你在哪儿？”

阚和找小贝要到楚瑞清的号码后，忘记将其存入，所以没有来电显示。他听到大师姐的声音，差点儿从榻上跌落，下意识地屁股一凉，立即讨好道：“大师姐，祝贺您获得……”

楚瑞清懒得应付他，还在挂念徒弟失踪的事，面无表情地说道：“你陪我出去一趟，我在公司门口等你。”

楚瑞清弄不明白山下的电子导航，但她有专用的“指南针”，兼具定位、找人、寻物等多种功能。她在公司取完倚天剑，然后再带上阚和，应该算是万无一失了。

挂断电话后，阚和一边仓皇地穿鞋，一边抱怨：“真是伴君如伴虎，我要是在峨眉，难道还坐飞机来见她？”

阚和庆幸自己没回峨眉，不然他挂了楚瑞清的电话，加上爽约，还不得被打烂屁股？他望着游戏中的明世隐，不顾队友们的叫骂与威胁，果断挂机下线。

阚和心想：开玩笑，自己要去辅助真正的高人，现在哪里顾得上打游戏呢？

毕竟游戏里没法杀队友，现实里可不一样，他迟到都有可能会被打屁股。

帝都某地。

李天剑在混沌中恢复意识，却感觉腿脚还有点儿用不上力。不一会儿，他看清了屋内豪华的陈设和沙发上保养得当的优雅贵妇，不禁愣了愣，眉毛微皱：“原来是你，我还以为是李恒翘……”

妆容精致的祁红霜正在喝茶，朝虚弱的李天剑举杯示意，笑道：“二少爷，好久不见，要喝茶吗？”

祁红霜曾是闻名娱乐圈的美人，在当年有着响当当的名气，却在事业鼎盛时嫁入李家。李天剑并没有经历过她闻名遐迩的时代，但仍能从对方脸上窥到她年轻时的风韵，只可惜此人外表与内在成反比。

“大晚上喝什么茶？你也不怕睡不着。”李天剑毫不客气，环顾四周，试图寻找房间的出口，冷声道，“劝你赶紧把我送回去，要是耽误了我的事情，你死一千遍都不足惜。”

李天剑想起晚上的庆功宴，不由得心情烦躁，明明是开心的好日子，他却被李家的魑魅魍魉挡住步伐。他动了动手腕，感觉身体还软绵绵的，显然药效未过。

“二少爷真是暴躁，你我好歹算母子一场吧？”祁红霜微微挑眉，故意说道，“即使是后妈，那可也是妈。”

“你可拉倒吧，深夜跟继子独处一室，能是什么正经后妈？”李天剑牙尖嘴利，冷笑着说道，“你该庆幸自己过气得早，不然少不了被三流媒体报道，还连累我下水。”

李天剑向来嘴巴坏，一番话成功将祁红霜刺得面色发青。祁红霜脸色稍缓，放下手中的茶杯，漫不经心地俯身靠近李天剑，妩媚妖娆地笑道：“反正你爸现在病危昏迷，我也用不着装正经……”

祁红霜伸出手指，似有若无地触碰李天剑的脸庞，接着便慢悠悠地讽刺道：“只可惜二少爷是个病秧子，恐怕想不正经都难呢。”

李天剑讽刺她不顾名节、水性杨花，她就嘲笑他羸弱无能、手无缚鸡之力。知情人都清楚李家二少爷常年卧病在床，估计命不久矣，连踏出房门都难。

李天剑被对方浓烈的香水味熏得直皱眉头，他向来脾气差，面对这样的挑衅，直接飞起一脚，将毫无防备的祁红霜踹翻在地！

李天剑毫无愧疚感地站起，懒洋洋地说道：“真抱歉，我最近都没生病……”他觉得祁红霜真蠢，要是自己身体差，还能出门被她抓到？

祁红霜没想到对方突然动脚，疼得倒吸一口凉气，狼狈地摔倒在地，咬牙切齿地说道：“李天剑，你居然打女人？知不知道怜香惜玉？”

祁红霜一向深受异性追捧，还没见过这种男人。她就算跟李恒翘吵得天翻地覆，对方也不会直接上脚。

“老巫婆，打你就打你，还要选日子吗？”李天剑说完，便懒得理她，直接往门口跑。

祁红霜挣扎着起身，喊道："拦住他！"

门外的壮汉保镖们进门，面无表情地拦住想要逃走的李天剑，将出口严严实实地挡住。李天剑见状啧了一声，心中相当不满，觉得晚上的庆功宴会迟到。

祁红霜不怒反笑："二少爷这么急着走，都不关心一下父亲的情况？"

李天剑转过身来，冷哼道："我老爹既好色又蠢，牡丹花下死，不正好求仁得仁？"

李天剑确实不知道父亲病危昏迷，应该是有人刻意压下消息，害怕传出去对家族企业的影响不好。不过他本来就对李家毫无感情，现在更像是听到陌生人的新闻。

祁红霜："果然跟传闻一样，二少爷没心没肺……"

李天剑听闻父亲病危，便猜到祁红霜找上门的原因，不耐烦地说道："我可没心情陪你们演豪门伦理剧，你和李恒翘争遗产，别耽误我的时间！"

李天剑只想辱骂李家一万遍。他就想做个普通的峨眉弟子，跟师父学点儿真本事，为什么会那么难？

祁红霜拍拍手，示意保镖捆住李天剑，笑道："二少爷，这话还是等大少爷来了再说吧。"

初梦传媒内，楚瑞清换去舞台装扮，从剑盒中取出倚天剑，跟范彤打了个招呼。范彤听闻她的想法，面露诧异之色："你难道不去庆功宴？而且明早有出道活动……"

《偶像新秀》结束，十名练习生出道成团，明天的活动会公布女团的名字。这不是普通的商演或站台，每名选手都不能缺席。现在时值深夜，楚瑞清却坚持外出，显然不太理智。

范彤提议道："我和其他人回场内找，他可能只是手机没电了。"

楚瑞清笃定地摇了摇头，她的直觉向来很准。她郑重地说道："他是我的徒弟，我得对他负责。"

如果峨眉弟子出事，本门的长辈坐视不理，让山下人出手，那才是滑天下之大稽。猴群里的小猴被人偷走，行窃者必会遭到整个猴群的报复。

范彤看楚瑞清坚持，又知道她向来固执有主意，只得让步道：“那你早去早回，明天的活动得按时到。”

楚瑞清持剑出门，看到公司门口有台张扬至极的跑车。阚和从车上下来，立刻嘘寒问暖：“大师姐，最近如何？我可没有迟到……”

楚瑞清打断他滔滔不绝的叙旧，言简意赅地问道：“位置呢？”

“在这里。”阚和马上掏出字条，又不免好奇道，“不过李天剑是谁？”

阚和的卜算都需要一些基本信息，李天剑一听就是男人的名字，还真不符合大师姐查人的风格。

“我徒弟。”楚瑞清说完，便展开字条看位置。

阚和闻言，相当震惊：“师姐什么时候收徒的？”他定睛一看，才发现陪伴在楚瑞清身边的并非纸剑，而是寒气四溢的倚天剑。

“居然真找回来了……”阚和望着倚天剑感慨。楚瑞清成功收剑，便代表有正式收徒的能力。

楚瑞清瞟了他一眼，冷冷地问道：“不然呢？”她总感觉阚和好像在质疑自己的能力。

“厉害，实在厉害，不愧是大师姐！”阚和凭借强大的求生欲，连忙称赞起来，接着岔开话题，又道，“我马上开车送您去目的地！”

楚瑞清：“开车过去要多久？”

阚和低头看导航：“路况顺利的话，大概两个小时……”

楚瑞清皱了皱眉，淡淡地说道：“太慢了。”这要真有事，人都快没了。

阚和本在低头看手机，突闻旁边的倚天剑发出嗡鸣，心中涌起不祥的预感。他仰头一看，果然见楚瑞清御剑悬空，打算启程。她踩在剑上，剑离地一米多，似乎马上就要飞天。

阚和慌张地看看四周，发现附近没人，这才惊叫道：“大师姐，不行的！这里是帝都，你要搞死我吗？”

过去云岭阁内有异常，阚和还能在当地糊弄过去，但帝都可不一样。他偶尔帮人卜算，都会引起那些人的不满。大师姐更离谱，居然直接御剑？

事急从权，楚瑞清无暇顾及师弟的不满，直接冲向云霄。阚和气得原地跳脚。他开车肯定追不上楚瑞清，最后左思右想半天，鬼鬼祟祟地从车里掏出把纸剑，咬了咬牙，还是跟上去了！

夜色浓厚，大多数人在梦乡里安眠，漆黑的夜幕中却掠过一条淡淡的光影。楚瑞清首次驾驭倚天剑，只觉得真剑比纸剑要快不少。她微微蹙眉，起身加速，让身后拼命追赶的阚和在心中疯狂地咒骂起来。

阚和：我专门开跑车来接你，你却跟我在天上飞？

郊区别墅内，祁红霜正静候李恒翘的到来。双方最近为遗产分割掐得不可开交，祁红霜听闻李天剑出门，想起大少爷对其弟弟的关心，立马派人抓住撞进手里的鱼饵。她并没有想到，另一行人比李恒翘来得更快，而且杀伤力更强。

楚瑞清和阚和从顶层破窗而入，楚瑞清环顾一圈，面无表情地问道：“人呢？”

阚和拍拍身上的碎渣，满脸都是无可奈何：“应该在楼下，大户人家有几层楼很正常……”

屋内的保镖们听到响声，上楼查看异状。阚和看着众多壮汉气势汹汹地拥进来，下意识地往楚瑞清身后缩了缩，叹道：“绑师侄的人不简单哪。”

阚和是惜命之人，在卜算上颇有造诣，但武功不及大师姐和二师兄，也就是半桶水。他最讨厌习武，当年要不是被楚瑞清所逼，连御剑都学不会。

楚瑞清默不作声，没有拔剑，空手便将保镖们挑翻在地。混乱的倒地声后，楚瑞清镇定从容地下楼，阚和望着地上横七竖八的炮灰们，啧啧地摇了摇头。

这绝对是击垮祁红霜世界观的一天。她本来正安稳地坐着喝茶，只觉凉风扫面，下一秒紧闭的大门便四分五裂，轰然炸开！

祁红霜满脸震惊地望着破门而入的两人，一个是神情冷漠的持剑少女，另一个是扎着小辫的文雅青年。

祁红霜慌乱地喊道：“什么人？”

沙发尽头，被绑的李天剑却眼睛一亮，更快地叫出声来：“师父！”

楚瑞清见徒弟安然无恙，这才脸色稍暖。她指尖微动，绑住李天剑的绳索便骤然断开。楚瑞清看了看屋里的情况，对阚和吩咐道：“你带他先出去。”

李天剑趁祁红霜还未有反应，摆脱束缚便向两人跑来。他先看了看陌生的长辫青年，又听到师父的话，不由得面露疑惑之色：“为什么？”

“你先跟三师叔到外面。”楚瑞清看向李天剑，语气难得温和，安抚道，“接下来的场面不适合小孩儿看。”

李天剑：“……”他明明已经成年，师父怎么还把他当小孩儿？

阚和蹲在地上看手机，低头道：“稍等一下，我先查一查在山下帮人埋尸是什么罪，要被判几年……”

楚瑞清有点儿意外：“现在还要埋？”

阚和喊道：“当然！早就不是战争时期了！”如今是和平年代，可不流行舞刀弄枪。

李天剑：这对话的信息量有点儿大，什么战争时期？

李天剑一直觉得师父正直、高尚，但他万万没想到，本门居然还有如此血腥的一面。这也没有办法，楚瑞清等人寿命长，自然经历过战乱年代。他们不会罔顾人命，但人在要保护自己和重要的人的情况下，难免有要狠心的时刻。

楚瑞清以前生气时最多拔剑挑战，但祁红霜胆敢绑架峨眉晚辈，这属于大罪，犯下了门中禁忌，无异于当着猴王的面偷小猴。在楚瑞清和阚和看来，此人已经没有资格活下来了，麻烦的是后面该如何收场。阚和抓耳挠腮，开始琢磨如何完美地处理这件事，又半天没想到好办法。

阚和思来想去，快要抓破头，最后为难地说道：“师姐，不然你就坐牢吧，反正我们寿命长……”他动用人脉关系，给楚瑞清争取无期徒刑，应该没有问题。

楚瑞清：“……”

李天剑当即愤愤地说道：“凭什么师父要坐牢？”

阚和安抚道：“别气，别气，以后三师叔照顾你……”

楚瑞清缓缓拔剑，冷冷地说道：“既然总要坐牢，打死一个或两个，差别也不大……”

阚和闻言脖子一凉，望着锋利的倚天剑，露出僵硬的笑，赶忙大声地保证：“稍等一下，我肯定能想出符合山下人的价值观的方法！”

阚和：我作为峨眉派的“山下通”，一定要保全自己的尊严（性命）！

祁红霜还没见过如此胆大包天的暴徒，他们居然聚在一起，当着她的面，肆无忌惮地讨论如何毁尸灭迹。祁红霜环顾四周，气急败坏地喊道：“人呢？还不抓住他们！”

保镖们早就被楚瑞清撂倒，此时没人再往上冲。阚和本来正苦思冥想，听到祁红霜叽叽喳喳的声音，不由得烦躁地抱头：“闭嘴，我刚才想的又忘了！”

他好不容易想出点儿苗头，却被祁红霜的大吼扰乱了思绪，那点儿想法全都忘在了脑后！

祁红霜从未见过如此厚颜无耻之徒，妄图埋尸还如此理直气壮。

祁红霜刚要骂骂咧咧，阚和便干脆地捡起地上的绳索，将她捆住，还封住了她的口，打算稍后再发落。同门三人围聚在一起，开始探讨如何解决此事，神情相当严肃。

阚和怕麻烦，提议道：“我们还是借刀杀人，不然肯定坐牢……”

楚瑞清不太赞同地皱眉，说起门内过去的案例，淡淡地说道：“小贝当初被劫走，师父可不是这么做的。”

师父那时手段干脆利落，楚瑞清不太喜欢阚和绕弯子的做法。

阚和义正词严地反驳：“师姐不能老照国外的做法来，总是遵循先例。这套在我国不适用，我们应该具体问题具体分析！”

小贝被劫都是很多年前的事情了，案例早就没有参考价值了。

楚瑞清面无表情地拔剑：“你想怎么分析？”

阚和：“……”

阚和遭遇无声威胁，满腹说辞瞬间被吞回肚中。他假装无事地看向李天剑，一脚把皮球踢了过去：“师侄觉得呢？”

李天剑：我能怎么觉得？我又不学法。

李天剑沉默片刻，开口道：“我觉得三师叔说得有道理……”

阚和见对方赞同，忙道：“对吧对吧！”

李天剑：“但我无条件支持师父的决定。”

阚和：师姐是从哪儿收了个马屁精？

三人争执间，李恒翘也急匆匆地赶到，绕过被打晕的保镖们，慌张地带人闯进门，叫道："天剑，你在哪儿……"

同门三人齐刷刷地扭头看过来，楚瑞清和阚和脸上浮现出"这又是谁"的疑惑。

李恒翘望着房内被捆的祁红霜，又看了看旁边泰然自若的三人，没有再喊。屋内犹如被狂风扫过，只有三人所立之处安然无恙。

气氛一度凝滞起来，李天剑率先打破沉默，不确定地问道："你是来……营救祁红霜的？"

李天剑暗自感慨，师父和三师叔已经为祁红霜的去留争得不可开交，现在又加入李恒翘，事件越发复杂了。

李恒翘像是走错片场的演员，一时晕头转向。他本以为自己赶的是豪门伦理剧的场，进屋却发现是武侠悬疑剧。李恒翘左看看祁红霜，右望望楚瑞清，不知道哪个算主要矛盾，最后硬着头皮问道："天剑，你没事吧？"

阚和好奇地问道："师侄的家人？"

李天剑嘀咕："血缘上的兄长……"

李恒翘逐渐冷静下来，望向楚瑞清，直接说道："感谢你出手相助，但我绝不会同意拜师之事。"

今天的事实在出人意料，李恒翘看到屋内残局，发现楚瑞清似乎真有几分本事，但他绝不可能让弟弟拜师上山。李天剑离开京西别墅没几步，便被其他人抓住，要是进入深山，岂不是更危险？

楚瑞清平静地说道："没人需要你的同意。"

她都不认识李恒翘，自然忽视对方的自说自话。

李恒翘："……"

楚瑞清冷漠的神情像是在说"nobody cares（没人在乎）"，噎得大少爷说不出话来。

阚和看热闹不嫌事大，幸灾乐祸地说道："说起来，师侄还没斩断尘缘？"

李天剑微微愣了愣。他早听师父说过此事，但还真不知道是以何种形式断，总不能是将李恒翘斩成两半吧？

李恒翘听到此话，脸上有了怒意。他看向李天剑，怒斥道："胡闹！难道你真要跟几个江湖骗子走？"

李天剑还没来得及还嘴，只见倚天剑悬浮起来，在半空中发出嗡鸣，直直地朝李恒翘飞去！

李天剑心中一紧，下意识地喊道："师父！"

李恒翘看着袭来的古剑，只觉得旋风扑面，片刻后发丝飘落，贴在他的脸侧。他摸了摸脸庞，看着手中被切断的发丝，不禁不寒而栗。

倚天剑威慑完，便飞回楚瑞清身边，稳稳地立住，犹如控制自如的回旋镖。

李天剑微松一口气，看戏的阙和则长吁短叹，嫉妒地说道："我哪年才能练出此等御剑能力……"

"没人需要你的同意，因为这是你无法理解的世界。"楚瑞清收回剑，望着满脸震惊的李恒翘，慢条斯理地说道，"你站在门外，没资格阻拦他踏入门里。"

楚瑞清当然不是闲得无聊，故意断绝徒弟的亲人关系，而是现实中有无根骨实在有天差地别，双方未来对世界的认知都会不一样。即使刚开始双方有情感联系，也抵不过沧海桑田、时过境迁。

李恒翘望着古剑，颤声道："这不可能……"

他既惊又惧，下意识地退后一步，难以置信地看着眼前的景象。

楚瑞清："你现在都会害怕，还能接受以后的他吗？"

即使现在不害怕，几十年后李天剑容颜不改，李恒翘却垂垂老矣，那时李恒翘又会怎么想？

阙和望着李恒翘的神情，不满地啧了一声，嘀咕道："真是熟悉又让人不舒服的场景……"

明明跟自己无关，阙和却回忆起好早以前的事情，似乎也和现在的情景十分相似。

李天剑看着这一幕，突然低声道："师父，能让我自己斩断尘缘吗？"

阙和摆了摆手："哎呀，大人说话小孩儿别插嘴……"

楚瑞清沉默片刻，将握剑的手放下，问道："你想怎么做？"

李天剑垂眸："我想跟他单独谈一谈。"

阙和在旁边煽风点火："师姐，你绝对不能惯小孩儿的臭毛病……"

楚瑞清对阙和的话置若罔闻，痛快地点头："好，我们在外面等你。"

阚和看着反常的楚瑞清，难以置信地说道："你以前可不是这么教育我的！"

阚和极不服气，在心里骂骂咧咧，最后还是乖乖地跟着楚瑞清出去了。李恒翘见状，挥了挥手，身后的人也识相地离开，将房间留给兄弟二人。

李恒翘按下性子，尽量平和地说道："你想谈什么？"

李天剑耸了耸肩，坦然地说道："我们打个商量，不然你就当我死了吧。"

李恒翘怒道："这是什么话，简直一派胡言……"

李天剑神情镇定："不是胡言，反正那天晚上你也想杀我，就当得手了呗。"

李恒翘下意识地握紧拳，嘴唇颤了颤："什么……"

李天剑眨了眨眼，卸下往日的尖酸刻薄，心平气和地说道："我三岁生日的时候，在天台，还记得吗？"

"对不起，我那时并没有睡着，你是想把我推下去吧？"李天剑的身体逐渐变好，他再回忆起糟糕的往事，心态竟也发生了变化。没有人从开始就会对自己的家人死心，失望总是在缓慢地积累，直至发生质变。

这是一个狗血又烂俗的故事，变心的父亲和神经质的母亲感情破裂，而先天不足的小儿子让家人的关系更为紧张，直接刺激到母亲的情绪。母亲性情大变，变得暴躁易怒，病情不断加重。年幼的大儿子却将过错归咎到病弱的弟弟身上，产生杀心，差点儿酿成大祸。

天台上，吹着夜风的小儿子曾半梦半醒地睁开眼，窥探到兄长布满杀意的脸庞，最后选择佯装不知地闭眼。外人眼中对自己疼爱有加的兄长尚且如此，这个家里的其他人又会是一副什么样的嘴脸？

"你早就知道……"李恒翘脸色惨白，"为什么不说？"

李天剑笑了笑，说出的话既像嘲讽，又似坦白，轻松地调侃道："我过去身体那么差，不是怕病重时被你拔管子吗？"

他以前宛如被囚的金丝雀，除了阴阳怪气、大发脾气，根本没有其他抗争办法。

他离开李家会死，他想死，李家又不让，仿佛深陷永无尽头的牢狱。

李恒翘看着悠然的李天剑，仿佛在看陌生人。他只知道弟弟满腹怨气，却从未料到对方如此能忍。李天剑竟用乖戾暴躁来当作保护色，将秘密深藏心底。

李恒翘慌张地辩驳："不是的，我那时……"

"只是鬼迷心窍？而且也没真动手？"李天剑早已摸透对方的心态，流畅地接上他哥的话，"你已经感到愧疚，所以想要补偿？"

杀心一念起，也能一念灭，李天剑并不想对此较真。他面对李恒翘，坦诚地说道："你对我好，让我觉得自己就像母亲留下的作品，只配待在陈列柜里。"

李恒翘疯狂地搜集母亲的遗作，而他的爱只让李天剑感到窒息。李天剑觉得自己就像是毫无感情的遗作之一，不配有独立自我的情绪。

李天剑自嘲地想，恐怕他天生就该拜入师父门下，不劳师父动手，周围的人早帮他斩断尘缘，让他像个孤儿一样活着。

双方从未有过如此直接的交流，如果李天剑没有遇到楚瑞清，或许会病死，或许会苟活，但肯定不会戳破遮住真相的窗户纸。

李恒翘望着对方冷漠的眼神，突然明白对方心意已决。他不禁皱眉，试图做最后的挣扎："你就那么信楚瑞清？"

李天剑果断地说道："师父是全世界最好的人。"

李恒翘听到对方说话的口吻就来气，愤怒地说道："她不过对你略施小惠……"

李天剑一字一顿地说道："不是对我好的好，而是她真的很好。"

李天剑必须承认，他刚开始拜师有着明显的企图心，一是出于武侠迷的狂热，二是出于病急乱投医的无奈。然而随着时间的流逝，他对师父的了解加深了，发现师父真是当世罕见的好人，有着超脱常人的风骨。

她身上几乎没有沾染贪、嗔、痴、恨、恶、欲，纯粹得不似凡人。

李天剑一直深陷泥淖，最渴望的就是找一片干净的地方。他刚开始只是想学剑，但现在更想成为像师父一样的人。

门外，楚瑞清和阚和还在等待，阚和唠叨道："师侄不会被他哥撕成碎片吧？现在山下人有枪有炮，可是很厉害的！"

楚瑞清瞟了他一眼，询问道："我发现你下山后话变多了，这是入乡随俗？"

阚和："……"

阚和腹诽：明明是在山上话太少，自己都快憋出病了！

李天剑终于出来了，像是了却了一桩大事，步伐都轻松不少，一溜烟地朝着楚瑞清跑来："师父！"

楚瑞清看着活蹦乱跳的李天剑，应道："回去吧。"

阚和诧异地问道："师姐都不问聊了什么吗？"

楚瑞清直接御剑，让李天剑率先上去，引得徒弟受宠若惊。李天剑小心翼翼地站上去，努力保持平衡，兴奋又紧张地问道："可以吗？"

李天剑迷恋御剑之术很久，真没想到师父会带他飞。

楚瑞清："可以。"徒弟还不会御剑，只能搭"顺风剑"。

阚和："那我呢……"

楚瑞清似乎有点儿无奈，淡淡地扫了阚和一眼。阚和有种错觉，他从她的眼神中读出了"你算哪根葱"的意味。

阚和：严厉抵制此等教育方式，简直令人发指！

三人御剑升空，李天剑还不太适应，有点儿惶恐地蹲在剑上。他不顾形象，颤巍巍地拽着楚瑞清的衣角。古剑仍是从顶层窗户出去，李恒翘却追了上来，望着空中的三人，咬牙喊道："你们真以为能断掉？"

楚瑞清看都没看窗边的人，直接带着李天剑离开，倒是阚和反唇相讥："哎哟，小老弟，还敢威胁人呢？信不信我告你家偷税漏税，端掉你们的老巢？"

李恒翘一时语塞。

阚和面对大师姐时很胆小，却不怕纸老虎李恒翘，毕竟他天天跟权贵打交道，应付山下人的小手段别提有多溜。阚和轻嗤一声，同样乘着纸剑飞去，追赶倚天剑。

天际逐渐升起的太阳将天空染上淡淡的金红，楚瑞清镇定地御剑飞行，离开了郊区的别墅。

蹲在剑上的李天剑一览朝阳中苏醒的万物，竟有一种重获自由的畅快感。他将长久以来萦绕心头的阴影甩在身后，吸入的每一口空气都像饱含生命的甘甜，有种超脱之感。

从今天起，他就可以自由自在地生活，摆脱做人偶的日子了！

然而李天剑很快就发现，他好像不是感到超脱，而是有点儿玩脱了。

李天剑说道："师父，我好像有点儿晕剑……"

楚瑞清："……"

李天剑："我想吐……"

楚瑞清："……"

李天剑在剑上晕头转向，觉得师父要是在开车，很可能会因超速被扣分。

因为突发情况，楚瑞清不得已迫降在某大楼顶层，让徒弟休息片刻。李天剑晕晕乎乎，双脚落地后，才长舒一口气，拥有重回人间的真实感。

楚瑞清见他面色惨白，关切地问道："很难受？"

李天剑努力摇了摇头，却完全没法让人信服，毕竟他现在连话都说不出来。楚瑞清回忆一番，她没御剑带过人，只记得阚和刚学时是以龟速飞行的，而且都不敢上高空。

楚瑞清思及小徒弟身体不好，出言提议："不然下去打车吧。"

然而帝都的早高峰给了两人一记响亮的耳光，电子导航上周围的线路全是深红色，交通极度拥堵。天还没全亮，繁忙的人们便已经开始赶路，奔赴各自讨生活的地方。

李天剑摆了摆手，不想给师父添麻烦，坚持着说道："师父，我歇一会儿就好。"

楚瑞清见徒弟不肯打车，也不勉强，索性站在旁边，等他调整过来。李天剑低头深呼吸，耳边的黑发搭在脸侧，半长不短地垂着。楚瑞清看了看，突然上前一步，伸手挑起一缕徒弟的头发。

李天剑望着她突如其来的举动，有点儿讶异："师父……"

楚瑞清问道："你的头发是故意这样的吗？"

李天剑的头发微长，跟不少有阴郁气质的明星给人的感觉相似，但在楚瑞清看来，此种发型让人稍感不爽。

李天剑面露疑惑之色："不是。"虽然他不太在乎这些，但以前他的发型有专人在管，按道理不会出问题。

楚瑞清不想打击小徒弟，但还是坦白道："看着不太精神。"也不太聪明的样子，她在心里想道。

李天剑遭遇师父嫌弃，差点儿心碎欲裂。

李天剑迟疑片刻，伸手将头发往后一压，露出被挡住的额头，试探地问道："现在呢？"

楚瑞清立即满意地点头："好很多。"

李天剑："……"

李天剑：网友们的猜测居然是对的，师父对发型的好感和额头露出的面积成正比！

在楚瑞清眼里，发型不讲究好坏、新潮与否，关键是看着精不精神，她的审美和老年人很靠近。如果换个人给出此等评价，李天剑一定立即反驳，然而此话出自师父，他的心情便很是复杂。

二少爷犹豫地想：不然自己试着……换发型？剃光头？

两人稍作调整，便重新御剑升空。楚瑞清将李天剑放在初梦传媒门口，又看到不远处乘着纸剑的阚和，这才有空取出手机。她诧异地发现手机上显示着无数未接来电，索性给范彤打回去。

范彤立马接通了电话，随即焦灼地问道："你在哪里？怎么不接电话？"

楚瑞清爱清静，向来将手机设成静音模式，老实地说道："公司门口。"

"你怎么还在公司门口？我让其他人送你过去！"范彤闻言略感慌乱，又很快镇定下来，"我和思佳在路上，还以为你会直接过去。"

楚瑞清彻夜未归，又不接电话，让范彤也拿不定主意，索性先催着陈思佳出发。虽然距离活动时间还早，但妆发、服装都需要提前准备，加上其间可能有不确定因素，她们不可能卡着点儿走。

楚瑞清知道活动地点，提议道："不用找人送，我自己过去。"

范彤想了想，又道："也是，我们现在都堵在路上，你坐地铁可能更快……让人陪着你，免得遇到粉丝！"

楚瑞清当然没让人陪，而是直接选择更加简单快捷的办法——御剑前往活动地点，这能遇到粉丝才有鬼。因为陈思佳曾说倚天剑是管制刀具，楚瑞清还专程换成了纸剑，将古剑放回房间里。

楚瑞清带好东西，望着面前的李天剑，略感愧疚地说道："我可能得先去其他地方……”

楚瑞清有点儿自责，总觉得自己当师父很不像话，没事就将徒弟直接丢在一边，远不如自己的师父负责。

李天剑赶忙说道：“师父，你快去忙吧！今天是出道活动！”他作为粉丝，对偶像的行程很了解，自然知道活动的重要性。

楚瑞清看向旁边的人，吩咐道：“阚和，你把他送回家。”

阚和假模假样地作揖：“是。”

楚瑞清将事情安排完，便直接御剑赶路，奔赴活动地点。虽然陈思佳说过倚天剑是管制刀具，但她还忘记告诉楚瑞清一件事，那就是帝都六环内全面禁飞，无人机都不能升空，更何况是御剑飞行。

没过多久，阚和便接到电话。他看清来电人，懒洋洋地说道：“又怎么啦？我最近可没给人算卦。”

“阚和，你胆子真是越来越大，居然在禁飞区御剑！这要是在重要会议期间，你能被空军击毙！”电话里的男人相当严厉，毫不客气地说道，“别告诉我下山那么多年，你连禁飞令都不知道。”

阚和：“……”

阚和陪大师姐御剑飞了一晚上，才后知后觉地想起此事，明明刚开始他还记得阻止！

阚和咬牙说道：“但御剑的人又不光是我，凭什么找我麻烦？”

“我不了解你们门派里的组织构架，但你既然是跟我们对接的负责人，当然会追究到你头上！”

阚和挂断电话，成功荣升背锅侠，不由得满肚子火。他不经意地一瞟，看到旁边神情坦然的李天剑，突然说道：“你跟我走一趟！”

李天剑微微皱眉，提出异议：“师父说直接回去。”

虽然阚和肯定没坏心，但李天剑只跟师父比较熟悉，对门里其他人还抱着警惕心。

阚和趾高气扬地说道：“小屁孩，现在大师姐不在，你可少来这套！我们去给她收拾烂摊子，你作为她的徒弟，这不是理所应当的吗？”

“我告诉你，过去是她还没收徒，我暂时代为处理，以后这些破事都该你来做！”

李天剑看着阚和神气活现的样子，总觉得自己的三师叔莫名很像山下人，有种师父没有的市侩圆滑。如今师父不在身边，李天剑又没正式拜师，便先行退让，不跟阚和正面冲撞，沉默地坐上车。

二少爷暗自记仇：这三师叔居然还有两副面孔，当着师父一套，背着师父一套。

楚瑞清对门内的“欺凌事件”还一无所知，加快了御剑的速度，竟比范彤等人还先抵达。她甚至比大部分成员早，只有夏枚快她一步。

化妆室内，夏枚见楚瑞清进来，兴高采烈地跟她打招呼。两人寒暄一通，便坐在镜子前让化妆师上妆。夏枚百无聊赖地翻着微博，突然问道：“楚老师，你是坐火箭来的？”

楚瑞清：“……”

楚瑞清：“不是。”她明明是御剑过来的，火箭又是什么东西？

夏枚看着热搜，面色古怪地说道：“热搜上说你坐火箭上班……”

她不可思议地感慨：“太可笑了，现在的营销号都没脑子吧？”

楚瑞清：“……”

人在河边走，哪有不湿鞋。楚瑞清过去御剑没被发现，不过是赶上雾霾或夜色，所以无人注意。她今天挑了个天气极好的日子，当然会被瞧见。

网上有人陆续放出图片，有的图片的分辨率很低，只能勉强看到小点；有的图片的分辨率还好，能看清人影和剑的轮廓，但看不到具体细节。相关视频同样在各大平台上流出，记录了楚瑞清在空中御剑的轨迹。

——这不就是无人机？有什么大惊小怪的。

——你家的无人机那么大？而且帝都是全面禁飞的。

——看上去像有人踩在火箭上。

终于，有匿名网友放出高清大图，他自称是摄影爱好者，没事就爱架着机器拍摄，无意中却捕捉到令人震惊的一幕。画面中，金黄的朝阳下，楚瑞清镇定地稳立纸剑之上，神色淡漠，长发飞扬，颇有遗世独立之风。

匿名摄影师甚至宣称，这是他本年度的最佳摄影作品，值得珍藏！

64578：“这不是楚老师吗？图片修得真好看。”

羊羊汤：“这绝对是真实的图片！我今天上班也看到了，还说到底是个啥！”

秋秋：“《偶像新秀》为女团造势也不用搞这么烂的营销吧，‘楚瑞清坐火箭上班’是什么奇怪的话题？运营公司如此没文化，我为女孩儿们的未来担忧啊。”

樱桃大丸子：“这个热搜好尴尬，今天应该让女团出道的消息上热搜，这是啥玩意儿？媒体打算抓着楚老师不放了？”

细细：“公司的公关团队实在不靠谱，难道想借此证明楚老师峨眉弟子的身份吗？”

红叶佳佳：“求求节目和公司有点儿良心吧，别再吸楚瑞清的血了，这种消息都敢放！”

地劝：“这条热搜告诉我们，即使你以第一位出道，又能坐火箭，照样得上班。”

社畜日常：“风里雨里，公司等你，别总找迟到的理由，你看看隔壁楚瑞清。”

评论区有人据理力争，试图证明图片的真实性，拍胸脯保证，他们发的图片都是原图，未经过处理。然而，粉丝们愤慨或调侃的评论很快便将高地占领，完全挤走了目击者们，硬生生地将这个新闻打为假消息。

夏枚看着手机，说道：“咦，热搜降了……”

按道理，楚瑞清是节目的话题中心，热搜能挂好几天。现在热度突然降下来，夏枚自然感到诧异，楚老师不可能这么没话题度啊……

楚瑞清心里却松了口气，想起峨眉山里不许御剑，估计这里也有相关规定。

帝都某单位内，工作人员望着电脑屏幕，开始汇报情况：“梁局，热搜下面的评论区已经被控制，现在可以着手降热搜和删帖了。”

梁局冷静地说道：“很好，以后要再有类似的情况，你们就模仿粉丝的口气，将矛盾引到经纪公司上，或者发些插科打诨的评论。”

总之，他们就是要让群众相信，这都是假消息，世上不存在御剑飞天！

工作人员老实地应道：“好的，梁局。”

工作人员：我们实在为工作付出太多，人不在粉丝圈，却要学会粉丝们说话的语气。

梁局看了眼手机，他一会儿还要去回收摄影师手里的照片，不禁皱眉道：“阙和什么时候来交罚款？”

工作人员为难地答道：“不然我打电话催一下阙老师？”

梁局摆手：“算了，就是我女儿叫着要楚瑞清的签名，也不知他们什么关系。”

梁局是闹不明白现在的新晋偶像，然而他女儿热情高涨，天天将楚瑞清的名字挂在嘴边。梁局指导工作人员时，甚至借鉴了自己女儿平时说话的语气。

工作人员：梁局怎么还替女追星？

楚瑞清御剑上班的热搜被人为降低了热度，缓缓退出大众的视线，相关目击者的帖子也被神不知鬼不觉地删掉了，场面总算是控制住了。

化妆室内，陈思佳看到率先抵达的楚瑞清，这才长舒一口气。她一边排队等化妆，一边偷偷嘀咕道：“你昨晚去哪儿了？我打电话给你也不接。”

楚瑞清昨晚火急火燎地离开，陈思佳本以为她好歹会回来过夜，没想到却音信全无。楚瑞清坦白道：“去的地方有点儿远，回公司就天亮了。”

陈思佳惊讶地问道：“你一夜没睡？”

陈思佳万分震惊，她们昨天决赛忙碌了一天，室友还不睡觉，这不是朝着猝死狂奔吗？她哪里知道，楚瑞清还去郊区别墅会了会祁红霜和李恒翘。

楚瑞清平静地点头，显然没将这当回事。

陈思佳仔细打量了室友一番，见她确实不露疲色，感慨道：“你可真是靠一口仙气吊着，终于进化到不用睡觉了……”

陈思佳本以为楚瑞清是靠光合作用活下来的植物，现在楚瑞清却好像发展成了永动机。

夏枚化完妆，凑过来好奇地问道：“你们猜团名是什么？”

片刻后，十人出道团便要拥有正式团名，陈思佳干脆地说道：“我猜是水晶少女。”

毕竟她们在出道夜表演的曲目是*Crystal*和*Hello，girl*，按照运营公司贫瘠的想象力，肯定是借此拼凑出团名。

夏枚立即吐槽：“这有点儿土……”

陈思佳有条有理地分析："你看看《钻石花》，土才是正道！难道还能叫'欢乐一家猴'？"

夏枚："……"

说欢乐猴，欢乐猴就到，工作人员突然过来叫人："楚瑞清、陈思佳、夏枚，还有刘筱白，麻烦过来一下！"

四人被莫名召集，脸上都浮现一丝疑惑之色。她们老实地坐在沙发上，等待工作人员说明面谈的缘由。

对方见人坐齐，开口道："是这样的，我们即将打造一档团体综艺，其中想设置旅行环节。因为你们四人曾约定去峨眉看猴，我们就想以此做几期，看看你们愿不愿意……"

负责女团经纪合约的公司是靠节目制作起家，当然会用综艺来吸引粉丝。《偶像新秀》结束，粉丝们只会频频怀念过去的时光，而四人在宿舍的约定无疑是个亮点。

"团体综艺里既有十人一同参加的部分，也有你们分开活动的几集，其他人会去别的地方旅游，去峨眉看猴算是团体综艺的提案之一。"

夏枚和刘筱白互相看看，不知该说什么。陈思佳看向楚瑞清，迟疑地问道："我们可能无所谓，但是楚老师方便吗？"

毕竟四人当初说好私下去楚瑞清门里玩，现在却要带上录制组，很可能叨扰到师兄弟们。楚瑞清是偶像，但门里人都是普通人，可能不愿被曝光。

工作人员征求楚瑞清的意见，询问道："楚老师觉得呢？人也不会带太多，毕竟是在山上。"

楚瑞清想了想，点头道："应该可以，不过我要跟他们商量一下。"

门里只有小贝是常住在山上的人员，其他人都喜欢在外游玩。她上回跟小贝说起过旅游的事情，小贝非常高兴，很欢迎陈思佳等人过去。楚瑞清目前不确定李天剑喜不喜欢待在山上，要是徒弟还是习惯在山下，那就让阚和帮忙盯着，确保他的安全，给这个小猴一点儿过渡的时间。

工作人员闻言，不禁放松下来，允诺道："我们会小心拍摄，尽量不打扰你家里人。"

楚瑞清平静地说道："没关系，你们打不过。"即使人都爱往外跑，但架不住门里猴多，战斗力也很强。

工作人员：总觉得听上去哪里不对……

如此，团体综艺的事情便被初步敲定，楚瑞清和工作人员打好招呼，她要先回家商量一下，再决定正式录制的时间。女团昨天才成立，今天正式拥有名字，录制团体综艺的事情当然不算太着急，可以往后推一推。

片刻后，少女们化妆换装完毕，终于集结在一起，在媒体面前亮相。发布会现场，闪光灯频频亮起，楚瑞清站在队伍中心，旁边紧贴着辛媛，其他人依次站在两侧。

大屏幕上的回顾视频播放完毕，最终团名也被曝光。陈思佳成为预言家，团名竟真是“水晶少女”，延续了节目组土里土气的风格。运营公司不但公开了水晶少女的团体综艺《闪光时刻》，还公开了其他时尚资源。

现场记者踊跃提问，其中有不少粉丝关心的问题，比如楚瑞清的新表演。

记者：“粉丝们对*Killer*的表演和决赛时的剑舞记忆犹新，请问你最近还有新的表演计划吗？”

楚瑞清业务能力强，一直靠歌舞吸引粉丝，她的表演无疑是许多粉丝最关注的问题。

楚瑞清诚实地答道：“没有。”

记者不禁十分诧异：“为什么？”他听到此答案，只想马上发一条消息，写楚瑞清忘本，打算放弃舞台。

楚瑞清坦白道：“我问过，但《偶像新秀》的导演说国内没有打歌节目，让我死了这条心。”

记者恍然大悟，迟疑地说道：“理解……”

——哈哈哈哈，大师姐真是敢说实话，但以后除演唱会外，国内真没其他表演机会吧。好可惜，我还挺期待别的表演的。

——即使《偶像新秀》结束了，楚老师和导演的互坑之旅却并未结束。

——有的导演嘴上骂骂咧咧，私下却偷偷给人投票。微博都有记录呢！

——导演出来挨打，居然说这话打击楚老师，还不赶紧做个打歌节目！

粉丝们调侃归调侃，但都有点儿无奈。毕竟楚瑞清没有撒谎，国内的打歌节目不景气，难有再让她发挥的空间。水晶少女保持热度的方法也是参加综艺，跟师哥团TENS走的是一条路。

少女偶像们的出道并不意味着胜利，反倒是艰难旅途的起点，她们脱离了纯粹的竞争环境，要跟更为复杂的外界搏斗。

另一边，拉风至极的跑车驶入帝都市区，在路上频频引人注目。阚和瞟了一眼副驾驶座上的李天剑，埋怨道："新车的副驾驶座居然被你小子坐了，我也真是惨！"

李天剑冷静地指出："我可以坐后面。"

阚和愤怒地喊道："难道你还想让我做你的司机？"

李天剑无语，在他家里，如此聒噪的司机一定会被开掉。

李天剑即将展开新生活，其实很想跟峨眉派的师叔们好好相处，所以刻意收敛了脾气，但总觉得自己与阚和不太对付。两人皆出身豪门，在性格上略有相似点，却又互相看不对眼。阚和觉得李天剑平平无奇，李天剑认为阚和过于世俗。

二少爷：幸好自己没拜错师，要是拜入三师叔名下，还不如当年被李恒翘推下楼。

跑车最终停在某不起眼的大楼外，李天剑看着灰扑扑的高楼，心底有些疑惑，但还是默默地跟上阚和。楼内的景象更加平凡，装修风格相当古板，办公人员在走廊里穿梭，这像是某事业单位的工作地点。

阚和带着李天剑绕来绕去，最后推开某间办公室的木质门，不耐烦地说道："说吧，这回要罚多少钱？"

梁局本来正坐在椅子上喝茶，看见门外的两人后不由得坐直了，皱眉道："你怎么连门都不敲？"

阚和挑眉道："难道你上班在做见不得人的事？"

梁局懒得理阚和，将办公桌的抽屉拉开，把资料袋甩在桌上："行，那我们这回就统一清算一下……"

梁局拆开资料袋，取出其中的照片，按时间顺序进行排列，说道："我们调查发现，你们违规飞行多次，并且严重违反协议。这是楚瑞清几个月前的御剑画面，这是她在公众场合隔空劈栏杆，这是你们昨晚御剑飞行，这是她今早御剑飞行……”

“另外，你们涉嫌非法闯入民宅，伤害普通民众，这是某别墅内的监控画面。”梁局说完，吹了吹杯中的热枸杞水，悠然地说道，“阚和，你跟楚瑞清商量一下，看看谁来坐牢吧。你们这回涉及伤害普通民众，我可保不了你。”

阚和：“……”

阚和诧异地问道：“哪里来那么多罪名？而且凭什么要我坐牢？”

梁局镇定地答道：“你是峨眉派的担保人，理应敦促门内弟子遵守法律法规。如今出现问题，当然会追究到你身上。”

阚和气不打一处来，来回踱了几步，突然发现旁听的李天剑，果断地将其推出来，冷血无情地说道：“这是楚瑞清的徒弟，干脆让他替师坐牢吧。”

李天剑：“……”这是什么垃圾三师叔，这笔账他记下了。

李天剑哪有如此好糊弄，当即不悦地皱眉，反问道：“既然多次违规，为什么贵单位不事先提醒，而是现在才说出来？”

梁局慢条斯理地说道：“我们收集资料需要时间，楚瑞清造成的不良影响……”

李天剑振振有词道：“这完全是贵单位的工作疏忽！”

“楚瑞清作为正能量的青年偶像，一直努力引导、鼓励粉丝参加公益活动，向社会传递温度，从未造成不良影响。如果您再进行不当发言，我们会授权相关律师，追究法律责任！”李天剑义正词严，只差拉出应援会参与的公益活动清单，然后甩出律师函。

梁局看对方道理一套又一套的，对这种语气莫名感到熟悉——这怎么那么像他那毫无理智的追星的女儿？

不但梁局有点儿发蒙，连阚和都当场愣住，阚和茫然地抓抓脑袋，像是被此话唬住。

梁局面露迟疑之色：“但楚瑞清非法闯入民宅……”

李天剑睁着眼睛说瞎话，果断地说道：“哦，那是我家，师父在跟我家里人闹着玩。”

梁局完全不信此等鬼话，质疑道：“这有什么好玩的！”

李天剑泰然自若地说道：“有钱人的快乐你想象不到。”

梁局：“……”

李天剑可谓吵遍天下无敌手，很快便将梁局说得哑口无言，还信誓旦旦地说要找上级领导，质疑梁局是否按规章制度走。阚和在山下世界玩得转，归根到底是靠算卦，但一遇到梁局等不吃这一套的人，就难以施力，远不如李天剑会应付。

梁局见李天剑要把事情闹大，终于选择让步，想要息事宁人，说道：“既然擅闯民宅是个误会，那我们重新清算一下……违法飞行可是证据确凿，你们没法狡辩吧？”

三人确实御剑飞天，李天剑不能否认。阚和对此经验老到，叹气道：“你要罚多少钱？”

梁局报了个数字，阚和震惊地喊道：“你怎么不去抢？”

梁局慢悠悠地说道：“不仅如此，为保帝都上空安全，你们在京期间都要将古剑寄存在此处，离京时才能领走，包括纸剑。”

阚和咬牙道：“这又是什么规矩？我看你是故意整人吧？”

梁局：“当然是新规矩！每回你们闹出事，我们便要耗费巨资来进行公关，还要担上天大的责任，你说这是谁整谁？”

梁局相当不爽，峨眉派的人御剑飞天，让他和手下人紧急加班，快要在电脑前累倒了。他当然不会真送楚瑞清或阚和坐牢，但总要警示对方，让他们记住教训。

梁局：你们考虑过想要悠闲地上班的人的感受吗？不，你们只在乎自己！

李天剑眼看阚和和梁局又要起争执，便主动打破僵局，询问道：“刷卡可以吗？”

梁局立刻收回怒火，从抽屉里掏出POS机，一秒变脸，温和地说道：“当然！”

阚和见李天剑痛快地交罚款，说道：“你可真是有钱烧得慌啊……”

阚和哪里不知梁局的套路，此人肯定是想给自己所在的单位创收，否则不可能开出如此离谱的罚款金额。阚和平时靠卜卦吸金，对方是故意要宰一刀。

梁局看到交费单子，摇了摇头，调侃道："阚和，你瞧瞧你，还让小辈交钱，真是不像话，明明算命都不交税……"

李天剑见梁局脸色和缓下来了，客气地问道："您贵姓？"

梁局低头将单子收回抽屉，随口说道："免贵姓梁。"

李天剑看了眼时间，礼貌地邀约："现在快中午了，梁局有空一起吃顿饭吗？"

梁局收完罚金，已经将李天剑刚才咄咄逼人的样子忘在脑后。他望向阚和，感慨道："哎哟，你们门里是终于来了一个明事理的？"

阚和见李天剑如此热情，暗骂对方是个马屁精，但还是同意共进午餐的提议。三人在旁边就近找了家普通的饭店，阚和看李天剑在桌上周全地招呼梁局，心中更是不屑。

席间，李天剑短暂地离开，向柜台前的服务员咨询："哪些酒水比较贵？"

服务员上前热情地推销，李天剑最终挑了一瓶貌不惊人的高档酒，让人悄悄端上桌。他做完这一切，又默默地坐回座位，等酒上桌后，偷偷地用手机拍了张照。梁局正拉着阚和说卜卦的事情，并没有注意到异常。

饭桌是拉近人与人之间的距离的好地方，李天剑找准机会，心平气和地说道："梁局，师父和三师叔也是一时疏忽，他们已经认识到错误，这回还是不要收剑吧。"

李天剑心知，楚瑞清天天都要练剑，要是纸剑和倚天剑都被收走，师父未免太可怜，肯定会很不习惯。

阚和嘟囔道："你可别求他，他就是个认死理的人……"梁局要是如此好收买，他早就用钱将其砸垮。

梁局笑呵呵地夹菜，嘴上却毫不退让："人怎么会如此容易疏忽？不管原因是什么，犯错就要受罚。"

李天剑再次问道："即使本人无心这么做？"

梁局点头，一口咬死道："对，不管有心无心，留下照片便是证据，不然我们还怎么进行工作呢？"

李天剑皱眉道："人非圣贤，孰能无过？就连梁局都会犯错，何必如此苛责……”

梁局皱眉问道：“我能犯什么错？”

李天剑掏出手机，展示刚才拍摄的照片，酒瓶旁正是谈笑风生的梁局。他眨了眨眼，慢条斯理地说道：“如今中央狠抓‘四风’，严查领导干部大吃大喝，禁止工作餐上出现高档酒水，梁局公然违反规定，实在是不应该……”

梁局定睛一看，气极反笑，只差拍案而起，说道：“好小子，你可真是蔫儿坏！我什么时候喝酒啦？”

李天剑重复对方的原话，镇定地说道：“不管有心无心，留下照片便是证据，不然我们还怎么监督‘四风’建设呢？”

梁局面对反将一军的李天剑，又气又笑，试图挣扎：“我花钱买下来，喝自己的酒还不行吗？”

“好歹是第一次请梁局吃饭，我已经买完单。”李天剑乖巧地说道，“人就是如此容易疏忽，大家互相包容一下。”

梁局：“……”这哪里是峨眉派弟子，怕不是魔教教徒？

既然阚和说过去没有收剑的事情，李天剑便笃信寄存古剑是梁局的主意，对方只是怕师父等人闯祸。他当然知道梁局故意宰人，所以痛快地交上巨额罚款，就是想避免被收剑。人总不能把事做绝，毕竟以后他们免不了要跟梁局打交道，钱能解决的问题都不是问题。

巨额罚款是梁局所在单位的业绩，又不是被他个人贪污，李天剑就当给国家捐款，倒也无所谓。虽然他在家阴郁暴躁，但不意味着他不通人情，相反他识人很准，只是过去不愿搭理别人而已。现在事关师父，他当然各种手段都要用上。

梁局是有理说不清，不管他是否喝了酒，照片已经存在，加上李天剑刚打完巨款，自己真是怎么看都可疑。

梁局没想到会着道，勉强让步：“好，这回收剑的事就算了，但没有下次……”

“还有照片不许传出去，否则我就发律师函！”梁局非常珍惜自己的羽毛，事关他清廉的名声，所以说话时他的神色极为严肃。

李天剑见状，立马伸手发誓，保证道：“当然。”

梁局暗自嘀咕：“以后我是不敢跟人乱吃饭了……”这回也怪他自己，

对李天剑没有防备，差点儿被抓住小辫子。

“对了，还有一件事情！”

李天剑看刚刚答应的梁局突然变了脸色，便说道：“您说。”

梁局：“你们谁有楚瑞清的签名？我女儿想要。”

李天剑：“……”

阚和吐槽道：“谁会有这种东西，又不是变态……”

话音刚落，阚和便见变态李天剑从钱包中抽出签名照，伸手递给梁局。梁局相当满意，忘了刚才的不快，连连感谢两句，打算带回去送女儿。

阚和面色古怪：“为什么你会有这种东西？”

李天剑瞟了对方一眼，说道：“这是粉丝投票的奖励，三师叔难道不给师父投票吗，居然不知道？”

阚和作为仅投了一票的亲友，一时不好回话：“……”

投票量排前三的粉丝都有签名照作为奖励，这是节目组当初刺激粉丝投票的手段之一。李天剑可是投票量很大的粉丝，手中当然有签名照。他想到以后还能有师父的签名纸剑，便觉得这种签名照也不算太珍贵。

大楼外，李天剑和阚和送走梁局，总算保住手中的古剑。阚和讶异地上下打量李天剑，说道：“小屁孩，可以啊！居然如此阴险，真不像师姐的徒弟。”

李天剑淡淡地扫了他一眼，又看看不远处坐车来接人的管家，坦白道：“三师叔，有件事我一直想跟你说。”

阚和：“……”

李天剑看向风格夸张的跑车，评价道：“你选车的品位真是烂透了。”

阚和：“……”

李天剑说完，便头也不回地走向自家的车，不顾阚和在原地气得跳脚。

阚和见李天剑坐上车，反唇相讥道：“我也有件事一直想跟你说……”

“你的名字真是土爆了！”

车内，管家看着外面气急败坏的阚和，好奇地问道：“二少爷，这是您的朋友？”

名字惨遭嘲讽的李天剑：“……”

二少爷：等我学剑有成，第一个就要向三师叔挑战！

第七章

世传邀请　一剑扬武艺
徒弟试炼　倚天屠龙记

水晶少女正式出道，楚瑞清和陈思佳的活动就要听从团队安排，由握有女团合约的公司统一管理。

发布会刚结束，楚瑞清便接到工作人员的新要求，拿到微博账号。工作人员开口道：“这是公司帮你开通的微博，今天是正式出道的日子，你可以发一条……”

后台里，夏枚听到此话，兴致勃勃地凑上来：“楚老师终于有微博了，快跟我互相关注！”

《偶像新秀》录制期间，楚瑞清一直没有微博，这是相当神奇的事情。范彤曾经提起过，但楚瑞清连手机都不太看，又进入节目组进行封闭训练，此事便不了了之。

公司提供的微博号已经完成认证，名字前还挂着团体名，叫“水晶少女-楚瑞清”。账号有黄V认证，尽管内容一片空白，但粉丝量已经在滚动上涨。楚瑞清在陈思佳的指导下登录，好奇地问道：“这是用来做什么的？”

楚瑞清经常看到其他成员看微博，对页面不算太陌生，但亲自上手是头一回。

陈思佳耐心地讲解道："你可以在上面分享自己的生活，宣传自己的代言和参加的活动，偶尔还能在上面看到新资讯和视频……"

陈思佳帮楚瑞清关注完水晶少女的成员和路霖等导师，又简单地教她发微博、传图、点赞等功能，便去编辑自己的微博。水晶少女正式拥有团名，所有人都要在微博上发布第一条出道微博。

楚瑞清对微博还不熟悉，虚心求教道："我应该发什么？"

陈思佳："以后你要以水晶少女成员的身份活动，可以先跟大家打个招呼……"

楚瑞清若有所思，点了点头，发送了第一条微博。

水晶少女-楚瑞清："你好。"

虽然楚瑞清的微博刚开通，但等她发微博的粉丝可不少，毕竟大家都知道偶像们今天必然会发微博。楚瑞清的微博一发出，评论区立马堆积起回复。

楚老师今天笑了吗："崽崽，你吓妈妈一跳！"

榛果拿铁："Hello（你好）。"

草莓丁："你好。我喜欢。"

陈思佳看到楚瑞清的微博，感到相当无奈，吐槽道："你为什么发这个？"

楚瑞清："打招呼。"

陈思佳："……"

陈思佳义正词严地道："少女偶像的微博不能是这样的！快重新编辑。你好歹发些表情，显得可爱点儿！"

楚瑞清面露犹豫："嗯……"

陈思佳强调道："表情的数量要多，也不能只发一个，不然太简练！"

楚瑞清："……"

片刻后，楚瑞清的第一条微博被回炉重造，经过编辑重新发出。

水晶少女-楚瑞清："你们好。"

除了新增了"们"字以外，这条微博还新增了三个微笑的表情。

小日天："恭喜老年玩家楚瑞清习得'编辑微博'的技能。"

跳跳："楚老师，陈老师没教你别用这个表情吗？难道是因为在台上跳舞笑不出来，所以微博上发那么多微笑来弥补？"

醒醒呀别睡：“我脑中已经有大师姐面无表情地学习怎么用微博，而陈老师在旁边骂骂咧咧的画面了。”

人间夏花：“粉丝卑微地跪下，除了我爸妈和楚老师，其他人敢对我用这表情，我把他的头打爆……”

寰亚：“她就算用了，你也打不过她呀。”

果不其然，陈思佳看到三个刺眼的微笑表情，真快骂骂咧咧起来了。她深吸一口气，终于破罐破摔：“你把手机给我，我给你发一条！”

陈思佳每天都在担心室友会因太冷淡而被人说。

楚瑞清老实地交出手机，默默地看陈思佳打字。陈思佳写的微博中规中矩，无非感慨出道是新起点，同时感谢粉丝的支持，可谓标准的女团偶像发的微博。

陈思佳编辑完，递给楚瑞清浏览，询问道：“你有想改动的地方吗？或者哪里觉得不好？”

“没有，都挺好。”楚瑞清认真地说道，“以后不能都让你发吗？”

陈思佳吐槽道：“休想，我又不是公司里帮你运营微博的工作人员……”

陈思佳检查完微博，用楚瑞清的账号发出，总算完成了公司今天的要求。然而，代笔微博的事很快便被人看穿，更加证实了楚瑞清的老年人属性。

小树：“专业偶像写手，长期代写微博，替友上班，有意者联系@水晶少女-陈思佳。”

柠檬精：“楚瑞清，我们打个商量，你要实在不想说话，以后就发自拍吧，找人帮写作业可不是好孩子。”

透明喵：“这条微博绝对是陈老师代笔，大师姐要能写出十个字算我输，而且陈老师发微博用空格，大师姐都用标点符号。”

水晶少女-楚瑞清回复：“十个字。”

透明喵：“我被翻牌了？”

水晶少女的成员们参加完发布会，便按顺序上车离场，奔赴下一个地点。楚瑞清坐在车上，好奇地看起微博，观察着这款每天都在吞噬陈思佳时间的神秘软件。

陈思佳坐在楚瑞清身边，同样在看微博，很快就发现许多奇怪的消息。

最美中国被水晶少女-楚瑞清赞过："两千年湖光月色尽收眼底"。

玉阳日报被水晶少女-楚瑞清赞过："以武会友，以爱传承，经久不衰的峨眉武术"。

悦读世界被水晶少女-楚瑞清赞过："对抗惰性——任何让你成长的行为，都不会让你太舒服"。

陈思佳："大哥，你在做什么？"

楚瑞清："看文章。"

陈思佳："你看归看，为什么要点赞？"

楚瑞清的点赞内容跟长辈们爱看的东西简直如出一辙，差点儿让陈思佳误以为自己加上了亲妈的微博，她生怕下一秒被楚瑞清点赞的文章标题里就有"震惊"或"不转不是中国人"。

楚瑞清有点儿疑惑，平静地说道："你说看到好内容可以点赞。"

陈思佳望着点赞狂魔，吐槽道："但你看到的好内容未免太多……"而且有的内容哪里很好？明明挺普通。

楚瑞清闻言，让步道："好吧，那我以后少赞一些。"

"对……"陈思佳想了想，突然反应过来，"不对，你快把刚才的赞取消！"

楚瑞清："为什么？"

陈思佳："你是少女偶像，不能赞这些中老年人爱看的内容！"

楚瑞清："……"

楚瑞清觉得，陈思佳有时候比范彤还要严格，非常注意自己的偶像形象管理。陈思佳看了一眼微博，果然看到粉丝们在评论区调侃，显然楚瑞清的疯狂点赞引起了大家的注意。

陈思佳亲自筛选一番，将楚瑞清对一些不合时宜的内容的赞取消了，最后就剩下峨眉武术，比较符合楚瑞清的形象。她长叹一声，语重心长地解释："你要是真想赞，我给你开个小号，但这是你的大号，本质上是用来工作的……"

楚瑞清听完科普，终于明白微博的作用，这原来算是她的工作区域之一，所以不能随便发东西。楚瑞清思及此，顿时对此款软件失去兴趣，产生了抵触情绪。

汽车缓缓地停稳，女团成员们逐一下车，望着眼前的别墅发出惊叹。夏枚兴奋地抬头仰望，感慨道："这简直是偶像剧里的房子……"

水晶少女成团后，十名成员便要住在一起，宿舍内遍布摄像头，她们的生活日常会被剪入团体综艺节目。实际上，今天的发布会之前，摄像师们便已经上岗，连后台里成员们的闲聊都被记录下来了。

屋内窗明几净，有着宽敞的活动空间，厨房里摆着崭新的厨具，地下甚至有练舞教室。楚瑞清和陈思佳决定继续做室友，挑了采光不错的一间房，打算抽空将行李搬过来。

大家一窝蜂地划分完房间，便被工作人员依次叫到一边谈话，商议后续的活动事宜。虽然十人是共同出道，但她们人气悬殊，前三名成员的资源早就找来，名次较低者则无人问津。

粉丝们同样很关注偶像的商业资源，毕竟真正的娱乐圈更加残酷，如何长久地维持人气，甚至继续走红，是摆在每名成员面前的难题。

新娱传媒已经想塞辛媛进入剧组做女配角，主唱陈思佳也陆续接到演唱电视剧主题曲的邀约，倒是第一名的楚瑞清路线还不清晰——楚瑞清在舞蹈上的表现力极强，但目前有高质量舞蹈的节目很少。

"你是不久后要请假回家？"经纪人看了眼时间表，向楚瑞清确认情况。

楚瑞清点头："是，要回峨眉山一趟。"她要带徒弟回山试炼，然后跟小贝商量一下团体综艺的事情。

"可以，那拍完广告和定妆照还剩几天，再给你接个工作吧？"经纪人翻了翻单子，"目前团队觉得有两个比较适合你，一个是参加电视台的节目《畅享歌狂》，一个是作为电视剧《青烟》的特别出演，时间都不算长。"

《畅享歌狂》是一档歌唱类综艺节目，目前收视率不错，楚瑞清过去是帮当红前辈歌手助唱。《青烟》则是一部大制作古装电视剧，话题度很高，楚瑞清算是客串角色。

因为楚瑞清在圈外知名度不错，所以找上门的资源挺好，对其他成员来说，两个资源都惹人眼红。经纪团队将资源筛完，干脆让她自己选择。

楚瑞清翻阅完介绍，不禁面露迟疑之色，诚恳地发问："我适合吗？"

经纪人有点儿疑惑："有什么不适合？"

楚瑞清坦白道："我唱歌一般，又不会演戏。"

楚瑞清的唱功在缓步提升，但肯定还无法超越主唱们。她又没有正式学习过表演，却要匆匆忙忙去接戏，显然也不合理。大师姐从不打无准备之仗，时间如此紧促，她却贸然应战，着实不太明智。

经纪人迟疑地说道："嗯……我觉得，你其实不用如此实在。"她们毕竟是偶像女团成员，外界对她们的业务能力要求也不高，粉丝更不会苛求。

楚瑞清闻言，沉默地盯着对方，无声地表达出不赞同的意思，经纪人竟在她犹带寒气的目光中感到心虚，一时不好再劝。

经纪人觉得自己像拐骗小孩儿的欺诈犯，却反被小孩儿看穿。

经纪人干咳了两声，询问道："那你觉得自己擅长什么？我们看过一些舞蹈表演节目，最近真没合适的。"

楚瑞清："剑术。"

经纪人："……"难道团队去报名参加奥运会？况且峨眉剑和击剑也不是一类。

经纪人想到奥运会，恍然大悟地一拍脑袋，开始翻找资料："对了，现在倒是有一个跟武术有关的工作，但是钱很少……"

"第三届世界传统武术交流赛特邀嘉宾，同时可以安排主场表演，让你有个现场展示的机会。"经纪人补充道，此活动报酬很低，但由体育频道直播，又是中外赛事，听上去还算高级，可以给楚瑞清增光添彩。交流赛现场的表演则类似于篮球赛中的表演，也算是让楚瑞清提高知名度的机会，能让她接触到娱乐圈外的大众。

经纪团队最初筛掉交流赛的原因：一是报酬过低；二是不符合女团常规活动的风格；三是邀请由峨眉武术协会发来，但楚瑞清曾否认过名誉会长之事。

现在，楚瑞清对工作有自己的主意，交流赛便又被经纪团队捡回来。

"可以。"楚瑞清看完交流赛简介，觉得非常适合自己，一口答应下来。她没法保证其他事，但武术绝对可以一秒上手，连准备都不用。

水晶少女们的消息都被粉丝紧盯着，尤其是人气居前几名的成员，此时更是靠参加的活动来体现其真实的商业价值。如果公司给人气成员安排烂活儿，便会被粉丝骂。

楚瑞清作为第一名更是受到颇多关注。她作为武术交流赛特邀嘉宾的消息传出，既有些出人意料，又在情理之中，竟让粉丝都不知道该评价此资源是好是坏。如果说很好，似乎算不上；如果说很差，又是世界级赛事，实在令人迷惑。

当然，有网友突然想起什么，兴致勃勃地发了微博。

徐徐兔子："武术协会是不是终于搭上线啦？@峨眉武术协会。"

真相帝："并没有，楚老师宁愿给@玉阳日报点赞，都不愿给@峨眉武术协会点赞，可谓冷血无情。"

世界传统武术交流赛是武术界最大的赛事，共有四十五个国家、六千名运动员参赛，为期三天。峨眉武术协会是协办单位之一，所以拥有推荐特邀嘉宾的资格。比赛分为境内组和境外组，个人项目又分为传统拳术和传统器械两类。

楚瑞清的唱跳表演被安排在开幕式上，团队将《最后的黎明》的歌词略微调整了一下，还把歌名改为《闪光的黎明》，配合武术交流赛。同时，现场表演放入楚瑞清的剑舞，正好符合活动的属性。

两段表演都是楚瑞清熟悉的内容，她只要重新排练，便能直接上台。正式表演前，彩排是必不可少的，毕竟也要跟直播导播进行沟通，确认现场的状况。

体育馆内，王会长神情激动，期待地在门口踱步，等待楚瑞清团队的到来。旁边不明真相的人见状，嘀咕道："王会长，您还挺潮，也跟着年轻人追星。"

《偶像新秀》极为红火，节目中练习生的应援遍布地铁内的广告大屏，让许多圈外人了解到水晶少女。但大部分人只知道节目和团名，还不太能将人脸和名字一一对应，对楚瑞清更是不了解。

王会长："哼，他们是追明星，我是追武术新星！"

旁边的人调侃道："她要那么厉害，可以下场比赛啊，您学校里的学生不也参赛吗？"

王会长仰了仰下巴，说道："你知道交流赛分境内组和境外组的原因吗？"

旁边的人愣了愣，试探道："为了不打击外国友人对武术的积极性？"

国内毕竟是许多传统武术的发源地，如果真要中外混着竞争，容易伤及外国友人的热情。境外组的许多外国选手对武术有浓厚的兴趣，曾在少林等地学习。

王会长点头：“她要下场比赛，也容易打击你们对武术的积极性。”

旁边的人：“……”

众人听王会长将楚瑞清捧得如此之高，不由得对其产生好奇，索性也等在旁边，想要一睹真容。没过多久，工作人员带着楚瑞清抵达，她穿着便服，戴着黑色的口罩，跟过去来彩排的明星并无两样，看上去甚至年纪还小。

“这是峨眉武术协会的王会长，负责交流赛开幕式的工作……”经纪人礼貌地介绍。他又想起楚瑞清前不久拒绝名誉会长之事，小心地打量她的神色，不知双方关系如何。

“您好……”楚瑞清没见过王会长，摘下口罩，刚客气地伸出手，便被对方一把握住。

王会长热情地回握道：“楚老师，久仰大名！”

经纪人有点儿诧异，随即笑道：“您客气了，瑞清年纪小，这回还要您多关照……”

王会长恍若未闻，已经开始虚心求教：“您峨眉剑的步法格外灵动，究竟是如何想到此种创新……”

楚瑞清刚跟面前的老人握手，便发现对方是练家子，虽然没有根骨，但功力在世俗人中已属上乘。她缓缓地说道：“在峨眉山上总跟猴群对练，便想到那样的步法。”

楚瑞清在峨眉剑上造诣颇深，不仅会传统招式，还能在实战中推陈出新。人的攻击方式总是千篇一律，但猴群的攻击手法千变万化，令人防不胜防。

王会长叹道：“怪不得！果然光跟人对练会局限思维，正好我家养了条哈士奇……”

经纪人：“……”这聊的都是什么？而且狗狗又做错了什么呢？

王会长兴奋地扯着楚瑞清问东问西，像是下课后疯狂问问题的学霸，眼神中快迸发出光亮来。楚瑞清既感慨又遗憾。她欣赏王会长的热情，可是命运就是如此奇妙。热爱者没有根骨，只能在技巧上练至巅峰，却始终踏不进门里；不爱者无心插柳，凭根骨顺利拜入门内，却宁愿做个混子，例如阚和。

经纪人看着王会长求知若渴的样子，干咳了两声，提醒道："王会长，我们先去彩排吧……"

"好的，没问题！"王会长立刻伸手带路，又道，"楚老师完全可以解说赛事。"

经纪人面露担忧之色："瑞清资历尚浅，不好解说专业赛事……"楚瑞清要说错什么，立马会被网友抓住把柄，这岂不是给自己挖坑吗？

王会长颇不赞同，瞪了经纪人一眼，脸上仿佛写着"你不懂专业"。

经纪人："……"这是突然遭遇行内人鄙视？

经纪人看着过度热情的王会长，总算明白楚瑞清拒绝名誉会长之事的缘由，换谁碰到如此狂热之人，都会感到有些奇怪。

虽然经纪人出言婉拒，但王会长仍没有放弃，开幕式前一天还劝说楚瑞清进行解说。王会长可不傻，武术交流赛重在交流武学，要是只让楚瑞清进行歌舞表演，那岂不是亏大了！

经纪人面对格外坚持的王会长，最终只能让步，允许楚瑞清解说第一天的赛事。毕竟王会长算是甲方，他提的小要求还是得满足。

武术交流赛直播当天，一大拨对武术一无所知的粉丝打开体育频道，开始蹲守开幕式。因为最近没有重大赛事，体育频道一整天都是转播武术交流赛，从早播到晚。

应援会粉丝甚至进入开幕式会场，要为楚瑞清的表演加油助威。他们坐在观众席内，举着横幅，跟旁边的武术迷们面面相觑。镜头扫过观众席，记录下了粉丝圈和武术圈的碰面。

小清兔："隔壁法国小哥的中文真好，提醒我走错场了，说这不是演唱会。"

小清兔："好尴尬，交流赛里好多外国友人，跟《偶像新秀》的观众席完全不同。"

楚楚楚楚来："不要！冲上去给他们介绍大师姐！"

呼啦呀："楚老师表演时应援，其他的时候安静点儿吧，毕竟不是演唱会，别惹圈外人反感……"

楚瑞清的粉丝同样没见过世界级赛事的阵仗，过去台下都是铺天盖地的粉丝，现在他们却被圈外人包围了。而且周围人还不是普通人，经常出现满口京片儿的老外，或者操着四川口音的混血小哥，看上去都是中国通，且都习过武。

开幕式的流程很长，不仅有致辞环节，还有运动员入场。粉丝们等待良久，终于看到楚瑞清登场，他们顿时从打蔫儿的状态变得极度兴奋，激动地挥舞起横幅。《闪光的黎明》前奏响起，观众席的应援声简直震天响！

因为曲目本是群舞，但只有楚瑞清参加活动，团队便给她配了伴舞。舞台中心，楚瑞清在灯光中亮相，动作利落有力，跟身后的伴舞高度统一，整体犹如一支合作多年的队伍。

——舞台上只有楚老师真赏心悦目，伴舞的水平比队友的强太多。

——这次来交流赛不亏，导播的镜头切得不错，不愧是搞体育转播的。

——有一说一，水晶少女里就楚老师有能力红下去，舞蹈真好看！

——粉丝别吹了，还把队友搬出来比较，你看台下的观众有反应吗？

——丢脸丢到国外了，现场老外们：What’s wrong with you（你们还好吗）？

——黑粉们居然还专程等着直播，比我这粉丝都努力啊。

楚瑞清出道后首次在舞台上表演，便配备有伴舞，而且连续单独演唱了两首歌曲，瞬间让不少其他偶像的粉丝不舒服。人不患寡而患不均，直播的弹幕区立马掀起骂战。黑粉们怒斥楚瑞清的粉丝闭眼瞎吹，明明在场观众毫无反应，只有楚瑞清的粉丝在瞎激动。

《闪光的黎明》表演结束，伴奏便变为悠扬的古风音乐，楚瑞清信手抽出软剑，行云流水地舞起来，宛如羽毛般轻巧翻身。峨眉剑飘然轻灵，依靠灵活复杂的抖腕克敌，剑光摇曳，以柔制刚，极具观赏性。

一曲未完，刚才无动于衷、面无表情的武术迷们已经兴奋地起身，对着大屏幕上的表演叫喊连连，比旁边的粉丝还疯狂！

——观众席突然丧尸化？武术迷们疯了吗？

——回复前面的弹幕，其他观众有反应，而且把旁边的粉丝吓蒙了。

——是我看不懂吗？相比剑舞，我更喜欢《闪光的黎明》。

——我刚才听到“champion（冠军）”，导播就切走了，所以光头大哥说啥？

——“她足以做冠军”和乱七八糟的尖叫，其他翻译不出来。

观众们先前毫无反应，因为现场都是武术迷，他们不是来看演唱会的，《闪光的黎明》只能算开胃小食，并不是他们的主食，看完就完了。然而剑舞是针对现场观众的节目，即使观众不是人人习武，但起码是武术爱好者！

小清兔：“法国小哥抢走了我的手幅，然后开始询问大师姐，说想加入应援会。”

小清兔：“他说自己在少林习武两年，但他现在觉得选错了门派，想要重新入门。”

小清兔：“怎么办？我跟他解释大家是粉丝应援会，但他坚信我们是隐世的宗门，还保证他习武会行侠仗义、保护弱小……我连体测都没通过，他怎么会有如此错误的认知？”

初心宝：“你跟他说，我们不教打架，只教投票。”

MEET：“长得帅吗？帅你就交换联系方式，拉高大师姐粉丝的平均颜值。”

小清兔：“帅，不然我怎么会没出息地交出手幅？要不是颜值高，我肯定跟对方吵一场！”

蜀黍：“如果你们最后事成，记得给这位红娘打钱。@水晶少女-楚瑞清。”

楚瑞清结束表演，便在王会长的引领下进入解说席，迎接首场比赛。解说的工作稍微简单，楚瑞清不用露脸，只要跟另一名解说员对聊就行。王会长的想法很好，楚瑞清在武学上显然钻研颇深，可以自如地讲解，但他忽略了一点，楚瑞清不爱说话，所以王会长的理想和现实有些差距。

解说员：“观众朋友们，现在你们看到的是世界传统武术交流赛，个人组传统器械项目……”

解说员适当地停住话头，用眼神向楚瑞清示意，让她补充两句。

楚瑞清点头道：“对。”

解说员：“张朱鹏选手带来的是朴刀，属于赛中少见的器械……”

楚瑞清：“嗯。”

解说员：“流畅的转身，漂亮！”

楚瑞清：“是。”

解说员：“……”

解说员看了看身边的人，心想对方应该是偶像，怎么说话却像相声捧哏?

解说员见楚瑞清寡言少语，生怕下面直接变成单口相声，鼓励道：“你可以多开口，解说一下选手的表现。咱们畅所欲言，说错也不碍事！”

解说员误以为楚瑞清因为是首次解说，内心紧张，所以有些拘束。他觉得对方虽然不懂武术，但可以简单地评价一下动作，不强求专业度。

楚瑞清老实地点头：“好。”

解说员：“齐大红选手带来的是蝴蝶刀，起势很好……”

楚瑞清：“下盘不太稳，他该注意反手接刀。”

解说员：“精彩的一击！”

楚瑞清：“他的刀要掉。”

下一秒，齐大红左手的刀掉落，他迅速地捡起，继续刚才的动作。

解说员：“……”好像哪里不太对劲?

解说员：“李波选手是太极剑老将，曾为境内组传统器械个人组冠军……”

李波起势舞剑，舒展大方。

解说员：“乾坤太极两仪生，一舞剑器动四方……”

楚瑞清：“过于刚劲，潇洒不足。”

解说员微微皱眉，更感不对劲，说道：“毕竟是劈剑动作……”

楚瑞清摇头：“太极剑重意不重力，讲究绵绵不断，最忌过紧。”

解说员："……"

休息期间，解说员小心地建议道："我们也挑些优点来说？"

解说员为楚瑞清感到担心，她看谁都能挑出毛病，很可能引起观众朋友们的不满。

楚瑞清若有所思，点了点头。

解说员："王建选手带来的也是太极剑……"

楚瑞清："……"

解说员："剑法清楚，漂亮的动作……"

楚瑞清："……"

解说员："完美的腕花！"

楚瑞清："……"

解说员："你还是说两句吧，别光沉默啊。"

楚瑞清坦白道："我不知道说什么。"对不起，她真的夸不出口。

解说员颇感无力，决定破罐破摔："那你实话实说吧，夸不出来就算了。"

楚瑞清立刻应道："好。"

楚瑞清说真话的结果，就是收获一大堆来自愤怒的观众的指责。因为她没有露脸，画面中只有声音（而且话极少），所以很多人并不了解女解说员的身份，更不会联系到楚瑞清头上。

这是经纪人的主意，他害怕楚瑞清解说不专业惹麻烦，万万没想到她是因为太专业而惹了麻烦。

——这届解说员太差，女的说话的语气怪怪的，她好像看谁都有问题。

——还行吧，基本也没说错。

——哪里不错？往届冠军在她嘴里一文不值，我也是醉了，她怎么不上啊？

楚瑞清的音色偏冷，语气又一贯冷淡，平时配上脸还行，只剩声音就显得冷漠。当然，她过去也有可能是靠脸博得粉丝的好感，粉丝碍于颜值，便原谅了她的面瘫。

武术交流赛的观众以男性居多，说话丝毫不客气，甚至抛出经典的“你行你上”的言论。

楚瑞清对外界的声音一无所知，完成今日的解说工作，便看到王会长朝自己招手，不禁面露疑惑之色。解说员见状，说道：“你过去吧，我在这里就行。”

楚瑞清跟一日的工作伙伴道别，便向着场内的王会长走去。王会长身边环绕着一圈人，既有黑发黑眼的，也有黄发碧眼的，皆是参赛结束的运动员。武术交流赛之所以用“交流”二字，便是因为每日赛后选手会探讨切磋，共同学习。

因为大家的比赛都结束了，心态便比后两日才登场的人放松不少，能以平和的状态跟志同道合者交流。

王会长递给楚瑞清一把软剑，笑道：“楚老师，练练呗！”

周围人见王会长发起挑战，立马看热闹地起哄。他们将两人围在中心，还吹起了口哨。

楚瑞清接过软剑看了看，挑眉道：“可以。”

她手腕一翻，主动挑起剑尖，郑重地说道：“在下峨眉派云岭阁楚瑞清。”

王会长见状，同样认真起来：“在下峨眉派王成义，请赐教！”

双方都相当正式，摄像们索性将镜头推过来。虽然今日的比赛结束了，但交流环节向来是赛事的彩蛋，每回都会被记录下来。

解说员一边看热闹，一边开始工作：“观众朋友们，这里是世界传统武术交流赛的赛后对练，峨眉武术协会会长王成义对练第三届世界传统武术交流赛特邀嘉宾及一日解说员楚瑞清，没错是我的今日同事……”

“双方皆选择峨眉剑，众所周知，此剑法讲究以柔克刚……漂亮的一击！”解说员还没介绍完，便突然喊出声来。

楚瑞清许久不跟人对练，一剑便击落王会长手中的软剑，可谓干脆利落！

王会长看看地上的剑，又望望楚瑞清，打商量道：“楚老师，您这样对练，大家也看不懂啊。”

正如王会长所言，围观选手们茫然地看着这一幕。他们还什么都没琢磨出来，挑战已经结束了。周围人宛如上高数课的小学生，完全不知道老师的解题经过，莫名其妙就看到了结果。

楚瑞清常年跟二师弟对练，一时忘记了王会长是山下人，说道："再来一次？"

——凑巧吧，王成义可是国内峨眉剑第一人。

——她是哪省选手，我怎么完全没印象？

——咦，我忘记换台，楚老师居然还在？表演不都结束了吗？

——这人的声音好像解说员。

楚瑞清和王会长再次对练，她这回收敛不少，老实地做起示范，中规中矩地进行防守。她不敢太激动，生怕又把对方的剑击飞，让示范教学提前结束。

楚瑞清展示的完全是基本招式，例如素女掸尘、分花拂柳、玉女抽身、避青入红等，总之，什么基础来什么，什么简单来什么，务必让人能看懂。

周围的人此时总算用眼睛捕捉到动作，目不转睛地盯着两人对练，连连惊呼："哦哦哦——"

习武者要是有幸看到精彩对决，从中体会到的东西并不亚于多年苦学所得。

即使如此，王会长也没有撑太久，很快就败北。

楚瑞清看他收剑，鼓励道："还能继续……"

王会长气喘吁吁，摆手道："不能不能！"

直播弹幕上，粉丝们得知楚瑞清突然露面，立刻蜂拥回体育频道，想要赶上节目彩蛋。

——我开着电视打游戏，还疑惑解说员的声音贼像楚老师的。

——楚老师演技太差，让得过于明显，以后演戏咋办啊？

——开玩笑，王成义才放水了吧，他可是峨眉武术协会会长，怎么会输给小丫头！

——对不起，她是峨眉武术协会名誉会长。

——胡说八道，楚老师没认过这个名誉会长！

——天哪，楚老师的武术竟然真那么强，我作为粉丝也一度以为是假的呢！

——观众叫嚣“你行你上”，楚老师说“还能继续”。

——武术难度：普通，中等，困难，境外组，境内组，会长级，楚瑞清。

——特邀嘉宾：禁止参加交流赛，只能特别邀请来跳舞的嘉宾，不然会打击其他选手的积极性。

世界传统武术交流赛落幕，楚瑞清的应援会莫名拥入一大批粉丝。他们的典型特征是不懂粉丝圈、身强力壮，对武术有高度热情，时常误以为应援会能组织武术交流、对练，还以为楚瑞清会给他们传授峨眉剑法。

呱唧：“大佬，新粉丝怎么转化啊？”

呱唧：“好多人问我啥时候组织峨眉剑法交流会，我哪会这些？”

南明离火剑：“最近我很忙，你们先撑着。”

呱唧：“大佬，你忙啥？别告诉我，你现在有其他喜欢的明星了，不再对楚老师专一了！”

南明离火剑：“我上峨眉山学剑。”

呱唧：“啥？没必要，真的没必要，你不用为楚老师做到这地步！”

呱唧生怕南明离火剑过于魔怔，追星追到癫狂，竟要为楚瑞清学剑。虽然他学剑归来，可以组织应援会内的武术粉，但也不用如此努力吧？

李天剑才不管呱唧的胡思乱想，将电脑扔到一边，开始收拾上山的行李。

李天剑清点完资产，又将地下的藏宝阁锁好，长舒一口气。虽然师父说他可以逐步过渡，慢慢适应山上的生活，但他为跟过去分割干净，早就将一切打理好，只等上山。

李天剑收拾完行李，望着小蜈蚣出神，思考该如何把它带走。他可以确定泡酒的小蜈蚣能带走，但活着的会不会被扣，实在有点儿难说。

李天剑正想查查蜈蚣如何托运，突然听到一旁的声音。管家汇报道：

“二少爷，剩下的应援物已经寄往峨眉……”

管家目露无奈，忧心忡忡地问道：“您真的要上山吗？”

“当然。”李天剑果断地答道，瞟到管家的神情，又道，“你那是什么表情？”

管家迟疑片刻，坦白道：“您好像一直急于摆脱周围的人。”他至今记得，二少爷听到“斩断尘缘”时，简直欣喜若狂。

李天剑撞上对方稍显落寞的眼神，沉默良久，缓缓地说道：“我会给你留一笔退休金，应该足够你轻松地生活。我上山以后，你可以回李家，也可以直接走……”

“虽然是李恒翘派你过来的，但我知道你多年来费心了。”李天剑说完，便有点儿别扭地将头转开，像是不适应此种场景。他早知道管家是李恒翘的眼线，但对方对自己的关心并无作假，算得上尽忠职守。

管家闻言一愣，又见李天剑率先将视线转开，承诺道：“我哪里都不去，会一直在别墅里等二少爷回来。”

李天剑嘴硬地嘀咕：“随便你，有本事等一百年……”

管家看着李天剑拿好行李和小蜈蚣，像是目送获得自由的雏鹰离巢。他将李天剑送上车，郑重地说道：“二少爷，一路顺风，再见。”

李天剑像是读懂了对方的潜台词，自然地应道：“再见，再也不见。”

悬崖上展翅的鹰不会再回头，更何况是渴望自由太久的他。

黑色的轿车缓缓驶离别墅，管家的视线追随着车影，一直到车子消失。他轻轻地叹息一声，在门口沉默地站着。二少爷看上去暴躁任性，实际却心似明镜，早给别墅里的人各自备好后路，是真的想斩断所有的联系。

管家心想，决绝的道别或许更符合二少爷的性格，毕竟对方看似孱弱的身躯里，藏着一团熊熊燃烧的火。

管家正在感慨，突然看到黑色的轿车掉头回来，李天剑开门下车，再次出现在别墅的门口。

管家：“……”等等，不是说好再也不见吗？这还没两分钟呢。

李天剑烦恼地摸了摸头发，皱眉道：“我理完发再走，匆忙间差点儿忘了……”师父喜欢精神的发型，他上车后才想起来。

管家：“好的，您稍等片刻。”

管家在内心吐槽：就这生活自理能力，都没法离家两分钟，居然还嚷着要上山？

机场贵宾室内，楚瑞清提着小箱子进屋，跟李天剑会合。她看到徒弟愣了一下，随即问道："你最近剪头发了？"

李天剑没想到师父第一句就提发型，颇感不好意思，支支吾吾地应道："嗯……"

李天剑刚剪完发时，面对镜中的自己感到非常别扭，觉得新发型使五官过于清晰，让他很没安全感。

李天剑过去头发偏长，加上他身体不佳，便有种暮气沉沉的压抑感，让人觉得他这个人阴郁、脆弱。他如今将额发三七偏分，露出光洁的额头，一扫过往郁气，便显得眉目如画，双眼明澈，像是八十年代的港星，又添了几分世家公子的高贵。

楚瑞清观摩一番，微微点头，给出认可的评价："挺好看。"唯一的问题就是徒弟好像还不太习惯，他一直低头垂眸，躲躲闪闪。

李天剑获得师父的肯定后，顿时遗忘了路上的不适感，只感觉内心炸开了绚烂的烟花，快开心到飞起来！

李天剑强作镇定，努力不要变成尖叫鸡，闷声道："谢、谢谢师父……"

楚瑞清："不客气，也不是我剪的，该谢发型师。"

李天剑："……"

两人候机期间，李天剑思及师父的身份，建议道："师父，我们这回走VIP通道吧？"

如果楚瑞清是独自出行，可以走普通通道，但李天剑现在与她同行，便不太合适。楚瑞清又没带其他工作人员，李天剑实在过于突兀。

楚瑞清点了点头。她并不太了解这些，索性让徒弟安排。两人降落后，顺利地从VIP通道离开，让蹲守在机场的粉丝们扑空了。

蛋蛋："楚老师难道走VIP通道啦？"

蛋蛋："不可能吧，她连微博都不会用，怎么会知道VIP通道？"

呱唧："公司弄的吧……"

蛋蛋："VIP通道那么贵，公司要如此重视楚老师，我怕是做梦能笑醒！”

罪魁祸首李天剑看着群内粉丝们的发言，淡定地关掉群聊，开始查询峨眉山的旅游攻略。

两人奔波一天，终于赶赴峨眉山脚下。李天剑好奇地问道：“师父，云岭阁在哪儿呢？”

李天剑快把纸质地图翻烂了，都没发现云岭阁的位置，而且电子导航上竟也没有。

楚瑞清平静地说道：“我们先坐车上山，不然行李太麻烦。”

雷洞坪停车场内，李天剑结束了漫长的车程，从大巴车上下来。他望着拥挤的停车场，听到旁边嘈杂的叫卖声，一时满头雾水，晕头转向，觉得此地跟想象中的师门不太一样。

举着旗帜的女导游带着浩浩荡荡的老年旅行团，用着老旧的扬声器喊道：“大家都别掉队……”

街边的摊贩正大声推销：“大衣租赁！山上很凉，现场出租棉服！”

李天剑以前虽然身体差，但也旅行过，曾在海外小岛上静养。但他从没来过如此商业且世俗的旅游景点，放眼望去全是人，街边小店里也尽是劣等玩具、粗制零食。

二少爷：莫非学剑还要先接地气？但这里未免地气太重了。

楚瑞清看着傻愣在原地的徒弟，开口道：“走吧。”

李天剑拉着箱子，赶忙追上楚瑞清，生怕被人挤散。

楚瑞清没有带他直接上山，而是向着安静处走去，直至抵达杳无人烟的陡峭山壁。断崖之下，覆盖着浓密的绿林，山间纯白的云雾四起，犹如半遮半掩的轻纱。

李天剑发觉走到了死胡同，疑惑地问道：“师父要做什么？”

楚瑞清左右看了看：“找猴。”

李天剑：“……”

山壁边四下无人，只听沙沙一声响，旁边一根伸出的树枝摇曳起来，像是有重物落在枝头上。小猴从绿叶中探出头来，好奇地打量着两人。片刻后，它便纵身跳回树丛中，转瞬便消失了。

李天剑提醒道：“它跑了。”

楚瑞清："它去叫人了。"

李天剑闻言愣住。他本以为门内是以猴传信，没过多久才明白师父口中的"叫人"是怎么回事。峭壁下传来窸窸窣窣的响动，整齐的猴群从林中拥出，各自跳上枝头。猴群之庞大，让人觉得全峨眉山的猴恐怕都已经聚集在此处。

李天剑望着眼前的"猴海"目瞪口呆，这哪里是叫人，明明是叫猴！

不远处，身背纸剑的猴王在众猴的簇拥中登场，它格外显眼，遥遥地朝楚瑞清招手。

楚瑞清介绍道："这是你二师叔。"

李天剑望着小弟众多的二师叔，强压内心的震惊，礼貌地喊道："二师叔好……"

猴王并未寒暄（因为它也不会），直接向猴群下令，便见大猴们跳上峭壁，向着两人伸出手。

这些大猴远比旁边的猴身体壮硕，估计是猴王的心腹。李天剑踌躇起来："什么意思？"

楚瑞清将手中的小箱子递给身边的大猴，解释道："你让它们把行李搬回门里，不然带着御剑太麻烦。"

李天剑试探地问道："所以二师叔是专程来接我们的？"

楚瑞清点头，似乎习以为常。

李天剑感到不可思议："这么贴心……"

虽然看眼前的架势，二师叔更像是要带头打群架的头，摆出的阵仗还挺大。

大猴们合力拿好行李，便纵身翻下峭壁，稳稳地落在枝干上。李天剑眼看着猴群驮着自己的行李箱，宛如退潮般离开。猴王看了看两人，同样转身跳下树，撤离李天剑的视线。

李天剑目睹神奇的景象，久久无法回神，惊道："师父，猴群不是只有一位猴王吗？其他公猴挑战失败了就要离开族群吗？"

按道理，族群中最强壮的公猴会一决胜负，胜利者成为猴王，战败者就要狼狈地离开。然而刚才帮忙拿箱子的大猴们显然是公猴，完全不符合传统猴群的规律。

楚瑞清握着纸剑，检查周围有无遗漏之物，答道：“输得太多就会习惯，二师弟也没打算赶走它们。”

李天剑心想，二师叔做得也对，毕竟壮劳力都跑掉的话，现在就没猴搬行李了。

李天剑又问道：“师父，二师叔叫什么？”

楚瑞清御起纸剑，理所当然地答道，“它就叫猴。”

李天剑：“……”

李天剑：“那名字呢？直呼猴好像不太礼貌……”

楚瑞清：“名字就是猴，你叫它猴师叔，它会应你的。”

李天剑：“……”

李天剑心想，二师叔的名字未免太敷衍，居然连猕猴、金丝猴等种类都不分。

山间烟雾骤起，楚瑞清抓准时机，带着李天剑御剑升空。纸剑刚刚立稳，便载着两人驶入云海，向着远山深处飞去。

李天剑感觉凉凉的山风扑面而来，望着远方白茫茫的景象，突然想起身在帝都的梁局。他忙问道：“师父，可以在这里御剑吗？”

楚瑞清：“可以。”

李天剑刚松一口气，便听她补充道：“只要不被人看到。”

李天剑：“……”听上去类似的事情师父做过很多。

落日散发着余晖，云海翻滚，美景尽收眼底。李天剑吸入沁人心脾的山间空气，感觉自己距离峨眉山主峰越来越远。他徜徉于云雾之中，仿佛置身仙境，只见眼前的白雾破开，深山密林间露出一处古建筑，原来云岭阁在侧峰之中。

云岭阁门前的石阶上，小贝正兴奋地朝着两人招手，喊道：“大师姐！”

两人从古剑上平稳地落地，楚瑞清刚介绍完，小贝便热情地看向李天剑：“这就是师侄吧？”

李天剑望着年纪不大的小贝，总觉得对方的眼神很慈祥，低声说道：“四师叔好。”

小贝看到刚入门的李天剑便异常开心，张罗道：“我们先去吃饭吧，二师兄还没回来呢。”

由于饮食习惯不同，二师兄向来不跟其他人一起用饭，三人便先行用餐。李天剑跟着师父穿过幽深的古径，一睹云岭阁内的景象。石阶两侧遍布青苔，但台阶上打扫得相当干净，仰头望去便是一座翘檐红漆的牌楼，上书“云岭阁”。

阁内雅静，陈设布置颇为古朴，屋外被竹林包围，身处其中只觉凉爽。小贝泡完茶，就跑回厨房端饭菜，留下淡定地喝茶的楚瑞清和略感局促的李天剑。木桌上只摆放着碗筷和茶壶，正餐还没有上来。

李天剑初来乍到，还有点儿紧张，喝了口茶水压压惊。茶水刚一入口，他便眉头微皱，诧异地摩挲起茶杯来，却发觉了更为奇怪的事情。李天剑把玩过各类古董，老物件一入手，便知价值几何。

楚瑞清看徒弟突然忙碌起来，他左摸摸茶杯，右摸摸饭碗，像是在认真钻研。她不禁面露疑惑之色，问道：“怎么？”

李天剑震惊地说道：“师父，这碗是宋朝的！它从哪儿来的？”他们居然要用古董吃饭，幸好他及时发现，差点儿暴殄天物！

楚瑞清镇定地说道：“你师祖好早以前上街买的，我入门时就有。”

李天剑了然地点头：“哦，那年代是久远……”

李天剑想了想，又感觉到一丝微妙的不对劲。人的寿命最多百年，师祖是师父的师父，师祖怎么能在街上买碗？难道是宋代的街？

二少爷：这要说是师祖的师祖的师祖传下来的还可信，怎么也不能是师祖啊！

李天剑想起楚瑞清和阚和曾聊起战争年代，他脱险后便淡忘了此事，现在却惊觉自己对师门的认知似乎有所遗漏。

李天剑握着饭碗，刚要开口再问，便见四师叔小贝端着饭菜过来。小贝将清水鱼放在桌上，又捧来豆花饭，有点儿苦恼地说道：“你们先吃，我在厨房碰碎一个碗。”

李天剑微微皱眉，正低头在看装鱼的盆，一听到四师叔的话，瞬间倒吸一口凉气。

楚瑞清拿起筷子，宽慰小贝：“先吃饭，等会儿再收拾，门里又不缺一个碗。”

李天剑望着淡定的师父，深感无奈。

桌上的饭菜相当家常，有清水鱼、炒竹叶菜、豆花饭和西红柿鸡蛋汤，味道挺好。

李天剑望一眼装菜的盘子和盆，又看看神色自若的师父和师叔，终于在饭香中感觉到一丝麻木。装菜的瓷器年代不一，既有官窑，也有民窑，如今皆公平地沦为餐具，混搭在同一张木桌上。

李天剑已经察觉出一丝蹊跷，似乎隐隐地触摸到了真相。他弱弱地质疑道："师父，师祖还能上街买官窑吗？"

楚瑞清抬眼想了想，答道："好像有些是别人送的……我也记不清了。"谁会天天盯着家里的碗呢？更何况仓库里还有那么多备用品，它们的具体来路楚瑞清早就忘掉了。

李天剑抿了抿唇，终于没忍心告诉师父，装鱼的盆比倚天剑还贵，师父实在是舍近求远，绕了好大一圈。他想起自己曾带师父逛别墅的藏宝阁，不禁又陷入无奈之中。

"师侄多吃点儿，你还在长身体！"小贝看着沉思的李天剑，热情地伸勺，想要给他舀豆花，却不小心带翻桌边的茶杯。

李天剑惊道："小心！"

楚瑞清斜眼，瞥到身边即将发生的事故，手腕一翻，用两根筷子便轻巧地夹住了坠落的茶杯，在半空中一兜，杯子便稳稳地停住了。杯中的茶液竟点滴未洒，只是飘着茶叶的水面颤了颤。

小贝笑道："幸好大师姐接得稳，不然又砸一个……"

李天剑："……"

李天剑：四师叔真是闷声做大事，每年能让门里的账面上直接亏损几千万，甚至上亿。

没过多久，楚瑞清和小贝便谈起团体综艺《闪光时刻》，让李天剑更不好插话。小贝歪头想了想，一一确认道："房间倒是够用，二师兄也没意见，到时候将阵法关掉就好。"

云岭阁附近依风水布阵，有人做客的时候便会关掉。楚瑞清问道："最近旁边好像修出新路了。"

因为云岭阁位于峨眉侧峰上，不属于旅游区范围，常年便只有小径，上下山很麻烦。峨眉弟子们还能偷偷御剑，偶尔拜访的工作人员则相当辛苦，一爬要爬大半天。不过楚瑞清回来时在空中看到了新修的山道，尽管没有主峰的宽敞，但比以前要好不少。

小贝高兴地点头：“是的，不过就是有点儿陡，快递也可以让挑夫们送上来。”

楚瑞清下山后，小贝作为峨眉派常驻接线员，同样逐步学习起许多新奇的事物，跟上山外的潮流，享受到现代化建设的成果。

李天剑老实地旁听片刻，突然小声地问道：“师父，你要用这些餐具招待团员？”

楚瑞清微微一愣，面露疑惑之色：“不行吗？”

李天剑硬着头皮说道：“我买一套新餐具吧，毕竟是招待客人……”

小贝宛如好脾气的幼儿园老师，笑着道：“说得也是，师侄真棒，想得好周到！”

李天剑：为什么他像是在哄小孩？

饭后，李天剑起身帮小贝收拾碗筷，却遭对方婉拒。小贝亲和地说道：“你不用动手，快去修炼吧！”

李天剑：这话听上去怎么如此像“你不用动手，快去写作业吧”？

李天剑思考片刻，主动开口：“四师叔，我已经二十三岁了……”

小贝听完点了点头，和蔼又慈祥地看向李天剑。

李天剑面对她的长辈式关怀备至的神情不禁沉默下来，最后丧失辩解的欲望，自暴自弃地说道：“算了，没事，四师叔。”

李天剑心想，估计他两百三十岁的时候，四师叔的眼神依然是这样。剑术还能超越，年龄却不行，谁让自己最晚入门。

楚瑞清看向徒弟，说道：“我们先去找师祖，进行拜师礼。”

“好的。”李天剑闻言，不免又紧张起来，将其他事忘于脑后。

楚瑞清带着李天剑向后山走去，直至看到不远处的僻静楼阁。李天剑看了看褪色的房檐，终于忍不住好奇地问道：“师父，师祖有多少岁？”

楚瑞清骤然愣住，想了想，随即坦白道：“我也不知道，以前没问过。”

李天剑闻言，内心像是有小猫用爪子在挠，差点儿脱口问出师父的年龄。他有点儿犹豫，又怕惹师父不快，耽误拜师礼，最终还是没张嘴。

拜师流程很简单，楚瑞清的师父还在闭关，不可能亲自出面主持。她便在楼阁紧闭的门口前汇报一番，让李天剑在软垫上向师祖磕了个头，喝完拜师茶就算结束。

礼成后，楚瑞清叮嘱道："今天好好休息，明天你还要试炼。"

试炼是峨眉弟子入门必须经历的关卡，只有通过才能正式习剑学拳。

李天剑："师父，试炼会很难吗？"

楚瑞清犹豫地说道："算不上难，不过因人而异，小贝一次就成功，但阚和失败了好几次。"

李天剑觉得自己怎么也比幼稚的三师叔强，这才放下心来。他跟师父告别后，便回到自己的屋内，躺在床上玩手机，去楚瑞清的超级话题区签到，顺便看看应援群。

云岭阁内格外静谧，像是隐于山林中的桃花源。李天剑忽闻窗口传来咚咚的敲击声，好奇地起身，打开木制窗户，便见窗台上有一堆鲜红的果实，不知是谁放在这里的。李天剑左右看看，试探地喊道："二师叔？"

四周静悄悄的，没有人应答。李天剑没看到猴王的踪影，又道："谢谢猴师叔……"

他话音刚落，便听见不远处的树丛里传出窸窣的响动声。一根长长的猴尾巴从树叶中翘起，转瞬便消失了踪影，树丛里也再无动静。

李天剑："……"

李天剑：怪不得师父让叫"猴师叔"，原来二师叔真的只对"猴"有反应，对"二"没有感觉。

第二天，李天剑提着一兜"猴家御赐"的红果实，跟随师父上山。狭窄的山壁间竟有一处深陷的山洞，他光是站在洞口，便能感到寒风扑面，快要被洞里涌出的大风掀翻。

楚瑞清扶了一把差点儿跌倒的李天剑，说道："这里是剑冢，你只要能在里面待一天，就算通过试炼。"

李天剑望着狂风肆虐的洞口，顿时不太有把握，但还是拿好干粮，勇敢地朝着剑冢踏出了第一步。

楚瑞清看着李天剑在狂风中的背影，一时陷入沉默。她本不是情绪容易波动的人，此时眸中却染上一丝忧虑，有种第一次送儿子去幼儿园的感觉。

楚瑞清："天剑。"

李天剑听到师父的声音，有点儿茫然地回头。李天剑的眼眸亮而清澈，他面对楚瑞清时总是毫无防备，甚至有点儿傻的样子。

楚瑞清见状不由得垂眸，难得温和地鼓励道："加油。"

李天剑撞上师父柔和的眼神，不知为何感到有点儿害羞，应道："好的，师父。"

楚瑞清目送李天剑进入剑冢，直至他的身影消失在黑暗深处。她其实也不知道李天剑能否通过，剑冢会让人看到最为恐惧的东西，越是心思复杂者，越容易迷失。小贝内心纯粹，阚和思虑甚多，两者便有截然不同的结果。

楚瑞清当然知道原生家庭给徒弟心里带来过阴影，所以拿不准主意。李天剑跟阚和有些相似之处，难保李天剑不会在剑冢里折戟。

李天剑强作镇定地走进洞去，任由狂风袭面。他确定自己已经远离师父的视线范围后，便突然撒欢，向着山洞的深处狂奔而去。他像只兴奋疾跑的小公鸡，只差打鸣！

粉丝李天剑只能靠疯跑来缓解内心的激动：师父头一回叫我的名字，还说了加油！啊啊啊——我是被师父喊过名字的人！我要疯了！！

李天剑竟然一鼓作气地跑过黑暗的窄道，窥到洞内的一丝光亮后，不由得停下脚步。微光中，无数长剑横七竖八地立在石壁上，宛如寂静无人的古战场。剑冢内部并无狂风，反而显得静谧而凄凉，万千古剑沉睡于此，等待唤醒自己的主人。

李天剑看到石壁上密密麻麻的古剑，便代表他一脚踏入剑冢的幻境，即将面临内心最恐惧的东西。他对此还一无所知，仍兴奋地沉浸在师父刚才的鼓励中，完全没有害怕的情绪。

李天剑在剑冢里转了一圈，索性找了块平坦的石头坐下。他突然听见手机铃声，掏出来一看，竟是管家打来的。

电话中，管家的声音颤抖而沉重："二少爷，大少爷出车祸了，现在正在急救……"

李天剑："……"

李天剑面露不耐烦的神色："你们骗我回去，能不能编个靠谱的理由？我正试炼呢，没空和你们瞎扯！"

管家慌乱地说道："是真的，二少爷……"

李天剑出言安慰："放心吧，祸害遗千年，他死不了！"说不定等百年过后，大祸害李恒翘都没"翘辫子"，可以直接改名叫"李不翘"。

李天剑说完，便干脆地挂断电话，同时反省自己太不庄重，考场上还打电话。

剑冢的幻境之灵发现此招失效，立马又出一计，让李天剑重温病痛之苦。李天剑突然发觉浑身无力，熟悉的寒气钻入身体，他不禁打了个寒战，紧接着剧烈地咳嗽起来。他摸了摸头，这才发现小蜈蚣被落在屋内，估计是因此他才难受。

李天剑暗骂自己疏忽，但他好歹忍受过二十三年的痛苦，此时心态倒也平和，自暴自弃地躺在石块上，让自己好受点儿。

李天剑觉得浑身冷热交替，颇像过去卧病在床的情形。他不禁胡思乱想，要是自己没走出去，让师父看到一具尸体怎么办？

李天剑想象着楚瑞清面无表情地收尸的景象，竟吓得从石块上坐起，瞬间忘却了病痛。

二少爷：绝不能让师父做如此不雅的事情，师父名贵的手不能收尸，我的尸体也不行！

剑冢的幻境之灵哪见过病人突然惊起，只以为李天剑看破了这个伎俩，便撤去病痛的幻觉。李天剑忽然发现自己腰不酸、腿不痛，又能起来小跑，不禁感到奇怪。他有点儿无聊，干脆拿出手机，浑然不知剑冢的幻境之灵正在观察自己。

李天剑打开微博，看到空白的页面不禁有些疑惑。他又点开群聊，发现也显示"连接中"。

他抬头检查手机的信号，竟是无信号状态！

李天剑如遭雷劈，惊恐地看着此幕，难以置信地重新开机。他明明刚才还通话过，怎么会没信号？他并不知道，剑冢内一直没信号，管家的电话只是幻觉，是用来考验他的场景。

现代人最大的恐惧莫过于手机断网，身边又无其他电子设备，而且要持续待二十四小时！

李天剑不禁慌乱起来，他真没想到会突然断网。毕竟云岭阁里信号流畅，完全没有深山老林的感觉。李天剑苦恼不已，今天还没签到，更没检查应援会官方微博的文案，幸好他明智地将演唱会的应援会议推后了。

李天剑一边在心中为在超级话题区断掉的签到默哀，一边用备忘录开始写应援方案。水晶少女首场演唱会的时间还没公布，但现场应援和加油声对偶像至关重要。李天剑绝不能让师父输在应援上，于是认真地开始策划方案。

李天剑全神贯注地编辑文案，忘我地沉浸在应援的准备中，终于激怒了剑冢的幻境之灵。

冥冥中，万千阴森可怕的声音骤然响起，在山壁间带起回响，其中甚至夹杂着古战场上的人的惨叫和战马的悲鸣。

“下来吧，下来吧……”

“去死，去死……”

“好多血，好多血……”

剑冢内像是环绕音混响，无数低沉惨烈的声音由远及近，向正中间的李天剑翻涌而来，震得他双耳快聋掉了。洞内的气温甚至降低了几摄氏度，山壁内的古剑颤动起来，像是要从石头中飞起。

认真工作的李天剑被打断，下意识地暴躁起来。他竟跟在别墅里一样，怒不可遏地骂道：“闭嘴！你又不是游乐园的鬼屋，瞎吵什么？”

“能不能有点儿试炼圣地的样子，别让自己掉价！”李天剑恨铁不成钢地说道，“我从没见过如此幼稚的剑冢！你太让我失望了！”

当然，他不会说，除了小说里，他也没见过别的剑冢。

“……”

剑冢内，各类充满怨气的声音瞬间消失，古剑也老实地缩在石头里，周围安静下来。剑冢的幻境之灵不知是被李天剑骂了，还是为自己的幼稚感到羞愧，总之不再出声打扰，变得乖巧起来。

李天剑获得清净，立刻埋头继续写文案。他在洞内居然不觉得饿，不吃不喝地整理应援会事务，还给手机连上充电宝。李天剑心无旁骛，直至脖颈酸痛，才惊觉已过二十四小时！

李天剑收拾好东西，头也不回地离开剑冢，出去便看到站在山壁上的楚瑞清。她仍穿着昨天的衣服，面无表情地伫立在崖上，像一棵挺拔的松。

李天剑总觉得，身着门内练功服的师父过于冷漠，像是遗世独立的仙人，有种让人不敢靠近的疏离感。但她看到出来的李天剑，神色却和缓起来，原本散发着寒意的双眸也仿佛照进了阳光。

楚瑞清见李天剑通过试炼，便放下心来。她从山崖上飘然跃下，朝着徒弟走去。

李天剑看着神色如常的楚瑞清，低声问道："师父，你是刚到来接我，还是……守了一天？"

楚瑞清撞上他关切而自责的眼神，岔开话题，温和地说道："回去吧。"

李天剑见师父如往日般言简意赅，却没有正面回答，便确信她守候了一天。他心中泛起复杂的情绪，不禁想起网友们对楚瑞清的评价：楚老师对旁人的关心总在无声处。

她不会激烈而张扬地表达感情，却会在每个关键时刻出现，默默地陪你。虽然她不常出声，但遇到事情时总是最可靠的，且事后从不夸耀功劳。

即使她帮助过别人，也从不要求对方的感谢，比如帮《偶像新秀》里的练习生纠正舞蹈动作。但她只要接受过别人的帮助，便一定会回报对方，力求没有亏欠。

李天剑回忆起师父首次带他御剑，他们离开祁红霜的别墅前，师父说的也是这句"回去吧"。他不禁抿抿唇，强压幸福地上扬的嘴角，追上楚瑞清的步伐。

李天剑通过试炼，算是了却此次上山的大事，同样让另外两位师叔相当开心。除了阚和，李天剑和其他师叔相处得很愉快。

小贝为表庆祝，不但送给李天剑一打纸剑，还叠出小纸猴、小纸兔、小纸树等手工品，供李天剑把玩。虽然李天剑严重怀疑四师叔认为他只有三岁，但还是礼貌地收下礼物，表示感谢。

猴师叔则更直接，把各色珍奇的果子堆满李天剑的窗台。他估计大半月都吃不完，可能长辈的爱的表现形式之一就是永远怕你饿。

试炼后，李天剑明显发现练剑有变化，身体中像是流淌着一股无形的气，跟过去模糊的感觉完全不同。他早就背完剑诀，开始兴奋地挥舞纸剑，每天模仿楚瑞清早功时的动作，勤恳地投入学习。

假期快要结束，楚瑞清觉得徒弟感受得差不多了，便问道："你在山上习惯吗？"

李天剑放下纸剑，生怕师叔们听见自己不适应，又拿出令人窒息的长辈之爱，忙道："很习惯！"

楚瑞清点了点头："好，那你就留在门里练习，不会的发消息问我，或者请教二师弟也行。"

李天剑："为什么要发消息？"

楚瑞清面色平静，理所当然地说道："我要下山工作。"

李天剑立马说道："我突然觉得不习惯，还是要跟师父下山才行……"

二少爷：开玩笑，师父回去工作，我当然得跟着应援！

两人临走前，李天剑还检查了一圈云岭阁，不但将藏有无数古董的仓库封存，还抹掉门里不少超自然的疑点，为师父的团体综艺做准备。他甚至将非物质文化遗产的牌子挂出来了。

总之，李天剑要科学地装饰师门，不能出任何纰漏。

京西别墅门口，管家望着风尘仆仆的李天剑，见怪不怪，低声道："二少爷，您又回来了？正好厨师还没辞退。"

管家面对二少爷的"出尔反尔"，已经习以为常，反正二少爷当初放下的狠话，最后都会被自己打破，说着再也不见，回来得比谁都痛快。

李天剑浑然不知管家心中的想法，说道："哦？那让他做个豆花饭，再来个冰粉。"

管家："……"士别几日，口味突然川蜀化？

李天剑仰倒在沙发上，舒服地长叹一声，突然又想起什么："对了，李恒翘死透没？你不是说他出车祸了吗？"

管家："……"

管家：这是有什么深仇大恨，怎么盼着亲哥哥死呢？自己什么时候造谣过大少爷出车祸了？二少爷的梦做得还挺好。

另一边，楚瑞清从峨眉山归来，跟工作人员确认完团体综艺的录制时间，便投入到时尚杂志的拍摄中。

化妆室内，造型师正努力地游说楚瑞清，给她展示各色时尚画报，苦口婆心地劝道：“真的很好看，你要相信我们的专业度！”

楚瑞清望着杂志上模特的金黄鬈发，不禁陷入沉默：“……”

楚瑞清不忍心告诉造型师，她更相信对方种玉米的专业度。毕竟以大师姐老旧的审美来看，模特的发型像是一簇张狂的玉米须，肆无忌惮地飞扬。

陈思佳翻着画报，公正地评价道：“其实这发型真的挺潮，我都有点儿想染……”

楚瑞清沉默片刻，诚恳地说道：“我可能不懂你们所谓的时尚。”

陈思佳闻言，笑着拍了拍刘筱白，又看向楚瑞清：“那就让时尚达人来为你解答什么是时尚吧。”

刘筱白本是模特公司的艺人，但由于唱功出色，便参加《偶像新秀》出道。她平时在穿搭上得心应手，算是“欢乐一家猴”里最潮的“猴”。陈思佳想让刘筱白现场教学，开解一下古板的楚瑞清，推动造型工作的进行。

刘筱白望着虚心请教的楚瑞清，认真地答道：“时尚就是丑。”

陈思佳：“……”

刘筱白振振有词道：“但这种丑能让你看习惯，就改名叫时尚。”

楚瑞清闻言，果断地答道：“我不染。”

陈思佳：“……”

水晶少女为拍摄杂志封面，每人都要设计新造型，尽管楚瑞清态度坚决，最后还是在工作面前低头。造型师一边调配药剂，一边好声好气地安慰：“人总要勇于尝试，每个人都有第一次，我们这回先试试深色系。”

毕竟楚瑞清是头一回染发，工作人员怕她应激情绪太大，决定从常规的深栗色入手，没有挑些花里胡哨的颜色。

楚瑞清沉默地坐在转椅上，仍面无表情，但脸上似乎透出自暴自弃的神色。

造型师做好准备工作，便开始涂抹药剂，同时感慨道：“你的头发的颜色很深呢。”

楚瑞清的黑发毫无瑕疵，颜色纯正，没有任何毛糙和分叉的情况。陈思佳等人洗澡后，第二天难免都有些碎头发翘起，楚瑞清的头发却柔顺而服帖，可以直接去拍洗发水广告了。

洗掉染发药剂后，尴尬的事情却出人意料地发生了。造型师看着楚瑞清的长发，不禁皱眉道："怎么染不上？"

水晶少女的其他成员也坐在旁边染发，好奇地看着全屋的造型师凑到楚瑞清身边。几个造型师聚集在楚瑞清身后，认真地开始探讨："是不是头发底色太深？有没有漂完再染？"

"我试着漂过，问题是头发根本不褪色。"染发的造型师满脸疑惑，看着楚瑞清黑色的长发，甚至怀疑自己只是给对方洗了个头，不然怎么连一根上色的发丝都没有？

满头药剂的夏枚坐在旁边，笑嘻嘻地说道："不会是染发剂过期了吧？"

造型师们极为茫然，将瓶瓶罐罐检查了一遍，确定毫无问题，却始终找不到给楚瑞清染发的办法。因为漂染很伤头发，造型师不敢多次尝试，但忍不住调侃道："难道你的头发也习武？怎么如此倔强？"

楚瑞清："……"

屋内其他成员笑得前仰后合，看热闹不嫌事大，皆凑过来摸摸楚瑞清的头发。刘筱白将大师姐的发丝对着光照，嘀咕道："真的完全没掉色，颜色非常深。"

陈思佳瞅到楚瑞清的神色，毫不留情地揭穿道："楚老师肯定在窃喜……"

虽然楚瑞清全程沉默寡言，但她刚才听到染不上后，明显松了一口气。她差点儿就要跟二师弟拥有同款发色。

女团成员们兴致勃勃地看戏，造型师们却头疼不已，崩溃地将她们往座位上赶："好啦，都回自己的位置！"

几个造型师研究一番，最后只能放弃给楚瑞清染发的念头，幸好她的头发不耐高温，可以烫个发型。造型师退而求其次，给楚瑞清设计了长鬈发，又在发间别上几缕深紫色的假发，假装进行过挑染。

毕竟其他人或多或少染上了些颜色，楚瑞清的头发若是纯黑色的，不太符合女团的感觉。

杂志拍摄现场，水晶少女拍完全员海报，便进行分组拍摄，最后还有个人拍摄。少女们围在电脑前，检查刚才的照片，夏枚由衷地感慨："为什么楚老师如此美，我看上去却又土又花里胡哨？”

水晶少女中表现力最好的是刘筱白，其次居然是楚瑞清，让众人相当惊讶。大师姐在舞台上挤出假笑都很艰难，在镜头下她反而显得游刃有余、收放自如。

虽然她仍然面无表情，偶尔甚至没直视镜头，却能牢牢地吸引观者的注意力，跟周围的意境融为一体。她不用特意摆动作，眼神便自然而然地透出疏离感，显得摄人心魂，正好符合此次拍摄冷艳、高级的风格。

摄影师笑道：“这张脸不上大银幕实在可惜，眼睛里都是故事。”

刘筱白和楚瑞清的拍照风格不同。刘筱白是受过专业训练的模特，可以在镜头前自然大方地展示自己，丝毫没有僵硬感；楚瑞清却是通过眼神释放内容，营造出一种氛围，简言之就是自身气场太强。

夏枚好奇地眨眼，不由得望向楚瑞清，故意调侃：“那我可以读一读楚老师的故事吗？”

楚瑞清瞟了她一眼，坦白道：“你可能读不完。”毕竟夏枚是比徒弟的年纪还小的孩子。

夏枚：“……”

水晶少女是首次登上知名时尚杂志，粉丝们少不了争论一番，其中有对刘筱白等佼佼者的赞美，也有对夏枚的照片中的影楼风的调侃。

——大家像是小魔仙，发色全靠脸来撑。

——看来夏小枚清楚地认识到了自己是一个花里胡哨的娃娃，但我仍然爱你！

——楚老师好酷，表现力一流，求古装剧导演看看女侠吧！

——大师姐的杂志表现力惊人！我本来还超级担心，毕竟她有老年人审美。

——别瞎吹，楚某耍大牌喊着不染发，不然哪能显得自己独树一帜？不觉得她的发色跟团体格格不入吗？

——哪里和魔仙堡格格不入了，楚老师不就是黑魔仙吗？

时尚杂志拍摄工作结束，所有人的照片出炉了，拍摄花絮则较晚才能放到网上。网上不知是谁瞎传楚瑞清在后台耍大牌，拒绝染发，毫无偶像职业道德，团队发现风向，赶紧将花絮赶出来，以正视听。

花絮视频内，女团成员们拍摄时皆一本正经，休息期间却笑闹成一团，看上去其乐融融。不少成员还提及楚瑞清的头发染不上色，将其当作今日笑谈，算是澄清了某些网友传播的谣言。

房间里，众人围着楚瑞清打转，兴奋地去摸大师姐染不上色的头发，还新奇地连连感慨。造型师们则面露无奈之色，赶小鸡般将成员们轰走，弄回各自的座位。

——楚瑞清满脸冷漠，被成员们无情地参观着。

——楚瑞清：我只是没有感情的工作机器，你们休想给机器的头发上色。

——楚老师印证了小说描绘的真实性，这就是书中所谓的“强悍到每一根头发丝”，恐怖如斯！

——我和楚老师的体质好像，染发也没效果，实在可惜呢。

花絮视频放出后，“楚瑞清染发”这个话题一跃而上居热搜前排。大家发觉楚老师的头发染不上色，不禁稍感遗憾。热心网友索性修了几张图，将楚瑞清的黑发换成各种颜色，掀起全民换发色的热潮！

楚瑞清在染发风波过后，竟因祸得福地捡到一个知名洗发水的代言，一时羡煞众人。此洗发水的最新广告台词相当直白，显然是故意贴近大师姐的染发事件。台词：自然美无须矫饰，爱你最初的样子。

华腊：“还是广告商手快，紧抓娱乐热点，成功蹭上热搜。”

梦飞出天窗：“楚老师这辈子可能无缘接染发剂广告了。”

冬瓜太阳：“虽然知道大师姐商业价值高，但还是不禁让人怀疑这是洗发水公司的阴谋。”

除了广告代言外，楚瑞清广为流传的杂志照片还吸引来其他项目。经纪人刘哥带着试镜的剧本片段，喜气洋洋地找上楚瑞清，感慨道：“幸好你没染发，这里有个很适合你的角色！”

水晶少女出道后，楚瑞清作为C位成员，自然接触到不少工作。然而大部分项目只是看中了她的人气和粉丝的活跃度，想要从中获利，真正质量过硬的项目很少。

毕竟靠谱的团队不会轻易选用没演过戏的偶像，而会直接选科班出身的演员，辛媛也是靠新娱传媒才能接触到优质资源。

楚瑞清此次能碰到好的电视剧项目，可谓天时地利人和。她的峨眉弟子形象深入人心，又曾在世界级传统武术交流赛里留下惊艳表现，带有武术技能。

经纪人刘哥拿的正是《倚天屠龙记》的新版剧本，原著作为被反复翻拍的经典之作，曾在无数人心中留下响当当的名声。周芷若更是令人印象深刻的角色，她和赵敏至今仍被许多书迷比较。

楚瑞清听闻角色是峨眉派掌门，不由得心生一丝期待。她记得陈思佳也曾提起过此书，看来这是外界接触峨眉派的重要读本。楚瑞清过去对接戏有点儿犹豫，但此次可以饰演跟峨眉派有关的角色，顿时不再排斥。

刘哥见她不反感，又提醒道："不过这是要试戏的，如果你没有通过……其实也没关系，毕竟制作班底强，要求也会很高。"

因为原著自带超强知名度，导演班底又频出佳作，剧本角色的竞争压力挺大。不少影视公司派出演员争夺重要角色，其中不乏资历深厚者。如果不是楚瑞清的峨眉派标签太强，她可能都拿不到试镜的资格。

经济人刘哥将新版《倚天屠龙记》的试镜剧本交给楚瑞清，又叮嘱了她在试镜前重温原著。他看楚瑞清点头应下，这才放心地离开。

因为剧组不想泄露新版的剧本，所以给演员的试镜片段很短，根本没有几场戏。楚瑞清很快就看完剧本，但她完全不知前因后果，只能拿出陈思佳当初送的《倚天屠龙记》，默默地读起来。

楚瑞清眉头紧皱地合上厚厚的书籍，沉默良久，又硬着头皮重新翻看，这回只挑峨眉派的部分看。虽然周芷若最后成为峨眉派第四代掌门，还拿下屠狮大会的第一，但仍让楚瑞清极为不满，她有点儿气闷地放下了书。

这是什么峨眉派？为什么门内弟子都在内讧相杀？师父老让女弟子出去色诱暗杀，行事作风毫无道义可言，居然还能排六大门派第三？稍有资质的女弟子必然耽于情爱，何来习武的韧性？张无忌此等犹豫、扭捏之人，峨眉掌门居然还深陷于感情之中，完全拔不出来？

楚瑞清纵观全书，觉得《倚天屠龙记》里的峨眉派最靠谱的居然是倚天剑，最后还被无情地弄断了。虽然她明知那是小说，只是山下人对峨眉派的戏说，但难免还是有几分失望，觉得此书抹黑了门派名声。

楚瑞清读完《倚天屠龙记》，深感外人对本门存在误解。尽管如此，她已经答应经纪人去试镜，还是认真地准备了一番。楚瑞清如今深谙山下上班族的心态，不管她对工作内容有任何不满，该有的工作态度会摆出来，完美贯彻成年人的生存哲理。

试镜当天，经纪人刘哥陪同楚瑞清前往剧组试镜。水晶少女和TENS的合约如今由非凡耀影公司来管理，这也是《偶像新秀》节目制作团队所在的公司。水晶少女配有一整支经纪团队，各个经纪人分管影视、音乐、商务等内容，刘哥算是团队里的重要人物。

车内，刘哥忍不住寒暄起来："你准备得如何？"

楚瑞清头一回参加试镜，也不知自己是何水平，坦白道："一般。"

刘哥误以为她有临考恐惧症，连忙安慰道："没事，大剧要求高，你也别太紧张了！"

"说起来，我看过好几版《倚天屠龙记》呢，最喜欢小昭……"刘哥见楚瑞清沉默，又故意找话题，想要调节她的情绪，问道，"你喜欢谁？"

楚瑞清想了想，答道："倚天剑。"

刘哥：原来还有兵器粉。

楼内，走廊里都是忙碌的工作人员，偶尔还会闪现戴着口罩的明星，他们皆是前来试戏的。刘哥带着楚瑞清跟剧组的人打了个招呼，便在房间里静待导演胡屏过来。房间一角放置着衣架，上面蒙着一层防尘罩，只能隐约看到罩子下的古装裙角。

没过多久，总导演胡屏便带着执行导演、副导演等人进屋。刘哥赶紧带着楚瑞清起身相迎，众人立马寒暄起来。楚瑞清提前被介绍过导演，在经纪人的示意下，礼貌地伸出手道："胡导好，我是楚瑞清……"

总导演胡屏声名在外，但为人相当亲和。他一边客气地回握楚瑞清的手，一边笑道："他们管你叫什么来着？大师姐？听说你还养猴。"

楚瑞清实在不知谣言从何而来，真不知如何接话，毕竟二师弟不用自己养。

刘哥见楚瑞清不答，立马笑着暖场：“胡导可真潮，居然还看《偶像新秀》？”

胡屏摆了摆手：“我没看过，但身边的小孩儿们在看！”

导演胡屏在圈内有一定地位，他的年纪摆在那里，又交出过不少好成绩，已经属于靠情怀炒冷饭也有人买单的级别。他能够知道楚瑞清的绰号实属不易，毕竟现在选秀节目的新人如雨后春笋，胡屏却是见证了不少演员兴衰起落的人物。

大家说完客套话，便开始正式工作。服化组拿出提前备好的衣服，带着楚瑞清试了两身，并留下了古装照片。换装结束后，楚瑞清就要演绎试镜片段，一场是明教光明顶周芷若剑刺张无忌，一场是少林屠狮大会周芷若勇夺武林盟主。

楚瑞清拿到佩剑，轻巧地挥舞了两下，便流畅地收剑，等待试镜开始。导演胡屏看到她熟练的挥剑动作，不由得眼睛一亮。他们找上楚瑞清的原因很简单，新版电视剧的武打戏很多，而楚瑞清起码有基础。

光明顶上，周芷若剑刺张无忌时的情绪很复杂，一边是师命难违，一边是幼年同伴。她本以为张无忌会躲开，不料对方挨了那一剑，使她颇为震撼。

楚瑞清刚开始的表演都很正常，刘哥专门给她找表演老师突击上过课，好歹临时抱过佛脚。她的眼眸中浮现犹豫和矛盾，然而长剑一出，万千情绪都在拔剑那一刻戛然而止！

只见寒光一闪，剑尖直直地刺出，可谓干净利落！

胡屏望着果断出剑的楚瑞清，面露难色，还是选择叫停，斟酌着言辞：“嗯……如果周芷若这么出剑，可能张无忌在光明顶就死了。”

楚瑞清没握剑时情绪还算正确，但长剑入手，眼神中便只剩杀气，像是要一击打败对手。胡屏感觉她演出了要手刃仇人的气势，不知道的人还以为周芷若要手刃坏蛋。

“抱歉……”楚瑞清自知失误，然而控制不住自己，谁让长剑落入手中，身体便下意识地作出反应，完全没有犹豫。

胡屏倒没有过多追究，说道：“没事，我们看看下一场！”

经纪人刘哥闻言有点儿不安，虽然胡导的态度很客气，面上不露分毫情绪，但显然他对这场戏不太认同，楚瑞清的角色可能悬了。

下一场戏是周芷若在屠狮大会力压群雄，夺得武林盟主之位。楚瑞清仍着青衫，但她神色一变，便冷漠起来，手中的长剑也替换为长鞭。这场戏武打动作较多，胡屏并未要求动作难度，楚瑞清却将长鞭舞得淋漓尽致！

胡屏看着她漂亮的动作，不禁在心中赞叹，当今有如此功底的女演员实属少见，她与剧组的武术指导相比都不遑多让，甚至更出色。

原书中，周芷若面对冲上来的张无忌弃鞭用爪，最后看到他胸口的伤疤时柔情忽动，竟抓不下去；现实中，楚瑞清的动作干净利落，决绝地挥出一爪，让不远处的观众都感到面上有风，顿生寒意。

胡屏望着果断下爪的楚瑞清，竟像是早有预料，说道："嗯，如果周芷若这么出爪，张无忌可能在屠狮大会上就死了。"

胡屏：她究竟为何对暴打张无忌这么执着，怎么完全表现不出于心不忍的感觉？

经纪人刘哥："……"

试镜结束，总导演胡屏内心极为纠结，对楚瑞清又爱又恨。他长叹一声道："你怎么是个偏科生啊？"

刘哥打圆场："胡导，毕竟还是新人，您多担待……"

楚瑞清显然没有系统学习过表演，但胡屏并不在意这些，好导演可以教会演员演戏。然而楚瑞清属于发挥不稳定型选手，有时候特别灵，例如力压群雄，有时候特别不灵，例如面对张无忌。

对其他女演员来说，她们的最大挑战是演绎后期的周芷若，如何在不借助外力（如服化、妆容）的条件下，极力展现人物气震群雄的气质。然而楚瑞清的最大挑战是前期的周芷若，人物身上的清丽秀雅、楚楚动人，她完全没有。

周芷若面对张无忌还会双颊酡红，但楚瑞清看上去要把张无忌砍死，怕不是更该演灭绝师太？

胡屏有些头疼地挠了挠头，一时不知如何抉择，索性开口道："大家坐下聊会儿吧。"

经纪人刘哥有点儿蒙，只得朝楚瑞清招招手，两人跟剧组其他人围坐在一起。

胡屏面色和蔼地询问："以前演过戏吗？"

楚瑞清诚实地答道："没有。"

胡屏若有所思道："那这有可能是你的第一部戏是吗？还挺重要的。"

楚瑞清点头。

不少演员深受第一部戏的影响，一般来说演员早期在剧组里养成的习惯，今后很可能再也改不了。圈子里，从名导手中起飞的新人，跟靠在剧组摸爬滚打上位的草根演员，给人的感觉也不一样。

胡屏见她不善言辞，半开玩笑地说道："你要是没通过试镜，我能请你做武术指导吗？"

刘哥面露难色，楚瑞清却痛快地应道："可以。"说起来，武术指导还比演周芷若难度低。

胡屏看楚瑞清如此爽快，不禁微微一愣，随即笑道："你还真是执着地要进组啊！看来知道咱们剧组伙食好！"

刘哥："……"他总觉得这个艺人只要听到"武术"两个字，什么工作都有胆接。

胡屏留下楚瑞清聊天，主要是想了解对方对原著的看法，再结合她刚才的试镜表现决定最终结果。他神色自然地随口问道："原著里你最喜欢谁？"

刘哥听到熟悉的问题，不由得感到一阵窒息，心中大呼不好。下一秒，他便听到楚瑞清的回答："倚天剑。"

胡屏："这是兵器，不是人吧？"

楚瑞清点头。

胡屏看她神色镇定，哭笑不得地说道："为什么？难道不该喜欢屠龙刀吗？"毕竟两者比较，屠龙刀比倚天剑的戏份多点儿。

楚瑞清平静地说道："屠龙宝刀不过代表凡人纷扰、权力争夺，然而统领百万雄兵之人纵然权倾天下，也未必能当倚天剑之一击。"

这话出自小说结尾的张无忌之口，他当时将武穆遗书交给徐达，以此告诫对方，万不能在手掌大权后作威作福。屠龙刀中的兵书能平定动乱，倚天剑中的秘籍则可斩暴君，双方互相制衡。

这也是楚瑞清对书中峨眉派感到失望的原因。她们手持倚天剑，做出来的事却上不得台面，显得小家子气。周芷若本有机会成长为张无忌的绝对对手，最后却被自己的心束缚住了。

胡屏笑道："那我猜你肯定最喜欢连载版结局，周芷若与青灯古佛长伴一生……"

楚瑞清点头，假如她是周芷若，后半辈子还要见张无忌，简直想想就想死。

《倚天屠龙记》拥有多个版本的结局，其中连载版的结局是周芷若孤身一人，三联版的结局则是周芷若找到张无忌和赵敏，留给观众们无限遐想。新版电视剧肯定会进行改编，纵览过往所有的翻拍剧，剧本对原剧情或多或少有所调整。

楚瑞清和刘哥又跟导演胡屏聊了几句，这才打道回府。两人刚上车，刘哥便安慰道："没关系，这要是不成的话，以后还有其他项目。"

楚瑞清点头，人都有第一次尝试，这回好歹积累了试镜经验。

刘哥觉得楚瑞清这次入选的机会不大，毕竟看胡屏导演的反应不是很好，估计前途渺茫。因为剧组并没有很快给出试镜反馈，刘哥也在忙碌中逐渐忘记此事。

第八章

综艺开拍　峨眉上云岭
五年之约　此中有真意

水晶少女刚刚出道，通告非常多，快熬掉女孩儿们的头发。即使是身体素质极佳的楚瑞清，都稍感疲惫。她每天的体力消耗倒不多，但工作极为琐碎。她们既要集体拍广告、赶通告，又要各自去争取商业资源，简直比在录制《偶像新秀》时还劳累。楚瑞清和辛媛无疑是最忙的，几乎平均每天只能睡两三个小时。

大家深夜拍摄结束后，皆饥肠辘辘、疲惫不堪。工作人员专门定了外卖，让人送来丰盛的夜宵，喂饱饥饿的少女偶像们。

后台里，辛媛蹲在茶几边吃夜宵，脸上早没有活力。她困倦地揉着黑眼圈，自愧不如地说道："楚老师太厉害了，这两天就睡了半小时，我明明睡得更多，却感觉离猝死更近……"

辛媛觉得自己被累得垂垂老矣，楚瑞清却容颜不改，完全像个没事人。

《偶像新秀》里，楚瑞清是辛媛如影随形的竞争者，辛媛面对对方便总是不大自在。两人并没有任何矛盾，但有外界的无数眼睛盯着，舆论便将她们推到了对立面上。现在节目结束，一切尘埃落定，辛媛反而能自如地交流，不用顾忌太多。

夏枚一边剥小龙虾，一边嘀咕道："可不是，而且她还是坐着睡觉，我是没床不行的。"

楚瑞清正在看信，闻言纠正道："那叫打坐。"打坐可以帮她快速恢复体力，甚至比睡觉的效果更佳，就是要求注意力要集中。

陈思佳拆开一次性筷子，见楚瑞清还蹲在角落里翻信，说道："先别看啦，过来吃饭吧。"

胡茗笑道："做楚老师的粉丝真够幸运的，她不管多晚收工，每天收信必拆。"

楚瑞清如今人气正盛，收到的粉丝信件可以用麻袋来装，但她仍然坚持看信。有黑粉发现她的习惯，故意写辱骂信混入粉丝信件里，让陈思佳等人气愤不已。然而楚瑞清将那封信看完后，平静地放到一边，依旧没有改掉看信的习惯。

在她看来，人不能因噎废食，一片赞颂声中的不和谐的声音反而带给她真实感。当她感受到别人对自己的厌恶，才更明白喜爱的珍贵与来之不易。她作为长辈，还真不把个别小孩儿的辱骂放在眼里。

楚瑞清看完信，才坐到陈思佳旁边吃饭，听着团员们叽叽喳喳地说话。陈思佳看她光用筷子夹菜，好奇地问道："你不吃小龙虾？"

楚瑞清摇头："太麻烦。"她上回尝试过，但觉得小龙虾头大肉少，还要上手剥，实在费时费力。

刘筱白闻言，伸手拍了拍吃得正起劲的夏枚，调侃道："还不孝敬你爸一个？"

楚瑞清和其他团员的组合都很正常，就只跟夏枚莫名其妙变成了父子情，似乎是TENS师哥程檀在决赛时最先提出的。现在不存在"初夏夫妇"，网上官方统称她们两人为"水晶父子"，所谓真情留不住，只有父子永长存。

"是你爸！"夏枚有点儿气急败坏地叫道，但她还是乖乖戴着一次性手套剥好虾，朝楚瑞清伸出手。

夏枚将虾肉递到楚瑞清嘴边，诱哄道："啊——"

楚瑞清："……"

楚瑞清面无表情，紧抿嘴唇，实在下不去嘴。

陈思佳听到夏枚骗小孩儿吃糖的语气，不禁打了个寒战，说道："你成功把楚老师吓住了，她再也不敢吃小龙虾了，以后她一看到这道菜，就会回忆起你可怕的语调……”

夏枚朝陈思佳抛了个媚眼，娇声道：“哪有？”

刘筱白作呕吐状：“够了，夏枚我快受不了你了……”

由于夏枚的表演，气氛活跃起来，众人一时笑闹成一团。辛媛跟着打趣：“夏枚就是想独占小龙虾，故意施计让大家吃不下饭！”

“被你看穿了！”夏枚嘚瑟地耸了耸肩，将剥好的虾肉放进楚瑞清的碗里。

胡苕看着吵闹的场面，笑道：“楚老师和老黑现在肯定想退出群聊，心想你们这帮女的实在吵死了……”

水晶少女只要共同赶通告，在后台便像八只没停过嘴的麻雀，除了楚瑞清和黑禾，其他人可以聊一晚上，工作人员有时都管不住她们。

黑禾正好吃完饭，起身收着垃圾，闻言调侃道：“哎哟，你对自己的吵居然还有认知？”

胡苕对黑禾挥了挥拳，又看向楚瑞清，问道：“楚老师呢，也觉得吵？”

楚瑞清坦诚地答道：“还好，就像被关进了鸟笼。”而且里面什么品种的鸟都有。

现在热闹的气氛偶尔会让她怀念起《偶像新秀》的生活。她们仿佛重归当时纯粹的环境，每个人都在努力，没有过于烦琐的工作，大家为一点儿小事都能苦中作乐很久，这是她在山上所不曾经历的。

众人：这是什么比喻？

夏枚：“完了，楚老师已经烦我们到视我们为鸟的地步……”

楚瑞清解释道：“不是烦，我挺喜欢鸟的。”

“你才是鸟！”旁边的陈思佳又好气又好笑，报复性地捶了楚瑞清一下，随即倒抽一口凉气，“嘶……你是石头做的？捶得我手疼！”

楚瑞清满脸无辜，看着陈思佳龇牙咧嘴地揉手。夏枚看热闹不怕事大，煽风点火道：“陈老师快就地一躺，现在就可以讹上啦！”

过来的导演望着热烈的欢笑场面，不禁调侃道：“说你们是鸟都是侮辱鸟类，你们真的比鸟要吵，楼道里都有回响……”

众人面对突然出现的《偶像新秀》的总导演，脸上都露出惊讶的表情。面前的大肚子导演姓柴，曾经陪伴她们录制了几个月的《偶像新秀》。他以前跟楚瑞清几番斗智斗勇，最后还给她投过票。

夏枚不服气地挺直腰板："楼里又没人，我们乐意吵！"

辛媛："我们乐意吵！"

胡茗："我们乐意吵！"

刘筱白："我们乐意吵！"

柴导望着复读机般的女团成员，淡淡地说道："夏枚，你真是翅膀硬了，原来在节目里见到我，不是还吓得哭鼻子了吗？"

柴导是大肚子中年人，但看上去不太面善，显得凶神恶煞，又爱在后台骂人，当初吓到过不少选手。《偶像新秀》的一百名选手里，只有楚瑞清敢跟他正面对决。她还说过名句"想要做导演"，觉得柴导的工作量少，当时让工作人员笑到岔气。

夏枚兴奋劲儿一过，面对柴导还是有点儿怯，嘀咕道："楚老师还在呢……"

柴导不满道："怎么，你还盼着我和楚瑞清打一架？"

楚瑞清听到自己的名字，不禁看过来。柴导本来还挺硬气，撞上她的视线，下意识地往旁边挪了挪。

夏枚小声地说道："打架是不可能的，但可以换她做导演啊……"

柴导："……"

柴导懒得理狐假虎威的夏枚，生怕被她们气得半死，干脆说起正事："大家看到我们的导演团队，心中应该也有预感，那就是水晶少女的首档团体综艺《闪光时刻》，将于今晚正式启动，大家即刻启程！"

"你们刚才的一言一行，全都被记录下来了，最后会在团体综艺里播出！"柴导加重语气，刻意提醒道。在他身后，编导和摄像们已各就各位，显然早有准备。

刘筱白长叹一声，在沙发上躺平："我没气了，又要工作。"

"我也好想睡觉……"

"现在是凌晨三点啊……"

柴导望着唉声叹气的众人，说道："考虑到大家最近很辛苦，我们为你们量身定做了一套旅行方案，让你们进行休息。”

水晶少女们听到“旅行”两个字，瞬间打起精神，鲤鱼打挺地坐起身来。众人见柴导拿出一个签筒，看上去神神秘秘的，不禁面露疑惑之色。

柴导解释道：“我们先来选出命定之猴。”

众人：“……”

柴导：“我们将兵分两路前往不同景点，其中‘欢乐一家猴’已有四人，所以这组只剩一个名额。”

辛媛茫然地看了看周围的人，说道：“意思是我们几个抽签？”团里共有十人，平分完就是每组五人，除去四“猴”，还余六人。

胡苕若有所思道：“那就是抽中的去峨眉，跟着楚老师走……”

陈思佳：“抽中就变猴！”

夏校附和：“让我看看谁是‘猴选之女’！”

楚瑞清：“……”

——“猴选之女”，哈哈，你们去讲相声吧，无厘头的儿童欢乐多！

——楚老师：我常常由于不够傻而感觉与你们格格不入。

——楚老师的比喻太形象，水晶少女的后台让我感觉有人在耳边吹《百鸟朝凤》，还是合奏版。

——大家好快乐，感觉团内气氛比粉丝想的要融洽。

——陈老师捶楚老师，却被硌得手疼，笑死我了。

柴导送上签筒，楚瑞清等人则在一边看热闹，看其余六人谁会中签。黑禾握着末端标红的签，问道：“这是什么意思？”

其余人互相看看手中的签，唯有黑禾的签与众不同。柴导说道：“恭喜你变猴。”

陈思佳等人兴奋地朝着黑禾招手：“来吧，来吧，以后你就是黑猴。”

黑禾：“……”

水晶少女团内两组划分完毕，导演组便进入下一项工作。工作人员带着众多行李箱登场，柴导铁面无私地说道：“现在请大家留下必备的衣物及生活用品，将其余东西交给工作人员保存，精减自己的行李。”

少女偶像们望着原本放在酒店内的大大小小的箱子，顿时如遭雷劈，长吁短叹起来。女孩儿们的行李本来就多，导演组此举简直是往她们心上割了一刀。

陈思佳感慨起来：“历史仿佛重演，感觉像是《偶像新秀》入住时的情景……”

辛媛打起商量，哀求道：“导演，我们回去再收吧，一定要现在上交吗？”

“现在就要交。”柴导见她们怨声载道，不禁幸灾乐祸道，“楚瑞清，你作为center，不该带头精减行李吗？”

夏枚提议道：“那我们干脆从楚老师开始，逐一现场开箱？”

楚瑞清没有意见，点了点头，找出自己的箱子。众人便围坐成一圈，乖乖地窝在行李箱后面，等待她开箱。

胡茗：“楚老师的箱子还挺大呢……”

夏枚笑道：“打开发现全是刀枪棍棒。”

楚瑞清的深色行李箱还是上《偶像新秀》前买的，箱子挺大，但造型普通，也并非名牌。楚瑞清镇定地将行李箱平放在地上，其他人看她要开箱，皆好奇地伸长脖子。大家都想知道，她跑通告会带些什么。

——箱子一开，只见其中蹦出一只猴！

——我猜装的是纸剑，毕竟人在剑在。

——成员们的箱子是真多啊，屏幕上早超过十个了吧？

弹幕里同样在热烈地猜测，大家都开始推断行李箱里的东西。然而庞大的箱子被打开，其中却空荡荡的，角落里捆着衣物、洗漱用品、纸剑和信件等物，除此之外都是闲置空间。楚瑞清的物品少得可怜，只占箱子的一角。

陈思佳见状，哭笑不得：“这些东西背个书包就够了！”室友居然还来回托运箱子，实在兴师动众。

楚瑞清解释道：“还要装信的……”她还没把今天收到的粉丝信件放进去。

夏枚蹲在箱子边，惊道："楚老师连水乳都没有，化妆包呢？"

夏枚左右看了看，没瞧见护肤用品，又不好意思伸手去碰楚瑞清的东西，一时颇为不解。楚瑞清的肤质相当好，熬夜也不见黑眼圈，不少团员好奇她的护肤秘诀。

辛媛应道："对，楚老师是如何护肤的？我要请教一下。"

陈思佳早知答案，调侃道："用清水洗脸。"

楚瑞清立刻否认错误答案，平静地答道："不是。"

陈思佳闻言一愣，问道："你在护肤？用的什么？"陈思佳明明记得，楚瑞清没有护肤品。她倒是送过对方一套水乳，但此人也不爱用，上节目时还将其忘在公司宿舍。

楚瑞清认真地解释："吐纳、打坐可以调节身体状态，从而改善外在……"

夏枚："幸好楚老师做了女团偶像，不然很可能变养生专家，成为我妈的偶像。"

楚瑞清："……"

众人笑得前仰后合，显然对楚瑞清的老年人状态深有体会。

——夏枚非要皮一下，看看你爸的眼神，你爸已经三天没打你了。

——我懂了，别人带的是行李箱，楚瑞清带的是信箱。

——楚瑞清：用最大的箱子，装最少的行李，东西不必多，气势必须有！

——你们都不懂楚老师，她是要为峨眉装回帝都的空气！这可是土特产，让师兄弟们也能畅享雾霾。

楚瑞清开箱结束，其他人也陆续打开箱子，拿出来的东西千奇百怪。其中有海量化妆品，还有各式毛绒玩具，最搞笑的是夏枚带了一口锅。夏枚无奈地说道："本来是想在酒店煮方便面吃……"

编导们上前拿锅，夏枚忙道："别拿走啊，这是生活必需品！"

刘筱白："你要带着锅爬山？那么想做背锅侠？"

夏枚："……"

导演组在团员们的号哭中，收走多余的物品，并暂时没收她们的现金。柴导宣布道："每组的旅行资金是一千元，大家要合理规划，凭借自己的聪明才智完成计划。"

"这也太抠了，就算是国内旅行，怎么能只给一千元？"

"都不能叫穷游，简直是乞丐游……"

水晶少女的团员们纷纷抱怨，觉得导演组刻薄无情，叽叽喳喳地讨论起来。

每组有五人，旅行资金是一千元，旅行为期一周，平均每人每天大约只能花二十八元。这不要说离省旅行，在帝都本地玩都勉强，甚至没法下馆子吃顿饭。

辛媛疑惑地问道："这连订机票的钱都不够，我们有五个人。"

柴导听着大家的抱怨，说道："往返的机票或车票由我们出钱，旅行资金用于大家的日常花销，包括吃、住、玩等。"

导演组为两组分发了任务牌，上面有旅行计划及目的地。楚瑞清拿到的是川蜀区域，上面标注着各式各样的景点，需要成员们前往打卡，其中就有峨眉金顶。辛媛拿到的是西部某城，同样充满历史古韵，有不少闻名于世的景点。

——非凡耀影是真抠啊，掏出两千元做团体综艺。

——快给崽崽们零花钱！我的投票钱都被你们用到哪儿啦？

——按照这种预算，七天后只有楚老师能活下来，毕竟她靠光合作用活着，不用吃饭、睡觉。

楚瑞清拿回任务牌和装着钱的信封，跟其余"欢乐猴"讨论资金规划。陈思佳思索片刻，说道："那我们还好，起码楚老师家管吃管住。"

刘筱白提醒道："但峨眉山景区票价很贵，还有索道、缆车的票钱……"

"欢乐猴"组的难题是昂贵的景区票价，峨眉山的进山单人门票一百六十元一张，还不包缆车、索道、巴士等的票钱。另一组的难题则是旅行食宿费，需要知道如何花小钱，还能吃得好、住得好。

夏枚不免好奇道："那楚老师回家好惨，每回还得掏一百六十元买票。"

楚瑞清解释道："我们进山是不花钱的。"云岭阁弟子的信息在景区有备案，阚和给大家办完假证后，他们便能自由地刷证进门，更何况有时还是直接御剑进山。

夏枚闻言，不由得羡慕起来："本地人就是好！"

因为楚瑞清不用买票，资金压力便减小一些。大家合计一番，决定先前往峨眉进行省钱游，最后再回城里，打卡剩余景点，争取前期减少花销，后期多留点儿钱。

第二天，水晶少女们兵分两路，各自踏上穷游之旅。"欢乐一家猴"在集合地聚齐，跟导演组们碰头，楚瑞清和陈思佳却看到熟人。如今正是帝都最热的时节，李天剑却包得严严实实，还戴着黑色口罩，让人生怕他中暑窒息。

柴导介绍道："这位是峨眉派的李先生，因为我们要在峨眉景区拍摄，他会作为向导陪同……"

李天剑出现在此地，名义上是导游，实际是收拾烂摊子的专业户。虽然阚和过去带人上过山，但总归没进行拍摄，危险性不算大。

《闪光时刻》却不一样，作为水晶少女的团体综艺，不知多少双眼睛盯着这档节目。梁局非常重视此事，要求阚和或李天剑作为峨眉派的担保人，必须在拍摄期间及时规避隐患。简言之，他们不能让任何无法用现代科学解释的事情，在节目里出现。

李天剑本来还想跟三师叔商量一下此事，然而阚和听闻来龙去脉，一脚便将皮球踢开。阚和的语调懒洋洋的，他说话却毫不客气："小屁孩，这种事你去跑就好，三师叔我可忙着呢！"

李天剑听到对方的回答，竟有种预料之中的感觉。他觉得阚和不在也好，三师叔看上去就只会添乱，只是这回没机会跟对方比剑。李天剑如今在家日日练剑，刻苦得要命，一方面是不愿辜负师父的厚望，一方面便是想挑战三师叔，以报过去的仇。

夏枚望着只露出一双透亮的眼睛的高个儿青年，试探道："这是楚老师的……师弟？"

“好像是徒弟吧？”陈思佳乍一看捂得严实的李天剑，还没有马上认出来。因为李天剑裹的衣服实在多，加上他换了发型，似乎又长高了一些，跟过去死气沉沉的样子截然不同。

楚瑞清点头承认：“对。”

夏枚颇为震惊：“楚老师居然能收徒，好厉害！”

刘筱白：“毕竟是峨眉武术协会的名誉会长，不是说会长王成义有武术学校吗？”

夏枚闻言，看向楚瑞清的目光越发景仰。她竟开始期待接下来的峨眉山穷游，莫非自己能看到名门大派？

黑禾望着如同过冬的李天剑，质问道：“不热吗？”

李天剑闻言，竟又将黑口罩往上拉了拉，淡定地答道：“还好。”

众人：胡说八道，换谁都觉得你要捂出痱子了。

李天剑非常谨慎，不但躲避节目组的镜头，还将自己从头武装到脚。他绝不会让任何粉丝发现他的真正身份。

楚瑞清看着宛如要去南极的徒弟，提议道：“如果你不想出镜，让摄像老师们别拍就好，不要热坏了。”

李天剑撞上师父关切的眼神，小声地说道：“没事的，师父，打坐就不热了……”

夏枚听到熟悉的论调，不禁偷偷地对刘筱白吐槽：“还真是师徒，信奉心静自然凉。”

如果从养生流派上划分，楚瑞清和李天剑看上去确实是师徒，任何麻烦都靠打坐解决，可以跟“多喝热水”流派相媲美。

因为是一大批人在录制节目，李天剑并没有跟楚瑞清多交流，全程比较低调地混在导演组里。他一身黑衣，看上去比跟拍导演还专业，小心地躲闪着镜头。

“欢乐五猴”和李天剑顺利地抵达目的地，成功坐上李天剑原先订好的车，前往高铁站。他们要乘高铁去峨眉，相比驾车要便捷不少。

高铁站内，导演组和“欢乐猴”们却产生分歧。李天剑作为徒弟，早就习惯帮师父处理杂务。他本来要给大家统一订票，却遭到导演拒绝。

导演提醒道：“出行的费用要由成员来付，刚才的车费实际就算违规。”

导演组只管往返的机票或车票，剩下的交通费用一概不管。“欢乐五猴”是坐李天剑订好的车前往高铁站，已经省下一笔打车钱，接下来的行程费应该自理。

李天剑闻言，提议道：“那师父把钱给我，我现在订票。”

楚瑞清老实地交上信封，其中装有旅行资金。李天剑一摸信封，便感觉不厚，打开一看，其中是十张纸钞。李天剑皱眉道：“这是今天的预算？”

楚瑞清：“不是。”

陈思佳补充道：“这是一周的预算。”

虽然李天剑家庭条件很好，可能不了解民间疾苦，但怎么看这点儿钱也不够五人出行。

李天剑都不忍心拿走信封里的钱，毕竟买完五人的高铁票，旅行资金便能花掉四分之一。这才是第一天，后面的日子她们难道喝西北风？

夏枚看完大厅屏幕上的票价归来，苦恼地说道：“不然我们去坐火车？”

火车票价是高铁票价的二分之一，但是时间会变长，高铁只需一个小时，火车却需要两三个小时。

刘筱白询问本地人：“楚老师觉得可以吗？”

楚瑞清向来对出行条件没要求，平静地点头：“可以。”

李天剑闻言，态度却跟师父截然相反。他当即反对：“不可以！”

二少爷：开玩笑，师父以前是驾驶价值四百万元的古剑回家，如今沦落到高铁票都买不起？他作为徒弟（粉丝），怎么能允许此等事情发生？

陈思佳对李天剑的激烈反应见怪不怪，早知道此人向来围着室友转，像极了楚瑞清的狂热粉丝。陈思佳劝道：“资金有限，我们也没办法……”

李天剑索性找上导演组，周旋道：“这回我先付，等进山后再按照你们的规则，正式开始计算，行吗？”

柴导并没有跟着来川蜀，现场负责录制的是另一名导演。他犹豫片刻，坚持道：“不行，规则就是规则，吃穿住行都要由成员负担。”

李天剑据理力争道：“可师父是本地人，搭同门的车回去不行吗？亲朋好友不都会接机？”

导演振振有词道：“如果是你的车当然可以，但高铁又不是你的。”

李天剑一时语塞。

他要不是顾忌镜头，又不愿给师父添麻烦，肯定现场跟对方舌战三百回合，一扬南明离火剑的威名。然而他作为向导，在现实中便要考虑很多问题，不敢和师父的同事吵得太过。

导演看向李天剑，说道：“虽然旅行资金有限，但成员们可以自己赚钱补贴，导演组不会阻止。”

李天剑闻言，刚压下的火又冒出。他眉头直跳，反问道：“你让我师父在高铁站卖艺，还是摆摊？这是违规行为，你不知道？”

李天剑光想想师父当街卖艺，便感到无法呼吸。果然，不是自己的师父（偶像），所以导演不心疼。

李天剑双手插兜，懒得再跟导演争辩。他抛出一个轻蔑的眼神，在黑口罩下发出一声嗤笑，嘀咕道：“平时让成员自己挣资源，团体综艺让成员自己挣经费，这公司也是太无能了。”

导演看着转身离开的李天剑：“……”

导演：小伙子，你的发言很危险啊，怎么像是在骂不作为的公司的粉丝？

——骂得好，快拉下他的口罩，让我看看这位直言不讳的帅哥长啥样！！

——莫名感觉楚老师的徒弟很懂，这语气一听就是在粉丝圈混的。

——我真想辱骂非凡耀影一百遍。这个垃圾公司没有正经资源，TENS都休息多久啦？又要我们水晶少女重蹈覆辙？

——团体综艺就给一千元，你们知不知道粉丝集资花了多少钱？黑心公司光吸血！我们只想看她们开心地玩耍，大家现在都很累，还要自己赚钱？

导演组态度坚决，楚瑞清等人只能重新商议，开始琢磨赚钱的办法。陈思佳面露难色：“这里好像也没法赚钱，只能上山再说。”

高铁站是公共场所，李天剑说得没错，她们不光是丢脸的问题，还会严重干扰现场秩序。

李天剑刚跟导演置完气，想着对方要是不仁，就休怪自己不义。他一边在随身的登山包中翻找，一边慢条斯理地说道："赚钱很容易。"

众人闻言皆面露不解之色，看着李天剑从包中取出水晶少女的周边相册，又取出一支笔。

李天剑将相册递给楚瑞清，平和地说道："麻烦师父签个名。"

楚瑞清有点儿疑惑，不过还是在相册封面上签下自己的名字。李天剑又将相册递给其他人，让"欢乐猴"们依次签名，最终收回相册。

李天剑将签名相册装回书包，从钱包中取出几张纸钞，递给楚瑞清。他有条有理地说道："好的，现在我向你们购买水晶少女五人签名相册，需要支付一笔钱……"

楚瑞清下意识地接过纸钞，没拿几秒钟，李天剑又顺利从她手中取回钱，接着说道："好的，师父又给了我一笔钱，用于购买你们的高铁票。"

导演："……"

导演痛斥道："不行！这显然是违规交换，完全不合理！"

李天剑恍然大悟，语气悠然："对呢，在官网售卖的五人签名相册不可能才值这点儿钱，是我不够厚道……"

李天剑说完，便从钱包中抽出更多的钱，塞入楚瑞清的手中，郑重地说道："现在是钱货两讫，等价交换。"

导演早就面色铁青，快要气到昏厥。陈思佳等人却幸灾乐祸，笑到肚子疼，拍手称赞道："绝了，这才是绝了……"

李天剑拿出的是水晶少女官方发售的空白相册，相册在官网上按照成员签名数量的不同，价格差异也很大，空白的最便宜，有五人签名的最贵，有十人签名的相册不单独售卖，需要粉丝消费满一定金额后赠送。

李天剑的解题思路很清晰，偶像就该有偶像的样子，用偶像的方式赚钱！

——导演组：成员必须自己赚钱，不能违规。向导：啰唆。

——哈哈哈哈，我笑死了。垃圾公司，看看官网的天价周边，你们赚粉丝的钱时不都觉得理所当然吗？现在没法做中间商赚差价，便气得跳脚了？

——果不其然，他暴露身份了，真的是粉丝！还是买五人签名相册的大款！

——发售前：非凡耀影骗钱，太没诚意，我死也不会掏钱的！！发售后：嗯，我只是为偶像冲销量。

——别看徒弟包得严实，热得要死，这身衣服也称得上移动提款机。

——快告诉隔壁辛媛组这个赚钱秘诀，她们还在为房费头疼！

最终，败北的导演组和李天剑达成和解，李天剑可以出前往峨眉的高铁票钱，但不能再给楚瑞清更多钱，而且上山后不能再打破导演组定下的规则。李天剑对结果还算满意，但仍挑眉抱怨："早这样不就完了？浪费大家好长时间，还错过一班车。"

李天剑看了眼高铁站大屏幕，发现现在只能购买下一班车的票，深感导演组爱搞形式主义，耽误众人的时间。

导演听着对方欠揍的语气，说道："你戴口罩是怕被人打吧？"

李天剑抬了抬下巴，趾高气扬地说道："我可是峨眉派弟子，再说我师父还在这儿呢，你要打谁？"

楚瑞清像是听到动静，面色平静地看向不远处交谈的两人。

导演："……"

导演看着喜欢跟导演组过不去的师徒俩，陷入颇有哲学意味的思考——峨眉弟子究竟是习过武，才爱跟人抬杠，还是爱跟人抬杠，怕被打，所以才习武？

陈思佳等人成功地蹭到票，上了车，跟李天剑道过谢，便一窝蜂地拥入车厢，欢欣鼓舞地等待抵达。李天剑和导演组争论完，又默默地缩到旁边，装起隐形人，却突然收到师父的消息。

楚瑞清："导演要打你？"

楚瑞清刚才和两人有段距离，所以听得模模糊糊，只能捕捉到李天剑和导演交谈中的个别词语。

李天剑：“没有，师父，他打不过我的，我好好练剑了！！”

楚瑞清回复了两个竖起的大拇指的表情。

李天剑望着楚瑞清发过来的表情陷入沉思，这可真是符合师父形象的回复。

陈思佳等人欢乐的气氛并没有持续太久，众人抵达峨眉山脚下，望着绵延陡峭的山路，便纷纷泄气。因为云岭阁位于侧峰，少有上山的车辆，“欢乐五猴”只能提着行李箱顺着山道向上爬。

夏枚累得气喘吁吁，望着身边气定神闲的楚瑞清，感慨道：“楚老师，你每次回家都要爬山？”

楚瑞清稍感心虚，不知如何回答。说起来，她也是第一次走新修好的山道，以前嫌麻烦都是直接御剑。如果没有摄像机，她倒是可以偷偷御剑，送陈思佳等人上去。

女孩儿们在阳光下快要中暑，录制人员也不好受。摄像们扛着机器，汗水早就浸透衣衫。大家都狂灌矿泉水，没过多久便要歇几步。

楚瑞清看陈思佳疯狂地以手扇风，似乎妄图降温，出言宽慰道：“再往上走会凉快，等会儿行李被运走，就能轻松些。”

陈思佳不免疑惑地问道：“上面有休息站？有车能送行李？”

黑禾推断道：“应该是挑夫，我看门口就有送菜上山的人。”

楚瑞清摇头，众人心中好奇心更甚。李天剑猜到运行李的挑夫们是谁，不禁面色古怪，然而他好像也没法跟二师叔讲道理，说这是在录节目。

果不其然，一行人又往山上走了一段路，感觉周围气温渐低，耳边溪水潺潺，林荫下再没刚才的酷热。刘筱白费力地拖着箱子，突然不经意地瞟到枝叶茂密处，问道：“那是什么？”

下一秒，林叶间便发出扑棱棱的声音，一连串深棕色的身影从树干间闪过，将枝头的嫩叶都晃到地上。

“啊啊啊——什么东西？”

楚瑞清和李天剑看到猴群，早就见怪不怪，陈思佳等人却被吓了一跳。她们没看清猴子们的面貌，只当不明物突然从天而降，当即惊慌失措地尖叫出声！

最先冒头的大猴刚要上前，被她们高分贝的音量吓了一跳。它在原地转了一圈，看了看楚瑞清，又茫然地坐在地上挠了挠头，似乎对人类的一惊一乍大为不解。

“是猴，好多猴！”夏枚经历完最初的惊恐，立即兴奋起来，指着树上的猴群激动地喊着。

黑禾还算镇定，没叫出声，毫不客气地吐槽道：“猴没吓到我，你们吓我一跳，耳朵差点儿聋了。”

猴群显然也被女孩儿们的叫声吓蒙了，一时不知何去何从，前来拿行李的大猴们都停在原地。树上传来窸窣的声音，身背纸剑的猴王从树干上滑下。它体形庞大，面目严肃，在一群猴中格外夺目。

——这不是二师兄吗？国民猴团与女团终于正式会面！

——二师兄在猴群里最瞩目！

——我感觉猴子被小偶像们的惊叫声吓蒙了，徘徊着不敢上前。

猴王刚现身，打头的大猴便有勇气上前，取走刘筱白手中的行李，跟同伴们合力拖走，留下目瞪口呆的众人。刘筱白眨了眨眼，还有点儿不敢相信：“它把我的行李拿走了？”

楚瑞清已经主动将箱子递给猴群，平静地说道：“它们会帮忙把行李搬回去，这样上山容易些。”

陈思佳诧异地问道：“猴群还能搬行李？”

夏枚无疑是最亢奋的，拿着手机到处拍：“天哪！那就是传说中的二师兄吗？我第一次见到真人……不对，真猴！”

工作人员同样万分惊讶，不可思议地看着搬行李的猴群，还有站在树上的猴王。猴王这回并没有马上离开，它一跃而下，竟跳入人群中，慢悠悠地向里走。工作人员虽然看到了猴群友好的行为，但还是小心地给猴王让路，生怕惹它不快，遭遇突然攻击。

猴王并没有找上楚瑞清，反而走到李天剑面前，义不容辞地拽他的背包。

众目睽睽之下，李天剑有点儿尴尬，推辞道：“猴师叔，不用了，我自己背得动……”

猴王才不搭理他的婉拒，非要帮师侄拿包。它强势地将书包拉下，像模像样地背到自己身上，便跟随猴群飞奔离开。

李天剑："……"这令人窒息的长辈之爱，实在无法推却。

陈思佳等人的行李被猴群运走，她们全都轻装上阵，成功减负。她们长舒一口气，终于有游山玩水的兴致，叽叽喳喳地讨论着猴群。

导演望着浑身轻松的"欢乐五猴"，弱弱地抗议："所以我们的行李是不帮忙运的，对吗？"

猴群只拿走"欢乐五猴"和李天剑的行李，完美绕开工作人员的任何东西，可谓非常有原则。虽然摄像机等东西工作人员也不敢让猴搬，但猴群拿点儿无关紧要的琐碎物品，帮忙减负也好呀！

李天剑也不知道二师叔如何分辨判断的，可能在它眼里陈思佳等人是师父的朋友，工作人员只是身份未知的奇怪群众。

李天剑站着说话不腰疼，悠然地说道："不然你们下山找挑夫？"

导演："……"这是来自峨眉弟子的打击报复吗？

弹幕里，观众们对猴群搬行李的事情，同样颇感震惊，大呼猴王二师兄成精了。

——猴群还能做挑夫？还故意不帮导演搬！

——我去峨眉山玩，猴子也帮忙搬行李，但它搬走后就不还给我了呢。

——我也是！在峨眉买了驱猴棍，却还被猴耍着玩，峨眉猴绝对没节目里乖巧！

——为什么二师兄帮徒弟背包，不帮楚老师背？

——因为楚老师和二师兄是同辈，徒弟小一辈吗？

陈思佳等人摆脱行李的负担，立刻步履如飞，顺利地抵达云岭阁。小贝收到消息，早就跑到门口欢迎众人，将一行人迎进屋。成员们跟小贝打过招呼，进门便看到空地上码得整整齐齐的行李，猴群竟先一步将东西送到。

云岭阁内竹林清幽，门户古朴，还真像极了武侠小说中的隐世宗门。陈思佳新奇地穿过走廊，完全改变了对楚瑞清家世的固有印象，感慨道："楚老师，这么看你稍有家底啊。”

陈思佳老觉得楚瑞清家世清贫，谁让室友刚来公司时，连手机都没有，每天就惦记着每月两千元的补贴呢？现在她身处云岭阁，认知被彻底刷新，这跟山间大别墅比也不遑多让。

夏枚啧啧称赞道：“何止稍有家底，完全是财大气粗！”

楚瑞清面对成员们的调侃，提议道：“我们先去吃饭吧。”

大家爬了一天山，听到这话顿感饥饿，期待地守在饭桌前。因为五人正好坐满一桌，李天剑便决定稍后跟小贝一同用餐，没有坐到桌边。楚瑞清本想让位给李天剑，但李天剑以师父是东道主为由，出言婉拒。

陈思佳左右望了望，往楚瑞清身边挪了挪，说道：“不然大家试着挤一挤？说不定能坐下。”

谈话间，小贝热情洋溢地端着饭菜过来。她脚步匆匆，笑着说道：“今天多做了些，不知道合不合大家的胃口……呀！”

刘筱白惊呼：“慢点儿！”

小贝端着饭菜，像是突然绊了一跤。她踉踉跄跄，就要摔倒在地，盘子已先一步脱手！

李天剑眼见小贝脚下一滑，竟有意料之中的感觉。谁让在山上居住期间，他见识过太多类似的场面，不禁头疼地扶额。四师叔肢体如此不协调，也不知道当年如何习武。

千钧一发之际，楚瑞清条件反射地接住坠落的盘子，又起身扶了一把快要摔倒的小贝，才没让对方将饭菜扣在地上。楚瑞清一手扶小贝，一手端着菜盘，动作潇洒利落，盘中的红油一滴未洒。

楚瑞清见小贝站稳，这才风轻云淡地将菜放在桌上，然后看向目瞪口呆的众人，淡淡地说道：“吃吧。”

差点儿摔跤的小贝没有紧张，反而笑道：“不够锅里还有。”

楚瑞清流畅的接盘动作吓呆众人，她们的注意力早就不在饭菜上。

夏枚：“这、这是什么峨眉功夫吗？”

黑禾：“楚老师好像都练出肌肉记忆了。”

李天剑想想库房里的古董，庆幸云岭阁已经换上他买的餐具。师父要是没此等功力，估计门里过去每年的损失可不止几千万。

——这是什么武打片动作？楚瑞清是在客栈中跟敌人在饭桌上交锋的女侠吗？

——我的天哪，突然有点儿喜欢楚老师了，就单纯地想跟她习武行吗？出师后，再也不会因为摔碎盘子被我妈骂了。

——楚瑞清居然装穷，形象大变啊！家住半山别墅，还用如此昂贵的定做餐具，天天却穿地摊货！我不要做她的粉丝了，以后我就是她的老婆。

——楼上那位，别光喝啊，你也吃点儿菜？

饭后，水晶少女们颇感疲惫，她们在楚瑞清和小贝的引导下沐浴结束，便各自回到房间，舒服地休息起来。工作人员调整完机器，同样各自散去，前去吃饭和休息。

李天剑安排完工作人员的吃住，缓缓地往回走去。如今身边没有机器拍摄，他便摘下黑口罩，舒服地深吸一口气。他进入云岭阁，远远地便看到庭院内的楚瑞清和猴王。

李天剑刚刚走近，便听到窸窣的响动，只见二师叔一头钻入树丛，长长的猴尾巴摇了摇，转瞬便消失了踪影。李天剑若有所思，试探道：“师父，猴师叔是在躲我吗？”

他明明瞧见师父和二师叔站在一起好久，虽然不知道一人一猴在做什么，但他刚一靠近，猴王拔腿就跑，实在有点儿像在躲人。

楚瑞清心平气和地说道：“二师弟得知你今天没坐上桌，心里有点儿愧疚。”

李天剑闻言有点儿迷茫，突然想起吃饭时的事情。因为云岭阁的木桌只能坐五人，他和小贝便等她们用过后才用餐。

李天剑本来就不想在镜头前摘口罩，所以并未将此事放在心上。他不禁疑惑地问道：“这又不是大事，而且跟猴师叔躲我有什么关系？”

楚瑞清平静地解释道：“五人木桌是二师弟以前做的，它怕你觉得自己没有位置，心中会感到伤心。”

李天剑本来仍疑惑不解，找不到两者的关联，但他想到门内人数，便瞬间恍然大悟道："原来门里只有五人，所以猴师叔做了五人桌？"

李天剑心算一番，闭关的师祖、师父、猴师叔、三师叔、四师叔，正好五人，所以桌子才是五人位！

猴王心生愧疚，是觉得李天剑没找到自己的位置，很可能感到失落与难过。

楚瑞清点头，肯定了李天剑的猜想。

李天剑无奈地笑道："猴师叔又不知道我会入门，这也不能怪它。"

猴王没有预知未来的能力，当然不知云岭阁会添新人。李天剑走近树丛，左右看了看，试图寻找猴王："师父，猴师叔去哪儿了？我真没伤心……"

楚瑞清："它去找好木材了，打算做六人桌。"

李天剑闻言一愣，心里竟涌起一股暖意，没想到猴王对此事如此上心。他还从未体会到这种微妙的感受，身边人无时无刻不在关心自己，真切地照顾着他的情绪，跟在家时完全不同。

他遇到师父，拜入峨眉派后，接触到的人都对自己关怀备至（除了三师叔），填补上了他内心空缺已久的某种东西。师父自不必说，小贝师叔关心他的衣食住行，即使是语言不通的猴师叔，也用自己的方式给予他温暖与照顾。

深陷感动中的李天剑感慨许久，突然感到一丝不对劲，疑惑地问道："师父，你怎么能跟猴师叔交流？"

二少爷：猴师叔又没法说话，师父还跟它聊那么多。

楚瑞清瞟他一眼，深藏功与名地吐出两个字："手语。"

李天剑："……"

二少爷：一时竟不知该夸猴师叔厉害，还是该夸师父厉害。

片刻后，猴王肩扛一根两米长的巨木，从树丛中钻出。它迎面撞上等在此处的李天剑，脸上竟人性化地露出一丝惊诧之色。猴王平常看上去表情凶狠，此时扛着木头却有点儿局促和拘谨，好像还在为五人桌的事情而愧疚。

李天剑发觉猴师叔看着凶，实际上却很体贴。他伸手去接木头，提议道："猴师叔，我帮你一起做木桌。"

猴王看他走近，迟疑地放松手上的力量，巨木那头瞬间一沉，差点儿压得李天剑喘不过气来。别看巨木在猴王手中宛如海绵，真正的重量却是实打实的，顿时让李天剑手腕发酸。

猴王好像察觉到了李天剑的费劲，立马抬起巨木，又随手将其往地上一丢，发出轰然巨响！

李天剑："……"

二少爷：我、我居然没有猴子力气大，不、不、不，猴师叔不是一般的猴！

楚瑞清目睹这一幕，想替李天剑挽尊，平和地说道："这不是普通的木材，浸泡过多种材料，所以格外沉。"

李天剑上手去摸巨木，果然看到上面有奇特的花纹，凑近一闻还有木头淡淡的馨香，这块木材相当独特。他研究半天，没看出是哪种树的树干，好奇地琢磨起来。

楚瑞清见徒弟和二师弟和谐相处，便放心地离开，说道："我去找你师祖一趟。"

"好的，师父。"李天剑应道，便跟猴王摆弄起巨木。

楚瑞清获得倚天剑后，在剑术上又有新突破，进入新境界，同样遇到新问题。因为她的师父在闭关，没法及时答疑解惑。楚瑞清每次回到云岭阁时，便会将写满自己疑惑的字条放进阁楼前的竹筒，等到下次来取。

楚瑞清来到阁楼门口，将二师弟放在竹筒上的红果子挪开，取出师父回复的字条，又将这回的疑问写在纸上，投入竹筒中。她将字条放好，便把红果实摆回原处。

庭院内，李天剑和猴王还在研究如何做木桌，他拍着结实的木头，询问道："猴师叔，有没有斧头之类的工具？"

巨木过于庞大，显然要经过加工才能做成木桌。李天剑刚才信誓旦旦地说要帮忙，然而身娇体贵的二少爷何曾搞过手工，茫然无措地望着大木头。

猴王正低着头，在空地的土上抹抹画画，似乎对外界的声音没反应。李天剑这才想起师叔是猴，说话没用，得靠手语。他凑到猴王面前，终于引得猴师叔抬头，赶忙用手比画斧头劈木头，还有锯子锯木头。

猴王望着肢体动作丰富的李天剑，眼中闪过一丝疑惑之色。

它原本蹲坐在地上，如今看着同样蹲着、手舞足蹈的李天剑，便骤然站起身来，关爱地伸手摸了摸李天剑的头，态度和蔼。

李天剑：说好的用手语交流呢？这跟师父说的不一样。

被摸头的李天剑突然想起什么，面色古怪地说道：“猴师叔，你刚才没洗手。”

二少爷：猴师叔摸完地上的土，居然直接摸我的头，太过分了！

猴王当然不懂李天剑的怨念，他们完全是人同猴讲，跟鸡同鸭讲效果一样。猴王看好木材，便顺势拔出身后的纸剑，只见剑尖一挑，巨木已被干净利落地斩成两半！

本想找斧头的李天剑看到这一幕惊得目瞪口呆。

猴王初步砍好巨木，便握着纸剑上前削树皮，将其打磨光滑。原本毫无杀伤力的纸剑在猴王手中化为利器，削果皮般轻松地在巨木上留下口子，令人目瞪口呆。

李天剑回忆起楚瑞清曾隔空劈栏杆，终于想起猴师叔跟师父是同门，而且入门时间比阚和还早。楚瑞清让李天剑习武时一有不会的就问猴师叔，却没让他请教阚和，可见猴王要厉害得多。

而且猴师叔爱用纸剑斩万物的作风，还真是跟师父一模一样。

猴王拿纸剑做木工，李天剑则匆匆奔向隐藏的摄影机，删除了刚才记录下的内容。他索性关掉庭院里的摄影机，避免奇怪的视频流出，这才回到巨木旁。

李天剑观摩了一会儿，逐渐明白猴王做木桌的方法。它打磨出形状各不相同的木板，然后将其像七巧板般拼接在一起，连钉子都不需要。猴王刚刚在地上乱摸，实际是在画草稿图。

李天剑一边帮忙递木头，一边看着桌面慢慢成型，光滑的拼接木板上只剩留给桌腿的四个缺口。他磨好桌腿，将其递给猴师叔，眼看着木桌完成，正好能容纳六人。

一人一猴将新木桌擦干净，合力搬回了屋内。二少爷达成“人生首件木工作品”成就，一时骄傲不已，自豪地围着木桌打转。

楚瑞清从阁楼归来，看到崭新的木桌和兴高采烈的李天剑，提议道：“你可以跟二师弟一起在桌面上签名留念。”

李天剑闻言有点儿心动，但最终还是摆手婉拒，义正词严地说道：“算了，我不能像乾隆一样到处在作品上留名……”

猴王蹲坐在一边，静静地听着，突然伸出两根手指，张口道：“嗷呜。”

李天剑：“……”

李天剑：“师父，猴师叔在说什么？”

楚瑞清：“二师弟说你可爱。”

李天剑：“……”

李天剑望着猴王伸出的两根手指，不由得心生狐疑，两根手指怎么会代表可爱呢？师父究竟是如何读懂手语的？两根手指不该代表“二”吗？

二少爷：我活的时间短，两位休要骗我。

第二天，水晶少女们有幸用上新木桌，此桌由猴王和二少爷亲手打造。众人用完早餐，便高兴地启程，打算今日去峨眉景区游览，顺便完成任务。

因为峨眉景区很大，一天没法逛完，少女们也需要制订行程，高效完成任务。

陈思佳拿出任务牌，计划道：“我们先去猴区打卡，然后下山到伏虎寺，时间就差不多啦。”

刘筱白：“我们是不是要带驱猴棍？网上说峨眉猴很凶。”

虽然昨天搬行李的猴群很友好，但那是猴王也在的缘故。李天剑和猴王今天不会陪同她们游玩，一人一猴又投入到制作木凳的工程中，他们乐此不疲，有种旁人不懂的快乐。

楚瑞清找小贝拿了些纸剑，分发给其他人，平静地说道：“带这个和带驱猴棍一样。”

夏枚早就眼馋纸剑，但一直不好意思向楚瑞清讨要，现在如愿以偿，当即兴奋地挥舞起来，又不知想到什么，面露犹豫道：“楚老师，我们拿纸剑合适吗？不会很贵重吧？”

楚瑞清摇头：“不贵，只是小贝随手叠的。”

小贝作为折纸达人，不到一分钟就能叠一把。纸剑本来就是门里的练习用剑，沾水就破损，不值什么钱。

黑禾看完景区票价，问道：“我们今天赚钱吗？”

毕竟几人买完票，资金便所剩无几。导演组出发前千叮咛万嘱咐，禁止她们以水晶少女的身份赚钱，其中包括但不限于出售签名等行为。

陈思佳："先上山吧，到时候看有没有机会。"

小贝给众人准备了简易的零食便当，还配有饭后水果，又是熟悉的红果子。"欢乐五猴"道谢完，便出发前往景区，直奔猴区。

导演组的任务牌上有三个景点，分别是峨眉金顶、猴区和伏虎寺。女团成员们要到猴区任务点拍摄猴群照片，才算完成打卡任务。

猴区内溪水潺潺，山涧里吹来微凉的风，绿荫下却不见猴子踪影。楚瑞清等人顺着山道往前走，逐渐深入猴区，却听到迎面归来的游客们抱怨："根本没有猴，白跑了一趟……"

"天气太热，猴也要放假！"握着驱猴棍的游客笑道，"白买了一根棍！"

陈思佳面露难色："不会吧？那我们今天没法打卡？"

猴区任务是在指定地点拍摄猴的照片，要是没有猴子，她们完成不了任务。

楚瑞清平静地说道："先往里走吧。"

一行人找到导演组指定的地点，路上果然没见一只猴，唯有败兴而回的游客们。夏枚笑道："没想到云岭阁的路上都是猴，猴区里却一只都没有。"

刘筱白开始出歪主意："不然把昨天的照片拿出来修一张？"

众人扑了个空，难免有些失望。因为猴区没有猴子，游客数量不多，显然也不是赚钱的好地方。楚瑞清想了想，索性从包中拿出红果子，用水果刀削下一片。

夏枚见状，调侃道："楚老师，莫非刚上山就要开饭？"

"欢乐五猴"在云岭阁饱餐一顿才出门，现在都不太饿，自然不懂楚瑞清的举动。

楚瑞清找了根细草，将果片吊起来，挂在纸剑上，看上去宛如鱼竿。红果子汁水充沛，香甜的味道弥漫在空气中，顺风飘出去好远，让人身心愉悦。

楚瑞清握着纸剑，不确定地说道："这样或许能引出猴群，但我以前也没试过。"

楚瑞清并没有上赶着看猴的爱好，毕竟她常年跟二师弟打交道，对猴的兴趣不大。但她知道一些山上猴群的小规矩，比如猴王栽种的红果子深受猴子喜爱，但普通的猴子没资格享用，那果子属于猴中奢侈品。

当然，猴王对峨眉派弟子非常大方，从不吝惜红果子，还曾经将红果子铺了李天剑一窗台。

黑禾迟疑地说道："万一附近没猴，也引不出来啊。"

众人都没抱太大希望，但还是跟随楚瑞清转了一圈，玩起山中钓猴来。片刻后，不远处的树枝晃动，夏枚激动地叫道："是小猴！"

一只小猴从树叶中探头，怯怯地观察着几人，渴望地望着果片，又不敢上前。夏枚拿着被楚瑞清削掉一片的红果子，拼命地挥舞着，想要勾引小猴过来，但它不为所动。

楚瑞清思考片刻，说道："它可能害怕纸剑。"

陈思佳："为什么？难道它被纸剑打过？"

楚瑞清："不，因为二师弟总背着纸剑，它又是猴王。"

夏枚："所以在小猴眼里，背着纸剑的我们就是王？"

陈思佳吐槽道："你可要点儿脸，别老蹭二师兄的热度，还给自己封王呢。"

——楚瑞清钓猴，愿者上钩！

——水晶少女居然蹭国民猴团的热度。

——请水晶少女休要碰瓷二师兄，二师兄作为先出道的前辈，向来兢兢业业。

陈思佳等人将纸剑藏起来，楚瑞清又晃了晃果肉，向小猴示意。小猴的胆子果然大了很多，它鼓起勇气上前，追上一行人，被引到了任务指定点。它伸手去抓果肉，手却被纸剑轻轻地挑开，楚瑞清面无表情地说道："先工作，再吃饭。"

小猴极为不满，龇牙咧嘴地吱哇一阵，然而冷漠的楚瑞清丝毫不为所动。它只能不情不愿地走向任务点，颇通人性地配合陈思佳拍照。陈思佳满意地说道："完成！猴区任务成功！"

导演组检查完照片，帮"欢乐五猴"在任务牌上盖了章。

楚瑞清见状，这才拽下果片，将其丢给小猴。小猴灵活地跃起接住，两口就将果片吃掉，又眼巴巴地盯着夏枚手中剩余的果子。它紧盯着红果子，仿佛随时想抢走果子，跃跃欲试地转着圈。

楚瑞清握着纸剑，像是拿着教棍，严肃地说道："坐好，注意纪律。"

楚瑞清可是深知峨眉猴的狡诈，二师弟平常派来搬行李的猴很乖，但如今猴王不在现场，便要警惕它们抢东西的行为。山上猴群相当霸道，经常"骚扰"游客。

小猴有点儿畏惧楚瑞清和纸剑，只得老实地蹲坐在地上，可怜兮兮地盯着夏枚。

夏枚被小猴盯着，于心不忍："不然剩下的也给它吧？"

"妈妈，是猴！"旁边的小朋友看到小猴，激动地跑过来，"我要和它拍照！"

小猴瞟了一眼小朋友，瞬间没了刚才可爱的样子。它漫不经心地跳到一边，躲开大呼小叫的小屁孩儿，神情颇为不屑。

夏枚对小猴的变脸速度目瞪口呆：它怎么还有两副面孔呢？！

小朋友看小猴跳开，又小心翼翼地凑过去，用稚嫩的声音说道："小猴子，你别怕，我想跟你做好朋友。"

小猴满脸冷漠地跳到另一边，还嗤了一声，完全没将小孩儿的示好当回事。它不待见小孩儿，又不愿放弃夏枚手中的红果子，便只在楚瑞清附近徘徊，快要把小朋友急死了。

水晶少女们戴着鸭舌帽和墨镜，孩子的母亲没认出她们。母亲看着躲着小孩儿却围着楚瑞清转的小猴，面露难色，客气地说道："可以帮忙让小猴跟小孩儿拍个照吗？他也是第一次见猴子……"

陈思佳等人面面相觑，不想会遭遇这样的请求，一时无措地互相对视。

"或者你们手中是不是有猴饲料？我花二十买一包。"孩子母亲见几人不说话，礼貌地继续询问，"你们告诉我在哪儿买也行，门口那里吗？"

普通的猴饲料当然不如猴王的红果子，小朋友拿蛋糕逗猴，小猴都不屑一顾，只盯着红果子。楚瑞清想了想，找夏枚要回果子，又用刀削下一片，朝小猴晃了晃："要不要？"

小猴看到红果片，激动地蹦跶起来，显然兴奋不已。

楚瑞清淡淡地说道："坐好，先工作，再吃饭。"

小猴："……"

小猴强压脾气，乖乖地蹲坐在地上。小朋友开心地凑近，站到它身边，缓缓地伸出手，笑道："小猴猴……"

小猴满脸嫌弃地推开小朋友的手，硬着头皮完成配合母子俩拍照的工作。虽然小朋友没有摸到小猴，但他仍然满脸喜悦，天真烂漫地说道："我和小猴是最好的朋友！"

小猴神情复杂，烦躁不安地坐着，脸上就差写着"我呸"两个字。

孩子母亲留下照片，忙不迭地说道："谢谢！真的很感谢，你们太厉害啦！"

母子俩离去，陈思佳握着被强塞到手里的二十元纸币，茫然地说道："我们算是创业开张？"

地上的小猴正愉快地啃着红果片，享受着自己的劳动成果。其他游客见状，纷纷上前响应，踊跃地想要拍照，竟排起一条长队。

"我也想拍照！让它跟我拍一张，好吗？"

"拍照是怎么收费的？小姑娘你们做这行多久啦？"

"这猴是你们养的吗？咦，你怎么长得特像电视上那谁，叫什么水晶来着……"

小猴的露面让猴区热闹起来，失望的游客们去而复返，聚在"欢乐五猴"身边。黑禾索性引导起来，让人们有序地排好队。夏枚高声道："大家排好队，咱们慢慢来，人人都能拍上！"

"普通拍摄收费二十，特殊动作需加钱，文明观猴，有序排队！"

游客打量戴着帽子的夏枚一番，好奇地问道："小姑娘，你长得好像最近刚火的那个明星。"

夏枚眨了眨眼，说谎不打草稿："我哪有那种命，明星能在这里靠猴卖艺吗？"

游客若有所思地点头道："有道理啊，人不如猴。"

夏枚："……"

楚瑞清冷血无情地用果子奴役小猴，安排它乖乖拍照。它本来脾气还挺大，想要直接抢果子，却比不过楚瑞清的身手，只得为生活低头，焦躁地上班。小猴毫无兴致地跟游客们合着影，好在人们也不介意它的表情，上赶着来拍。

——虽然楚老师平时厌烦上班，但当她握有权力时，也会强行让小弟们工作。所以不要相信在野党，上位以后都一样。

——小朋友被小猴的虚假友谊蒙蔽了双眼，它爱的不是你，是你妈买下的果片。

——一看就不是啥正经猴，给钱就让拍呢。

——小猴：莫碰我，我卖艺不卖身！

——水晶少女居然出卖猴子的色相，动物爱好者表示强烈谴责！

片刻后，陈思佳等人赚得盆满钵满，同时被不少人认出，一时不好脱身。不少旅客不但找猴拍照，还要拉着团员们合影，场面一时变得有些混乱。

此时，山间钻出更多猴来，它们闻到果子的香气，全都聚了过来。拍照的小猴看到其他猴，一改刚才懒散厌烦的样子，龇牙咧嘴地示威，想要赶走来抢饭碗的猴。

旁边的游客笑道："哎哟，这居然是个热门岗位！它还不乐意啦？"

其他猴可不管小猴的不满，皆聚拢到楚瑞清身边，热情地毛遂自荐起来，想要竞争工作机会。猴群的到来让游客们颇为担忧，他们害怕地往后躲了躲，毕竟大猴的攻击力看上去很强，远没有小猴可爱。

楚瑞清面对来势汹汹的猴群，倒是神色不惧。她握着纸剑，慢条斯理地指挥道："全都排好队，我看看谁行。"

向来蛮横的猴群畏惧纸剑，竟真守序地排成一队，像是在等待领导面试。楚瑞清逐一筛选猴子，先是看向第一只猴子，评价道："身上太脏。"

大猴见她不要自己，垂头丧气地离开，但仍不死心地在旁边徘徊。

"毛发打结。"

"体味太重。"

"表情不行。"

"……"

越来越多被淘汰的猴窝在一边，颇为怨念地盯着剩下的猴子。楚瑞清非常严苛，让峨眉猴深切地感受到就业之不易和经济形势之差。她只挑体形可爱、面容乖巧的猴子，还有怀抱小猴的母猴，还真用心在搞服务业。

有人见识到了水晶少女的手法，想用食物引来猴子拍照，效仿她们的赚钱手段。然而他们刚掏出食物，便被流氓猴们抢个精光。大猴们完全不惧普通游客，劫掠完便肆无忌惮地离开，根本不配合拍照。

楚瑞清手握纸剑，又颇有身手，才压得住想造反的猴子，让它们乖乖低头。

——好真实、残酷的画面，就业者挤破头要进大公司，小公司却招不到人，不对，招不到猴。

——黑心资本家楚瑞清，别以为我没发现你的果片越削越薄。

——市场饱和，人力资源过剩，通过减薪变相裁员。

——楚老师悉心改造教化，终于让过去的“强盗们”洗心革面，化身服务业工作者，用自己的双手创造财富。

陈思佳取出众人带的最后一枚红果子，递给楚瑞清。陈思佳将现金整理完收好，提议道：“我们准备下山吧，不然一会儿走不出去！”

不知是谁将水晶少女位于猴区的事情发到了网上，越来越多人往这里赶，她们要是再晚点儿出去，可能会被堵在路口。

楚瑞清闻言，让夏枚不再接待拍照客人，同时疏散旁边的人。她干脆地将剩余的果子削成数片，天女散花般向远处一撒，引得猴群狂奔而去，欢欣雀跃地争夺起来。游客们望着猴群涌动的壮观场面，同样开心地拍照留念，水晶少女们则趁乱逃出人堆。

水晶少女一行人跑出猴区，这才摆脱了路人们的追逐。刘筱白气喘吁吁地说道：“那些猴也太疯狂了。”

陈思佳拍了拍背包，满意地说道：“不过好在收成不错，我们明天上山再来一次，应该就能凑足旅游资金了。”

楚瑞清作为冷酷的大老板，通过剥削猴子们的劳动力，成功积累了资金，和同伴们开心地下山，一同奔赴伏虎寺，准备到下一个景点打卡。伏虎寺内绿荫密布，众人在树下愉快地享用完便当，又四处逛了逛，完成任务后便打道回府。

庭院内，小贝早就做好晚饭，静待她们归来。院子里冒出不少小木凳，皆出自李天剑和猴王之手。一人一猴不知所终，据说又去山上挖药草了，只留下小贝看家。

傍晚天气凉快，大家索性将桌椅搬出来，在庭院里吃晚饭。陈思佳看小贝忙进忙出，又思及对方对众人的照顾，主动邀请道："小贝下回也来帝都吧，大家一起出去玩。"

夏枚立马出声附和："可以让小贝来看演唱会，然后我们约着去逛！"水晶少女的首场演唱会已经排上档期，正好就在帝都。

小贝闻言一愣，随即面露难色，稍显失落地笑了笑，婉言道："可能不行呢……"

陈思佳等人不禁感到诧异，刘筱白好奇地问道："为什么？"

小贝支支吾吾起来，楚瑞清帮她解围，解释道："小贝身体不好，没有办法下山。"

众人皆有些遗憾，小贝笑着安慰道："大家以后再跟着大师姐来玩，我就很高兴啦！"

饭后，水晶少女们索性陪着小贝闲聊，她们提起一些《偶像新秀》节目里的趣事，还有山下的妙闻，逗得小贝不停发笑。刘筱白带着拍立得，拍下了一张合照送给小贝留念。小贝相当高兴，珍重地将照片收好。

因为水晶少女明日还要上山看日出，她们聊完天就去收拾，早早地睡下。楚瑞清不感疲倦，便陪着小贝叠纸剑。欢乐散去后，小贝坐在不再热闹的庭院里，一边叠纸剑，一边迟疑地说道："大师姐，大家几十年后还会记得彼此吗？"

楚瑞清见小贝望着合照，明白了对方在想什么。她客观而理智地说道："几十年对普通人来说已经很长。"

小贝愣了愣，随即苦笑道："是呢，山下人可能过几年就会忘记很多事，明明刚刚还一起聊得很开心……倒不如不曾认识。"

楚瑞清瞧出她低落的神色，语重心长地说道："害怕失去并不是逃避的理由，失去代表你曾经拥有，该难过的是从未拥有过。"

虽然小贝是峨眉派弟子，但她几乎从未踏出过师门，自然不懂如何处理离别的情绪。陈思佳等人带来欢喜与热闹，也让小贝产生了告别的伤感，少年风月浮华尽，曲终人散终有时。

小贝颓然地说道："但我还是会难过，现在大家的关系这么好，以后却可能天各一方，形同路人……大师姐不会伤心吗？要是她之后被陈思佳她们忘掉，或者被粉丝忘掉……"

小贝并不理解，拥有漫长光阴的大师姐总会跟友人们道别，那一刻大师姐该如何面对？她只是跟陈思佳等人短短相处，就已经非常难受，相伴更久的大师姐到时候岂不是更悲哀？

"她们会忘了我，但我会记住她们。"楚瑞清思索片刻，缓缓地说道。

她摸了摸小贝的头，又拿起合照晃了晃，宽慰道："起码这一刻的相聚曾被记录，我们的真心都没有作假。"

楚瑞清平静地说道："不要由于害怕朋友离去，而嘴硬地说自己不需要朋友，这就是和阚和一样，钻进牛角尖，再也钻不出来了。"

楚瑞清当然知道人心易变，但那是未来的事情，在未变之前，她会珍惜每一份来自别人的真情，不管是出自团员，还是出自粉丝。世界上没有永恒的事物，但她会在属于自己的永恒的生命中铭记众生。

小贝似懂非懂地眨了眨眼，眼圈微红地低声道："总觉得自己白活那么多年，还会为这种事烦恼……"

楚瑞清安抚地拍了拍她的背："因为我们都还是人。"

不管她们与山下人有多少迥异之处，她都牢记这点，为人便必然有为人的烦恼，无论活多长都一样。

清晨，昨晚怅然的小贝已经打起精神，目送一行人出门。太阳还未升起，天色昏暗，困倦的水晶少女们背着红果子，打算登上金顶看日出。

距离山顶还有段路程，夏枚便一度快要睡倒在地，瓮声瓮气地说道："我不想看日出，现在只想睡觉……"

刘筱白吐槽道："到时候真没看到，喊得最凶的也是你。"

楚瑞清爬山的步伐最稳，她看了眼天色，督促道："再晚可能会赶不上。"

黑禾闻言去拉夏枚："走吧。"

云海日出只在特定的时间出现，她们要是继续磨蹭下去，很可能会错过最美的时刻。众人听本地人楚瑞清发话，只能深吸一口气，卖力地向上攀登，终于抵达观景台。

峨眉金顶之上，远处云雾浩瀚，只露天地一线，宛如仙境。山顶温度不高，缺乏阳光照射的晨风并不暖，让陈思佳哆嗦着裹紧大衣。夏枚也在打战，下一刻却激动地叫出声："天边亮起来了！"

众人抬头望去，金黄的微光已点亮遥远的天际线，旭日用橙红色大面积地涂抹、渲染着云层，直至所有云朵染上暖色。红日从云中破空而出，万道金光洒向万物，亮得人睁不开眼。然而没人能挪开追逐太阳的视线，都想用力记住这美不胜收的每一秒。

刘筱白遗憾地放下相机，怅然地望着日出，无奈地说道："照片或影像都没法完美地记录……"

尽管她是用顶尖的镜头来拍的，却仍无法捕捉肉眼所见的壮丽之美。

楚瑞清望着太阳，平静地说道："即使你记录下来，每天的日出也各有不同。"

楚瑞清已经遗忘自己欣赏过多少回日出，也忘却每回身边相陪的人都是谁，但每当她站到这里，仍会感到新奇。太阳按部就班地东升西落，像是遵循着亘古不变的法则，然而日出的景色却因为天气、时令而不同，偶尔会霞染满天，偶尔会只余红日。

众人深陷在大自然的壮美之中，陈思佳望着太阳，忍不住说道："我们十年后再一起来峨眉看日出吧……不对，先定五年！每五年来一次！"

"怎么样？五年后还来这里，然后以此类推，十年、十五年、二十年……"陈思佳越说越兴奋，又忍不住笑道，"不过二十年后，我们的歌是不是都成了广场舞配乐的主力军啦？"

由于她的提议，气氛活跃起来，大家都没有反对，皆陷入不同的遐想。

夏枚嘀咕道："那我可得锻炼身体，感觉二十年后，很可能爬不动山。"

刘筱白不禁吐槽："那时候你还没到四十吧？你也太虚了。"

陈思佳望着微光中的楚瑞清，不由得畅想起来，调侃道："三十年，或者四十年后，我可能满头白发，估计连不爱保养的楚老师也会长皱纹呢……啧啧，真是难以想象。"

楚瑞清闻言，笃定地说道：“你不用想象。”

陈思佳：“……”

楚瑞清面无表情，冷酷地说道：“你有没有白发我不确定，但我不会长皱纹的。”

陈思佳：“……”

陈思佳气得伸手要捶楚瑞清，其他人则笑到弯腰。夏枚打趣道：“楚老师生来面瘫，脸上哪有给皱纹生存的余地？找条褶都很难的！”

刘筱白煽风点火地接茬：“没错！到时候楚老师肯定还是硬朗的老太太，没事约着老黑在广场上来段地板舞，做最老、最酷的广场舞B-girl（练习霹雳舞蹈风格的女性）！”

夏枚：“胡说八道！老黑那时很可能在录说唱节目，开始做导师，昧着良心赚钱，不会再像现在这般真性情了，这不是地下说唱歌手的必经路吗？她哪有空陪楚老师跳舞？”

黑禾心想：这战火是如何烧到我身上了？我怎么就突然不真性情了？

刘筱白若有所思地点了点头，看向夏枚，说道：“有道理，那以后你陪你爸跳广场舞吧。”

夏枚嘚瑟地晃了晃肩膀，摆手道：“我到时候没空，三十年后我都是全国知名主持人啦……”

陈思佳闻言，索性连楚瑞清都不调侃了，扭头嘲笑道：“哎哟，那我肯定去过格莱美了！”

“那我还上《福布斯》全球超模收入排行榜了……”刘筱白不甘示弱地说道。

“欢乐五猴”胡思乱想、畅所欲言起来，她们在日出的金光中笑闹成一团。陈思佳率先伸出手来，开口道：“那就说好了，‘欢乐五猴’的第一个五年之约，一起再次看日出！”

楚瑞清学着她们的样子，将手放在最上面。五人的手交叠在一起，最后在众人的加油打气声中绽开！

“水晶少女，加油！”

——呜呜呜呜，妈妈也会等崽崽们的五年之约！每个五年都陪你们走过！

——别说五年后，一年后团解散，人还能聚齐的话，我就佩服这几位姐妹！

——“欢乐猴”又不像另一组，大家本来感情就好，跟组不组团没关系。

——楚老师多酷啊，为做三十年后最靓的人，宣称一条皱纹都不长！

——夏枚：我是全国知名主持人；陈思佳：我会上格莱美；刘筱白：我上《福布斯》全球超模收入排行榜；旁边的楚老师和老黑一边鼓掌，一边唱起《大梦想家》，一个一个梦飞出了天窗。

——我今天就把话撂这儿了，赌她们五年后能聚齐！要是聚不齐，五年后我再灰溜溜地把话收回来……

水晶少女是只活动一年的团，出道即开启了解散的倒计时，团员们总会各奔东西。因此，粉丝们既感动于《闪光时刻》里的深厚情谊，又觉得她们的约定太过理想。TENS解散在即，成员已经分崩离析，水晶少女怎么逃得过魔咒呢？

云岭阁内，楚瑞清郑重地在日历上做好了标记，以免遗忘五年之约。屋外，李天剑敲了敲门，探头进来提醒：“师父，要下山了。”

楚瑞清将厚厚的日历摆好，应道：“就来。”

李天剑看着桌上摞在一起的日历，疑惑地问道：“师父在做什么？怎么拿这么多日历？”

楚瑞清：“我规划一下五年后的行程。”

李天剑：“……”

二少爷：虽然知道师父寿命长，但未免也太深谋远虑了吧！

峨眉派偶像

江月年年 著

下册

青岛出版社
QINGDAO PUBLISHING HOUSE

第九章

再次试镜　解约起风波
威名三亿　暗流隐秘密

《闪光时刻》“欢乐猴”组的任务地点不光有峨眉，还有城中景点。水晶少女在峨眉游玩完，便要告别云岭阁，下山奔赴新场所。

李天剑在做木工期间，还多次避免了意外发生，例如拦截夏枚等人前往剑冢、管控视频资料等。现在他功成身退，便不用陪着下山，站在猴王旁边，看着小贝师叔跟女团成员告别。

陈思佳等人逐一跟小贝相拥惜别，感谢她多日的照顾。楚瑞清又看向门中两名男性，李天剑秒懂师父的眼神示意，他仍戴着黑口罩，礼貌地道：“各位一路顺风。”

李天剑跟小贝师叔不一样，当然不能与人相拥告别。他身边的猴王却沉默地上前一步，让陈思佳等人相当惊奇。猴王向来跟她们交流不多，似乎更喜欢和李天剑在一起，一人一猴每天都不知道在研究什么。

夏枚嘀咕道：“二师兄该不会知道我们卖它的果子的事吧？”

陈思佳面露迟疑：“楚老师没说不能卖吧？”

体形庞大的猴王相当威严，似乎并不懂她们的私下议论，和善地向陈思佳伸出手，见对方没有反应，手便默默地悬在半空中。

陈思佳诧异地左右望了望，不太确定地指了指自己，得到猴王肯定的点头，这才连忙伸手回握，迟疑道："谢谢，再见？"

猴王与陈思佳握手后，又陆续跟其他成员握手，态度相当和气，看上去是在告别。

夏枚等人忙不迭弯腰，看上去颇像跟大佬握手的小弟们，场面有几分滑稽。夏枚点头哈腰道："谢谢二师兄的果子，救我们于水火之中……"

毕竟水晶少女靠猴王的果子和峨眉猴敛财，积累了一笔旅行资金，吃水不忘挖井猴。

猴王跟其他人握手，等到楚瑞清面前，便变成利落的击拳。楚瑞清伸拳跟它一碰，淡淡地道："下次再跟你对练，这回太忙了。"

这几天楚瑞清要带团员们游山玩水，猴王则跟李天剑疯狂做木工，都没空闲练剑，只能等下回假期更长时再练。

水晶少女和工作人员启程，缓缓地沿着台阶往下走。云岭阁门口，李天剑、小贝和猴王遥遥地目送一行人离开，他们的身影立在高处，在阳光下宛如剪影。古色古香的云岭阁逐渐变成少女们背后的小点，隐匿在密林之中。

——二师兄握手很有领导视察的范儿。

——我也好想去云岭阁，有姐妹知道具体地址吗？

——请不要打扰楚老师的师兄弟！离她的亲友和住址远一点儿，好吗？

——没用，你们进不去的，平常侧峰不开放，只有工作人员知道路线。

《闪光时刻》播出后，不少人对峨眉侧峰上充满古韵的云岭阁产生遐想，甚至专程赶往山脚下，想方设法地进入侧峰。这其中有女团的粉丝，也有想求学习武之人。众人可谓八仙过海各显神通，然而没人能寻到云岭阁的位置，他们不是突然迷失在路上，就是被凶残的猴群拦住劫掠，还有人转一圈都没发现建筑物。

景区担忧游客们的安危，索性在通往侧峰的路上安装了铁门，只允许相关人员出入，禁止游客入内。这场由节目带来的小风波，很快便风平浪静，山下人只知山上有云岭阁，却少有人亲睹其真容。

城内，楚瑞清下山后，跟随团员们游览其他景点，便感到力不从心。虽然她知道杜甫草堂、武侯祠等景点的由来，但面对茫茫人海，实在是身心俱疲。水晶少女还被路人们堵了两次，最终被逼得全副武装，恨不得人人都是李天剑式打扮，全是黑帽、墨镜、黑口罩。

众人伪装一番，被认出的概率大大降低，这才得以顺利游玩，不再遭到围堵。

因为“欢乐五猴”靠在峨眉上出卖猴的色相发财，所以她们下山后手头宽裕不少。陈思佳订好酒店，交完景点门票钱，留下日常花销，手上还有一笔小财，便合计用来买手信和礼物。

五人在美食街上闲逛，刘筱白突然道：“前面有卖明信片的小店。”

陈思佳向来想得周到，提议道：“我们给小贝寄点儿明信片和礼物吧？小贝喜欢什么？”

楚瑞清答道：“她喜欢手工艺品和书籍。”

夏枚：“还有二师兄？毕竟钱还是靠它的猴子猴孙赚的。”

黑禾：“这里有美猴王面具。”

夏枚：“面具没用吧，二师兄是习武之猴，还是该送金箍棒。”

黑禾无语。

几人叽叽喳喳地讨论起来，楚瑞清对小店里的饰品文具没兴趣，索性待在门口图个清净。她身边还有几个陪同女友逛街的无聊青年，同样在百无聊赖地踱步。

几人在店内购物，并不知道店外的美食街已经被保安们管控，另一帮人同样来势汹汹。美食街是一条铺满青砖的古街道，算是当地知名景点。炎炎夏日，路霖已经满头是汗，朝着美食街深处奔去，向旁边的人询问道：“任务点就在这儿？”

窦彦同样晒得脸发红，耸耸肩道：“我不知道啊，我第一次上这种节目。”

路霖和窦彦参加的是一档热门的上星综艺《不朽之战》，国民度可排前三，每期嘉宾大咖云集。路霖担任完《偶像新秀》的中心导师，跟窦彦合作的电视剧也开始热播，两人自然结伴上综艺刷一波存在感，顺便宣传剧集。

《闪光时刻》的拍摄以纪录为主，不会过多左右少女们的旅游行程。《不朽之战》则有严格的任务台本，每个任务点都是提前设定好的，所以会有保安在特定时间维护秩序。谁也没想到两个节目组会在机缘巧合中撞上。

路霖和窦彦来此是为找到任务点，只有赚到任务资金，才能为最终环节做准备。窦彦以前没参加过综艺，全程都有点儿蒙。路霖只能帮他，朝对方招手道："走，我带你去找任务点！"

窦彦见他信誓旦旦，不禁满脸犹豫："不是，霖哥，你知道地方吗？"

窦彦觉得他们犹如无头苍蝇，什么线索也没拿到，便冒冒失失地撞进来，实在有些失策。路霖却像是胜券在握，一副经验丰富的样子。

路霖果断道："不知道，但你可以找摄像师。"

路霖看窦彦还在迟疑，直接拉着他往街里走，四处寻找摄像师的身影。他们运气还真不错，没走两步就看到小店门口的摄像大哥。路霖一溜烟地跑过去，总觉得此摄像还挺眼熟，立刻摩拳擦掌道："任务点就是这里吧？"

负责拍摄《闪光时刻》的摄像大哥："嗯？"

摄像师当然认识路霖，对方好歹是《偶像新秀》的中心导师，说起来是同团队的节目，但他着实不知路霖突然现身的原因。摄像大哥还没来得及阻止，便见路霖一头扎入小店，直直地找向角落里的人。

路霖喊道："别躲啦，就是你，穿黑衣服那个！"

楚瑞清听见店门口有声音，知道有人进来，下意识地闪身回避，想要去店里找陈思佳等人，不料被当场叫住。她不知对方是不是疯狂的粉丝，所以没有马上回头，又觉得这声音有点儿耳熟。

路霖看可疑的黑衣人朝着人群中挤去，似乎想要溜走，更确信对方是NPC（Non-Player Character的缩写，指游戏中的非玩家角色），连忙上前拦截："等等！"

路霖拦住对方，随即撞上一张黑脸，对方扭头淡淡地道："有事吗？"

楚瑞清确实完美地演绎了黑脸，戴着墨镜加黑口罩，还骤然转头，吓路霖一跳。路霖惊得缩了下脖子，听清声音，又狐疑地皱起眉，不确定地问道："楚瑞清，是你吗？"

楚瑞清绝对是《偶像新秀》中的风云人物，还曾在路霖颁布名次时拆过台，直言自己在手卡上排第二，那堪称路霖主持史上的危机。

楚瑞清看到路霖，同样一愣。出于礼貌，她摘下墨镜和口罩，干巴巴地道：“导师好。”

大师姐不太善于寒暄，不由得更加想到店里找团员们，有她们在起码不会冷场。

窦彦没太跟上节奏，打量楚瑞清一番，好奇地道：“这是你们节目里的center吧？你们之前有联络吗？”

明星好友同上一档节目，基本会提前在私下打招呼，互相有照应，路霖和楚瑞清的相逢却显然不在此列。路霖完全不知水晶少女会上节目，在最初的诧异过后，很快进入状态，好脾气地道：“我不知道她会来。”

楚瑞清更是满脸茫然，沉默地听着两人交谈，不知路霖来此做什么。窦彦以为楚瑞清是《不朽之战》邀请来的嘉宾，礼貌地跟她握手：“你好，我是窦彦。”

楚瑞清回礼，客气地道：“你好，我是楚瑞清。”

窦彦打完招呼，偷偷朝路霖嘀咕：“霖哥，如果NPC是你的学生的话，能不能让她在任务中放水？”

路霖眼睛一亮，当即反应过来，向楚瑞清询问：“对了，我们的任务是什么？”

“啊？”楚瑞清不解地说，“我怎么知道你们的任务是什么？”

自己的任务自己记，她当然只知道水晶少女的旅游任务。

路霖：“不是，你今天得给我们安排任务吧？”

路霖误以为楚瑞清是被邀请来做NPC的嘉宾，由她来发布任务，哪知她只是路过的无关群众。

楚瑞清更感疑惑，不由得面色古怪地道：“为什么是我安排？”

窦彦被楚瑞清奇怪的神色逗得发笑，幸灾乐祸起来，啧啧感慨道：“路霖，你行不行了，这导师当得连学生都管不住？”

路霖头疼地转了一圈，吐槽道：“你肯定没看过《偶像新秀》，我哪敢管她，大家都尊称她为楚老师。”

路霖望着满头雾水的楚瑞清，真不知她是装傻逗自己，还是不会玩综艺。他耐着性子，循循善诱道：“那你有钱吗？我们需要任务资金，不然你给我们点儿钱？”

楚瑞清闻言，终于了然地点头，拧眉道：“我明白了……”

路霖松了一口气，绽开灿烂的笑容：“你懂了就好！”

楚瑞清若有所思道：“导师是来借钱的。”

果然，世界上不存在他乡遇故知，只有他乡找你来借钱。

路霖的笑容凝固在脸上。

两边的节目组看不下去，工作人员终于找到气口，悄悄将路霖拉到一边，小声地提醒：“路霖老师，咱们走吧，这儿不是《不朽之战》设置的任务点……”

路霖：“不可能！楚瑞清就站这儿呢，肯定有任务！”

工作人员尴尬地道：“水晶少女在拍团综，咱们只是凑巧碰上，刚才对面的导演也找过来了……”

路霖僵硬地看向旁边，果然见到脸熟的导演朝自己挥手。

吃瓜群众窦彦听懂来龙去脉，当即捧腹大笑：“我的天！霖哥真是经验丰富，太绝了，太绝了，直捣敌军大本营！”

窦彦想起刚才路霖拍胸脯保证的样子就好笑，打脸实在来得太快，真不知该感慨世界太小，还是“偶秀”（《偶像新秀》的缩写）师生情让众人重逢。

此时，陈思佳等人也从店里出来，看到路霖等人皆是一惊，拘谨地打起招呼，证明工作人员所言非虚。陈思佳看了眼楚瑞清，好奇地道：“路导师在这里做什么？”

楚瑞清面无表情道：“他来借钱。”

“欢乐四猴”闻言，跟导师相遇的喜悦瞬间退去，反而颇警惕地盯着路霖。水晶少女们脸上只差写着“怎么办，不是太想借，但他又是导师好烦哦”，情绪直白地刺到了路霖的灵魂深处。

窦彦见状，又被逗得开怀道：“塑料师生情，全是塑料的！”

路霖哭笑不得。

——哈哈哈哈哈，场面一度十分尴尬，路霖的综艺翻车时刻……

——路霖是天选之子，随手扒拉个路人，都能翻出水晶少女的

center，干脆转行去做星探吧。

——震惊，究竟是水晶少女乱入《不朽之战》，还是路霖、窦彦乱入《闪光时刻》？

——路霖：就决定是你了，NPC！楚瑞清：我不是，我没有，别瞎说。

——“欢乐五猴”无片酬出镜《不朽之战》，请节目组给她们结一下通告费，谢谢。

《不朽之战》是国民上星节目，很多观众不熟悉网络综艺，还没认清水晶少女，纷纷在弹幕中求科普。《闪光时刻》在《不朽之战》之后才播，粉丝们没得到消息，突然看到“欢乐五猴”，都有种次元壁破裂的惊讶感。万万没想到，女团的第一档上星综艺，居然是莫名其妙蹭上的！

路霖面对学生们古怪的眼神，深感受挫，故作伤心地道：“怎么？连我都不借？”

陈思佳面露难色，看了看团员们，最后小声道：“要借多少？”旅行资金有限，路霖要是借太多，她们就没钱买礼物了。

楚瑞清冷静地补刀：“记得打个欠条。”

路霖哭笑不得。

路霖闹了个大笑话，又看她们一副吝啬的样子，既好气又好笑，摆摆手道：“走吧，走吧！才不找你们这群没良心的小崽子借！”

夏枚闻言，果断地道：“谢谢导师，导师拜拜！”

其他人纷纷告别，看上去拔腿就想跑，生怕路霖再提“借钱”二字，溜得要多快有多快。水晶少女还没跑多远，片刻后又听到路霖从后面追上来，他喊道：“等等，你们停一下！”

路霖气喘吁吁地追上众人，说道：“楚瑞清，你过来帮我个忙。”

楚瑞清沉默片刻，坦诚道：“我没钱。”

路霖微笑着咬牙道：“不借你的钱。”

水晶少女这才答应，跟着路霖往回走，看他要做什么。她们深入美食街，远远便见窦彦在小摊前套圈，似乎正在完成任务。

原来，路霖想拜托楚瑞清帮忙过关。《不朽之战》在美食街设的三个关卡分别是套圈、射箭、拳击力量测试，都是庙会上常见的小游戏，通过后才能取得任务资金。窦彦握着轻飘飘的竹圈，再一次瞄准失败，抱怨道：“这圈太轻，投不中的。”

陈思佳看窦彦屡试屡败，害怕楚瑞清在此耽误太长时间，小声询问：“你要帮忙吗？那我们晚上的行程取消？”

“欢乐五猴”本打算打车去下一个地点，但突然撞上《不朽之战》录制，看样子她们要逗留一阵，原定计划需要调整。

楚瑞清张望一番，弄懂三个关卡的规则后，便镇定地道：“不用，你叫车吧。”

陈思佳：“什么？！”

楚瑞清觉得通过这三关的时间不会太长，现在叫车来接，正好能赶上。

窦彦闻言，难免嘀咕：“路霖导师，你的学生的口气未免太大……”

他话音刚落，楚瑞清已经抛出一枚轻飘飘的竹圈，竹圈稳稳地落在目标物上。

窦彦当场石化。

楚瑞清眼见一击即中，又连着抛出两枚竹圈，准确地套中剩余目标物，轻松地通过此关。

路霖看窦彦吃瘪，这才找回点儿面子，背着手感慨道：“年轻人嘛，有实力就有性格。”

楚瑞清不闻路、窦二人组的闲聊，干净利落地举起弓箭瞄准，进入第二关。她眼眸一眯，微对准星，毫不犹豫地射出一箭，正中红心！

其余两箭也射得痛快，原本有失准头的弓箭落入她手中，变得箭无虚发！

楚瑞清通过前两关，耗时不过几分钟，跟刚才磨磨叽叽的窦彦截然不同。她刚站到拳力测试器前，便看到陈思佳指了指手机，又比口型道：“车快到了。”

楚瑞清不敢耽搁，一拳击向器械，随即询问道：“过了吗？”

工作人员看清数字，惊得连连点头：“过了，过了，这是任务资金……”

楚瑞清没接信封，跟伙伴们与路霖、窦彦礼貌道别，便匆匆离去。路霖满意地接过信封，朝跑远的楚瑞清遥遥地行了个礼，大大咧咧地道：“谢谢啊！”

楚瑞清本已跑了两步，见状又停了下来，不确定地回了个礼，试探道：“为人民服务？”

路霖心道：你这是从哪里学来的？

楚瑞清行礼完，不顾路霖的反应，跟上同伴，便旋风般离开，仿佛从没在《不朽之战》中出现过一样，只留下雷锋般的背影。

窦彦看着仪器上“999”的数字，惊叹道：“这意思是拳力999斤？还是999磅？”

工作人员冷静地道：“都不是，这代表仪器可承受的力量达到上限。”

窦彦心道：这难道就是传说中的学神，卷子多少分，就拿多少分？

窦彦望着拳力测试器跃跃欲试，拉开架势，闷哼一声，使出全力朝仪器出拳！

仪器上闪现“437”的数字，还不及楚瑞清的一半。

窦彦满脸冷漠：“好了，你不用告诉我计量单位，我现在不想知道是斤还是磅了。”

工作人员哭笑不得。

水晶少女们在《不朽之战》中闪现的几分钟，出镜量虽少，却为观众们带来无尽的快乐。弹幕中出现越来越多求科普的路人，网友们对人狠话不多的楚瑞清印象深刻。

——楚瑞清：不客气，我胸前的红领巾更鲜艳了。

——拳力测试结果显示，一个窦彦约等于半个楚瑞清？

——并不是，999代表上限，同理可推一个窦彦远小于半个楚瑞清。

——路人求科普，这是个什么团？是运动团，还是民兵团？

——别问，问就是大型女子社区表演与广场舞天团。

楚瑞清在《不朽之战》中出镜几分钟，微博粉丝竟一夜上涨几十万，成功踏入千万级大关。粉丝们都不禁感慨国民综艺的力量，传播量级完全不同，成效极快。

楚瑞清如今已获得红V（新浪微博的一种认证形式，指微博自然的阅读量大于等于一千万且粉丝数量为一万以上的用户认证），她开博至今只发工作，除了团综期间的“欢乐五猴”合影，再无单人自拍照，完美地用微博履行着营业职能。

水晶少女旅行归来，“欢乐五猴”看上去精神奕奕，辛媛等人却更显疲惫，似乎饱受资金短缺之苦。众人稍作调整，便继续投入紧张饱和的工作之中，机械般奔向各个通告，争分夺秒地抢夺着市场。

她们不只是跟团内成员竞争，还要跟出道失败的落选者竞争，跟偶像圈外的其他女明星竞争。她们焦灼地奔走着，不敢歇息一秒，仿佛随时会被快速变化的市场抛下，耗尽现有的热度。

楚瑞清算是在工作上有韧性的，但她偶尔也会反思，漫天的通告与广告对她来说是否有用？她是否真的要用这种东西回馈粉丝？然而当周围人都处于同一种压抑的环境时，思考与反抗似乎都罪不容诛，仿佛世上的偶像都该如此工作。

好在无尽的沉默中终于传来一个好消息，胡屏导演邀请楚瑞清出演《倚天屠龙记》，饰演周芷若。经纪人刘哥早将此事忘在脑后，毕竟试镜结果如同石沉大海，谁都觉得没戏，谁也没想到胡导会改主意。

实际上，胡屏也曾放弃过楚瑞清，谁让她的演技完全没成型，只是跟人物有些相仿的气质，圈里演技出众的演员还有大把，没道理要舍近求远。然而胡导谈了一圈，眼前却老晃着楚瑞清饰演周芷若的样子，加上发现其他女演员要求太多，索性扭头找回来。

形象气质匹配的女演员不拍打戏、不吊威亚，能拍武戏的女演员又上了年纪、容貌不符，有人气的女演员要价很高还频繁离组，没人气的女演员则毫无数据、资方不认可……

总导演胡屏找来找去，自己都感到有一丝可笑，偌大的演艺圈居然还挑不出人来了？

资方尊重胡屏的资历，自认为要求已经很低，只要两名女主演有点儿流量就行。胡屏挑了某知名影视公司力捧的小花甄珍，又找上当红流量偶像楚瑞清，觉得自己完美地达成了资方的要求。

当然，胡屏再次见到楚瑞清，还是客气地提出些要求。楚瑞清来到试镜地点，依然是那间房间，跟作别不久的胡导及剧组人员重逢。

双方都落座，胡屏斟酌着措辞，语重心长地道："是这样的，因为我可能是个比较龟毛的人，所以会有些小标准，希望你能做到……今天你听完后，先回去跟团队商议一下，我们再谈合作与否，怎么样？"

楚瑞清愣了愣，看向经纪人刘哥，刘哥客气地道："您说说，我们一定努力做到！"

胡屏当即伸手制止，笑道："别别别，你还是先听听吧。"

胡屏收起和蔼的笑容，认真严肃起来，郑重地道："一是这部戏的武打动作很多，势必要吊威亚，危险动作肯定会用替身，但我希望你能完成的都自己来。"

楚瑞清："好。"

"这对你倒是容易……"胡屏笑笑，继续道，"二是拍摄期间不能轧戏，少接甚至不接通告，至少保证三个月内在剧组专注拍戏。开拍前，希望你也能积极参与剧本围读，跟剧组人员沟通前期环节。"

经纪人刘哥脸色微变，刚想说两句，便听楚瑞清应道："好。"

"三是开机后请假要提前申请，拍摄期间你只有三天假。如果杀青后，剧组需要演员配音，希望你能抽出时间来录音棚，保质保量地完成任务。"

楚瑞清这回没有马上答应，思考片刻，像是发现导演话中的苗头，询问道："其他人有几天假？"

胡屏沉默几秒，坦白道："比你多，有的人还接了几部戏，但他们都是和我合作很多次的老演员，我对他们的演技有信心。"

"说实话，如果太频繁地放你出去，我没把握托住这个大盘子。"胡屏怕楚瑞清多想，只得又添上一句。他是觉得楚瑞清有潜质，但也不能拿电视剧的质量冒险，最终让她拖后腿。

胡屏其实不爱多管闲事，演员轧戏与否是他们的个人选择，观众最后只看屏幕上的结果。老练的演员轧一百部戏，照样信手拈来，观众吃的是过硬的演技，并不关心他们演戏期间忙不忙。然而初学者想要领悟演戏的诀窍，肯定不能到处乱窜。胡屏觉得楚瑞清有点儿灵气，想教她些东西，又怕对方不领情，索性一开始就摆出严苛的条件。

楚瑞清听完此番解释，觉得合情合理，其他人演戏多年，她才初出茅庐，假期少没毛病。她心算一番，觉得离水晶少女的演唱会还早，其间又无重要工作，便应道："好。"

经纪人刘哥却早已改变主意："胡导，您让我们回去跟团队商量一下？"

胡屏导演闻言，脸上波澜不惊，周全地笑道："当然，我一开始就说了，你们可以商议一下。"

保姆车内，经纪人刘哥领着楚瑞清上车，见四下无人，眉头紧皱，压低声音道："你知道答应这些条件，要耽误多少事情吗？"

楚瑞清面露不解地道："演唱会还要等很久，那时剧组已经杀青。"

刘哥振振有词道："不是演唱会的事，这期间你很可能接到无数好通告，但要是三个月全在组里，所有资源都会泡汤……胡导让你跟剧组人员提前沟通，很有可能是想让你早点儿进组熟悉，那耽误的事情会更多！"

楚瑞清平静地道："有舍才有得，人想要获得什么，必然要付出相应的代价。"

刘哥见她不开窍，又道："你没明白，现在对你来说，时间就是金钱，你会因此损失潜在的商业价值，而在一部不确定风评的剧上豪赌……"

楚瑞清："不是说胡导的业务能力很好？"

刘哥相当"社会"，反问道："现在口碑滑坡的名导还少吗？好多大剧不都糊（指无人问津）了。"

社会人刘哥刚刚还客气地当面盛赞胡屏，扭头便私下嘀咕对方也会扑街，一时让楚瑞清颇为感慨：山下人果然深藏不露，人人都很能演，恨不得全民手握奥斯卡小金人。

楚瑞清心知对方也有考量，尽量冷静地分析，委婉地道："刘哥，其实还没到我手里的，都不能算我拥有的。"

楚瑞清当然知道刘哥及团队有规划，他们可以拉出一大堆新生小花，严肃地向她表示，她们全都是争夺资源的对手。毕竟周围人的脚步都是如此繁忙，耽误三个月很可能让上升期的艺人直接凉掉。

然而，楚瑞清却觉得胡屏的要求并不算过分，起码在她自己的接受范围内。刘哥是站在艺人经纪的角度思考问题，胡导则是站在项目制作的角度思考问题，两人的立场不同。

刘哥紧皱眉头，问道：“你想演吗？我记得你以前对这戏没那么感兴趣。”

毕竟楚瑞清过去好像对原著有小小的不满，尽管她表现得不明显。

楚瑞清答道：“现在想演了。”

因为她觉得胡导没刘哥说的那么糟，而且许多通告在她看来，确实对自己毫无提升意义。

刘哥一时无言，最终折中道：“我回去跟团队开个会，这也不是咱们能讨论出来的。”

刘哥最终跟团队的讨论结果是什么，楚瑞清并不知道，但她很快便接到通知，非凡耀影CEO（首席执行官）秦菲凡要见自己。虽然《偶像新秀》是视频网站的综艺，但制作团队来自非凡耀影，水晶少女的经纪约自然也落到这家公司手中。

楚瑞清在团期间，秦菲凡便是她的半个顶头上司，毕竟对方是公司CEO。楚瑞清对秦菲凡的印象不深，只在成团聚餐和发布会上见过她，私下两人毫无交流。今天楚瑞清被公司老板约谈，证明问题有点儿严重。

秦菲凡得知“倚天”（《倚天屠龙记》的缩写）剧组的事，立马将经纪人刘哥骂得狗血淋头。她觉得对方太不靠谱，居然率先带楚瑞清接触胡屏，导致公司陷入尴尬被动的局面。楚瑞清愿意出演，公司却不愿放人，传出去岂不是笑掉大牙？

刘哥心中委屈，试镜肯定要楚瑞清出面，难道他还能拦着两人见面？然而怒火中的秦菲凡才不会在意细节，直接将过错归咎到刘哥头上。

秦菲凡面对楚瑞清，当然不会直接发怒，但也决计不会让楚瑞清接这部戏，耽误捞金的好时机。

办公室里，楚瑞清推门进来，看到的便是端庄优雅的秦菲凡。秦菲凡见她进屋，热络地招呼道：“瑞清来了，随便坐吧，要不要喝咖啡？”

楚瑞清看着笑容满面的秦菲凡，应声道：“谢谢，不用了。”

“那要喝茶吗，或者果汁？”秦菲凡面容和善，看上去攻击性并不强，待人接物的口吻也丝毫不让人讨厌，没什么架子。

楚瑞清礼貌地道：“水就好。”

秦菲凡给楚瑞清倒了杯水，语调温和、字斟句酌地道："瑞清，是这样的，由于团队工作上的疏忽，让你率先接触到不确定的项目，确实是我们的问题。我们开会讨论了一下，觉得'倚天'不太适合你，所以建议这回就不接了……"

楚瑞清望着秦菲凡妆容精致的脸和真挚的眼神，不由得沉默片刻，一时不确定地道："是真觉得不合适，还是仅仅在骗我？"

楚瑞清下意识地想摸纸剑，却突然发现自己忘记带，只能默默地收回手，她的小动作却没逃过秦菲凡的眼睛。楚瑞清缓缓垂眸，低声道："对不起，我对谎言比较敏感，就是不能接受这个。"

大师姐对一切错误行为的包容度很低，其中对故意欺骗的包容度最低，属于踩一踩都不行的范畴。

秦菲凡听到楚瑞清坦诚的语气，竟被直接击中，一时语塞。

秦菲凡心道，难道让她实话实说，公司对楚瑞清的长线发展毫无兴趣，只想抓着她捞快钱吗？这说出去既不好听，也容易被打死吧！

秦菲凡愣怔几秒，便迅速地调整回状态，老练地笑道："我理解你现在的心态，肯定很想跟优质团队合作，但未来我们还会有更好的机会……现阶段是你发展的黄金期，你需要不断地曝光，维持大众热度，等你的人气逐步稳固，我们会为你安排更合适的项目，肯定对你的未来有所规划。"

楚瑞清听秦菲凡絮絮叨叨地说了一堆，努力在其中提炼关键词，最后却觉得对方像个游刃有余的画饼商人，什么都没说。她平静地反问："你们对我未来的规划是什么？"

秦菲凡柔声道："未来等你人气稳固，接触几部大剧，再慢慢踏入电影圈……"

楚瑞清垂眸，淡淡地道："原来我的未来不需要我的意见，就已经被你们规划好了？"

秦菲凡见楚瑞清冥顽不灵，眼中不由得染上一丝不悦。她脸色一正，软的不行来硬的，严肃地道："瑞清，我本以为你是个踏实沉稳的孩子，但你处理问题的方式该更理智，不要情绪化……"

楚瑞清心平气和地道："首先，我并不是孩子，有规划自己未来的能力；其次，我现在很理智，但您说的话让我觉得，您是一个江湖骗子。"

楚瑞清在秦菲凡身上找到了莫名的熟悉感，对方就像过去没有真本事的神婆，上来就叭叭说一堆乱七八糟的话，然后自顾自地陷入自己的情绪里。楚瑞清努力提取她话里的有用信息，但找不到她对自己有逻辑的规划。

秦菲凡谈话前，确实没料到楚瑞清如此棘手而直接，远超自己的预期。毕竟楚瑞清在团里从来不是爱抱怨的人，原公司初梦传媒事也很少，几乎跟非凡耀影毫无摩擦。她本以为随便忽悠几句，对方就会老实地接受，现实却截然相反。

楚瑞清在现实中沉默寡言，内心的思考却非常多，让秦菲凡大吃一惊。这就像原本冷静理智的机器人突然觉醒，有了自我意识，令其制造者感到恐慌。同时，“机器人”楚瑞清还拒绝承认自己由秦菲凡制造，并觉得对方是个傻子。

没错，尽管楚瑞清没有直说，但她注视秦菲凡的眼神，跟看傻子、神婆时没两样。

秦菲凡有点恼羞成怒，措辞也严厉起来：“我觉得你刚才的描述，不像是该对所属经纪公司CEO说的话。”

楚瑞清奇怪地道：“公司有明文规定什么话不能对你说？好像没人跟我提过。”

在大师姐的印象中，没有工作人员提过在秦菲凡面前说话，员工需要注意哪些禁忌。

楚瑞清既没爆粗，也没发怒，连语气都不急不缓，偏每一句话都让秦菲凡如鲠在喉，很不舒服。秦菲凡皱眉道：“我认为你这样的措辞很没礼貌，不是讨论问题的态度。”

楚瑞清沉默片刻，镇定地道：“我认为你这样的措辞很没逻辑，也不是讨论问题的态度。”

秦菲凡闻言冷笑道：“我哪里没有逻辑？”

楚瑞清平静地道：“我们讨论未来规划，你突然跟我聊礼貌，哪里有逻辑？”如果是写文章，秦菲凡绝对是跑题党，文章结构都搭不出来。

秦菲凡被楚瑞清没事人般的态度气得半死，又看她全程面无表情，最后干脆道：“总之，这部戏公司是不会接的，这是团队商议的结果。”

楚瑞清望着对方避重就轻的态度，拧眉道：“如果我要接呢？”

秦菲凡摊手道："那很抱歉，你可能涉嫌违约，我们会向你追究法律责任，即使你的原公司是初梦传媒。"

楚瑞清陷入沉默，刚刚听了一堆有的没的，最后觉得对方只有这句话包含信息量。

秦菲凡见楚瑞清不说话，误以为对方被吓住。她刚有点儿得意，便见楚瑞清站起来，似乎要往门外走。楚瑞清解释道："抱歉，请稍等片刻，我咨询一下专业人员。"

其实楚瑞清对秦菲凡前面的大饼论似懂非懂，觉得非凡耀影CEO说话毫无重点，但她至少明白一点，就是现在私接"倚天"会产生法律问题。艺人经纪合同的约束，这又属于山下人的争吵方式，不在楚瑞清的擅长范围内，她需要找有经验的人解决。

办公室门外，楚瑞清先给阚和打了个电话，却听到温和的提示音："对不起，您拨打的电话暂时无法接通……"

楚瑞清：真是养三师弟不如养只猴。

楚瑞清想了想，又给徒弟李天剑拨了个电话，这回那头的人则是秒接。李天剑不知身处何处，周围是呼呼的风声，但他丝毫没有抱怨，语气郑重地问："师父，怎么了？"

楚瑞清简单地说了下来龙去脉，最后请教道："如果是现在这种情况，我该怎么解决目前的问题？"

因为秦菲凡说初梦传媒也保不住自己，所以楚瑞清就没有打扰范彤，而是找上刚入门的小徒弟咨询。她选择李天剑询问算是好办法，但她并不知道徒弟的隐藏唯粉（指在某一偶像团体中只喜欢某一个成员的粉丝）属性。对激进派唯粉来说，公司与艺人间的纠纷，他们只有一种态度——

果不其然，李天剑下一秒便义愤填膺，立即献策道："师父跟他们解约吧！垃圾公司倒闭了！"

没错，二少爷听闻经纪公司的任何骚操作，最后都会将话题导向同一方向，那就是劝分不劝和。

二少爷：世界上不存在完美的经纪公司，全都是一群想吸师父的血的无赖！

楚瑞清对解约倒无异议，想了想又问道："但好像要赔违约金？我是不是该先攒钱，再解约？”

李天剑满身“壕”气，果断道：“不用，以后让小贝师叔少砸几个碗就行！”

李天剑已经开始盘算，如何在门里砸锅卖铁，替师父赎身还债。

楚瑞清：“啊？”

虽然楚瑞清不知解约和砸碗有何关系，但既然徒弟信誓旦旦地说没问题，她便放下心来。楚瑞清咨询完进屋，风轻云淡地道：“我想接这部戏，我们解约吧。”

原本正喝茶拿乔的秦菲凡一阵无语。楚瑞清出去没几分钟，世界就要翻天？

她觉得难以置信：“你知道现在解约，自己要赔多少钱吗？”

非凡耀影确实对艺人压榨得挺过，秦菲凡知道某些人的不满，但还真没谁像楚瑞清这般有胆，张嘴就要解约。毕竟违约金基本上是天文数字，大家看着当玩笑，没人真打算赔。

楚瑞清询问道：“多少钱？”

秦菲凡硬着头皮，直接报了个天文数字，咬牙道：“三亿。”

秦菲凡其实觉得这价格有点儿离谱，估计到时候打官司不好赢，但她现在主要想压制住楚瑞清，自然说得越高越好。

楚瑞清了然地点头，又发了条消息向徒弟咨询，随即答应道：“好，我们办手续吧。”

秦菲凡：这是都懒得还价？

实际上，李天剑考虑过走法律程序，跟非凡耀影打官司，但听闻楚瑞清想接《倚天屠龙记》，便选择更为简单粗暴的方式，想帮师父立即脱身。

毕竟艺人在上升期解约，不管公司是对是错，都容易惹来非议，少不了一波忘恩负义的嘲讽。如果师父直接将巨额违约金拍在桌上，就能减少很多烦人的环节。钱都已经交了，前公司还不闭嘴？

楚瑞清没有金钱观念，然而她请教的对象更没金钱观念，谁让二少爷的想法很纯粹？

二少爷：世上一切难以完美解决的问题，大部分原因可归于钱没到位！

李天剑觉得，楚瑞清的时间和精力比钱重要，用钱帮师父减少烦琐事务，完全没问题。

秦菲凡经营公司多年，处理过不少艺人的解约问题，但还真是头一回碰到直接交钱，连官司都懒得打的人。她突然感到一阵头疼，尽量放缓语气道：“瑞清，是这样的，我觉得我们还可以冷静地谈一谈……”

楚瑞清面无表情地道：“怎么谈？你连逻辑都没有。”

秦菲凡咬牙道：“我努力一下，还是可以有的……”

楚瑞清淡淡地道：“算了，你有逻辑，我也没礼貌。”

秦菲凡觉得自己要被气吐血了。

不得不说，李天剑的建议很符合楚瑞清的心意，她不是喜欢跟人撕扯、频繁浪费口舌的人，要是能立刻跟非凡耀影划清界限，算是最好的局面。唯一的不足，就是她账上的债务又多三亿，不过反正虱多不痒、债多不愁，可以慢慢还，楚瑞清想得很开。

楚瑞清态度坚决，就差逼秦菲凡立即交账户，当场往里打钱。她的果决瞬间将秦菲凡逼入尴尬的境地，一时进退两难。虽然两人是私下协商，但楚瑞清和秦菲凡决裂不和、打算解约的消息宛如旋风，席卷非凡耀影的高层内部。

经纪人刘哥听到小道消息，感到满头问号。他躲躲藏藏地找上楚瑞清，小声询问道：“听说你要解约？”

当事人楚瑞清反倒没他这般遮掩的态度，坦然地答道：“是。”

刘哥心惊胆战地瞅瞅周围，惊叹道：“为了‘倚天’的事？你知道自己会面临什么吗？”

楚瑞清眨了眨眼：“赔钱？”

刘哥见她不开窍，恨铁不成钢道：“合同违约金可是天文数字，你未免也太鲁莽……”

虽然刘哥是非凡耀影的人，但没站在秦菲凡那边。毕竟经纪人只是他的饭碗，鬼知道他以后会不会换工作，没必要现在得罪楚瑞清。刘哥就是觉得楚瑞清虎里虎气，没听说过谈崩一次就解约的，换谁不得撕扯好几轮？

楚瑞清平和地道：“还好，说是三亿。”

刘哥一时语塞，只感觉自己被突然炫富，诧异地道：“唉，楚老师，不是我说你啊，你知道现在贷款二三十年才能拿几百万吗？三亿可不是小数字，你要是想还完这笔钱，那得活到哪辈子？”

楚瑞清："没事，我活得长。"

刘哥十分无语，感受到楚瑞清又呆又刚的态度，竟然被逗笑了，突然有些没脾气。他提醒道："那你跟团员聊过没？自己就爽快地跑路啦，留下我们穷苦人民受苦受难？"

楚瑞清想起此事，顿时陷入沉默。她确实对秦菲凡有诸多不认同，但还真不愿以这种方式离开伙伴。公司有千错万错，成员们却是无辜的。

刘哥见楚瑞清不说话，看出她竟真有所谓的成员情，心中有点儿唏嘘。他出言宽慰道："算了，你也别自寻烦恼，高层现在压着你要解约的事，没准儿解不了呢！"

楚瑞清解约的消息只在高层领导间传播，水晶少女的成员们和其他工作人员还一无所知。刘哥作为人精，立刻明白楚瑞清不可能走。

楚瑞清闻言，疑惑地道："为什么？我可以赔钱。"

刘哥笑道："你要是跑了，隔天辛媛就能走，真当新娱传媒吃素呢？"

刘哥见楚瑞清面色懵懂，便一副神神秘秘的样子，压低音量道："新娱跟公司纠缠好久，平台那边的人对秦总都有意见，现在你又闹解约，更不可能放手……

"非凡耀影再厉害，背靠的也是平台！"

《偶像新秀》制作团队出自非凡耀影，出资方却是视频网站。即使非凡耀影现在握着水晶少女的经纪合约，实际上也是平台给予的权力，谁让非凡耀影的大股东就是视频网站？

秦菲凡名义上是公司CEO，但本质还是平台的打工仔，属于外聘来管理的。

楚瑞清和陈思佳的原公司初梦传媒很小，自然没有跟非凡耀影对峙的勇气，但辛媛的公司新娱传媒的规模大，节目结束后便一直在闹事搅和。辛媛在节目中积累了一定的人气，新娱觉得她可以回去赚钱了，但非凡耀影不放人，双方僵持挺久了。

秦菲凡刚开始没将楚瑞清放在眼里，便是觉得初梦不可能闹得比新娱凶，最多就是陷入停滞状态。她哪想到楚瑞清如此硬核，上来就将三个亿拍在桌上，连价都不砍！

秦菲凡有本事漫天要价，却没本事越过平台收下这笔钱，顿时进退两难、骑虎难下！

另一边，搅事精李天剑唯恐天下不乱，见非凡耀影突然失去回应，并没有马上在网上放出楚瑞清解约的消息，于是拐弯抹角地联系上视频网站。星河视频是《偶像新秀》的播放平台，同样是非凡耀影的大股东，背靠星河集团，可谓财大气粗。

李天剑找平台告小状，顿时让星河视频的人坐不住了，哪有出道位第一、第二的成员接连闹事的？

世上领导解决问题用的都是同一套路，他们不会先了解细节，而是将过错直接怪罪到负责人头上。秦菲凡当初怎么找刘哥的麻烦，星河视频就怎么找秦菲凡的麻烦，甚至连语气都如出一辙！

“菲凡，这回确实让大家都有点儿失望，你以前说是新娱的问题，但楚瑞清现在也提解约，我们感觉不是偶然现象。”星河视频副总亲自出面，含蓄而委婉地道，“其实平台这边也有签约艺人，但我们当初信任你和非凡耀影的专业度，才会让你们来规划水晶少女的行程……”

由于秦菲凡在艺人培养上颇有成绩，她和非凡耀影才会被平台选中，负责运营水晶少女。

“实际上，水晶少女的经纪权还是属于平台的，你应该明白吧？”副总语气温柔，措辞却绵里藏针，她只差对着秦菲凡当头来一棍，让对方清醒一点儿。平台并不在乎非凡耀影将自己的艺人管成什么鬼样，但水晶少女的牌子是决计不能砸的。

秦菲凡面对问责，简直如坐针毡，心里已将通风报信者骂得狗血淋头。她当然知道自己的手段偶尔过激，但按道理非凡耀影高层跟她是同一战线的，究竟是谁把这事捅给平台的？

秦菲凡本想瞒着平台，私下将楚瑞清摁住，哪料到突然钻出告密者，形势瞬间复杂化。她面临平台困境，如今只能强颜欢笑，硬着头皮道：“原公司看到辛媛和楚瑞清的商业价值，所以有各种手段，这其实也是早有预料的事……”

副总伸手打断她道：“OK，你们都有预料，那最后的解决方法是什么？辛媛和新娱的事，你就一直拖延不明确处理，现在楚瑞清直接要掏三亿走，你是打算放人吗？”

秦菲凡断言道："楚瑞清拿不出三亿的……"

秦菲凡好歹是多年从业者，了解各线艺人们的收入，按照楚瑞清目前的水平，根本没有能力掏三亿现金，更不可能有公司愿意帮忙交这钱。虽然楚瑞清现在信誓旦旦，但秦菲凡也只当对方脾气上来胡说八道，就像她随口报三亿一样。

副总耸耸肩，淡淡地道："楚瑞清公司的人就差将现金扔我们桌上了，你现在还是这态度，是在跟我开玩笑？"

秦菲凡竟无言以对。

李天剑向来很会闹事，看非凡耀影装死，当时直接带着钱就去找星河视频。如果按照真正的合约，楚瑞清的违约金也该交给平台，非凡耀影只能算是个中介。星河视频的态度跟秦菲凡截然相反，他们宁肯损失三亿，也要扣下楚瑞清！

星河视频如今仍在烧钱，全靠星河集团拨款存活，还处于抢占市场的阶段。他们每年账面上就亏损八十亿，当然不在乎三亿违约金，更看重的是水晶少女的牌子。楚瑞清一走，便是开先河，辛嫒等人必然跃跃欲试。演唱会都没开，平台的前期投入等于打了水漂。

水晶少女现在营利不多，但她们是星河视频向集团要拨款的好道具，算是未来发展规划中的重要一环。如果条件允许，星河视频是想将楚瑞清等小公司的偶像扣住，以后逐步转化为平台艺人的。

副总心里门儿清，楚瑞清和秦菲凡是结下梁子了，但她作为和事佬，最终还是说出此行目的，缓缓地道："菲凡，我们内部讨论了一下，觉得可能是你跟艺人的沟通方式有问题。这回楚瑞清的事情，你主动跟她道个歉，便将这事翻篇吧……大家都是同事。"

秦菲凡听到副总的主意，恨不得当场气昏在原地，不可思议地道："我向她道歉？"

秦菲凡觉得这简直滑天下之大稽，她是将一群无名小偶像捧出来的黄金推手，楚瑞清不上赶着感谢她，还莫名其妙地逼她低头？她明明是非凡耀影的CEO，怎么就跟楚瑞清混成同事了？难道不是上下级？！

听到秦菲凡尖声失言，副总稍有不悦地挑眉，又道："当然，还有她要接'倚天'就接吧，胡导的戏还不错，这部有可能是我们播。"

新版《倚天屠龙记》如今在谈网络播出权，星河视频内部也审过剧本，有可能买下网络独播权。胡屏导演挺有口碑，星河视频要是网络独播“倚天”，双方便是合作者，楚瑞清出演也挺称心。

星河视频的人才不管秦菲凡有何委屈，反正秦菲凡和楚瑞清都是平台的打工仔。副总非常现实，只看利益纠葛，不管远近亲疏，摁着秦菲凡就打八百大板。

秦菲凡不让楚瑞清接戏，想安排她疯狂捞金，一是想借此抽成，二是水晶少女的年终数据是平台对非凡耀影的考核标准之一。楚瑞清可是center，算组合成绩里的主要贡献者，进组拍戏太久，会变相影响公司的数据。

当然，平台并不会考虑这些原委，他们属于典型的甲方思维，在他们看来艺人闹解约是秦菲凡的错，水晶少女的成绩没达标也是秦菲凡的错。总之，平台选择秦菲凡，她却没把难题解决，那就是她能力不行。

不得不说，李天剑的手段蔫儿坏，他绕着弯挑起平台和非凡耀影的矛盾，搞了一招祸水东引、借刀杀人！

他当然能替师父出三亿违约金，但他心里也有数，那就是平台不会答应。他先掏出钱表明态度，剩下的就是水晶少女运营者们之间的博弈，看秦菲凡能不能赢过平台。

显而易见，秦菲凡没办法赢过平台，也绝不会以卵击石。

刘哥的预测果然没错，楚瑞清并没有等来解约，反而获得了秦菲凡的道歉。

公司里，秦菲凡不爽得快要爆炸，但只能假装无事发生，干巴巴地笑道：“瑞清，前几天是我情绪不太好，可能影响到你，实在对不起……胡导的戏，你想去就去吧，别忘记演唱会排练就行，年轻人是该进组学点儿东西。”

秦菲凡明明前几天还当众撕破脸，转眼便低头让步，着实让楚瑞清略感诧异。

楚瑞清并不知道对方背后跟平台的制衡，若有所思地道：“秦总今天既有逻辑又有礼貌呢。”

秦菲凡僵硬地笑道：“那这件事我们就翻篇，你也不要跟成员们瞎说了，好吗？”

楚瑞清：“好。”

楚瑞清得偿所愿，当然没再提起解约的事。她根本不用到处瞎说，因为内部人士早就自己打听到了，她“狂砸三亿赎身，怒逼秦总低头”的消息像插上小翅膀般传遍公司，成为众人私下议论的八卦。

楚瑞清解约之事未定时，非凡耀影高层自然跟秦菲凡统一战线，压着消息不发。楚瑞清现在确定不解约，这件事立刻就变为内部谈资，化作工作人员调侃老板的笑料，成为刘哥等社畜（调侃用语，指被公司当作牲畜一样压榨的员工）的饭后好梗。

员工们的心态皆很戏谑，有种幸灾乐祸的感觉：别看秦总对我们耀武扬威，她被楚老师怒砸三亿时，连屁都不敢放一个呢！没见秦总现在遇到楚瑞清，照样满脸假笑，夹着尾巴做人？

楚瑞清的解约风波倒没影响她在公司的风评，毕竟只要人没真走，这都不算大事。君不见辛媛的公司天天嚷着要跑？当然，坊间流传的三亿数字还是给楚瑞清增添了一丝霸道大佬的色彩，使她女团扛把子的人设更加稳固了。

Center就是center，楚、辛都闹解约，楚老师却能掏三亿，这得多牛啊！

秦菲凡当初只是想吓唬楚瑞清，哪想到自食恶果，如今“三亿梗”变成她私下被嘲笑的绝佳好料。她当然清楚周围人都在看笑话，但面上只能佯装不知，对着楚瑞清还是客客气气的，谁让对方真能掏三亿。

经过不断传播，水晶少女们竟都听闻“三亿梗”了，在工作休息时悄悄调侃。毕竟私下吐槽老板，是社畜们维护友谊的重要渠道，她们又都不是非凡耀影的正经艺人，更是肆无忌惮。

刘筱白笑道：“楚老师，听说你要赔三亿？”

陈思佳摆手制止：“唉，以后不能叫楚老师，该叫‘楚三亿’！”

夏枚恨铁不成钢道：“辛媛，你真是不争气，最先吵着要解约，却连一亿都掏不出！”

辛媛闻言，戏精般佯装掩泪，弱弱地道：“对不起，我这就改名叫辛没钱，谁让我的原公司干打雷不下雨……”

“楚三亿！”

“三亿！”

“三亿老师！”

女孩儿们越说越开心，一窝蜂地围着楚瑞清打转，简直有无尽的欢乐弥漫在空气中。

楚瑞清看着笑闹成一团的伙伴们，一时陷入无言，心道，当时真不该这么快原谅秦菲凡，这究竟是她莫名其妙背上的第几个绰号?

楚瑞清解约事件过去，她算是跟秦菲凡撕破脸，两人处于面和心不和的状态，但也没什么大矛盾。楚瑞清本来就不在乎秦菲凡的看法，秦菲凡又是要脸的老板，即使所有人都知道她们互相看不顺眼，日子还是得凑合着过。

楚瑞清的心态还比秦菲凡好点儿，毕竟她常云淡风轻地将对方气得半死，自身却不受影响，维持着面瘫相。时间一长，粉丝都看出两人间的暗流涌动，谁让秦菲凡偶尔会沉不住气，搞些小动作。

秦菲凡要靠楚瑞清赚钱，所以手段不会过激，只能弄点儿无伤大雅的小事，例如水晶少女海报站位不对、楚瑞清相关周边离奇下架、官方微博的文案阴阳怪气等。楚瑞清本人并不在意，但她包容度高，不代表粉丝咽得下这口气。

众所周知，楚瑞清及其粉丝在饭圈属于“斗战胜佛系”，楚瑞清是“佛系”，她的粉丝是“斗战胜”。秦菲凡一搞小动作，楚瑞清的粉丝分分钟在微博弄出上千转发，全是“非凡耀影倒闭了”“求秦女士做个人”等言论。

楚粉（楚瑞清的粉丝）有几次甚至将秦菲凡骂上热搜，当然其中也有其他家粉丝下场帮忙，热度久久不歇，经常让路人们误以为秦菲凡要出道。因为粉丝战斗力极高，基本上公司后来也没再有幺蛾子，显然幕后黑手感觉影响不好。

当然，秦菲凡不会轻易言败，采访中还要暗暗内涵一番。记者们询问秦菲凡，她作为非凡耀影CEO，如何评价水晶少女中的每位成员。

秦菲凡原本满脸微笑地应答着，说到楚瑞清时却迟疑片刻，意有所指地道：“嗯，瑞清的业务能力很强，但她偶尔太有性格，我们有时候也在沟通这个问题……”

秦菲凡欲言又止地望着记者，看似半遮半掩，更让这话产生特别的意味，好像在暗示楚瑞清私下很有问题。

采访内容一出，楚瑞清的粉丝简直炸锅，谁家老板会如此阴阳怪气地内涵优秀员工?

当然，记者们向来看热闹不怕事大，绝对不会放过热点，转头就将这话传给楚瑞清。记者采访楚瑞清时，不但原话转告，还询问道：“听完秦总对你的评价，你有什么想说的吗？你觉得秦总说得有道理吗？”

楚瑞清平静地道：“没什么想说的，秦总说话经常没逻辑，不用太当真。”

记者满脸震惊，觉得这位偶像是个狠人，如此回复老板，该说她真不愧是偶像吗？！

楚瑞清的硬核发言立刻掀翻饭圈，让一众粉丝捧腹大笑。她说这话时满脸淡漠，看上去客观理智，丝毫不给非凡耀影的CEO面子，让人觉得大快人心。女团其他人面上好歹对秦总客气两句，谁敢像楚老师这般直接?

楚瑞清瞬间被饭圈封为“手撕秦老板”第一人，别人只敢线上撕，楚老师直接线下撕!

秦菲凡在粉丝心中形象极差，所以无人会帮她说话，各家粉丝只盼楚老师真人PK黑心老板，解救其他小偶像于水火之中，纷纷在楚瑞清的微博下留下评论——

陈陈糖：“厉害厉害，我不是楚老师的粉丝，但她今天实在slay（秒杀）全场，旁边的成员全都在忍笑。”

要啥自行车：“Center就是center，在对抗垃圾老板这条路上也是center！”

罗罗：“这个故事告诉我们，只要你业绩足够好，老板也不敢怎么样。”

蜀黍有话说：“朋友们，你们听说过坊间流传的‘楚三亿’吗？”

小绿：“楚老师如此刚，不会被穿小鞋影响资源吧？”

粉丝们在网上玩归玩闹归闹，说笑过后也难免担心，害怕楚瑞清个性太直遭雪藏。不过，《倚天屠龙记》的官宣算是给众人打入一针强心剂，让他们放下心来。楚瑞清饰演周芷若的消息传出，立马登上热搜，引来不低的讨论度。优质的团队同样让粉丝们欢欣鼓舞，谁都希望自己的小偶像跟好导演合作。

演技派演员窦彦饰演张无忌，实力新生小花甄珍饰演赵敏，这两位都有过不少高收视作品。配角们则是一水儿的老戏骨，又有重量级导演胡屏坐镇。

新版《倚天屠龙记》作为楚瑞清的首部影视作品，在制作上非常够格，绝对碾压其他团员的影视资源。

楚瑞清跟《倚天屠龙记》剧组签完合同，也逐步收到款项，终于向着还债前进一大步。虽然还没赚到四百万元，但她打算先还徒弟一部分，却遭到李天剑的婉拒，对方声称不用着急。

京西别墅内，李天剑一边跟着楚瑞清习剑，一边愤愤不平道："秦菲凡的烂招真是多，师父就该当面骂她，这人心里实在没数……"

楚瑞清站在一旁监督，看徒弟伸手挥剑，还能喋喋不休地吐槽，突然道："不如我教你御剑吧？"

李天剑一听这话，当即将垃圾老板秦菲凡忘在脑后，满脸兴奋地道："师父，真的吗？我现在有水平御剑？"

楚瑞清坦诚道："嗯，水平其实还不够，但我觉得你既然晕剑，那时应该没空说话。"

楚瑞清心想，新收的徒弟什么都好，就是一提起饭圈就说个不停。

李天剑哭笑不得。

李天剑试炼过后，开始正式向楚瑞清学习，逐渐跟师父熟稔起来，也发现她偶尔会有点儿恶趣味。楚瑞清经常一本正经地张嘴，说出来的话却把人怼得哑口无言，像是冷幽默，又似隐藏毒舌。

她平时沉默寡言，不太爱参与话题，但面对熟人时，好像会露出另一面，例如评价成员们像鸟、跟陈思佳说自己不长皱纹等。

李天剑当然知道楚瑞清这是在调侃自己话多，忍不住埋怨道："师父……"

楚瑞清看他有点儿气闷，却又敢怒不敢言地压下，挑眉道："生气了？"

李天剑看她逗小朋友般的平和神态，更感气恼，嘀咕道："你们别老拿我当小孩儿！"

李天剑：为什么全门派的人注视他都犹如在看三岁幼童？？？

楚瑞清见徒弟气得跳脚，眼神反而越发慈爱，提议道："我们对练一次吧。"

李天剑闻言一愣，迟疑道："怎么练？"

楚瑞清："你朝我出剑就行，招式总要在实战中应用。"

李天剑入门以来，除了常规的体能训练，基本上是在背剑诀、练习基础招式。他习剑以来，还神奇地蹿了蹿，意外地长高一些。李天剑曾在山上看过师父和猴师叔对练，一人一猴当初打得天昏地暗，现在真的轮到自己，却别扭得不知如何出剑。

院子里，楚瑞清看徒弟犹豫不决，连纸剑都没拿，一边朝他招手一边心平气和地道："对练前的规矩都知道吧？"

峨眉弟子对练前都会报上名字，算是向对手表明挑战开始，当然此环节猴王经常遗漏，主要它没法张嘴报名。

李天剑抿了抿唇，尽量专注地握紧剑，低声道："峨眉派云岭阁李天剑。"

楚瑞清颔首示意："峨眉派云岭阁楚瑞清。"

对练开始，李天剑先试探性地朝楚瑞清刺出一剑，却被对方轻松地躲过。楚瑞清摇头道："力道太弱。"

楚瑞清并未还击，只是背手闪避，像在闲庭信步，完全没紧张感。李天剑见状，胆子逐渐大起来，然而他用尽近期所学，却连师父的衣角都碰不到！

楚瑞清步伐灵动飘然，毫不费力地躲开迎面的纸剑，完全不被干扰。李天剑连续出剑、不断追击，却被师父逗得团团转。他紧皱眉头，最后紧盯楚瑞清的动作，竟逐渐看出一丝规律。

一步、两步、三步……

楚瑞清的步伐看上去诡异，但又似有成熟的套路，每隔一段时间便会重复。

李天剑抓住时机，决绝地刺出一剑，剑尖正好撞向避无可避的楚瑞清！

他还未来得及高兴，便见背手的楚瑞清伸出左手，终于出手。

她身体微斜，巧妙地躲开剑尖，左手顺势握住李天剑的手腕，瞬间进行反制！

楚瑞清点头："不错，倒比阚和聪明多了。"

楚瑞清当初跟阚和对练一年，对方才看破并学会此步法。李天剑对练一次便能悟透，绝对是优等生水平。当然，徒弟比三师弟在习剑上更用功，楚瑞清看在眼里，也是相当满意。

楚瑞清单手制住李天剑的手腕，实际上并没有用力，只是阻止对方挥剑而已。然而她的手刚碰到李天剑，对方别说是挥剑，连纸剑都快握不住。她近身过来，指尖温暖，随之而来的是沐浴露的微凉香气，若有若无。

李天剑突然被师父握住手，脑海里瞬间炸锅，只差当场失去呼吸，磕磕巴巴地道："师、师父……"

楚瑞清看他满脸通红，眼眸好似染上雾气，略感奇怪地松开手，问道："捏疼你了？"

楚瑞清不确定自己是否用力太过，她跟猴王对练惯了，忘记徒弟有点儿娇弱。

李天剑莫名有些赧意，声若蚊蚋："没、没有……"

李天剑小心地试探道："师父，你能先回屋坐会儿吗？"

楚瑞清："你想休息？"

李天剑："不，我就是调整一下，我们一会儿接着练……"

楚瑞清闻言更是满头雾水，不知徒弟有何秘密，但她尊重徒弟的隐私，还是挪步进了别墅里。李天剑看她进屋，终于松了一口气，随即强作镇定地拍了拍脸。

李天剑冷静两秒，便撒欢儿般在院内疯狂跑圈，像只过度兴奋的小鸟，内心已化作尖叫鸡！

二少爷：师父（偶像）居然跟我握手/对视/对练啊啊啊——我死了！我死了！！！

李天剑平复下来，又跟楚瑞清练习了一段时间，才算结束今日训练。他进步很快，已经学会基础招式，平时私下又勤勉，可谓突飞猛进。

两人回到屋内喝茶，楚瑞清便说起另一件事："我最近可能会进组，你是想要待在山下，还是回云岭阁？"

剧组开机后，楚瑞清肯定不会在帝都活动，而是驻扎在影视城里。李天剑过去是在周末或闲暇时向楚瑞清学习剑法，但让他跟着到剧组，便显得不太合适。剧组周围条件不太好，而且楚瑞清拍戏时可能没时间教他。

李天剑还要管理应援会，当然不会回山上，当即道："师父去忙吧，我暂时不回云岭阁。"

楚瑞清点头："好，那我跟阚和打声招呼，这期间由他来教你。"

如果徒弟回云岭阁，猴王便可以负责教他，但他想待在山下，就只能启用次一档的阚和。

李天剑闻言，顿感窒息，连忙婉拒道："师父，我觉得三个月不算长，其实自己练也行……"开玩笑，谁会想跟垃圾三师叔打交道？

楚瑞清平和地道："即使你可以自己练剑，但待在山下总要有人照应。"

李天剑大概明白师父的心态，她是要在离开期间选出代理监护人，仿佛21世纪社会上还有洪水猛兽，随时能将自己劫走。他思索片刻，小心翼翼地道："师父，其实山下并不危险，而且真要遇到事情……你觉得三师叔靠谱吗？"

李天剑可不是故意在师父这里给三师叔上眼药，但阚和完全是三脚猫功夫，能解决什么问题？

"他虽然不靠谱，但真要遇到危险，你总可以将他推上去，暂时拖延一阵……"楚瑞清沉吟几秒，补充道，"我就算御剑回来，也需要些时间。"

李天剑：原来三师叔是拖延时间的炮灰？

虽然李天剑满腹不愿，但楚瑞清还是当着他的面打了电话，让阚和在她进组期间照顾徒弟。

阚和沦落为奶妈，要替师姐带孩子，同样超级不爽。电话那头，他强压内心的抱怨，嘀咕道："大师姐，天剑都是成年男子汉啦，哪用得着我来管教？"

李天剑旁听此话，心中暗暗吐槽，没想到门里唯一把自己当成年人的会是阚和。

楚瑞清淡淡地道："你每周跟他对练一次就行，教学就不用了，不要误人子弟。"

阚和颇不服气："这叫什么话？我的剑法明明惊世绝俗……"

楚瑞清："对了，如果这三个月里再出现打不通电话的情况，你以后也别回门里了。"

阚和见她翻旧账，顿时气弱："噢。"

楚瑞清将事情安排完，便起身离开，准备回公司。李天剑送走师父，立刻偷偷跟阚和联系，试图达成协议："我自己练就行，不劳三师叔费心。"

李天剑想到每周都要跟阚和见面，便感到非常头疼，他可不想陷入相看两相厌的局面。

阚和却不同意，没好气地道："小屁孩，你以为我想管你？少跟我来这套，我会好好督促你练剑的，每周对练你可别想逃！"

李天剑："三师叔何必自找不快？"

阚和："我已经不快乐了，更不可能让你快乐！"

李天剑闷闷不乐地挂断电话，心中开始琢磨如何用纸剑打爆三师叔的头。旁边的管家看他神色郁郁，小心地开口道："二少爷，主宅那边打来电话，说老爷想见您……"

李天剑闻言一愣，一时心情复杂，不确定地道："我爸想见我？"

管家应道："是的，老爷还在重病中，您不如……"

李天剑紧皱眉头，果断地道："不见！我都斩断尘缘了，去见岂不是拖泥带水？"

管家面露难色："但老爷住院那么久，时常陷入昏迷，好不容易能见您，可以说是……"时日无多。

李天剑嘲道："那更不能见，我现在去找他，祁红霜和李大少不得炸锅？"

李天剑又不是傻子，他上回听祁红霜的描述，便宜老爹随时会"嗝屁"，李恒翘和祁红霜还在争家产的阶段。李天剑挑这种时间看望病人，分分钟卷入豪门伦理剧里，肯定会引来一大波仇恨。他根本没打算要李家的产业，为什么要去惹一身腥？

李天剑出生时，李家老头已经跟祁红霜在一起了，父子俩本来就没感情，现在装什么父慈子孝？

管家看李天剑态度坚决，轻轻地叹息一声，索性不再劝了。毕竟李天剑跟父亲的感情太淡，可能还不如大少爷。

医院内，秘书轻轻地敲门进屋，望着病床上戴着呼吸罩的李成建，低声汇报道："李董，二少爷最近事务繁忙，可能难以抽身过来……"

病床上的李成建看上去风烛残年，双眼混浊、毫无神采，宛如脱水离岸的鱼，艰难地呼吸着，似乎生命随时会走到尽头。

旁边，靠窗的中山装男子调侃道：“唉，成建老兄，你的儿子们可真不靠谱，大儿子忙着争家产，二儿子连面都不露……这样我很难帮你啊。”

秘书推了推眼镜，公事公办地提醒：“孙先生，如果您没法按合同履行合约，我们不会将尾款打给您。”

孙先生闻言冷笑道：“你还真以为我差那点儿钱？”

李成建转了转眼珠，虚弱地看向窗边的男子，像是用尽浑身的力气。

孙先生有点儿厌恶地挑眉，无聊地摸了摸手腕上的木头手串，不耐地道：“行啦，别这么盯着我，我是守信的人，答应的事肯定不失约。”

“既然你的儿子指望不上，那你们去帮我查一个人……”孙先生想了想，说道，“那人叫阚和，应该能打听到。”

第十章

初入剧组 演技渐精进
危急之际 师姐斗虫军

另一边，楚瑞清收拾好行李，便准备进入《倚天屠龙记》剧组。她已经参加过剧本围读会，跟其他演员大致熟悉，只是还没见过另外两位主演。今天是开机仪式，窦彦和甄珍也会露面，发布会结束后便开始封闭拍摄。

因为秦菲凡和楚瑞清的矛盾，非凡耀影居然没派人进组，似乎看出楚瑞清拍戏期间没法挣钱，连人力费都不想掏。楚瑞清本来就不爱带人，并不因此受影响，倒是范彤害怕她首次进组一团乱，从初梦传媒雇了助理跟着她。

范彤开车送楚瑞清到机场时，一边叮嘱些进组事项，一边许诺道："等我这边的事情少点儿，我去横店探班，你要有什么需求，随时打电话跟我说。"

李天剑带着三亿替师闹解约，范彤当然知道楚瑞清和秦菲凡今后难以和解。不过他们看中的本来就不是非凡耀影，而是星河视频带来的资源，这一年跟秦菲凡凑合过去就行，范彤也不太将此事放在心上。

范彤也没指望非凡耀影帮忙，反正他们自己找助理还更省心。

范彤临走前，仍在絮絮叨叨："我让小王备了药，还有拍戏时注意防晒，你们穿古装又暴晒容易中暑……"

楚瑞清也不知剧组生活会如何，但看范彤如此细致，真心实意地道：“谢谢。”

楚瑞清未来三个月不接通告，现在又是水晶少女团成员，实际上收入不太会跟范彤和初梦传媒分成。范彤作为经纪人，在楚瑞清身上拿不到钱，却依然尽心尽责，实属难得。非凡耀影的刘哥对楚瑞清上心，是因为这一年他都能抽成，两者是不一样的。

范彤笑道：“行啦，你准备出发吧，我也是当妈的人，难免会啰唆！”

楚瑞清带好行李，跟范彤道别，便领着助理离开。她起飞前，还收到徒弟发来的问候消息。李天剑不敢送机，害怕被人误会是私生饭（网络用语，指喜欢跟踪、偷窥、偷拍明星，窥探明星隐私的粉丝），只能暗暗地发消息。

李天剑：“师父师父，一路顺风，开机加油，拍戏顺利！！！”

楚瑞清：“好好跟阚和对练。”

李天剑望着师父的回复，立刻丧气不已，拒绝接受每周跟三师叔见面的残酷现实。他觉得自己很快就会陷入琼瑶剧的套路，开启“师父走的第一天，想她”的无限轮回剧情。

楚瑞清下机抵达剧组不久，开机仪式便开始举行。胡屏导演带着演员们烧香，又跟记者们交流一阵，顺利宣告新版《倚天屠龙记》正式开机。活动结束后，演员们都要打打招呼、互相熟悉，毕竟第二天就要拍摄。

范彤提前叮嘱过楚瑞清，让她对前辈演员礼貌些，毕竟她是新人，演技又没得到过验证，很容易传出负面新闻。范彤甚至教了楚瑞清一招，在剧组里对谁都喊老师，基本上就不会出问题，例如摄影老师、灯光老师等。

会场后台，窦彦看到楚瑞清，笑着率先寒暄，调侃道：“楚老师，还记得我吗？”

两人在《不朽之战》上有一面之缘，楚瑞清对路霖身边的窦彦还有印象，礼貌地道：“窦彦老师好。”

窦彦赶忙摆手：“不敢当，不敢当！你还没见过甄珍吧？我带你去打声招呼。”

甄珍是赵敏的饰演者，算是本剧的二番。窦彦性格比较和善，知道楚瑞清头一回进组，便主动承担起介绍人一职。他带着楚瑞清找人，又悄悄道：“对啦，你见到她客气点儿，她性子比较怪……”

虽然窦彦比甄珍资历要老，但也不敢随便招惹对方，谁让甄珍家世显赫，属于娱乐圈的人民币玩家。甄珍的小姨曾是影后，叔叔一手创办知名影视公司，目前正在全力捧她，其他亲戚也遍布影视圈各岗位，人脉颇广。可以说，凡是圈内大咖，跟甄珍家或多或少有亲友关系。

楚瑞清跟着窦彦，默默地听着对方的讲解，只感觉在他口中，甄珍刁蛮任性、飞扬跋扈，宛如混世魔头。

窦彦深知女人间矛盾最多，所以颇费口舌，希望楚瑞清不会跟甄珍产生摩擦。

化妆室门口，窦彦敲了敲门，语气和缓地道："甄老师，来看看你啊！"

镜子前，甄珍容貌艳丽，闻言缓缓地回头，看清是窦彦，没好气地道："谁是你的老师？"

窦彦对她乖戾的态度见怪不怪，索性引出身后的楚瑞清，开口道："带人给你打个招呼……"

楚瑞清站出来，恪守范彤的礼仪教学，客气而官方地道："甄珍老师好。"

窦彦闻言暗道不好，感觉楚瑞清也是不走心，他刚因称呼甄珍为老师而被甄珍嫌弃，楚瑞清又张嘴喊老师，这不是挑事？

甄珍看到楚瑞清愣了愣，随即眼睛一亮，竟绽放笑容："这个妹妹我曾见过……"

预想中的嫌弃没有出现，窦彦望着甄珍截然不同的态度，不禁吐槽："你以为你演《红楼梦》啊，我们是《倚天屠龙记》剧组……"

甄珍啧了一声："你引人过来后就可以消失了吧？"

下一秒，窦彦便被关在化妆室门外，不由得满脸茫然，敲门道："不是，你们两个女的聊天还关门？！"

窦彦并未看过《偶像新秀》，不知这要是在节目里，弹幕早就刷满"橘里橘气（网络流行词，表示看起来和同性恋一样，多用于形容女生）"了。窦彦只感觉事情朝离奇的方向发展，他作为张无忌的饰演者，总有种莫名被绿的错觉。

甄珍将窦彦关在门外，转头朝楚瑞清笑了笑："不跟他聊，他就是个大嘴巴的话痨，一刻也没停过。”

楚瑞清想了想，窦彦一路上都在介绍甄珍，看上去确实话挺多。

甄珍领着楚瑞清坐下，一边坐着让化妆师试发髻，一边随口跟旁边的楚瑞清闲聊，两人基本上是一问一答的形式。甄珍态度和善，远没有窦彦描述中那么可怕。她说起《偶像新秀》，又聊了聊水晶少女的事，似乎算是路人粉。

甄珍见楚瑞清沉默寡言，便扶着下巴，端详对方好一阵，笑道：“奇怪，我也看过节目，但真见到你，觉得特别面善……”

甄珍看完节目时，只勉强对水晶少女的上位圈成员有印象，但真见到楚瑞清，总对她有种莫名的熟悉感。

楚瑞清面露不解：“为什么？”

实际上，楚瑞清在甄珍身上也隐隐感觉到什么，但她刚才握手时发现对方并无根骨，就是个普通人。

甄珍优哉地道：“可能因为真人比镜头里好看吧。”

楚瑞清一时默然，不知该如何接话。

楚瑞清觉得范彤的进组突击教学可能有所遗漏，她教了自己遇到刁难该怎么办，却没教遭遇过于直接的“彩虹屁”（饭圈用语，指粉丝们花式吹捧自己的偶像）时该如何处理。

甄珍对着面无表情的楚瑞清，态度相当热络，好奇地戳了戳对方的胳膊，继续问东问西：“你一直在坚持练剑吗？感觉你体脂率好低。”

楚瑞清：“是。”

甄珍发现她有点儿拘谨，调侃道：“你怎么好像坐在盘丝洞里的唐僧？”

楚瑞清无言以对。

屋里的工作人员闻言，皆笑出声来。化妆师似乎跟甄珍相熟，主动插话，替楚瑞清出头，打趣道：“谁让你像盘丝洞里的妖精，对人家盘问半天的？”

化妆室门外，窦彦逗留片刻，见楚瑞清从屋里出来，悄声道：“你们聊得如何？她是不是有点儿怪？”

窦彦看上去还对自己被关在门外的事耿耿于怀，迫不及待地要跟楚瑞清统一战线、同仇敌忾。

楚瑞清点头："是有点儿怪。"

窦彦："我早就说过了，她跟人聊不来……"

楚瑞清评价道："怪自来熟的。"

窦彦满肚子疑问，屋里究竟发生了什么？

楚瑞清见完两名主演，又跟工作人员打过招呼，便回屋休整，等待第二天的拍摄。

次日，新版《倚天屠龙记》正式开拍，当即给演员们一个下马威，夏日的高温使人快要昏厥，没过多久便让众人汗流浃背。片场内，身着古装的窦彦满头是汗，拍完一条便紧皱眉头，旁边的化妆师匆匆跑来给他补妆。

监视器前，胡屏导演看着回放，握着对讲机道："再来一条！窦彦你没休息好？"

窦彦心知自己状态不佳，满怀歉意地道："对不起，导演，我确实有点儿难受……"

窦彦也是倒霉，昨天飞过来感觉还可以，但今天便有点儿水土不服，加上天气太热，症状便越发严重，现在面色苍白。窦彦想要打起精神，然而他面对镜头时总晕晕乎乎，有点儿中暑的状态。

胡屏本来由于他的频繁失误有点儿恼火，但见窦彦真的脸色惨白，又瞬间消了气："你是不是中暑了？不然先歇歇？"

窦彦热得发蒙，扶着墙休息，站都要站不稳，晕乎乎地甩了甩头。胡屏见势不对，干脆让人扶窦彦回去，又询问身边的人："现在谁化完妆了？调整一下今天的拍摄内容，窦彦估计没法演。"

剧组每天要拍的戏由统筹提前安排，各个演员按时间化妆。现在主演窦彦中暑离场，便只能将其他人的戏调上来，但古装上妆用时长，不少演员没化完妆。

工作人员跑到化妆室询问，又匆匆回来汇报："导儿，楚瑞清老师化完了。"

胡屏颇感诧异："她不是下午的戏，现在就化完妆了？"通告单上，楚瑞清的戏排在下午，按道理她中午去上妆都行。

工作人员："说是她五点起来练剑，化妆组闲着没事就给化了。"

清晨五点，化妆组准备好工具，没等到别的演员，却正好捕捉到同样早起的楚瑞清，索性先给她来了个全妆。

胡屏心道：这是什么神仙作息？拍戏还如此用功地练剑？

胡屏作为正经中老年人，都对楚瑞清的早起时间甘拜下风，不过她现在正好能解燃眉之急，胡屏当即派人叫对方过来。剧组做出调整，将周芷若的戏份调了上来，挑的是金花婆婆跟峨眉派众弟子交手并带走周芷若的那场戏。

楚瑞清身着青衫，妆容秀丽，带着佩剑抵达片场。

胡屏心知事发突然，见楚瑞清赶到，便询问道：“你提前看过这场戏吗？”

演员们的习惯各不相同，有人喜欢按照通告单，提前准备第二天的戏。胡屏害怕楚瑞清作为新人，没预习便要上场，心中有压力。

楚瑞清应道：“看过。”

楚瑞清拿到全部剧本后，便通读了自己的部分，对这段有印象。金花婆婆前来找灭绝师太挑战，未料灭绝已死，丁敏君不敢应战。周芷若见金花婆婆辱及峨眉武功，主动上前对战。这是周芷若获得门内认可，被师姐妹们当作掌门的转折点。

十几个饰演峨眉女弟子的群演同样换好装，围在楚瑞清身边。金花婆婆的扮演者则是位老戏骨，跟楚瑞清对了对词，便等待开拍。

胡屏其实有点儿担心，毕竟这是楚瑞清的第一场戏，谁也不知道她演技如何。楚瑞清试镜时的表现，胡屏可记忆犹新，生怕她假戏真做，打伤老戏骨。

出乎意料的是，楚瑞清的表现竟很不错，跟老演员搭戏也不落下风。镜头中，她眼神沉静，见师姐丁敏君不敢上前，便不卑不亢地上前挑战，丝毫没有胆怯。即使她迅速落败，但在金花婆婆面前也落落大方，维护着峨眉派的最后一丝尊严。

“Cut（停）！”胡屏拍完这条，感慨地点了点头，“可以啊，士别三日，当刮目相看！”

楚瑞清的演技稍显青涩，但她胜在气质符合角色，略加指点便颇有效果。胡屏教她拍戏，丝毫不感到困难，剧组顺利地拍完文戏，接着便是武打动作。

胡屏想起楚瑞清曾对张无忌一招毙命的壮举，心有余悸地提醒：“你可悠着点儿，老师的年纪大了，比不得你们习武的年轻人。”

金花婆婆是老演员，可不敢磕磕碰碰，很容易伤着。

楚瑞清乖乖地点头，在武戏中疯狂放水，配合地让对方擒住，也顺利地完成武打部分。剧组本来由于窦彦耽误了些时间，还怕上午的内容拍不完，不想周芷若的戏份格外顺利，大家便开心地放饭。

午休期间，因为窦彦和甄珍都不在，剩余演员中番位最高的就是楚瑞清。楚瑞清没什么架子，索性跟其他演员坐在一起，在室外老老实实地用餐。饰演丁敏君的演员察觉她坐过来，突然惊叹道：“你好像带来一股凉风呢。”

炎炎夏日，演员们即使坐在遮阳棚下，仍然能感受到户外的高温，累得额角冒汗。楚瑞清却丝毫不受影响，不但神色镇定，甚至连汗都没出一滴，让现场补妆的工作人员也很感慨。

楚瑞清愣了愣：“是吗？”

金花婆婆笑道：“确实感觉周围变凉快了。”

饰演殷离的演员闻言，干脆拿着盒饭靠近楚瑞清，试探片刻，惊喜地道：“真的，离你越近越凉快，你还会制冷呢？”

楚瑞清：“不，这个真不会。”她确实不太受外界环境影响，但说能制冷就太离谱了，最多是不会热得冒汗。

然而楚瑞清的解释并没有什么用，其他演员置若罔闻。他们皆新奇地围上前，逐一进行尝试，越发确定楚瑞清周围温度低。其他人热得皮肤发烫，楚瑞清却是正常温度，两相对比下当然衬得她身边凉快。

金花婆婆感慨：“估计是心静自然凉。”

殷离：“以后我要跟你做长期饭搭子，坐你身边比小风扇还管用啊……”

丁敏君：“我也要，我先发现的，完全是人形空调！”

楚瑞清万万没想到开工第一天会被人当作空调，并因此莫名其妙地刷了一波好感。别的演员由于炎热，甚至开始争抢她旁边的座位，试图进行长期约饭。上午的戏大多是女演员的，没有性别顾忌，她们皆跃跃欲试地朝楚瑞清周围凑。

休息归来的窦彦从不远处走过来，看到一群女人往楚瑞清身边挤，心中的违和感越发严重，忍不住吐槽道：“你们在干什么？”

楚瑞清稳坐中间，身边环绕一圈前赴后继的峨眉女弟子，搞出一种后宫佳丽三千的错觉。

窦彦：怎么回事？到底是什么情况？为什么感觉全剧组的女演员都被楚瑞清施咒了？

“我们在吹空调！”

窦彦无语地望着稳居演员C位的楚瑞清，甚至想打电话询问路霖。《偶像新秀》到底是不是正经节目，怎么选出来的center有些怪怪的？

窦彦上午有点儿中暑，挪到屋内休息片刻，感觉恢复得差不多了，便立刻赶回工作岗位。胡屏有点儿犹豫，询问道：“确定没问题吧？你可别勉强。”

窦彦果断地道：“导演，没事，现在好多了！”

窦彦是男主演，当然不敢耽误太长时间。毕竟剧组一旦开机，每天都在烧钱，没理由让其他人等他。此时甄珍也换完装过来，两人先补拍上午缺失的镜头，也就是张无忌与赵敏在旁边偷听的戏。

楚瑞清吃完午饭，暂时没有戏。她本打算跟着殷离等人回去候场，却见导演椅后面的场记小姑娘拼命朝自己招手，对方热络地道：“楚老师坐这边？给您拿把椅子？”

“没事，不用。”楚瑞清不知对方呼喊自己的缘由，稀里糊涂地走过去，莫名其妙地跟场记们坐在一起。大家都坐在箱子上，楚瑞清便也没太讲究，直接在场记箱上坐下。

剧组中，职位较高的人员才有工作椅，如导演、演员等。场记们则带着场记箱，外观看上去像是渔箱，随时可以当椅子坐下。场记们看楚瑞清没架子，真跟大家坐在一起，一时兴奋不已，又悄声议论：“真的变凉快……”

听力极好的楚瑞清哭笑不得。

大师姐没想到剧组中消息的传播速度如此之快，不过是吃顿饭的时间，空调广告就恨不得在组里传遍。

胡屏从外面回来，看到监视器旁的楚瑞清，倒没有赶她走，反而笑着肯定道：“不错，以后你就坐这里吧，多看看别人在镜头里的戏，这样学得快！”

场记们坐的位置可以说靠近剧组核心区，前面是导演的椅子，周围一圈是摄影、灯光、录音组的老大。普通演员要是想搞搞关系，少不了来这边打声招呼。胡屏向来不太吃这套，现在允许楚瑞清坐在这里，便有几分想提拔教学的意思。

楚瑞清没有异议，安静地坐在胡屏身后旁观。监视器上，窦彦和甄珍正投入地表演，两人的演技都不差，显得游刃有余。甄珍饰演的赵敏看张无忌面露焦灼，似乎在担忧周芷若的安危，便暗暗地撩他。

楚瑞清观摩一阵，渐渐摸到一点儿电视剧拍摄的规律。每场戏都由无数镜头组成，而每个镜头想表达的侧重不同。窦彦和甄珍根据景别的不同，会细微地进行调整，有时更重视动作，有时则更注意神态，让工作更有效率。

楚瑞清作为新人演员，就经常没有意识，主要她是头一回拍戏，经验没有旁人老到。她默默地学习一阵，对比自己和其他演员的表现，在心里做着总结笔记。

“Cut！”胡屏拍完这条，高声道，“过了，我们转场再拍！”

窦彦和甄珍闻言，皆松了一口气。他们见楚瑞清坐在监视器边，索性结伴走过来，准备稍作休息。窦彦从烈日中进入遮阳棚，感受到阴凉，不禁调侃道：“哎哟，楚老师很舒服嘛，感觉监视器旁边挺凉快。”

楚瑞清谨记范彤的礼貌教学，见两人走来，平静而官方地道：“两位老师辛苦了。”

窦彦和甄珍算是演员前辈，楚瑞清称他们“老师”没毛病。

甄珍看向窦彦，完全没有刚才拍戏时赵敏的狡黠娇俏，毫不客气地嘲笑道：“瑞清是心静自然凉，哪像你拍一场戏都能晕，体格实在弱。”

窦彦挑眉：“甄老师，我发现你做人很双标啊？”

自从新版《倚天屠龙记》开机以来，窦彦便觉得自己饱受不公待遇，甄珍对待自己和楚瑞清的态度实在大不相同。

甄珍当即不满：“我哪有双标？而且谁是你的老师？”

窦彦满脸难以置信：“楚瑞清前一分钟还叫你老师，换我就不行，还不算双标？”

甄珍的回答掷地有声：“长得好看就可以叫，换作你当然不行。”

窦彦心道：真是理直气壮的“颜狗”逻辑！

楚瑞清察觉两人又要争执，干脆岔开话题，问道：“下一场戏拍什么？”

窦彦看了眼通告单，答道：“应该是我在船舱救火、救人的那段吧……”

甄珍：“换我休息啦，你们俩的戏。”

果不其然，三人正聊着，旁边便有工作人员匆匆赶来，提醒道：“三位老师准备转场吧，甄珍老师可以先休息……”

接下来的戏换到布好景的室内，总算是躲开烈日的暴晒，这场是张无忌冲进着火的船舱，救出被铁链捆住的周芷若。船舱摇晃中，被救的周芷若足下一软，不小心扑到张无忌怀里。屋里只有两人，算是暧昧的感情戏。

楚瑞清横卧榻上，任由工作人员在她的手脚处套上铁链，旁边的人开始布烟，制造着火的假象。窦彦手提救火的水桶，在门外已经准备就绪。

胡屏检查完画面，便下令道：“Action（开机）！”

窦彦冲进屋中慌张救火，看清烟雾中的楚瑞清，忙问道：“周姑娘，你没事吧？”

楚瑞清：“张教主，你怎么会到这里？”

“停停停！这条不行啊！”胡屏看着画面中面无表情的楚瑞清，觉得对方上午的灵气荡然无存，不禁皱眉道，“周芷若现在是身处危难之中，看到张无忌该既惊讶又惊喜，楚瑞清你却是在冷声质问对方啊……”

楚瑞清沉默片刻，低声道：“抱歉。”

胡屏：“没事，再来一条！”

“周姑娘，你没事吧？”窦彦跑进屋里，用倚天剑斩断铁链，进行解救。

楚瑞清：“张教主，你、你怎么会到这里？”

船舱突然晃动，楚瑞清似乎站不太稳，马上要扑到对方怀里。

胡屏：“停！楚瑞清你英勇就义的表情是怎么回事？！”

窦彦听到胡导的形容，简直笑到打战：“我怎么感觉自己是快被炸的碉堡，她满脸正义地冲上来赴死……”

楚瑞清内心也有点儿崩溃和无力，她完全没有危难中被救的紧张感，谁让过去都是她救别人？当然，这些都还不是这场戏最大的难题，最难的是周芷若扑向张无忌，被扶住后她还脸红了！

大师姐看到剧本时，整个人都感到不太好了，觉得这比当初在节目里跳

《钻石花》还难。她在舞台上跳甜舞可以假笑，但害羞脸红怎么装？

胡屏将楚瑞清叫过来，拿出原著片段，循循善诱道：“来，可能剧本不太清楚，你再给我读一遍原著的描述……”

楚瑞清看清那句话，顿时浑身一僵，只感觉自己像是被公开处刑。她僵硬而干巴巴地念道：“张无忌忙伸手扶住，只见周芷若苍白的脸上飞起两片红晕，再点缀着一点点水珠，清秀雅丽，有若晓露水仙……”

胡屏：“没错！你能不能柔和一点儿，像水仙一点儿？”

楚瑞清一时无言。

胡屏看着她复杂的神情，不禁斥道：“你这是什么表情？中暑还是难受？”

楚瑞清艰难地开口道：“胡导……”

胡屏当即制止：“别说了，要是感觉不到人物的心理活动，你可以再读一遍原著。”

楚瑞清想说的话戛然而止。

大师姐很为难，她演戏时无法因害羞而脸红，但让她公开朗诵原著段落，她会因尴尬而脸红。

楚瑞清心道：今天真是为自己不会脸红而脸红的一天。

胡屏看她欲言又止，不由得长叹一声，既好气又好笑道：“你上午不是演得很好？你该不会是讨厌张无忌吧？”

不得不说，胡屏导演真相了，楚瑞清真的对张无忌很不感冒，她用沉默表达了无声的肯定。

胡屏望着楚瑞清，语重心长地道：“角色是角色，你不能有偏见……”

窦彦见状，颇感有趣，故意掐着嗓子道：“忌忌那么可爱，为什么要讨厌人家？”

胡屏本还在劝，闻言瞬间冷脸：“你这样搞得我对张无忌也有偏见了。”

窦彦立即收声，不敢再作妖，心道：这个剧组对我着实不太友好。

楚瑞清不想耽误旁人的时间，硬着头皮道：“胡导，我再试试。”

胡屏教导道：“其实你可以不把对方当作张无忌，想象成有好感的人，即使很难诠释出害羞，好歹视线要柔和……”

胡屏一边讲解，身子一边朝着窦彦微斜，亲身示范道：“你就像我这样一倒，然后等被扶住后，就用眼神望他……”

楚瑞清听从胡屏的指导，深吸一口气，重新投入拍摄。她尝试着胡导的建议，忘却角色的身份，不把对方当作张无忌，瞬间自然流畅不少，没了刚才浑身透出的排斥感。虽然楚瑞清还没法一秒脸红，但她眼眸中终于露出柔光，显现一丝情意。

楚瑞清借鉴在《钻石花》时的虚假营业，力求在特写镜头中让表现柔情的神态最大化！

“Cut！非常好！”胡屏拍到一个好镜头，满意地赞道。

楚瑞清闻言，瞬间松了一口气，一秒切回面无表情的状态，甚至比平时的神态还要冷漠疏离。她宛如北极冰山，被工作磋磨后，在屋里嗖嗖制冷。

这场戏终于在磨难中结束，工作人员也开始转场，迎接下一场戏。窦彦悠闲地晃着手，在休息时间八卦起来：“楚老师怎么演好的？难道真听胡导的，把张无忌看作其他人？”

窦彦十分好奇，楚瑞清平时向来不会情绪外露，究竟对谁能露出柔和的眼神？

楚瑞清坦白道：“不是人。”

窦彦：“什么？！”

楚瑞清解释道：“没有看作人，而是看作小猴。”庞大猴群中新生的小小存在，总是让人满怀柔情，那是生命的起点。

窦彦心想：我堂堂实力派男演员，居然被对戏的搭档看作猴？

自从楚瑞清获得“万物皆可视为猴”技能后，她的演技突飞猛进，过去面对镜头的尴尬感一扫而空，面貌焕然一新。胡屏因材施教，发现楚瑞清并非情绪外露的人，更要求她在微表情上下功夫，用眼神无声地诠释内容。

周芷若本身就不会将心思外泄，她跟赵敏不一样，性格上更为内敛。她曾面对灭绝师太发下毒誓，背负着门派重任，是很能藏心事的人。胡屏尽量挖掘楚瑞清身上跟角色相似的部分，剔除了她过于冷硬、凶残的一面，发现效果还不错。

当然，《倚天屠龙记》中的部分戏也需要严肃威严，此时楚瑞清就能本色出演，窦彦却叫苦不迭。

“停，停一下！导演！”窦彦望着举鞭的楚瑞清，心有余悸地道，“胡导，她不会打死我吧？咱们剧组有保险吗？”

窦彦是敬业的演员，能自己上的打戏，不会让武替帮忙。然而楚瑞清真是练家子，据说还是峨眉武术协会名誉会长，她舞起长鞭嗖嗖作响，窦彦瞬间望而生畏，不敢上前。

窦彦可是亲眼见过楚瑞清在拳力测试器上打出“999”的，他觉得自己的小身板不比铁疙瘩硬。

楚瑞清默默地握着鞭子，甄珍却在旁边嘲笑起来：“窦彦，你行不行啊？你又没真挨打，值得如此大惊小怪？”

“没事，你就两个正面镜头，后面让武替上来。”胡屏心平气和地安慰了两句，但显然也没把窦彦的话放在心上。

窦彦不由得瞪大眼，振振有词道：“胡导，你没发现她对我和武替，感觉不太一样？”

窦彦和楚瑞清几番对戏下来，发现她会对武替手下留情，但对自己便瞬间冷脸，招式毫不留情。如果楚瑞清不是女演员，而且私下态度很礼貌客气，窦彦都要怀疑她故意针对自己，所以戏里来真的。

楚瑞清闻言，满怀歉意地道：“对不起，因为你演技比较好，我有点儿入戏……”

大师姐很无奈，武替就是帮忙拍武打动作，演技自然没窦彦精湛，她能很容易地区分开戏里戏外的情绪。然而窦彦属于能带节奏的演员，偶尔将楚瑞清带入戏，她就会忍不住下狠手，想暴打张无忌。

窦彦见自己的演技受到肯定，这才脸色稍缓，看上去颇为得意，但嘴上还是硬撑道：“这算不算甩一鞭子，给个甜枣？我可不会随随便便原谅你啊。”

甄珍白了他一眼，没好气地道：“人家夸你一句，这还自己喘上了？快过来拍，不行就换武替！”

窦彦抬了抬下巴，反唇相讥道：“你才不行，我可是影帝，哪像你就拿过最佳女配！”

眼看着两人又要吵闹起来，胡屏直接叫停，说道：“行啦，都准备吧，我们一条过！”

拍摄开始，楚瑞清冷脸扬鞭，瞬间激起地上的层层沙尘，长鞭犹如一条毒辣的响尾蛇，声势凌厉。窦彦刚刚还胸有成竹，见到此景却一秒变，气弱地道："胡导，我可能不行，不然还是叫武替吧……"

胡屏拍到一半，看窦彦突然缩回去，不禁气恼："你怕什么？这鞭子没危险的，不信去问道具组，我还摸过呢！"

窦彦试探地看向周围，寻找道具组的人："真的吗？"

胡屏："当然是真的！"

道具组的工作人员从人堆中钻出，一本正经地道："确实是打人不疼的软鞭，不过落到楚瑞清老师手里后，我们也不确定了。"

窦彦闻言不但没被安慰，反而更觉慌张，忙问道："什么意思？那光明顶剑刺张无忌怎么办？该不会假剑到她手里，你们也不确定会不会变成真剑吧？"

胡屏非常无语。

窦彦完美地诠释了什么叫胆小如鼠，似乎非常惜命。他最后依靠强大的演技掩饰内心的恐慌，战战兢兢地拍完了正面镜头，生怕自己被楚瑞清一鞭抽飞。胡屏拍完打戏，看了看效果不错，也没再计较窦彦的怯懦，谁让楚瑞清舞鞭是有点儿吓人呢。

夏日炎炎，剧组的生活漫长而难熬，《倚天屠龙记》中的大场面及武戏很多，每天剧组的工作量都挺饱和。虽然楚瑞清是电视剧主演之一，但她并不是天天都有戏，毕竟剧中人物众多，周芷若的出场次数比较有限。

作为主演，窦彦的戏份是最多的，他忙得团团转。甄珍和楚瑞清的戏量差不多，但她偶尔还会离组接活动，维持自己的曝光度。楚瑞清当初跟胡屏有所约定，说三个月内尽量不接通告，此时便有些闲暇时间。

楚瑞清不能离组，不用拍戏的时候，每天除了练剑练舞，就是坐在监视器旁边看别人演戏，一坐就是大半天。剧组外，其他水晶少女四处赶通告、上综艺，搞得热火朝天；剧组里，楚瑞清每天却在监视器后喝茶看戏，步入老年生活。

后来，场记与执行导演们跟楚瑞清相熟，都替她打抱不平，私下朝胡屏抱怨："胡导，您是真厉害，人家好歹也正处于上升期，真就在我们这里晾着啦……"

外界，少女偶像们正在为人气疯狂厮杀，楚瑞清进组后倒好，大半个月连一条微博都不发，只偶尔帮团员点赞广告。同组的甄珍都会出去赶两个通告，楚瑞清是被直接雪藏?

工作人员知道楚瑞清与胡导的约定，都觉得胡导实在不近人情，尤其是水晶少女最近曝光很多，楚瑞清变相损失了很多资源。

胡屏干咳两声道："这怎么能叫晾？她可以在组里学习啊！"

其他人笑道："胡导最近都没话说了，连课都不教……"

剧组刚开机的几天，胡屏见楚瑞清日日过来学习，还会颇有兴致地指点几句，教她一些演技上的事情。然而胡屏的课程再多，也挡不住楚瑞清天天坐着听，时间一晃大半月，胡屏也不知该说什么，存货都被清空了。

胡屏还委婉地向楚瑞清表示，她偶尔可以歇歇，不用跑到片场来，然而向来自律的大师姐置若罔闻，风雨无阻地来旁听。即使胡屏不跟她搭话，楚瑞清也会听胡导给其他人讲戏，相当有韧性。

胡屏挑眉道："她想坐在这里学，我还能赶她走不成？"

周围人调侃道："总感觉再这样下去，楚老师不是学着当演员，而是学会做导演了。"

毕竟楚瑞清天天跟导演组的人混迹在一起，快把导演的日常工作摸个遍。

旁边的场记附和起来："对、对、对，她最近都学会打板了！"

"她以前是不是在节目里说想当导演？这算不算卧底转行？"

胡屏心想：这听上去怎么像蓄谋抢我的饭碗?

胡屏听到民众们的呼声，干脆找上楚瑞清，难得出言让步道："你最近进步挺快，要是有几天没戏，可以提前跟你的公司联系一下……"

这话就是暗示楚瑞清可以偶尔接两个通告，出去晃荡一圈。楚瑞清在演技上的进步肉眼可见，胡屏也不想当将她扣在组里抠脚的罪人，索性退了一步，主动撤回约定。

楚瑞清眨了眨眼："没事，我在组里也挺好。"

楚瑞清说的是实话，她对自己最近规律的学习作息很满意，脱离繁杂琐碎的通告后，拥有不少时间，她在习武、练舞、演戏上都有新突破。

胡屏闻言，不免既好气又好笑："不是说你们要维持曝光度？据说你的队友都挺忙？”

楚瑞清：“可能吧，我也不知道是真忙还是瞎忙。”

胡屏：“这叫什么话？！”

胡屏导演觉得自己听到惊天八卦，甚至拟好新闻标题，就叫“水晶少女团内不和，楚瑞清批团员瞎忙”。

楚瑞清坦白道：“因为在那个环境里感觉忙，但忙完又觉得毫无用处，所以不知是真忙还是瞎忙。”

楚瑞清进组后，脱离水晶少女的大环境，便有空闲思考规划自己。虽然水晶少女会接到很多通告，但大部分既不是舞台表演，也不是创造作品，只是帮公司出活动赚钱。她觉得这并不是能回馈粉丝的东西，难免偶尔会感到厌烦。如果不是团员们关系好，楚瑞清估计会更感疲惫，好在还有陈思佳等人陪着。

相比较而言，楚瑞清还是更喜欢组里的生活，即使最近三个月不再有通告收入，但自己的成长是稳扎稳打的。她搞不懂网络上所谓的打投数据，但她知道，即使虚拟的数字没有变动，自己也有真实的进步。

胡屏闻言愣了愣，目光微深，随即感慨道：“好多人忙着忙着，就忘记最初要做什么，你倒是个难得的清醒人！”

胡屏看过很多默默无闻之人一夜爆红，也见过不少横空出世的新星黯然陨落，却极少遇到楚瑞清这般冷静而清醒的人物。她像是个圈外的旁观者，可以跳出环境，极度理智地剖析自己。

胡屏道：“你要是坚持下去，能比别人走得更远……”

楚瑞清：“那肯定。”毕竟她活得长，续航时间就不一样。

胡屏看她果断承认，语塞片刻后吐槽道：“其实你可以谦虚点儿。”他只见过受人肯定后客气推辞的，还没见过如此直接应下的，别人真敢夸，她就真敢应？

楚瑞清想待在组里，胡屏当然不会把她往外赶，默许她每天旁听讲戏。

进组的时间变长，各家应援会也开始联系剧组，询问为新版《倚天屠龙记》应援的日期。

窦彦的粉丝是最早一批来应援的，毕竟他是男主演，粉丝基本是给剧组送些饮食和礼物。甄珍家的粉丝搞得稍微隆重些，还露天搭了个漂亮的棚，供工作人员吃自助工作餐。这两家之后，便轮到楚瑞清的应援会，李天剑早有准备。

自助餐上，楚瑞清发现手机振动，便暂时离席，去外面接电话。甄珍见状，不禁问道："你饱了？"

楚瑞清："我接个电话。"

甄珍点了点头，又提醒道："一会儿可能要采访……"

甄珍的粉丝今日前来应援，同时也有媒体赶来探班，过后有主演采访环节，楚瑞清不能缺席。

楚瑞清走到棚外，找了个四下安静之处，开始例行跟徒弟联系。电话刚接通，李天剑兴奋的声音便传来："师父，我过段时间去探班吧。"

李天剑如今恨不得数着日子活，天知道他等剧组应援有多久，终于能抽身离开阚和了。

楚瑞清算了算日子，觉得李天剑和应援会似乎恰好撞上，应道："可以。"

李天剑："师父在组里忙吗？会不会打扰你？"

楚瑞清："还好，你最近练剑如何？"

李天剑闻言，立刻大倒苦水，源源不断地开始吐槽："三师叔根本不和我对练，天天拉着我炫车，他最近又在市里置房，装修风格土味十足……"

阚和当初还开着豪车见楚瑞清，想要秀上一番，无奈楚瑞清当空驭剑，并不吃他这套。现在，他终于等到识货的李天剑，立马拿出各类珍藏，尽情显摆起来。

出身富贵家的二少爷对阚和的举动不胜其烦，同时感觉对方审美太糟，可谓惨不忍睹。

楚瑞清似乎早有预料，平和地道："他向来喜欢花里胡哨的东西。"

李天剑听到这话，突然灵光一闪，暗暗地问道："师父，那三师叔讨厌什么？嗯，我就想了解一下他的喜恶……"李天剑唯恐自己蔫儿坏的念头有点儿明显，还佯装无害地补上了一句。

楚瑞清想了想，答道："他好像讨厌虫子。"

大师姐犹记得，阚和刚上山时，不管是看到天上的飞虫，还是瞅到地上的毛毛虫，都会大惊小怪地到处瞎叫。

李天剑若有所思："原来如此。"看来小蜈蚣可以重出江湖，又有英雄用武之地了。

楚瑞清和徒弟日常联络完，便回到棚里，跟窦彦、甄珍共同接受采访。记者们询问完主演们的拍戏感受，便围绕《倚天屠龙记》展开问答，首先向窦彦提问。

记者："如果你是张无忌，你会选择赵敏还是周芷若？"

窦彦果断道："都不选，赵敏天天说话能把人气死，周芷若随时能把人打死……"

记者一脸问号，无法理解窦彦在说什么。

旁边的甄珍不由得啧了一声，楚瑞清也默默看过来，两人显然发现窦彦意有所指，用视线对他进行谴责。

记者："那殷离或小昭呢？"

窦彦摇头，调侃道："也不选，她们都只对周芷若感兴趣……"每天围着周芷若吹"空调"。

甄珍闻言笑出声来，楚瑞清则陷入沉默，觉得此梗简直无处不在。

记者听不懂这个梗，感受到三人间的哑谜，不由得满脸茫然。

记者看着笑作一团的窦彦和甄珍，最后选择面无表情、最为镇定的楚瑞清进行询问："楚老师觉得张无忌应该跟谁在一起呢？"

楚瑞清坦诚道："我不知道。"毕竟原著结局改来改去，书友们也各有见解。

记者："可以聊聊嘛，大家没看到小说结局时，不都会预测？当时你什么感受？"

楚瑞清："当时我觉得原著跟团员喜欢的小说类型很像，就是主角的性别要调换……"

楚瑞清在团里时，经常被团员们安利小说，虽然她不太感兴趣，但偶尔也会看两眼，谁让自己的室友私底下还挺痴迷的呢？

记者："怎么调换？张无忌变成女的？"

楚瑞清点头："对。"

甄珍灵光乍现，抢答道："你的队友该不会看的是修罗场言情文吧？"

甄珍思索一番，发现如果将《倚天屠龙记》进行性转，四位男主角的设定就是高智商的蒙古小王爷、温和有礼的腹黑周掌门、善良忠犬的波斯总教主、倔强刚烈的深情表哥，书名恨不得秒变《我是四个大佬的白月光》。张无忌是当之无愧的万人迷女主角，原著一举成为颇具“苏”感的言情文！

原来《倚天屠龙记》不仅仅是武侠经典之作，人设套路一翻转，就是言情金榜文啊！

周围人顿时笑到打嗝，记者颇感有趣，忍不住八卦道：“可以说说是哪位团员吗？”

水晶少女如今正当红，这话题又如此有趣，难免引人好奇，究竟是谁偷偷摸摸看小说。

楚瑞清抿了抿嘴唇，沉吟良久，终于还是在众人期盼的目光中，出卖室友无伤大雅的小爱好。

没过几天，水晶少女休息室内，夏枚望着热搜，不禁调侃道：“陈老师，现在全国人民都知道你在看修罗场言情文，还让你推荐小说呢。”

刘筱白笑道：“楚老师是千里送热搜，礼轻情意重！”

陈思佳十分无语。

探班粉丝和媒体记者们离开后，剧组也恢复安宁，只剩下空荡荡的棚子。因为工作人员忙碌一天，都深感疲惫，胡屏便决定今日提早收工，算是给众人一点儿休息时间。

化妆室内，甄珍环顾一圈，不禁疑惑地询问助理：“你看到我的手机了吗？”

“没有。”助理翻了翻包，帮她四处寻找，“是不是落在哪里了？”

甄珍回忆了一番，想起今天在棚内接受采访，待的时间最长，便决定折回去找一找。助理正忙着整理东西，见甄珍起身离开，提议道：“等一下我去找吧？”

甄珍摆了摆手：“又没两步路。”

露天的遮阳棚附近空无一人，地上横着一条直梯，周围散落着三两工具。门口的花束都已被挪开，桌椅也横七竖八地摞在一角，拆棚的工人们似乎离开去用餐了，并不在棚里。

甄珍进入遮阳棚，走到接受采访的桌椅旁，寻找自己丢失的手机。如今天色已暗，棚内没有灯光，她找起来不太容易。

僻静的空地上，楚瑞清手持纸剑，刚刚练完一套招式，突然感觉到熟悉的气息，不禁扭头望向远方。大师姐微微拧眉，索性直接收剑，寻着那感觉找去。这气息似有若无，路数竟出自云岭阁！

楚瑞清感到一阵蹊跷，峨眉派弟子不是在帝都，就是在山上，怎么可能出现在剧组里？

天色昏暗，简单搭建的遮阳棚已经垮塌一角，时不时还有棚顶的钢架落下，彻底挡住外界的视线。旁边逐渐有人焦灼地聚集在一起，试图寻人阻止遮阳棚塌方。

楚瑞清刚刚靠近，便听到周围人的感慨："怎么突然就倒了？叫工人来了吗？"

"刚打完电话，叫人过来了，这要是白天不得伤到人啊……"

遮阳棚本来就要被拆卸，只是不知哪个步骤出错，竟自行塌下。其他人看不清棚内的情况，见楚瑞清径直往里走，赶忙道："楚老师，别往前走啦！这里太危险，等专业人士来处理吧。"

工作人员听到巨响，跑出来就发现遮阳棚如倒下的多米诺骨牌，唯恐楚瑞清被坠落的钢架砸伤，当即出言阻拦，不想让她上前。主演们如今在组里最金贵，谁要是受伤，进度立马被耽误。

楚瑞清皱眉道："这里面好像有人？"

旁边的人闻言一愣，一时也不敢确定："不会吧……"

这里和剧组宾馆有段距离，众人基本已回去休息，但也没法保证无人遗漏。其他人慌张起来，当即朝棚内大声呼喊，试图确认是否还有人在里面。

楚瑞清不愿久等，干脆大步上前，寻着云岭阁的气息，想要一探究竟。场记小姑娘见楚瑞清钻进去，急得原地跳脚，差点儿哭出声来："楚老师，别进去！快出来！"

"快去找导演，楚瑞清跑进去了！"

旁边的人话音刚落，又是一根钢架轰然落下，吓退走上前的众人。

棚内，楚瑞清跨过地上乱七八糟的障碍物，侧身躲开坠落的架子，往深处走去。她闻到了淡淡的血腥味，片刻后便发现昏倒在地的甄珍以及昏暗中的莹莹白光。那是甄珍脖子上的古玉项链，如今已碎裂成两半。玉片似乎察觉到楚瑞清靠近，白光渐渐退去，又恢复成白中泛黄的普通玉石，看上去毫无光彩。

楚瑞清突然醒悟，她初见甄珍时为何会有异样的感觉，对方身上竟有颇具灵气的法器。人养玉三年，玉养人一生。甄珍或许是贴身佩戴古玉许久，气息竟跟玉石浑然一体。当她遭遇危险时，古玉应激护主，楚瑞清才发现这件法器似乎出自云岭阁。

虽然不知甄珍如何获得的古玉，但当下救人是最要紧的事情。楚瑞清上前检查一番，发现甄珍似乎被钢架砸中头部，所以才会陷入昏迷，她的腿上还压着断裂的木椅，尖利的木刺深深地扎入她的腿部，鲜血顺木刺流下。

楚瑞清用纸剑将木椅横扫到一边，不敢贸然取出木刺，害怕手法不当让甄珍大出血。她上前扶人，又觉得不太称手，干脆将甄珍扛麻袋般举起，架在肩膀上。

甄珍只觉得头痛欲裂，腿上疼得发麻。她迷迷糊糊地睁开眼，依稀看到楚瑞清的身影，紧接着便是一阵天旋地转，晕得差点儿没吐出来："楚瑞清？"

楚瑞清听到她虚弱的声音，不禁侧头回看："你醒了？"

甄珍被楚瑞清扛在肩上，硌得很难受，磕磕巴巴地道："我、我想吐……"

楚瑞清一手握纸剑，一手扛甄珍，试探道："坚持一下？"

遮阳棚随时会塌，大师姐不太想耽误时间，还要绕开成堆的障碍物出去。

甄珍被颠得头晕，脸色苍白，声若蚊蚋："坚持不住……"

楚瑞清沉默片刻，实在没有办法，只得从扛麻袋换成公主抱，将纸剑放到甄珍怀里。这下甄珍不再抱怨，总算是回到平稳踏实的状态。楚瑞清抱着甄珍，稳稳地朝门口走去，悬在头顶的几根钢架却接连落下！

"小心！"甄珍还没缓过劲来，看到半空中的坠落物，连提醒都慢了半拍。

下一秒，数根钢架却犹如被屏障弹飞，又像是被无形的风刃骤然切开，四散崩落到旁边。楚瑞清甚至没有握剑，泰然自若地跨过钢架，朝着出口迈步。

甄珍不可思议地瞪大眼，颤颤巍巍地道："刚才钢架凭空断开，你看到没有？"

楚瑞清面无表情地道："没有。"她忙着看路，没空看钢架。

甄珍：难道是我失血过多眼花了吗？！

楚瑞清带着甄珍刚走出遮阳棚，身后摇摇欲坠的棚子便彻底垮掉，发出一声巨响。甄珍在危急中受到刺激，加上持续失血，已经晕了过去。工作人员冲上前，从楚瑞清手中接过甄珍，便赶忙去叫医务人员。

胡屏赶到现场，看到楚瑞清安然无恙地出来，终于长舒一口气。胡导想到她的冒险行为，不禁又怒上心头："你搞什么个人英雄主义？万一你们都折在里面呢？！"

胡屏没想到甄珍也在里面，听闻楚瑞清只身闯塌棚，整个人都吓蒙了，慌慌张张地赶了过来。

楚瑞清不好解释，这种小情况对自己不算什么，只能默默挨了这顿批评。胡屏说了她几句，便消去怒气。他心知楚瑞清这回是救人英雄，只是提醒她不许再只身犯险，便放她回去，留下来彻查棚子垮塌的原因。

次日，甄珍恢复意识，伤口也得到妥善处理，除了头上的大包还在隐隐作痛外，并无生命危险。屋内，甄珍面对前来探望的楚瑞清，真心实意地道谢："幸好你来得及时，不然我这回真折了，我妈听完吓哭了……现在我家里人都想请你吃饭呢！"

甄珍被全家人捧在手心里，突然遭此一劫，当然吓垮家中长辈。因此甄家人对楚瑞清颇为感激，现在都想见见她，当面进行感谢。

甄珍笑道："我就说当初怎么看你面善，原来是我的救命恩人。你能在棚里找到我，实在厉害！"

工作人员后来扒开废墟，发现棚里被钢架毁得乱七八糟。楚瑞清能在那种状况中极快地找到人，确实可谓顺利。

楚瑞清直言道："我是被指引过去的。"如果不是发现古玉的气息，又在昏暗中看到白光，她找到甄珍也要花些时间。

甄珍面露不解之色。

楚瑞清伸出手来，露出掌心里碎裂的玉片，询问道："这是你的吗？"

甄珍下意识地摸了摸脖子，这才反应过来，露出惋惜之色："什么时候碎的？我都没发现。”

楚瑞清将碎片递给对方，看着她将两块碎片拼接在一起，但古玉已无法恢复原样。甄珍叹气道：“这是我奶奶送我的，本以为能留个纪念……”

古玉是老物件，甄珍从奶奶手中拿到，但也不知玉石的渊源，只当作贴身的配饰。

楚瑞清淡淡地道：“这不是普通的古玉，你知道你奶奶如何拿到的吗？”

甄珍思考片刻，摇了摇头：“那真不知道，她以前爱收老东西，来路是哪儿就不清楚了，更何况现在玉都碎了……”

楚瑞清：“这可以修好。”古玉是法器，只要修补得当，便能恢复原状。

甄珍闻言，大方地道：“那你拿去吧！”

楚瑞清愣了愣。

甄珍笑道：“你不是对它很好奇？既然对你有用，你就拿去吧！”

楚瑞清一直围绕着古玉发问，甄珍当然看出她是为玉而来。甄珍迟疑片刻，又道：“不过我有几个问题想问你……”

楚瑞清：“什么问题？”

甄珍神神秘秘地看看周围，神色郑重地开口道：“你是不是外星人？”

楚瑞清无言以对。

甄珍不顾楚瑞清的态度，继续抛出一连串问题：“你当时都没伸手，怎么劈断钢架的？平时沉默寡言是不想暴露，还是你们物种都是面瘫？这古玉是你们的发信设备，还是别的什么？你们会想侵略地球吗？”

甄珍养伤期间，回忆楚瑞清平时的表现，瞬间醒悟，对方显然不是常人。习武之人用剑能理解，但空手弹飞钢架？甄珍不是修仙文化爱好者，更倾向于用科学来解释，很快便得出结论。

谁会像机器人般刻板面瘫，作息极度规律，只能是外星人吧？

楚瑞清面对她疯狂的提问，最后只能回答第一个问题，果断地道：“我不是。”

甄珍赶忙捂嘴，又瞟了瞟旁边：“放心，我不会透露给别人的，我属于地球人里的友善派。”

楚瑞清听甄珍又开始叨叨地球人的和平观念，面无表情地打断她的妄想，说道："等修好古玉，我会把它还给你，它是用来护主的，该留在你身边。"

楚瑞清确实好奇古玉里的云岭阁气息，但它既然来到甄珍身边，便是冥冥中的天意。楚瑞清不需要古玉的保护，贸然拿走，或许还会生出事端，反倒不是好事。

甄珍心生感动，感慨道："原来你们星球的人这么活雷锋？果然科技发达的地方，文明素质也会提高？"

楚瑞清心道：山下人真是自有说服自己的理论体系，而且极有逻辑。

片刻后，楚瑞清终于阐明，自己确实是百分之百的地球物种，不属于任何外星球。然而这并没有打消甄珍的狂想，毕竟楚瑞清虽不是外星人，但显然也不是普通人。

甄珍脱险后，窦彦明显感觉到楚瑞清和甄珍的互动急剧增多，尽管看上去是单方面的。甄珍开始密切关注楚瑞清的言行举止，还时不时留下照片，像是在观察研究大熊猫。她偷偷摸摸的小行为，当然没逃过大师姐的眼睛，但楚瑞清全当没看见，实在不想再跟对方探讨"自己是外星人/机器人/超能力者"的问题。

楚瑞清不爱自拍，微博经常不营业，然而她和甄珍的合照挂满甄珍的微博。甄珍发一条"认真工作"的微博，九张配图里有六张有楚瑞清，让两家粉丝都摸不着头脑，弄不明白是谁在发微博。

甄珍为了维护地球人和外星人的友谊，拍完楚瑞清不但认真选图，还精心修图套滤镜，可谓感天动地姐妹情。

小彩铅："大师姐如今活在别人的微博里，谢谢甄珍老师代其营业！"

仙女麦："我珍宝不但拍照，还帮人修图呢？"

云云来："天哪，真的套滤镜还认真修图，楚老师的自拍每次都'死亡角度'，作为粉丝先行谢过敏郡主。"

食药："敏敏、芷若锁了，钥匙我吞了！"

粉丝们满头雾水，实在摸不清两人的关系何时突飞猛进的。如果说甄珍蹭热度，好像没必要，毕竟她的粉丝量比楚瑞清要多，近来也小爆过两部剧；

如果说楚瑞清抱大腿，似乎也不合理，毕竟楚瑞清从未发过两人合照，倒是甄珍一头热。

久而久之，窦彦深深感到被排挤，举着手机，义愤填膺地道："怎么回事？三个人的故事，难道我不配拥有姓名吗？"

楚瑞清和甄珍正坐在一起吃饭，甄珍闻言翻了个白眼，没好气地道："你一个大男人，跟我们搅和什么？"

"不行！今天我们三个人合照一张，你们不能搞小团体！"窦彦调出自拍模式，凑到楚瑞清和甄珍中间，高高举起手机，记录下一张自拍。

照片中，楚瑞清面无表情，窦彦挤眉弄眼，甄珍满脸嫌弃。窦彦一击得手，立刻兴致勃勃地发了条微博，将合照发出去，试图拥有姓名。

窦彦："倚天·屠龙。"

薯条精："彦哥，你在佛前苦苦求了几千年，终于求到一张合照照片？"

丝带："左倚天，右屠龙，你是中间那个点。"

AUGUST："佐助、鸣人和小樱？跟这张图好像。"

…………

雕塑达人："哥，你看看头顶的电灯泡，像不像你自己？"

窦彦望着微博评论区，被排挤的感觉反而加重，心想：你们怕不是假粉？

楚瑞清从甄珍手里拿到古玉碎片，打算带回去让小贝和阚和瞧瞧。她不太擅长做手工，尽管知道修补古玉的手法，但实践能力比较差。因为李天剑说要来探班，楚瑞清便打算托徒弟带回古玉，先让阚和想想办法。

剧组里的时间一晃而过，终于到楚瑞清的应援会前来探班的日子。甄珍家遮阳棚坍塌的事情让剧组颇为警醒，虽然消息没有外传，但后面是万万不敢再让粉丝搭棚了。因为天气炎热，剧组便将楚瑞清的应援会安排进室内，并建议排场小一点儿，防止再出意外。

因此，李天剑没将钱投入到花里胡哨的东西上，而是直接按级别给剧组人员定做应援包，礼物重在实用。除此以外，食物应援是必不可少的，应援会专门定做了冰激凌蛋糕。

漂亮的蛋糕被做成舞台的形状，顶端立着小小的人偶，正是楚瑞清经典的剑舞造型，模样可爱。长桌上摆放着冰镇饮料和各色点心，方便工作人员取用，桌边还立着楚瑞清的海报。

窦彦和甄珍颇感有趣地拿起饮料瓶，发现每个瓶身上都有楚瑞清的卡通形象，有的是古装造型，有的是女团舞台造型。可爱的小人下面还配着许多经典语录，例如“剑下不斩无名之辈”等。

窦彦将饮料瓶逐一看完，不禁望向楚瑞清，羡慕道：“哇，这个是真用心了，完全是你的出道史！这都是你说过的话？”

楚瑞清看着瓶上的图案微愣，垂眸道：“有的话，我都快忘了……”

大师姐没想到，粉丝们居然如此细心，她在节目上说过的每一句话，全都被记录下来，印上了饮料瓶。她的所有经典舞台造型，也化作可爱的卡通形象出现在应援物上。饮料瓶甚至是按照时间排列，像是记录她出道以来的经历。

甄珍提着属于自己的应援包，晃了晃手中的水杯，感慨道：“而且送给我们的也有设计，比如我的是赵敏。”

甄珍的应援包的礼物上不但画有单人赵敏，还有赵敏和周芷若。窦彦的礼物也不例外，皆跟其角色有关，显然楚瑞清的应援会都有所考量。

窦彦连连赞叹：“可以啊，干脆让胡导聘请你的应援会，给咱剧组做周边吧！”

另一边，应援会管理组的呱唧带领众人布置完会场，正焦虑地盯着手机等消息。她最终还是鼓起勇气，决定给大佬打电话。然而电话是关机的状态，这是极少见的情况。

蛋蛋见状，问道：“还是联系不上南明（南明离火剑的简称）？”

呱唧诧异地道：“不该啊，他怎么回事？原来不都很准时吗？”

蛋蛋和呱唧都是楚瑞清应援会的管理，也是极少数知道南明离火剑是男粉的人。南明离火剑不爱露脸，偶尔跟她们在线上联络，但是财大气粗，很爱烧钱，对楚瑞清的活动都很热心。他在剧组应援的方案上贡献很多，昨天起却突然断了联系。

蛋蛋和呱唧本来还要找他拿些应援物，不料对方人间蒸发，完全不回消息。她们只得硬着头皮先布置，但楚瑞清快要出来了，南明离火剑还没到场。

蛋蛋看工作人员进屋，摆手道：“不管了，可能有事吧，回去再说！”

呱唧不禁替南明离火剑遗憾：“那很可惜呢，这回能面对面见到。”

应援会的人来自天南海北，大家的身份背景各不相同，只是由于喜欢楚瑞清而自然地聚到一起。南明离火剑有点儿像饭圈孤狼，蛋蛋和呱唧只跟他聊应援事务，对他本人的了解并不多，现在也没什么办法。

楚瑞清进屋时，便看到屋内聚集的粉丝，其中女生占多数，当然也有个别男生。众人看她进来，皆有些激动地捂嘴，兴奋得双颊通红，原地蹦跳。

楚瑞清进组以来，难得再见粉丝，诚恳地道："大家辛苦了……"

炎炎烈日，粉丝们远道而来，还要布置应援物，可以说相当忙碌。

粉丝们见到真人，早就忘却劳累，赶忙摆手道："没有！你拍戏才辛苦！"

"组里累不累？每天热不热？"

"楚老师现在休息得好吗？"

大家叽叽喳喳地开始提问，楚瑞清面对海浪般的问题，一时不知该先回答哪个。好在有工作人员和呱唧等人维持秩序，让粉丝们按顺序提问，现场才稍显规整。众人排着队发言，说些轻松平和的家常话，但话里都透着满满的关切，让楚瑞清颇有感触。

呱唧上前时，大脑里已经天旋地转，激动得说不出话，磕磕巴巴地道："楚、楚老师好……"

楚瑞清抬眼看她："你好。"

呱唧被楚瑞清直视，当即宛如被烫，连连叫道："呜呜呜！你别这么看我，我受不了……"

如果这是在微博，呱唧绝对要打出无数"AWSL（啊我死了）"，以示此刻的心情。

楚瑞清完全不理解她的心情。

蛋蛋稍微有出息点儿，说话仍有逻辑，望着楚瑞清，小声而坚定地道："楚老师加油，你是最好的偶像。"

楚瑞清真心实意地道："谢谢，希望不会让你们失望。"

蛋蛋立即道："当然不会！"

楚瑞清看着对方果决的态度，迟疑片刻，说道："我可以问个问题吗？"

蛋蛋愣了愣："当然。"

每当楚瑞清遇到这样赤诚的眼神，总会产生无以回报的感觉。她终于问出一直以来的疑问，好奇地道：“你们希望我回报什么呢？”

粉丝们给予无私的爱，楚瑞清却不知该如何报答。其他偶像的官方回答是“用作品回馈”，但她偶尔会觉得这份沉甸甸的爱超出范围。

甄珍和窦彦也有粉丝，也创造作品，但跟身为偶像的楚瑞清似乎又有点儿不一样。现在楚瑞清还没来得及交出作品，却已经收获很多很多的爱。

蛋蛋竟被问住，挠了挠头，试探道：“回报……其实你不用回报，你继续发光就好。”

蛋蛋咬了咬嘴唇，羞涩地笑了笑：“这么形容可能不太好，但就像是梦想容器？你替我们实现曾经的梦想，成为我们想成为的样子，只要你继续走下去，我们也会受鼓舞接着走……我说得可能不太好，但意思是这样！”

“所以你不用回报，只要大胆地向前走就好！”蛋蛋生怕楚瑞清有负担，又补上一句，“其实楚老师跟很多偶像不一样，大家都知道，但正是不一样的楚老师，才让我们聚集在一起。”

楚瑞清低声道：“谢谢你。”

蛋蛋面对她真挚的目光，手足无措地道：“这是我的个人想法，也仅供参考……”

粉丝应援结束，楚瑞清跟众人进行合照，并收到新的粉丝信件。这一天，楚瑞清难得地发了一条微博，将自己和粉丝的合照放出，同时给出自己的答案。

水晶少女-楚瑞清：“用时间来回报。”

她会一直一直走下去，直至不再被需要为止。倘若有人还需要她引路，那她就继续走下去。

赶赴机场的路上，蛋蛋看着楚瑞清的最新微博，当场表演昏厥：“我死而无憾了！”

呱唧：“你今日跟大师姐说那么多话，南明离火剑知道不得气死？”

蛋蛋：“说起来他的电话还没通？”

京城四合院内，李天剑的手机早就彻底没电，他确实处于快被气死的边缘。他不但没赶上飞机，错过剧组应援，还与阚和被困在院内，完全没法离开。

阚和扶墙逃窜，虚弱地道："不行，我晕虫，我要吐了……"

李天剑一阵无语。

四合院外，身着中山装的男子和秘书站在门口。眼见密密麻麻的虫子翻墙而入，秘书面露迟疑之色，询问道："孙先生，不会出人命吧？"

孙先生冷笑了一声："放心，阚和不至于如此没用。"

屋内，无数的虫子从门缝中入侵，犹如黑色的浪潮，向两人扑来。阚和顿时起了一身鸡皮疙瘩，吓得快要腿软。

李天剑本都跑了两步，扭头见菜鸡三师叔一动不动，当即一把揪住对方的小辫，叫道："快走啊！你要留下来喂虫？"

"疼疼疼……小屁孩，你要死啊！"阚和骤然被李天剑抓住辫子，气得连恐惧都淡了几分，这才迈步跟上。

李天剑毫不客气，拽着阚和的辫子就跑，气恼地道："三师叔不也会用剑？还不快出招！"

李天剑可是见过楚瑞清御剑的实力的，猴师叔也曾用纸剑劈木头，按道理阚和排行老三，总该学会点儿皮毛吧！李天剑不求三师叔能劈开硬物，但劈虫子总可以吧？

阚和叫道："你懂什么？这么多虫子，纸剑都会被啃烂！"他要是拔出纸剑，估计刚缠斗几十秒，纸剑就会烂掉。

李天剑感到不可思议，反驳道："师父明明隔空劈过铁栏杆，怎么会被啃烂？"

阚和弱弱地道："我不是还没学会隔空劈嘛……"他本来就对剑术不感兴趣，自然比不上师姐和师兄。

李天剑顿时气急败坏地道："我当初真该回峨眉！"

李天剑后悔不迭，真是一失足成千古恨，放着好好的云岭阁不回，如今被虫子大军包围。如果是在峨眉山上，猴师叔和小贝师叔显然靠谱得多，哪像重度恐虫症患者阚和！

李天剑觉得师父向来英明，然而她唯一的失误就是将自己安排给这个没用的三师叔。狐假虎威的阚和根本不练剑，却勒令李天剑每周到四合院报到，他每回都是臭屁地吹嘘自己，让李天剑不胜其烦。

事情要从昨天说起，这本是李天剑探班前和阚和的最后一次见面，他专程带上了小蜈蚣，想要吓阚和一跳，等恶作剧成功，便连夜逃往剧组，不料却突生意外。李天剑还没掏出小蜈蚣，别人的虫子却先一步出手，将阚和吓得原地跳起！

刚开始，仅仅有三两只小小的黑虫试探着钻进屋内，确定阚和与李天剑的位置。阚和不经意间瞟到小虫，吓得哇哇乱叫，惊慌失措。李天剑听他乱叫心烦，又觉得臭屁的三师叔已得到教训，便干脆地踹死那几只小虫，死去的虫子却散发出奇异古怪的香味。

阚和闻到那味道，当即脸色一变："不好！这是别人养的虫！"

李天剑面露不解之色："什么意思？"

"树大招风，有人来砸场子了！"

阚和这几年帮人做事也闯出些名气，但他办事向来挑三拣四，不是什么活儿都愿意碰。久而久之，有人便对他心生不快，同时还有同行来搅局。阚和精于卜算，不善剑术，这回来的人却是养蛊高手！

李天剑似懂非懂，又听到窸窸窣窣的响动，只见一股黑色的虫流涌来，他立马下意识地退后。阚和看到虫流，差点儿表演当场暴毙，崩溃地道："为什么偏偏是养蛊的？我最讨厌虫子！"

阚和过去也曾击退过同行，尽管他在峨眉派内水平很差，但吊打山下人是足够的。然而这回的敌人居然是养蛊的，完全击中阚和的软肋，他一看到虫子就像遭遇debuff（减益魔法），战斗力减少50%。

细细密密的小虫朝两人扑来，宛如翻滚的黑浪，激得阚和快失声尖叫。李天剑果断抄起柜子底部的瓶子，随手丢掉瓶盖，对着虫群喷洒起来，暂时击退汹涌的黑虫。

阚和看着退却的虫军，不由得一愣："什么东西？"

李天剑晃了晃手中的瓶子，淡淡地道："杀虫剂。"

李天剑继续喷洒，虫群变得犹豫起来，但它们很快便绕开药水洒过的地方，试图从四面八方包围两人。

阚和立刻道："我们得到密闭的房间里，否则挡不住的！"

两人甩开虫群，狂奔进屋里，当即将门窗紧锁。李天剑一边封住缝隙，一边吐槽道："所以你当初为什么非要买四合院？！"放着好好的楼房不住，非要装大款买四合院，不招虫才怪呢！

阚和颇不服气：“这东西要进住宅楼也容易得很，它们能听懂指挥，可不是普通的虫！”

两人被困屋内，不断有小虫试图入侵，都被李天剑的杀虫剂击退。然而人虫僵持良久，无边无际的小虫终于耗空杀虫剂，突破李天剑的防线。

屋里，阚和望着无数黑色的虫子从墙边经过，尖叫道：“它来了！它来了！它带着同伴回来了！”

李天剑忍无可忍道：“闭嘴！你自己的仇家，还不快想办法！”

另一边，剧组里的楚瑞清迟迟没接到徒弟的电话，不由得心生疑惑。李天剑已提前跟她打好招呼，他会在应援会探班当天抵达剧组。如今楚瑞清都将应援会的粉丝们送走了，李天剑却仍音信全无。

助理小王从机场归来，奇怪地汇报道：“我没接到人呢，在门口等了好久。”

楚瑞清刚开始以为李天剑没落地，所以电话一直打不通，但负责接机的小王扑了个空，问题便似乎严重起来，难道徒弟坐飞机凭空丢了？

楚瑞清想了想，给阚和打电话，但电话那头也无人接听。李天剑的手机没电，阚和的手机则遗留在客厅里，两人身边都无通信设备。

楚瑞清见三师弟又不接电话，当即脸色一寒。她沉吟片刻，向助理小王请教：“如果有人再三犯同一个错误，他是故意的吗？”

小王面露迟疑地道：“具体问题具体分析，是什么样的错误呢？”

楚瑞清：“不接电话。”

小王果断道：“那肯定是故意的！这年头谁都把电话带身边！”

楚瑞清若有所思，直接在心里给阚和记上了一笔，死不悔改，其罪当诛。

楚瑞清干脆给范彤打电话，拜托她看看李天剑的情况，却诧异地得知徒弟早就离开京西别墅，根本不在家里。管家声称，二少爷带着行李离开，说从市内直接赶往机场，现在谁也不知他的下落。

楚瑞清紧皱眉头，脸上显现一丝忧色，见场记从路边经过，询问道：“胡导现在休息了吗？”

场记：“应该还没呢。”

助理小王诧异地道：“要找导演吗？”

楚瑞清应道：“对，我要请假，买票回去。”

小王：“是有什么要紧事，这么急着回去？”

楚瑞清面无表情地道：“打孩子。”

小王满脸不解。

李天剑离奇失踪，三师弟电话失联。大师姐深感孩子不能惯，三天不打上房揭瓦，打算连夜飞回去竹简煸肉。徒弟不过是跟阚和相处片刻，便将对方的失联失踪学了十成，可谓近墨者黑。

大师姐：徒弟原来没什么问题，肯定是被阚和教坏了。

楚瑞清决定打阚和儆李天剑，必须让他们意识到问题的严重性！

四合院内，李天剑与阚和苦撑一天，还是让虫海溢进屋里。李天剑掏出纸剑，向着虫群劈去，但收效甚微，纸剑片刻便被虫子们吞噬。

李天剑皱眉道：“对方为什么要这样？你到底在外惹了什么事？！”

阚和相当气恼：“咱们都是有根骨的人，我还用得着惹事吗？没人惦记才奇怪吧！”

云岭阁弟子都拥有根骨，跟常人不太一样，这是福也是祸。楚瑞清安排阚和盯着李天剑，就是怕徒弟被人抓走，重蹈小贝当年的覆辙。当然，她没料到阚和比徒弟还不如，遇到虫便走不动道儿。

阚和咬牙道：“估计虫子上了身，那人才会露面，养蛊人惯于躲在暗处。”

敌暗我明，阚和不知对方为何而来，然而蛊虫一旦上身，人便身不由己，任人差遣。

李天剑闻言，突然想起怀里的小蜈蚣，取出口袋里的小玻璃罐，询问道：“那它和这些虫谁强？”

阚和乍一看到罐中的小蜈蚣，当即吓了一跳，颤颤巍巍道：“你、你怎么也带着虫……”

李天剑仰了仰下巴，竟颇为得意：“师父给我的。”

阚和强忍恶心，仔细打量小蜈蚣，说道：“它被大师姐炼化过，应该可以吧？我也不确定，不过大师姐那么厉害，它应该也挺厉害？”

阚和觉得，楚瑞清是人中豪杰，小蜈蚣被她炼化过，应该也是虫中豪杰。

李天剑觉得三师叔极不靠谱，颇不信任地道："你确定？"

他害怕打开玻璃罐，小蜈蚣当场被虫海吞没，那他就遗失了师父送的礼物，实在得不偿失。

阚和气道："这都什么时候了，你还稀罕一条虫？！"

李天剑放出小蜈蚣，刚刚开盖，小蜈蚣便主动爬出，猛地朝虫海扑去。它蜿蜒的身体转瞬便被黑虫们盖住，正当李天剑以为小蜈蚣毙命时，黑色的虫海中却传来窸窸窣窣的声音，四周弥漫开浓郁的奇异香气。

小蜈蚣从虫群中钻出，凶残地厮杀着黑虫，一口一口将战败者吞下！

小蜈蚣食素已久，嘴巴里早就淡出个鸟来，如今掉进美食堆，当即大快朵颐起来。

阚和心有余悸，讷讷道："这不会搞出个虫王吧……"

养蛊人偶尔还特意让虫类竞争，借此培养出更优秀的虫。小蜈蚣要是将这么多黑虫全吃掉，估计会变成虫王。

人虫之战僵持许久，四合院外，秘书已经离去。孙先生握着虫罐，感受到小蜈蚣的气息，脸色微微一变："居然有人敢跟我斗虫？"

他派黑虫们探查一番，随即冷笑道："还是用我的虫斗我的虫！"

这蜈蚣身上还带着他的印记，估计是他以前替人办事时留下的。蜈蚣不知被谁炼化，如今已不再听他指挥，然而养蛊人当然知道各类虫的弱点。

小蜈蚣抵御黑虫良久，突然瘫软在地，抽搐起来，遭遇旁边的虫群的袭击。李天剑见势不妙，当即找了根竹竿，将身陷危难的小蜈蚣挑起，惊道："这是怎么了？"

阚和："莫非吃撑了？毕竟是自助餐。"

李天剑心道：我真是受不了三师叔了！

李天剑捞回小蜈蚣，竹竿转瞬便被虫海吞掉。两人失去助力，又找不到暗处的养蛊人，竟被逼到绝境。

阚和极度崩溃，叫道："我宁肯被大师姐打死，也不想被虫子咬死啊！"

黑色的虫群迎面朝他们扑来，千钧一发之际，虫子大军却并没有发起攻击，而是离奇地缓缓退去。

李天剑看着退却的虫海，不由得愣了愣：“它们走了？”

四合院外，孙先生只感觉旋风袭来，随即身体一偏，直接被狂风掀到墙上。他手上一滑，虫罐脱手而出，直接摔得粉碎！

虫罐破裂，黑虫们便不受指挥，全都四散逃散，下班休息。

孙先生狼狈地倒在地上，看到珍贵的虫罐被摔坏，当即怒不可遏：“你是谁？！”

“问别人的名字的时候，要先介绍自己才对。”

楚瑞清一手提着行李箱，一手缓缓地抽出纸剑，平静道：“我剑下不斩无名之辈，所以报上你的名字。”

楚瑞清下飞剑后，按照李天剑曾提起的地址，找到了阚和的新住处。阚和为人非常高调，不知跟谁学的买了个地处黄金地带的四合院。楚瑞清刚到门口，没见到徒弟和三师弟，反而看到鬼鬼祟祟的中山装男子。

此人看上去三十来岁，身着黑色的中山装，一手握着木头手串，一手拿着造型独特的瓷罐。密密麻麻的小虫从瓷罐中爬出，源源不断地涌向四合院。

楚瑞清立马看出对方正在使蛊术。她当年为救小贝，跟随师父去过不少地方，见识过许多能人异士及秘术。然而光阴荏苒，这些秘术逐渐消失在时间长河之中，再无人继承。

孙先生站起身，拍了拍自己的衣服，并未报上姓名，反而诧异地道：“没想到阚和还有同伙……”

据说阚和时常带着纸剑，如今楚瑞清也手握纸剑，两人明显是一路人。

楚瑞清见孙先生挣扎着从地上爬起，待看清对方的面貌，稍显迟疑地道：“你是男的，还是女的？”

孙先生闻言，当即眉头直跳，感到极度受辱：“什么意思？你看不出来？！”

孙游觉得楚瑞清是故意挑衅，他的外表绝对是男人，她问的这叫什么话？

楚瑞清淡淡地道：“蛊术向来只传女子，看来你并非正统。”

苗疆蛊术继承者往往是女子，很少有男子。如果眼前这人不是女扮男装，那他就是从其他门路习得秘术，不算正统传人。

孙游被踩中痛脚，脸色一变，颇为气急败坏，咬牙道：“你懂什么……”

楚瑞清面色平静地道：“也好，既然你并非正统，我就不用顾忌太多。”

峨眉派以前跟苗疆蛊术传人有过接触，曾受对方帮助，否则楚瑞清也不会习得炼虫之术。假如对方是正统继承者，楚瑞清还得考虑几分老一辈的情谊，但对方是歪门邪路，那她打起来就没有太多限制。

孙游失去虫罐，只得拈起手中的木手串。离开的黑色虫群重新聚集起来，只是远没刚才虫罐召集时的场面壮观。手串没有虫罐厉害，但好在也能驱使虫子。

楚瑞清见状，举起纸剑，神情镇定：“你不是苗疆蛊术的传人，那我也没必要报上名字了。”

每次对决前的报名环节，是峨眉派弟子对对手的尊重，但对方是野路子养蛊人，楚瑞清没道理要尊重他。如果非要追究渊源，楚瑞清还算是替过去的老友处理偷师者。

窸窸窣窣的虫海向楚瑞清扑来，孙游见她伸手挥剑，眼中闪过一丝窃喜之色。纸剑根本挡不住虫群，起码李天剑的纸剑刚刚就被吞噬。

虫海迎面而来，楚瑞清随手一挥，无形剑气便破空而出，瞬间扫荡虫群！

庞大的虫军在剑气下溃不成军，根本没碰到纸剑，在半空中就灰飞烟灭！

孙游哪想到剑气如此霸道，蛊虫片刻便被全歼，他当即胸膛一痛，口吐鲜血，遭到反噬。

楚瑞清自下山以来，就再没遇到能接她一招的对手，倘若她不故意放水，那战斗便会在数秒内结束。

养蛊人失去蛊虫，瞬间就会变成弱鸡，相当于游戏里完全不能近战的法师。楚瑞清将孙游暴揍一顿，便拽着倒地的他走到门口。

楚瑞清敲了敲门，却没有人开门。她干脆破门而入，随手将孙游丢进院里，又把放在门口的行李箱拖进来，回身将门合上。她的动作有条不紊，态度不紧不慢，像是回到自己家里。

孙游眼神闪烁，暗中瞟了瞟门口，想要寻找逃走的机会。楚瑞清将他的小动作看在眼里，平静地道：“你可以试着往外跑，按道理养蛊人应该没有蛊虫强？”

孙游立马读出对方口吻中的威胁，虫海都能被楚瑞清的隔空一剑劈碎，他的身板哪里扛得住？估计他还没跑出门口，便会化作剑下亡魂。

李天剑听到楚瑞清的声音，当即推开门跑出来，惊喜地道：“师父？”

李天剑刚进院里，便看到楚瑞清和她身边装束诡异的男子。中山装男子面色惨白，身上沾着鲜血，看上去奄奄一息。

楚瑞清看到李天剑，心中松了一口气，但她神色并未和缓，反而严肃地问道：“阚和呢？”

李天剑很会看人眼色，头一回见师父如此不悦，眼神中仿佛浸了冰，浑然没有往日的温和样子，瞬间乖巧起来，小心翼翼地道：“三师叔还在屋里，不敢出来……”

阚和害怕虫子，死也不肯冒头，唯恐虫群没有离去。李天剑对楚瑞清的声音格外熟悉，他刚听到动静，便忙不迭地小跑出来，坚信是师父回来了。

楚瑞清闻言，眉头皱得更紧，淡淡地道：“叫他出来。”

李天剑嗅到大难临头的气息，却不知自己何处做错了，只得去找屋里的阚和。阚和听闻大师姐归来，悬起的心终于落下，像是找到主心骨，快跑着冲出，差点儿声泪俱下：“师姐，你终于回来了！”

楚瑞清举起纸剑，面无表情地道：“峨眉派云岭阁楚瑞清。”

阚和闻言，跟大师姐重逢的喜悦立马消失，跳脚道：“我又做错什么？为什么要打我？！”

阚和从小被打，早就熟悉对方的套路。如果两人意见产生分歧，楚瑞清会发起挑战，假如阚和在对练中败北，便要惨遭一顿“竹简煸肉”。据说，这是比较民主的教育方式，通过对练给予阚和一次反驳的机会，但阚和从没打赢过楚瑞清，所以向来只有挨打的份。

楚瑞清忽略他的大呼小叫，眼神冰冷地提醒道：“报名。”

阚和不敢再惹师姐，气弱地道：“峨、峨眉派云岭阁阚和……”

阚和话音刚落，便被剑气掀翻在地，连一招都接不住。李天剑看着三师叔毫无形象地倒地，心有余悸地侧开头，简直不忍去看。

因为阚和毫无疑问地败北，他便要接受楚瑞清的棍棒教育。成语有云，杀鸡儆猴，李天剑被留在院中观看教育流程。楚瑞清随手抄起树枝，试了试还算顺手。

楚瑞清冷着脸道："今日你差点儿酿成大祸，我替师父罚你，你可知悔改？"

阚和立在院中，被师侄和敌人参观挨打，心中颇为不服："师姐，这事跟我有什么关系？凭什么罚我？！"

"啊！"阚和骤然被抽，立即疼得大叫。

楚瑞清看他咋咋呼呼、不知悔改，直接用树枝抽了第一下，换来阚和哭天喊地的惨叫。她语气微寒："贪图享乐，四处招摇，此为一。"

阚和近几年频繁往山下跑，依靠小聪明四处敛财。楚瑞清本来睁一只眼闭一只眼，但他招摇的态度惹上仇家，还差点儿连累李天剑，便成过错。

阚和刚要反驳，话还没说出口，便挨了第二下："啊！"

"学艺不精，毫无进益，此为二。"楚瑞清毫不留情地抽完第二下，阚和多年来无心剑术，差点儿在歪路子养蛊人手上翻车，简直是门派之耻。

李天剑旁观阚和挨打，脸上淡定，但内心早就幸灾乐祸起来。他满脸无害，佯装乖巧，替阚和求情："师父，三师叔已经尽力了，他只是怕虫……"

"啊！"

楚瑞清闻言，脸色更是一沉："心志不坚，难成大器，此为三。"

"其实他有努力地想办法，并不是光躲在屋里……"李天剑偷偷瞟了眼阚和，继续说道。

"啊！"

"畏怯无能，不敢应战，此为四。"

"我们虽然遇险，但都没有受伤，三师叔也不想遭遇险境……"

阚和识破李天剑的阴谋，气急败坏道："你可闭嘴吧……啊！"

"恐吓师侄，玩忽职守，此为五。"楚瑞清本来让阚和帮忙盯李天剑，对方却连辅助奶妈都做不好，实在令人失望。

阚和见状，聪明地闭上嘴。好在李天剑没再火上浇油，棍棒教育环节终于结束。阚和挨打完，也不敢跟楚瑞清置气，看了看倒在一边的孙游，小声道："师姐，这人怎么办？"

楚瑞清想起养蛊人，看了眼惊慌失措的孙游，波澜不惊地道：“你自己的事，自己去处理。”

阚和立马道：“嗻，那小的这就告退……”

阚和无情地扒掉孙游的全副装备，将控制蛊虫的手串和其他法器丢在一边，拖着孙游离去后，阴森森地笑道：“刚才看戏很爽？你可真能给人找事！”

阚和：如果不是莫名其妙的养蛊人，他怎么会平白挨打？

阚和不敢跟师姐发火，但可以找罪魁祸首算账，决定先将此人暴揍一顿，以泄怨气。阚和带着孙游离去后，院中便只剩楚瑞清和李天剑。

李天剑听闻不远处的惨叫声，沉吟片刻，朝楚瑞清伸出手来，低声道：“师父，对不起，你罚我吧。”

楚瑞清愣了愣，问道：“为什么？”

李天剑：“让师父担心，连夜从剧组回来……”

李天剑心里清楚，楚瑞清对《倚天屠龙记》的拍摄很上心，在组期间甚至没有接任何通告。她居然风尘仆仆地赶来，估计当时内心担忧不已，否则也不会重罚阚和。

李天剑紧抿嘴唇，眼眸清亮，心知让楚瑞清打一下都会很疼，但还是硬着头皮伸出了手。他相貌清俊，眼神灼灼，像只做错事的狗崽，让人不忍责怪。

楚瑞清沉默片刻，没有出手罚他，反而道：“这回是我考虑不周，跟你没有关系。”

如果她知道阚和弱鸡至此，是绝不会派他盯李天剑的。

“师父，稍等一下！”李天剑突然想起什么，跑到屋里去打开自己的行李箱。

李天剑抱出身着古装的玩具人偶，那正是周芷若造型的Q版（漫画版）楚瑞清。玩偶看上去做工精致，衣裙仙气飘飘，脸蛋却十分可爱。

李天剑将玩偶递给楚瑞清，别扭地低下头，有点儿不好意思地道：“祝师父拍戏顺利。”

定做玩偶耗时很长、造价昂贵，李天剑拿到成品后，本该让应援会出面送礼，谁知自己被困四合院内，错过剧组应援。

李天剑总觉得自己大男人送玩偶，看上去别别扭扭、古古怪怪的，微赧地错开视线，一时不敢直视楚瑞清。

楚瑞清接过玩偶，感到相当意外，询问道："你特意准备的？"

玩偶造型紧扣《倚天屠龙记》主题，身后还背着两把剑，一把是剧中的倚天剑，一把是门里常用的纸剑，显然颇费心思。

李天剑不知师父是否喜欢，底气不足地道："嗯……"

楚瑞清没料到徒弟如此有心，眼神微暖，脸上难得显现一丝笑意："谢谢你。"

李天剑闻言，强压疯狂上扬的嘴角，努力不要喜形于色，以免当场化作尖叫鸡。他磕磕巴巴地道："师、师父喜欢就好……"

二少爷：呜呜呜呜呜呜——师父太好了，以后要送她世界上最好的东西！我还能粉她一千年！！！

楚瑞清没有在四合院内耽搁太久。她突然回到帝都，自然不能师出无名，需要参加水晶少女明日的活动，马上就要走。

李天剑看她没有休息，又要赶往活动现场，内心更为愧疚，小声道："师父，我会努力练剑，以后尽量自己保护自己……"

如果他能隔空劈剑，或许楚瑞清根本不用赶回来，也不会如此辛苦。

楚瑞清一手抱着玩偶，一手提着行李箱，准备离开。她望着自责的徒弟，反而心态平和："不着急，我是你的师父，还能护你很久。"

李天剑闻言大为感动，目光微闪、嘴唇紧抿，竟不知如何作答。直至楚瑞清离开，李天剑都没有缓过神来，还目送着师父的背影。

偷听的阚和内心却涌现无数吐槽，非常不满：这是什么马屁精师侄，关键时刻居然送礼？这是什么双标大师姐，教育方式因人而异？

阚和本来是跑来见识师侄被打的，没想到李天剑逃过一劫，瞬间颇为愤慨！

楚瑞清离开四合院后，便马不停蹄地赶往活动现场。水晶少女其他成员见她露面，万分惊喜，围过来嘘寒问暖。陈思佳看到楚瑞清手里的玩偶，忍不住戳了戳玩偶的脸蛋，好奇道："这是哪里来的？粉丝送的？"

夏枚同样爱不释手，还跟玩偶合影："好可爱，而且做工真好！"

楚瑞清化妆完毕，跟随队友出席活动。久未露面的她突然参加水晶少女团体活动，让粉丝们大为惊喜。同时网上论坛惊现热门话题，楚瑞清的某站姐终于忍不住发出灵魂拷问。

主题：理性讨论，为什么我从来接不到楚瑞清的机？她究竟怎么回帝都的？？？

明星坐飞机必然会留下机场街拍照，然而楚瑞清简直是偶像界清流，很少有站姐能捕捉到她的身影。

除了水晶少女的行程，楚瑞清的私人行程永远没人能追上。她这回从剧组瞬间移动归来，让苦守机场的站姐们想到秃头，即使是VIP（贵宾）通道，也不该这样吧？

一楼：别问，问就是瞬间移动。

二楼：认真讨论，其实她有任意门。

三楼：以前好像是她很会躲，大师姐想藏，我们真的追不上，但这次很离奇，我也彻底蒙了，好多站姐感到诡异。

四楼：好歹是“楚三亿”，说不定人家自己买了架飞机！

网上众说纷纭，一时争论不下。知情人默默去找梁局，熟练地给楚瑞清的违章消分。

办公室内，梁局吹了吹杯子里的热茶，将一张A4纸放在桌上，优哉地道：“都看看吧，刚出的新规。”

李天剑与阚和前来交罚款，对视一眼，取过桌上的纸。纸上都是密密麻麻的小字，全都有关飞剑驾驶的，似乎是新出的条例。李天剑读完后，反问道：“所以不但要罚款，还要进行学习？”

新规上注明，不经相关部门批准，违章驾驶飞剑者不但要交天价罚款，还要参与每周一期的空防安全教育班，共12期。

梁局点头：“没错，你们屡教不改，显然是思想认识不够深刻。我们专门组织教学班，科普首都地区空防安全的相关知识，希望你们能按时参加。”

阚和感到一阵头大，皱眉道："不是吧，我们也是迫不得已。孙游可是你们黑名单上的人，我们将他捉拿归案，难道不该功过相抵？"

昨日，阚和通过严刑逼供，终于得知养蛊人的真实身份。对方叫孙游，跟阚和一样，常帮豪门权贵办些事情，只是他手段过激、频频越线，早就登上梁局等人的黑名单。孙游暗中有势力包庇，加上神出鬼没，一直没有落网，谁知昨天被楚瑞清打翻在地。

李天剑与阚和今日将孙游交给梁局及其单位处理。阚和觉得他们明明该被当作英雄表彰一下，怎么还要接受思想教育?

梁局没好气地道："这已经是功过相抵，不然我早就没收飞剑！只是让你们接受一下爱国主义教育，学习航空知识，还有什么不满意的？"

梁局一边说着，一边从柜子里取出厚厚的教材。他将学习资料放在桌上，推向面前的两人，又补充道："对了，学习完后有个测试，你们记得复习一下，也可以线上刷题。"

李天剑随手翻了翻教材，就看到一道填空题：全面从严治党必须坚持严字当头，做到失责必问、问责必严，把制度的____立起来。

梁局顺着李天剑的视线一望，秒答道："把制度的刚性立起来，记得回去好好学习。"

李天剑心想：很好，这学习内容很刚。

梁局看着李天剑笑了笑，和善地道："我很看好你的，你努力努力，争取入党啊……"

李天剑："谢谢梁局，我怕自己的觉悟不够高。"

梁局："所以要学习嘛，积极进步，向党组织靠拢！"

李天剑自小是名师独立辅导，还是头一次感受到大学里的入党氛围，感觉十分复杂。

李天剑与阚和告别梁局，回到乱七八糟的四合院。院内遭遇虫海袭击，此时惨不忍睹，门口更是满地虫渣。阚和嫌弃又厌恶地瞟了一眼，找出扫把丢给李天剑，说道："你把它们扫了。"

李天剑并未乖乖听话，反而振振有词道："三师叔要想克服怕虫的毛病，不得迈出第一步？"

阚和一想起自己昨天挨打时，李天剑在旁边火上浇油，便感到非常来气。他没好气地道："你养着蛊虫，还不知道这是最好的饲料？"

小蜈蚣其实主要食肉，然而楚瑞清对它不太上心，炼化后硬逼着人家吃素。李天剑听闻虫渣对小蜈蚣有用，这才默默拿起扫把，将其扫成一堆。他取出玻璃罐，罐中的小蜈蚣有点儿打蔫儿，但看上去状态比昨晚好很多。

李天剑打开玻璃罐，放出小蜈蚣，便见它缓缓挪到那堆黑虫旁边，开始享用起来。

阚和见到小蜈蚣，还是忍不住打了个寒战，拧眉道："啧，还是好恶心……"

李天剑心道，估计三师叔怕虫的毛病，再过一百年也改不掉。

第十一章

重回舞台　偃师的技艺
楚秦之争　示范学习班

另一边，楚瑞清换好服装，跟随队友上台，连续表演三首歌曲，分别是《钻石花》、*Crystal*、*Hello，girl*。水晶少女出席的是星河视频年度大赏，算是为大老板站台，就连非凡耀影CEO秦菲凡都亲临现场。

楚瑞清许久没有登台，但她在剧组坚持练习，舞台表现力不减反增。尽管年度大赏的导播技术一般，水晶少女的表演还是炸翻现场，反响相当不错。

楚瑞清好久没跟队友们同台，一听到熟悉的音乐，竟心生一丝怀念，在舞台上绽放得淋漓尽致！

她在剧组期间，一直坐在导演椅后面旁听，渐渐明白什么是导演需要的镜头，同时对摄像机的感知能力越来越强。即使是直播，她也可以精准地抓住每个镜头，表情控制的能力大幅提高。

——楚老师好绝一女的，导播完全在瞎切，她还能抓住镜头！

——这镜头切得真够乱，歌词没一句对上，成员们都不知道看哪儿。

——辛媛抠脚（没有工作）两个月，还没楚瑞清跳得好？真要当一辈子洗脚婢（团队中人气较低的一位）啊？

——挑拨离间的你炸了，别硌硬两位plmm（漂亮妹妹），好吗？

——勿cue（提到）两位美女，否则会被峨眉猴挠死哦。

——黑粉（网络用语，恶意抹黑明星的人）少来挑拨，不然把你和秦女士锁死。

因为楚瑞清的业务能力不错，便衬得身边的队友稍显逊色。有人见状立马跳出来点评，极致地展现了什么叫“捧一踩一”。

不过团综《闪光时刻》播出后，水晶少女竟有了拨团粉（喜欢整个团的粉丝），开始维护各家关系，气氛和谐不少。师哥团TENS的粉丝撕得天崩地裂，水晶少女却有团粉，让路人们也颇感诧异。毕竟选秀出道团的粉丝间向来不和，这是众所周知的事情。

水晶少女表演完，陆续从台上下来，跟随秦菲凡去见星河视频的领导。今日算是领导视察交流，既要聊聊水晶少女的未来规划，也要总结前段时间的女团运营情况。

楚瑞清作为center，自然走在秦菲凡身边。两人曾因解约事件结下梁子，但秦菲凡不愧是老板，展现出惊人的演技。

秦菲凡当着其他团员的面仍能笑意盈盈，还跟楚瑞清客套了两句：“瑞清在组里怎么样？”

楚瑞清同样镇定，言简意赅地道：“还好。”

秦菲凡笑道：“那就好，多跟胡导学习。”

两人都表现得风轻云淡，完美诠释了社会人的虚假客气。其他团员平时爱调侃“三亿梗”，但此时跟着秦菲凡，也收敛不少。当然，她们偶尔还是会狡黠地交换视线，互相挤眉弄眼，露出看破不说破的表情。

星河视频副总接待秦菲凡及水晶少女，众人先礼貌地寒暄一番，秦菲凡便跟成员们逐一进屋，跟副总交流后续的个人定位及发展。楚瑞清和秦菲凡是最先进屋的，其他成员看当事人一走，立马兴致勃勃地八卦起来。

大家都不是非凡耀影的艺人，上节目前各有公司，所以吐槽起秦菲凡来毫不客气。

辛媛悄声道：“这次算谁赢？秦总一路上强颜欢笑，果然还是没楚老师淡定！”

夏枚：“今天是平手，两人都没破功。”

陈思佳：“楚老师就没把秦总放心上，估计秦总早晚得被气死……”

屋内，星河副总先柔和地问了问楚瑞清在剧组的事，又向秦菲凡确认后续规划，终于说到正题。她沉吟片刻，询问道：“瑞清杀青后有什么计划？要不要考虑上个综艺？”

楚瑞清其实不太想上综艺，干脆坦白道：“我可能没有综艺感。”

副总笑道：“那没关系，我们是真人秀，要的就是真实反应。”

“这事我没提前跟菲凡说，主要也是想当面问一下你们的意见。平台综艺自制部最近有个真人秀项目，名字叫《我和我的老板》，不知你们有没有兴趣？”副总的语气慢条斯理，态度也很和缓，但谁都知道平台的事情不好推。

秦菲凡脸色一变，僵笑道：“我也要出镜吗？但我不是艺人。”

副总点头，紧接着商业互吹道：“菲凡你形象很好，不比明星差！非凡耀影CEO和水晶少女center，我觉得观众会很感兴趣。”

秦菲凡：是，你们为了点击量和会员，真是将手段用尽了。

观众们当然会感兴趣，毕竟坊间流传“三亿梗”，谁都想看楚瑞清和秦菲凡现场吵架。星河视频把两人凑在一起，分分钟就能让节目冲上热搜。

楚瑞清和秦菲凡都有点儿不情愿，但没法拒绝最大的投资方的要求，只能硬着头皮应下此事。

《我和我的老板》是一档由星河视频推出的职场真人秀节目，其中既有明星，也有素人。节目刚刚官宣楚瑞清和秦菲凡，果然不出编导们所料，一举冲上热搜，蹭足两人的流量。

楚瑞清可谓饭圈的万家墙头，路人缘非常好；秦菲凡则是饭圈的万家嘲讽对象，是个粉丝都会骂她。

今天非凡耀影倒闭了吗：“绝了绝了！楚三亿vs（对决）秦糊糊！”

七月：“秦女士热衷搞团，但搞一个糊一个，楚老师作为团粉看不下去，终于要出手？天哪，看来水晶少女真的要火了？”

玛奇朵：“星河是真绝，让我们期盼节目里的决战紫禁之巅！究竟谁才是最有逻辑的人？”

嘻嘻嘻笑："秦总说你快去做摇钱树！大师姐（拔剑）说，你的名字叫什么？"

楚瑞清从剧组杀青后，便要回团进行演唱会排练，同时录制《我和我的老板》。剧组内，窦彦和甄珍得知新综艺的消息，皆看热闹不怕事大，兴致勃勃地讨论起来。

窦彦八卦道："据说你的老板当初不让你来'倚天'剧组？"窦彦是个话痨，还是吃瓜达人，业内稍有风吹草动，全都逃不过他的耳朵。

楚瑞清点头，她当初为拍《倚天屠龙记》，差点儿交三亿现金赎身。

甄珍相当意外，不禁挑眉："那你们一起上综艺岂不是很尴尬？"

楚瑞清："还好，本来在公司也会碰到。"

甄珍闻言，干脆握住楚瑞清的手，郑重地保证："不是每个地球人都这样，你千万别对我们有偏见。"

自从甄珍被救后，就非常顾及楚瑞清的感触，似乎在努力维护山上人与山下人的友情，生怕楚瑞清对普通人类产生误解。

楚瑞清默默地收回手，随即岔开话题，"你的玉在修，修好后还你。"

甄珍："好呀，回京一起吃饭！"

窦彦当即不满，振振有词地道："你们又抱团排挤我！我也要一起！"

甄珍白了他一眼，调侃道："你这样的体重，谁挤得动你？"

窦彦最近莫名其妙重了几斤，而且肉都长在脸上，上镜非常明显。胡屏导演很无语，明令禁止窦彦偷偷喝奶茶，还有收工后吃夜宵。窦彦被踩中痛处，当即跟甄珍理论起来，两人又开始吵吵闹闹。

楚瑞清发现，甄珍和窦彦天天斗嘴，但实际上关系还可以。据说两人以前在别的剧组合作，也是不停地叽叽喳喳。大家刚开始害怕两人关系紧张，后来便见怪不怪。

随着时间推进，新版《倚天屠龙记》剧组里陆续有人杀青离开，楚瑞清也成为首位杀青的主演。范彤怕她不通世事，专程赶往剧组，以楚瑞清的名义，宴请工作人员。

楚瑞清比窦彦和甄珍早杀青，第二天就要飞走。窦彦欢欣不已："庆祝你杀青，该喝点儿小酒……"

胡屏一听此话，当即咳嗽两声，忍不住提醒："喝什么酒，你也不怕明天脸肿！”

胡导现在严控窦彦，生怕他最后这段时间搞出事情。胡屏说完，又看向楚瑞清，和蔼地道：“以后还有的是机会见面，说不定能有新合作……”

范彤作为经纪人，当即周全地笑道：“那就麻烦胡导多照顾。”

胡屏摆摆手，平和地道：“照顾说不上，有合适的就看嘛。”

楚瑞清不禁好奇，虚心求教：“什么样的算合适？”她在剧组期间向胡导学到不少东西，对方可谓倾囊相授，她当然想知道胡导对自己演戏的看法。

胡屏瞟她一眼，没好气地道：“没感情戏的就合适，我可不想再教你如何对男主角眉目传情！”

楚瑞清：“胡导的眉目传情演得比我好。”

这是大实话，胡屏亲身教学时，注视窦彦的眼神可谓含情脉脉，完全不逊于优秀演员。果然导演与表演是一家，好导演很多会演戏。

胡屏笑骂：“去你的，少来调侃我这老人家！”

楚瑞清诚恳地道：“哪里，其实并不老……”尤其跟她比。

胡屏只当她说些场面话，打趣道：“你就算现在拍马屁，也不会马上有角色给你的！”

胡屏对楚瑞清印象不错，即使明天有戏要拍，还是多聊了两句才走。窦彦和甄珍也提前跟楚瑞清道别，甄珍更是和她相约回京吃饭，说家里人非要感谢楚瑞清救人的事。

众人离开后，范彤感慨道：“这个剧组确实气氛不错，没有那么多糟烂事，有的剧组光是处理人际关系就很难。”

因为新版《倚天屠龙记》是楚瑞清接下的项目，范彤等她签约后才有所耳闻，接触时间比较晚，并不了解剧组里的人。

范彤原本还担心楚瑞清头一回演戏，碰到难搞的大牌演员，但目前看来窦彦和甄珍算是好相处的，胡导也挺提携人，一切都很顺利。如果遇到不好相处的演员，不但在组里演戏很难，宣发时楚瑞清还会被对方抹黑，麻烦事太多。

楚瑞清杀青回京，马不停蹄地投入演唱会唱跳练习中，同时开始录制综艺节目《我和我的老板》。练习室内，女团成员们练完舞，便在休息时间刷节目消息，替楚瑞清分析起来。

夏枚盯着手机屏幕，兴致勃勃地道：“除了你和秦总，其他明星的咖位也很大呢，看来星河真是下血本……”

楚瑞清和秦总是偶像阵容，选秀女团center和选秀节目幕后CEO。别的嘉宾还有双演员阵容，例如冯夏与邱雪妍。冯夏是演员，赚钱后搞起影视公司，邱雪妍是其签约新人。除了明星外，节目里还有素人阵容，素人是设计师、程序员等比较有热点的职业。

辛媛笑道：“咖位大没用，没楚老师和秦总有话题度，现在网上都刷爆了！”

陈思佳也在翻手机，浏览着网友的评论，说道：“哇，居然有人还说楚老师和秦总锁死，连双担站都出现了……”

网友们看热闹不怕事大，还幸灾乐祸地建起粉丝站，恨不得立马看节目吃瓜。

楚瑞清颇感无语。

众人正说着，突然听到敲门声，秦菲凡轻轻地推门进来，笑着感慨道：“好热闹啊。”

“秦总好。”

“秦总好。”

陈思佳等人本来坐在地上休息，此时纷纷站起来，客气地打招呼。她们暗中对视一眼，纷纷噤声，不再继续刚才的话题。水晶少女们都不是傻子，看到秦菲凡身后跟着的摄像师，瞬间便反应过来，节目录制开始了！

秦菲凡在镜头前笑得如沐春风，温和地询问道：“瑞清晚上有空吗？”

楚瑞清平静地道：“有。”

秦菲凡笑了笑：“那练习完一起吃个饭？”

楚瑞清：“好。”

秦菲凡按照节目组台本，戴着假笑面具完成邀约，便离开练习室。成员们看老板和摄像师一走，瞬间松了一口气。

夏枚作为亲队友，颇为幸灾乐祸，不禁嘀咕起来：“霸道总裁浪漫约饭，这绝对是小说剧情！”

陈思佳跟着附和：“楚老师如今的表情，真像被家里逼相亲，晚上要赴相亲宴的可怜人。”

刘筱白：“包办婚姻是不会有好结果的！”

楚瑞清听她们叽叽喳喳，面无表情地道：“你们要是感兴趣，不如晚上一起来？”

夏枚态度现实，果断地道：“不了不了，我们又没有通告费！”

楚瑞清表示无言以对。

水晶少女们嘻嘻哈哈完，谁都不肯陪楚瑞清去赴约。毕竟秦菲凡是非凡耀影CEO，成员们作为打工的社畜，都不愿在下班时间陪老板。楚瑞清有点儿郁闷，只得练舞结束后独自赴约，去找秦菲凡。

秦菲凡显然特意收拾了一番，身着优雅的高定西装，然而毫无准备的楚瑞清一身休闲服，刚练完舞甚至没带妆。两人刚一碰面，旁边的摄像师们便跟上拍摄。

秦菲凡摁了下车钥匙，拉开驾驶位的门，笑道：“上车吧，我知道一家不错的西餐厅，晚上带你去。”

楚瑞清站在车旁，不禁迟疑地道：“你自己开车？”

秦菲凡平时都有司机，还真没必要亲自上手。楚瑞清没有驾照，现在上车，就要坐在副驾驶座上跟秦菲凡交流。

秦菲凡：“对，这样方便。”

楚瑞清沉默片刻，提议道：“我们坐地铁去吧？”

秦菲凡闻言愣了愣，随即勉强露出笑容，脸上写满了“你是在跟我开玩笑吗”的表情。如果不是周围还有摄像机，秦菲凡肯定要出言嘲讽，觉得楚瑞清异想天开。

楚瑞清见状，实在没有办法，只能坐到副驾驶座上，等待秦菲凡发车。

半小时后，身着优雅套装的秦菲凡握着方向盘，终于优雅地撞上了帝都的晚高峰，在路上堵得死死的。

楚瑞清看着前方拥堵的车流，再次提议：“我们坐地铁去吧？”

秦菲凡的脸色有点儿不好看，她说道：“车不能留在路中央。”她们现在想靠边都难。

楚瑞清轻轻地叹息一声，便没有多言，对现状似乎早有预料。

秦菲凡感到阵阵尴尬，她本来想在高档清幽的环境中跟楚瑞清交谈，聊一聊关于节目的事，同时破除网上“楚三亿”的谣言。然而时机是如此不凑巧，两个原本就相看两相厌的人被焦躁地堵在路上，在车里长时间不发一言。

——秦总开百万豪车炫富，楚老师决定掏出上亿座驾地铁来迎战！

——秦总好有心机，完全没打招呼就录，大师姐都没化妆……

——这车内的气氛让人想吟诗一首：沉默是今晚的康桥……

楚瑞清不在乎节目效果，秦菲凡却是要脸的人，没法忽视后座的摄像师们。她干脆主动与楚瑞清搭话，以闲聊的语气问道：“你觉得节目播出后反响会怎么样？会不会火？”

《我和我的老板》是星河视频的节目，星河是水晶少女和非凡耀影的老板。楚瑞清怎么回答，似乎都不合适。她要是说火，最后节目糊了，那就是留下话柄；她要是说不火，工作人员现在就坐在后座上，属于直接得罪星河。

楚瑞清索性一脚将球踢回，平静地道：“我对节目制作不太了解，秦总是节目制作人，应该预测得更准，你觉得会火吗？”

非凡耀影是做选秀节目起家的，这是众所周知的事情，秦菲凡于情于理都更专业。

秦菲凡看楚瑞清满脸求教的样子，竟一时语塞，答不上来。她没料到对方不像看起来那般不善言辞，思维非常敏捷。

——别让秦总说火，她说谁火谁必糊，简直是经典定律！

——楚老师好腹黑啊，这是公司里的刺头优秀骨干vs智障捞金老板？

——秦总，你假笑的样子很美，但你被怼的时候也很动人。

秦菲凡笑了笑，熟练地躲开话题，避重就轻地道：“要是节目一播，你的粉丝都在网上骂我，我岂不是很惨？”

秦菲凡说起此事，是要逼楚瑞清在节目里表态。楚瑞清要是说“粉丝不会骂”，或者替秦菲凡求情，会让看节目的粉丝们束手束脚，不知该不该骂老板。

楚瑞清公正地道："没事，你的粉丝也会骂我，我们扯平了。"

秦菲凡无语凝噎。

——大师姐很公正，但她忘了件事情，秦菲凡没有粉丝。

——谢谢秦总提醒，我刚刚看节目忘骂你，非凡耀影倒闭了！

——菲凡慢慢飞，秦粉永相随！（五毛一条。）

后座的工作人员早就闻到火药味，在暗处偷偷憋笑，旁观两人交手。

秦菲凡发觉自己刚才的攻势对楚瑞清不痛不痒，便干脆来点儿真格的，往外爆猛料，语气平和地道："网上大家都叫你'楚三亿'，现在车里就咱们两人，你说句真心话，还介意那时候的事吗？"

坊间流传楚瑞清掏三亿元解约，现在秦菲凡提起此事，算是证实此事为真，属于惊天猛料。

秦菲凡如今态度亲和、落落大方，楚瑞清要是答得不好，反而显得小气。节目又向外播出，楚瑞清的答案很容易就会招团粉反感，不管退团原因是什么，违约者都容易留下罪名。

楚瑞清："不介意。"

秦菲凡立马道："说谎，你当时的态度可很坚决。"这话听起来意味深长，仿佛楚瑞清曾坚决地想解约退团一样。

楚瑞清坦白道："真的不介意，毕竟我没掏三亿，戏也演了，倒是让秦总损失三个月的收入，你不介意就好。"

秦菲凡讽刺楚瑞清忘恩负义要解约，楚瑞清反讽对方不管不顾地捞金，两人干脆都往外抖独家消息，互不相让。

秦菲凡见此计不管用，又打起感情牌，继续在措辞中挖坑。她语重心长地解释道："瑞清，偶像的上升期其实很短，我打造过那么多新人，有时候会比你看得更远，更了解未来的情况……"

秦菲凡哪能容楚瑞清当面戳穿自己热衷捞钱的事，肯定得道貌岸然地找补两句，表明自己的专业度。

楚瑞清闻言摇了摇头，并不认可秦菲凡的说辞："你错了，你看得并不远。"

楚瑞清此话一出，后座的工作人员瞬间大气都不敢出。之前两人只是小打小闹，隐晦地针锋相对，维护着表面的客气。然而楚瑞清的这句话有点儿顶撞的意味，像是全盘否认了秦菲凡。

果不其然，秦菲凡被直接否定，顿时有点儿不快，脸上挂不住，反唇相讥道："哪儿错了？你能举出例子吗？要知道你也是从我做的节目里出来的。"

最后这句话，秦菲凡是咬着牙一字一顿地说出来的，似乎在暗示楚瑞清实在不知天高地厚。

气氛有点儿凝固，楚瑞清反而心平气和地看向前方的车流，平静地道："如果秦总看得够远，当时就该选坐地铁，现在也不会被堵在路上。"

秦菲凡：我跟你聊在偶像市场上看得远不远，你跟我聊出行堵车看得远不远?

楚瑞清四两拨千斤，让秦菲凡有种一拳打在棉花上的感觉。秦菲凡本来遭顶撞，已经处于爆发边缘，然而话题被楚瑞清不紧不慢地岔开，满腔怒火只得憋回心中。

秦菲凡焦躁地握着方向盘，竟摸不准楚瑞清是不通世故，还是在装傻充愣。

楚瑞清当然不在意对方的心境，侧头望向窗外的车灯，慢条斯理地道："偶像的上升期确实很短，秦总有时候决策失误，我可以像今天这般陪你等，但有时候我也等不起。"

秦菲凡眉头一跳，皮笑肉不笑地道："你与同龄人真是大不相同，起码跟其他成员不一样……"

秦菲凡感觉自己有点儿轻敌，楚瑞清才十八岁，按道理没什么阅历，哪知她平时沉默寡言，真要张嘴却颇具说话的艺术。秦菲凡是多年打拼的老江湖，算是见识过不少新人，大多数艺人不怕自己就算好了，何曾明里暗里地挤对自己?

楚瑞清淡淡地道："其实团内成员各不相同，只是秦总不愿意发现而已。"

水晶少女们性格迥异，不过秦菲凡并不在意，也从未上心过。

秦菲凡笑道："怎么会？我很愿意了解大家的。"

楚瑞清沉默片刻，突然道：“以前我听闻过一种能人异士，善于制作人形傀儡，被称作偃师。偃师将制好的傀儡献给君王，傀儡能歌和律、舞应节，千变万化，唯意所适。君王很高兴，但他发现傀儡竟有人类的感情，当即雷霆大怒，想要杀掉偃师……”

秦菲凡抿了抿唇，目光一黯：“你想说什么？”

楚瑞清转头看向秦菲凡，真心求问道：“秦总觉得自己是故事里的偃师，还是那位发怒的君王？”

秦菲凡面露犹豫之色：“按照职业来说，应该是偃师……”

楚瑞清：“既如此，秦总发现傀儡露出感情，可以不必像君王那般愤怒。”

秦菲凡总是自诩水晶少女的黄金推手，成员们只要稍微流露个人思想，便大发脾气、气急败坏。楚瑞清由于解约跟她结下梁子，秦菲凡便能在各类采访中影射挤对楚瑞清，甚至如今上节目也是如此。

其他成员身上也有相似的例子，她们跟秦菲凡的矛盾简直数不胜数。楚瑞清讲这个故事，借古喻今，像是在暗暗敲打秦菲凡，让她搞明白自己的位置。

秦菲凡咬牙道：“我是偃师，莫非你是傀儡？”

秦菲凡早就听出她在暗暗地讽刺自己，当即试图反击，马上回嘴。

楚瑞清：“那不至于。”

秦菲凡见楚瑞清否认，以为对方不想让气氛僵化，又要四两拨千斤地岔开话题。她刚要松一口气，却听楚瑞清补上了一句。

楚瑞清理性地道：“现在科技发展，秦总不用再做偃师，可以改行做厂长。不过工厂流水线上的产品露出感情，听上去似乎更恐怖？”

秦菲凡自己曾说非凡耀影专注偶像产业，那她不就是偶像工厂的厂长？当然，如果再算上星河视频，秦菲凡可能只能被称为车间主任。

秦菲凡心说：你才是土气的厂长！

——楚老师讲的故事告诉我们：没有王的命，别有王的病！

——以后非凡耀影再无秦总，只有秦厂长，厂长辛苦了！

——楚老师简直是饭圈撕公司的典范，引经据典，借古喻今，请诸位好好学习案例，不要只会喊“非凡耀影倒闭了”！

——我感觉秦厂长非常后悔开车，因为全程要跟楚瑞清聊，她似乎快窒息了。

——查完原故事，感觉大师姐清醒得可怕，这个故事后半段是怕死的偃师拧下傀儡的脑袋，剖开其胸膛，向君王证明它是傀儡。代入小偶像后细思恐极，甚至有点儿悲哀。

——不然你以为呢？看看师哥团现在多惨？水晶少女是目前还有热度，否则糊掉会死得比男团更难看，楚瑞清心里很明白。

秦菲凡确实被楚瑞清气得心脏疼，但又不能在镜头前失态，最后只得闷闷地继续开车。晚高峰的威力着实厉害，车子半天没移动太远，两人最终决定靠边停车，不再前往西餐厅。

秦菲凡将车留在路边的停车位上，让助理过来挪车。这里离秦菲凡的住处不远，两人便商量回去随意地吃点儿。下车后，两人的状态瞬间颠倒，身着休闲服的楚瑞清步履轻松，穿着正式套装的秦菲凡没多久便展现疲态。

秦菲凡住在某高档小区内，屋里面积很大，但显得冷冷清清。因为两人刚才的交谈夹枪带棍，秦菲凡进屋后也撑不起假笑，淡淡地道：“估计冰箱里没什么东西，只能凑合着吃点儿。”

楚瑞清倒不介意，她本来就在为演唱会做准备，饮食上有所控制。楚瑞清看秦菲凡换鞋进屋，站在鞋柜边询问：“有拖鞋吗？”

秦菲凡回家后，像是摘掉工作面具，身上的气泄了一大半。她随意地道：“不用换，进来吧，有阿姨打扫。”

楚瑞清这才缓缓迈步，打量屋中的情况。房间装修简约大气，不过毫无人气，秦菲凡是单身女高管，忙碌起来很少回来。

秦菲凡在冰箱里翻了翻食材，简单地做了两盘下酒菜，又开了一瓶红酒。她将菜端上桌，察觉楚瑞清暗中在看房子，张嘴道：“怎么？觉得家里没人气，终于发现我可怜？”

楚瑞清：“还好，我们宿舍也挺没人气的，都差不多。”

水晶少女出道后，就集体搬进当宿舍的大别墅，可惜众人行程太满，根本没回去好好休息过。至于女团超负荷运转的原因，似乎该询问背后的运营者。

秦菲凡气极反笑，将红酒倒上，索性不再虚伪地遮掩："你是不是很讨厌我？"

楚瑞清："没有。"

秦菲凡立马道："说谎。"

楚瑞清沉吟两秒，又精准地补充道："没有'很'。"

秦菲凡觉得自己气到想昏厥。

两人扯皮到此等地步，都不再假客套。秦菲凡抱怨道："你们总觉得公司在剥削，却看不到我们推红新偶像有多难，甚至比你们还辛苦……"

楚瑞清感到奇怪："既然如此辛苦，为什么你不做偶像，而要做女团的运营者？"

秦菲凡眉头直跳，说道："你觉得我能当偶像？我这水平可以做好？"

秦菲凡看上去清秀端庄，但也只是普通人的颜值，她都要怀疑楚瑞清是故意讽刺自己。

楚瑞清坦白道："但你现在运营女团的水平也一般，其实无所谓。"

秦菲凡心说：你怎么回事？

——哈哈哈哈哈，没毛病，反正秦总运营女团和做偶像的水平一样差，还不如去做偶像。

——不行！我要站这对儿，秦厂长张牙舞爪地挠人，却总被楚三亿一拳击倒，这太萌了！

——这是大实话，非凡耀影的团全糊了，秦总还好意思说自己辛苦？难道在辛苦地雪藏这些孩子？！

——估计楚老师给秦菲凡赚了不少钱，其他人若是如此耿直，早被劝退了。

屋内，跟随拍摄的编导们见状，干脆适时地递上任务卡。秦菲凡被楚瑞清气得脸色一阵青一阵白，正好接过卡片缓解一下心态。然而她看清任务卡上的内容后，顿时脸色一变。

任务：下属与老板身份互换，各自完成"一日偶像"和"一日导演"的任务。

楚瑞清是水晶少女center出道，秦菲凡则是选秀节目导演起家，这可谓台前人和幕后者的交换。如果是其他嘉宾，节目组还要考虑沟通，但楚瑞清和秦菲凡都算半个星河人，不用顾虑太多。

楚瑞清好早以前就想当导演，这回是得偿所愿，自然没有反对。秦菲凡却难以置信："现在就换吗？"

编导："不，从次日凌晨正式开始。"

如今已是深夜，两人都毫无准备，没想到节目组会玩这一手。秦菲凡瞬间焦头烂额，在心中盘算紧急推掉明日的工作。楚瑞清还算镇定，提醒道："秦总，早点儿休息，明天你还要练舞。"

秦菲凡望着楚瑞清和节目组的人，咬牙道："我真怀疑你们是串通一气。"不然时机怎会如此之巧，她明天可有重要的工作。

楚瑞清："没有，只是制造节目矛盾，秦总肯定能懂，'偶秀'上也有。"

秦菲凡无言以对。

水晶少女正筹备演唱会，现在日日要练习，强度非常高。陈思佳等人昨天还幸灾乐祸地笑话楚瑞清，今天便风水轮流转，报应到自家，喜提女团新center秦菲凡。

辛媛作为第二名，看到老板略感尴尬，不确定地道："秦总真要跟我们一起练舞？"

女团众人面面相觑，都感到很不自在，又没法抱怨。秦菲凡硬着头皮，露出僵笑："对，不过我可能学得比较慢，你们昨天练到哪儿啦？"

夏枚不忍地戳穿真相："因为新舞有点儿难，本来说楚老师昨天扒完，今天教大家……"

现在身份互换，楚瑞清一走，难道让秦菲凡来教？

秦菲凡望着面露难色的成员们，一时陷入沉默。

秦菲凡：难道这团离开楚瑞清还转不动了？！

另一边，楚瑞清正式入职，一大早便到会议室跟导演团队碰面。柴导见她进屋，提醒道："你走错了吧？我们要开会了。"

屋里是公司的顶尖团队，打造过《偶像新秀》等众多优质的选秀节目，柴导等人更是楚瑞清的老熟人，曾陪成员们度过漫长的录制时光。

曾跟过“偶秀”的导演调侃道：“楚老师真是导演梦不死，还想跟大家在一起？”

楚瑞清点头：“对，我改行做导演了，今天我来面试艺人。”

楚瑞清说完，便坐到秦菲凡平时的座位上，成为桌上的地位最高者。

柴导看到这一幕，顿时满头雾水。

柴导想起楚瑞清在《偶像新秀》里的雄心壮志，对方不但突然转行，还跨级跳槽到了自己头上？

非凡耀影的导演们皆满脸问号，《我和我的老板》节目组此时出面，简单地说完来龙去脉，众人才明白过来。有导演听完事情经过，顿时羡慕不已：“这节目真能玩啊，我们就做不到，请不动秦总……”

大家都是节目制作人员，喜欢各类新奇脑洞，楚瑞清和秦菲凡身份互换确实能制造爆点，不亚于受压迫人民翻身把歌唱。非凡耀影的导演们倒是敢想，可惜不敢做。

柴导调侃道：“我们可以去请星河的老总上节目，大家换着来拍？”

因为秦菲凡不在，换楚瑞清上阵，导演们也有胆开起玩笑，大家笑成一团，陷入快乐的气氛中。众人寒暄完，楚瑞清低头看了看资料，开始了解今日的工作内容。

柴导坐在旁边，出言解释道：“今天要敲定《星耀时代》初选人员，主要是公司也有练习生要上……”

《星耀时代》同样是非凡耀影打造的选秀节目，跟《偶像新秀》不同的地方是这个节目为男女混选，还没正式录制，处于选人的阶段。非凡耀影的节目制作能力强大，但同时它也有艺人经纪方面的业务，旗下当然有练习生。

导演团队初选完其他公司的艺人，还要敲定非凡耀影里谁能上，名额有两个。

楚瑞清感到诧异，不禁提出质疑：“这是既当裁判员，又下场踢球？”

《偶像新秀》里可没有非凡耀影的艺人，节目的制作者还派人参赛，听上去可真不像话。不过“偶秀”比“星耀”（《星耀时代》的缩写）规模大，背靠星河视频，体量没法相提并论。

柴导有点儿尴尬地干咳两声，小声道：“这是老板的意思……”

虽然秦菲凡强推的艺人必糊，但她越挫越勇，并不轻言放弃，坚持继续塞人。

楚瑞清闻言，不再多说什么，她只有一天的时间，全盘打乱节目的前期规划显然也不合适。楚瑞清跟随柴导等人步入面试用的房间，竟对这里感到有一丝熟悉。

楚瑞清环顾一圈这狭小的空间，怀念道："我以前好像就在这里面试的……"

楚瑞清还记得，陈思佳当时在走廊里惴惴不安地等待，两人面试完结伴回去，陈思佳甚至自我怀疑能不能做偶像。两人那时穿的衣服全身加起来不过百，现在她们却拥有无数粉丝，想想真是神奇。

旁边的人笑道："你是在走廊那头的房间，不过当时是海选，今天的人都选过一轮了，只是最终敲定名单。"

其他导演闻言，皆回忆起来，打趣道："我还记得楚老师那时说，现在经济环境不好，所以选择做偶像，因为能够就业。"

柴导说道："果然职业选择比努力更重要，现在她转头就当上了我们的领导！"

楚瑞清一时无言以对。

面试终于开始，选手们陆续进屋谈话，见到楚瑞清都既惊又喜。毕竟水晶少女正当红，楚瑞清没忙着跑通告，却专程来选人，实在出人意料。

其他公司的艺人们走完流程，剩下最难的非凡耀影的练习生。因为名额只有两个，导演必然要选容易走红的人，这毕竟有关自家公司的利益。柴导等人先定下一名有人气基础的艺人，便开始为剩下的名额发愁，似乎谁都差一点儿。

楚瑞清翻了翻名单，建议道："杨治野不行吗？他唱跳都很好。"

楚瑞清初来乍到，资历还不深，刚刚看表演便没怎么发言，但她不明白团队此时犹豫的原因，杨治野的业务能力明明挺出挑。

柴导面露难色，迟疑道："我们原来也考虑过他，只是……"

楚瑞清："只是什么？"

柴导瞧了瞧身边的摄像机，硬着头皮道："杨治野不太符合秦总的选人标准，私下里不爱展现自己。"

杨治野属于勤奋派，没到能靠颜值吃饭的地步，又不是综艺挂，平时看上去平平无奇。导演组在他身上找不到亮点，立不起人设。秦菲凡向来不喜欢此类练习生，觉得送其上节目也是浪费资源，录完还是查无此人。

秦菲凡的个人偏好很明显，在她看来糊就是原罪，没有话题度便代表商业价值低。

楚瑞清微微皱眉，最终平静地道："今天这里没有秦总。"

柴导细品这句话，突然明白她的话外音，立马将杨治野的名单留下，果断地道："好嘞，楚总，就选他了。"

其他人见状，当即嘘声一片，嘲笑道："老柴，你个狗腿子。"

大家都善意地调侃起来，佩服柴导见风使舵的能力，一秒傍上新领导！

柴导拍了拍肚子，没皮没脸地道："反正平时也是听领导的话，有什么大不了的。节目都说要互换，要玩就玩真的！"

柴导想得很开，秦菲凡平时坐在这里，众人都会听从她的意见。现在楚瑞清与其互换身份，他们总不能厚此薄彼。如果两人换完身份，却还照秦菲凡的老规矩办事，那《我和我的老板》也没有制定此规则的必要。

——大师姐真的是社畜，居然是为就业而做偶像？？？

——我以前看"偶秀"时贼烦节目的恶意剪辑，现在居然觉得导演们挺可爱的。过去烦死柴胖子了，觉得他对小偶像不好，如今再看也还行？

——前面的姐妹，柴导现在面对的可是楚厂长，那跟流水线上的产品能一样吗？楚瑞清可是他的顶头上司！

另一边，秦菲凡跟着水晶少女跳完一小时舞，宛如从水里捞出来的一般，累得满头是汗。她僵笑道："我们要练一天吗？其实距演唱会还有段时间……"

辛媛为难道："但我们接下来通告排得很满，最近集训就这几天……"

由于成员们在忙各种工作，出行坐红眼航班，连休息时间都不多，更何况练习。演唱会上有十几首曲目，大家都不轻松，唯一游刃有余的人还去隔壁当导演了。

夏枚顿时鸡贼地提议："不如秦总少排点儿工作？我们后面有时间排

练，现在就能歇一歇。”

秦菲凡沉默几秒，巧妙地躲开话题，笑道：“大家的压力不用太大，演唱会时自然发挥就好。”

秦菲凡少排点儿工作，水晶少女是能休息，但公司捞金就会受影响，她哪敢接茬儿。

陈思佳和气地道：“其实秦总把票价定低点儿，我们就能自然发挥，不会在这里拼死练。主要现在票价太高，我们也怕买票的粉丝看完现场感觉不满意嘛！”

非凡耀影给水晶少女的首场演唱会门票定下高价，如今网上骂声一片，粉丝都觉得公司想捞钱想疯了，价格赶超一线歌星。女团成员们同样很无奈，但又没条件提建议，只能此刻暗暗地提议。

刘筱白附和起来：“对、对、对，定出这个价格，肯定就要练出这种强度……”

秦菲凡：你们是被楚瑞清附体吗，还没完没了了？

——秦厂长：我生产的商品们真能说，嘴巴叭叭地没完！

——我发现其他人也很敢说，猴团的人都挺刚啊！

——毕竟是楚三亿的女人们，有什么不敢说的？

楚瑞清上午确定完名单，便去吃了个午餐。午休后，她回到会议室内，不经意地瞟到桌上的名单，不禁眉头微皱。楚瑞清看着一高一低的两摞单子，发现杨治野的名单被放在最上面，却不在入选的那一摞里。

其他人陆续归来，楚瑞清拿起杨治野的名单晃了晃，奇怪地道：“这是不是放错了？”

旁边的人看清她手中的东西，顿时反应过来，尴尬地道：“秦总刚才来了一趟，是她决定的。”

《星耀时代》是非凡耀影最近筹备的最大节目，秦菲凡自然不会让楚瑞清捣乱，中午过来晃荡一圈，直接把杨治野拿下，换成了其他人。

楚瑞清翻了翻名单，找到秦菲凡挑选的练习生。那是个咋咋呼呼的男孩儿，性格挺开朗，自身其实没什么问题，但业务能力比杨治野差很多。

楚瑞清干脆互换两份名单，将杨治野放回入选者，同时直接开口：“我觉得秦总这样决定毫无逻辑，极不明智。”

周围的人看她如此敢说，一时面面相觑，但心里又有点儿爽。毕竟他们也曾提过杨治野，却被直接否掉，现在楚瑞清出面，倒是大快人心。

因为楚瑞清将杨治野放回入选者名单里，得知消息的秦菲凡怒气冲冲地杀进会议室，两人爆发了激烈的矛盾。

秦菲凡练舞一上午，本来被累得没了力气，但她面对楚瑞清，又涌起无限的战斗热情。她进屋后，开门见山道：“你又把杨治野放回去了？”

楚瑞清看着过来踢馆的秦菲凡，处变不惊道：“对。”

秦菲凡深吸一口气，按捺自己的脾气，尽量平稳地道：“瑞清，你其实是外行，选秀并不是你想的那样，有很多因素要考虑。杨治野确实很好，我理解你惜才的心态，但我们也要讲商业逻辑。”

楚瑞清：“杨治野不能入选的原因是什么？”

秦菲凡果断地道：“他性格太闷，没有综艺感，很难从节目里出来。我说得现实点儿，非凡耀影是一家公司，我们要盈利，所以会选被市场认可过的类型。”

“你可以随便说我爱捞钱，就像网友天天喊‘非凡耀影倒闭了’，这都无所谓，我不在乎。但我要对公司负责，我们是做偶像产业的，关键是将产品卖出去，即使被骂同质化，但只要畅销就行。”秦菲凡似乎是在节目的折磨下彻底释放，干脆一口气说完，承认自己的商人身份。

秦菲凡平时对着大众虚与委蛇，但她能从女导演白手起家，就绝不是简单的角色。她在选秀节目上很有想法，而且从始至终知道自己想要什么。

粉丝的记忆力是短暂的，只要秦菲凡手握制作节目的能力，她就能源源不断地生产商品。即使每个商品的收益期很短，而且售后服务被粉丝骂爆，她仍能持续地靠此赚钱，长久地活下去。

秦菲凡今年四十三岁，早就不是坚信理想的小姑娘，还想当然地活在梦里。她创造出许多偶像产品，让他们出去贩卖梦想，并借此创立非凡耀影，获得百亿身家。她是世俗意义上的成功者，当然不在乎外界的流言蜚语。

楚瑞清沉默片刻，没有跟秦菲凡辩驳价值观，反而缓缓地道：“杨治野是被市场认可过的类型，符合你的商业逻辑。”

秦菲凡微微一愣，随即冷笑道：“不可能，他一天憋不出几个字，你能在他身上挖出什么话题？我实话跟你说，选手没有话题度，上节目也是一轮游，属于白费力气。”

楚瑞清反问：“我一天也憋不出几个字，为什么会在秦总做的节目里出道？”

秦菲凡瞬间语塞，竟一时答不上来，楚瑞清当初还真是做票都做不掉！

楚瑞清泰然道：“如果非要讲商业逻辑和市场认可，难道我不是今年最成功的模板？秦总喜欢同质化产品，可以将杨治野看作男版楚瑞清，其实我不介意。”

《偶像新秀》可是今年目前最火的选秀综艺，楚瑞清又是女团center，觉得自己还算得上成功产品。秦菲凡既然喜欢搞同质化，也该copy（拷贝）最成功的人。

秦菲凡刚才发完言，预想到楚瑞清会反唇相讥，料到网络上会骂声一片。但她万万没想到，楚瑞清会顺着自己的逻辑，反对自己！

秦菲凡脸色一阵青一阵白，不禁勃然大怒道：“杨治野能跟你一样吗？每个人的发展路线怎么可能相同？！”

楚瑞清慢条斯理地道：“既然每个人的发展路线不一样，秦总还提什么市场认可和同质化产品，这不是自相矛盾、毫无逻辑？”

秦菲凡无语凝噎。

楚瑞清思路很清晰，如果单谈业务能力，杨治野显然胜出。现在秦菲凡强调市场成功模板，楚瑞清也摆出实例，拿自己做参照物，非常符合对方的商业逻辑，秦菲凡还有什么不满意的？

——出现了！逻辑怪！

——楚老师有理有据，今夏最红楚三亿，秦厂长想搞人设该参考她啊！不过就是会多个人怼自己，但秦厂长为赚钱有什么不能忍？

——天哪，男版楚瑞清？我突然好奇杨治野长啥样了。

——秦厂长：究竟是谁杀了我，而我又杀了谁？原来是我杀了我！

楚瑞清望着秦菲凡无言以对、惊疑不定的样子，淡淡地道："秦总昨天问我是不是讨厌你，其实秦总问错了，不是我讨厌你，是你讨厌我。

"因为我是个瑕疵品，既没有综艺感，也不是你偏好的类型。我的出道让你的商业逻辑出现偏差，变得不堪一击。你失败了，但你不敢承认。"

楚瑞清并不讨厌秦菲凡，因为她不过是现实的缩影，代表偶像市场上的某一类声音。即使世界上没有秦菲凡，还会有杨菲凡、李菲凡，身为偶像就是原罪。她们靠节目出道，轻而易举地获得什么，便必然会为此付出代价。

楚瑞清一直在思考偶像究竟是什么，她出道后感知到了周围环境的混乱，但想要改变偏见，还需一点点来。

秦菲凡哑口无言。她练舞后本就疲惫不堪，加上平时饮食不规律，又被当众戳破痛心事，竟被气晕在地！

没错，秦菲凡因为低血糖，居然直接晕了。

众人顿时慌张起来，好在楚瑞清手疾眼快，一把扶住秦菲凡。楚瑞清摸了摸对方的手腕，当即疏散人群，用纸杯给秦菲凡喂了点儿水，又道："有糖吗？"

导演们取出各类小零食，吃过糖后的秦菲凡缓缓醒来，看清扶着自己的楚瑞清，回想起新仇旧恨，立刻气得想再晕一回。

——傀儡居然自我觉醒，拥有思想，偃师小命不保！

——秦厂长睁眼一看：How old are you?（英文趣译：怎么老是你？）

——楚老师太狠了，还把敌人救活再怼一轮啊！

秦菲凡晕归晕、倒归倒，楚瑞清将人救醒，仍然坚持把杨治野放在了入选者行列，丝毫不留回旋的余地。

楚瑞清觉得，既然公司当初是考核唱跳将人招进来，为什么要在上节目的关键时刻，又扯起综艺感和人格魅力？如果秦菲凡一开始就不看业务能力，那她专门招综艺新人就好，何必招进杨治野却不推，这不是耍人玩？

秦菲凡由于低血糖，还有点儿晕晕乎乎，最终气急败坏地道："好、好、好，就选他，我倒要看看，你选出的人能有什么话题度！”

杨治野性格闷，属于在综艺中剪不出戏的典型代表，而练习生在选秀节目中没有镜头，基本上就直接告别最后的出道位。

楚瑞清倒不在乎秦菲凡的咬牙切齿，只能保证初选的公平性，至于人以后的境遇，那得靠个人努力。

秦菲凡觉得杨治野没话题，但她没有想到，《我和我的老板》播出后热度极高，杨治野居然一举冲上热搜！

《星耀时代》还没公布参选者的资料，广大网友甚至都没见过杨治野，但大众对他的兴趣已经达到顶点。“男版楚瑞清”的人设如此刺激人，网友们未见其人，先见其热搜！

杨治野确实没话题，但楚瑞清和秦菲凡的流量都很高，二带一成果显著。这件事对杨治野本人来说，可谓双刃剑。他还没上节目就成为焦点，要是开播后成绩不佳，就是从云端跌到土里，遭人耻笑；但他要没有此事，或许连上节目的机会都没有，只能在公司抠脚。

网友们甚至戏称《我和我的老板》根本不是综艺，而是大型偶像产业纪录片。毕竟楚瑞清和秦菲凡每天都在激烈地探讨偶像工厂生产线上的技术难题，深入挖掘市场新需求，态度相当严谨，且富有逻辑。

两人的一日互换结束，楚瑞清忙于赶通告，秦菲凡则投入到《星耀时代》的录制中。《我和我的老板》暂时没有契机让双方继续拍摄，非凡耀影线便暂时搁置，开始放上其他嘉宾的内容。

——好难过，我期待地打开这期，却是没有逻辑组合的一天，就想看非凡耀影线。

——没事，大师姐去上《欢乐嘉年华》啦，秦厂长则在《星耀时代》的预告片里发糖，逻辑组合锁死。

——秦总在预告里发糖，我怎么没发现？

因为《我和我的老板》热度极高，逻辑组合刷爆各大新媒体平台，节目甚至慢慢波及秦菲凡的工作。楚瑞清因在节目中大战秦菲凡而一炮而红，引发饭圈热议，也让投机取巧者看到捷径。

《星耀时代》首期节目中，有选手出言不逊，同样提出秦菲凡不懂偶像产业，试图模仿楚瑞清的态度，却被秦总一拳捶进地里。

“我觉得秦总的评判不够公正，并不是现在偶像市场的标准……”女选手握着话筒，红唇黑发，态度颇咄咄逼人，瞬间让周围的选手和嘉宾陷入沉默。

秦菲凡看着眼前的女生，仍维持着笑眯眯的表情，风轻云淡地道：“我理解大家最近对我的另一档节目很感兴趣，也听到一些不一样的观点，但我要在此提醒一下，不仅仅是对你，还有其他练习生……”

其他选手看着秦菲凡的笑面虎姿态，都有点儿紧张地咽了咽口水，老实地看向她。最先质疑的女生眼神闪烁、稍感畏怯，却还是硬着头皮站着，不肯放过流量与机会。

如果她模仿楚瑞清怼人成功，播出后就是爆炸般的热度，远超同期选手。

秦菲凡是老江湖，自然看出对方的小算盘，毫不留情地道：“楚瑞清可以点评我，是因为她身为偶像没有瑕疵，但你连舞都跳不好，觉得自己配吗？”

“很多练习生看完节目，估计将自己代入楚瑞清了，但我要很残酷地告诉你们，我做选秀二十几年，前十年算积累经验，后十年也只碰到一个楚瑞清。”秦菲凡双手优雅地交握，随即残忍地笑道，“她是十年一遇的偶像，但你们大多数人不过是流水线上的劣质品，连基本的业务能力都不达标，还有脸跟她相提并论？”

秦菲凡辩不过楚瑞清，原因很简单：一是她没法开除楚瑞清，两人总要共事；二是楚瑞清的业务能力确实没得挑，而且人格高尚。

没错，秦菲凡很讨厌楚瑞清，但同时也对她没脾气，因为对方是蠢且固执的类型，甚至透着没被社会打磨过的天真。楚瑞清没有圈里人的习气，一方面让秦菲凡气得跳脚，一方面又让她隐隐认同。

楚瑞清获得粉丝的支持，便会尽全力去回报，丝毫不敢懈怠，想用真心偿还真心。市场上有些偶像却将粉丝的爱看作理所当然，他们只有三流的业务能力，却将人气大涨当作自身努力的结果。

秦菲凡是成功的厂长，所以更深知劣质品的臭毛病。她眼底闪过一丝不屑："她可以反驳我，是基于自身没有问题，凭实力打破我的商业逻辑。而你们在没成功前，即使有着'小楚瑞清''男版楚瑞清'的名号，那也只是东施效颦，实际上什么也不是。"

"成功者才有话语权，现在的你们只要在我的节目里一天，就必须遵守我的规矩，遵守我的商业逻辑。"秦菲凡自然地靠在椅背上，望向面前的女生，眼神微凉，"很遗憾，你被淘汰了。"

秦菲凡哪会不知对方想踩着自己上位，但她掐不过楚瑞清，难道还掐不过炮灰小兵？

女选手闻言，瞬间花容失色、脸色惨白，失魂落魄地离开。秦菲凡的人脉可谓遍及业内，她亲口说出淘汰，代表女选手的星路已被断送。如果没有过人的实力，谁能在秦总的压迫下在偶像界突围？

杨治野坐在选手席上，心情有点儿复杂，不禁微微垂眸。旁边的人嘀咕道："这话是冲着你来的啊，就差指着你的鼻子说了……"

杨治野不由得沉默，他现在背负着"男版楚瑞清"的盛名，秦菲凡可不就是在杀鸡儆猴？

——楚老师：我是瑕疵品。秦厂长：没有瑕疵。

——不行我要昏厥了，预告片里真的有糖，逻辑组合is real（是真的）！相爱相杀别提有多美！

——我好像理解秦总的心态了，所以在她心里楚瑞清跟外面的妖艳那啥不一样？

——我这回站秦厂长，唱跳不行的偶像就该少说话，别做偶像失格的事情，真当粉丝的钱好骗？还人人自比楚三亿，简直臭不要脸！

另一边的楚瑞清并不知道，她人不在江湖，江湖里却总有她的传说，《星耀时代》还隔空cue她。水晶少女正在赶赴机场，到另一座城市参与录制《欢乐嘉年华》，对女团的首场演唱会进行宣传。

楚瑞清的粉丝应援会管理组内，呱唧和蛋蛋在群内发言，询问现场应援的事情。

呱唧："应援物都备好啦，南明这回去吗？"

南明离火剑："不去，我把清单给你，现场你们负责。"

蛋蛋："你最近怎么都不来现场？上回剧组应援也是。"

南明离火剑："我在上课。"

呱唧："啥课哦？难道你是考研党，还是要出国？"

南明离火剑："党课。"

呱唧："你说啥？？？"

呱唧若有所思，感觉南明的人设扑朔迷离，本以为对方是"壕粉"，怎么还上党课？呱唧有点儿担忧，该不会南明的职业比较特殊？那他如此疯狂地追星，会不会被双规？

李天剑相当气恼，因为他还没有完成课程规划，所以不能缺席去追星。他只能努力自我催眠，上课也是帮师父的发展助力，这回暂且做云粉丝！

《欢乐嘉年华》是一档经久不衰的节目，有固定的主持阵容，开场有舞台表演，后面则大多是轻松的游戏。

绚丽的灯光亮起，烟雾弥漫中大幕拉开，青春洋溢的少女们出现在台上，唱响《钻石花》，引发台下粉丝的尖叫。楚瑞清如今对舞台表演得心应手，她在剧组拍摄期间仍坚持练舞，现在看到镜头，便能准确地管理表情。

因为星河视频年度大赏的舞台对比惨烈，其他成员也不敢再懈怠。她们最近疯狂练习，加上楚瑞清回团补课，水晶少女的舞蹈整齐度达到新高度，完美超越《偶像新秀》时期。

表演结束，主持人阵容上台，让水晶少女们作自我介绍。众人寒暄过后，便是今日节目的话题讨论——最近的梦想。

男主持人康清问道："大家最近有什么迫切的梦想吗？就是非常想马上实现的。"

因为楚瑞清是center，康清自然先cue她："瑞清有吗？"

楚瑞清思考片刻，坦白道："因为我未来的时间很多，所以确实没有迫切的梦想……"

楚瑞清的寿命超于常人，她有无尽的光阴去做事，还真没马上想达成的梦想。因为续航时间不一样，所以她觉得循序渐进挺好。

康清面露不解之色："未来的时间很多？这是什么意思？"

夏枚立马跳出来搭茬儿："就是指寿命长，楚老师保温杯里泡枸杞，养生达人无所畏惧，还能再活一百年！"

陈思佳附和道："是啦，人家是托塔李天王，咱们这是托杯楚天王。"

楚瑞清无言以对。

女团众人闻言，当即笑出声来，显然对楚瑞清的保温杯印象深刻。练习期间，楚瑞清天天捧着金属保温杯，别人熬夜喝咖啡，她熬夜喝热茶，像极了某些中老年男士。

康清颇感有趣："真的吗？你练完舞就喝枸杞？"

楚瑞清态度坚决地否认："没有。"

刘筱白当即拆台："明明有，上台前你还拿着杯子！"

楚瑞清精准地纠正道："我喝的是茉莉花茶，不是枸杞。"

楚瑞清一本正经的样子逗乐了康清，他一边上前一边比画，笑道："播出时这里放个广告位，欢迎广大茉莉花茶品牌植入，楚瑞清同款养生饮品，分分钟卖爆！"

因为楚瑞清不太爱说话，综艺感不够强，猴团的人在她发言时自然会托着点儿，甚至连自己的环节都会cue她。夏枚被问及最近的梦想，顿时痛心疾首道："我最近真有个梦想，如果时光从头再来，我一定愿意做楚老师的儿子……"

楚瑞清表示无语，康清则满脸疑惑。

刘筱白解释道："这是我们节目当时的梗，就是她俩被称作父子CP（Coupling的缩写，指同人配对），但是夏枚一直不肯承认。"

《偶像新秀》时期，网友们戏称楚瑞清是爸爸，陈思佳是妈妈，刘筱白是大女儿，夏枚是小儿子，黑禾是隔壁跟爸爸关系不明的叔叔。然而夏枚非常气恼此事，坚决不肯承认自己的儿子身份，想要翻身做爸爸！

康清好奇地道："你现在为什么改变主意了？"

夏枚连连惋惜，后悔不迭道："我当时哪里知道只要沾上楚老师的名字，就能有无数流量，隔壁'男版楚瑞清'都热搜出道，我却连热搜的边都没碰过……现在就是后悔，感到非常后悔，明明'楚瑞清之子'这个名号也挺响亮！"

夏枚本来就有综艺感，说得惟妙惟肖，瞬间笑爆全场。

康清笑到打战："所以你是平白损失热搜位！"

陈思佳在旁边煽风点火："你现在叫声爸，楚老师能给你安排上！"

楚瑞清闻言，果断地伸手制止："不行，我已斩断尘缘。"虽然她从未听过匪夷所思的认爹要求，但夏枚没有根骨，这事显然做不到。

夏枚：似乎在楚老师眼里看到了一丝对弱者的怜悯与无奈？

《欢乐嘉年华》采访过后，便是今日的游戏环节。水晶少女们开心地玩闹完，节目也到达尾声。主持人康清引出关键内容，进行宣传："那么本期《欢乐嘉年华》就要结束了，也请观众朋友们多多关注水晶少女，她们将于×月×日举办'最初之梦'出道首场演唱会！"

水晶少女马上将要迎来"最初之梦"演唱会，这也是她们此行录制《欢乐嘉年华》的主要目的，为演唱会宣传造势。节目录制结束，楚瑞清等人跟主持人们告别，便在经纪人的带领下从侧门离开。

女团成员们陆续上车，陈思佳刚刚入座，便兴致勃勃地问道："晚上要不要出去逛逛？我们去找小吃？"

因为《欢乐嘉年华》是在C省录制，不属于水晶少女平时的活动区域，成员们便对当地小吃产生了浓厚兴趣。她们以前录完节目，一般当天就要赶飞机离开，但今晚难得有空闲时间，让人能稍微休息一下。

楚瑞清看室友如此兴奋，提醒道："明早还要坐飞机。"

陈思佳低头翻起地图，开始寻找小吃街的位置："可以稍微逛两小时吧……哇，C省也这么堵！"

陈思佳看着鲜红色的路况，瞬间有点儿丧气。前排的夏枚探出头来，提议道："你可以到酒店点外卖，我们待会儿打牌啊！"

楚瑞清最近学会了新的娱乐方式，那就是跟成员们打扑克牌，还有玩纸质大富翁。经纪人刘哥极度鄙视她们幼稚的快乐，毕竟现在小学生都在玩手机游戏，谁还会玩纸质大富翁？

楚瑞清刚开始对此没兴趣，但被陈思佳等人逼着学会后，即便是峨眉大师姐，也要感叹"真香"。这种游戏最吸引人的地方，便是跟朋友们面对面互相调侃的乐趣。

陈思佳听到夏枚的话，扭头问楚瑞清："晚上玩吗？"

楚瑞清果断地道："玩。"

陈思佳啧啧感慨："我以前真没想到楚老师会沉迷于大富翁买地……"

夏枚坐在前排插话："这有什么没想到的？我爸都喜欢玩大富翁，我妈还天天欢乐斗地主呢，由此类推楚老师肯定喜欢！"

在夏枚看来，中老年人会感兴趣的项目，楚瑞清应该都能接受，估计开心消消乐也行。

刘筱白调侃道："你这是坚持要把父子梗玩上热搜啊，都上车了还不消停。"

夏枚笑道："去你的！"

猴团的人聚在一起，又开始叽叽喳喳起来。楚瑞清听着成员们的欢声笑语，心态也轻松下来。她一边靠着车窗休息，一边听周围人嬉闹，偶尔觉得这样的生活还不错。

楚瑞清在下山前，基本没接触过集体生活，少有同伴携手前进的感觉。她是云蒙真人的大弟子，承担着教导师弟师妹的职责，加上自我要求严格，几乎没有玩乐的时候。

云岭阁里，每个人都有各自的兴趣与生活，更像是温馨的大家庭。水晶少女则像大学寝室，大家天南海北地聚到一起，在有限的时间内共同前进。当然，她们也终有毕业的那一天，总会面临离别，寻求不同的发展。

众人抵达酒店，在经纪人的安排下陆续回屋。房间内，楚瑞清将酒店桌面上的杂物清空，腾出地方玩游戏。夏枚和刘筱白放好行李，便兴冲冲地赶过来，还带着扑克牌和大富翁纸牌。

陈思佳认真地点起外卖："小龙虾、炒花蛤、烤韭菜、烤茄子、蜜汁鸡翅……还有什么要吃的吗？"

夏枚已经将大富翁地图铺开，听到丰盛的夜宵，吐槽道："陈老师点那么多，回去得跳多久的舞才能消耗？"

陈思佳："你趁胃不注意抓紧吃掉，那它就不会吸收，也就不会胖。"

夏枚心说：这是什么歪理？

楚瑞清已经坐到桌边，手握大富翁棋子，在地图上敲了敲，无声地催促同伴们。

陈思佳听到声音，这才将手机放下："来了来了！记得提醒我取外卖！”

外卖小哥没法进入酒店内部，陈思佳需要自行到前台领取，她生怕玩得太疯，待会儿忘记取餐。

四人聚在桌前，如痴如醉地买地建楼，玩起大富翁来！

另一边，屋里的辛媛刚刚沐浴完，身上还沾着水汽，突然听到房外的敲门声，不禁疑惑地高喊："谁啊？"

敲门声戛然而止，门外无人应答。

辛媛心生狐疑，急急忙忙地去穿衣服，同时面露古怪之色："谁这么晚还不休息？"

同屋的黑禾正靠着床玩手机，头也不抬地道："夏杈吧？她们好像要找人玩大富翁。"

"真厉害，这是都学楚老师修仙了……"辛媛录完节目浑身疲惫，对团员们旺盛的精力佩服不已。她穿戴整齐，这才朝门口走去，打算看看敲门的人还在不在。

辛媛靠近门边，刚要拧动门柄，却听到奇怪的声音。金属制的门柄发出嘎吱嘎吱的声响，像是有人在门外用力地转动。门外的人好像在用房卡刷门，但电子锁发出提示错误的嘀嘀声，对方便略显愤怒地开始拧门、撞门，门板砰砰直响。

辛媛瞬间慌张起来，当即不敢开门，想要高声喝退门外的人："你走错了！请你马上离开！"

黑禾听到动静，同样走了过来，疑惑地道："怎么回事？"

房门仍然被猛烈地撞击着，辛媛怒道："如果你继续下去，我们立马报警！"

黑禾见势不对，果断地道："我现在打电话给刘哥，让他们来处理。"

水晶少女的出行入住都由工作人员安排，辛媛和黑禾不知门外人的身份，不敢贸然出门，当即寻求刘哥等人的帮助。辛媛听着剧烈的撞门声，心里十分惶恐，急忙将椅子堆在门口，又搬出沉重的行李箱抵住。

片刻后，门外激烈的撞门声终于停歇，辛媛屏住呼吸听了半天，察觉门外的人离开，松了一口气。但她悬起的心还未完全放下，又突然想起一件事："这人不会跑去其他人的房间吧？！"

"应该不会吧？大家也不住一层。"黑禾握着手机道，"我让刘哥通知大家。"

水晶少女入住同一家酒店，但房间并不在一起，而是散布在各层。辛媛和黑禾被身份不明者撞门，心情都不太好。她们通知完刘哥仍忧心忡忡，迟迟无法入睡。

楚瑞清所在的房间内，游戏由于陈思佳下楼取餐而暂停，其余三人稍作休息。刘筱白开始整理大富翁的游戏纸币，楚瑞清和夏枚一时无事，索性玩起两人扑克。

桌上静置的座机骤然响起，惊得夏枚激灵了一下。她差点儿出错牌，不由得恍神道："这铃声也太响了，这是要吓死谁！"

安静的屋里只有诡异的座机铃声，楚瑞清放下手中的扑克，面无表情地拿起电话。电话那头没人说话，楚瑞清静静地等待良久，只听到微弱的气流声，似乎是人的呼吸，经过话筒的传递，变得似有若无、不太真切。

楚瑞清不明白对方不说话的原因，索性也没有张嘴，握着话筒默默和对方对峙。

夏枚看着电话边宛如石像的楚瑞清，不禁好奇地凑过来，偷听电话里的内容。她接过话筒听了听，发现里面没声音，奇怪地道："没人说话？那挂了呗？"

夏枚的声音刚传入话筒，电话那头的人便直接挂断，像是在打破沉默的僵局。

夏枚："这是打错了？"

楚瑞清微微拧眉道："不，好像是在确认房间里是谁。"

楚瑞清听到人的呼吸声，却不知对方不说话的原因，但夏枚刚刚发声，此人就立刻挂断，似乎是得到了想要的结果。

刘筱白握着手机，浏览着消息，随即面露惊恐之色："刘哥在群里说有私生饭混进了酒店，让我们不要随便开门，现在他去调监控找人了……"

"我的天，好像还是个男的！胡茖刚才跟他打照面了，说幸好及时把门关上，对方还在外面敲了半天！"刘筱白越看越心惊，随时破门而入的私生饭听上去就很恐怖，更何况成员们都是女生。

夏枚难以置信地道："居然还要撞门进屋？这是私生饭吗，这是变态吧？”

楚瑞清想起什么，当即皱眉，给陈思佳打电话。对方估计是在电梯里，手机信号不好，并没有接听。夏枚见状，同样反应过来：“完蛋，陈老师还在外面！”

刘筱白焦虑地道：“打电话让她先躲一躲？”

楚瑞清：“打不通。”

楚瑞清一时左右为难，她想要外出寻找陈思佳，但丢下屋里的夏枚和刘筱白似乎也不太合适。私生男刚刚给房间打过电话，确认屋里有水晶少女的成员，肯定会试图过来，难保不会再次撞门。

三人忧心忡忡，对流浪在外的陈思佳十分担忧，刘筱白赶紧向刘哥汇报情况。

夏枚思考片刻，提议道：“陈老师是坐电梯去的前台，我们把门开一条小缝，见她从电梯出来，就赶紧往回拉，四个人应该能挡住？”

因为酒店的隔音效果很好，楚瑞清位于屋内，确实很难听到电梯处的动静，便接纳了夏枚的建议。三人将房门打开，夏枚鬼鬼祟祟地探头张望，楚瑞清已经直接站到门外靠着墙守株待兔。

夏枚望着门神般的楚瑞清，迟疑地道：“楚老师，你就大大咧咧地出去啦？咱们好歹稍微隐蔽一下？”

楚瑞清站在房门外，岂不是直接告诉私生男，目标在这里？

楚瑞清道：“你们回屋里吧，我在这里守着。”

楚瑞清觉得站在楼道里挺好，既能察觉电梯那头的声响，也能顾及屋里的夏枚和刘筱白。

刘筱白面露迟疑地规劝道：“刘哥他们过来了，咱们别冲动……”

刘筱白当然知道楚瑞清有些本事，所以更怕她太过莽撞，直接伸手打人，跟对方发生冲突。这种尾随撞门的阴暗分子，谁也无法保证他的精神状态，楚瑞清要是因此受伤，实在得不偿失。

刘筱白话音刚落，楼道尽头的电梯灯便亮起，显示到达本层。楚瑞清过去接人，同时叮嘱道：“你们关门进屋。”

夏枚和刘筱白有点儿犹豫，便见远处的电梯门缓缓打开，戴着黑口罩的陈思佳迈步出来。她提着一堆外卖，看着尽头的三人，遥遥地摆手打招呼，同时感到诧异地道：“你们真够隆重的，居然出来接我，饿成这样啦？”

三人看她没事都松了一口气，楚瑞清过去接陈思佳，却瞟见拐角处蹿出个黑影！

陈思佳正毫无防备地走着，余光突然瞧到猛扑过来的男子，顿时惊叫出声：“啊——”

私生男显然在此蹲守良久，从角落里骤然伸出手，想要一把抱住陈思佳，脸上显现出癫狂的笑容。他刚要触及陈思佳，却感到脸侧吹来强劲的穿堂风，随即脸上便是丝丝刺痛！

楚瑞清来不及跑过去，干脆放出无形剑气，因为两边距离较远，她害怕赶不上，便不敢保留太多，加大了剑气的力度。夏枚和刘筱白同样感受到突如其来的穿堂风，离奇的大风甚至要将门板吹开，她们尝试合力推门阻挡强风，却还是没敌过。

房门瞬间大开，屋里的扑克牌和废纸也在狂风的裹挟下冲出门，朝着走廊那头的男子涌去！

扑克牌在飓风中变为锋利的锐器，像是漫天飞舞的刀片，直接击退私生男，并在其脸上留下血痕！

楚瑞清小心地控制着扑克牌，尽量不要伤及无辜。她终于赶到陈思佳身边，立马拉着惊慌失措的室友往回走。电梯尽头，刘哥等人同样及时赶到，正好拦截住妄图逃走的私生男，当场将人扣下。

混乱被平息，工作人员带走私生男，刘哥则留下来安慰受惊的成员。陈思佳无疑是最惨的，回到房里仍气喘吁吁，脸色惨白，眼神涣散。

刘哥看她如此可怜，不由得心生怜悯之情，轻声道：“还好吧？”

陈思佳原本失魂落魄，这才猛地回神：“还好，还好……”她低头看了看外卖袋，“还好外卖没凉。”

刘哥：你还挺虎啊？

陈思佳其实在楼道里有被吓到，但当她看到不远处的楚瑞清时，又瞬间放松下来，有种莫名的信任感。果不其然，几秒后周围狂风大作，楚瑞清也顺利抵达，拉着自己就跑。

陈思佳甚至想起初梦传媒录音室里的事，楚瑞清当时也是破门而入，让其他人颇为惊讶。

刘哥见陈思佳没事，又出言叮嘱两句，便让四人早点儿休息。他刚刚推开门准备离开，却看到楼道里乱七八糟的，地上铺满扑克牌和大富翁卡牌，似乎惨遭蹂躏。

刘哥沉默片刻，评价道：“你们现在牌瘾也太大了吧，这是从屋里打到屋外？”

猴团四人皆无言以对。

刘哥暂时没管地上的扑克牌，脚步匆匆地去处理私生男的事情。猴团四人简单理了理门口的东西，随即将外卖摆上桌。夏枚摆好餐具道：“坚决不能浪费陈老师冒着生命危险取回的食物！”

陈思佳拆开一次性筷子，点头道：“对，这餐可真是来之不易……”

刘筱白仍心有余悸：“这人最后怎么处理？居然跑到酒店里，未免太可怕了吧。”

夏枚叹气：“估计就是拘留几天，真要定罪很难的。当初不是还有私生饭去敲路霖导师的家门？最后也是不了了之。”

路霖可是国民级男演员，粉丝群体极为庞大，但他也没法彻底制裁私生饭，最多是警告教育，定不了重罪。成员们忧心忡忡地讨论起来，楚瑞清默默听着，同样察觉事态的棘手。

如果没法给私生男留下深刻的教训，对方很可能死不悔改，卷土重来。

经纪人刘哥同样感到焦头烂额，娱乐圈向来是好事不出门、坏事传千里，他今天要努力把此事瞒住，避免影响水晶少女的演唱会。当然，如何严惩私生男也是问题，对方能搞到女团的酒店信息，明显有团队或酒店的内鬼帮忙，想要排查出来很难。

刘哥绞尽脑汁地想捂住消息，两辆警车却已经直奔酒店而来。警车在酒店门口停下，瞬间吸引周围人的目光。徘徊在附近的粉丝们当然知道水晶少女在此入住，他们看到突然出现的警务人员，皆面露惊讶之色。

酒店里，刘哥看着朝自己出示证件的警察，同样相当诧异：“您是有什么事吗？”

小助理在旁边悄声提醒：“刘哥，警车就停在门口，估计明天得上新闻。”

刘哥：我费尽心机想要摁住消息，突然被两辆警车破了功？！

出示证件的齐警官是名中年男子，礼貌地笑了笑，和气地道："我感觉你们需要帮助，所以跟同事们专程过来。"

"您效率真高。"刘哥确实考虑过联系派出所，但没道理他只是刚刚一想，警察便直接出现吧？这靠的是脑电波交流？

尽管经纪人刘哥满腹狐疑，但对方的证件不似作假，他便将来龙去脉陈述了一遍，讲述私生男骚扰女团成员甚至妄图撞门的事情。不知为何，齐警官刚开始倾听时，眼眸里透着亲和的光，但随着刘哥的讲述，齐警官的眼神便越发黯然。

齐警官听完常见的私生事件，百无聊赖地转了一圈，失望地道："这就是明星被人尾随嘛？我一年能碰到好几起，好多是到旁边的电视台里录节目的……"

刘哥不懂对方为何突然沮丧，迟疑地道："您的意思是？"

齐警官眼睛一眯，试探地道："有没有更厉害点儿的？"

刘哥沉默了，心想这人怎么回事，似乎还盼着来个大案？

齐警官见刘哥满脸懵懂，心里泄气不已，他好不容易收到总局的消息，本以为能赶上件大事，没想到还是小打小闹。齐警官与其他同事有所不同，暗中还在处理些没法放上台面的事情，这直接关系着他年底的成绩。

刘哥见齐警官没有刚开始时热情，误以为对方不上心，不由得心生不快，皱眉道："什么样算更厉害？难道还要国际巨星被尾随？"

刘哥见齐警官突然兴致缺缺，认为对方不知道水晶少女，所以没将此事当回事儿。

"嘿，谁跟你扯明星啦，那有什么厉害的。"齐警官没察觉刘哥的不悦，随即摆摆手道，"要能飞上天的、可以隔空打牛的、善于操控虫子的……这才算厉害！"

刘哥表示：警官，完全不知道您在说什么！

"如果是普通人被骚扰，那小李他们就能处理，算不得厉害。"齐警官感觉自己白跑一趟，朝小李努了努嘴，"喏，你把人带回去审，看要拘几天。"

身边名为小李的警官看上去挺年轻，老实地应声，便要将私生男带到警车上。

刘哥看对方如此利落，有些蒙，询问道：“警官，他大概会被拘多久？”

齐警官已经恢复了公事公办的态度：“要看情节的严重程度，我们这就去调取监控。”

警务人员们进入监控室，刘哥等人则被挡在门外，只能静静等待结果。

虽然齐警官扑了个空，但日常工作还是要做。因为他心情不佳，办事效率竟显著提升。齐警官调出监控，看到私生男朝陈思佳扑去，嘀咕道：“这拘不了几天啊……”

如果按照目前的法律，即使是肢体上的性骚扰，私生男也不会被拘几天。

他话音刚落，便见画面里突然狂风大作，私生男还没来得及碰到陈思佳，就被掀翻在地！

齐警官目睹此情况，顿时欣喜不已。他强压喷涌的兴奋之情，又缓缓地重放刚才的画面。旋风中，楚瑞清拉起陈思佳带着她离开，身边飞舞着扑克牌。

齐警官：年底的述职报告终于有内容，不用生搬硬套啦！

齐警官身在C省，编制却在总局里，他几乎无缘看到奇人异事，因此每年述职都非常痛苦。人没事做不怕，怕的是没事做还要在述职报告上编出事情来。虽然他作为警察可谓称职，但局里没人会想听普通的故事。

梁局就多次批评他，说他的述职报告写得不够用心，没有结合工作中的实例。齐警官有苦说不出。他哪里有实例可举？今天可算好了，终于让他碰上“实例”了！

监控室的门打开，刘哥见齐警官满面春风地走出来，心中颇感诧异：“警官，怎么样，大概拘几天？”

“因为对方没碰到人，实际上拘不了几天……”齐警官看到刘哥恼火的神色，又慢条斯理地道，“不过没关系，我保证你以后见不到他！”

楚瑞清卷入此事，事件的性质便瞬间改变，私生男会被有关部门直接处理。性骚扰确实很难被拘留太久，但他曾遭遇过剑气，情况便不一样了。

刘哥有点儿迷糊，不懂对方何出此言。

齐警官眼睛一眯，压低声音道：“对了，你们还有人看过这段监控吗？”

刘哥：“没有，人刚抓住，您就来了……”

齐警官这才绽放笑容，承诺道：“那就好，你放心，内鬼泄露信息的事，我也会帮你们追查到底！”

刘哥相当惊讶，没想到对方如此热心肠。要知道此类事情层出不穷，很多时候明星团队也很无力。现在齐警官敢说追查到底，简直相当有实力。

刘哥委婉道：“如果您实在查不到，也不用勉强……”这牵扯到成百上千人，逐一排查也是大工程，刘哥在圈里见过太多类似的事情，所以没抱多大期望。

齐警官风轻云淡地摆手道：“唉，为了保守更大的秘密，小小的牺牲不算什么。”

抓住内鬼确实是一件难事，但要是楚瑞清的隐私信息被人外泄，对总局来说更麻烦。毕竟私生饭骚扰只会让大众愤慨，奇人异事却能击碎普通人的三观，使其对世界产生怀疑。

齐警官顿时感到责任重大，为了保护普通人对世界的认识，他必须加倍努力！

刘哥：这位警官戏好多。

猴团四人由于当时在场，同样要做笔录。齐警官简单问了问其余三人对狂风的看法。

夏枚理所当然地道：“中央空调坏了吧？”

刘筱白：“应该是穿堂风。”

陈思佳：“我当时太慌，什么也没感觉到。”

齐警官问完三人，心中顿时放松下来，甚至考虑发展她们进局里。不管看到多少怪象，都能给出科学的解释，找到现象背后的原因，这正是局里需要的年轻人品质！

问完三人，齐警官终于见到楚瑞清，激动地搓了搓手，掏出纸质表格和笔递给她：“来，先填一下表。”

说起来，楚瑞清是第二次做笔录，一回生二回熟，刚要提笔填表，却发现跟上回的不太一样？

表哥标题是“总局第121期‘交流学习促成长共赢合作促提升’示范学习

班报名表”。

楚瑞清有点儿茫然地握着笔，问道：“请问这是什么？”

齐警官笑眯眯地道：“你是刚入世没多久吧？因为这回事出有因，暂且就不给你记过，但科普学习还是不能少的。既然你已经入世，那就要入乡随俗，示范班会普及法律法规，让你尽快融入现在的社会。上课地点在帝都，正好你们要回去。”

楚瑞清愣了愣，随即反应过来，齐警官竟然了解山上人，实在有点儿少见。她当时放出剑气，估计他是从监控里看到了。

楚瑞清若有所思地道：“什么都会教吗？”

“没错，其中还有智能手机使用课程，不过我看你不用选那门课。”齐警官掏出机器，问道，“有证件吗？没证要办的。”

楚瑞清老实地交上身份证：“有。”

齐警官在机器上刷证，同时眉头一跳：“咦，你好像有两次违章？不过被销掉了。”

楚瑞清略感惊讶，完全不记得自己违章过。

齐警官帮她办理完学习班报名手续，又认真叮嘱道：“这回的事情由我们处理，但如果你以后再犯，需要自行前往总局交罚款。”

楚瑞清懵懂地道：“好的，谢谢。”

齐警官递出评分表，笑容满面地道：“不客气，麻烦你为我本次的服务进行打分。”

楚瑞清看着熟悉的营业笑脸，心道：这年头真是干什么都不容易。

楚瑞清突然有种惺惺相惜的社畜情，给齐警官打了五分好评。

齐警官效率非常高，不但直接处理了私生男，而且隔天便揪出内鬼。刘哥看着密密麻麻的单子，不禁诧异地道：“这么多人吗？”

刘哥知道身边的工作人员会卖行程、酒店信息，但没料到有这么长的名单。

齐警官义正词严地道：“有的人不是这回卖的，是以前卖过信息，我们就一起统计了。”

齐警官是有执行力的好警官，永远将人民的需求放在前头，直接将其一网打尽！

刘哥被私生难题困扰多年，没料到在C省解决根源，只要阻断消息源，私生饭也无处购买女团信息。他不禁肃然起敬：“齐警官，您真的很厉害！”

齐警官深藏功与名地摆摆手，内心却已经暗暗期待起年底的述职大会，他终于也是有事情讲的人了！

因为倒卖消息涉及人员较多，刘哥先给秦菲凡打电话汇报此事，两人决定回去后从头清算，逐渐更换团队人员。另一边，因为齐警官执行效率极高，又开来两辆警车，网上对水晶少女的各类传闻甚嚣尘上，网友们纷纷猜测起事情真相。

警方如此迅速地出警，还派出两辆车，任谁都感觉不对。

仆仆：“这是团里有谁犯事儿啦？而且肯定犯的是会被封杀的大事，不然能有那么多警察？”

因为许多人看到了警车，便有无数营销号开始带节奏，影射在团成员出事了，而且是无法挽回的错误。圈内有两大队，一是嫖娼队，二是吸毒队，前者当然不可能，似乎只剩后者了。

兰云漂：“楼上造谣的炸了，谁家营销号又拍张警车照片带节奏呢？”

钥匙：“对，是猴团犯的事，据说她们在被窝里玩夜光大富翁，行吗？”

娱乐圈里营销号瞎带节奏，是极为常见的事情，毕竟不管多大的影视经纪公司，在圈里都有自己的对家。水晶少女有十人，随着她们人气的高涨和实力的精进，势必会挤压圈内其他小花的生存空间。资源是有限的，竞争者越多，走红的可能性越小，大家当然会互相竞争。

过去，水晶少女的坏新闻很难撤下，非凡耀影树大招风，但在营销方面能力还不够强，并且秦菲凡一毛不拔，她都撤不掉自己的黑热搜，怎么会给女团成员撤新闻？

粉丝们见营销号又开始瞎说，刚想骂“非凡耀影倒闭了”、公司不作为，却发现营销号的相关内容已被删掉，有人迅速地控制住舆论的走向。

大师姐的小迷妹：“ffyy（非凡耀影）有钱啦？这回动作好快。”

媛球：“天哪，我咋觉得事情没那么简单，营销号被要求删博更可怕吧？秦厂长有如此实力？”

五框：“不搞营销号你们骂倒闭，搞营销号你们说事情没那么简单，秦厂长也很难做啊。”

非凡耀影内部同样对营销号删微博感到惊讶，他们是万万没钱去做公关的，老板不让妹子们加倍打工就算好了，哪还会花钱营销？公司里的团队心生疑窦，又埋头加紧撰写公告，尽快发文澄清真相。

另一边，总局雷厉风行地撤掉了相关内容，处理监控录像，基本上把事情抹干净了，只剩下当事人私生男。梁局吹了吹热茶，问道：“那人怎么样了？”

“他应该感觉到了什么，喊着妖怪之类的话……”工作人员拿着清单汇报，又比了比脑袋的部分，为难地道，“但我们也不确定他是真看到，还是这里有点了问题，因为看对方的家族病史，他的亲属中也有精神状态不太好的。”

“这还真是巧了，那直接送他去疗养吧，不是合情合理？”梁局喝了口茶，感慨道，“这都不用我们瞎编了。”

局里的“疗养”实际就是监管控制，保证其不会在外散播消息。疗养的等级也各不相同，例如楚瑞清打倒的养蛊人孙游，享受的是荷枪实弹包围下的“疗养”。私生男情节没有那么严重，只是被限制人身自由，但也很难再接触外界事物了。

“梁局，我们跑去公关娱乐新闻，是不是不太合适啊？”工作人员汇报完，终于忍不住说出困惑，“其实那些谣言跟我们也没关系。”

水晶少女遭到营销号讽刺，其实对总局里的人影响不大，实在没必要兴师动众。

“这种谣言讨论的人越多，越容易出纰漏，往往真相就会从谣言中被翻出来。”梁局语重心长，网友将视线放在此事上，总局翻车的概率就会加大。

提问的工作人员闻言似懂非懂，若有所思。

梁局态度坚决，又补充道：“而且现在要建设网络强国，我们决不能让互联网成为传播有害信息、造谣生事的平台！”

工作人员看着正气凛然的梁局：可我们单位也不专门管网络舆情啊。

不管如何，总局强势的控评手段给非凡耀影争取到时间，水晶少女官方微博发文谴责私生行为，并表明涉事人已被相关部门带走，呼吁粉丝们理性追星。辛媛、胡茗等人也转发官方微博，纷纷进行声援，透露出当时的恐惧情形。

两辆警车是来抓私生男的，这消息算是打消粉丝们的疑虑，同时激起众人的愤怒。

小樱桃：“大半夜男的去砸门？天哪！哪个妹子都会被吓哭吧，公司能不能保护好成员？”

绿绿：“我听人说猴团还做笔录了，私生饭是在她们那层被抓的……”

飞扬君：“我的天，猴团没事吧，不过有大师姐就还好。不考虑问一下私生饭的名字吗？”

嘻嘻夏：“我本来气得要死，看到这楼又笑了，这人也挺会挑，专门找房间里人最多且战斗力最强的。”

48242：“为啥她们四人一屋？就算酒店也是两人间吧？”

云云蘑：“别问，问就是夜光大富翁。”

8423：“我怀疑你在开车，而且我有证据。”

因为水晶少女的演唱会在即，私生饭追到酒店也不是什么好事，粉丝们在最初的愤怒过后，便渐渐压下消息、努力控评，向路人们安利水晶少女的“最初之梦”演唱会。

当然，还有部分人突然发现女团的隐私信息变得很不好买，过往联络的消息贩子基本不再更新水晶少女的行程。即使有人专程去问，对方也支支吾吾、含糊其词，似乎不敢冒险。久而久之，饭圈暗处有人传出小道消息，说水晶少女里的某在团成员颇具能量，贩卖其隐私资料会摊上大事，搞不好牵连一串人。

坊间秘闻就是越传越神乎的东西，楚瑞清作为秘闻中的“某成员”，并不知道自己又被立了新人设，拥有在帝都颇具能量的身世背景。人似乎总能给各种事情找出解释，不相信离奇的真相，沉浸在自我编造的假消息中。

李天剑最近很烦恼，因为他发现和师父相处的时间越来越少，而且这是无法避免的。楚瑞清忙着演唱会排练，李天剑则忙着去总局听课。两人原本是相约每周末学剑的，但由于各自忙碌的行程，很难聚到一起。

李天剑觉得总局课程打破了他对学习的认知，他简直没见过如此龟毛的课堂，不但进屋要点名，下课还要点名，上课期间随机抽学号提问，令人防不胜防。最可怕的是，老师居然能认脸，可以分清每个人，李天剑想让别人帮忙答到都不行！

阚和打着帮楚瑞清修古玉的旗号逃走，丝毫不准备履行身为峨眉派担保人的义务。

李天剑思索再三，还是犹豫地编辑起消息，痛心地发送给楚瑞清。

李天剑："师父，对不起，我这周有点儿事情，可能没法学剑了。"

楚瑞清："没事，正好我要上课。"

李天剑本以为是女团的舞蹈课，但等他周末抵达总局，看到徘徊在门口的楚瑞清，瞬间诧异不已："师父，你怎么在这里？"

楚瑞清看到抱着教材的小徒弟，也是微微一愣："有人通知我过来上课。"

李天剑万分惊讶，脱口而出道："怎么会，我明明都帮你销完了……"

他的话戛然而止，然而楚瑞清还是反应过来："以前是你销的？"她还感到奇怪，自己什么时候违章过？

李天剑不小心说漏嘴，但又从楚瑞清的话里品出其他含义，试探道："师父，难道你又违章了？"

二少爷：完蛋，自己上课的速度比不上师父违章的速度。

楚瑞清："没有，用了点儿剑气，说让我下回注意，但要过来学习。"

李天剑似有所悟，知道楚瑞清的无形剑气的厉害，便解释道："因为普通人无法理解御剑和剑气的事情，所以有明文规定，违规者会被惩罚。"

楚瑞清看他说得头头是道，好奇地问："你似乎很清楚？"

李天剑："嗯，毕竟我上课有两个月了。"他已经从开始的一惊一乍，变得波澜不惊、心如止水。

李天剑帮楚瑞清办理完手续，又替她选了课，便领着对方前往教室。李天剑一边看课表，一边分析："师父的课程跟我有点儿不一样，你有好多法律课程，我的都是空防教育，不过必修课在一起。"

李天剑想了想，估计因为他是违章御剑，楚瑞清是使用剑气，所以课程的侧重点不一样。

楚瑞清闻言，开始咨询颇有经验的李天剑：“必修课都是什么？”

李天剑抿了抿嘴唇，硬着头皮道：“就是马哲、毛概、中国近代史纲要、思修、法律什么的……”

李天剑头一回看到这些课程，严重怀疑总局直接照抄当代大学生必修课课表，心中简直无力吐槽。

楚瑞清从未听过这些课程名，不禁面露疑惑之色。

李天剑尴尬地道：“师父可能会觉得没意思，其实只要待在课堂上就好……”

李天剑带着楚瑞清进入教室，屋里的人并不多，看上去稀稀拉拉。两人找了张空置的桌子坐下。楚瑞清环顾一圈，若有所思地道：“他们好像都不是普通人？”

李天剑将教材摆上桌，有条不紊地汇报道：“对，第一排那人被闪电劈中了，莫名拥有看到未来的能力，但能力仅限于得知中午吃什么；倒数第二排的人可以空手生火，但火苗只能维持三十秒……总之，都不是什么有用的能力！”

李天剑刚来时，简直如同发现新大陆，原来世界上有那么多能人异士，他终于接触到跟过去完全不同的世界。然而当他得知更多真相后，便丧气不已，这些超能力根本没有用！

除了选择恐惧症患者，谁会需要“知道每天中午吃什么”的超能力？

李天剑过去还担心，是不是峨眉派太招摇了，不然梁局为什么老盯着他们？现在他总算明白，梁局时刻关注他们，是因为其他能人异士根本闹不出大事。难道有人光是知道今天中午吃什么，就能毁灭地球吗？

即使是在峨眉派内部，也不是人人都有实力，例如三师叔。李天剑通过跟师叔们的交往，发觉有真本事的似乎只有师父，阚和也就比普通人强点儿。他思及此，忍不住偷偷打量楚瑞清平静的侧脸。

楚瑞清正在翻教材，察觉李天剑的视线，不禁扭头问道：“怎么了？”

李天剑鼓起勇气，小心翼翼地道：“师父这么强，没想过做点儿别的吗？”

楚瑞清：“比如？”

李天剑垂眸道：“建功立业？我其实也不知道，就是觉得可惜……”

李天剑觉得师父无所不能、才貌双全，有种迫切希望对方扬名天下的感觉。只要有人指责楚瑞清，他便会气得跳脚，觉得他们有眼不识泰山。

楚瑞清平和地道："木秀于林，风必摧之，比我强的人还有很多。"

李天剑当即反驳，义正词严地道："怎么会？三师叔的剑术都比不上师父的一根头发！"

二少爷决不允许任何人贬低楚瑞清，即使是她本人也不行！

楚瑞清无言以对，思考一番后说道："我说的强不是仅指剑术，而是别的东西，就像有人善于唱歌，有人善于跳舞，各有各的强项。"

李天剑："但师父和普通人又不一样……"

楚瑞清沉吟良久，缓缓地道："以前我也这么觉得，但我师父告诉我，我们不过是活得长的普通人。"

李天剑心想：师祖这不是睁着眼睛说瞎话吗？简直堪称史诗级骗局！

李天剑嘀咕道："普通人哪里能御剑，哪里能使用剑气……"

楚瑞清心平气和地道："但普通人能造出飞机，甚至造出大炮。"

李天剑不禁哑然。

楚瑞清："其实我过去跟随师父云游，也曾碰到过有根骨却不肯入门的人……"

"怎么会？"李天剑相当讶异，随即压低声音道，"入门不是能长生不老吗？"

楚瑞清眼眸微深，平静地道："因为对方追求的是现世的幸福，并不需要长生不老，更不愿斩断尘缘。无限的光阴等同于没有归途，百年后无人记得你，即使你活着，又有什么意思？

"所以归根到底，我们也是普通人，不过是跟旁人选了不同的路而已。"

人是群体动物，即使再享受孤独，偶尔也会失落，尤其是在看不到终点的时候。云岭阁本质上也是将没有归途的人们聚在一起，组建成"没有归途人（猴）联盟"。因此，即使楚瑞清剑术超群，她也没觉得有什么大不了的。

这就像水晶少女的成员们性格和专长各不相同，有属于自己的闪光点，这又有什么可比较的？

李天剑似懂非懂，思考片刻，最后总结提炼出此番对话的核心思想——

师父真是个谦逊的人。

二少爷：师父已经这么强，还如此谦虚，真是太优秀了，让人自愧不如。

马哲老师终于晃晃悠悠地进门，将保温杯放在讲台上，优哉地开始了漫长的讲课内容。李天剑本来害怕楚瑞清不感兴趣，小心地观察着她的神色，没想到她听课时相当专注，还在时不时地记笔记。

楚瑞清居然沉浸在马哲课堂上，还积极地跟老师探讨问题。因为大部分人在课上昏昏欲睡，后期甚至发展成楚瑞清和老师的单独交流。

课后，李天剑震惊不已，试探道："师父，你对课程很感兴趣？"

二少爷：如果只是为学分的话，没必要，真的没必要。

楚瑞清点了点头，眼神中满是真挚："不是很有意思吗？"

李天剑沉默片刻，诧异地道："可师父是御剑的，不会感到哪里不对吗？"

李天剑内心有点儿纠结，御剑之人怎么能信唯物论，而且她还长生不老，这不合常理啊。

楚瑞清颇有逻辑地道："世上有的现象暂时无法用科学解释，但并不代表不存在，只是有待人类去继续研究。"

李天剑：很好，很唯物。

李天剑恍然大悟，楚瑞清之所以没有建功立业的理想，似乎是由于她对现在的社会主流思想很满意？原来他过去替师上课，其实是阻挡了楚瑞清追求真知的脚步？

李天剑的心情颇为微妙，不过他超强的粉丝滤镜很快便过滤掉这些，他开心地跟师父共进完午餐后，展开了下午的学习。两人今后每周都要上课，成功从师徒混成同学，偶尔便在课间谈论剑术。

楚瑞清临走前，突然想起什么，问道："对了，前两次你帮我销掉违章，罚款是多少？"

齐警官当时说违规有惩罚，那前两次应该也是有罚款的。

李天剑当即一僵，眼神飘移，磕磕巴巴地道："其实也没有太多……"

楚瑞清抿了抿唇，李天剑见状不敢撒谎，只能硬着头皮说出数字。虽然他不用师父还钱，但此时又不好搪塞，谁让他没胆对楚瑞清撒谎。

楚瑞清闻言愣了愣："这么多？我还你。"

李天剑赶忙摆手："不用，真的不用！"

楚瑞清拧眉，不容置疑地道："不行。"

李天剑面对预料之中的局面，有点儿纠结地挠了挠头。他试图举出熟悉的例子，硬着头皮道："师父，这其实就像偶像和粉丝一样，大家为偶像花钱，就会感到快乐，并不需要什么回报。我帮师父交罚款，也会感到开心，这都不行吗？"李天剑眼眸透亮，他可怜兮兮的样子，仿佛在谴责楚瑞清剥夺了他最后的乐趣。

大师姐对粉丝们狂热的爱束手无策，所以面对示弱的李天剑也无可奈何。

楚瑞清发自真心地疑惑道："你们到底在想什么……"

李天剑："每个人的梦想都不同，我们就想做（偶像的）提款机！"

无法理解饭圈的楚瑞清一时竟无言以对，看着态度坚决的徒弟，决定私下攒好钱后，一次全交给对方。

第十二章

粉海约定　恩将仇报者
打榜之争　影视双开花

楚瑞清在练习间隙抽空上课，可以说是连轴转。她和成员也终于迎来水晶少女“最初之梦”首场演唱会，首站位于帝都。因为演唱会票价昂贵，大家都不知道上座率如何，此时颇为紧张。

水晶少女们排好队列，站在升降台上，还没有升起，已经听到外面粉丝高亢的呼声。夏枚颤颤巍巍地道：“完蛋，我有点儿怕，要是没有我的应援色咋办？”

夏枚的应援色是绿色，她是综艺挂的，但上过的节目都还没播出，最近人气有点儿下滑。

陈思佳安抚道：“没事，你可以多看看紫色，那是你爸的应援色，子承父业，四舍五入勉强算你的。”

楚瑞清哭笑不得。

夏枚又被调侃，当即气得跳脚。

楚瑞清的应援色是紫色，陈思佳的应援色是橙色，刘筱白的是蓝色。应援色是一种演唱会文化，每个偶像都有属于自己的颜色。偶像表演时，粉丝就会在台下打call（支持），并制造对应颜色的应援海。偶像的人气越高，应援海越大。

水晶少女有十人，就有十种应援色，人气低迷的成员应援海自然很小，现场会形成悬殊对比。

刘筱白笑道：“然后一登台，发现全是紫海！”

夏枚：“那我反而放心啦，证明粉丝一视同仁！”

楚瑞清看她们又在打趣自己，默默地投去视线。她无语的表情倒让成员们笑得更开心，完全没有威慑力。

伴随着激昂的倒计时音乐，升降台终于缓缓升起，水晶少女们在烟雾中看清汪洋的粉海，脸上都露出惊讶的表情。粉色不是任何人的应援色，而是水晶少女的官方应援色！

各家应援会没有马上举起自家灯牌，而是统一用粉海迎接团歌，场面颇为震撼。这对以吵架为日常的偶像团体粉丝们来说，简直不可思议，几乎跟世仇和解差不多。

成员们都呆愣在原地。楚瑞清望着粉海，久久无法回神，直到听到熟悉的旋律，这才加倍投入到歌舞之中，绽放出笑容。水晶少女们唱响《钻石花》，台下竟回荡着响亮的打call声，场面火爆程度远超同期偶像团体！

李天剑为完成此等名场面，简直绞尽脑汁，跟九家应援会纠缠不知多少回合。呱唧和蛋蛋都劝过，认为没有必要，但李天剑心里清楚，粉海会比紫海更令师父高兴。

虽然楚瑞清在言语上从不表达，但李天剑心里明白，师父很珍惜水晶少女，很珍惜成员间的感情。楚瑞清是水晶少女最大的团粉，否则她不会如此郑重地对待五年之约，甚至不会在非凡耀影坚持到现在。

既然她如此珍惜，那他们也该珍惜她所珍惜的东西。

其他应援会刚开始不答应，毕竟团体应援是团粉的事，许多人是唯粉。李天剑只能先拉拢关系好的应援会，如陈思佳家、夏枚家等，然后逐渐形成包围圈，最后完成十家一统。

其中的艰难困苦，完全可以著书立说。李天剑此等本领，要是生在春秋战国，估计也能成为统一周边小国的帝王，毕竟饭圈争斗完全不逊于乱世争霸。

汪洋的粉海搭配震天的打call声，竟让看直播的观众们也热血沸腾！

——团魂炸裂！水晶少女厉害！

——天哪，绝了，这简直是国内饭圈的粉色奇迹！选秀出道团还有团粉？？

——楚老师今天的笑容是真心的呢，她看起来很开心。

——然而辛媛、陈思佳都感动得要哭了，别人哭你却笑，与众不同的楚瑞清！

——必须得笑，否则演唱会DVD里表情太难看。楚老师深谋远虑！

舞台上，水晶少女不只表演团歌，还会重现《偶像新秀》里的经典舞台。壮观的粉海中，成员们唱响一首首充满回忆的歌曲，让观众似乎又回到那段充实而纯粹的日子里。

出道发布会时，她们获得女团名“水晶少女”，那时众人还没有深切的认识，但如今面对美丽的粉海，成员们却突然醒悟，像是被凝聚在一起。外界的乌烟瘴气、疲惫压抑都被粉色的光海冲散，她们是一个整体！

李天剑沟通时，有几家应援会本来只答应在团歌时弄粉海应援，但当他们看到兴高采烈的小偶像们，又身处颇具感染力的环境内，便不想做打破和谐的破坏者，默默地放下自家的灯牌。

因为没有灯牌的竞争压力，所有人都全身心地投入到歌舞之中，真正享受着这场演唱会！

“MC（英文Microphone Controller的缩写，指控制麦克风的人）环节”到了，林小媛握着话筒，几乎泣不成声，哽咽着想要张口，却频频失败。辛媛安抚地抱了抱她，林小媛才鼓起勇气，哭着道：“真的，我是今天才发觉，原来我的存在也有意义……”

林小媛是团内的第十名，名副其实的出道下位圈，除了团体资源外，她几乎查无此人。她看着忙碌的团员们，偶尔也会感到焦灼，觉得自己的存在没有意义。粉海却告诉她，原来她也有安身之处，她是水晶少女的一部分。

灯海battle（竞争）是上位圈的竞争角逐，也是下位圈的公开处刑，但今日的观众们用温柔的粉色来回应，无声地照顾到了所有人。

成员们陆续进行发言，楚瑞清望着浩瀚的粉色灯海，平静地道："我觉得今天才是水晶少女正式出道的日子……"她沉吟几秒，又道，"不是公司让我们作为女团出道，而是你们让我们能成为女团出道，让我们能有如此美妙的相遇。"

她们不是偶像工厂量产的商品，被强行冠上同一个名字。她们拥有自己的喜怒哀乐，为着同一个目标而走到一起。公司没有为她们的组合赋予名字，是这片粉海在今天将她们命名为"水晶少女"。

"MC环节"末尾，成员们各自拭去眼泪，环绕一圈，将手搭在一起，大家彼此望了望，相视一笑。夏枚高喊道："那我们就定一个宏伟目标，成为国内最强女团！"

"水晶少女，加油！"女团成员们整齐的喊声在光鲜的舞台上响起，穿过浩瀚的粉海，直抵云霄。

——今天的粉海已经是国内最强女团配置，甚至吊打隔壁男团。

——可我一想到以后团会散，心里就难过。

——唉，珍惜现在每一天的团体应援吧，以后有的是个人应援的时候，但团不一定会再有了。

非凡耀影会议室内，水晶少女们齐聚一堂，秦菲凡推门进来，开门见山道："楚瑞清，听说你在演唱会上提公司？"

其他成员偷偷交换视线，感觉公司的固定节目又开始上演。

楚瑞清看她一眼，心平气和地道："秦总，听说你在节目里很火？"

秦菲凡自从经历过《我和我的老板》磨炼，渐渐摆脱了笑面虎的人设，还解放自我地频频损选手，在《星耀时代》里留下不少金句。她可能是觉得"老板"（《我和我的老板》的缩写）里自己太过失态，所以干脆在"星耀"里自暴自弃，露出真面目。

秦菲凡当然在节目里很火，弹幕都快将她骂上天。她闻言啧了一声，没跟楚瑞清开战，转而宣布接下来的工作："这是你们的分组名单，每组两个人，大家都提前看一下。"

楚瑞清看了眼传过来的清单，她和黑禾是一组，倒不算太意外。《星耀时代》的录制已经进入后期，水晶少女作为非凡耀影的艺人，需要进行助演。节目共有五组阵容，每组有两名助演者。

秦菲凡安排完任务，简单地说了说节目情况，便又去忙其他事情。虽然《星耀时代》的选手们还不知分组结果，但水晶少女们已拿到组内清单。大家交流完情况后，发现楚瑞清和辛媛拿的都是全男组，没有女选手。

夏枚感慨道："啧啧，真是秦总风范，觉得男生容易爆，就放在人气组手里。"

陈思佳不禁吐槽道："莫名感受到了职场性别歧视……"

《星耀时代》是男女混选节目，但目前市场上男偶像的吸金能力显然更强。秦厂长果然遵循自己的商业逻辑，将种子选手放到水晶少女的人气TOP（最高的）组里，丝毫不令人意外。

楚瑞清看了眼名单，她和黑禾组里有七人，那就是要九人同台表演，完全是个小团。她往下一瞟，还在名单里发现了熟悉的名字——杨治野。

水晶少女助演《星耀时代》，少不了强势宣传，秦菲凡让她们出现，本来就是要为节目引流。当然，节目组也会采访选手们，询问众人想要跟谁一起表演，其中楚瑞清和辛媛呼声最高。

选手们不是傻子，楚瑞清的粉丝战斗力强、现有的资源规格最高，辛媛背靠新娱传媒、手上的资源数量最多，两者的舞台直拍流量必然最大。

节目录制当天，水晶少女们陆续进组，楚瑞清和黑禾在前往练习室的路上，同样听工作人员说起此事。编导小姐姐亦步亦趋，突然对楚瑞清道："你是选手们想合作助演者第一名哦。"

楚瑞清愣了愣，随即道："谢谢。"

编导："如此受大家欢迎，你有什么感觉？"

楚瑞清："有点儿意外，我以为秦总天天提我，大家会很讨厌我。"

因为秦菲凡首期选拔时的名句，楚瑞清在《星耀时代》里如同别人家的孩子，时时刻刻被拉出来做标杆，吸引仇恨值。虽然楚瑞清没有看节目，但她已经从其他成员嘴里听完前几期节目的全流程，还被团员们打趣个遍。

编导："不，很多选手对你非常赞许，跟秦总说很喜欢你……"

楚瑞清果断地道："也不一定是喜欢，可能是商业互吹，不好驳秦总的面子。”

编导无言以对。

楚瑞清很有自知之明，觉得有的选手不一定对自己有好感，只是秦菲凡天天拉仇恨式地吹捧，节目选手也不好打老板的脸，只能硬着头皮说喜欢她。

——那么问题来了，究竟选手喜欢楚瑞清是驳秦总的面子，还是不喜欢楚瑞清是驳秦总的面子？

——薛定谔的驳面子。

——对、对、对，才不是喜欢，麻麻（网络用语，指妈妈的意思）不要崽崽跟臭男人们同台表演，呜呜呜。

编导感觉楚瑞清油盐不进，干脆又找上黑禾：“如果你是参赛选手，会想选谁做助演者？”

黑禾信誓旦旦道：“当然谁能上热搜就选谁，所以我这回跟楚老师助演。”

楚瑞清瞟对方一眼：“你跟她们学坏了。”

自从《欢乐嘉年华》播出后，夏枚成功靠“楚瑞清之子”登上热搜，大家便越发蠢蠢欲动，喜欢玩这个梗，连黑禾也不例外。

楚瑞清和黑禾刚踏入练习室，便看到《星耀时代》的七名选手，并瞬间引起轰动。他们纷纷露出惊讶的表情，有人甚至兴奋地蹦起，满脸洋溢着喜色。

楚瑞清刚想寒暄，但看着如此激动的选手们，一时不知如何开口，茫然地道：“他们不都提前知道助演者是谁吗？”

大师姐有点儿诧异，为何众人还表现得如此夸张，明明节目组已透露过消息。

黑禾直白地道：“这是综艺效果，所以你老被说没综艺感。”

即使大家心知肚明，镜头前也要做得夸张，否则哪里来的镜头？

楚瑞清：“哦。”

队列里打头的方临听到两人的对话，猛地跳出来接茬儿：“因为师姐们太美了，所以大家都很激动！”

如果换作其他水晶少女成员，或许此时屏幕上已浮现出粉红泡泡，偏偏这组是楚瑞清和黑禾。两人都没遭遇过尬撩，同时僵在原地，如鲠在喉。

方临没看到预想中的效果，却见楚瑞清和黑禾面覆寒霜，顿时有点气弱，挠了挠脸，感觉自己似乎说错了什么。

楚瑞清虚心向黑禾求教："他用一句话冰冻全场，也是一种综艺效果？"

黑禾哭笑不得。

——综艺效果？老黑你有什么资格教楚老师上综艺？你俩全团最差啊！

——完蛋，水晶少女大型相声组合终于翻车，今天是死亡相声组。

——没法想象这组在台上的浪漫互动，节目组真不该这么搭的。

男女同时登台表演，基本上有互动环节，例如双人近身舞蹈等。因此，这两期节目弹幕里都快被"麻麻不允许"等言论塞满。辛媛组选择的是浪漫抒情歌，弹幕区瞬间一片哀号，《星耀时代》的粉丝们也在弹幕里发起反击，说水晶少女不该来抢选手的舞台。

角落里，楚瑞清悄声问道："我们是助演，是不是只要助就行？"

如果她们是助演者，那舞台就是男选手们的，按道理不用过度营业。客人抢了主人的风采，似乎不太应该。

黑禾点头："应该是吧。"

大师姐闻言很满意，她可以节省能量，在演唱会上更多地营业。

练习室内，选手们环顾一圈，发现角落里种蘑菇的两人，试探地问道："师姐们觉得该选什么歌呢？"

因为水晶少女是前辈，基本上每组成员都参考她们的意见，更何况楚瑞清是center，跟别人还不一样。按道理，这个环节肯定要彰显一下女团风采，否则以后没人愿意上类似的节目。令人意外的是，楚瑞清十分好说话。

楚瑞清："这是你们的舞台，你们来定曲目吧。"

其他人有点儿犹豫，又看向黑禾，黑禾果断地道："我听她的。"

有选手播放出音乐片段，问道："这首歌可以吗？"

楚瑞清和黑禾一听，点头道："可以。"

选手："那这首歌呢？"

两人又点头："也可以。"

方临突然冒出来，笑嘻嘻地道："那情歌呢？"

楚瑞清、黑禾无言以对。

——秦总我要举报，这里有两人试图划水，毫无工作积极性！

——感觉方临有点儿油腻，他真不知道楚、黑不吃这套吗？完全就是在抢镜头。

——大家都别上升，理性看节目！真想骂就骂秦总吧！

楚瑞清看着嬉皮笑脸的方临，没有马上拒绝对方的提议，而是平静地反问："为什么想选情歌？"

楚瑞清心里很排斥，但总要知道对方的理由，才能权衡是否如此选择。

方临被问愣了，他其实没什么正经理由，只能强作轻松地笑道："因为要考虑师姐们适合什么呀，总不能挑一首纯男团舞……"

楚瑞清："可以啊，为什么不能？"

黑禾也不想选情歌，在旁边频频点头，附和楚瑞清的观点。

方临非常不解，突然想起，楚瑞清和黑禾似乎被戏称是男版"偶秀"留级生？

楚瑞清和黑禾都同意跳男团舞，实在出乎众人意料，引发周围选手们的惊叹。方临有点儿为难，顾左右而言他："如果是男团舞蹈，那服装怎么办？师姐和我们的服装风格不同。"

"我们和你们统一。"楚瑞清不太理解方临的逻辑，"你们跳女团舞，难道要穿女装？"

方临表示：你说得真有道理！

其他人看两人如此爽快，跃跃欲试道："我们要是跳很男性化的舞蹈呢？"

两人默契地点头：“可以。”

有人又弱弱地道：“那师姐们想做C位吗？”

黑禾没说话，楚瑞清平静地道：“我们跳你们留下的位置。”

楚瑞清和黑禾毫无要求，基本上是把舞台控制权全交给选手，极度佛系。选手们佩服地鼓掌，皆兴奋不已，有人小声感慨道：“感觉她们胸有成竹的样子……”

——根本不是胸有成竹，完全是逃避营业想划水，通告费不能这么赚！

——这样做助演者太不负责了吧，要当甩手掌柜？

——隔壁辛媛出主意你们骂，现在楚瑞清不出主意你们也骂，总之就是针对plmm呗？世界就该围绕着你们的哥哥转，别人呼吸都是错？

楚瑞清和黑禾心态很好，已经把自己定位在男团伴舞的身份上，任由选手们选舞及发挥，完全配合他们的设计。男选手们挑的是一首帅气而富有魅力的歌，留给楚瑞清和黑禾的位置也还可以。

两人旁观他们争C位，一心决定做配角，然而她们很快就发现，想要划水并不容易。

楚瑞清本来记动作就过目不忘，黑禾也是水晶少女的舞蹈上位圈成员，两人几乎飞速地记完舞步，没过多久就开始抠细节。她们将舞蹈抠完，男选手们还有人没记住全曲。

黑禾面色凝重地道：“怎么办？我划水好像也比他们强。”

楚瑞清不禁默然，因为她也有同样的感觉，难不成还得故意跳差？

国内选手资源毕竟经过好几轮筛选，实力强劲者早就在男版《偶像新秀》等节目中脱颖而出，难有漏网之鱼。因此两个节目的选手资源有差距，“星耀”要比“偶秀”差一点儿。楚瑞清和黑禾本身水平又不差，瞬间矮子里面拔将军。即使楚瑞清进行名师突击，也不会马上出效果，毕竟生源不一样。

虽然两人都没说破真相，但周围选手们也感觉到不对，这两位师姐跳舞力度未免太大，完全不输男性！

因为差距过于明显，原本的center和杨治野都有点儿尴尬，他们占据最多的镜头资源，却打不出输出，实在令人汗颜。这就像王者峡谷里刺客和射手没伤害，只能让肉盾和法师冲上去杀人一样。

Center最后决定退位让贤，找到楚瑞清，低声道："师姐，不然你来站C位吧……"

楚瑞清振振有词道："这是你们的舞台，还是要多展现你们。"

杨治野同样找上黑禾，为难地道："师姐……"

黑禾则更果断地拒绝："不，我们跳男团舞没经验，给你们伴舞就好。"

众人看两人如此坚决，甚至一度怀疑她们在反讽，故意捧杀自己。二者的实力如此悬殊，放到节目上怎么看？

——隔壁成员们站C位被骂，结果楚老师不站C位让选手更尴尬，哈哈哈。

——各位父老乡亲，这期又没了，咱们下周再见！

京西别墅内，李天剑在院里练完剑，兴致勃勃地回屋，准备观看新一期《星耀时代》。他一边喝茶，一边想缓存视频，然而刚看到节目标题，便骤然呛住，剧烈地咳嗽起来。

管家听到声音，连忙冲进屋里，焦虑地道："二少爷，怎么突然又开始咳？"

李天剑从山里回来后，再也没有犯过病，身体和气色一天比一天好，甚至眼中都透出生机。但他今日突然咳嗽，自然让人担忧不已。

李天剑忙伸手掩饰自己的失态，解释道："不，我只是不小心呛住……"

他又看了一遍视频的标题，难以置信地再次确认，咬牙道："这标题是什么鬼？！"

《星耀时代》第九期：楚瑞清、杨治野贴身热舞，水晶少女登台助演。

李天剑骤然看到如此毒辣的标题，瞬间瞳孔收缩、面色惨白，竟不敢点开视频。他心中一片茫然，上期不是说跳男团舞，怎么变成男女热舞？难道男选手们发现水平不行，突然调换曲目？

管家靠近瞟了一眼，又见二少爷失魂落魄的样子，试探地道："这不是很正常？只是表演而已。"

水晶少女助演《星耀时代》，肯定会跟男选手们发生接触，没什么好意外的。

李天剑不愿相信地抱头，音量顿时低了不少，既可怜又无助地喃喃道："但那是师父啊……"

李天剑完全没法接受师父跟异性热舞，而且男女偶像共同演出，一般不是走性感暧昧风，就是走甜蜜爱恋风，主题都离不开爱情。思及此，他简直快要崩溃，师父不沾凡世微尘，怎么能被一个糊咖拉下神坛？

管家见李天剑气急败坏，一副想咒骂杨治野一千遍的样子，不禁若有所思：原来二少爷属于男友粉，一听到此类新闻就要发飙。

管家见二少爷没事，便准备离开，临走前还语重心长地规劝道："二少爷，别太将这些放在心上，即使是女团偶像，总会恋爱结婚的。"

管家不知楚瑞清的真实情况，自然没觉得此事有何奇怪的，毕竟他当年喜欢的女明星，现在都是奶奶级，孩子都不知道有几个了。虽然楚瑞清是习武之人，还是二少爷的师父，但她又不是尼姑，怎么可能遁入空门？

管家以过来人的身份规劝，却不料捅了李天剑更深的一刀。李天剑闻言，大脑内一片混乱，陷入茫然无措的思考中——师父怎么会恋爱结婚？！师父长生不老、剑术超绝、正直无瑕、重情重义，哪有人配得上……但她自称是普通人，好像也没太将自己的身份放在心上？

李天剑越想越心慌，直到听见清脆的声响，电脑提示视频缓存完毕！

他感觉这声音简直像丧钟，但最终还是深吸一口气，点击进入节目。他根本不看开场，如同无数愤怒失态的楚瑞清的粉丝一样，直接将进度条拖到楚瑞清的舞台，准备迎接暴击。

李天剑看着节目名字《黑色咒语》，不禁稍微松了一口气，幸好曲目没有换，仍是男团舞。然而他心里更加疑惑，男团曲目怎么能贴身热舞？

画面中，黑暗的屏幕突然亮起，血红的led屏幕前是九人的黑色背影，在昏暗的灯光下只能隐约映出轮廓。李天剑听着观众区的粉丝尖叫声，努力分辨着楚瑞清的身影，却一时没有认出来，因为台上的九人都穿着西装！

《黑色咒语》跟其他舞蹈不一样，楚瑞清和黑禾既然答应跳男团舞，就没办法再穿短裙。如果是一女八男的组合，还能让唯一的女生穿裙子站C位，但二女七男的组合，这样穿看上去便不伦不类了。

楚瑞清和黑禾考虑到阵容的和谐，决定跟男选手们统一服装。两人不但换上黑色西装，甚至连发型和妆容都高度吻合。楚瑞清将长发梳起，黑禾则将短发梳成背头，连眉形都没走女团风格。

《黑色咒语》激昂的前奏响起，台上九人舞蹈动作整齐，却看不清五官。然而众人刚跳完几拍，李天剑便眼尖地找到师父，她似乎换上了内增高的鞋子，努力跟男团的身高保持一致，动作依旧游刃有余、精准有力。

灯光终于全部亮起，楚瑞清将长发束在身后，眉宇间英气十足，连妆容都比平时要淡几分，显得雌雄难辨。她的五官在灯光下冷峻而清秀，穿上黑西装、白衬衫更显英姿飒爽！

虽然楚瑞清没有站在中心的位置，但观众的视线根本无法从她身上移开，她走位到哪里，哪里就是舞台中心！

楚瑞清和黑禾刚好走位到前排，像是各自带领一支队伍，完美地混迹在男团之中，丝毫不逊色于其他人。她们的动作力度甚至要更强，舞蹈踩点更准，让观众们热血沸腾。

——帅哥你哪位？不行我死了，我对崽崽的感情逐渐变质……

——这两人终于跳身份了，果然是从男团混进女团的间谍！

——天哪，我满腔怒火地冲进来，现在看着舞台都蒙了，所以贴身热舞呢？难道是那擦肩而过的走位？

——请起标题的人去UC震惊部报到，绝对比在这里赚得多。

——长发的选手叫什么？前几期节目对这位帅哥没印象，这个舞台好惊艳。

——长发是楚瑞清，不过她参加的节目叫《偶像新秀》。姐妹对不起，这位性别女。

舞台录制完毕，楚瑞清和黑禾各自去换装，楚瑞清换好衣服出来，没看到黑禾，反而见到预料之外的人。杨治野见被她发现，不禁面露局促之色，艰难地开口："师姐……"

楚瑞清面对杨治野，平静地道："有事？"

她和对方练舞期间接触不多，毕竟两人是同一公司的，过多接触容易显得对其他选手不公。

杨治野见她神色自若，有点儿紧张地低头："谢谢。"

楚瑞清闻言愣了愣："谢什么？"

杨治野："你选我上节目……"

楚瑞清沉吟两秒，说道："你不用谢我，该谢自己的努力。"如果杨治野是个没有业务能力的混子，她当初肯定不会坚持选他。

杨治野没想到她会说这话，心中更感煎熬。他不经意地瞟向楚瑞清头侧，伸手提醒道："你的头发……"

楚瑞清下意识地躲开他的手，若有所思地摸了摸头，理好换装时弄乱的发丝。

杨治野见状，抿了抿嘴唇，低声道："不管如何，还是谢谢师姐给我机会。"

杨治野说完就先行离开，走廊里却又出现不速之客。楚瑞清察觉身后的动静，回头说道："出来吧。"

方临被她发现，坦坦荡荡地从角落里钻出来，笑嘻嘻地道："师姐跟杨治野很熟吗？"

楚瑞清看他听墙角还如此厚脸皮，淡淡地道："同公司而已。"

方临耸了耸肩："那我给师姐一个建议，最好离他远点儿。"

楚瑞清挑眉："为什么？"

"嗯……"方临思考片刻，缓缓地道，"因为他和我是一类人吧，都属于师姐讨厌的类型。"

楚瑞清若有所思，又道："那我也给你一个建议。"

方临好奇地道："什么？"

楚瑞清坦白道："别太油腻，能更吸粉。"

方临皮笑肉不笑地道："我这是阳光帅气，哪里油腻？！"

楚瑞清真心求教道："哪里不油腻？"

方临：这意思是我浑身上下都油腻？！

方临有句话没说错，虽然楚瑞清不讨厌他们，但她对他们毫无兴趣。她既不在乎杨治野，也不在乎方临，完全没将他们放在心上。

《黑色咒语》的男装造型让楚瑞清和黑禾狂吸一拨粉，虽然不少粉丝得知性别真相感到痛心疾首，但自己粉上的偶像，跪着都要粉下去。

楚粉们在此期间十分繁忙，一边忙着安利偶像吸引新粉，一边怒骂节目的标题，认为《星耀时代》吸血楚瑞清。节目里根本没有楚、杨热舞的画面，节目组却使用假标题引流，简直其心可诛。

由于极具噱头的标题，很多路人点进来吃瓜，让第九期节目流量暴涨。虽然楚瑞清能借此吸粉，但节目组的居心叵测也是真的，瞬间激起粉丝的愤怒！

这场风波甚至让南明离火剑重出江湖，他本来远离战场许久，也被此等操作气得亲自下场，手撕《星耀时代》官方微博及节目组。《星耀时代》面对楚粉们的怒火，迟迟没有做出回应，直到节目播放结束。

楚瑞清完成助演后，一直忙于各地的演唱会。水晶少女的演唱会终场结束，《星耀时代》也彻底收官，却有新热搜——“楚瑞清恋情”这个话题冲上热搜榜，而且相关内容图文并茂。

陈思佳看到热搜，顿时诧异不已：“天哪，你有恋情？天天研究中国近代史纲要的人还能有恋情？！”莫非是对祖国母亲深深的爱恋吗？

埋头研究示范班学习教材的楚瑞清一脸疑惑。

网友们只要点进“楚瑞清恋情”这个话题，便能看到图文并茂的九宫格图片，其中有一张高糊动图，看上去是楚瑞清和杨治野在谈笑打闹。其他图片则是楚瑞清微博和杨治野ins（英文Instagram的缩写，是一款社交软件）的截图，营销号专门进行对比，寻找到两者图文间的蛛丝马迹，说是隔空秀恋情。

楚瑞清发微博宣传“最初之梦”演唱会，杨治野ins隔空呼应“珍惜最初的梦想”；楚瑞清由于工作发营业微博，广告文案跟云朵有关，杨治野ins就发一张天空中柔软的白云，可谓一一对应。

营销号所谓的实锤有三：一是两人亲密交谈的动图；二是两人早有私情，所以楚瑞清力保杨治野上《星耀时代》；三是微博和ins的细节线索。

网友知道楚瑞清，看到“恋情”二字，当然极为八卦地点进来，紧接着的反应就是杨治野是谁？两者的知名度相差太多，最后只有“楚瑞清恋情”这个话题到达前三的位置。

李天剑看着子虚乌有的“实锤”，一边找人压热搜，一边冷笑着打字反击，心里简直想把倒贴师父的糊咖撕成碎片！

南明离火剑：“按照对比图的逻辑，我的微博可全是同一人，连牵强附会都不用，岂不是锤得更死？糊咖就是糊咖，玩炒作都炒不红，带糊咖名字的热搜石沉大海，只有单人恋情能冲上热搜前三，还在这里碰瓷国民C位？”

乌龙茶叶：“虽然路人基本不信，但污染我家广场真是烦死，日常辱骂非凡耀影。”

小红：“这热搜买得降都降不下去，公司不发辟谣公告又在摸鱼呢？！”

非凡耀影公司内，秦菲凡忙得焦头烂额，她最近一直在宫斗，还没察觉热搜上的腥风血雨。《星耀时代》的最终反响远低于预期，致使部分选手感到不满。节目收官后，公司内部团队发生分裂。某高管直接签走大批选手，导致“星耀”出道团瞬间解散，连带公司内都风雨飘摇。

杨治野就是跟高管离开的选手之一，他们似乎早有准备，前脚先捅秦菲凡一刀，后脚就蹭上楚瑞清的热度。虽然杨治野在《星耀时代》中成绩不错，但由于节目本身就糊，知名度实际并不高。

《星耀时代》播出期间，最热的话题就是“男版楚瑞清”和“楚瑞清男装舞台”，全节目组红不过一个楚瑞清，更比不上《偶像新秀》的热度。

秦菲凡得知消息时，恋情热搜已经挂了挺久，杨治野的微博都借此涨粉百万。虽然涨的是吃瓜粉和黑粉，但是有热度就行，黑红也是那位高管最爱搞的上位手段。

秦菲凡紧皱眉头，当即明白对方的心思，赶忙道：“现在先发公告辟谣，然后跟楚瑞清联系，让她别轻举妄动……”

“好的，秦总。”工作人员闻言，立马推门离开，去联络楚瑞清。他还没走太远，突然又折返回来，尴尬地握着手机，汇报道：“秦总，好像晚了一步，楚瑞清刚发了条微博……”

“她怎么能亲自下场？！”秦菲凡的声音瞬间尖厉起来，她怒不可遏地道，“让她立即过来！”

这类谣言都是艺人工作室或公司出面辟谣，哪有偶像自己动手发微博的。

宿舍内，楚瑞清在陈思佳的提醒下，浏览完热搜的图文，平静地道：“假的。”

“我当然知道是假的！”陈思佳挑眉道，“但你怎么还有动图？”

虽然动图糊得要命，但陈思佳仍能一眼看出，其中一人是楚瑞清。

楚瑞清答道：“离开时被他拦住，然后简单聊了几句。”

陈思佳皱眉道：“现在怎么办？不然给秦总打电话吧？”

“不用那么麻烦。”楚瑞清不理解陈思佳焦虑的原因，索性编辑起微博，坦然地道，“我说一声是假消息就行。”

大师姐可不懂娱乐圈的炒作套路，她的思路简单直接，既然是假的，说清楚就行。

陈思佳刚想张嘴，随手一滑便看到楚瑞清的最新微博，不禁颇为无语：“你这也太快了……”

楚瑞清的微博极短，内容简明扼要、一目了然，编辑速度快得陈思佳来不及阻止。

水晶少女-楚瑞清：“假的。”

Lunar_楚瑞清资源博：“好嘞，姐。”

香蕉侠：“这居然能逼你发微博营业，你怎么不早说？”

烛光一点：“那为啥营销号有图？你俩微博和ins重复的内容好多。”

送你见星星回复@烛光一点：“yzy（杨治野）的所有图文都晚发一步，是谁倒贴谁，你们看不出来？”

水晶少女-楚瑞清回复@烛光一点：“可能他对公司发的广告感兴趣。”

吉他：“对广告感兴趣？哈哈哈，崽崽你咋想的？”

楚瑞清也不知道杨治野在ins上疯狂发相似内容的原因。因为她平时很少在微博上发私人内容，基本将账号交给公司发广告。那条“最初之梦”是演唱会宣传，另一条云朵微博是为手机产品做宣传，还有许多类似内容是广告。

大师姐回复@烛光一点：“杨治野扒着公司发的广告不放，可能是喜欢这些产品吧。”

楚瑞清直接回复网友微博，实在令人意想不到。评论区瞬间炸裂，大家争先恐后地发微博，期盼能被翻牌。网友烛光一点由于发言遭粉丝围攻，正快要变成黑粉，却意外被楚瑞清翻牌。烛光一点看着平和的回复内容，瞬间有点儿不好意思。

烛光一点回复@水晶少女-楚瑞清："哦哦哦，你的舞台超好看，以后加油啊！"

水晶少女-楚瑞清回复@烛光一点："谢谢。"

陈思佳看着数量暴增的评论，蒙蒙地道："你怎么还跟网友们聊上啦？"

楚瑞清低头缓缓打字，说道："因为有人提问。"

陈思佳心道："这是什么逻辑？你还有问必答？"

楚瑞清打字的速度不快，她只能先回复权重较高的网友评论。

咖啡糖："楚瑞清你宁愿跟黑粉说话，都不翻粉丝哦，麻麻生气啦！"

水晶少女-楚瑞清回复@咖啡糖："你哪里感觉麻？难受要及时就医。"

咖啡糖："……"

小软："杨治野明显就是白莲、绿茶！一辈子只会吸人血！"

水晶少女-楚瑞清回复@小软："莲花和绿茶不能嫁接，草木成精也不会吸血。"

咸鱼少女："楚老师如此直接回怼，不怕被杨治野家报复哦？"

水晶少女-楚瑞清回复@咸鱼少女："他打不过我。"

小提琴："大好时机都别提糊咖啦，快抓紧时间问别的！楚老师能不能多发微博？最近在看什么书？你平时喜欢干什么？"

水晶少女-楚瑞清回复@小提琴："不能，《中国近代史纲要》，练剑。"

水晶少女-楚瑞清："我先不回大家了，秦总找我有事。"

平安福："好的，已经想象到秦厂长逼你删博时狼狈的样子，替我向她带句话，非凡耀影倒闭了。"

楚瑞清接到通知，从水晶少女宿舍赶往公司。她刚刚踏入大门，竟正好撞上戴着口罩的杨治野，实在是冤家路窄。杨治野似乎在等人，看到楚瑞清，当即有点儿惊慌，一时不知说什么。

楚瑞清瞟了杨治野一眼，便满脸平静地走开。她直接摁亮按钮，等待电梯下来，对他视而不见。

杨治野被完全忽视，连忙摘掉口罩，犹豫地上前一步，尴尬地道：“师姐……”

楚瑞清自然地挪远一步，面无表情地道：“有事？”

杨治野看到她的举动，瞬间有点儿受伤，硬着头皮解释道：“对不起，我也没有办法。”

“我确实也想借节目正常地往上走，但‘星耀’整体热度不够，我真的没时间再等了……”

杨治野刚被选上《星耀时代》时，简直欣喜若狂。他已经努力十二年，辗转多家公司，终于迎来出头之日。然而噩梦来得如此之快，母亲突然病重，瞬间拖垮并不富裕的家庭。

他是单亲家庭的孩子，过去靠着母亲的支持，才能在娱乐圈追梦。如今他已经二十七岁，却连治病的钱都拿不出来，在命运面前极为无力。如果《星耀时代》大火，他或许能出头，但节目反响平平，他面对天价药费，再也不能浪费时间。

签走杨治野的高管帮忙垫付了医药费，黑红则是艺人出名的最快手段。杨治野要先拥有名气，才能获得赚钱的机会。

楚瑞清对他有知遇之恩，但母亲对他更有养育之情。

楚瑞清听完对方的解释和情况，挑眉道：“你是来博同情的？”

杨治野眼神黯然，低头道：“这回是我对不起师姐，如果您以后有需要帮忙的地方，我绝对竭尽全力……”

楚瑞清直接道：“你帮不上我。”

杨治野不过是个普通人，连根骨都没有，估计连阚和都打不过。

杨治野见她如此直接，不由得脸色一白，弱弱地道：“您后悔吗？当初让我上节目……”

楚瑞清：“不后悔。”

杨治野愣了愣。

楚瑞清镇定地道：“我说过你不用谢我，该谢你自己。现在也是如此，你没有对不起我，而是对不起你自己。”

楚瑞清觉得自己的选择没错，她选人时看的是业务能力，又不是道德品质。杨治野靠自己的能力获得机会，如今也为机会放弃自己的人格，这是他的事，跟楚瑞清无关。

“恭喜你成为自己曾经最讨厌的那类人。”楚瑞清说完，想了想又道，“你唯一欠我的，只有一句话……”

杨治野只感觉狂风扑面，还没反应过来，便听到电梯抵达的叮咚声。楚瑞清走入电梯，转身望着他，淡淡地道：“你的头发。”

楚瑞清在示范学习班上课后，有些进步，学会了在没有监视摄像头的地方行动。

电梯门缓缓关上，杨治野正迷惑不解，却察觉头皮一阵清凉。他摸了摸自己的脑袋，竟没有摸到头发！

杨治野看着地上散落的发丝，匆匆跑到玻璃墙前，震惊地望着玻璃墙映出的景象。他头侧的发丝不知何时被人剃光，露出丑陋的头皮，显得滑稽可笑。光裸的头皮就在耳朵上方，正是他当初提醒楚瑞清的地方！

他当时想去触碰楚瑞清的发丝，如今他头部的发丝却离奇地全部掉光。

高管跟秦菲凡吵完架，一下楼就看到造型古怪的杨治野，当即拧眉道：“谁让你乱剪头发的？难道让我找监狱戏给你？！”

高管觉得杨治野有点儿飘了，刚有点儿名气就肆意变换造型，实在过于张狂。

杨治野哪知道自己压力如此之大，莫非是由于做了亏心事，所以突然秃掉半边头发？

楚瑞清敲门进入办公室，一眼就看到杂乱的办公桌及桌后的秦菲凡。秦菲凡刚刚跟高管卢金才撕扯完艺人合约，抬头看到楚瑞清，当即想到对方在网上干的好事，挑眉道：“谁跟你说可以发微博回应的？这种事就该由公司处理！”

楚瑞清反问：“但也没人跟我说不能回应吧？”

秦菲凡看她波澜不惊、振振有词的样子，努力深吸一口气，告诫自己不能跟对方计较，最后只会徒增怒气。秦菲凡干脆地道：“卢金才把杨治野等人挖走了，还有公司里的一支导演团队，以后在资源上，我们肯定会撞……”

卢金才就是离开非凡耀影的高管，算是非凡耀影的创始人之一，此次变动对公司来说可谓重创。

楚瑞清听着公司内的争斗，好奇地道："所以非凡耀影要倒闭了？"

大师姐不太明白公司经营的事情，但大概可以理解秦菲凡的意思，公司目前好像很混乱。

秦菲凡咬牙道："你很期盼公司倒闭？"

楚瑞清坦白道："还好，网友们好像更期盼。"

秦菲凡气得头疼，不愿被楚瑞清岔开话题，努力回归正轨："总之，你最近很可能跟杨治野碰上，到时候自己注意点儿，别落下话柄！"

秦菲凡和卢金才的资源重合度高，双方的艺人肯定频繁出席相同的活动，难保不会再被碰瓷。

楚瑞清想到秃头杨治野，说道："应该不会。"她用剑气给对方留下了点儿教训，头发长出来需要些时间。

当然，如果杨治野狠狠心剃个光头，或者戴着假发出席活动，那就没办法了，自己也只能佩服对方对赚钱的执着。

秦菲凡揉了揉太阳穴，让步道："行，那条辟谣博就留着吧，但你把评论区的闲聊删了……"

秦菲凡想了想，直接发微博回应挺像楚瑞清的风格，既然木已成舟，那再遮掩也没必要。但楚瑞清在评论区跟网友们唠嗑，实在有点儿不像话，居然还实时直播说要跟公司老板谈话，这不是找事吗？

秦菲凡发觉楚瑞清好像不懂网络术语，什么评论都敢瞎回。这很容易闹出事情，她立刻提出让楚瑞清删回复。

楚瑞清这回没有拒绝，老实地删掉评论区的回复，又跟秦菲凡聊了聊工作，便告别离开。

楚瑞清走后，秦菲凡刷了刷对方的微博，看到评论区的闲聊消失，不再有"草木成精"等内容。然而没过多久，秦菲凡就刷出新内容。

甜坚果："呜呜呜，真的删评论啦？我还挺喜欢跟楚老师唠嗑的，非凡耀影倒闭了！"

水晶少女-楚瑞清回复@甜坚果："秦总说没倒。"

空谷兰："这个问题不需要商量，我不管秦厂长怎么想，都听我的，非凡耀影倒闭了。”

小朱：“楚老师都被要求删评，现在还敢继续回复？”

水晶少女-楚瑞清回复@小朱：“只说删掉那几条，没说不能回复。”

秦菲凡心说：这还得我说一句动一下？不能回复明明是常识！

秦菲凡看着楚瑞清的回复，内心极为崩溃，果断地给楚瑞清打电话，补上后半句：“不仅要删回复，而且不能再随便回复别人！”

谁家偶像会跟网友唠嗑，究竟是谁教会她回复微博评论的？！

楚瑞清面露疑惑地问道：“为什么？”

秦菲凡愤怒地道：“没有为什么！反正就是不能！”

楚瑞清听见秦菲凡如此专制的话，淡淡地道：“这毫无逻辑。”

秦菲凡气得血液上涌，破罐破摔道：“我就是没逻辑的人！”

楚瑞清无言以对。

非凡耀影比楚瑞清晚一步发公告辟谣恋情，还表明他们在必要时刻会追究法律责任。虽然网友们大多不信炒作新闻，但不得不说卢金才等人的目的已经达到，许多路人终于知道杨治野是谁。尽管是黑红流量，但好歹能红。

唯一的遗憾是，杨治野莫名脱发，不能马上投入活动，错过这段流量期。虽然他可以戴假发，但这也不是万无一失的，要是被黑粉们扒出秃顶，必然会遭全网群嘲。杨治野最近拼命吃芝麻、核桃，真的不明白自己到底为什么会突然掉发。

影视机房内，胡屏正在检查新版《倚天屠龙记》的剪辑状况。他看楚瑞清安静地推门进来，向她打了个招呼，便继续自己的工作，对旁边的人道：“你把刚才那段再放一下，剪辑点不对……”

楚瑞清见屋里众人在忙，索性先坐在后面等待。她今天是来给电视剧后期配台词的。

导演胡屏忙完，便转身跟楚瑞清寒暄起来，开口道：“最近怎么样？”

“还好。”楚瑞清看着屏幕上的影像，“胡导剪完了？”

胡屏道：“粗剪而已，要先给台里审一遍，最近赶得紧。”

新版《倚天屠龙记》已经确定上星平台，因此审查会比网剧更严。胡导最近要给台里送带子，先将粗剪版交上去，所以熬夜赶工。

两人稍微聊了聊近况，胡屏便说起正题："其实今天不光是让你来录音，还有一件事情，我最近看了个本子，里面有个角色特别适合你，简直是量身打造……"

楚瑞清在《倚天屠龙记》杀青时，胡屏曾许诺看到合适的角色一定再找她。他前不久帮人看剧本，居然发现其中有个人物极像楚瑞清，立马有牵线搭桥的心思。

楚瑞清从胡屏手里接过纸质剧本，这是个电影故事，名叫《强势进击》。故事讲述警察陈栋由于妻子去世颓丧不堪、浑浑噩噩，却突然在某件大案中发现妻子骤然离世的线索。他在同组警察和友人的帮助下，最终破获真相，揭露多年前妻子离世的秘密。

这个故事的结构商业化而标准，不过胜在情节幽默惊险，既有喜剧风格又有悬疑色彩，显然是奔着卖票房去的。主角陈栋身边有数名性格各异的警察同事，其中有个刚进组的警察小姑娘，名字叫小云。

小云在警局里年纪最小，平时沉默寡言，在组中毫无存在感，总被人使唤着端茶倒水，但时常语出惊人，指出破案的关键线索。她看上去文弱安静，没有任何杀伤力，在影片高潮时却惊人地反转了，不但在危难时救下主角，还用可怕的武力值制服暴徒。

简单来说，小云就像扫地僧，平常深藏不露、极度低调，实际上战斗力爆表。

胡屏当初看完剧本，心想这不就是楚瑞清嘛！她原来在剧组里不爱说话，但干的事情一件比一件吓人，分分钟冲进废墟救人。

楚瑞清阅读完故事，也感到非常满意。因为小云没有感情戏，只有打戏，且台词还少。楚瑞清好奇地道："这是胡导的戏？"

胡屏摇头："导演不是我，是我以前的执行导演，编剧也是他。他让我帮忙给提点儿意见，现在本子还没定稿呢。"

楚瑞清了解地点头，导演也是不断刷经验升级，年轻导演一般先从副导演、执行导演做起，然后逐步成为总导演。对方能离开胡屏单干，还可以写剧本，算是有才华的。

胡屏见她感兴趣，提议道："你要觉得合适，我带你去跟他聊一聊。他们公司就在园区里，离咱们机房不远。"

楚瑞清真诚地道："谢谢胡导。"

胡屏和蔼地摆手："没事，这也是正好赶上了！"

"倚天"的剪辑机房位于帝都某文化园区，这里还有很多影视公司。胡屏处理完"倚天"剪辑的工作，便带着楚瑞清拜访《强势进击》的导演陈木东。

楚瑞清想了想，"陈木东"拼起来就是"陈栋"，这部电影里男主角的名字。陈栋是富有颓丧魅力且善于破案的警察大叔，有种吊儿郎当的气质。导演化用自己的名字，难道是将自己的情感投射到主角身上了吗？

"胡导，好久不见！"

陈木东的公司门面不大，不过麻雀虽小五脏俱全。楚瑞清跟着胡导进门，便看到迎面前来迎接的员工。那人年纪不大，没认出戴着帽子和黑口罩的楚瑞清，对着胡屏热情地道："您稍等一下，陈木东在楼上收拾呢。"

胡屏朝着楼梯走去，随和地道："没事，我们上去找他吧。"

那人面露难色，又不好阻拦，只能跟着胡屏和楚瑞清上楼。

楼上有个会议室，楚瑞清刚刚进屋，便看到涂得乱七八糟的巨大白板，上面写满剧情线索。会议桌上堆满咖啡罐和苏打水罐，有个卷毛的男子正低头疯狂收拾，看上去瘦削而邋遢。

打扫卫生的陈木东看胡屏等人突然出现，顶着黑眼圈，不禁面露尴尬地道："胡老师，您来得真快……"

胡屏没有提前打招呼，出发前才发了条消息，杀了陈木东一个措手不及。

"嗬，你可真能喝啊！"胡屏望着惨不忍睹的现场，"够乱的！"

陈木东一边匆匆抱起空易拉罐，一边弱弱地解释："昨晚熬夜开剧本会，所以弄得比较晚，就没有收……您先坐！"

楚瑞清和胡屏看了看周围混乱的环境，会议桌旁的转椅挤成一团，也不知道坐在哪里。胡屏索性站着聊起来："你的本子怎么样了？"

陈木东手忙脚乱地收拾着垃圾，面露难色："进展不太好，我们昨天商量把小云删了……"

楚瑞清沉默地听着，胡屏却万分诧异："为什么要删？这角色挺好的。"

“唉，角色是挺好，主要是我的问题。”陈木东抱着一大堆空易拉罐，步履匆匆地去丢垃圾，“我把握不住这个人物……”

陈木东还未说完，便一脚踩中地上的空易拉罐，手中的垃圾丁零当啷地掉落满地，紧接着他身子一歪，眼见就要摔倒在地！

胡屏面对熟悉的场景，不忍看到陈木东的惨状，下意识地避开视线，微微叹了口气。

见陈木东笨手笨脚地栽倒，楚瑞清一言不发，直接踢了一脚身边的滚轮转椅。转椅在巨力的作用下哗啦啦地冲向陈木东，顺利地接住对方，没让他当场摔倒。

陈木东姿势怪异地倒在转椅上，被柔软的椅背接住，还借着滚轮转椅滑动了一段距离。他费力地挣扎起身，望向一身黑衣未露脸的楚瑞清，发蒙地道：“老师，您现在带的保镖很牛啊。”

胡屏表示非常无语。

陈木东竟受到一丝激励，名导就是名导，连带的保镖都是动作片水准！

“他就是外表看着有点儿傻，实际上内在……”胡屏目睹学生的惨状，扭头向楚瑞清解释，停顿了一下，不确定地道，“可能比外表还傻一点儿吧。”

楚瑞清从未见过如此不靠谱的影视从业者，如果不是胡导带着她过来，都怀疑自己误入其他人常提的“皮包公司”了。即使是极为简陋的初梦传媒，工作人员都有起码的专业度。非凡耀影就更厉害了，虽然秦菲凡的商业逻辑不一定对，但面子工程做得极好，公司里亮亮堂堂的。

现在，楚瑞清和胡屏坐在会议室里，而他们想见的导演正拖着一垃圾袋的易拉罐，费力地向楼下搬运。

胡屏有点儿尴尬：“虽然看着傻，其实他挺有才华的……”

楚瑞清还未来得及张口，陈木东便抱着茶具过来，看上去打算泡茶。胡屏抓紧时机，介绍两人认识：“木东，我看了你的剧本，就说今天带人跟你聊一聊，这位是我上一部戏认识的小友……”

陈木东闻言，赶忙放下茶具，慌慌张张地伸手。楚瑞清也摘下口罩，跟对方握手。陈木东看清她的长相，大为惊诧：“啊，我知道，你是那个水晶少女里的，我有印象……”

胡屏笑眯眯地望着陈木东，觉得傻学生总算机灵了一回。

陈木东觉得名字就卡在嗓子里，但半天蹦不出来，憋了半天终于一拍脑袋，反应过来："陈思佳，对不对？听说你给好多戏唱过主题曲，真厉害！"

陈木东：胡导的新戏跟星河有合作，那肯定是唱主题曲认识的！

胡屏：什么叫拍马屁拍到马腿上？这简直是生动诠释。

楚瑞清平静地道："谢谢，陈思佳是我的室友。"

屋内一片死寂，气氛瞬间降至冰点。陈木东满脸慌张，茫然地看向胡导。陈木东其实知道楚瑞清是水晶少女成员，但他属于饭圈外的"路人"，看着她们觉得脸熟，却对不上女孩儿们的名字。

胡屏咳嗽两声，无力地解围道："楚瑞清看了剧本，觉得挺有意思……对了，你们为什么要删小云？"

胡屏觉得万不能让陈木东再随便开口，他只要自由发挥，便能怒刷一波尴尬值，分分钟走上决裂边缘。

陈木东一边泡茶，一边头疼地道："因为当初想得很好，但写完觉得很不真实，小云那么厉害，为什么在局里愿意端茶送水？高潮戏的反转好表现，但她平时的状态就立不住脚……"

陈木东满面愁容地扒拉着茶叶，楚瑞清看着他毫不专业的泡茶手段，忍不住眉毛一挑，淡淡地道："我来吧。"

大师姐看着陈木东笨拙的动作，想到此人泡出的热茶是给胡导和自己喝的，心中便感到有些别扭。

"咦？好。"陈木东闻言愣了愣，正要让出茶具，却又带翻手边的茶壶。

楚瑞清手疾眼快，一把摁住茶壶，胡屏啧啧感慨道："木东，让你泡个茶，状况可真多。"

楚瑞清深有同感，尤其是她看到陈木东乱用茶具，心情就极为微妙。她熟练地泡完茶，将曾装过茶汁的闻香杯递给胡屏。胡屏接过杯子，一边闻一边搓，笑道："估计小云是嫌弃别人的茶艺，所以干脆自己上吧。"

陈木东哈哈一笑，没听出胡屏的弦外之音，又大大咧咧地跟胡导探讨起剧本来。楚瑞清全程沉默，她不是强人所难之人，既然小云已经被删掉，似乎没什么好聊的了。

胡屏看出楚瑞清的心态，又暗骂陈木东脑袋里缺根筋。两人在陈木东的公司里坐了一会儿，便告辞离开。出门后，胡屏开口道："其实剧本会的讨论都说不准，人物还能加回来……"

楚瑞清："没事，还是谢谢胡导，下回也有机会。"

胡屏看她毫不惋惜的样子，严重怀疑陈木东的傻气将人劝退了一半，只能叹了口气。楚瑞清离开后，胡屏心中仍有不平，又给陈木东发了条消息，强烈谴责对方的不识时务。

毕竟小云只是配角，楚瑞清还正当红，能产生兴趣就不容易，陈木东却实力赶客，着实让胡屏意难平。新版"倚天"当时都差点儿没谈拢，年轻导演的处女作更不该摆谱。

陈木东看完胡导的消息，不由得发蒙，询问旁边的同事："楚瑞清是不是很红？"

"红，超红！"公司里的人当即点头道，"她们团里有几人快赶上男偶像的流量了，其中楚瑞清热度最高，我算路人粉吧……"

陈木东吐槽道："你算假粉吧？刚刚那个穿黑衣服的女生就是楚瑞清。"

陈木东觉得自己不认识对方还能理解，这些不靠谱的路人粉怎么碰到真人没反应？

"啊？啊！"同事闻言大吃一惊，努力回忆起来，后悔不迭地拍腿，"对对对，胡导拍了新'倚天'，难怪认识她，我就说刚才看着眼熟……我的天，我好像错过了什么？！"

楚瑞清今天穿了一身黑衣，还戴着帽子和口罩，全程安静地跟在胡导身边，实在不太引人注意。公司平时来个明星，肯定进屋就要跟大家寒暄一番，哪会如此低调？

陈木东看同事马后炮的样子极为无语，一边上网搜索一边好奇地道："红到什么程度？"

同事："你的电影请不起的程度。"

陈木东微感震惊。

同事："或者有她就不用愁资方，现在星河拼命推水晶少女，好多星河投资的电视剧必须让水晶少女的成员唱主题曲。"

陈木东望着百科资料："但楚瑞清没唱过影视主题曲。"

同事怒道："废话！她可是center，当然有更好的资源，还用得着吃这些小资源吗？"

陈木东望着愤怒的同事，突然相信对方是路人粉，否则不会如此激动。

陈木东听同事将楚瑞清夸得天上有地上无，又想起胡导的谴责，心中顿时产生逆反情绪，决定去找点儿楚瑞清的资料看看。他本来就不了解偶像团体，能知道水晶少女和陈思佳，也是由于许多业内友人在朋友圈发过合作主题曲。

陈木东作为拥有艺术理想的青年导演，愤愤地想：我是那么势利的人吗？谁红就请谁？我对作品很负责的，才不会乱选流量来参演！！

陈木东思及此，内心顿时充满使命感，点开名为《十分钟带你领略十年一遇偶像楚瑞清》的视频，打算看看对方究竟有什么实力。陈木东万万没想到，他只是看了个粉丝向视频，居然陷在网站里一整天，把楚瑞清及水晶少女的相关资源都补全了。

原本充满艺术坚持的陈导演刷完《闪光时刻》后，开始抱着转椅，在同事们诧异的目光中痛哭流涕："这是小云啊，她是小云转世！爸爸怎么会错过你，我真不是人啊……"

同事A翻了个白眼，问道："又疯了一个？"

同事B劝道："真难受就别删了，看写个剧本把人逼成什么样了。"

同事们只当陈木东创作压力太大，才会在公司里做出过激举动。如果他们知道陈木东实力劝退想出演《强势进击》的楚瑞清，估计此刻已经联手将陈导痛殴至流涕。

陈木东冷静下来，厚着脸皮给胡导发了条消息，暗暗地表示能不能再见一面，最好是带着"楚小云"。

胡屏的回复言简意赅："滚。"

陈木东不死心，又给胡导发了一条催人泪下的恳求信息，这回一秒就收到反馈。

"胡屏导演开启了好友验证，你还不是他（她）好友。"

陈木东欲哭无泪。

楚瑞清回到别墅后，向室友汇报今日见闻，对陈思佳道："我今天见了个导演，是你的粉丝。”

陈思佳：“啊？那我是不是能有戏演啦？”

楚瑞清思索了几秒，坦白道：“他好像还没有正式作品……”

陈思佳长叹一声：“唉，真是饭随偶像，跟我一样糊啊。”

楚瑞清：“你不是有好几首歌数字销量还可以吗？”

陈思佳对自己有清醒的认识，摆摆手道：“那是粉丝经济啦，而且你和辛媛都没发过歌，所以才显得我销量还行！”

水晶少女有团体专辑，成员们也各自开始发solo（独唱，单飞）曲。楚瑞清和辛媛都在努力接影视资源，一进组拍戏就要好久，暂时没发单曲。陈思佳目前是团内个人solo曲的销量保持者，基本上专注走歌手路线。

陈思佳一边拿着手机看节目，一边跟楚瑞清闲聊：“你上回进组没去《新声代》打歌，那种长红歌手真的厉害……而且我们这回打歌又跟男团Reborn撞上，上次数据被压得好惨！”陈思佳将手机屏幕转向楚瑞清，给她看画面里表演的男团。

Reborn是秦菲凡和星河视频的竞争对手选出的男团，成员们人气很高。可以说，Reborn间接导致水晶少女的师哥团TENS分崩离析。虽然最初双方的实力差不多，但非凡耀影运营经验不足，最后在男团市场中败北。

女版《偶像新秀》的大火让非凡耀影重新站了起来，加上这回有星河视频的助力，水晶少女的发展速度极快。女团上回在《新声代》打歌，本被不少人寄予厚望，希望她们能打败Reborn，但最后现场应援和数据都输得很彻底。

水晶少女粉丝上回可以说，女团惨败是由于楚瑞清和辛媛拍戏不在，但这回全团上台再输，似乎就说不过去了。

楚瑞清不太会看音乐节目，在陈思佳的科普下才了解《新声代》的状况。《新声代》是一档音乐舞台节目，歌手们可以通过表演进行打歌。每期节目的排名结果由两部分组成，一是网络数据，二是现场观众投票。

水晶少女和Reborn男团目前的网络数据差不多，估计最后结果由现场投票来决定。

陈思佳叹气道：“但是男团的粉丝很强，上回现场的观众恨不得都是他们家的粉丝。”

陈思佳说起上次《新声代》录制，现场几乎被男团粉丝坐满，只有极个别水晶少女和大前辈歌手的粉丝，投票结果自然显而易见。

楚瑞清心生疑惑："现场观众不是抢票进场？他们的粉丝有那么多？"

《新声代》会定时在网上放票，粉丝们抢票入场，Reborn男团的粉丝能坐满现场，岂不是代表他们的基数远大于其他歌手的粉丝？

陈思佳摇头道："好像不是，说是有抢票bug（程序漏洞），但我也弄不明白……没事，我们好好表演就行啦，这排名结果也没啥大不了的！"

楚瑞清点头，既然投票人都不够公正，那争夺排名似乎确实没用。

另一边，《新声代》节目像往常一样在网上放出最新一期现场观众票源，但原本无往不利的Reborn男团粉丝却突然受挫，发现以前的抢票系统无法使用。

Reborn男团粉丝过去凭借bug抢票，占领节目观众席，现在系统修复，他们失去优势，票源瞬间被水晶少女和其他歌手的粉丝们瓜分。

Rere："实测抢票系统失效，请大家立即手动抢票，以防现场观众席被其他家占领！大站们赶紧通知一下@Reborn_网络打投组！"

水果籽："无语，为什么偏偏这回bug被修复？这期是跟sjsn（水晶少女）竞争啊！"

班马仔："你家以前作弊抢票还有理啦？这破bug早该封了，可惜TENS没赶上时候！"

Reborn家靠抢票系统独占票源，早就在饭圈内引发众怒，如今bug被修复，自然落得人人喊打的下场。当男团粉丝忙得焦头烂额时，幕后筹划人们正兴高采烈地聚集在一起，庆祝来之不易的胜利。

水晶少女的饭圈内部有一块神奇的地方，李天剑看着电脑上不断闪烁跳动的群名，点开了名为"水晶996王国"的聊天群。

Java世界第一："这是属于全体水晶'程序猿'和'程序媛'的胜利，我们终于攻破敌军的堡垒，让正义与公正重回人间！"

Python世界第一："这是女团历史上光辉的一笔，我们抛却各自的唯粉属性，丢弃对其他编程语言的鄙视，真正团结在一起，为同一个名字而奋斗！'水晶996王国'厉害！"

C++世界第一："感谢大佬们的资金与技术支持，胜利属于每一个水晶少女粉丝！@南明离火剑@楚瑞清应援会@辛媛应援会@陈思佳应援会……"

李天剑看着群内程序员们疯狂@所有参与的应援会，心想这些人还挺能打鸡血，修复《新声代》抢票漏洞搞得像是一起拯救了地球。虽然李天剑满腹吐槽，但对结果还算满意，如今男女团粉丝们站在同一起跑线上，水晶少女起码不会像上回一样被动挨打。

李天剑作为粉头，当然时刻关注师父及女团的行程，还深度复盘上回《新声代》打歌惨败的原因：一两位成员缺席并不是最主要的原因，现场观众席被对家占领才是！女团粉丝无法入场，自然赢不了现场投票。

李天剑结合自身应援的管理经验，思及楚瑞清应援会内部都能分化出峨眉武术群，便觉得水晶少女饭圈内也能分化出程序员群。因为他曾主导十家联合应援，这回推动"水晶996王国"群建立还算顺利，成功借此在《新声代》抢票上取得捷报。

当然，纸包不住火，水晶少女粉丝修复《新声代》抢票bug的消息很快便外传，同时致使水晶少女家和Reborn家正式结仇。

钥匙："水晶少女厉害啊，这是什么替兄复仇的绝世大戏？R（Reborn）家当初踩着T（TENS）家上位，如今水晶少女踩着R家上位？"

重影："少倒贴我家哥哥们好吗？上回打歌输得还不够惨？"

Crystal："上回靠作弊抢票和我家缺席捡了个冠军，还嘚瑟上啦？这次我们全员回归，某男团至今都不敢开麦，就别在实力女团前瞎蹦了吧？"

饭圈内撕得腥风血雨，《新声代》后台里等待的水晶少女们则正在观看其他歌手彩排。小屏幕里，歌手张桦正投入而动情地唱着，声音水准完全不逊于CD效果。

陈思佳等人既羡慕又佩服："我以后要能有这么稳的现场就好了……"

"张桦老师红了好多年吧？"刘筱白道。

"是，我妈都喜欢他的歌。"陈思佳摸着下巴，"我要能火这么久该多好。"

楚瑞清闻言看向室友，鼓励道："你可以的。"陈思佳在唱歌上很努力，如今已经越来越稳。

陈思佳摆了摆手："不、不、不，我要求不高，以后我蹭不到楚老师的热度，还能像现在这样火，就很满足了……"

楚瑞清无言以对。

众人哈哈大笑，辛媛不禁打趣道："陈老师的要求真低。"

陈思佳调侃道："你难道打算火成楚老师那样？这要求的确比较高。"

辛媛嘀咕起来："火成楚老师那样还得唱跳俱佳，我要贪心一点儿，希望能像隔壁一样，不用开麦唱跳照样火……"

隔壁是Reborn男团的休息室，他们刚才的彩排舞台堪称车祸现场，让人头疼不已。因为男团彩排完就轮到张桦上场，两相对比下，女团成员们才会诞生被美妙的歌声洗礼的感觉。

夏枚不由得惊叹道："辛没钱很敢说嘛！"

刘筱白开玩笑道："现在就将此言论曝光到网上，明天辛媛就会被男团粉丝们撕退团，连新娱传媒都保不住……"

辛媛连连求饶："姐姐们放过我吧！"

辛媛说完，又小心翼翼地检查随身的麦有没有关，心有余悸地道："刚才那段话要是放出去，我可真凉了。"

陈思佳："放心吧，我才查过麦，全都关了！"

水晶少女们嘻嘻哈哈起来，楚瑞清却是第二次从团员们口中听到性别言论，不禁陷入沉思。她也是最近才知道，原来女偶像想比男偶像混得好，要付出更多的努力。这就像水晶少女里的上位圈成员，会被人称赞"火成男流量"，侧面反映出男偶像的上限更高。

男团作品销量普遍比女团多，男偶像的代言含金量普遍也比同档女偶像高，这是国内外都存在的现象。女偶像想要获得更高的人气，就得有媲美男偶像的吸女粉实力，例如楚瑞清。然而同性似乎总对同性有更深的排斥，大部分女团妹子做不到这一点。

水晶少女就是最好的例子，即使她们的业务能力比Reborn要强，在网络数据上也只能跟对方打个平手，更不要提上回《新声代》惨败。辛媛等人半开玩笑地说出真相，似乎也透着对现实的一丝无奈，大众对女性艺人更苛刻。

现场录制当天，水晶少女们换完舞台装，在后台依次接受节目采访。节目组问及成员们对新歌*Girl Power*（《女权》）的感想，辛媛道：“我们想用这首歌展现出女生的力量，不再是刻板印象中的柔弱感……”

楚瑞清道：“现在这首歌叫*Girl Power*，希望有一天它能改名叫*Power*（《能量》）。”

节目组面露诧异，道：“为什么？”

楚瑞清平静地道：“缺什么补什么，当人们不再抱有某种偏见，那我们也不用特意喊口号。”

《新声代》现场观众席内，各家的灯牌极为抢眼，水晶少女和Reborn粉丝各自占据不少席位，不过前者是统一的粉色应援，后者的应援色则花里胡哨。男女团粉丝中也夹杂着一些张桦的粉丝，看上去不太显眼。

——张桦好惨，这期撞上两个偶像团，我挺喜欢他的歌。

——粉色灯海太美，某家没有抢票优势后立马原形毕露啊。

——楼上某女团粉炸了，不倒贴会死？

——给谁盖帽女团粉呢？我路人替师妹团助阵不行吗？你家真是脸大如盆！

弹幕区没说两句又互怼起来，所有人都在等待节目的最终结果，看男女团谁能获胜。

水晶少女最先上场，绚丽的舞台灯光中，成员们终于登场，瞬间引发观众席的惊呼。原因无他，她们各个都穿着中性的白衣黑裤，舞蹈整齐划一，看上去帅气十足。随着音乐的节奏，舞台上弥漫起白雾，女团借机换装，又以漂亮的裙装亮相！

楚瑞清重回队伍，顿时让水晶少女的舞台表现力提升一个档次。Center并不仅仅代表团内人气最高者，更重要的是center让团队凝结在一起，带领着其他人走下去，让队伍里的每个人都能发光。

*Girl Power*本来就是围绕女性而生的歌曲，旨在探讨性别平等问题。水晶少女的舞台设计颇花心思，她们通过男女装变换，来诠释这首歌的含义，现场效果相当惊艳。

当然，水晶少女的现场应援也吓呆众人，完全是整齐的团体应援，一个瞎喊的都没有！

R家的灯牌五颜六色，男团登场时还会乱喊名字，水晶少女家的粉丝却极有秩序，每个人的应援部分分割得很清晰，打call铿锵有力。

自从演唱会粉海目标达成后，团体应援就变成水晶少女饭圈内的政治方向。如果哪家不支持团体应援，便会遭到其他家的鄙视。毕竟“楚三亿”的应援会都坚持团体应援，其他家凭什么不配合？

久而久之，水晶少女粉们开始找到团体应援的乐趣，尤其是在《新声代》等公共场合里，粉海应援就是比其他团的五颜六色的应援有气势！打call的声音也是震天响！

——台上台下的双重震撼，R家在应援上真的输惨了！

——这种团体应援国内只此一家吧，听如此整齐的call声太爽……

——在舞台业务能力上，plmm们也是吊打某假唱团呢。

舞台表演后，水晶少女们正好碰到即将上台的张桦，张桦忍不住比大拇指道：“你们真的很厉害，我都有压力啦。”

成员们闻言都既高兴又不好意思，客气地跟大前辈歌手打完招呼，便坐在后台里等待结果的公布。

最新一期《新声代》公布打歌结果，水晶少女高票夺冠，超越Reborn成为第一！

水晶少女们极为高兴，然而快乐只延续到节目播出后的当晚。结果公布后，话题“新生代黑幕”登上热搜，男团粉丝们极为愤慨，认为节目组给女团冲票，并列举出诸多证据，如现场灯牌分布、楚瑞清打投数据等。

男团粉丝觉得现场两家粉丝各占一半，不可能在投票上产生如此悬殊的结果。同时，水晶少女里的center楚瑞清在各项打投数据上都不及男团偶像，由此可推女团人气不及男团，投票结果肯定有假。

楚瑞清简直是无妄之灾，谁都没法解释两个团的纷争，怎么男团粉丝就精准针对到她一个人身上？

陈思佳看着热搜，发蒙道：“为什么从楚老师的数据就能推出我们团的数据？所以我们其他九个人不存在吗？”陈思佳弄不懂此逻辑，莫非楚瑞清还得一人扛团？但她们还有团粉啊！

刘筱白："因为她们觉得楚老师的数据都拼不过，我们剩下的人的更不够看吧……"

夏枚："这回彻底坐实了，我们是楚老师的伴舞。"

突然身负重任的楚瑞清感受到了一种莫名的压力。

另一边，水晶少女饭圈面对敌军的挑衅，各家也纷纷表态，开始出来站队。因为《偶像新秀》结束后，楚瑞清就长期拍戏，很少搞粉丝销量和各类排名，她的应援会确实在数据上稍微放松，将主要精力投入到线下应援上。

毕竟小偶像没工作，粉丝才要努力搞热度，要是工作足够多，大家就顾不上野榜数据。万万没想到，这变成敌军攻击的地方，被看作糊的表现。

辛媛粉丝后援会："出来干活，你家太佛都被点名批评啦！@楚瑞清应援会。"

陈思佳应援会："老铁行不行，要不要增援啊？@楚瑞清应援会@楚瑞清_打投小分队。"

夏枚粉丝后援会："全村的希望！@楚瑞清应援会。"

楚瑞清应援会："……"

自从楚瑞清在《偶像新秀》登顶后，粉丝们确实在数据上有所懈怠，主要楚瑞清本来就是热搜体质，一直有热度。如果她的热度很低，当初也不会被人倒贴。节目结束后，水晶少女成为国内目前流量最大的女团，楚瑞清也成为女团center，突然失去竞争对手。

如果跟辛媛比拼，有点儿伤两家感情，而且现在又是团粉盛世，两人都忙于拍戏，各自的发展，不好做比较。如果跟团外小花比拼，似乎有些奇怪，毕竟楚瑞清的作品还没上，跟小花圈的各家还没有利益冲突。其实按常理，楚瑞清和甄珍可以在新版"倚天"的番位上撕一波，但正主们的感情又挺好，天天在微博上狂秀，粉丝无用武之地。

楚瑞清的资源也不差，代言一个接一个，上过的综艺都能有热搜位，以致粉丝们都快忘却自己"爱豆"要拼流量。因为饭圈公认楚瑞清的国民度挺高，大家好像都没太注意这些榜单数据。

楚瑞清应援会突然接到挑战，立刻召开紧急会议，深入讨论数据为何低成这样！

南明离火剑：“我们应该反思一下，为什么榜上排名还没有陈思佳家高？”

呱唧：“但这榜对我们没用啊，当时陈家是要上‘歌狂’才拼命打的。”

蛋蛋：“咱们家当初不还帮陈家打过？好几家联合帮忙呢。”

南明离火剑：“我们现在都不专注自家，开始一心扶队友？”

呱唧：“不是大佬你说要十家联合，楚老师才会高兴吗？”

李天剑陷入沉思。他确实说过这样的话，但他有什么办法，谁让师父的微博就是这样暗示的。楚瑞清从来不发私人内容，却频频转发团员们的活动，宣传她们的节目，显然就是想“你好我好大家好”嘛！

楚瑞清又不需要打榜抢资源，粉丝们都害怕她连轴转太累，何必搞数据惹人烦？其他团员搞数据是为拿资源，楚家不缺资源，为什么要挡人财路去搅事？有时候，偶像频繁曝光反倒会招路人讨厌，楚瑞清老上热搜，偶尔还会让李天剑等人担心影响不好，怕被人骂买热搜。

李天剑：唉，太红也是一种烦恼，总被怀疑包年热搜位。

现在，Reborn的粉丝的出现突然给楚粉们指明一条道路，他们在女偶像里找不到对手，但可以去跟男偶像们竞争呀！原来踏出女偶像的圈子，外面还有如此广阔的天地！

李天剑幡然醒悟，下达最新指令。

南明离火剑：“先不管了，都打上吧。”

虽然楚瑞清并不需要数据来证明人气，但对家都找上门来了，岂有不战之理？

李天剑还专门研究了一番对家的数据截图，看了看自家是哪些榜的排名不高，发现全是他不知道的野榜。其实楚家的超话数据不错，有些大榜也在前列，但敌军非要挖犄角旮旯的野榜举例。

因为决定要打榜，微博账号“楚瑞清_打投小分队”重出江湖，认真地开始营业，发布一条打榜教程，详细阐明了需要攻占的野榜。微博刚发没多久，评论区便热闹起来。

陈思佳应援会：“好嘞，姐。”

楚瑞清应援会的应援会：“对不起，我刚才切错号，这才是我的大号。”

夏枚粉丝后援会：“那我该叫什么，楚瑞清应援会的应援会的应援会？”

楚瑞清_打投小分队：“各位，你们在做什么？”

辛媛粉丝后援会：“反正打自家数据也被无视，我们干脆就打你家的呗。”

水晶少女其余九家的粉丝相当不爽，他们天天努力打榜拼数据，却被对家忽视得彻底。这年头居然只有center的数据有资格被敌军注意，明明哪家的排名都比楚家高，真是太令人不爽了。

当然，大家也是承过去的情，毕竟楚家以前是不愿争，偶尔还帮其他团员打榜。现在出现统一的敌人，各家自然同仇敌忾，站在一起。

水晶少女团内也出现了相似的状况，陈思佳等人义正词严地要求楚瑞清营业，不能荒废微博运营。楚瑞清被她们团团围住，面露犹豫之色，推托道：“没必要……”

社畜大师姐觉得这就是虚名，根本没有实际作用，被人嘲笑糊又不会影响什么，何必突然上赶着营业？

陈思佳果断地道：“不行！不蒸馒头争口气，现在他们就盯着你的数据，我们下场也没用啊！”

辛媛掷地有声地道：“你排第一都被说糊，排第二的我怎么办？”

楚瑞清：“可我没有能发的东西。”

陈思佳低头开始翻手机，寻找过去的照片：“你等等，我以前拍过你！”

刘筱白：“我有好多团体合照，你也可以发。”

楚瑞清一阵无语。

片刻后，楚瑞清的微博出现一条图片九宫格，每张照片的滤镜风格还各不相同，有个人独照，也有团体照。

淼淼：“突然营业了？楚老师突如其来的胜负心！姐妹们冲啊！！！”

滑翔小鸭：“这是女团的胜负心吧？最后那张图片绝对用的辛媛最爱的滤镜，而且每张照片的时间跨度好大。”

钟白：“你们快把手机还给她！楚老师你被绑架就快眨眨眼！”

因为男团粉丝们的挑衅，女团饭圈内出现怪象，九家集中力量为一家打投。楚瑞清的榜单排名火箭般上升，在各家帮助下一举登顶众多野榜，甚至拿下几个大榜第一。

男团粉丝们见榜单遭遇反超，瞬间气得跳脚，说女团粉丝们耍赖，倾尽全团的力量给楚瑞清打投，所以才能夺得第一。

女团粉丝们当然不认，当初说好的只看楚瑞清的数据，怎么现在又要扯上全团?

律吕：“水晶少女的粉丝可真难做，刚开始比数据你们盯楚不盯团，现在输了又盯团不盯楚，左右都有理？”

草莓味汽水：“某家要是气不过，也可以倾尽全团力量给男C位打投嘛，我们两边都用全团的希望来battle，不是很公平？”

Reborn男团里的center粉倒是同意集中投自家这个主意，无奈其他男偶像家不同意。水晶少女可以同仇敌忾，全心全意地为楚瑞清打投，但男团内部可不愿集体为男C位打榜，这不是做赔本生意吗？以后都是竞争者啊！

没过多久，男团打投战线就分崩离析，大家仍各打各的。因为男团粉在数据上打不过楚瑞清，对方又陷入饭圈常见套路，试图用荡妇羞辱来诋毁水晶少女，这回彻底激怒女团粉丝。

水晶少女粉丝：“说好的只动手比打投，你们怎么还骂人呢？！”

局势瞬间混乱起来，有人一直旁观闹剧，终于忍不住发声。张桦在微博上转发水晶少女的新歌*Girl Power*并配上文字，隐隐替女团说话。

张桦：“谁说女子不如男？”

木华天下：“哥，你别掺和饭圈的烂事，让他们狗咬狗吧！你才该拿第一！”

张桦回复@木华天下：“没有哦，她们的现场氛围确实比我好，我输得心服口服。”

Paji：“桦哥本来就有一说一，从来不吝啬对后辈的赞赏。我在微博吃瓜许久，某家真是嘴太脏，明明大家都是女生，居然还玩荡妇羞辱那一套。男人骂女人就算了，女人还要骂女人？”

小树苗：“很正常，所以尊重女性的桦哥能红很久，不像输了一场就跳脚的某男团哦，这首*Girl Power*就该送给那些咒骂同性的女粉丝呢。”

大前辈歌手张桦亲自下场，站队水晶少女，简直要把男团粉丝的脸打肿。实力歌星都觉得女团的表现更好，甚至自己都不如水晶少女，男团粉哪里还有脸说黑幕?

因为张桦突然站队，直接导致原本装死的《新声代》跟着发声，节目组居然第一次公布现场观众投票数据以正视听。每名观众可以选择三名歌手投票，男女团的票数差距竟源自被忽视的张桦的粉丝!

张桦在录制互动环节对女团表演频频赞赏，致使他的粉丝们将票分给了水晶少女，间接地左右了战局结果。因为现场的桦粉（张桦的粉丝）不太多，没人料到会是这个原因。

桦粉们一片哗然，原来他们才是主导男女团纷争的实际操盘手，在这场大战中留下姓名!

浮光秋色：“桦哥就是桦哥，今日饭圈一片桦然。”

小冰川：“谢谢桦哥替妹子们说话，以后我不打楚瑞清时就打你！”

Star：“打投就说打投，别简略成打，一会儿吓到张桦老师。”

《新声代》投票数据评论区洋溢着欢乐的气氛，然而男团粉丝早就不见踪影。他们求锤得锤，在饭圈丢了好大的脸，此时自然闭麦。男团粉敢撕水晶少女，但不敢跟前辈张桦硬碰硬，那绝对会招惹许多路人讨厌，只能灰溜溜地夹着尾巴闭麦。

宿舍内，陈思佳看到张桦替女团发声，激动得满床打滚，感慨道：“呜呜呜！桦哥人真好，明天起我要帮他打榜！桦哥才是顶流（顶级流量）！”

楚瑞清看着三心二意的室友，质疑道：“你刚才还说每天要帮我打榜。”

陈思佳看不惯楚瑞清及其应援会的佛系态度，刚刚许诺以后要坚持替她打榜搞数据。

陈思佳翻脸无情，果决道：“不，你只是我蹭热度的工具，桦哥才是我的偶像！”

楚瑞清感到哭笑不得。

饭圈的纷争结束，楚瑞清却意外接到胡导的电话。按常理，她不会直接接触项目，应该由经纪人团队来对接，无奈胡导亲自跟她联系，再次说起《强势进击》的事情。

楚瑞清疑惑地道："角色不是已经被删掉了吗？"她犹记得上回去见陈木东，对方亲口说小云已被删掉了。

胡屏也是被陈木东缠得没办法，才会硬着头皮再度联系楚瑞清，解释道："现在又加回来了……"

楚瑞清："如果后期再被删掉……"她不了解剧本创作过程，万一编剧后面又把小云删掉，那她就白用功了。

胡屏果断地道："不会，那他就加不回我了。"

陈木东要敢反复失信，绝对会被胡导彻底拉黑。胡导这回都有点儿不好意思叫楚瑞清，谁让上次陈木东太丢脸了。

楚瑞清：什么叫加不回胡导，莫非胡导在电影里还有镜头？

因为《强势进击》的故事不错，小云角色的失而复得还是让楚瑞清挺高兴的。毕竟此人物没有她无法接受的性格方面的硬伤，甚至不像周芷若那般难以演绎。当然，楚瑞清再次来到公司里，还是感到有些奇怪，导演似乎变得过于热情。

"来来来，小云……不是，您请坐！"陈木东热情地招呼着，恨不得围着楚瑞清转。

楚瑞清礼貌地道："您客气了。"

同事们望着陈木东嘘寒问暖的样子，心里皆相当鄙视，明明此人前不久还完全不了解楚瑞清，如今却摆出这一副面孔。陈木东当然不知，自己在旁人眼中已留下两面三刀的印象，他正兴致勃勃地想要研究楚瑞清，完善自己的角色。

没错，陈木东导演翻了翻楚瑞清过往的视频，觉得可以直接抄作业，照着真人塑造小云。

陈木东揉了揉卷毛，笑眯眯地道："您习武多久啦？视频里，你好厉害。"

陈木东摩拳擦掌，觉得只要搞明白楚瑞清的成长经历，就能直接推出小云的人物小传！

楚瑞清愣了愣，没料到对方上来就问如此刁钻的问题，坦白道："不可说。"

大师姐经过示范学习班的培养，如今已经有基本的常识。她自小就开始习武，回答此问题跟直接报年龄有什么差别？

"啊？"陈木东有点儿诧异，继续好奇地道，"那你们门派都教什么呢？听说您是峨眉派弟子？"

楚瑞清："什么都教。"

陈木东看她回答得如此含糊，又道："总要有点儿侧重吧，您的师兄弟平时都练什么？"

陈木东见过楚瑞清练剑的视频，挺想知道其他人是统一练剑，还是有别的器械可练，如峨眉刺等。

楚瑞清："种地、算命、折纸。"

陈木东：这是什么种田系门派？

陈木东觉得不能绕弯子，干脆直接询问："如果有的人武力值超强，但她平时隐藏实力，您觉得是出于什么原因呢？"

这是陈木东一直纠结的地方，要是小云战斗力绝佳，为什么她日常要装弱鸡？

楚瑞清试探地道："因为要遵纪守法，不能肆意出手？"否则就会被巨额罚款警告。

陈木东觉得不可思议："高手还会怕违法吗？"

楚瑞清点头："怕，因为没钱。"而且交完钱还得花时间上课。

陈木东：你怎么看上去深有体会的样子？

陈木东绘声绘色地形容："那要是有个特厉害的大侠，我们假设就像超人那种，可以在天上飞而且战斗力超强，你觉得她为什么会甘愿做平凡的工作？比如警察啊，或者像你做偶像，总之就是跟普通人一样工作……"

陈木东还没说完，就见楚瑞清眼神微黯，似乎露出警惕的神色，令他万分迷惑。

大师姐心想，这描述只差捅破窗户纸，莫非这导演想暗示些什么？但她查看一圈，也没觉得陈木东有何根骨，他完全就是个普通人，甚至比一般人还体弱。

楚瑞清淡淡地道："人总是祸从口出，有的话最好不要问。"虽然她不清楚陈木东打探的目的是什么，但显然这不是他该知道的事情。

陈木东惨遭拒绝，惊讶地道："你凶我！"

楚瑞清拧眉道："没……"

陈木东瞬间变脸，又欣喜地狂记笔记："我要把这句话写进剧本里！"

楚瑞清看着导演一惊一乍的样子，开始犹豫要不要接这部电影了。

《强势进击》新版剧本出来，角色小云顺利归位，陈木东及其公司跟非凡耀影也取得联系，商议电影的事情。虽然陈木东在楚瑞清眼里有点儿神神经经的，但他写的故事确实不错，成功地俘获公司的评估团队。

秦菲凡看完剧本，甚至相当感慨："她的运气倒是好，头一部电影的角色就如此合适。"

秦菲凡都感到奇怪，这角色是一比一照着楚瑞清写的吗？莫非编剧是粉丝？

因为电影咖总要比电视剧咖级别高点儿，只要陈木东等人的钱到位，秦菲凡自然没有阻拦的理由。据说《强势进击》的男主角还是黄湛柏，也是曾担下不少票房的男演员，演员阵容还是稳的。

楚瑞清很快就跟电影剧组敲定合同，还将此消息带给一同上课的李天剑。

李天剑作为粉头，瞬间欣喜不已，替师父感到高兴："那师父是团里第一个拿到电影资源的！"

李天剑觉得自己的师父太争气了，完全是闷声做大事，别看她不爱营业，资源倒是一点儿都没少。

楚瑞清想起陈木东，犹豫地道："不过导演有点儿怪……"导演总像十万个为什么般有无数问题。

李天剑忽然想起什么，取出一个锦囊，说道："三师叔让我把这个交给师父。"

楚瑞清接过锦囊，打开一看便见到古玉，正是甄珍当时弄碎的那块，如今已被修好。

李天剑小心翼翼地打量一番她的神色，回忆起阚和曾说过的话，试探道："师父是要送礼吗？"

楚瑞清一脸疑惑。

自从李天剑接到还古玉的任务，他内心便纠结不已，疑虑重重。原因很简单，阚和说古玉里有峨眉派的气息，有着护身符的作用，而且看古玉的样式应该由男子佩戴。师父手里有一枚送男人的古玉，还专门封存力量用于守护对方，听上去太可疑了。

李天剑觉得疑神疑鬼不好，但他在杨治野碰瓷事件后，神经格外敏感，稍微瞧出点儿异样情况，心里就相当紧张。李天剑努力自我开解，他只是担心师父在上升期爆出其他事端影响发展，绝没有别的想法！

李天剑干咳两声，尽量正直地说道："师父，我建议你还是不要随便送人东西，现在的时机不太好，可能被其他人误会……"

毕竟楚瑞清还是女团偶像，送异性古玉怎么看都很奇怪。

楚瑞清看徒弟含糊其词，便误会了他的意思。她反问道："你想要？但这块不能给你，我答应别人帮她修好，还得还回去。"

楚瑞清思考了一番，说起来她还真没送过徒弟什么法宝，难怪徒弟如此拐弯抹角。她作为师父，确实有点儿失职。

"我没有……"李天剑闻言像被开水烫了一下，瞬间既心虚又慌乱地摆手，不肯承认自己有暗暗的嫉妒心，不过他抓住了关键信息，"师父是帮人修吗？那古玉里怎么会有门里的气息？"

"是，这是甄珍的。"楚瑞清迟疑地道，"我也不知道，这股力量可能是门里的前辈留下的吧。"

李天剑若有所思地道："原来如此……"

李天剑面上风平浪静，内心却庆幸地挥拳：太好了，甄珍是女演员，危机解除！

楚瑞清想了想，说道："改天我去挑块别的玉，这块是不能送你的。"

李天剑嘀咕："我不是要玉……"

楚瑞清望向徒弟："那你要什么？"

李天剑被她明亮如雪的眼眸注视，瞬间紧张起来。他最后鼓起勇气，支支吾吾："师父可不可以……不要太快谈恋爱？"

李天剑觉得自己自私的心态不好，但他实在没法马上接受暴击，需要时间进行缓冲。虽然前两次都是误会，但他总觉得楚瑞清真爆出恋情，他会当场崩溃。即使他之后回血复活，估计也会重新注册微博号，起名“今天楚瑞清分手了吗”，进入翘首以盼的状态。

李天剑：千万千万别太快，先拖个五百年再说这事吧。

李天剑心知这有点儿无理取闹，无奈自己现在心理素质真的不够好。他说完便心虚地低下头，不敢注视楚瑞清。

楚瑞清痛快地道：“可以。”

李天剑没想到师父会答应如此离谱的要求，大为感动地抬头，便听她冷静地道：“合同注明在团期间禁止恋爱，我不会故意违背契约的，毕竟违约金很贵。”

楚瑞清想得很明白，她要是违反合同里的哪条约定，秦菲凡绝对会跳出来敲诈天价赔偿金。

李天剑：师父不愧是最强偶像，非常有偶像的自我修养！

李天剑提起谈恋爱之事，致使楚瑞清突然想起些什么。她若有所思地摸了摸古玉，说道：“你倒是提醒我，这有可能是师父的……”

李天剑诧异地道：“师祖吗？但师祖的玉怎么会落到别人手里？”

师祖一直在闭关，李天剑入门以来还没见过其真容，甚至不知师祖是男是女。

楚瑞清：“恐怕是她当年送给别人的。”她把玩一番古玉，按照时间推了推，还真有可能是师父的。

李天剑：“那对方岂不是对师祖很重要的人……”

楚瑞清淡淡地道：“说不准，你师祖最爱青年俊秀，送出去的东西不计其数。”当然，别人的还礼也挺多，否则不会有满库房的珍奇古董。

楚瑞清思量一番，听说甄珍家出过不少演员名家，由此可推甄家老祖宗的颜值应该挺高，很可能符合师父的审美。虽然她曾随师父四处游历，但早就忘却途中有没有遇到过姓甄的男子，或者送古玉是她入门前的事也说不定。

李天剑弱弱地开口：“师父，我们这么评价师祖好吗？”他总感觉这句“最爱青年俊秀”好像哪里不太对。

楚瑞清镇定地道：“没事，你刚刚入门，我们都习惯了。”

李天剑：听上去师祖也是位奇女子呢。

楚瑞清拿到古玉，但暂时没机会还给甄珍。毕竟两人的工作都挺繁忙，楚瑞清还马上要进组拍戏。宿舍内，陈思佳见楚瑞清收拾起行李，感慨道：“那等你再回来，我们岂不是又要录EP（英文extended play，迷你专辑，是一种介于单曲与专辑间的音乐发行形式）了……”

水晶少女只有一年的成团期，等楚瑞清从组里回来，她们就要录制最后一张EP了。团体解散前，水晶少女会进行最后的巡演，明明出道就像是昨天的事，但时间过得极快。

楚瑞清愣了愣，不禁停下手中的动作，抬头道：“这么快就要录EP了？”

陈思佳点头：“对啊，毕竟制作还需要时间，总要提前几个月……”

楚瑞清陷入沉默，没想到山下人的时间流逝得如此之快，不过偶像的迅速上升期本来就短，要是短期内打不出成绩，很快就会被公司放弃。

陈思佳提起此事，脸上也略带伤感，吞吞吐吐地道：“其实秦总最近跟我聊过，问我要不要正式签非凡耀影，我在初梦的合约不是快到期了嘛……”

陈思佳比楚瑞清早进初梦传媒，虽然前几年糊得要死，但也熬过挺长时间。楚瑞清是星河视频的重点观察对象，辛媛肯定要回新娱传媒，秦菲凡便把主意打到陈思佳身上。陈思佳又不走演员路线，要是想做歌手，选择余地还真的挺少的。

楚瑞清：“可你不是想唱歌？”

陈思佳头疼地倒在床上：“是啊，但目前唱片市场太差……唉，其实要一直能像现在这样也挺好。”

楚瑞清颇为赞同地点头，水晶少女平常在各个领域内奋斗，团体活动时又聚回到一起，确实没有比这更好的状况。她下山后就和女孩儿们一起工作，还真没想象过以后的日子。

楚瑞清迟疑地道：“如果团解散，团名会怎么样？”

“你是说水晶少女的牌子吗？”陈思佳挠了挠头，“应该会像TENS一样仍归非凡耀影，但是人都不在一起，以后也没用了吧？”

楚瑞清若有所思，心里起了点儿波澜，原来散场的日子来得这么快。

电影《强势进击》的拍摄十分顺利，楚瑞清按时进组，跟主演们见了面。会议室内，陈木东握着剧本，强作镇定地踱步，略微激动地道：“这是我的首部作品，很感谢各位老师的支持，希望我们能够一起打造一部优秀的……”

陈木东还没说完，便被地上的充电线绊倒，狼狈地摔倒在地：“电影。”

剧组众人无言以对。

楚瑞清坐在会议桌前，竟有种预料之中的感觉。旁边的主演黄湛柏却有点儿坐不住了，总感觉陈导非常不靠谱，小声地询问楚瑞清：“你为什么会来演这部戏？”

毕竟楚瑞清如今正当红，愿意参演新人导演的电影，并且甘愿做配角，应该是对项目有自己的思考……

楚瑞清闻言，试探地开口：“因为公司说您是主演，很能扛票房……”

这确实是经纪人刘哥的原话，黄湛柏近年来的电影票房很高，几乎没有扑街之作。小云又很适合楚瑞清，正好能让她积累经验。

黄湛柏一听此话，大惊失色：“但他们说你现在很红，更能扛票房！”

楚瑞清心道：我没有，我不是。

黄湛柏同意出演的原因很简单：一是剧本不错；二是流量偶像都愿做配角，代表项目过硬啊。

楚瑞清干脆坦白道：“其实我是胡屏导演介绍过来的。”

黄湛柏惊讶地道：“其实我也是胡屏导演介绍过来的。”

两人同时陷入沉默，对视一眼，又望望旁边傻兮兮的陈木东，似乎冥冥中悟出某种真相。

楚、黄：姜还是老的辣啊，居然都是被胡导骗来打工的。

不得不说，胡屏要比陈木东灵活得多，面对楚瑞清及其公司就聊起黄湛柏，表明一线电影咖做主演，票房没压力；面对黄湛柏及其公司就聊起楚瑞清，声称当红女团center参演，票房没压力。理论上这似乎没错，但两位当事人一对口供，发觉似乎哪里不对。

工作人员端茶上来，黄湛柏将第一杯茶推给了楚瑞清，客气地道：“喝下这杯茶，票房你来扛……”

楚瑞清当机立断地将茶杯推回去，不容置疑道：“不，您是大前辈，票房您来扛……”

“不要跟我客气，你来扛！”

“我经验还不足，您来扛。”

“你扛！”

“您扛。”

陈木东从旁边蹿出来，奇怪地道：“两位老师在做什么？”

楚瑞清和黄湛柏同时安静下来，看着满脸疑惑的陈木东，在心里暗暗地想：这不是怕你把电影拍毁，先提前甩一波锅吗？

陈木东万万没有想到，由于他傻里傻气的状态，将剧组内流量最大的两位演员逼上绝路，开始了漫长的踢皮球之路。电影正式开拍后，剧组陷入神奇的“彩虹屁”怪状。

片场内，楚瑞清的打戏干净利落地一条录完，黄湛柏立刻拍手称赞道：“小楚真是太厉害了，年纪轻轻身手不凡，长江后浪推前浪，肯定能帮我们拿下十亿票房！”

楚瑞清心说：这位老师还真是不死心。

黄湛柏富有逻辑的推理戏结束，楚瑞清满脸诚恳地赞叹，惟妙惟肖地模仿对方的语气：“黄老师不愧是影帝，演技出神入化，肯定能帮我们拿下二十亿票房。”

黄湛柏心道：这就通货膨胀到二十亿啦？

黄湛柏：“有小楚就能拿下三十亿！”

楚瑞清：“有您就能拿下票房冠军。”

黄湛柏看她面无表情的样子，咬牙道：“你可真狠啊。”这就瞬间加到顶了。

楚瑞清淡淡地道：“彼此彼此。”

陈木东完全没闻到空气中的火药味，笑嘻嘻地挠了挠头：“其实那么高的票房，我都不敢想呢。”

黄湛柏：“没事，其实我们也不敢想，现在是往坏了想。”毕竟他和楚瑞清都不想背锅，不管是影帝扑街还是流量砸锅，听上去可都不好。

陈木东满头问号。

楚瑞清和黄湛柏的对决甚至蔓延到采访中，用网友们的话来说，他俩像是夸夸群的群友，每天都在疯狂地商业互吹。如果不是黄湛柏早就结婚生子、幸福美满，说不定无聊的吃瓜群众都会误会两人的关系。

黄湛柏对着记者疯狂吹捧楚瑞清的演技，引来观众不小的好奇心，他们哪知两位当事人的甩锅对决。既然是影帝认可的演技，那必然是很好！

楚瑞清在微博发一条营业广告，黄湛柏都能将战火点燃。

黄湛柏HZB："远看这张广告图片，像不像票房二十亿？"

楚瑞清自然不甘示弱，黄湛柏发一杯喝茶照片，文艺地感慨人生，她也发起反击。

水晶少女-楚瑞清："热茶飘起来的雾气，像不像票房三十亿？"

Bon："完了，又疯了一个，你俩是有什么KPI（关键绩效指标）压力吗？"

当然，因为黄湛柏确实夸得比较过分，所以导致部分黑粉嘀咕世风日下，连影帝都要为流量让步。毕竟流量偶像演技差是共识，尤其楚瑞清是出了名的面瘫，怎么可能会演戏？

黑粉："对，一定是影帝昧着良心说话！'楚三亿'才不会演戏！"

楚瑞清和黄湛柏大玩甩锅"彩虹屁"之时，"人口贩子"胡屏导演则默默地放出新版《倚天屠龙记》的花絮，将演技之争推上顶峰。因为电视剧的排播很着急，剧集宣发也匆匆忙忙地提上日程，逐步发布物料。

画面中，周芷若长发青衫、顾盼流兮，时而莞尔一笑，时而矛盾犹豫，最终在屠狮大会上展现傲人的霸气，在武林群雄中留下姓名！

虽然大众早知楚瑞清杀青许久，但还是第一次见识她的演技。她眼神灵动、表情到位，丝毫不逊窦彦和甄珍。陈思佳等人看完花絮，都有点儿坐不住，纷纷致电楚瑞清，感慨她的演技很好。

胡屏导演很聪明，在剪辑上颇下功夫，在花絮中挑的都是精彩镜头。张无忌、赵敏和周芷若都有角色花絮视频，挑的全是演员最好的表演，而楚瑞清演得好的镜头都有共同点。

吃瓜网友："为什么周芷若的花絮都是跟妹子互动，张无忌没有姓名？"

茶茶："敏、若的对视杀让我死了，CP感爆表！各位剪刀手，素材出炉啦！"

湿毛巾：“芷若是女团C位，无忌是男团C位，自然没法出现在一个MV（音乐短片）里。”

周芷若的角色花絮公开后，在某个聚集着无数剪刀手的视频网站里，有人剪辑出一个新版《倚天屠龙记》的恶搞视频，名为《倚天新秀：峨眉周掌门向剑而生、逆风翻盘，屠狮大会上C位出道》。

该视频讲述周芷若作为全村的希望，签约峨眉派经纪公司，虽然有经纪人灭绝师太强推，但难以服众，只能像其他小偶像般摸爬滚打。灭绝师太是个有志气的经纪人，可惜她每回强推的弟子都会发生意外，如纪晓芙。

周芷若为磨炼自己，决定参加《倚天新秀》成团出道，无奈遭遇命运中的对手蒙古偶像赵敏。赵敏在人气上力压周芷若一头，甚至一度夺走倚天剑。周芷若不断练习，向阳而生、逆风翻盘，终于在屠狮大会的舞台上艳惊四座，C位出道……

作者不但将楚瑞清和甄珍的花絮混剪，还配上颇有信服力的文字解说，将两人的相爱相杀、爱恨纠缠表现得淋漓尽致。这个网站向来喜欢搞些奇怪的CP向视频，由于作者的剪辑功力炉火纯青，视频点击量滚雪球般增加，竟然有出圈的阵势！

——不行，赵敏偶像失格，爱上自己的对手，注定输了！

——原来“倚天”是这么看的，那我必须pick（选择）小昭！你不投我不投，教主何时能出道！

——我的天，我要是开播后只能吃下“敏、若”，绝对是UP主（网络流行词，指在视频网站、论坛上传视频、音频文件的人）你害的！

楚瑞清在《偶像新秀》时期，便被大家称为身穿橘衣的女人，橘里橘气的视频不计其数。现在新版“倚天”的花絮一出，各剪刀手立刻发现新素材，纷纷闻风而上，出现“敏若”“若敏”“若昭”“若离”等多版视频，瞬间风靡首页。

万众期待中，新版《倚天屠龙记》终于正式开播，在上星平台拿下收视开门红。当然，这还不是观众们最期待的时候，因为前期剧情是讲幼年阶段，所以窦彦、甄珍和楚瑞清都还没有出现。各大配角打头阵，收视已经这么稳，证明胡屏导演并没有折戟，水平仍旧一流。

楚瑞清的正式亮相是在十集之后，那时成人版周芷若已进入峨眉派，跟随在灭绝师太身边。新版《倚天屠龙记》从这集开始，弹幕量猛增，且开头出现高能预警。

——请您及时关闭弹幕，否则可能影响观剧效果，或打开新世界的大门。

——姐妹们，拥有神仙颜值的周掌门在这集出现啦！冲鸭（冲呀）！

——不行，我本以为这集没赵敏就能开弹幕，但发现周掌门跟丁敏君也挺配的……

楚瑞清在新版“倚天”中的演技着实让人非常惊讶，谁都没想到流量偶像能演到这种水平。当然，这其中少不了胡屏导演下的苦功，他深知楚瑞清的优势，在打戏上很有设计，恨不得她就是全剧主武。

周芷若和丁敏君的一场门内切磋戏，动作漂亮而富有节奏，有着峨眉武术特有的灵动之美！

——两位峨眉小杂兵打出了八大门派掌门的气场？

——周芷若扮猪吃老虎，明明是峨眉武术协会名誉会长，装什么普通弟子？！

——无忌不行啊，我怎么看芷若比你战斗力强。

窦彦倒是想好好拍打戏，无奈他确实没有楚瑞清的基础，没法扛住过于复杂的动作。因为观众会对比每段打戏的表现，窦彦在采访中自然也被问到此事。

记者笑道：“有观众称周芷若的打戏更好，他们想问您还能坐稳明教教主的位置吗？据闻周芷若可是峨眉武术协会名誉会长啊。”

这问题有点儿挑拨之意，像是在说窦彦的打戏不好。好在窦彦不是小心眼的人，他大大方方地打趣道：“当然能坐稳，她是会长，我本科还学的小语种呢。众所周知，明教是由波斯传来，教主还身负跨国交流的重任，不是单纯好勇斗狠……”

记者心道：这也行？

记者：“您的心态很好呢。”

窦彦摸了摸头发，长叹一声道：“唉，我的心态当然很好，毕竟在组里时就决定做这帮女人的配角。”毕竟是《周芷若和她的一百个伴舞》，自己可能是这档节目里的中心导师吧。

记者只觉得一阵发蒙。

窦彦的采访内容放出，电视剧弹幕区更加橘气十足，谁让男主角公开实锤，声称自己只是“这帮女人的配角”。这致使新版“倚天”出现神奇的现象，不开弹幕就是正经高质量武侠剧，开弹幕就是嗑CP现场，可谓合家欢大剧。

老年人们认真看剧情，年轻人们认真嗑CP，还全都在嗑邪教CP（非官方CP）。

《强势进击》组内，黄湛柏一边吃饭一边津津有味地观看新版“倚天”，忍不住说道：“看看咱们小楚演得多好，这回票房就靠你啦！”

楚瑞清瞟了一眼这位执着于甩锅的影帝，风轻云淡地道：“听说您又被提名最佳男主角，这回也带带我们？”

饰演警员的演员大哥对此情况见怪不怪，无奈地道：“你们的夸夸群续费还没结束？这互吹服务何时终止？”

黄湛柏感慨道：“这是一场漫长的战役啊，怎么也得到影片上映……”电影正式上映，票房尘埃落定，甩锅之战才能结束。

午休过后，工作人员来叫楚瑞清，由于电影的大场面较多，少不了提前排练。陈木东拍了拍面前的一堆红砖，给楚瑞清讲戏：“下午我们拍营救那场戏，到时候需要一个镜头，是你从拐角处冲出，将砖石击碎……”

陈木东指着设定好的位置，朝着楚瑞清跑来，为她做示范：“你就这样跑，稍微矫捷一点儿，然后……啊！”

现场布景完毕，地上障碍物颇多，楚瑞清望着当场扑街的陈木东，疑惑地道："小云要在路上摔一跤？"

陈木东摸了摸撞红的鼻子："不、不、不，小云不用，是我摔了。"

楚瑞清看不下去了，总觉得陈木东说个戏能把自己搞进医院，索性亲自上阵，按照陈导的指示来。她敏捷地越过障碍物，抵达指定位置，随即一掌破开砖石，溅起层层灰土，询问道："是这样？"

陈木东满脸慌张："不、不、不……"

楚瑞清："怎么？"

陈木东错愕地上前检查，疑惑地道："不对啊，这是示范用的真砖，不是道具砖，你怎么能打碎？！"

因为道具砖的数量有限，所以讲戏时还没摆上来。陈木东捡起地上的碎石，检查完后更为震惊，这确实是真砖无误。

学习完示范学习班课程的楚瑞清感到有些不妙，抿了抿唇，低声道："你怎么不早说？"这都摆上来了，她当然以为打碎没关系，没料到这还能中招。

陈木东万分诧异："谁也没想到真能打碎啊！"楚瑞清的手又不是铁打的。

他低头看了看楚瑞清光洁如初的手掌，心中颇为迟疑，这似乎真是铁打的？

陈木东奇怪地道："你的手没事吗？"

楚瑞清面色镇定："还好。"

虽然楚瑞清不小心露出了马脚，但好在陈木东没有多想，他挠了挠脑袋，只当是道具组放错砖，便没有再追究。然而下午的营救戏正式开拍，楚瑞清的实力似乎再也没法隐藏。

片场内，剧组人员们聚集在一起，对剧情中的某个细节进行探讨，同时犯了难。剧本的高潮段落里，小云突然出现救下重伤的陈栋，并带着他逃离现场。但在实际拍摄中却出现了问题，小姑娘如何带着受伤的大叔逃走？

黄湛柏提议道："原本的推车不行吗？让她推着我跑？"

陈木东摇了摇头，为难地道："我刚才看了下设计的动作，拍出来效果确实不好……"

这就是想象和现实的差距，实际拍摄中总会发生各种意外和不理想的状况。旁边的人突然插嘴道：“让楚瑞清抱着黄老师跑吧，她连沈姐都抱得动！”

沈姐是电影服化组的老大，体形丰满，体重快有两百斤。

黄湛柏：“啥？”

陈木东：“楚瑞清什么时候抱过沈姐？”

“那天沈姐提着化妆箱上楼，差点儿摔了……总之楚瑞清连沈姐都抱得动，黄老师更没问题！”旁边的人信誓旦旦地道，显然对楚瑞清颇为信服。

黄湛柏面色僵硬，看向楚瑞清：“这不行吧？”

楚瑞清听他们提及自己，倒是很配合：“我都行。”大师姐很有职业道德，在工作面前不怕苦不怕累。

黄湛柏看她如此淡定，心中大为气恼，他堂堂影帝，怎么能被人公主抱？！

陈木东义正词严道：“不行！抱着太不严肃，完全没有探案的样子，肯定有更好的方式！”

黄湛柏顿时找到知音，猛烈地点头：“没错！没错！”

片刻后，剧组各单位准备完毕，陈木东调整完楚瑞清和黄湛柏的姿势，极为满意地点头离开，喊道：“准备开拍！”

镜头内，黄湛柏面色惨白、心如死灰，似乎不用上妆就能饰演重伤人员。楚瑞清则步履矫捷，将黄湛柏扛大包般放在肩上，在弯曲的街道上健步如飞，犹如跑道上的田径选手！

小云成功地救走警员陈栋，而且完美地躲开追击，用的是扛麻袋的方式！

黄湛柏觉得自己的演艺生涯遭遇挑战。他知道楚瑞清扛得动人，但不知道她能扛着人跑这么快！

大家看剧本时还犹豫，觉得小云只身一人救下陈栋有点儿扯，然而现在看到楚瑞清的表现，瞬间大为信服，甚至感觉小云还能更厉害！

“Cut！这条过了！”陈木东兴高采烈地跟周围的人交流，“写剧本时还怕太扯，但拍出来似乎不错啊？”

“是啊是啊，当初还怕观众觉得假。主要还是演员选得好！”执行导演跟着附和。他们原本担心陈栋比小云战斗力低的设定不被接受，但看着不用替身的楚瑞清，突然认为一切都合情合理！

毕竟黄湛柏的体力看上去也没楚瑞清厉害嘛，艺术来源于生活！

镜头一遍就过，让黄湛柏庆幸不已。他坐回椅子上，猛灌了一口凉水，才缓解差点儿被颠吐的感觉，气若游丝地道：“这个镜头先别放进预告片……”

事已至此，黄湛柏想要保留自己最后的尊严，能拖一刻是一刻，等上映再说。

陈木东笑呵呵地道：“对、对、对，我们打算海报就用上，等预告片就太晚啦！”

黄湛柏哭笑不得。

陈木东：“我们准备搞一个警局众人奔跑的海报，陈栋是主角嘛，正好被扛着放在海报中心……”

黄湛柏看着喋喋不休的陈木东，觉得这位年轻导演真是读不懂气氛，没学到忽悠大王胡导的精髓。

第十三章

离别逼近　水晶少女名
孤独之剑　告别的初心

《强势进击》的投资成本不低，还要辗转多地拍摄，楚瑞清在转场期间正好有几天假期，要赶回去配合新版《倚天屠龙记》的宣传。随着电视剧的热播，新版“倚天”的人气越来越高。楚瑞清不但通过周芷若迎来又一波吸粉狂潮，其与甄珍的CP还受到市场的肯定。

因为网络上某一拨隐蔽却野蛮生长的CP粉，楚瑞清和甄珍甚至被邀请共同拍摄杂志，显然“敏若”或“若敏”组合已具备商业价值。

甄珍过去的作品不错，但她的风评向来一般，由于她家境出众、性格乖戾，难免被人传飞扬跋扈、不好相处。然而现在楚瑞清和甄珍的CP一出，甄珍曾经的黑点瞬间变成萌点，活生生地反转了。

CP粉：“虽然甄珍对其他人一般，但她差别对待楚瑞清啊，这还不该嗑？”

餐厅内，甄珍放下筷子，哭笑不得地道：“我真没想到自己第一回炒CP，居然是跟女明星……”

甄珍以前可没见识过CP粉的疯狂，要知道没有男明星敢跟她捆绑，都害怕被遍人脉布娱乐圈的甄家搞死。

楚瑞清倒是淡定从容，仔细想了想，好像自己所谓的CP全是女明星？

两人拍完杂志后一起用餐，楚瑞清自然带上了修好的古玉，将其递给甄珍："这个还给你。"

甄珍接过素色锦囊，打开看到完好无损的古玉，不由得惊讶不已："修得这么好？我还以为会是金镶玉。"

一般的玉石破碎后总会留痕，有多种修复手段，金镶玉是其中之一。楚瑞清拿回的古玉却完好如初，没有找到丝毫裂缝。

甄珍：居然有如此先进的修复手段，她还否认没有外星科技？

甄珍收下古玉，又连连道谢。她偷偷打量了一下楚瑞清的神色，试探地问出此行的任务之一："对啦，你们团是不是再过一段时间就要解散？"

楚瑞清微微愣了愣，停下手中的动作，纠正道："还有几个月。"

甄珍摆了摆手："那也没多久啦，等团解散后，你的合约谈好了吗？"

楚瑞清抬头望向甄珍，突然反应过来，看来对方是有备而来，早就想提起此事。

甄珍被楚瑞清盯着，有点儿不好意思地说道："我叔叔不是开了家影视公司吗？他托我来问问，当然你要是自己有安排，就当我没提过此事……"

甄珍以前也没当过说客，手法非常不熟练。虽然楚瑞清过去有极高的人气，但发展路线一直不太清晰。新版《倚天屠龙记》中的楚瑞清给大众带来了新印象，从近期微博粉丝的暴涨就能看出，她已经开始慢慢转型，而且开局很不错。

楚瑞清提醒道："我在原公司还有合约。"

甄珍："那种小公司很好解约的，估计到时候他们会主动跟你谈……"

水晶少女的商业价值如今已超越师哥团TENS的顶峰期，现在各方势力紧盯人气靠前的成员，纷纷私下进行沟通，只待时机成熟后瓜分好苗子。辛媛是新娱传媒的艺人，估计签的是霸王条款。楚瑞清则是小公司出来的，抢人难度骤降很多，属于众人目光的焦点。

楚瑞清沉默片刻，低声道："总觉得大家很期盼我们解散？"

甄珍察觉她的异状，小声道："你不希望解散吗？我还以为你会觉得在团里是在拖飞机（一人带动全团）。"

甄珍还是了解过现今偶像市场的，虽然大家名义上是团队，但在资源上有重合及竞争。国内市场从来不苛求所谓的团魂，她真没料到楚瑞清却是个异数。

楚瑞清想了想，斟酌着措辞："因为以前没有这种经历……"

甄珍安慰道："这就像上学一样，大学四年一毕业，同学们都要告别，你看作初高中毕业也行。"

楚瑞清不禁默然。她没有过初高中求学的经历，更没经历过毕业。

楚瑞清的人生轨迹非常简单，幼年时被师父收入峨眉派，根本没有与家人相关的记忆。尽管山下光阴流转、改朝换代，但她和师父及师弟、师妹们一直生活在云岭阁，从来没有分开过。即使阚和在外面乱跑，却总归会回到门里，向来如此。

楚瑞清只经历过两段集体生活，一是峨眉派云岭阁，二是水晶少女。她在峨眉派里要做负责任的大师姐，但她在女团里只是被团员们开玩笑的"楚三亿"。

"没关系，你可以再想想，"甄珍发觉楚瑞清兴致不高，善解人意地道，"不用马上回复的。"

楚瑞清并没有迁怒对方的意思，迟疑地道："抱歉，我状态不好……"

甄珍笑道："我明白，你只是很珍惜这个团！"

甄珍当然没被楚瑞清的冷脸吓退，实际上她反应过来，估计是两人提起合约的事情，反倒让楚瑞清想到解散，进而情绪不高。

甄珍犹豫几秒，又道："但人都是会变的，现在你们想待在一起，以后或许会只想拼命地离开对方。"

"虽然你不想让团解散，但不代表其他人也是……"甄珍在娱乐圈混了那么久，见识过太多所谓的闺密插刀的事，自然出言规劝。

楚瑞清应道："我明白。"

甄珍看她没有过于天真，便松了一口气："那就好，其实这圈子里的友情，没有那么值钱……"

楚瑞清垂眸听完，平静地道："但我总要先试着保值。"

甄珍看她如此镇定，像是打定了什么主意，一时有点儿哑然。

酒店停车场内，李天剑突然收到楚瑞清的消息，感到相当惊讶，但仍按时地开车抵达。楚瑞清跟甄珍告别后，便干脆利落地上了李天剑的车，对他说道："我们去阚和那里。"

李天剑奇怪地道："现在吗？师父你要做什么？"

如今已是深夜，三人以前周末会聚在四合院练剑，但随着楚瑞清进组拍戏，此项活动也暂时搁置。李天剑不禁有点儿疑惑，莫非师父得知三师叔近来偷懒的事情，所以突然袭击？

楚瑞清答非所问，反问道："你知道买下我们团要多少钱吗？"

李天剑闻言，顿感不妙：怎么办，我好像猜到师父要说什么了？

李天剑小心翼翼地试探道："师父，你该不会想买下水晶少女吧……"

楚瑞清点头："对，很贵吗？"

李天剑面露难色："可能问题不在贵……"如果师父真的将女团买下，期盼女团解散的毒唯（指在偶像团体中只喜欢某一个成员，讨厌团体的粉丝）们恐怕今晚会气到窒息。

安静的四合院内，希望解散的女团毒唯粉们还未窒息，阚和已经感到窒息。楚瑞清突然有了决断，想要盘下水晶少女，这少不了一笔资金。她心知这笔钱数目格外庞大，单靠自己赚不太行，便想起久远的过往。

楚瑞清记得，她以前其实并不穷，只是太久没下山，身上没有现在的货币，但不代表她没有以前的货币。她过去跟随师父游历，明明也有很多积蓄，只是那时不太在乎，全被阚和卷走。

楚瑞清当初缺四百万元买剑时，还没有想起此事，但经历过示范学习班的法律教育，突然豁然开朗。那些财产是属于她的，理应找阚和要回来。

楚瑞清：果然知识就是力量，知识使人致富。

楚瑞清还专门带上了李天剑，据说徒弟原来搞鉴定，对各类古董的估价比较准。

阚和听完李天剑估算出买下女团的数字后，大为惊愕："什么？这么多钱？不行不行，师姐你还是乖乖解散吧！"

楚瑞清面无表情地道："难道你忘记了自己在泰山脚下拿走黄金的事？"

阚和气得跳脚："明明是你自己当时不要，怎么现在找我讨？"

楚瑞清："还有当年战乱时挖出的地下宝藏……"

阚和："那都是多少年前的事情，你还翻旧账？！"

楚瑞清淡淡地道："阚和，这些年你拿走那么多东西，现在都不愿往外掏一点儿？"

李天剑在旁边煽风点火："就是、就是，三师叔何必如此抠门，连罚款都不肯交！"

楚瑞清想起罚款，更感到要钱的必要，既然过去的财宝都被阚和卷跑，罚款也理应由他来交，哪有让徒弟掏钱的道理。

阚和看着上门要债的师徒俩，感慨人心不古、世风日下，只觉得痛心疾首。当年光风霁月、视金钱如粪土的大师姐，终于被无情的资本力量侵蚀，踏上要钱之路！

阚和愤愤地道："我算是看出来了，你俩休想把我当银行！即使是银行，过了几百年也该倒闭啦！"

楚瑞清声音凉凉地道："你想要倒闭？"

阚和望着她身后的纸剑，默默咽了咽口水。

阚和在楚瑞清无声的威胁下，不情不愿地打开自己的珍宝阁。李天剑望着其中琳琅满目的古董，不禁疑惑地道："三师叔，上回遇到蛊虫的时候，我怎么没进过这屋子？"

阚和翻了个白眼："那时候怎么能进，万一宝贝被虫子咬坏了怎么办？"

李天剑：究竟是谁当时喊着命比法宝重要，让自己丢出小蜈蚣的？

阚和果然家底丰厚，别看他现金不多，但手里的宝贝不少。李天剑盘算一番，便听楚瑞清问道："这些够吗？"

李天剑迟疑片刻，答道："全卖掉肯定够，但脱手需要时间……"

阚和崩溃地道："什么？全卖掉？兔崽子你该不会故意使坏吧？！"

李天剑鄙夷地看了菜鸟三师叔一眼，他本想劝楚瑞清三思，但又被阚和的话气得咽回话，冷冷地道："三师叔，这有什么可使坏的？毕竟团里有十个人，没卖你的宅子就算好的。"

阚和闻言，差点儿当场昏厥。

李天剑想了想，忍不住看向楚瑞清，面露犹豫之色："师父，你真的要买下女团吗？其实你可以跟大家商量一下，再做决断的……"

李天剑还有后半句话没说，或许她们更想各自发展，并不愿成团。

“我明白。”楚瑞清微微垂眸，猜到李天剑想说的话，解释道，“我不是要将大家捆在一起，而是希望以后能多点儿选择。”

楚瑞清当然明白，强行将团员们绑在一起，没有任何意义。人只有经历过才有感悟。就像四处乱窜的阚和，如果强迫他待在山里，只会事与愿违，但他自己在外漂够了，总会默默地回来。

她不是非要逼着众人聚在一起，只是希望众人在回忆往昔时还有去处。

李天剑似有所悟，又道：“但师父跟秦菲凡关系那么差，她会愿意卖吗？”

楚瑞清平静地道：“秦菲凡是个商人。”商人只谈买卖，不讲关系。

李天剑一秒即懂，对阚和道：“那看来三师叔连宅子都要卖了。”

阚和：你们是人吗？

李天剑没有马上卖掉阚和的东西，毕竟还没正式展开价格谈判，只要楚瑞清不强求其他九人全都和原公司解约，那要付出的金钱显然没想象中多。当然，李天剑仍然会时不时敲打阚和一番，告诉他肯定要付天价费用云云，以报他多年侵吞师父的财产之仇。

李天剑：必须时刻告诉三师叔，他只是个银行柜员，千万不能有非分之想。

楚瑞清要债成功，但可惜她这回假期太短，没时间马上跟秦菲凡谈判。李天剑听完楚瑞清的主意，打算先暗中进行前期筹备，事情总要一步一步来。

《强势进击》组内，电影要拍摄的外景大场面很多，众人转移地点后，还迎来外国群演。外国群演有男有女，各个金发碧眼，颜值相当高，全都围在楚瑞清身边。

黄湛柏看楚瑞清自如地跟群演们交流，简直惊掉下巴，等外国群演们离开，他才诧异地道：“你的英语那么好？”

楚瑞清的对外人设不是峨眉派弟子吗，怎么还能跟外国人交谈？

楚瑞清瞟了大惊小怪的黄湛柏一眼，坦白道：“我的英语不好。”她每回遇到水晶少女的歌曲里有英语，总要事先练习很久。

黄湛柏摆了摆手，调侃道：“咱们小楚又开始谦虚了，我都亲眼见到你们用英语交流，你还说不好？”

楚瑞清淡淡地补刀：“黄老师，他们是俄罗斯人，我们没有说英语。”

黄湛柏无语。

周围的人听到此话，顿时哈哈大笑，对两人的争斗习以为常。自从小云扛人事件后，黄湛柏似乎没事就要说楚瑞清两句，又常被不咸不淡地怼回来，这已经成为剧组内的保留节目。两人倒是都没恶意，可能就是交流方式与众不同。

黄湛柏尴尬了几秒，又自然而然地道："那你们聊了什么？"

楚瑞清："峨眉武术。"

黄湛柏颇为惊讶："不可能，他们会知道峨眉武术？"

楚瑞清顺水推舟道："确实不可能，他们其实是说剧组有黄老师，票房肯定没问题。"

黄湛柏：这是又开始了？

黄湛柏佯装不闻，展现出影帝的沉着，又信誓旦旦地转回话题："聊峨眉武术好啊，传播非物质文化遗产！"

"不过你怎么会俄语？以前多是上年纪的人才会……"黄湛柏突然发现哪里不对，楚瑞清又没有专程学过小语种，按道理应该只会英语，老一辈的人倒是学俄语的居多。

楚瑞清：从某种角度来说，黄湛柏已经很接近真相。

《强势进击》的拍摄很累，动作戏也比较复杂，楚瑞清却乐在其中。除了黄湛柏时不时想甩锅票房外，她对其他状况都相当满意，跟随好演员们学到不少新东西。虽然导演陈木东浑身透着不靠谱的气息，但他在创作思路上没问题，让剧组顺利杀青。

当然，直至剧组杀青，楚瑞清和黄湛柏的关系好坏仍是未解之谜，让许多记者万分好奇。虽然两人天天在各大平台上互吹，但总归让人觉得哪里不对。两位当事人保持沉默，这个问题最后抛到了导演陈木东面前。

陈木东挠了挠头，坦白道："两位老师的关系好不好，可能要等电影上映后才能确定。"

电影上映前，两人由于甩锅行为，友情值如同薛定谔的猫，谁都不清楚。

记者：这叫什么话，还搞上悬念了？

陈木东此话一出，引得观众们越发好奇，《强势进击》到底讲了什么故事，还牵扯到了演员们的友谊？

《强势进击》最新版电影海报一出，小云扛人的亮眼造型瞬间引发热议。海报上，楚瑞清面无表情地扛着黄湛柏狂奔，四周是其他警员伙伴，看上去幽默生动，让人颇感有趣。

小费：“终于破案了！我要是黄湛柏，会想要暗杀整个剧组。”

石狮：“你以为黄老师不想吗？这不是组里有楚瑞清吗？打不过，没办法。”

肉肉的小鸟：“给楚瑞清打钱，不只是片酬，还有保镖费，不然导演你早凉了。@陈木东。”

黄湛柏看到海报，又看到全网的评论，只能麻木地关闭网页，决定闭关学习、修身养性，躲过这阵风头。另一边，楚瑞清离组后回京，也迎来水晶少女最后一张EP的录制。

录音室内，夏枚好奇地环顾一圈，问道：“楚老师呢？”

陈思佳愣了愣，转头看了看说：“明明刚刚还在。”

黑禾道：“她刚刚往秦总的办公室走，估计是有事要谈。”

楚瑞清是水晶少女的center，各类活动自然也比常人要多，更需要跟秦菲凡沟通。

夏枚闻言，当即兴致勃勃地道：“秦总每次都长篇大论，那我们现在准备，岂不是正好？”

辛媛看夏枚已经等不及张罗起来，担忧地道：“万一楚老师突然回来呢？”

夏枚果断地道：“不可能！秦总要能长话短说，我就赌她推的下一个团能火！”

辛媛哭笑不得。

办公室内，秦菲凡听完楚瑞清的来意，不禁微微皱眉，开口道：“瑞清，我不得不说，你的想法过于天真，偶像团体的运营并不是你想的那般容易……”

楚瑞清适时地阻止秦菲凡的长篇大论，说道：“您只要说愿不愿意卖就好，价格可以商量。”

“但你做的事有任何意义吗？”秦菲凡不可思议地道，“我手里也有TENS的牌子，事实就是它已经不值钱了，时间会改变很多东西。”

楚瑞清抓住关键词，反问道：“这么说我们的牌子应该也很便宜？”

秦菲凡身为商人，听到此话顿觉不妙，瞬间警惕起来，义正词严道：“我可没这么说。”

“水晶少女的商业价值远高于TENS，又跟星河有千丝万缕的关系。即使你们解散，我也是不能随便卖的。”秦菲凡似乎生怕楚瑞清压价，颇为防备地补充道。

楚瑞清看着秦菲凡的神情，突然觉得对方算是山下人里好交流的类型，似乎只要钱到位，没有什么谈不拢，着实是商人本色。她干脆留下李天剑的联络方式，慢条斯理地道：“这是我找到的负责人，价格方面的问题，秦总可以直接跟他谈……那我就先回去了。”楚瑞清说完正事，便准备离开，回录音室录歌。

秦菲凡接过名片看了看，发觉楚瑞清是认真的，立刻出声道：“等等！”

楚瑞清面无表情地扭过头，静待对方的下文。

秦菲凡想了想，说道：“如果你以后真能用到这块牌子，到时候可以事先跟我聊聊。”

虽然秦菲凡现在觉得楚瑞清既天真又傻，有钱没有地方花，但未来总是充满意外，谁又能料到以后的发展？秦菲凡作为优秀商人，既然能率先掌握消息，总要为自己留下点儿余地。

楚瑞清愣了愣，脱口而出道：“秦总要给我打工吗？”如果她真拿到牌子，为什么还要跟秦菲凡聊？难道她要像星河视频一样，找秦菲凡来运营？

秦菲凡咬牙道：“这叫作合作，什么叫打工？”

楚瑞清直白地道：“那还是算了，秦总合作过的团，少有成功的。”

秦菲凡气得想要吐血。

楚瑞清告别秦菲凡，便回到录音室。她刚刚进屋，就看到满屋飘舞的彩条，还有笑容满面的女团成员。辛媛和刘筱白各拿一支礼花筒，兴高采烈地道：“寿星来啦！”

陈思佳等人早就围在蛋糕前，一边拍手一边合唱道：“祝你生日快乐，祝你生日快乐……”

录音室内不知何时挂上了彩灯，在音乐的节奏下不断闪烁。水晶少女们趁楚瑞清离开，抓紧时间完成惊喜，在墙上摆好了“Happy Birthday（生日快乐）”的气球，营造出生日派对的气氛。

楚瑞清看着团员们脸上洋溢的笑容，又见布置得漂漂亮亮的房间，一时不知该说什么。她的心情极为复杂，既有些柔软的感动，又有点儿微妙。

团员们唱完一曲，夏枚见楚瑞清身形僵硬、一言不发，打趣道：“楚老师不会感动到落泪吧？”

楚瑞清面露难色，迟疑地开口：“其实……今天不是我的生日。”

虽然她内心非常感激，但还是忍不住说出真相，这真是个奇妙的误会。

众人无言以对。原本满脸喜悦的众人如遭雷劈，房间内的气氛瞬间凝滞而尴尬。

辛媛难以置信道：“不可能！我还找工作人员确认过！”

陈思佳同样满脸惊诧：“我记得你的身份证上写的明明是今天……”

楚瑞清坦白道：“因为证件上是瞎写的。”那证件甚至都不是她填的，鬼知道阚和为何写今天。

众人：这东西还能瞎写吗？？？

黑禾还算镇定，询问道：“那你的实际生日是哪天？”

楚瑞清面对提问，居然被问住了，沉吟良久，才缓缓地道：“我……不知道。”

大师姐非常无奈，由于她是被师父捡进峨眉派的，师父也不知道她的具体生日。据说她出生的年代正值战乱，那时候能活下来就算不错了，谁会在乎生辰？她入门后，师兄弟也没有过生日的习惯，还真没思考过这个问题。毕竟按照他们的寿命来说，每年过生日实在有点儿频繁。

楚瑞清犹豫片刻，便冷静下来，果断地道：“那我就把今天当生日吧。”

陈思佳看她面无表情地敲定主意，吐槽道：“这么随便吗？！”

刘筱白：“这样也挺好，想想楚老师的应援会，现在还被蒙在鼓里搞生贺……”

刘筱白觉得团员们都不算最惨，真正惨的是粉丝们，谁能知道自家偶像的生日是随手填的？！

楚瑞清若有所思地拿出手机：“那我发微博告诉他们一声，我把生日定在今天了……”

陈思佳果断制止道：“别！这不又得上热搜？咱们今天简单点儿……”

陈思佳都能猜到，微博发出后楚粉们肯定万分糊涂，什么叫将生日定在今天？

虽然生日派对的开端有些乌龙，但既然楚瑞清已经正式将生日定为今天，众人便又欢闹起来，高兴地切蛋糕。大家都是女团偶像，不能吃太多高热量的甜食，剩余的奶油就有了用武之地。

辛媛伸出手指揩了一把奶油，随即对楚瑞清露出恶作剧的微笑：“嘿嘿，也要让楚三亿接接地气才对……”

夏枚立马效仿，点头道：“说得有道理。”

楚瑞清茫然地看着包围自己的团员们。

水晶少女们一哄而上形成包围圈，将楚瑞清圈在中心，皆想把寿星抹成花猫。几分钟后，林小媛从混乱中仓皇逃出，满脸奶油，努力挣扎出来：“这毫无游戏体验！”

楚瑞清的动作过于灵活，刚开始她还不懂游戏规则，等反应过来后，直接把其余人抹了个遍，自己的脸上却还是干干净净的！

楚瑞清镇定地将辛媛堵在墙角，伸出沾着奶油的左手，虚心求教道：“抹上就能接地气？”

辛媛哪料到对方还能一挑九，走投无路，弱弱地道：“大佬，我们有话好商量，看在我万年老二的分上……”

辛媛的话还没说完，便被无情的楚瑞清抹成花猫。当然，楚瑞清最终也没能从混战中全身而退，她被夏枚紧紧抱住，又不敢强行弄翻对方，最后惨遭抹脸。

陈思佳同样满脸奶油，一边在楚瑞清的脸上画猫胡子，一边扬扬得意地道：“这个故事告诉我们，个人英雄主义还是敌不过集体的力量……”

女孩儿们在疯狂玩闹过后，都感到酣畅淋漓，彻底释放往昔的压力，忘却平日工作的负担。她们就像普通的女生一样，抛却偶像的身份，真正跟好友们度过欢乐的一天。她们不用考虑形象，不用考虑其他因素，在彼此面前露出真正的自己，没有丝毫遮掩。

楚瑞清还收到团员们送出的生日礼物，好奇地翻开册子道：“这是相册？”

装帧精美的相册一翻开，映入眼帘的就是每个人对楚瑞清的寄语，每页右下角还留有她们的名字。她们是辛媛、陈思佳、夏枚、何小晶、刘筱白、陈珞、黑禾、胡茗和林小媛，是楚瑞清的队友，是水晶少女的其余九个人。

她们一起从《偶像新秀》成团出道，马上又要走到离别的路口。

“以后没有我们，楚老师也要好好地拍照营业啊……”陈思佳瓮声瓮气地说道，忍不住眼圈泛红，默默地仰头遮掩，强颜欢笑道，“起码要把这本相册装满！”

楚瑞清闻言愣了愣，轻轻垂眸，翻过每个人亲笔写下的寄语，就看到水晶少女数量繁多的合照，甚至还有峨眉山上的日出。原来在不知不觉间，她们已经积攒了不少回忆，全都被镜头定格了下来。

夏枚蹦跳着抱住陈思佳，试图用嘻嘻哈哈缓解她的情绪：“哎呀，别搞得生离死别一样嘛……”

刘筱白也出言缓和气氛，笑道：“想让楚老师装满相册，也真是为难她了。”毕竟楚瑞清根本不会自拍，大家送的相册可不薄。

楚瑞清沉默片刻，保证道：“我会填满的，不管你们以后在哪儿，我都会去找你们合照。”

楚瑞清觉得，或许拥有漫长的光阴未尝不是好事，起码让她获得了等待和见证的机会。

陈思佳本来正感到悲伤，又被她这句话气笑了，吐槽道：“为什么感觉我们像被你抓捕的逃犯一样，跑哪里都逃不掉？难道你还要跨省跨国？”

楚瑞清点头道：“毕竟我活得久，还会飞。”只要团员们没有冲出地球，她应该还是能找到大家的。

陈思佳看她一本正经地冷幽默，忍不住伸拳捶她，惹得周围人哈哈大笑。

楚瑞清的生日过后，水晶少女离别的步伐突然加快很多。她们录制完最后的EP《水晶石》后，便投入到告别演唱会的练习。在此期间，每个人都要为自己的未来规划，联络不同的公司，走上不同的道路。

相比其他人的忙碌，楚瑞清反而轻松很多，因为她并不对前路感到紧张，唯一关心的就是跟秦菲凡的交易。秦菲凡果然是合格的商人，只要价格到位，什么难题都能解决。

李天剑成功建立公司，跟秦菲凡和星河视频敲定完细节，便顺利承接了水晶少女的牌子。这家名为“云岭阁”的公司不但接过水晶少女，还下设楚瑞清工作室，通过股权跟星河视频和初梦传媒建立联系，也算为楚瑞清的未来铺路。

楚瑞清没打算再签其他公司，决定以后以个人工作室的形式发展。当然，工作室跟星河、初梦和非凡耀影都有或多或少的合作关系，也算稳固资源。

一切尘埃落定后，楚瑞清、李天剑和秦菲凡还见了一面，楚瑞清翻了翻合同，开口道：“那就麻烦秦总在演唱会上公布消息。”

秦菲凡深深地望了她一眼，意有所指道：“那也祝你得偿所愿。”

秦菲凡也不确定楚瑞清能否成功，对方彻底买走水晶少女的牌子，但团员们各奔东西已是必然。星河视频只能将各家公司捆绑一年，如果想要达成楚瑞清的目标，那就要等多年后所有人的合约到期。

楚瑞清买的并不是现在的水晶少女，她买下的是未来，想要等待重逢。

秦菲凡啧啧地摇头，阴阳怪气地道：“瑞清，你以后要是赔了，可真是钱扔水里都没响……”

水晶少女要是以后能成功重组，楚瑞清可以赚得盆满钵满，但要是众人直接散伙，她就是买了个死招牌，彻底砸在手里。

楚瑞清还没答话，李天剑便振振有词道：“秦总，不要总用穷人的思维思考富人的逻辑，有钱人的快乐你想象不到。”

秦菲凡：突然炫富！这感觉是叫她楚三亿还属于估少了？？？

即使时间流逝得再慢，水晶少女还是迎来最后的告别演唱会。

体育场内，绚烂的灯光之下，十名成员在后台听到粉丝们的呐喊，都有种恍如隔世的感觉。

“最后一场啦，总不能搞砸。”辛媛环顾一圈成员，勉强地笑了笑，尽量削弱告别的伤感。

楚瑞清想了想，默默地伸出手掌，这是她在团里学到的。

其他人见状愣了愣，陈思佳最先反应过来，将手放在楚瑞清的手背上。成员们再次将手放在一起，随即高高地扬起，齐声道：“水晶少女，加油！”

她们扬起手臂，犹如振翅离别的小鸟，即将冲向不同的方向。

浩瀚的粉海下，水晶少女们唱响最初的主题曲《钻石花》，强忍着不让自己失态。然而无论是多么强大的伪装，最后都在“MC环节”彻底崩溃。陈思佳握着话筒，根本没法开口说话，弯下腰失声痛哭。

其他人见状立马围过去安慰，只能先将话筒递给楚瑞清。楚瑞清接过话筒，看看落泪的团员们，又望望粉色的海洋，一时竟不知该说什么。

楚瑞清停顿片刻，一本正经地缓缓开口道：“真的没想到时间会这么快，以后就没法每天倾听陈老师的歌声，也没法再被她蹭热度……”

陈思佳本来都已经蹲着悲伤地号泣，竟又被楚瑞清意料之外的话气笑。她扯着嗓子尖声道：“楚瑞清，你不是人——”

观众席原本哀伤的气氛瞬间被陈思佳的破音驱散，众人哄堂大笑。

楚瑞清的目光也柔和下来，她继续道：“也没人再催我拍照营业，没人再陪我一同熬夜练舞，没人再在休息时与我吃外卖，没人一起聚到房间里玩大富翁，没人在工作间隙共同吐槽老板，没人再跟我一同面对粉海……”

楚瑞清向来沉默寡言、言简意赅，头一次一口气说这么多话。她还没有说完，台上台下的人早就泣不成声，前排的粉丝边哭边号：“楚瑞清，你不是人——不许说啦——”

台上原本只有陈思佳爆哭，现在却都被楚瑞清的催泪弹炸翻。辛媛、刘筱白也接连落泪。

楚瑞清微微垂眸，轻声道：“我舍不得……”

她不是擅长表达情绪的人，单单说出这几个字便达到极限。她停顿片刻，又道：“但外面的世界很广阔，我没有资格要求什么，只希望每个人感到疲惫的时候，能够有个休息的地方。”

楚瑞清很清楚，她已经经历过漫长的岁月，没有资格阻止其他人飞出去。她们都拥有着闪光的梦想，而她只是光阴的见证者，只能静待她们归来。

楚瑞清望向抹泪的队友们，郑重地道：“如果有一天你们感到怀念，请一定要告诉我，那时候我们就重新聚到一起，至于现在……”

“未来的影后、大歌手、国际名模、知名主持人……你们要独自启程了。”楚瑞清望着哭崩的队友们，反而露出浅浅的笑意，犹如目送孩子远行的长辈，献上最真挚的祝福。

她们曾经在《偶像新秀》的决赛上许下心愿，如今已经到各自离别努力的时间。

向来酷炫的黑禾现在也眼圈泛红，强忍着情绪，问道：“那你呢？”

楚瑞清平静地道：“我是女团偶像，是水晶少女的center。”

她从来没有其他的目标，自始至终就是偶像。她会守在初心聚集的地方，等待未来的重逢。所有的一切，就用时间来回报，就让时间来证明。

后台里，李天剑望着哭崩了的现场，提醒道：“秦总，该你们上场了。”

秦菲凡诧异地道：“现在吗？”

李天剑心道，真要让师父继续说下去，估计就要水淹体育场了。

楚瑞清难得的长篇大论，果然彻底带崩现场的局面，好在秦菲凡及时登台救场。因为是水晶少女最后的演唱会，粉丝们竟然对黑心老板也有所包容，没有当场哄台，让她有机会开口。

秦菲凡跟星河视频副总共同登台，露出职业笑容，慢条斯理地道：“我们理解大家的情绪，所以多方协商之后，想要在此公布一个重大消息……”

台下的粉丝们都诧异不已，紧紧地盯着秦菲凡及副总。

“水晶少女的部分成员将于今天正式毕业，但水晶少女楚瑞清会以原形式继续活动，我们将保留团名……”秦菲凡欲言又止，最后缓缓地补上，“期待未来的某一刻。”

秦菲凡并没有把话说绝，因为她不知道未来的结果，就连“解散”都换成“毕业”。女团究竟能够相聚，还是自此各奔东西，这都要用时间来证明。

台下一片哗然，就连台上的成员们都相当诧异，完全没料到楚瑞清的选择会是这样。演唱会的末尾，所有成员手牵手并排站在一起，望着那片粉海，再次进行自我介绍。

“大家好，我是暂时毕业的辛媛……”

“大家好，我是暂时毕业的陈思佳……”

“大家好，我是暂时毕业的黑禾……”

“大家好，我是暂时毕业的刘筱白……”

…………

“大家好，我是水晶少女楚瑞清。”

第十四章

往事三年　名剑再出山
利禄沉浮　心心仍相印

水晶少女告别演唱会圆满落幕，“留级生楚瑞清”这个话题荣登热搜榜，离别的笑与泪过后，粉丝们选择用最温和的说法纪念女团一年的限定记忆。其他成员没有离开，只是暂时毕业，而楚瑞清是老大难的留级生，成为女团空巢老人。

后来的后来，成员们各自找到合适的发展方向，活跃在各个领域。她们有的迫于营业压力改掉了微博名，有的在微博上用其他形式怀念女团，只有楚瑞清的微博名还是老土又规整的“水晶少女-楚瑞清”。

楚瑞清的微博非常干净和简洁，没有任何自拍，她设立个人工作室后，连微博广告都变少，只会在固定的时间上线营业。有时候是水晶少女出道纪念日，有时候是水晶少女告别演唱会纪念日，有时候是毕业成员们的生日，有时候是帮毕业成员转发广告。

总之，“水晶少女-楚瑞清”将“水晶少女全球后援会”逼上绝路，让它无路可走。饭圈甚至戏称，楚老师没有感情，不是偶像，只是定点营业的女团职粉。

三年后，清幽的云岭阁。

李天剑听到电话铃声，商业而官方地接通：“您好，这里是云岭阁，请问您想要咨询哪方面的业务？”

“咦，你们都能提供什么业务？”对方似乎对李天剑的说法感到疑惑，好奇地询问道。

李天剑眉毛一挑，但还是本着尊重甲方的态度，镇定地道：“风水占卜、手工制造、农业种植、武术培训、古董鉴定、景区游览……请问您需要哪方面的服务？”

“没有艺人经纪？这不是楚瑞清工作室的电话吗？”对方诧异地道。

李天剑沉默片刻，耐心地道：“您可能打错电话了。”

“哦哦哦……”

李天剑平静地挂断电话，时间还没过多久，又听到另一部手机的铃声，他商业而官方地接通：“您好，这里是云岭娱乐。”

对方沉吟几秒，迟疑地道：“刚刚也是你吧？！”

李天剑早就获得楚瑞清的面瘫真传，面不改色心不跳地矢口否认：“不是。”

李天剑听完对方的来意，沟通顺畅后挂断电话。他收拾了一下桌上的资料，又伸了伸胳膊，决定今天提前下班。他有两个工作号，由于业务量的不同，一个负责楚瑞清的经纪事务，一个负责云岭阁的日常业务。

李天剑早就今非昔比，不单是云岭阁第四代唯一的弟子，还是云岭阁集团公司的总经理、财务总监、销售总监、人事总监、营销总监、行政总监及执行经纪。这公司一共就六个人，他担任的职位却能超过六个，实在令人惊叹！

这件事要从三年前说起。因为楚瑞清当初找阚和要债，两人就资产分割问题产生了激烈矛盾，间接推动了云岭阁集团公司的建立。虽然师叔们都不是寻常世俗人，但他们入世后才发现金钱的重要，为避免罪恶的利益瓦解门内感情，大家决定将峨眉派云岭阁市场化。

李天剑也不知道事情是如何发展到这步的，可能是由于师父在梁局那里读完示范学习班后，觉得该让门派走上中国特色社会主义市场经济发展道路。

这不是一件小事情，既然公司名叫云岭阁，那就是事关门派的大事，不单单跟楚瑞清和阚和相关。因此，公司建立后的覆盖业务极为复杂，在加入猴师叔和小贝师叔的擅长领域后，李天剑也不知该如何规划公司的发展战略。

公司法人是师祖，两位副总是师父与三师叔，猴师叔是人事专员，小贝师叔是行政专员。李天剑作为门内辈分最小的，最后被光荣地票选为总经理，负责公司的整体运营。

李天剑根本不想回忆投票过程，别看师叔们各个和善（除了阙和），实际上他们都是预备役足球队选手，极其擅长踢皮球！

当时，阙和成功通过一句话，让猴师叔和小贝师叔跟投："师侄可是商业世家出身，绝对比我们经验丰富啊！"

李天剑心说：但前二十几年我躺在病床上，哪有空管理公司？那都是我那傻子大哥爱做的事！

云岭阁公司不但业务复杂，还颇有梁局单位的工作风格，资历最浅者做事最多，其他人都在看报喝茶。反正大家都是铁饭碗，完全没有私企的狼性文化，每天浪得像峨眉山的猴一样。

"吃饭了哦。"行政专员小贝师叔耐心地敲门，探头进来提醒李天剑。

"好的，就来。"李天剑赶忙放好资料，离开办公桌。

六人位的木制餐桌前，猴王正悠闲地坐着啃红果子，朝李天剑挥了挥手。李天剑如今已经能略微读懂猴王的手语，应声道："猴师叔，我不吃。"

"师父呢？"李天剑好奇地环顾一圈，又道，"还有三师叔呢？"

"师姐去找师父，马上就过来……"小贝端着菜上来，苦恼地道，"三师兄突然就不见了，害我多做一份饭。"

阙和总是不打招呼就消失，每天都不知道在哪里游荡。

总经理李天剑闻言，铁面无私地道："既然三师叔故意不吃工作餐，那月底就将他今天的饭补扣了，不要发给他。"

片刻后，楚瑞清从阁楼处练剑归来，回屋就看到已经坐好的众人。她诧异地道："你们先吃就好，不用特意等我。"

猴王举了举手里的红果子，仿佛在说自己没有特意等她。

李天剑解释道："我们也刚到，小贝师叔去拿汤了。"

小贝高高兴兴地端着山药排骨汤归来，将炖好的浓汤放上桌，云岭阁众人便开始用餐。大家先聊了些生活趣闻，无非哪座山上的母猴刚生了小猴，昨天夜里的气温有点儿低所以今天白天没有起雾等琐事。

李天剑偷偷打量楚瑞清的神色，感觉师父今日的心情不错，便暗暗松了口气，说道："小贝师叔今天炖的汤很好，师父多喝点儿……"

楚瑞清瞟他一眼，看他满脸真诚，应道："好。"

饭后，小贝和猴王到庭院里玩耍，楚瑞清正要收拾桌上的餐具，李天剑赶紧道："师父，我来帮你！"

他心中有事，举止间难免露出马脚，楚瑞清面对他稍显殷勤的态度，有点儿奇怪道："今天轮到我。"

虽然小贝是云岭阁的行政专员，但她只负责做饭，洗碗等工作是轮流制。李天剑振振有词道："反正我也没事，给师父打打下手……"

李天剑心中暗暗叫苦，感觉自己实在是太难了。自从云岭阁公司成立后，他再也没时间去经营粉丝号"南明离火剑"，也很少有空管理应援会。实际上，楚瑞清应援会现在极度佛系，小偶像的事业发展很顺利，粉丝们却是英雄无用武之地。

虽然正主长期不营业，但她每年有固定的作品播出，稳稳地吸粉上升。新版《倚天屠龙记》向大众证明了楚瑞清的演技，《强势进击》的四十亿票房则将她推到更高的位置，楚瑞清已飞升为电影咖。

黄湛柏本身就是影帝，原来就有超高票房的作品，所以该作品对他是锦上添花，但对其他人的意义却有所不同。楚瑞清借此成功打入电影界，傻白甜导演陈木东借此成功获得声誉，胡屏导演借此成功坐实"人口贩子"的称号。

即使黄湛柏是故事的男主角，但楚瑞清在电影中依靠小云疯狂圈粉，角色人气远超陈栋。对小云的超高热议甚至推动电影第二部的诞生，陈木东导演马上就要推出续作《强势进击Ⅱ》。

楚瑞清近几年的电影作品票房都不错，她还参演了胡屏导演后续的电视剧，表现也可圈可点。她已经渐渐脱离偶像资源，不再需要用数据和销量证明自己，而是将影视拍摄当作普通工作。就像黄湛柏等名演员，没有人会给黄湛柏冲杂志销量，努力去看他脸上有几道褶，但观众只要看到他参演的电影上映，绝对会买票捧场。

楚瑞清可能是老跟黄湛柏等中老年演员混在一起，也开始稳定而高质地产出作品，一步一个脚印地往上走。她在电影《强势进击Ⅱ》中更是强势升番，跟黄湛柏平番！

黄湛柏同意继续参演《强势进击Ⅱ》，并接受跟楚瑞清平番，做双主角，简直惊呆众人。黄湛柏可是快要大满贯的影帝，其他人想要跟他并肩，绝不是演几部电视剧的主角就行。这绝对是对楚瑞清极高的肯定，因此也有很多人盯着第二部的票房。

楚瑞清的事业稳定而辉煌，粉丝们却无聊得天天抠脚。大家原本是典型的选秀偶像粉丝，应该积极向上搞数据、冲销量，但楚瑞清现在甚至把他们花钱的路都彻底堵死了。

楚瑞清商务代言类的工作本来就接得少而精。她刚开始还发了几首歌，一看数字销量登顶，后面的歌干脆免费放出。粉丝们那时纷纷抗议，唯恐她花销太大，自己掏钱做歌，要求歌曲收费。

专辑发布会上，楚瑞清的原话是："听听就完了，为什么要买那么多？"

她觉得自己的首张数字专辑的销量实在高得离谱，不明白部分粉丝为何要重复购买，就决定今后免费出歌。

当时就有现场的女粉丝公然发声，理直气壮地道："我有的是钱，我就想给你花钱，不行吗？！"

这名粉丝的霸气宣言瞬间引发全场雷鸣般的掌声，简直笑翻全场。大家见她被楚瑞清逼急，完全口不择言，纷纷佩服地鼓掌。

然而，楚瑞清也不是被吓大的，心平气和地道："不行。"

大师姐很有原则，即使是粉丝的话也不能都听，小孩儿们不能随便惯。

粉丝：这是什么钢铁直的偶像，塞钱都不要的？

自此以后，粉丝在数字专辑上花钱的路也被封死。电视剧收视本来就不用粉丝搞，制作班底会翻车才奇怪，粉丝们甚至发现爹妈比自己看得更起劲。电影上映时，粉丝总算可以包场庆祝，又发现路人好友们比自己刷得更疯狂，到处做"自来水"（网络用语，指因喜爱而主动、无偿宣传作品的粉丝）推荐电影，路人活得犹如真粉丝。

楚瑞清取得佳绩的第一年，粉丝们全网欢庆；楚瑞清取得佳绩的第二年，粉丝们波澜不惊；楚瑞清取得佳绩的第三年，粉丝们愤愤不平。

楚瑞清应援会管理组的小群如今怨气四溢，李天剑一般不敢开口说话。

呱唧："新经纪人在做什么？他是不是大傻子，赶紧学学隔壁秦菲凡，连榨干艺人的商业价值都不会吗？！我以前天天辱骂非凡耀影，现在才发觉个人工作室这套不行，你们不能老惯着她啊！你们放她出来营业啊，让她出来赚钱呀！她身为国民级偶像，难道不该为国家多创收、多纳税？不要再在峨眉山上练剑了，实在要练也可以，在微博上放点儿新鲜照片！”

蛋蛋：“我以前追偶像，觉得花钱好多；现在追偶像，觉得钱好多，没地方花。每次被她逼得想要爬墙，她又用作品勾引我回来，循环往复竟三年了。更可气的是，全世界的路人都能在峨眉跟她偶遇，我却连机场都蹲不到。”

呱唧：“大佬跟我们出来一起骂，你可不许暗中爬墙@南明离火剑！垃圾经纪人连圈钱都不会，快让我花钱啊！”

李天剑每次看到群里的抱怨，心情都十分复杂，难以跟她们共沉沦。谁让他现在就是粉丝口中连圈钱都不会的垃圾经纪人？

当年的南明离火剑年少轻狂，手撕跳脚黑子，拳打非凡耀影，曾完成十家一统的大计。如今风水轮流转，他终于成为自己最讨厌的样子，变成卑微的经纪人。没错，他以前看不惯范彤和秦菲凡，现在才发觉这工作不好完成。

哗啦啦的水声响起，李天剑一边伸手洗碗，一边悄悄打量师父，努力营造出向往的语调，漫不经心地道：“师父，听说帝都香山的枫叶都红了，秋高气爽，风景特别好……”

李天剑经过三年摸索，发现楚瑞清吃软不吃硬。他已经熟练掌握了必要的技巧，尽量用柔和的话题切入正事。

楚瑞清闻言，提议道：“如果你想看红叶，我们一会儿御剑上山？现在峨眉山的红叶也红了。”

李天剑试图挣扎，又乖巧地说：“听说帝都现在还有峨眉武术交流活动……”

楚瑞清更感奇怪，提醒道：“这里是峨眉武术的起源。”他们不在峨眉山交流峨眉武术，还要专程跑到帝都去交流？

李天剑屡屡受挫也不气恼，努力维持着人畜无害的笑容：“师父，三师叔今天去哪儿了？他是不是回帝都啦？我们去看看他吧？”

楚瑞清淡淡地道：“他有什么好看的。”阚和不回来也挺好，看着就让人心烦。

李天剑看着犹如立起铁壁的师父，在心里感叹自己真是太难了！他根本不想当公司总经理，也不愿成为师父讨厌的经纪人。到底是哪里出现差错，导致今天的局面？！

李天剑做粉丝时可以全心围着师父转，做经纪人后却感到不行，谁让自己的师父讨厌营业？楚瑞清可以献上歌舞俱佳的舞台，可以产出高质量的作品，可她非常排斥营业，不喜欢一切花里胡哨的活动。

李天剑已经尽量精简，充分考虑楚瑞清的感受，但还是有必要的活动需要她出席。他面露犹豫，硬着头皮开口道："师父，我最近很想回帝都看看，你能不能陪我一起……"

楚瑞清想了想，算算徒弟确实好久没回京西别墅，帝都又是他的家乡，难怪他刚才含含混混地说半天。她思及此，点头道："好。"

李天剑瞬间眼睛一亮，思索一番，兴高采烈地道："那我们就去香山看看，参加武术交流活动，再去瞧瞧三师叔的四合院，然后临走前赶个小通告……"

李天剑说到后面，声音越来越低，似乎想要靠音量蒙混过关。

楚瑞清挑眉，淡淡地道："什么通告？"

李天剑瞟向一边，支支吾吾地道："《强势进击Ⅱ》首映会……"

楚瑞清这回可是双主角之一，要是不参加首映会实在很不合适。

楚瑞清面无表情地说："你今天练剑了吗？"

李天剑愣了愣："还没……"

残暴的对练后，李天剑握着纸剑气喘吁吁，只想直接瘫死在地上。虽然他现在的剑术已经追上阚和，但在楚瑞清面前还是完全不够打，并且今天面对的还是满含怨气的师父，根本是遭遇社会的毒打。

李天剑：好难，真的好难，明明自己也是不愿上岗的社畜，为什么如今要承担双倍的难题？

楚瑞清对李天剑向来是温和式教学，因为他本身就学习刻苦、练剑勤奋，自己当然不会再以严师的面貌对待他。但凡事总有例外，人在面对不想完成的工作时，难免会有一些怨气通过其他形式发泄出来。

第二天，李天剑可怜巴巴地揉了揉酸疼的胳膊，将纸剑塞进行李箱内，跟随楚瑞清抵达机场。两人都是一身黑，将自己包得严严实实，不但戴着鸭舌帽，脸上还有黑口罩。

李天剑办理完登机手续，汇报着帝都的情况：“范彤会来接我们，然后发布会前一天要试造型，毕竟师父好久没有露面了……”

楚瑞清工作室和初梦传媒、星河视频还有合作，李天剑负责她的主要工作事务，但在帝都活动时也会有团队配合。明星都有自己的造型团队，楚瑞清在山上可以天天穿练功服，但下山后就要认真准备、反复权衡。

李天剑总觉得师父的眼神越发麻木，小心翼翼地道：“师父，师父？”

楚瑞清：“好。”

李天剑不禁陷入沉思，现在的师父宛如周日晚上准备第二天上班的社畜，好像被一层郁气深深裹住。

两人坐着候机，李天剑苦思冥想，寻找着缓解气氛的话题，试图调动艺人的情绪：“我们这回应该能见到陈思佳，她跟海韵的合约也快到期了……”

水晶少女毕业后，陈思佳考虑良久，婉拒秦菲凡的橄榄枝，还是将自己的主合约放在初梦传媒，只是将音乐约签给海韵音乐，走上歌手之路。外界立马读懂她的举动，只要主合约在初梦传媒，她以后想要回团就很容易，毕竟初梦和楚瑞清工作室仍有联系。

当然，陈思佳的歌手之路并不容易，实际上大部分团员挺坎坷，远没有楚瑞清顺利。女团解散的第一年，大家依靠着以前的热度频繁活动，但很快又有新女团拥入市场，瓜分着过去的粉丝群。如果没有好作品问世，人气流失是必然的事情，尤其音乐比影视更难做。

不过陈思佳倒是相当争气，在艰难的时候拼命跑商演，后来在《我为歌狂》上击败大前辈歌手夺得亚军，瞬间奠定歌坛地位。她的歌曲今年更是红遍大街小巷，如今她也在选秀节目当上导师，属于年轻的实力派歌手。

楚瑞清愣了愣，果然脸色好转很多，好奇地道：“她最近有空？能跟我见面？”

楚瑞清和陈思佳私下经常见面，但最近一年以线上联络为主。因为陈思佳今年通告多，她正努力地稳固自己的地位，没有时间休闲。

李天剑想了想行李箱里的纸剑，觉得现在说错话应该不会被打，便天真乖巧地道：“师父要是愿意上《新声之光》助演，大家肯定有空见面的……”

《新声之光》是一档音乐类节目，陈思佳在其中担任导师，马上要进行导师公演。

楚瑞清望着李天剑，一言未发。

李天剑面对死亡凝视，暗自叹息诱拐工作再次失败。他立马假装无事发生，嘘寒问暖道：“师父渴不渴？我再加点儿茶？”

李天剑在师父营业的底线上反复试探，见势不对又立刻换上殷勤的态度。

楚瑞清发现自己的徒弟在三年间飞速成长，她现在有种奇怪的感觉，山上的徒弟每天都乖巧可爱，山下的徒弟每天都在危险地试探自己。他还不是像秦菲凡那般直接，而是圆滑温润地悄悄伸手，绕着弯子将楚瑞清往工作上引，可谓煞费苦心。

楚瑞清当然知道固定营业的必要性，但人在执行时难免会产生点儿情绪。她现在看徒弟如此小心翼翼，在排斥过后又不禁深思，自己是不是将徒弟逼得太狠？说起来，他当初并没有想做经纪人，能好脾气地坚持至今也不容易。

楚瑞清一边暗自思考，一边准备登机。李天剑见她全程沉默，弱弱地道：“师父，你是不是生气了？”

“没有。”楚瑞清想了想，说道，“你看看情况，要是挺合适，去助演也行。”

李天剑闻言大为震惊，只差露出天上掉馅饼的表情，万万没料到师父真会答应，愿意主动营业。

楚瑞清停顿片刻，微微垂眸，又道：“还有最近辛苦你了。”

李天剑：呜呜呜呜，师父果然还是全世界最好的师父！啊我死了！

原本由于营业产生分歧的师徒俩重归于好，愉快地开始登机，然而好心情并没有持续多久。李天剑曾经是视金钱为粪土的小少爷，从来都觉得能靠钱解决的问题不算问题，所以出行都订头等舱，机场也走VIP通道。

楚瑞清并不了解这些细节，只是觉得徒弟每次订的票，都比她在团时环境好还安静。因为他们长期用钱铺路，基本上没在机场里遇到过麻烦，但没想到这次在头等舱里还能翻车。

机舱内，楚瑞清站在过道上等待，听到前面空姐温和的提醒声：“先生，请您抓紧时间坐好……”

“马上！马上！”

李天剑跟在楚瑞清身后，低声道：“好慢啊……”他们以前登机落座很快，而且空间私密而安静，还真没有等过。

空姐似乎听到抱怨，转身对楚瑞清和李天剑抱歉地笑了笑，看上去挺不好意思。楚瑞清不是吹毛求疵的性格，李天剑跟着师父也收起少爷脾气，索性不再为难空乘，耐心地等待。

因为不知前面的人在做什么，楚瑞清便随意地往周围看了看，正好瞧到不远处的女人。她妆容精致，穿着一身名牌的衣服，气质不像普通人，似乎有点儿眼熟。楚瑞清想了想，总感觉在哪里见过对方。

楚瑞清的目光不过稍作停留，前面的胖男人突然转过身来，恶声恶气地道：“看什么看？！”

楚瑞清一脸不解地望着对方，感到莫名其妙，下意识地想抽纸剑，遗憾地发现纸剑好像放在行李箱里。

那胖男人看着裹得严严实实的楚瑞清，挑剔地上下打量一番，让出一条路来。楚瑞清见状，虽不知对方突如其来的恶意来自哪里，但还是平静地走向自己的座位，懒得再计较。

胖男人似乎还有点儿愤愤，一边落座，一边小声地嘀咕：“现在的私生饭真行，还能跟着上飞机，直接盯着人看……”

楚瑞清和李天剑裹得如此严实，看上去确实万分诡异，像是不敢露面。

李天剑刚才就有点儿不爽，但由于跟着师父，不敢太过张狂。他如今一听此话，态度瞬间从峨眉山上的小甜饼，切回饭圈的战斗毒饼，出言嘲讽道：“她有什么可看的？是看她刚打的水光针，还是看她刚修的锥子脸？”

楚瑞清不记得对方的名字，李天剑却对此人有点儿印象。对方是新娱传媒热推的小花，名字叫白苒锦。她担任女二号的电视剧正在热播，这部剧的女主角还是辛媛。白苒锦身边的胖男人估计不是经纪人，就是其他工作人员。

李天剑气愤不已，辛媛都不敢对师父这么说话，这十八线小明星是什么态度？！

李天剑说话向来不留余地，不但惹得胖男人大怒，连白苒锦都气得脸色惨白。胖男人当即愤怒地扬拳：“怎么说话呢？！”

李天剑面对武力威胁丝毫不惧，他最近被师父对练得太惨，正愁没有人比画两下，眉峰微微一扬。白苒锦似乎没经纪人冲动，劝阻道："算了，不要理他们了……"

"这就对了，糊咖就别摆谱，没人认得出你。"李天剑神隐饭圈多年，但说话的语气依然欠扁且一针见血，透着战斗粉的挑衅姿态。

胖男人刚才怀疑两人是私生饭，现在却怀疑李天剑是黑粉，这是当面来挑事的吧？！

楚瑞清见徒弟还不过来，提醒道："天剑。"

李天剑听到师父的声音，这才放过面前的摆谱二人组，没有继续嘴炮输出。他不情不愿地坐到楚瑞清身边，嘀咕道："早知道当初就该要我那便宜老爹的股份，回头就把她从新娱传媒开了……"

二少爷愤愤不平，他当时参加完父亲的葬礼，不愿跟李恒翘扯上联系，没有拿走任何遗产。他服丧完便回到峨眉山，算是彻底跟李家斩断了联系。

楚瑞清面露疑惑，虚心求教道："她是艺人吗？"

李天剑愣了愣，他刚才是故意贬低白苒锦，说她糊得查无此人，但没想到师父真没认出来，忙提醒道："师父，她跟辛媛拍过戏啊……"

楚瑞清若有所思："哦，那应该很红吧。"毕竟辛媛近几年发展得还行，对方能跟辛媛搭戏起码有点儿咖位。

李天剑见楚瑞清宛如吃瓜路人般感慨，望着红而不自知的师父，总觉得哪里不对。

李天剑："不、不、不，她是《盛世明珠》里的丫鬟，师父你还看过这部剧的……"

毕竟楚瑞清当初为支持辛媛主演电视剧，还专门定时收看《盛世明珠》，此时居然对白苒锦毫无印象！

楚瑞清沉默片刻，陷入沉思："这部剧里有丫鬟？"对不善于认脸的楚瑞清来说，看角色众多的电视剧实在是一种考验。

李天剑无言以对，心道：原来这才是最高级的轻蔑与漠视，我果然还是太年轻，远远不及师父！

楚瑞清得知白苒锦是艺人，瞬间明白刚才的误会，估计是自己看上去太可疑，才会惹胖男人反感。徒弟又不是忍气吞声的性格，当即冲上去将对方一阵狂怼，一来一去倒是两相抵消。楚瑞清不是斤斤计较的人，很快就将此事忘在脑后。

不过双方实在是冤家路窄，因为都坐的是头等舱，下飞机后难免碰到。白苒锦跟在胖胖的经纪人身后，刚刚踏入大厅便看到蹲守在此的众多粉丝，不禁微微皱眉。

“怎么回事？今天这么多人？”胖男人同样面露诧异之色，提醒道，“你待会儿别说话，走过这段就好了……”

按道理，明星走VIP通道遇不到粉丝，哪想到今天蹲机场的粉丝神通广大，居然特意混进通道。她们似乎早有准备，不是举着手机，就是端着“长枪大炮”（摄影器材）。胖男人正准备打一场硬仗，让保安们护着白苒锦离开，就见聚集的粉丝突然一窝蜂离开！

“楚瑞清，你别跑！我已经看到你了！”打头的炮姐（拿着摄影器材在机场拍照的粉丝）端着单反相机仍健步如飞，一边朝着两名诡异的黑衣人狂奔，一边声嘶力竭地喊道。

那两名黑衣人同样身手矫捷，跑得甚至比旁边的保安还快，不知道的还以为两人是田径运动员。他们像是捅完马蜂窝的小孩儿，迅速撤离现场，身后还跟着犹如蜂群的粉丝。

“你有本事这辈子不下山啊！”

“追上她！别让她跑啦！”

蹲机场的炮姐们浑身散发着浓浓的怨气，仿佛不是来追星接机，而是来找老赖讨债，展现出惊人的体力。楚瑞清和李天剑也不是吃素的，仅仅花了半分钟，就消失在通道的尽头。

上一刻，白苒锦的视线所及之处还全是粉丝；下一刻，大厅内变得空空荡荡，根本没有人留下，全都去追击逃走的楚瑞清。

白苒锦和经纪人目睹完疯狂的场面，皆呆呆地站在原地。她身边的保安礼貌地询问道：“您好，我们走吧？”

胖男人闻言缓过神来，迟疑地道：“刚刚那是楚瑞清？”

他当然知道楚瑞清是谁，辛媛现在是新娱传媒的一姐，楚瑞清当年是辛媛的一姐。他没有料到，楚瑞清的机场穿搭会宛如路人，让人完全认不出来。哪个明星走机场不是打扮得漂漂亮亮，她怎么穿得像要抢银行？

白苒锦看着空无一人的大厅，一时竟不知该感谢对方引走粉丝，还是该质疑自己的明星身份。

不远处，狂奔良久的炮姐们看着合上的电梯门，顿时挫败不已，暗叹楚瑞清在山上练武卓有成效，跑得真够快。众人追赶无果，立刻垂头丧气地散去，同时在群里汇报消息。

机场前线站：“前线急报，没有追上crq（楚瑞清）。”

锅锅：“你们居然还接机？早说过不用接，怎么就不信邪呢？粉丝都不接的。”

软小夏：“接不接机无所谓，我不是粉丝，但我喜欢跟她赛跑的感觉。”

HUT：“真粉丝从不接机，她的行程如此飘忽，能接到的都是在机场蹲墙头，却蹲到正主的人。想见真人等生日粉丝会就行！”

英淘：“楼上真相，我从她在团时追过来，此人在机场露面肯定不会超过两分钟！”

天天奶茶：“图2后面的人是白苒锦吗？看着眼熟。”

红板板：“好像真是brj（白苒锦），看上去完全被狂奔的炮姐们吓傻了。太糊了，没有人拍拍她吗？”

楚瑞清和李天剑冲进电梯，总算是找到空暇的时机。楚瑞清在接机上总让炮姐们颇感受挫，久而久之竟有人不服气地专门蹲她，想要打败她在机场的不败传说。楚瑞清的许多粉丝早就放弃接机，因为清楚小偶像只走VIP通道，不喜欢扰乱公众秩序。

然而楚粉们不接机，不代表常驻炮姐不去接。她们大多长期驻扎在机场，只要刷到明星行程就往上冲。即使楚瑞清长期走VIP通道，难免还是会遇到今天的状况。

李天剑逃进电梯，不禁吐槽道：“这些人也不是粉丝，为什么每回都要追啊？”

李天剑实在弄不明白，这些墙头众多的炮姐为何对楚瑞清如此执着，明明楚粉们都极为佛系地不接机，她们居然还有耐心地每回都蹲，仿佛师父是她们的正主！

楚瑞清好奇地道："你怎么知道不是粉丝？"

李天剑一时语塞，总不能说自己在应援会做卧底，早就知道神出鬼没的师父把蛋蛋等站姐打击得失去自信了。楚家如今默认不接机，有很大原因是楚瑞清每回都闪现，他们根本接不上，毕竟谁都跑不过峨眉大师姐啊！

李天剑正愁没有借口，便见电梯门缓缓打开，岔开话题道："师父，往这边走。"

范彤早将车开到停车场，楚瑞清和李天剑走到车前，还看到意料之外的接机人——陈思佳猛地从车内蹿出，笑意盈盈地打趣道："你还知道回来啊？"

楚瑞清只要不拍戏，就在峨眉待好几个月，完全不回来看看。

楚瑞清看到突然冒出陈思佳，有些惊讶："你不是在录节目……"

陈思佳笑道："节目哪有楚老师重要，该接总要来接的！"

陈思佳工作繁忙仍抽空过来，显然是对楚瑞清十分重视。昔日好友再次重逢，车内自然洋溢着欢喜的氛围。李天剑坐在副驾驶上，将后座让给她们叙旧。

陈思佳仰了仰下巴，扬扬得意地道："我可马上就是自由人了，楚老板不该表示表示，说点儿什么吗？说不定我们谈得很愉快，能够当场签约呢？"

陈思佳当年考虑到未来回团的事情，只跟海韵音乐签了三年，如今就要到期。她现在也有独当一面的能力，回团并不影响发展，或许真是能最快归来的人。

楚瑞清想了想，慢条斯理地道："我们公司五险一金齐全，提供餐补及宿舍，员工享有通信、交通补贴，并拥有在职培训的机会……"

陈思佳看她面无表情的样子，气恼地去掐对方的脸："居然想用五险一金就把我骗走！我看上去有那么傻吗？"

两人打闹了一阵，又聊起其他人的近况。陈思佳无奈地道："辛媛那边有点儿麻烦，本来说好能重组，现在她的公司好像犹豫起来……"

水晶少女们私下经常交流，她们有一个聊天群，名为"关爱空巢老人小组"，仿佛在打趣留级生楚瑞清。大家说好在五年之约前重组，然后一同再到峨眉看日出，现在正是陆续协调合约的时候。

楚瑞清听她提起辛媛，开口道："我刚刚碰到辛媛公司的艺人。"

陈思佳：“是吗？谁啊？”

楚瑞清刚刚从李天剑那里获取完信息，立刻现学现卖：“就是《盛世明珠》里的丫鬟，你看过这部剧的。”

陈思佳眨了眨眼，同样展现出金鱼般的记忆力：“这部剧里有丫鬟？”

在副驾驶座上旁听的李天剑心道：我算是明白了，你们这群人看剧，根本只盯着辛媛的脸看！

楚瑞清等人离开机场，晚上便轻松地相约聚餐，还高兴地合影留念。陈思佳作为接机人，嘚瑟地将照片丢进“关爱空巢老人小组”里，向其他团员炫耀两人的约会。楚瑞清人在饭店坐，热搜天上来，完全不知自己的机场街拍已被挂到网上。

微博上，话题“楚瑞清机场”在晚间莫名其妙地冲上热搜，各大营销号纷纷下场，竟来了一波“艳压”通稿。

娱乐新知道：“楚瑞清和白苒锦同时现身机场，大家来品品两位的机场街拍，你更喜欢谁啊？”

九宫格里是一身黑衣的楚瑞清和妆容精致的白苒锦，楚瑞清的机场图快要糊成马赛克，白苒锦的照片则像经过精修。虽然营销号的文字毫无恶意，但配图显然居心叵测，故意用渣图对比精修图，挑事的态度非常明确。

这种艳压通稿最爱拉踩，通过不同人气的女明星着装对比，给低咖位的明星引流，评论区内大多充斥着粉丝们的“不比较”“抱走”等言论。路人们点进这条新闻，本以为会看到跟别的同类新闻评论一样乌烟瘴气的粉丝吵架，但实际气氛却意外地平和，楚粉们看上去很“咸鱼”。

比萨盘：“楚瑞清这算机场街拍？你要说是嫌犯逃跑的照片，我也会信的。”

世成：“对不起，黑衣人其实是个在逃犯，她偷走了我的心。”

小小新：“抱歉，姐妹们我佛了太久，控评流程是啥来着……有人教教吗？”

白白白白：“哈哈哈哈，楚粉们振作起来啊！我作为别家粉都要看不下去，全部跟我一起念：漂亮妹妹都好看，两家不比较，请多多关注实力演员楚瑞清作品，《强势进击Ⅱ》即将上映！”

楚瑞清的粉丝们异常佛系，但很快有另一股势力下场，控制住评论区。

陈思佳应援会：“出来营业！@楚瑞清应援会@楚瑞清反黑数据组。”

刘筱白应援会：“大模特，看看你家center的机场穿搭，赶紧给人买衣服！@刘筱白。”

夏枚粉丝后援会：“出来给你Daddy（爸爸）控评！@主持人夏枚。”

完全处于状况外的主持人夏枚回道：“不比较，都很美，请多多关注楚瑞清即将上映的《强势进击Ⅱ》！”

AE：“居然真有正主下场？！夏枚你好听自家应援会的话！”

水晶奇迹：“这熟悉的场景突然勾起我久远的回忆……”

新娱传媒里，辛媛刚刚回到公司，便在群里刷到楚瑞清和陈思佳的合照。她愉快地回复了几句，刚放下手机没多久，突然发现弹出多条提醒，有人在群里@自己。

夏枚：“新娱一姐，你怎么回事？@辛媛。”

黑禾：“新娱一姐，你怎么回事？@辛媛。”

胡茵：“新娱一姐，你怎么回事？@辛媛。”

辛媛：“我怎么了？”

夏枚：“辛有钱，你变了，居然放任其他人欺负我Daddy！”

辛媛满目茫然，急急忙忙连上网，才看到微博上的艳压通稿。不知是谁想不开，居然将楚瑞清和她同事白苒锦扯到一起，难怪其他人在群里调侃她是“新娱一姐”。

辛媛挠了挠头，这件事要是没处理好，她该不会被开除水晶少女团籍吧？

辛媛得知来龙去脉，立马询问周围负责宣传的工作人员，皱眉道：“这是怎么回事？”

对方接过手机看了一眼，赶忙推脱道：“这稿没经过我的手，我现在去问问……”

公司里经常要发通稿维持艺人的热度，这条新闻里根本没有辛媛，难怪她身边的工作人员不知情。当然，公司内部的营销号资源是互通的，他们向同事打听消息很容易，估计是白苒锦的团队搞的。

辛媛崩溃地挠头："你们拿我跟白苒锦比嘛，你们拉她下水做什么？我出去还要不要混了？"

辛媛觉得自己跟其他人聚会时，绝对会被调侃一遍。她甚至能想象到团员们的语气，说她发达后就忘掉老朋友。

工作人员：你和白苒锦可是同公司的，哪有用自己家艺人拉踩的？！

辛媛的粉丝们可不像楚粉般佛系，他们原本就对白苒锦没好感，觉得她老蹭辛媛的资源。这条艳压稿要是把楚瑞清换成辛媛，白苒锦瞬间能被骂到原地升天，连带新娱传媒都要受波及。

辛媛想了想，提议道："我有没有特别丑的机场照？你们发一条转移一下视线？"

工作人员："这是啥操作？"

辛媛Xinyuan："机场犯二，快乐无穷。"

迟早药丸："崽儿，你为了不失去朋友，居然如此努力。"

十二秒："哈哈哈哈哈，这傻照笑死我！能跟隔壁在逃嫌犯正面battle！"

大师姐的小迷妹："辛媛老师，可以但没必要，我们粉丝真不会怨你，不用特意围辛救楚！"

水晶奇迹："水晶少女锁了，钥匙我吞了。"

辛媛没有办法，热搜现在就挂在网上，而且楚瑞清的热搜向来难撤，否则她不会老被碰瓷。辛媛只能曲线救国，不就是机场照不够时尚？只要大家的照片都丑，谁还能挑出啥毛病？

辛媛发完丑照后，刘筱白、林小媛等人也纷纷下场，送上机场丑照，变相替楚瑞清站台。这波尬黑瞬间变成全民狂欢，大家在感慨团魂仍在的同时，纷纷开扒明星搞笑的机场穿搭。

有人甚至挖出白苒锦以前的丑照，她过去的穿搭也又村又土，只是最近造型师不错而已。机场穿搭不好看本就不是件大事，明眼人都能看出是白苒锦的团队小家子气，最后还连带倒霉的辛媛要给老队友道歉站台。新娱一姐都力挺楚瑞清，这不是啪啪打脸？

楚瑞清对热搜还一无所知，她和陈思佳用餐完，看到手机面露诧异，奇怪地道："辛媛给我转了一笔钱。"

"啥？"陈思佳好奇地凑过来，"我的天，还是一笔巨款，赶紧领了！用这钱结账！"

李天剑疑惑地道："她为什么要给师父打钱？"

楚瑞清面色古怪："说是赔礼道歉，让我买两件衣服消消气？"

陈思佳："两件哪里能消气？先让她来二十件！"

楚瑞清："她为什么要道歉？"

陈思佳："肯定是背着我们做了亏心事，或者蹭你热度了！让她多掏点儿，她可是'辛有钱'！"

楚瑞清满头雾水，不知该回什么。陈思佳见状，果断地伸手点击屏幕收款，还拿过楚瑞清的手机，发了条语音给辛媛："不错不错，这钱我俩今天拿去'嗨皮（happy的音译）'了，我们鼓励你以后多犯错、多道歉、多给钱，千万不要客气……"

楚瑞清与陈思佳相聚完，又敲定一同录制《新声之光》的时间，便在餐厅门口告别。李天剑见陈思佳离开，在车上好奇地道："师父，你们要合唱吗？"

楚瑞清刚刚和陈思佳商量表演形式，但李天剑坐得远没有听到。《新声之光》是歌唱选秀节目，双人舞台应该不是合唱就是对唱。

楚瑞清平静地道："不，我不唱。"

李天剑面露迟疑之色："咦，今天不是说要一起录节目……"

楚瑞清点头："对，我给陈老师做伴舞。"毕竟这是陈思佳的舞台，自己还是不要喧宾夺主的好。

李天剑心道：这又是什么操作？

第十五章

小鬼秘闻　唯物主义论
月夜杀手　重启的女团

因为明日还有《强势进击Ⅱ》的点映会，所以楚瑞清和李天剑今晚并没有去四合院或京西别墅，而是在点映会附近的酒店入住。第二天，楚瑞清在造型团队的努力下，终于恢复饱满的营业状态，正式复工。

台上，楚瑞清和黄湛柏作为主演接受采访，由于两人这回是平番，记者难免会说些敏感的话题，透着想要挑事的意思。

“黄湛柏老师从第一部的主角，到现在第二部的双主角之一，有什么感受吗？有没有觉得自己的戏份被抢？”

黄湛柏笑道：“这可真没有，我们组里说好的，谁的名字上标题，谁就要扛票房。我现在很感谢楚瑞清，她为我们付出太多，承担起重压！”

“电影第一部靠楚瑞清的表现扛起票房，第二部当然也要交给她啊，我觉得不存在什么戏份被抢……”黄湛柏语调轻松，似乎确实没将番位放在心上，而且对楚瑞清屡屡赞赏。

外人只会感叹黄影帝提携新人，但楚瑞清听到熟悉的“扛票房”论调，便明白黄老师这回又开始商业互吹，还没改掉当初的小毛病。两人似乎在“扛票房”这个问题上找到无限乐趣，三年来依然没有改变。

记者闻言，又采访楚瑞清："黄老师说电影第一部是靠你扛起票房，你觉得呢？"

这话简直处处是陷阱，不管如何回答都有毛病。楚瑞清公然承认实在脸大，但直接否认又有点儿虚伪。

楚瑞清镇定地道："可能黄老师就代表票房，所以他说我第一部扛起过。"

众人微微愣了愣，片刻后回想起《强势进击》中小云扛着陈栋的经典镜头，瞬间笑翻全场。

主持人佩服地竖起大拇指，感慨道："没毛病，黄老师是票房，由此可推你扛起过票房！"

黄湛柏望着欢乐的现场，又回想起自己的悲惨遭遇。他真希望观众是金鱼记忆，为什么都已经过去三年，他们还不能忘记电影里的这一幕？

李天剑站在后台，见师父在记者的刁难下对答如流，便逐渐放下心来。他刚要坐回去处理公务，忽闻旁边有人询问："您好，请问是楚瑞清的经纪人吗？"

李天剑望着陌生面孔，礼貌而官方地道："是，有什么事？"

"有人想要见您。"那人似乎是场地内的工作人员，胸前还挂着工作牌，神神秘秘地说道。

李天剑闻言微微拧眉，不由得心生狐疑，说道："我现在还有工作，有事不能在这里说？"

那人摇了摇头。

李天剑沉默片刻，又道："那麻烦你重复一下刚开始的那句话。"

"有人想要见您。"

"不，是上一句。"

"请问是楚瑞清的经纪人吗？"

"不是。"

那人顿感语塞。

李天剑又不是三岁小孩儿，别人想见他就得去见，那他干脆不要工作，全天都社交算了。他在楚瑞清的经纪事务上专业认真，但难免也会碰到不靠谱的合作方，一般这种故弄玄虚、阴阳怪气的邀约，直接就不要答应。

那人见李天剑真不动身，反而开始噼里啪啦地打字，只得祭出撒手锏：“二少爷，有人想要见您。”

李天剑打字的动作瞬间停下，沉吟几秒，他缓缓合上电脑，嘀咕道：“难怪你连话都讲不明白，原来是新娱传媒的人，毕竟你老板也不会说话。”

传话人感到哭笑不得。

会议室内，李天剑背着装有纸剑的书包进屋，刚刚推开门，就看到桌边的人。李恒翘西装革履，出言嘲讽道：“我真没想到，自己的弟弟居然会沦落到做经纪人的地步，而且还乐在其中的样子……”

《强势进击Ⅱ》是由多家公司联合参投，新娱传媒也是其中之一，不算大股东。李恒翘听闻李天剑出现在会场，心中相当诧异。因为楚瑞清本来就营业少，李恒翘这些年很少得知弟弟的消息，哪料到他会改行做经纪人。

李恒翘：不是说好练剑，怎么又改从商？还说不是传销？！

李天剑上回看到李恒翘，还是在父亲的葬礼上。他面对自己的傻大哥，微微挑眉，反唇相讥道：“我也没想到，新娱传媒上半年的财报会亏损成那样，你该不会是生意要完蛋，来找我借钱吧？”

李天剑实在想不出对方找自己的原因，按道理遗产都分完了，两人算正式分家。李恒翘向来无利不起早，没道理会凑上来唠闲嗑。

李恒翘气得咬牙：“那只是正常的调整，并不算亏损……不对，这些不是重点！”

李恒翘差点儿被岔开话题，重新回到正轨，淡淡地道：“我这回是有事要找你，你们不是最擅长处理乱七八糟的事情？我最近就碰到了……”

李天剑在心里偷偷翻了个白眼，什么叫处理乱七八糟的事情，说得好像垃圾分类。

李恒翘回想起近期的遭遇，犹豫片刻，沉声说出真相：“有人最近想让我消失。”

李天剑看对方满脸严肃，不由得微微愣了愣，没想到他会说出这话。

李天剑沉默几秒，随即迟疑道：“你是在说我吗？”天知道，他多早以前就想让李恒翘消失，都不只是最近的事。

两人每回见面的互怼环节结束，便开始说起正事。李天剑听完来龙去脉，只觉得李恒翘疑神疑鬼，不耐烦地道：“你讲的都是什么？我看你是跟着圈里有些人瞎想，自己吓唬自己吧？”

李天剑本以为有多大的事，但李恒翘的遭遇放在八卦论坛，不过是跟戴佛牌、古曼童等传闻同等水平。他讲的时候神经兮兮、一惊一乍，实际挂到网上，估计网友们都不会信，只会在评论区发“富强、民主、文明、和谐”。

李天剑：我可是跟着师父接受过示范学习班教育的，绝不受任何迷信思想的荼毒。

李天剑掏出手机，真诚地建议：“我有个解决办法，你现在下载学习强国，多接受现代科学知识的洗礼，以后肯定没这方面问题……”

李恒翘看李天剑不以为意的样子，眼中闪过一丝恼怒，质问道：“那你倒是说说，你的门派教的都是什么？别告诉我剑飞上天，也是我自己吓唬自己。”

李恒翘至今记得，楚瑞清等人当初闯入别墅，乘着飞剑带走李天剑。这还不是最魔幻的事情，最魔幻的是事后有相关单位找上门，明令他们封口。那绝对是击碎李恒翘三观的一天，而罪魁祸首现在跟他讲现代科学？

李天剑振振有词道：“飞剑只是暂时无法用科学解释，你刚才说的可涉及神神鬼鬼，那能是一回事吗？”

李恒翘：“这明明就是一回事……”

李天剑赶忙伸手制止：“哎，我警告你，我们是正经门派，不搞封建迷信的！你可别瞎说！”

开玩笑，梁局要是知道峨眉派搞封建迷信，能把全云岭阁的人搞过去上课。

李恒翘心想：好想打这个小崽子一顿！

李氏兄弟二人话不投机半句多，很快就不欢而散。虽然李天剑没有答应帮李恒翘解决问题，但他还是将此事记在心上，活动散场后就向楚瑞清求教。

酒店内，造型团队刚从房间里撤走，李天剑便忍不住问楚瑞清：“师父，三师叔搞的那些生意可靠吗？比如说卜卦、风水。”

李大少今天说得神乎其神，立刻让李天剑想到他那爱跳大神的三师叔，阚和似乎就在搞这些乱七八糟的事情。

楚瑞清看他满脸好奇，不由得沉思几秒，反问道：“你想学？那可以让阚和教教你。”

李天剑相当诧异，面露迟疑之色："师父不是最讨厌这个……"

李天剑犹记阚和提过，楚瑞清最厌恶这些，将其视为旁门左道，以前还逼阚和多学剑，不要搞这些东西。现在她居然提议让阚和授课，自然让李天剑大为震惊。

楚瑞清摇了摇头，解释道："不是讨厌，只是觉得没意义。"

李天剑："为什么？"

楚瑞清面色平静："因为知道也不一定能改变，而贸然改变肯定会付出代价。"

楚瑞清见李天剑似懂非懂，继续道："阚和从不给自己卜卦，而替人卜卦时也只讲三分，你知道为什么吗？"

李天剑："为什么？"

楚瑞清淡淡地道："人算不如天算，常言道慧极必伤。"

阚和是最惜命的人，可没有牺牲自己说穿天命的勇气，因此帮人卜卦也只能含含糊糊，稍微多说点儿就会付出代价。

楚瑞清是直来直去的性格，向来对这种模糊表达不感冒，她信奉遇事直接解决问题，没兴趣算来算去。预知未来的难题不算什么，能够解决未来的难题才是真实力。当然，徒弟对这方面产生兴趣，想要培养些个人爱好，她也不会阻拦。

李天剑看着光风霁月的师父，莫名感觉到实践与科学的力量，兴高采烈地道："那神神鬼鬼也是不存在的吧？"

楚瑞清："电影里那种肯定不存在。"她以前跟着水晶少女们看过恐怖片，其中的神神鬼鬼不过是靠夸张的妆容和一惊一乍的剪辑吓人而已。

李天剑愣了愣："那电影之外……"

楚瑞清一边翻看节目流程单，一边镇定地道："电影外则因人而异，人类对自己害怕或无法解释的东西，都喜欢归于神鬼。这就像阚和遇到虫犹如见鬼，但你就不会当回事。"

李天剑看她如此淡定，心想师父不愧是唯物主义修仙者，信仰非常坚定。他想了想，干脆将李恒翘的事一股脑地说给她听，半点儿没有漏。

"养小鬼？"楚瑞清听完眨了眨眼，若有所思地道，"原来你们都喜欢信这些，我记得陈思佳以前也爱在论坛上看。"

在楚瑞清心中，李恒翘已经跟青春期少女陈思佳成为同类，喜欢在八卦论坛上看这种坊间异闻。不过他可能比陈思佳糟糕点儿，毕竟他都三十多岁还信，陈思佳现在已经不信了。

李天剑确认道："师父，这应该是不存在的？"

楚瑞清："我不知道，但我没有遇到过。"按照她经历过的时间，四处游历那么久都没碰到，应该算不存在？

李天剑略显担忧地道："那要是真的存在……"

楚瑞清当即道："你拔剑就好。"

大师姐：没有什么是拔剑解决不了的，如果一剑不行……不，一剑应该行。

李天剑：该说不愧是师父？

李天剑最后的一点儿担忧也被楚瑞清的话挥散，他甚至觉得就算有小鬼，也扛不住师父的一剑。最近连猴师叔都跟师父练不了几招，致使师父现在浑身散发着独孤求败的气质，英雄无用剑之处。

李天剑跟楚瑞清交流完，更加确信李恒翘是疑神疑鬼，故意耽误自己的时间。他很快就将此事抛到脑后，投入到跟节目组联系的工作之中。

楚瑞清要跟陈思佳同台演出，自然要参与《新声之光》的排练。因为两人有些小设计，前期并没有让节目组放出楚瑞清参加的消息，打算在舞台上给观众惊喜，所以同节目嘉宾也对楚瑞清的到来不知情。

排练当天，李天剑去找范彤处理陈思佳的合约的事，楚瑞清则跟着陈思佳活动。陈思佳看着楚瑞清毫不起眼的装束，笑道："楚老师，风水轮流转，这回你可给我当伴舞啦。"

水晶少女当初有段时间被戏称为"楚瑞清和她的伴舞们"，如今居然能让楚瑞清伴舞，陈思佳自然有种扬眉吐气的感觉。

楚瑞清早就习惯她的调侃，淡定地提醒："没事，这不是已经去签你的合约了？"

陈思佳颇不服气："签完我团里也只有两个人，就算你是center，也看不出谁给谁伴舞！"

两人正在走廊里说笑打闹，忽然旁边传来稍显沙哑的女声："思佳，你要去排练吗？"

陈思佳听到声音，赶忙进行表情管理，恢复官方的态度，笑道："然姐，你排完啦？"

楚瑞清戴着鸭舌帽和黑口罩，目睹陈思佳一秒变脸，不由得颇为感慨，觉得老室友有演戏的潜力。因为旁人不知楚瑞清的到来，她便安静地站在一边，没什么压力。

袁欣然只当黑衣楚瑞清是来排练的舞者，丝毫没有注意。袁欣然看上去三十多岁，但眼角已布着几道皱纹，浑身透着一股疲态。她望向陈思佳，说道："听说你和海韵的合约到期了？最近想好去哪儿没？"

陈思佳客套地笑道："还没确定呢……"

袁欣然挑眉，目光微黯，随即弯了下嘴角，意有所指地道："也对，好歹是我们的亚军，倒不用愁这些。"

"您说笑了！"陈思佳笑容微僵，目送袁欣然离去，等对方消失在视野里，才长舒一口气。

旁边只剩楚瑞清，陈思佳瞬间丢掉刚才的面具，颇为无语地吐槽道："她可真行，现在还盯着我呢……"

楚瑞清询问道："她是不是参加过《我为歌狂》？"

虽然楚瑞清不太擅长记脸，对艺人们的了解也不多，但她会定期观看团员们的重要节目和剧集。《我为歌狂》就是让陈思佳迅速走红的节目，她用歌声证明自己的实力，最后获得亚军。那届的冠军是张桦，季军则是袁欣然。

因为那届有张桦参赛，所以观众们早就默认冠军是他，期待点反而在亚军与季军的争夺上。袁欣然的资历远超陈思佳，最后却败给小姑娘，实在让人唏嘘。袁欣然那时当场就面露不爽，但《我为歌狂》已经结束，一切尘埃落定。

没想到冤家路窄，陈思佳和袁欣然都当上《新声之光》的导师，现在又得频频碰面。

陈思佳皱眉道："是啊，她可能要记恨我一辈子吧，简直没完没了。"

楚瑞清沉默几秒，为缓和气氛，说道："陈老师一秒变脸真厉害，不如跟我去演戏吧。"

楚瑞清记得，陈思佳以前还是个偶尔没自信的小女孩儿，会在屋里念叨自己实力不足，没想到现在也学会一点小小的处世之道。大家三年来似乎都没变，又似乎在摸爬滚打中学到些技巧。

“唉，我倒是想去演戏，谁愿意天天跟她录节目，总是神神道道的……”陈思佳左右看看，微微压低音量，神秘兮兮地道，“我跟你说，好多人说袁欣然精神不正常，私下还养小鬼呢。”

楚瑞清：这个话题怎么无处不在？

陈思佳察觉楚瑞清神色的异常，不满地道：“你这是什么表情？好像很无语？”

楚瑞清诚恳地道：“我原以为你的青春期已经过了。”毕竟她觉得陈思佳不该再犯傻，跟着三十多岁的李恒翘信这些。

楚瑞清没有想到，老室友竟然会相信这些莫名其妙的传闻。她甚至陷入深思，既然陈思佳还信这种东西，那说不定对方看修罗场小说的爱好也没改掉……

陈思佳跳脚道：“世界上神奇的事那么多，你怎么能确定没有？他们都这么说！”

楚瑞清点评道：“即使是神奇的事，也该唯物一点儿。”

陈思佳振振有词道：“那可难说，世界那么大，说不定我们身边就有拥有超能力的人，或者长生不老的人，他们默默地隐藏在芸芸众生之中，就像韩剧里一样……”

陈思佳试图以天马行空的思维，来说服自己固执的老室友。

楚瑞清坚决地道：“那她也是唯物的。”

陈思佳回想起楚瑞清曾经的马哲书单，愤愤地道：“你到底是被当年的书洗脑有多深？！”

陈思佳看楚瑞清如此固执，有一丝小女孩儿的别扭，不满地道：“她可是处处为难我，你还帮她说话……”

陈思佳其实也没太将养小鬼的传闻放在心上，不过是向楚瑞清吐槽两句，没料到两人就此纠缠起来。

“我没有帮她说话，我是帮科学说话。”楚瑞清一本正经地解释，展现出完美的直男式思维。

陈思佳看她义正词严，竟有种习以为常的感觉。她不由得长叹一口气，哭笑不得地说道：“好吧，我要多向楚老师学习，不能信封建迷信。”

楚瑞清和陈思佳在《新声之光》排练期间，又陆续碰到过袁欣然几次，楚瑞清也得知陈思佳口中养小鬼之事的源头。因为节目组没有特意曝光楚瑞清，她每天混迹在普通伴舞中间，时常在用餐时听闻其他人的八卦，有的跟陈思佳有关，有的跟袁欣然有关。

“你是陈思佳老师的伴舞吧？你戴这个不热吗？”其他舞者见过黑衣的楚瑞清几回，但她从来没有露出过真容，总是戴着漂亮精致的黑金面具，将脸遮得严严实实。

楚瑞清扶了扶面具，老实道：“还好。”

男舞者面露好奇之色：“你怎么老戴着都不摘，难道是提前适应？”

其他人附和：“有可能，我第一次见这个，就觉得戴着跳舞肯定累……”

因为陈思佳的舞台只有楚瑞清一名伴舞，所以房间内都是其他舞台的舞者。他们一边分盒饭，一边闲聊起来：“你给陈老师伴舞多久啦？”

楚瑞清坦白道：“我是第一次。”

“哦哦哦，没事，你跳得很好，以后机会肯定更多……”其他舞者只当楚瑞清的舞者经验不多，连忙鼓励起来。他们没什么架子，很快便八卦起来，像是用餐时的固定娱乐节目。

楚瑞清在旁边静静地听着，才明白陈思佳从何得知养小鬼之事，原来节目组好多人私下传得有鼻子有眼，形容得绘声绘色。袁欣然在组里似乎风评不好，她脾气还差，大家说她时都不报名字，而是称其为“那位”。

“那位刚刚又朝导演发脾气呢，不过这回导演没理她……”有人偷偷汇报最新情况，看上去幸灾乐祸。

“养小鬼都会被反噬，她还不赶紧收敛脾气。她当年离开新娱时多厉害，近几年真是疯狂走下坡路，据说这回节目组都不想请她做导师，但实在没其他人选。”

楚瑞清听到熟悉的内容，不禁好奇地出声：“新娱？”

“是啊，袁、不是，那位以前是新娱的歌手，不过好早以前就跳槽……”说话人又补充道，“当然新娱的音乐本来就差！”

楚瑞清沉默片刻，总觉得新娱传媒需要科学精神的洗礼。总经理就爱疑神疑鬼，跳槽出来的艺人还被传养小鬼。她甚至开始担忧辛媛的三观，还是得尽量想办法让辛媛早日回团，别让辛媛被这些奇奇怪怪的人洗脑。

大师姐颇为感慨，觉得时下的年轻人比老年人还迷信，非常容易受骗，天天在网上转发锦鲤图片就算了，线下聊的内容也很不唯物。

休息室的门被敲响，陈思佳缓缓探头进来。屋里其他人见到她当即噤声，停止刚才的话题，礼貌地站起来打招呼。陈思佳不好意思地道："没事，大家休息吧……我们该走啦！"

楚瑞清见陈思佳朝自己疯狂地招手，这才不紧不慢地走过去。陈思佳将休息室的门关上，从屋里捞出楚瑞清，颇为无语："你怎么老待在这里？这又是什么原因？时刻保持与人民群众的紧密联系？"

节目组只有个别工作人员知道楚瑞清的存在，刚才的舞者都不知情，所以他们对她没有遮掩。这对楚瑞清来说是极为新鲜的体验，自从她在《偶像新秀》上爆红出道，几乎就没有这种做普通人的感受了，还能扎堆聊八卦。

"只是觉得有意思。"楚瑞清想了想，又补充道，"他们甚至连陈老师的片酬都知道。"

陈思佳大为惊愕："他们怎么会知道？这都有保密条例的……"

楚瑞清："可能这就是普通人的智慧。"

楚瑞清都不知道舞者们是如何得知的，但各类小道消息真是什么都有，而且听上去言之凿凿。她觉得接触舞者们，反而能得知明星们在大众心中的形象，跟她平时的感觉不一样。

陈思佳："你们还聊什么啦？该不会私底下讲我的坏话吧？"

楚瑞清摇头，说道："你在组里风评不错。"

陈思佳松了一口气，想了想，便鬼灵精地凑上来，悄声道："那有没有聊袁欣然的片酬？"

楚瑞清看陈思佳满脸好奇，觉得对方可真有胜负欲，便用手比画了个数字。陈思佳见状，心里瞬间舒服起来，脸上也扬起笑容："可以，楚老师的答案让我很满意。"

《新声之光》导师舞台当天，陈思佳排在袁欣然后面表演，她和楚瑞清要从不同台口登场。黑漆漆的后台里，工作人员提醒楚瑞清路线："您按照彩排的路线，到时候等待升降台起来就好……”

楚瑞清点了点头，便听到外面的观众的掌声，看来上一个表演已经结束。她正在候场，恰巧遇到下台的袁欣然。袁欣然今日没有像过去彩排般穿休闲服，而是换上一条裸背晚礼服，目不斜视地从头戴面具的楚瑞清身边经过。

因为后台搭建的过道狭窄阴暗，楚瑞清靠近对方时察觉到什么，正要看向袁欣然，忽闻编导们的催促：“您该准备了。”

“好的。”楚瑞清听到提醒，这才收回思绪，将注意力全部投入接下来的舞台表演中，打算等会儿再去求证。

陈思佳的舞台曲目名叫《月夜杀手》，幽蓝色的灯光下，一轮冷月缓缓地浮现在舞台的大屏幕之上。陈思佳身着黑色长裙，站在寒光中唱响略带悲伤的情歌，在她身后有一面蓝白色的轻薄纱幕，纱幕后则是一名头戴面具的独舞者，看上去朦胧、柔美。

陈思佳的实力早就远超三年前，如今她高音极稳，现场感染力很强，丝毫不逊色于在录音棚的效果。伴随着哀婉的歌声，独舞者在纱幕后影影绰绰地舞动。

因为导师舞台是直播录制，所以网上有实时弹幕，皆是溢美之词。

——水晶少女全是实力者啊呜呜呜，陈老师现在也算得上行走的CD机了，快回归吧！

——现在真是陈老师啦，都做上选秀节目的导师了。

——怎么曲目是《月夜杀手》？我记得这首叫《月夜》。

陈思佳唱完一段，便随着伴奏缓缓地后退。轻薄的纱幕拉起，陈思佳跟楚瑞清背靠背站在一起，跳了一段优美的双人舞。陈思佳完成舞蹈，接着放声歌唱，楚瑞清则背对着观众，踏上升降台。

哀婉柔美的伴奏骤然一停，配器里的鼓点却越来越响，像是变换为另一首曲目。升降台完全升起，台上的人摘掉面具，晃了晃长发，下一秒便随着*Killer*的音乐，献上利落有力的舞蹈！

后台里，袁欣然看着直播画面，奇怪道：“这是摘面具了？排练时没有啊。”

楚瑞清在排练时全程戴面具，从未露出过真容，组里其他人看到环节有出入，自然都满脸好奇。下一刻，屏幕画面便切为楚瑞清的特写，她终于在月色中转过身来，眼眸宛如浸过寒冰，带着几分杀手的残忍与淡漠，重现经典的*Killer*舞台！

《月夜杀手》经过重新编曲，前半段是陈思佳的solo曲《月夜》，后半段则是楚瑞清当年的神级舞台*Killer*。

楚瑞清突如其来的登场瞬间惊翻现场观众，连网友们都被她毫无瑕疵的特写镜头暴击，纷纷化身尖叫鸡！

——天哪天哪天哪！我梦到初四（楚思）CP再同台，这个梦千万不要醒！

——这个伴舞小姐姐长得好像楚三亿？

——我的天！最爱的*Killer*！我不管，四舍五入就算水晶少女今天合体！

——楚瑞清，你也有今天，总是不爱营业，沦为伴舞了吧？

——我有预感这期节目全季点击最高，《新声之光》真是闷声做大事，前期居然都不透露消息！

网友们完全没料到楚瑞清会在节目上亮相，而且前期没有任何宣传消息。粉丝们眼含热泪地闻风而至，万万没想到热爱练剑的小偶像会再度登台，并且水平丝毫不逊于过去！

楚瑞清是不喜欢营业，但不代表她已放松对自身的要求。她对各类烦琐无用的工作兴趣不大，然而练舞、演戏等业务能力从未放下。她不太爱接广告等商业活动，常年在山上磨炼技艺，自然成绩斐然。

楚瑞清刚出道时还不善表情管理，如今在舞台上早已游刃有余，呈现全盛的表演状态。现场观众看着她和陈思佳的默契配合，激动得想要尖叫，却又怕打破氛围。他们最后跟着周围隐藏的团粉们打起call来，有种梦回水晶少女演唱会的感觉。

后台里，其他舞者比观众们更为震惊，看着屏幕满脸问号。有人犹豫地道：“这真是楚瑞清？所以这两周她天天听我们聊八卦？”

楚瑞清平时默不作声，但一到饭点就会准时来休息室听故事，她也不吃盒饭，似乎就是对八卦感兴趣。大家跟她聊得相当随意，谁能想到密实的面具之下，藏着人气顶流的明星？！

“我们没聊她的坏话吧？好像就聊过陈思佳？”

“肯定没聊过她！谁能想到节目组能请到这种咖！”

舞者们都松了一口气，又有点儿怅然若失，愣愣地看着台上。他们总有一种“曾经有个楚瑞清摆在我身边，但我没有好好珍惜”的感觉。

《月夜杀手》表演结束，主持人重新上台，不禁感慨道：“我感觉观众们应该跟我一样，真的太惊讶了，完全没想到会有这种惊喜……”

“节目组好能忍啊，我完全不知道！”主持人好笑道，“我保证彩排时不是这样！”

——何止你惊讶，连我这个粉丝都不知道，微博上刷到消息，在路上开着流量看。

——你们有人看网上最新repo（粉丝观看现场后的报告、感想）吗？楚瑞清卧底伴舞休息室，还天天戴着大面具，完全没人知道她是谁，她每天去听人家唠嗑。哈哈哈，笑死我了，现在伴舞小哥好后悔，当时没找她合照。

——她为啥要去做卧底？

——据说是想听八卦，她不说就光吃瓜，空手套八卦，好狠的圈内人！

——可能她怀念在猴团里叽叽喳喳的感觉吧，周围没点儿声音不适应。

——崽儿，你要是懒得营业，考虑一下转行做营销号也行啊。给我们也爆点儿八卦新闻，别老偷偷自己吃瓜！@水晶少女-楚瑞清。

楚瑞清不但在《新声之光》上突然露面，还跟陈思佳一同宣布重磅消息。她们的合体舞台《月夜杀手》算是一轮预热，公司马上将会筹备水晶少女重组，开始策划回归活动！

两人刚刚在直播上说完，这个消息就将现场观众和网友们炸翻。

如今水晶少女们早就各自发展，而且大部分颇有起色。虽然楚瑞清买下女团的牌子，但网友们只当她是留个念想。谁也没有想到，她居然真打算重组女团。这简直是不可能完成的事情，但楚、陈都已顺利合体，似乎又有一线曙光？

主持人惊讶道：“你们是什么时候产生这个想法的？”

楚瑞清不假思索地道：“三年前。”她得知将要解散的那一刻。

陈思佳笑道：“楚老师抱着这牌子好久，总不能让她做赔本买卖。”

主持人：“所以我们马上就能看到十人回归的水晶少女……”

陈思佳解释道：“我们私下也一直在联络，因为部分成员已经不再进行演艺活动，所以她们可能暂时不会再登上舞台……”

楚瑞清：“这一回不能保证全员，但至少是五人团。”

三年足以发生很多事情，水晶少女们有的成为歌手或演员，有的则选择不同的道路，投身其他事业。何小晶在两年前退圈，出国留学走上学术之路，但她每年都会给团员们寄送明信片。陈珞则转为幕后人员，不再登台表演，而是开始策划自己的项目。大家都摸索到属于自己的方向，朝着梦想缓缓前进，努力抓住幸福。

当然，何小晶和陈珞对不能回归都很遗憾，前者是由于马上毕业搞论文，后者则是项目录制期难以练习，也没有足够的精力参加活动。除此之外，剩下的人都还在圈内活跃，只是有合约的问题。

——真的吗？！但大家的合约不允许吧？新娱能放人？辛媛的粉丝不会骂？

——有什么可骂的？水晶少女里其他人的发展又不差，辛媛不亏啊。

——粉丝宁愿辛媛回归，好歹在团是楚奶全团，在公司是辛奶全公司。

——说着就来气，看看垃圾公司给的资源，还不如回团做万年老二，好歹还有热度蹭！

——真的，我现在看着brj（白苒锦）就烦，在团时才没有那么多糟心事。

楚瑞清和陈思佳在台上刚宣布完女团重组的消息，正准备往台下走，忽闻场内观众席有人大吼一声：“没有秦厂长，算什么女团！”

陈思佳猛地听见喊声，直接吓得愣了愣神，她万万没想到，现场还潜伏着秦菲凡的粉丝。

全场观众哄堂大笑，似乎被勾起久远的记忆，回忆起水晶少女的辉煌期。水晶少女活动的那一年，秦菲凡只差真人出道，红得宛如艺人，天天跟成员们相爱相杀。

楚瑞清还算镇定，没有被吼声惊到，反而看向那名观众，开口道：“你提醒了我……”

“如果秦总还对女团重组感兴趣，欢迎她随时向我投递简历。”楚瑞清突然想起，秦菲凡当年似乎说过可以考虑重组合作，便干脆直接在《新声之光》上喊话。

主持人哭笑不得：“投简历？”

楚瑞清点头，公正地道：“总要看看她这三年带团经验如何，有没有成长。”

她总不能自寻糊路，秦菲凡要是还像以前那样，岂不是会翻车？

现场观众看楚瑞清一本正经、铁面无私的样子，简直要笑到肚子疼，有种回到《我和我的老板》的错觉。

——那完蛋了，秦厂长只能靠走后门，她只会做节目，不会搞女团，简历肯定被刷。

——对、对、对，让秦厂长回来，我们还是爱骂熟悉的人！不用重新想口号！

——非凡耀影倒闭了，秦菲凡外出打工，是吗？

非凡耀影公司内，秦菲凡没有想到，水晶少女宣布重组回归，她却直接被楚瑞清的一句话送上热搜。网友们忆往昔峥嵘岁月，连带对秦菲凡也产生滤镜，怀念起当年刷“非凡耀影倒闭了”的日常，开始期盼她能回来挨骂。

秦菲凡：完全不想要这样的热度，希望可以被遗忘。

后台里，楚瑞清和陈思佳从舞台上下来，可以稍作休息，等待其他嘉宾演出。楚瑞清环顾一圈，没看到袁欣然的身影，朝老室友道：“你不是好奇小鬼？”

陈思佳正穿过黑漆漆的后台，闻言打了个寒战，叫道：“你别在这种环境聊这些！”

因为表演舞台上有明亮的灯光，后台等地方就要压为暗光。陈思佳听到吓人的话题，立刻有点儿担忧地看了看四下，有些害怕。

楚瑞清见周围的工作人员离开，悄声道：“袁欣然身上确实有东西。”

楚瑞清上台前，跟袁欣然擦肩而过的时候，突然感觉到什么。袁欣然平常排练时穿的都是休闲装，楚瑞清还察觉不到这种微妙感，但今天却感应到了。

陈思佳身处阴暗的环境，听到这话只觉得汗毛倒立。她倒吸一口凉气，威胁道：“你要是故意吓我，你可死定了……”

楚瑞清瞟她一眼：“你去跟袁欣然搭话，分散一下她的注意力。”

陈思佳瞪大眼，发出三连问：“你要做什么？万一小鬼咬我呢？为什么要我去？”

“那不是小鬼。”楚瑞清看她脸色惨白，当即打断她可怕的臆想，若有所思地道，“说起来，这事跟你也有缘。”

陈思佳面露不解之色，虽然完全不知自己跟这事有何缘分，但还是遵从楚瑞清的指示，蹑手蹑脚地靠近袁欣然。楚瑞清有些奇怪的本领，陈思佳是知道的，对方肯定不会无的放矢。

陈思佳不放心地道：“你确定不是小鬼吧？”

楚瑞清面无表情地盯着她，似乎有着小小的隐忍和无奈，脸上像写着“现在的年轻人真是一代比一代迷信”。

陈思佳看着对方坚信唯物主义的眼神，莫名不再有紧张感，一边挪动一边嘀咕：“但我跟她聊不来几句的，我们不打起来就算不错了。”

楚瑞清安慰道：“没事，如果她动手，我会帮你的。”

陈思佳：“那我真是谢谢你哦。”

袁欣然同样在后台处休息，仍穿着裸背晚礼服，失去灯光的照耀，莫名显得有些落寞。陈思佳看楚瑞清默默绕到一边，走向袁欣然身后，只能尴尬地上前，搭话道："然姐，你的嗓子好点儿没？"

袁欣然没料到陈思佳会上前嘘寒问暖，脸上显露诧异之色，挑眉道："这真是太阳打西边出来……"

楚瑞清见两人正在闲聊，缓缓释放剑气探查情况。因为她跟袁欣然还有段距离，所以此时只能隔空操作。剑气一闪即逝，只听啪嗒一声，有什么小东西落在地上，袁欣然当即惊呼出声！

陈思佳看袁欣然突然痛苦地弯腰，顿时吓得不轻，忙道："然姐，没事吧？！"

袁欣然缓过神来，摸了摸后背，迟疑地道："我好像被什么扎了一下……"

工作人员听到声音，火速到达现场，生怕袁欣然出现状况，但最终只在她的背上发现细细的红痕，似乎是不知何时划伤的。陈思佳眼见后台里挤满人，索性趁乱逃出人堆。她还没走几步，就看到楚瑞清从地上捡起什么。

陈思佳拉着楚瑞清离开，慌张地道："你刚才做什么了？她还没打我，你怎么就动手？"

"不，我只是发现点儿东西。"楚瑞清沉稳地道，她想要取出这东西，难免要有所动作。

陈思佳好奇地道："什么东西？"

楚瑞清老实地朝陈思佳伸出手，张开手心，露出其真面目。小小的黑虫蜷缩在她的手心里，细细的小脚还时不时颤动。这就是谣言的真相，世上根本没有什么小鬼，但袁欣然身上有只蛊虫。

孙游袭击李天剑和阚和时，楚瑞清曾经见过这种虫，但没想到孙游被抓后，竟然还能见到它。

楚瑞清刚要张嘴解释，打破老室友封建迷信的观念，便见陈思佳勃然大怒。陈思佳强压着尖厉的声音，难以置信道："楚瑞清，你居然还在养虫？你究竟是不是少女偶像？！"

陈思佳看到虫子快要崩溃。她知道楚瑞清养过小蜈蚣，但没想到对方现在依然没改掉此等恶习，还满脸无辜地掏出来给自己看！

楚瑞清对她的惊人音量不太理解，解释道："这不是我养的，是我刚捡的。"

陈思佳看到虫，只觉得浑身不适，又听到对方熊孩子般的发言，气恼地道："你捡虫还有理？你今年都多大啦？！"

楚瑞清：说出来可能会吓死你呢。

片刻后，厌恶虫子的陈思佳终于平复下来，听完来龙去脉，莫名打了个战："这是袁欣然身上的？"

陈思佳想到外表光鲜靓丽的袁欣然身上有虫，总觉得浑身都不舒服。她突然有种熟悉感，道："为什么我觉得这一幕似曾相识？当年你在医院捡到蜈蚣，跟现在的情况好像……"

楚瑞清点了点头，这也是她感到微妙的地方。范彤以前是新娱的经纪人，她的小孩儿的身上却有小蜈蚣；袁欣然曾是新娱的歌手，不但被传养小鬼，身上还有蛊虫。由此类推，李恒翘觉得有人要用小鬼迫害自己，很可能跟她们的遭遇有关。

楚瑞清听了陈思佳的话想起过去，那时她才刚刚下山，误打误撞地认识很多人，也由此开启崭新的旅程。她思及此，眼神微暖，不禁感慨道："所以说你跟这事很有缘。"

陈思佳看她满脸怀念，一时无言以对。

片刻后，她毫不留情地吐槽道："请不要满脸幸福地回忆，我并不想跟虫子有缘！"

陈思佳：请小蜈蚣好好单飞、专心solo，千万别跟同类组团出道，自己受不了虫团！

虽然楚瑞清捡虫是事出有因，但还是给陈思佳造成不小的心理创伤。她回忆起过去的事情，甚至觉得自己以前真大胆，当时怎么会想不开同意让楚瑞清养虫？

节目录制完毕，陈思佳刚刚在停车场见到李天剑，便将楚瑞清推过去，果断地道："这个center还给你，我不要了！"

陈思佳：爸爸不要这种养虫子的小孩儿！还是退回去吧！

李天剑愣了愣。

陈思佳面对李天剑和范彤，立刻大倒苦水，告起状来："她居然捡虫，你们都不知道，她就把虫子递给我看……"

李天剑奇怪地道："还好吧？因为我也带着。"他偶尔会带着小蜈蚣出行，毕竟放在山上让人不放心，小贝师叔笨手笨脚，猴师叔又不能帮忙养虫。

陈思佳惊恐地后退一步。

李天剑思索片刻，解释道：“其实这算是我们的……企业文化？”李天剑不知道该如何解释法宝或法器，只能尽量用世俗化的方式说明。

陈思佳面色惨白：“我觉得合约的事情还要考虑一下，可能无法融入这种企业文化。”

范彤补刀道：“但今天已经正式交接完手续，我们都忙完了。”

陈思佳无言以对。

四人一起上车，楚瑞清看向副驾驶座上的李天剑，询问道：“你带着蜈蚣吗？”

李天剑点了点头，将装有小蜈蚣的容器从包中取出，递给楚瑞清。楚瑞清打开盖子，将今天捡到的蛊虫丢进去，给小蜈蚣加餐。

陈思佳看到熟悉的小蜈蚣，吐槽道：“你们现在是对我以毒攻毒吗？我不会那么容易屈服在你们的企业文化之下的！”

范彤正在开车，不经意瞟到李天剑收起小蜈蚣，诧异地道：“这好像是当年的……”

“范姐，你以前是在新娱工作吧？”楚瑞清想到蛊虫间的联系，自然要咨询当事人，“你当初是怎么中招的？”

小蜈蚣比袁欣然身上的蛊虫要厉害得多，显然范彤当年惹上的事情更大。她原本事业有成，却莫名其妙地辞去新娱的工作，来到没名气的初梦传媒，必然有什么隐情。

范彤沉吟几秒，略微无奈地笑道：“其实在你告诉我之前，我根本不知道孩子身上有蜈蚣……”

李天剑突然跟不上故事进度，面露茫然之色，随即诧异地道：“小蜈蚣也是师父捡来的？”

陈思佳毫无灵魂地点头：“是呢，徒手捉虫，分外英雄。”

李天剑：我就说当年师父怎么会送蜈蚣，枉我一直误会师父的审美！

楚瑞清问起以前的事情，让范彤也陷入回忆。范彤思考片刻，缓缓地道：“其实我当初是不喜欢公司里的氛围，才会想要离职跳槽，说真的那时候李总等人偶尔让人有点儿害怕……”

李天剑："李恒翘吗？"

范彤摇头："不，我工作得比较早，那时候的李总还是你父亲。"

李天剑微微愣了愣，对便宜老爹还在公司时的情况毫无印象，毕竟他那时一直在生病，根本没有离开过京西别墅，也从不跟外界交流。便宜老爹某天病倒后，家族集团的事务才逐渐转移到李恒翘身上，接着祁红霜也跑出来争夺财产。

"该怎么说……可能有钱人都爱信那些吧？就是找大师、看风水、请佛牌……"范彤面露犹豫之色，"后来有人甚至传养小鬼，我当时刚刚怀孕，实在受不了就想辞职。"

范彤初为人母，自然不想待在这种古怪的环境里，有时她都觉得公司里的个别高管及明星有些魔怔。当然，她的离职并不容易，因为她知道太多公司内部的事情，辞职的事被压了好久。她离开后，由于新娱内部某些人的阻挠，也暂时找不到知名公司，最后只能进了初梦传媒。

楚瑞清赞许地点头："做得对，确实应该离封建迷信远一点儿。"范彤果然比陈思佳有科学精神，不会被周围人洗脑。

李天剑好奇地道："所以你也不知道是谁放的蛊虫？"

范彤："不知道，其实要是不说，我都不知道这是蛊虫……"毕竟小蜈蚣的外表没什么特别的，只有楚瑞清等人才能看出它的能力。

李天剑："那你原来有跟公司里的谁结仇吗？"

范彤苦笑道："离职时，我可能把高层得罪遍了吧，毕竟当时做得还可以，前几年同行们都挺回避我，近三年好多了。"

新娱传媒前几年如日中天，似乎到了李恒翘手中才缓缓滑坡。范彤以前被前公司的势力所困扰，因此找不到好工作也正常。

李天剑感慨道："看来李大少也不是一无是处，起码他能把新娱搞垮……"范彤等人也因此不再受压迫。

范彤：总觉得这逻辑哪里不对？

楚瑞清想了想，向李天剑提议道："你联系李恒翘吧。"

李天剑闻言当即有点儿奓毛，又碍于说这话的是楚瑞清，才没有马上拒绝，别扭地道："师父，你该不会想帮他吧？"

楚瑞清："可他都找到你了。"

李天剑的视线飘到一边，他小声地嘀咕道："那也可以不理他，我都斩断尘缘……"

陈思佳好奇地道："什么叫斩断尘缘？楚老师以前好像也说过？"

李天剑看着满脸求教的陈思佳，这才止住话头，感觉车上不是交谈的好地方。陈思佳和范彤毕竟还是山下人，对很多事情仍不知情，不该被牵扯太多。

楚瑞清和李天剑暂时不再提起此话题，等两人回到酒店，李天剑才继续道："如果师父不想出手的话，其实也不用勉强……"

"我倒是没关系，但你不会后悔吗？"楚瑞清望向李天剑，心平气和地道，"你下意识地将厌恶的东西推得越远，很可能陷在其中越深。"

楚瑞清很早以前就发现，徒弟哪里都好，唯有一点没有解开，就是他对自己的原生家庭难以释然。因为天生的血脉亲情曾经重创过他，致使他一度陷入偏激阴郁的状态，好在这几年已经有所缓和。

李天剑在山上跟小贝、猴王相处愉快，似乎在网上也结交到不少志同道合的好朋友。他一改过去死气沉沉的气质，然而一旦碰到李家的事仍会失态，表现出强烈的排斥感。

李天剑："可我已经斩断尘缘……"

楚瑞清："斩断尘缘并不代表对立，而是你彻底放下，能将对方看作普通人。"

真正的斩断尘缘是不再受其影响，既没有深刻的羁绊，也没有纠缠的怨恨。

"当然，如果你还是恨他的话，我们不去也没关系。"楚瑞清看他微微垂眸，也没再拿话逼他。她将该说的说完，剩下的就由李天剑来选择。没人有权力强迫他跟过去和解，但只有他自己放下，才能在修行上更进一步。

如果他能够真正放下，便是豁然开朗；如果他没法接受和解，也能达到阚和的水准。

李天剑沉默片刻，内心极为矛盾，最后还是闷声道："那我联系他……"

楚瑞清眼神微暖，应道："好。"

李天剑一边翻手机，一边嘀咕道："正好趁他还没搞垮新娱，敲诈他一笔……”

楚瑞清：这究竟是放下，还是另一种不和？

李天剑翻完通讯录，突然慌张地挠头：“差点儿忘了，我早就删掉他的号码了……”

李天剑这才发现，他根本没存李恒翘的电话，至于有没有拉黑对方，记忆也不甚清晰。毕竟他们是塑料兄弟情，没有嘘寒问暖的习惯，怪不得上回李恒翘是派人在现场找他。

某高档小区内，李恒翘开门看到背着纸剑的师徒二人，当即面露犹豫之色，眉毛一挑道：“你们是组团来打架的吗？”

李恒翘看着面无表情的师徒俩，只觉得他们的神色是从一个模子里刻出来的。如果非要寻找不同之处，可能楚瑞清是冷漠中夹杂一丝镇定，李天剑是冷漠中夹杂一丝讥讽。

李天剑找管家要来号码，才联系到李大少。李恒翘放两人进来，楚瑞清看清了屋内的全貌。房间内的装修风格简约大气，房子尽管面积不及别墅，但在寸土寸金的繁华市区也价格不菲。

自从三年前的飞剑事件后，李恒翘难得如此近地观察楚瑞清，她的相貌似乎丝毫未变。他抱臂站在一边，质疑道：“你们解决得了吗？”

李天剑听他语气如此不敬，当即十分不爽，吐槽道：“既然你怀疑，当初为什么要找我？”

李恒翘咬牙道：“病急乱投医，我就想试试，不行吗？”

李天剑反唇相讥道：“知道自己病急，还这么嚣张，我看你是真想病死啊。”

熟悉的兄弟斗争又要上演，楚瑞清观察完房间全貌，淡定地道：“问题不大，蛊虫还没上身……”

李天剑见师父马上就要说出办法，当即伸手制止。他抽出备好的文件，公事公办道：“等等！我们还是先谈价格。”

楚瑞清愣了愣，看徒弟准备齐全，索性先收声。

李恒翘挑眉道：“钱我会给的，肯定不会赖账！”

“谁要你的臭钱，还没我们门里的碗贵！”李天剑面露不屑之色，“你先看看这份合约，我们再谈后续的事情。”

李恒翘接过合约，刚读没几行，便认定此合同出自李天剑之手。这完全是不平等的割地赔款条约，绝对是亲弟弟写的，外人都不会如此狠毒。简而言之，李天剑不但要求辛媛回归女团，还盯上了新娱的几个优质资源，甚至非常仔细地写明了项目名称。

李天剑选的全是新娱传媒筹备许久的重头项目，这就是大公司的优势，可以长期储备优秀资源。楚瑞清现在根本不缺钱，她需要的是优质项目和王牌制作班底。

云岭阁公司总经理李天剑：我们要让公司各项业务产生“1+1>2”的效果，驱虫和艺人经纪两手都要抓，双管齐下！

李恒翘当即勃然大怒：“她的发展跟我又没关系，凭什么新娱要给资源？！”

李天剑掷地有声地反问：“你的命跟我又没关系，凭什么我们要帮你？”

李恒翘感觉自己马上要被气炸。

楚瑞清眼看着兄弟俩突然坐在桌前谈判，实在不懂只需两分钟的简单驱虫，为何要开起两小时的动员会议。

楚瑞清独自坐在旁边，整整喝完一壶茶，李天剑和李恒翘才结束吵架。两人达成一致，楚瑞清和李天剑帮忙彻底解决此事，李恒翘则要协调辛媛回归之事，同时牵线搭桥某部重磅古装剧的合作。

李天剑对结果还算满意，虽然只拿下一部古装剧，但该剧名气最大、质量最优，角色也符合师父的形象。这部剧是他的最终目标，其余的资源倒不算重要。李恒翘谈判结束，前往书房拿文件，客厅中仅留下师徒二人。

楚瑞清旁听许久，难免有些好奇：“既然目标只有一部剧，为什么开始要写那么多？”

李天剑最初拿出来的合约，上面列的项目可是密密麻麻的，难怪李恒翘愤愤不已。

李天剑振振有词道：“这是谈判的套路，要是最初报的价刚刚好，他还会再往下砍，索性开始就漫天叫价，现在他才会觉得合适……”

楚瑞清：“但事情不到两分钟就能解决……”

李天剑颇为认真地道：“虽然这事对师父来说很简单，但一码归一码，没有无偿帮忙的道理！”

“这种人才不会感谢别人的帮忙，要是不让他出点儿血，他就会将一切看作理所应当。”李天剑深谙李恒翘的心理，他自大又自负，明明是找人解决问题，人上门后还要质疑对方。虽然师父不在乎这些，但李天剑才不会让他如此舒服。

这种人疑神疑鬼，你要是不收取回报，反而会被对方看低，认为你所付出的没什么大不了。李天剑刚开始不想过来，就是预料到李恒翘讨人厌的态度，但他既然决定放下过去，那就要尝试平静理智地跟厌恶的人相处。

楚瑞清听他一本正经地说完，不禁微微扬眉，调侃道：“嗯，你说得有道理。”她没想到徒弟还挺有自己的行事准则，说得头头是道。

李天剑看她打趣自己，这才觉得自己刚才略微张狂，当着师父的面大放厥词。他莫名有点儿羞赧：“师父……”

“这是你要的东西。”李恒翘从书房中出来，眉毛一挑，不客气地道，“你们最好能把此事彻底解决，不然我……”

李天剑见他出来，没好气地道：“不然你要怎么样？还想打架不成？”

李恒翘本想说“不然我肯定不会善罢甘休”，但看着携带纸剑的师徒俩，又默默地将此话咽回肚子。他觉得面对一打二的困境，忍一时风平浪静。

楚瑞清倒不在乎李恒翘趾高气扬的态度，只想尽快将此事解决，便对李天剑道：“你让它出来吧。”

虽然楚瑞清可以直接捉虫，但她觉得同类克制同类更快，决定放出小蜈蚣。

李天剑愣了愣，随即反应过来。他刚刚取出装有小蜈蚣的器皿，便听到李恒翘压抑而颤抖的声音，对方怒不可遏地道：“你们该不会要让它在我家里乱爬吧？！”

李天剑满脸茫然：“反正你家里本来就有蛊虫在爬，加上它也无所谓吧？”

李恒翘：“这跟合同上写的不一样！我是让你们解决问题，不是让一条虫子解决……”

李天剑面无表情地打开盖子，直接将小蜈蚣放在地上，淡淡地道：“谁管你。”

小蜈蚣刚刚落地，只见李恒翘瞬间消失，他一秒蹿进书房里，狠狠地摔上了房门。

李天剑看着熟悉的画面，愣怔了几秒，随即幸灾乐祸地道：“原来你怕虫啊？”

李天剑：看来自负讨厌的人都有相似之处，在虫子面前毫无抵抗力。

楚瑞清敲了敲地板，向小蜈蚣示意：“干活了。”

小蜈蚣原地转了一圈，立马找到方向，在客厅里高速移动起来。它花费不到一分钟的时间，就将藏匿在各个角落里的蛊虫捉出弄死，为自己加餐。它在外面逛了一圈，最后爬向蛊虫最多的地方——书房，可惜被挡在门口。

李天剑发现小蜈蚣被挡在门外，刚想敲门让李恒翘开门，别打扰小蜈蚣的大扫除工作，就见小蜈蚣聪明地爬向门缝。它艰难地挤进门缝，成功潜入书房，随后引发巨大的骚乱，书房中传来鬼哭狼嚎的声音！

李天剑听到李恒翘的惨叫，当即想要推门看看对方狼狈的样子，无奈书房门居然被锁。楚瑞清看他举着手机蹲在门口，不免诧异地道：“你在做什么？”

李天剑：“我要将这一刻记录下来，作为新铃声！”

楚瑞清无语地望着他。

片刻后，打扫完毕的小蜈蚣从门缝中挤出来，卧到李天剑脚边。李天剑将它收回器皿里，感慨道：“辛苦了，工作时还要听如此不堪的噪声。”

楚瑞清、李天剑和小蜈蚣完成工作，在沙发上休息片刻，才终于看到失魂落魄地走出来的李恒翘。李恒翘脸色极不好看，声音微微颤抖：“我的大衣、文件夹里居然都有虫子……”

李恒翘光想到自己跟这些虫子朝夕相处，便感到一阵恶寒。他完全不知这些虫子藏匿在哪里，以前竟没让自己发现。李恒翘本以为偶尔听到的细小声音是小鬼的脚步，没料到是如此恶心的虫子。他甚至都不想继续住在这里，尤其是小蜈蚣和蛊虫还在书房中战斗过。

李天剑淡淡地道：“这只是你家里，还有公司的部分。”

李恒翘头皮发麻地道：“你什么意思？还要让它到公司里乱爬？！”

李天剑面无表情地道：“不是你说要让我们彻底解决此事？”

李恒翘：我现在严重怀疑自己以后是否还能在公司工作，怕不是得改行。

楚瑞清肯定要去公司，毕竟新娱传媒是辛媛的工作地点，队友在虫堆里工作，自然让人很不放心。李天剑则是发现李恒翘怕虫的弱点，恨不得给对方留下更多心理阴影。

新娱传媒里，辛媛看到楚瑞清和自己的大老板同时出现，感到万分诧异。李恒翘甩下一句同意她回团的话，便仓皇地不知道躲到了何处。李天剑则领着小蜈蚣展开大扫除，倒给女团二人留下闲聊的机会。

辛媛看着面色苍白、匆忙逃走的李恒翘，感到分外奇怪："李总前不久还措辞严厉地拒绝，搞得我为难了好久……"

公司本来答应给辛媛空出档期，让她能够回归水晶少女活动，前不久却突然改变主意，非要给她排一部新戏。辛媛磨了经纪人许久都不见成效，没想到今日向来说一不二的李总居然松口，同意回归一事。

"楚老师，你和李总认识？"辛媛心中有点儿好奇，不过下一秒便兴高采烈地道，"不过这样也好，我可以顺利回团啦！"

楚瑞清空暇时看了看辛媛的化妆室，又确定她身上并无蛊虫，这才松了一口气。她镇定地调侃道："欢迎新娱一姐回归。"

辛媛不满地嘀咕道："连你都跟她们学坏了，我才不想当新娱一姐……"她以前向往过一姐的位置，现在却觉得这位置不好坐，每次工作都要拖家带口的感觉真糟糕。

辛媛都有点儿佩服过去的楚瑞清，偶尔甚至觉得正因为楚老师能心平气和地对待团里的每个人，她们才会相隔许久心仍凝聚在一起。因为楚瑞清不在乎资源或咖位，她们才能毫无顾忌地放下芥蒂，维护着这份情谊。

辛媛平心而论，如果当初是她成为center，她是没法再着手女团回归这件事的。近几年，她也感受到自己跟楚瑞清的不同，她不太愿意带白苒锦，楚瑞清当初却愿意带团员们。水晶少女的center确实该是楚瑞清，尽管最初是由人气选出，但最后她当之无愧。

楚瑞清："做一姐有什么不好？"

辛媛果断地道："当然不好，都没人给我蹭热度！"

楚瑞清顿感语塞。

两人正聊着，化妆室的门却被敲响。李天剑和小蜈蚣工作完毕，向楚瑞清汇报情况，他将藏有蛊虫的地方记录了下来，剩下的就是调查新娱传媒内跟蛊虫有关的人员。

楚瑞清和李天剑可以驱虫，但随意调查他人信息，显然不是他们能够做的事情。师徒俩干脆拿着整理好的资料，作为热心市民，将事情举报给梁局等人，希望他们出面彻查。当然，他们愿意配合梁局等人处理此事，略尽绵薄之力。

办公室内，梁局颇为感慨，脸上溢满和善的笑容，称赞道："哎呀，小楚，我一开始就很看好你，果然你比阚和积极先进得多啊……不但学习班的理论成绩高，甚至知行合一，太令人敬佩！"

楚瑞清可是示范学习班难得的满分毕业生，自然在梁局心中留下深刻的印象。

楚瑞清："您客气了。"

李天剑看着友善交谈的两人，生怕梁局下一句就要发展师父进入组织。他真不知道该吐槽梁局称师父为"小楚"，还是该吐槽对方忘却师父超速罚款的往事，最终只能在旁边当表情微妙的背景板。

因为有梁局等人介入，加上楚瑞清对蛊虫的熟知，事情的解决高效起来。梁局等人先重审孙游，又调查新娱传媒内部跟蛊虫有关的人员，很快就顺藤摸瓜地牵出背后的组织，竟查到过世的李成建身上。

李成建曾暗中资助一批养蛊人，孙游就是其中之一，但这个组织现在早就分崩离析，李成建当时也遭受蛊虫反噬。养蛊人发生内讧，其中一部分人背叛李成建，对他下了毒手。李成建终日打雁，最终被雁啄了眼，实在令人唏嘘。

孙游三年前本要想办法替其续命，没料到出师不利，直接被楚瑞清打翻在地，如今只能唱一首《铁窗泪》。

师徒二人跟随梁局一起审问孙游，李天剑完全没想到此事竟跟生父有关，迟疑地道："那你三年前袭击我们……"

楚瑞清替孙游道："恐怕他是想要取血。"

李天剑："取血？"

孙游没有否认，坦白道："古籍里记载，云岭阁弟子的血在养虫上有妙用，我当时可是盯了阚和好久，才确定他的身份……就是没想到会招来她！"

孙游恨恨地瞪了楚瑞清一眼。他是调查过阚和的战斗力，才决定下手的，哪知道当时会撞上楚瑞清，结果当场翻车。维持生命的蛊虫需要特殊的养料，如今他身陷大牢之中，再也没法出去，索性不再隐瞒，将事实都说了出来。

楚瑞清想了想，询问道："你是怎么学会养蛊的？按道理男人不会做这行。"

孙游面露犹豫之色，动了动嘴唇，最后还是说出真相："我们有一本古籍，上面记载着养蛊术，但并不是人人都能悟透……"

楚瑞清追问道："古籍的原主人是谁？"

孙游："那我怎么会知道？这书在民间流传好久了，早就破破烂烂的了。"

楚瑞清若有所思，既然古籍都流落民间，或许真正的传承人早就消失，不再有当年的苗疆家族。师父的昔日好友及其后代，可能早化为历史的尘埃，消失在光阴的长河中。如果不是当年老友所写的书，孙游等人肯定不会知道血的秘密，因为只有那个人曾做过血和虫的实验。

李天剑跟随楚瑞清出来，见她面色有异，好奇地道："师父，你怎么了？"

"没有，我只是略微感慨，当初盛极一时的家族也会沦落到如此地步。"楚瑞清想到苗疆古籍流落到外人手上，便知师父老友的家族过去的繁华不再，平静地道，"或许有一天水晶少女也会被人遗忘，我们的故事不再被人提起。"

毕竟掌握异术的苗疆家族都会泯灭，更何况繁荣期更短的女团。

李天剑当即反驳道："怎么会？"

楚瑞清看他一眼，镇定地宽慰道："没关系，这是很正常的事，毕竟再过几百年，粉丝也会老去的。"

李天剑小声嘀咕道："但我又不会老去……"他还没被开除粉籍呢。

楚瑞清一脸不解地望向他。

李天剑自知失言，赶紧转换话题："师父是以前跟师祖游历时，知道蛊虫的事情的吗？"

"是，游历也是修行的一种。"楚瑞清点头道，"等最近的事情都过去，我倒可以带你下山四处游历，最好挑不再会被人围堵的时候。"

李天剑想了想，楚瑞清要是想不被粉丝围堵，那岂不是要再等一百年？如果师父火成被时代铭记的艺人，那岂不是一百年都不够？

因为李天剑在和小蜈蚣大扫除时，已记录下详细的可疑人员名单，所以梁局等人的搜查速度很快。李恒翘不知道蛊虫的事情，他和李成建消失后直接受益者是谁显而易见，没过多久祁红霜及叛逃的养蛊人便落网。

梁局等人还收缴了记录苗疆蛊术的古籍，将其完好地保存起来，不再让它面世。这本曾见证盛世兴衰的古籍，也过上属于自己的退休生活。

蛊虫事件结束后，梁局等人考虑到热心市民楚瑞清在行动中的贡献，还考量了其在学习班的出众成绩，决定对她的积极进取进行表彰。梁局要通过宣扬楚瑞清的出色行为，鼓励更多能人异士正确地融入社会，为社会及人民做出贡献。

没过多久，粉丝们便诧异地发现小偶像获得又红又专的官方荣誉，名为“新时代示范学习大使”。尽管没人知道楚瑞清的获奖理由，但他们觉得颁奖单位看上去挺靠谱，只能兴高采烈又满头问号地在微博上庆祝，夸一波偶像的根正苗红。

大卷：“所以这奖到底是怎么拿的？”

莫莫莫睡：“别问，问就是马哲考试第一名，毕竟是马哲书常伴身边的女人。”

除了神奇的奖项外，辛媛的公司发声明表示配合水晶少女回归活动，也给粉丝打了一针强心剂。既然最难配合女团的辛媛都能回团，那就代表水晶少女回归近在咫尺，完全不是梦！

楚瑞清和辛媛领衔主演重磅古装剧的消息，更是炸翻各大平台，瞬间让粉丝过去心目中的毒饼变成大饼。这部古装剧的原著极为有名，但新娱传媒当时的选角颇有争议性，因为他们想要让辛媛和白苒锦共同出演。

原著粉丝对选角大失所望，当时狂撕一波制片方，怒骂新娱只会捧自家演员；辛媛的粉丝同样狂撕一波公司，对其屡屡让辛媛带同事的事情非常不爽，毕竟谁都不想让自家小偶像奶其他艺人。

现在楚瑞清突然空降，再结合新娱松口辛媛回归的事情，众人立马生出疑惑。他们倒不是对楚瑞清出演有异议，而是陷入另一波讨论，究竟是新娱拿辛媛回归要挟楚瑞清出演，还是楚瑞清看不下去救队友于水火之中？

某国内知名八卦论坛也出现这样一座高楼——

主题：理性讨论，大古装究竟是新娱传媒拿剑逼着楚瑞清演，还是楚瑞清拿剑逼着新娱老总要求出演？

一楼：楼主的标题写得好像绕口令啊，但既然你都提到剑了，某偶像比剑还会输吗？

二楼：楚三亿果然是楚三亿，连新娱都能为之屈服！

三楼：辛媛的粉丝不会疯吗？这岂不是一番变二番，楚的咖位肯定比辛大啊。

四楼：粉丝快高兴疯了，我们宁肯被老一姐带飞，也不想自己做一姐带糊咖！

五楼：同样高兴疯了，快让我们蹭热度吧，真的不想再跟同事捆绑！

六楼：双赢局面，辛媛过去被硬推着做女主角招一大波黑，她本来就更适合女二的角色，只是过去被迫带同事而已，如今两全其美。

论坛里本来还有人匿名嘲讽，想要挑起楚瑞清和辛媛的番位之争，无奈两家粉丝根本不上套。楚瑞清的粉丝还算淡定，对偶像的优质资源已经习以为常。辛媛的粉丝简直快要过年，没有比不用拖飞机更高兴的事情了，以楚瑞清在电影票房上的吸金能力，电视剧盘只会更稳。

练习室内，陈思佳望着辛媛，啧啧地感慨起来：“辛有钱真是太有心机了，怪不得给楚老师打钱，这是早有准备啊！想要借机合作出演蹭热度！”

楚瑞清解释道：“其实电视剧是……”

一旁的夏枚立马佯装哭泣，附和道：“明明我也在网上给Daddy反黑，为什么你不来《欢乐嘉年华》让我蹭热度？”

陈思佳：“虚情假意不如真金白银，你现在给她转账，保证解决问题！”

楚瑞清看着戏精的两人，一时陷入无言中。

辛媛惨遭调侃倒不生气，索性也开起玩笑道：“那我可得给几位大佬发红包，不能光蹭楚老师的热度，以后还要蹭你们的呢！”

辛媛在群里豪爽地发起红包，众人当即嘻嘻哈哈地开抢，屋子里弥漫着欢乐的氛围。黑禾握着手机进屋，看着群里的满屏红包，好奇地道：“你们这是还没回归就开始挥金如土啊，中了彩票？”

黑禾留着酷酷的短发，妆容看上去比三年前成熟不少，穿着一件军绿色的大衣。她如今已是颇有名气的女说唱歌手，唱跳舞台更是深受大众肯定。大家平时在线上交流更多，这次回归难得面对面相遇，一时都相当感慨。

夏枚：“帅哥你谁啊？”

辛媛：“帅哥你谁啊？”

陈思佳：“帅哥你谁啊？”

楚瑞清：“帅哥你谁啊？”

黑禾望向楚瑞清，吐槽道：“你跟她们瞎学什么？”

“太势利了，太势利了，老黑只把楚老师放在眼里！”其他三人当即提出不满，又开始新一波蹭热度的话题，调侃起彼此的近况来。

没过多久，除了无法到场的何小晶和陈珞，水晶少女们纷纷抵达练习室。大家多年后难得聚在一起，又是为女团回归做准备，简直有聊不完的话题。

楚瑞清看着周围人欢笑的样子，不由得眼神微暖，提议道：“我们练习吧。”

夏枚闻言摩拳擦掌道：“好不容易回归，可要搞点儿大事情！”

众人怀念完过去，再次将手叠在一起，振奋打气道：“水晶少女，加油！”

这熟悉的喊声听上去莫名让人热血沸腾，她们像是看到曾经的粉海，又像是回忆起过去的舞台。振翅的鸟儿在羽翼丰满后重聚，再一次点亮最初的火炬。

然而现实总是残酷的，打脸比想象中来得还快。

女团的舞蹈视频还没播放几遍，大部分人便陷入茫然状态，仓皇地比画着。夏枚笨手笨脚地努力跟动作，感觉自己刚才好像说错话了。

刘筱白："你怎么看上去比三年前还笨拙？"

夏枚："我做主持人不用跳舞啊！！"

楚瑞清看着七零八落的队伍，有种梦回《偶像新秀》的错觉。万万没想到，阻碍女团回归的不是大家的行程，更不是彼此的感情，而是众人三年来点歪的技能树！

大家都有回归的美好心愿，无奈实力不允许。陈思佳、黑禾等仍活跃在舞台上的歌手还算好，辛媛、夏枚等不再出歌的艺人，已经痛失业务能力，像是傻愣愣的木头人。

楚瑞清好歹是见过世面的人，镇定地拍了拍手，冷静地指挥道："现在分成两队，左边站记住动作的，右边站还没学会的。"

众人看楚瑞清严肃起来，纷纷自觉噤声，熟悉的画面感油然而生。水晶少女们自动分成两队，刘筱白不禁嘀咕道："总觉得类似的话我曾经听过……"

胡茗作为"偶秀"原B班的成员，同样有强烈的熟悉感，小声道："我现在唯恐她下一句就是'你是为自己学，而不是为我学。如果不想练的话，可以离开这个队伍'。"

刘筱白和胡茗默契地对视一眼，她们作为《偶像新秀》原B班的成员，突然又回忆起那些年被衡水班主任楚老师支配的恐惧！

第十六章

荣耀水晶　众望起风云
九九归一　金顶问本心

夏枚如今的感觉就是后悔，非常后悔，当初到底是谁脑门一热，瞬间响应女团回归的号召的？

夏枚仓皇地跟着舞蹈动作，偷偷询问道：“究竟是谁第一个在群里同意回归的？”

刘筱白瞟了她一眼：“不就是你吗？我们的气氛大王！”

夏枚可谓群内的气氛担当，时时刻刻为众人回复、挽尊，奔跑在热络场面的一线上。

夏枚：看来自己这种凡事先举手的综艺习惯，某些时候应该改变。

楚瑞清平时可以跟成员们嘻嘻哈哈，但她对业务能力的要求一直很高。即使身处峨眉山云岭阁时，她每天练完剑仍没忘记练舞，时刻保持着最佳状态，就是为水晶少女的回归做准备。

现在楚瑞清重回教师岗位，教舞片刻，发现成员们的体力不佳，做出了新指示：“我们学完舞做些体能训练？”

成员们：真是完全回归加强版突击班，半分都不让懈怠。

黑禾的舞蹈基础扎实，加上她近三年从未离开过舞台，便带领水平还行的成员们抠舞蹈细节。楚瑞清则有着新工作，就是督促后进生们练习，让她们尽快追上大部队。

夏枚望着面前紧盯自己的楚瑞清，眼神飘忽、压力巨大，更感到手足无措，僵硬得如同生锈的机器人。她当年最初就是C班成员，拼死拼活才冲进A班，如今要重新捡起唱跳能力，着实不太容易。

楚瑞清干脆陪着她练，将动作分解后再教，说道："你跟着我。"

夏枚荣升一对一辅导对象，颇感不好意思，挣扎道："楚老师，我能自己学……"

楚瑞清果断地道："不，你不能。"

夏枚哭笑不得。

柴导带着拍摄团队抵达时，夏枚正满脸麻木地进行练习，宛如高考冲刺期在漫天题海中迷失自我的考生，双目呆滞、眼神迷离。

柴导诧异地道："《欢乐嘉年华》够能毁人的啊！夏枚你才三年就被磨得神志不清啦？"

夏枚当年从水晶少女毕业后，便逐步靠努力成为《欢乐嘉年华》的常驻主持，走上综艺咖的道路，获得不低的国民度。柴导本来就是综艺节目导演，跟《欢乐嘉年华》的团队也熟悉，所以调侃起来毫不客气。

刘筱白站在一旁，同样累得浑身是汗，说出真相："不，《欢乐嘉年华》用三年没有做到，楚老师用三小时做到了。"

楚瑞清仅仅用三小时的课程，就将夏枚磨得犹如砧板上的死鱼，连摆尾的力气都没有了。

水晶少女当然不可能签回非凡耀影，因此云岭阁CEO李天剑出面联络星河视频，决定合作负责女团的回归活动。星河财大气粗，楚瑞清工作室和非凡耀影又都曾受其注资，再度牵线搭桥便很容易。

柴导及其团队来到练习室，便是要拍摄水晶少女的回归纪录片，名为《再回·闪光时刻》。柴导本来就曾目睹水晶少女成团出道，又一手操办团综，如今再来拍回归纪录片是顺理成章的事。他本以为进屋会感受到熟悉的吵闹氛围，但现实和预期似乎不太一样。

练习室内，成员们东倒西歪、死气沉沉，宛如一堆瘪瘪的气球。楚瑞清倒还笔直地坐着，宛如气球堆边立着的打气筒。

柴导看着坐地休息的成员们，扬了扬双臂，调动着气氛：“大家马上就要回归，还不振奋一点儿？”

柴导想要鼓舞水晶少女们打起精神，她们却一边喝水，一边茫然而呆滞地望向他，仿佛被人抽走灵魂。

柴导拧眉道：“你们这三年遭遇了怎样的社会毒打？”居然被摧残成这样。

陈思佳：“不，只是三小时的毒打。”

胡茗：“导演您歇歇吧，我们累了，真的累了……”

柴导振振有词道：“我们总要有个表情好点儿的团队镜头，作为纪录片的开场。”

辛媛：“你们该早到三小时，可惜光阴不等人。”如今的她们已经笑不出来。

柴导没有办法，只能让团队去取练习室录像，翻翻有没有合适的资料。练习室录像机一直开着，完美记录下了女团的经历。她们在三小时内从水晶少女化为水晶死鱼，只需要一堂高强度的练舞课。

柴导最后找到状态最佳的楚瑞清，跟她闲聊起来：“你们练得很猛啊？”

楚瑞清休息片刻，看到难得一见的柴导，下意识地犯起职业病。她当然不会评估柴导在唱跳上的业务能力，只是上下打量一番，平静地道：“柴导好像有点儿亚健康？”

柴导拍了拍肚子，大气地道：“我哪里是亚健康，明明是随时可以去急诊抢救的状态！”

陈思佳吐槽道：“听上去好自豪的样子……”

楚瑞清若有所思，提议道：“那不如跟柴导我们一起进行体能训练，正好休息时间结束了。”

柴导：“啥？”

女团成员们刚刚听到“休息结束”还感到窒息，现在看着茫然无知的柴导，瞬间振奋起来，附和道：“对！柴导跟着来，我们一起练！”

“不用吧，我又不是你们团的，还拍着纪录片呢……”柴导被她们的声音吓了一跳，眼见刚才没精神的众人眼睛一亮，顿感一丝不妙，委婉地想要拒绝。

“胡说！我们在柴导的节目里成团出道，柴导就是水晶少女不可或缺的一分子，是我们重要的编外人员！”

“没错！柴导是不是忘记《偶像新秀》的相伴岁月了？是不是不珍惜咱们的情谊了？是不是要把多年的羁绊亲手撕碎？”

柴导遭水晶少女们团团包围，心想她们舞还没练好，道德绑架倒是一套又一套的，最后竟莫名其妙地被赶鸭子上架。他跟着众人做平板撑，累得额角冒汗，迟疑地道：“不，我只想做个导演，这有必要吗？”

夏枚：“我也只想做个主持人。”

辛媛：“我也只想做个演员。”

夏枚：“但大家一起努力，不是很燃吗？”

辛媛：“不是很燃吗？”

柴导：“不是，但我好像不该跟着你们燃……”

三人正说着，楚瑞清走过来纠正动作，冷静地指导道：“柴导，请不要用肚子撑。”

柴导看着旁边幸灾乐祸、笑瘫在地的摄像师和编导们，不满地抗议道：“为什么他们不用跟着你们练？”

楚瑞清：“他们都有实际工作要做，不太适合加入。”

柴导：潜台词是，身为总导演的我很闲？

水晶少女的回归需要预热，纪录片《再回·闪光时刻》的花絮片段自然也被整理放出，打响宣传的第一炮。练习室惨案遭遇曝光，小偶像们试图重捡业务能力的翻车真相，也引来粉丝们的大声嘲笑。

——不容易，我竟从中看出一丝偶像女团努力再就业的辛酸，找工作难啊！

——秦厂长看到柴导被拖下水跟练，吓得立马订了一张去巴黎的飞机票，生怕轮到自己。

——我以为夏枚在《欢乐嘉年华》里的舞蹈是为综艺搞笑，现在看来，她这三年确实是缺乏楚老师的摔打。

——导演重情重义，居然真跟着练。

——没有，据说柴导第二次就不愿再去练习室，只愿在其他场合出现，理由是感觉肚子被侮辱。

——这种状态真能上回归舞台吗？不会演出完被后辈嘲笑吧？简直费力不讨好。

——请某几家不要挑事哦，粉丝们只要相信她们的选择就好。

水晶少女们的粉丝一片欢声笑语，戏谑地调侃着宛如加入了高考突击班的小偶像们，但其中也不乏浑水摸鱼的人在里面带起节奏。三年足以发生很多事，国内的偶像市场也更新换代，换上崭新的面孔。

当年盛极一时的Reborn男团早已分崩离析，新兴的选秀节目源源不断地推出新团，晃得人眼花缭乱。偶像市场就像秦菲凡奉行的理念一样，偃师们迫不及待地献上崭新的人偶，而人偶们也重复着受追捧、被抛弃、遭遗忘的过程。

水晶少女的饭圈拥有着一种跟外界格格不入的氛围，圈内歌舞升平、众人叫好，圈外人却很难理解水晶少女的回归，甚至极少数人还会排斥。水晶少女重组活动势必会影响新团，难免会引得利益受损者不满。

九儿：“完全不懂为什么sjsn要回归，也不看看团均年龄，都是一帮老阿姨了，还要挡新人的道。”

虾虾跳：“抱歉呢，我们的妹子们都年轻貌美、风华正茂，而且以后就算是阿姨辈照样能跳广场舞炸翻全场，不过恐怕某些新人那时早被大众忘了吧！”

黄猫：“不要理他们啦，一个团的销量还打不过咱团一个人，撕起来都没劲。”

咯咯咕：“不行，本路人看不下去，水晶少女成员们的平均年龄应该才二十多吧，这就算老阿姨？莫非我该进棺材了？！”

虽然大部分水晶少女粉丝较为佛系，但挡不住粉丝群整体庞大，评论区里的内容还是越堆越多。不少人义愤填膺，觉得网友九儿出言不逊。

夏枚趁着练习间隙刷手机，本是想偷偷窥屏纪录片花絮的评价，不经意间瞟到小小的纷争，好奇地道：“对啦，咱们团的平均年龄是多少？谁最小来着？”

陈思佳：“应该都不大吧，楚老师似乎比我还小，平均年龄应该就二十左右……”

楚瑞清万万没想到，自己也会有拖团队后腿的一天，以一人之力提升整个团的平均年龄，做了回彻底的吊车尾。网友九儿恐怕做梦都没有想到，真相远比自己信口胡说的更离奇。

水晶少女重组回归，不但要练舞录歌，还要参加各类宣传活动。成员们拍摄完新曲MV，便一同前往录制《欢乐嘉年华》。这期节目的播出时间正好跟MV问世在同一天，水晶少女也会在节目里献上初舞台。

节目开场后，主持人康清看着女团中间的夏枚，不禁好笑道：“今天夏枚居然是作为嘉宾来的啊，总感觉她站在那里有些奇怪，以前她都在我们这边……”

水晶少女和主持人们分别站在舞台的一侧，夏枚作为《欢乐嘉年华》的常驻主持，平时都站在康清身边。

女主持人调侃道：“夏枚，如果现在让你站到我们这边，你还愿意过来吗？”

这显然是个难题，《欢乐嘉年华》是夏枚如今的重要工作，水晶少女又是她珍惜的团队，场上瞬间有种修罗场的氛围，让她左右为难。

夏枚看看台下的观众，笑道：“嗯……这得问问团粉的意见。”

陈思佳怕夏枚为难，干脆拍拍楚瑞清，提醒道：“问你的意见呢。”

康清颇感有趣：“为什么是问瑞清的意见？”

辛媛补充道：“毕竟她是团粉头子，还是有点儿影响力的……”

忽然被点名的楚瑞清面对全场人的目光，镇定地道：“不好吧。”

康清开玩笑道：“是不是我们现在强行将夏枚拽过来，瑞清就会立马拔剑单挑我们几个……”

楚瑞清安抚道：“当然不会……”

女主持人闻言，还未等楚瑞清说完，当即跳到夏枚身边，拉起对方的胳膊：“那我就把人带走喽！”

楚瑞清平静地补上了后半句：“因为不用拔剑也可以单挑，其实我这回坐飞机把剑落下了。”

楚瑞清此次行程有点儿匆忙，忘记将纸剑塞进包里，实在是她的疏漏。

康清立刻双手抱拳，做出告辞的举动："打扰了，这都达到手中无剑、心中有剑的地步了！你们去抢夏枚吧，到时候真交手，千万别拉我下水！"

场内瞬间爆发欢乐的笑声，然而女主持人仍不依不饶，脸上带笑，继续道："夏枚，你给个准话，跟不跟我走？"

夏枚尴尬地笑道："姐，饶了我吧……"

刘筱白和林小媛对视一眼，都察觉嘻嘻哈哈的夏枚有一丝为难。她似乎不知该如何回应颇有资历的前辈主持人，对方却一直纠缠，似乎非要明确的答案。

楚瑞清看着这一幕，平静地道："其实这个问题不用问。"

女主持人见楚瑞清面无表情，不由得愣了愣。她面对沉稳严肃的楚瑞清，莫名有一丝怯意，下意识地松开夏枚，场上不由得一静。

楚瑞清的威慑力极强，她根本不用提高音量，便能瞬间压住场子，连观众都察觉到气氛的转变。

康清误以为楚瑞清生气，刚要开口圆场，便听她慢条斯理地道："毕竟夏枚想蹭我的热度很久了，今天她好不容易圆梦，怎么会走？"

夏枚刚开始还忧心忡忡，担心楚瑞清跟女主持人起冲突，哪想到楚老师一语惊人，反手就插自己一刀。

"哈哈哈哈哈哈哈！"其他人见状，瞬间发出毫不客气的嘲笑，还开始起哄，"对对对，毕竟夏枚是'楚瑞清之子'！"

陈思佳打趣道："别人啃老都是要钱，夏枚啃老是要热度。"

差点儿僵掉的场面一秒回暖，还显得越发热闹，康清忍不住拍手感慨道："我觉得瑞清的综艺感提高了，她今天可以摆脱团内综艺倒数第一的名号！"

楚瑞清和黑禾是团内外知名的死亡相声组，没有她俩聊不垮的场子，无论对方是谁，都能将聊天引向死亡，堪称综艺感最低二人组。既然楚瑞清今天成功找到综艺感，那倒数第一必然就是黑禾。

胡茗闻言唯恐天下不乱，语调颇带节奏感，就差唱起来："黑禾听到这话，心里很生气，回家通宵一夜，写下反击的beat（音乐节拍）。"

黑禾颇为无语，瞟了胡茗一眼，说道："你干脆跟我学说唱吧。"

现场观众本就多是水晶少女的粉丝，如今看到大型相声女子天团风云再起，在台下开怀大笑。

《欢乐嘉年华》的录制时间很长，成员们很快就迎来中场休息时间，暂时下台回到休息间放松。屋内，陈思佳和刘筱白交换完眼神，无声地相互用手比画，像是在传达什么。

楚瑞清看着她们丰富的肢体动作，好奇地道："你们在做什么？"

陈思佳做贼心虚地瞧瞧周围的人，解释道："我们用手语交流而已。"

楚瑞清："为什么要手语交流？"

刘筱白看她满脸疑惑，不由得挤眉弄眼道："这不是有话不好直说……"

楚瑞清不明白对方的眼神，平静地指出："但你们的手语连猴都看不懂。"如果她和猴王用此等奇怪的手语姿势交流，怕是几百年都说不上一句话。

陈思佳、刘筱白顿感无言以对。

楚瑞清推测她们怕被人收声，提议道："为什么不用手机交流？"非要弄些花里胡哨的形式？

陈思佳："对哦！"

两人这才恍然大悟，她们刚才不过是害怕收音设备没关，被节目组的工作人员听到谈话内容。陈思佳和刘筱白获得好建议，立马在"大型女子广场舞复业天团"群里聊起来。

陈思佳："夏老师现在还好吗？"

辛媛："有被职场老油条吊打吗？"

胡茗："能不能处理好工作上复杂的人际关系？"

夏枚："还好，又不是第一回被刁难，我能那么容易翻车吗？"

林小媛："你不是在他们屋，居然还能回消息？"

夏枚："单手打字，综艺咖必备个人技。"

楚瑞清："你什么时候被刁难了？"

黑禾："……"

刘筱白比黑禾还无语，她都没空在群里发言，直接望向楚瑞清，振振有词道："当然有，我以为楚老师你都看出来了！"

毕竟楚瑞清差点儿当场跟女主持人戗起来，大家都以为她是要替夏枚出头。

楚瑞清："看出什么？"

刘筱白刚想一股脑地说出来，想了想又低下头，开始疯狂打字。

刘筱白："某人可是经常在节目上打压咱家枚枚，楚老师你都不常上网看新闻吗？"

楚瑞清："对。"

刘筱白："……"

刘筱白："那往期节目总要看吧？起码要支持夏小枚的常驻节目，看过你就懂了！"

楚瑞清："我看的是cut版（单人剪辑版）。"

刘筱白："可以可以，专注自家。"

楚瑞清经过群内科普，这才懂得来龙去脉。因为夏枚是《欢乐嘉年华》内资历最浅的主持人，她的到来让女主持人感到地位不稳，自然少不了职场新人的常见冷遇。虽然说不上多过分的刁难，但暗地里的小动作还是有的，例如聚餐不叫夏枚、节目上不给她丢梗等。

男主持人康清还算好，尽量帮助夏枚融入团队，但私下有些事还是心照不宣。

夏枚："无所谓啦，做哪行都会遇到这种事，本来就都是同事，我也不是来交朋友的。"

夏枚在群里开解起其他人，她本来就是奔着《欢乐嘉年华》的平台来的，为自己谋求更好的发展，又不是来交朋友的。同事们处得来就处，处不来就少接触，跟在水晶少女里可不一样。

楚瑞清若有所思，片刻后跟着成员们回到演播室内，继续下半场的节目录制。她们已经换上做游戏的服装，要跟主持人们玩一些击球、障碍物赛跑的游戏。因为算是体育活动，所以少不了磕磕碰碰。

主持人们早就对这些游戏经验丰富，康清本想多给女团一些展示机会，女主持人却率先拿起球来，笑道："夏枚，你可是游戏黑洞，不会带垮你们团吧？"

女主持人非常擅长球类游戏，基本没在嘉宾手里拿到过败绩。夏枚平时在节目上做丑角较多，经常无厘头地搞笑，自然只能走游戏黑洞的人设。长此以往，女主持人就爱在言语间打压一下夏枚的自信，非要坐实她的丑角定位。

女主持人见夏枚只是笑笑，心知对方不敢反驳，便自信地发球击向女团。康清担当裁判，开始进行解说："不错的发球……"

下一秒，楚瑞清面无表情地单手拦截，直接朝着对面的区域一记暴扣！

女主持人听到脚边的巨响，严重怀疑楚瑞清打回来的不是软球，而是什么炮弹！

楚瑞清："抱歉，没想到球那么轻。"

女主持人无语，接下来，她简直遭受楚瑞清单方面的碾压。她擅长什么项目，便能在此受挫到自闭。向来不爱出风头的楚瑞清在场上大放异彩，根本不需要成员们协助，就将对方逼到绝路！

康清看着楚瑞清身后的成员们，她们居然还在津津有味地观赛，宛如起哄的台下观众。他忍不住吐槽道："大家不做点儿什么吗？"楚瑞清在前面单人战斗，你们在后面扎堆看戏？

陈思佳恍然大悟，这才举起手来，发出小学生般的声援："楚瑞清，加油！楚瑞清，加油！"

其他人见状，纷纷跟着呼喊，声音还稀稀拉拉的，连拉拉队都做得不专业。

康清：你们是受雇的移动水军吧？还是五毛钱那种！

女主持人面对来势汹汹的楚瑞清，脸上挂起僵笑，尴尬地道："瑞清，我记得你上回在节目里不是这样的……"

楚瑞清以前也上过《欢乐嘉年华》，过去是为自己的作品宣传，那时玩游戏没这么拼命啊。

楚瑞清："哦，我最近想努力提升综艺感，所以做出了一点改变。"

女主持人心道：可以是可以，但请你别拿我练手！

要不是顾忌楚瑞清的咖位，此时女主持人只想大声咆哮，勇敢地说出自己的心声！

但她不能这么做，谁让楚瑞清是全场咖位最大的，跟好拿捏的夏枚不一样。

几轮游戏过后，女主持人累得浑身是汗，麻木而疲惫地站在台上，竟无力再接任何一句话，宛如彻底断电。她没精力再插话，录制瞬间顺畅起来，就连夏枚都比往日有更多的发挥空间。

陈思佳和刘筱白见状对视一眼，又开始拿出专属的手语，暗暗交流起来。

陈思佳：“冲冠一怒为儿子！”

刘筱白：“孩儿之仇爹来报！”

游戏环节过后，主持人康清也开始最后的采访，要引入水晶少女的新曲初舞台。康清开口道：“我原来听秦总说，当时瑞清是主动找她，想要留下水晶少女……”

康清在业内工作多年，曾跟不少非凡耀影的高层共事，知道这些事的细节不足为奇。水晶少女们倒是颇为惊讶，纷纷看向楚瑞清，毕竟她们是在告别演唱会上得知消息的，实际上不知道其中内幕。

康清好奇地发问：“你当时是出于什么样的考虑，做出这样的决定的？”

这绝对是节目中宣扬团魂的煽情点，康清只等她回答完，就可以顺理成章地切入水晶少女的回归舞台。

楚瑞清思考片刻，坦白道：“当时觉得自己手里拿得出这笔钱，就这么做了……”虽然阚和那时简直是失声痛哭，但她和李天剑还是把他摁住，顺利地取回了存款。

康清：难道不该回答为了团魂，这是突如其来的财力展示？

女团成员们瞬间起哄，陈思佳调侃道：“你听听这是人话吗？！”

康清打趣道：“那要是有人觉得你们更应该分开发展呢？”

“那楚老师就可以这么说……”辛媛立刻惟妙惟肖地模仿楚瑞清，一秒切换到面无表情，“我不要你觉得，我要我觉得。”

楚瑞清哭笑不得。

“哈哈哈哈哈哈哈！”水晶少女们简直笑得花枝乱颤。

大家笑闹过后，康清重新扯回话题，楚瑞清这才答道：“我一直在思考，为什么‘偶秀’当时让我们成团出道……”

“如果真要各自单飞，其实节目结束时就可以，但既然让我们成为女团，或许就该有某种特别的意义。”楚瑞清坦白道，“虽然我很难用语言来描述，但那时我不想这么快结束。”

人与人相遇是神奇的缘分，既然她跟她们能聚在一起，在漫长的光阴中共同留下一段快乐的记忆，便不该那么快消逝。她是跨过岁月的守望者，总是下意识地想将美好留得久一些，在圆满过后再毫无遗憾、郑重其事地告别。

女团成员们看楚瑞清认真作答，神情也柔和下来。她们刚生出感动的情绪，快要微微红了眼圈，又听她补上了一句——

楚瑞清：“当然，我偶尔也会觉得，或许成团这个概念没什么特别的意义，只是秦总当时随手胡来，想一次性骗十个人而已。”

虽然楚瑞清感觉女团必然背负着某种计划或使命，但由于节目策划者是秦菲凡，谁敢保证秦总不是一拍脑门随手定的呢？毕竟普通选秀只看前三，但女团选秀起码能看前十，秦菲凡可以多捞点儿。

刚刚有些感动的成员们顿时无语。

康清：“哈哈哈哈，我会替你转达这话的！”

陈思佳原本还团魂爆棚，此时被楚瑞清无情地击碎，不由得咬牙切齿地道：“有些事看破不说破，还能做朋友！”

现场观众看陈思佳愤愤地去捶楚瑞清，皆哈哈大笑起来。有人还唯恐天下不乱地喊道：“小心硌疼你的手！”

《欢乐嘉年华》的节目流程录制结束，最后便是水晶少女新曲*Remember*（《记住》）的初舞台。节目初舞台和新曲MV会同一天放送，正式宣告水晶少女的回归。

练习室内笨拙僵硬的成员们，如今在舞台上焕然一新。她们眼中闪着光，似乎依稀透着那年的青春，却又添了几分对舞台表演的自信。她们不再是初出茅庐的新人偶像，在成长与磨炼中酝酿出新的韵味，但仍保留着最初的默契。

楚瑞清、陈思佳等没有离开过舞台的成员自不用说，辛媛、夏枚等人也找回当年的实力，在台上绽放得越加肆意。

——水晶少女厉害！恭喜女团再就业成功！

——我真可以看她们唠嗑一整天，不用主持不用剪辑就纯聊，太有趣了。

——桃李春风一杯酒，江湖夜雨十年灯，还好仍能有再会！

——大家太有心机了，在练习室里装不会，上台跳得都那么好！

水晶少女回归专辑的数字销量极佳，几乎是秒速登顶，瞬间完成断层式碾压。她们作为偶像女团在三年前创下天文数字般的销量，如今又再一次将其刷新，推到新高度。这绝对是极为震撼的销量，要知道近几年由于偶像市场的饱和，很难再有如此惊人的数字。

或者说，水晶少女能够重组，本身就是一件惊人的事情。

水晶少女官方微博面对庞大的销量，也在微博上发出声明，表示女团成员为答谢粉丝们的厚爱，将推出新版*Remember* MV作为回馈。目前，成员们已经前往拍摄地，很快就会将新鲜出炉的视频送上。

峨眉山上，困倦的夏枚搂紧厚实的大衣，艰难地向上攀爬，嘀咕道：“究竟是谁提议拍答谢版视频的……”

刘筱白瞟她一眼，毫不客气地道：“难道不是你吗？我们的气氛大王？”

陈思佳遥遥看到金顶，不禁感慨万分：“还真是熟悉的小道啊！”

黑禾：“总感觉今天出来的时间比上回早？”

楚瑞清带头走在前面，解释道：“金顶的日出按照月份的不同，时间也会发生变化，我们不是同一个季节来的，所以日出时间也不同。”

三年前，猴团们曾经结伴在峨眉金顶观看日出，大声喊出自己的目标，并定下五年之约。因为*Remember*的专辑销量远超预期，夏枚便提议录制日出版*Remember*视频，作为答谢粉丝的礼物。

相比睁不开眼的其他人，辛媛简直是兴高采烈，时不时便问道：“我们今天录制完，是不是就可以看猴啦？上次团综我都没来，感觉好遗憾！”

陈思佳：“可惜啦，这回还是有两人缺席……”陈珞和何小晶没法回归，自然也没到峨眉来，只能无奈地在群里异地联络。

胡茗：“没关系，我带着她们的人形立牌，四舍五入就算她们也在现场！”

林小媛看着两手空空的胡茗，好奇地道：“那立牌在哪儿呢？”

胡茗：“我好像忘在云岭阁了。”

因为日出的时间极早，所以水晶少女们前一天从云岭阁搬到山顶酒店，天还没亮就要出门。胡茬发现东西落下，颇为懊恼。

楚瑞清想了想，提议道：“去拿一下吧。”

胡茬面露犹豫之色：“来不及啦，马上就要日出……”

“来得及。”楚瑞清笃定地说完，便朝不远处的李天剑招了招手。

李天剑面露好奇之色，乖乖地凑过来，师徒俩嘀嘀咕咕一阵，不知说些什么。片刻后，李天剑便带着纸剑脱队，借着雾气往山下走去。

胡茬诧异道：“现在缆车还没开吧？他岂不是白跑一趟？”

没过多久，就在胡茬刚刚抵达山顶观看日出的平台时，李天剑便脸不红气不喘地归来，手里还拿着落在云岭阁的人形立牌。他将东西递给胡茬，镇定地道：“拿过来了。”

胡茬满脸茫然，震惊地道：“缆车还没开，你徒步上下山取来的？”

李天剑面不改色心不跳地道：“我走的员工内部通道。”

胡茬恍然大悟：“哦哦哦……”

李天剑离开后，胡茬突然觉得哪里不太对，云岭阁在峨眉山侧峰，金顶位于峨眉主峰，说起来都不算一座山头，他走的哪门子员工通道？

胡茬心情微妙，细思恐极，不敢再琢磨下去。

天朗气清，云雾漫漫，众人站在峨眉金顶之上，俯瞰着洁白的云层，颇有种一览大千世界的错觉。辛媛等人还沉浸在日出前的美景之中，夏枚便调动起气氛来：“好啦好啦，大家都清醒起来，将人形立牌放好，我们马上要开始录制啦！”

刘筱白：“楚老师还没说话呢，你就站出来组织啦？”

夏枚理直气壮地道：“我爸组织和我组织有差别吗？！”

刘筱白上前去掐她的脸，夏枚这才连连求饶：“姐，我错了，对不起……”

日出的那一刻，橙红的金光照亮云层，初生的红日用浓郁的色彩，张扬地铺满世间万物。水晶少女们在第一束光下，重现*Remember*整齐划一的舞蹈。她们没有穿绚丽的舞服，却被太阳镀上一层温暖的微光，看上去比舞台上还要耀眼！

李天剑目睹这美好的一幕，忍不住用相机留下回忆的纪念。楚瑞清是时间的守望者，他也用另一种方式见证着时间。那些青春肆意、欢乐喧嚣的日子犹如经久不歇的初日，尽管他没有亲身参与，但稍一靠近，便能感受到暖暖的阳光。

日出版*Remember*的录制非常顺利，大家唯恐错过日出，几乎是超水平发挥，仅用一遍就完美地达成目标。

夏枚吐槽道："如果最后人形立牌没被风吹到我脸上，我会更满意的……"

胡茬振振有词道："给队友让个镜头怎么啦？有没有团员爱，有没有队友情？刚拍完就计较MV出镜秒数？"

夏枚竟不知怎么回嘴。

众人看着两人互怼，当即兴致勃勃地加入调侃，嘻嘻哈哈起来。楚瑞清看着这一幕眼神微暖，就像过去无数次那样默默地伸出手来，并且再一次得到默契的答复。

她们将手交叠在一起，在日出的微光中，彼此相视一笑。

下一秒，熟悉的喊声响彻上空。

"水晶少女，加油！"

番外一

剑冢幻境露真我
女团峨眉欢乐行

日出版*Remember*录制期间，云岭阁迎来历史最高人流量，水晶少女的到来让山上热闹非凡。猴团等人还好，曾经来过一次，不算太陌生。辛媛等人是头一次来拜访，对周围的一切都感到新奇不已。

因为门内的人员众多，女团成员们索性与小贝一同下厨，大家有说有笑地做着饭菜。等到真正开始用餐，却相当惊险刺激，桌上既有色香味俱全的珍馐美味，又有黑漆漆的奇怪不明物体，两者混杂其间，让人不知如何动筷。

李天剑看着餐盘中宛如黑炭的食材，犹豫地握着筷子，表情微妙："请问这是……"

楚瑞清："她们说是尖椒炒肉。"

李天剑："那么这盘黑的是……"

楚瑞清："她们说是炒豆腐干。"

李天剑茫然地望着两盘一模一样的黑暗料理，左瞧右看，没有找出区别，最后发出来自灵魂深处的疑惑："师父，你是如何区分……这两盘菜的呢？"

李天剑可以拍胸脯保证，两个盘子里的黑色食材看上去毫无差别，连焦煳的程度都如出一辙，更别提看上去都相当坚硬的质地。他根本不知道，楚瑞清作为上菜员，是如何记住它们原本的名字，并且不会混淆的。

楚瑞清："我用剑气试的。"说实话，她看外表也分不出。

李天剑：如今上菜员都只能靠剑气试菜？

李天剑和猴师叔在用餐前加急制作木凳，一人一猴便没参与厨房的事情。他们作为没有下厨的少数派，被水晶少女特邀为评审员，要求他们对各菜品进行点评打分。

少女偶像们亲自下厨，制作充满心意的食物，听上去本是十分美好的事情，可以让无数粉丝心动。然而，李天剑和猴王如今坐在桌前，望着奇怪的各色"美食"，心情复杂。李天剑简直面如菜色，猴王由于有毛遮脸，暂时看不出具体的神情。

楚瑞清作为上菜员，还在每道菜旁边放上小小的名牌，上面有菜品和厨师的名字，搞得像模像样。李天剑环顾一圈，没有发现出自楚瑞清之手的菜品，疑惑地道："师父没有下厨？那也可以来做评审吧。"

楚瑞清："菜都是我切的。"

李天剑恍然大悟："原来如此……"

李天剑想了想，如果备菜环节都是由师父完成，其实她来参与点评似乎很公平。不过他总觉得自己要是说出此话，很有可能被逐出师门，毕竟任谁看到这些菜，都不会有勇气做评审员。

楚瑞清将菜品逐一放好，见徒弟认真地刷起手机，询问道："又有新工作？"

李天剑现在负责楚瑞清和水晶少女的不少事务，自然手机不能离身。久而久之，大家都琢磨出一条规律，一旦他专心致志地看手机，基本上代表水晶少女们接到新工作，又要营业了。

李天剑摇了摇头，老实道："我查一查医院上山急救需要多久……"

楚瑞清看了看桌上的食物，觉得李天剑的举动并非没有必要，安抚道："如果情况很危险，可以让你师祖出关为你扎两针，她的医术很好。"

李天剑："我努力不惊动师祖。"师祖闭关那么长时间，最后出关是为抢救食物中毒的自己，这叫什么事？

紧张的开饭时间终于来临，小贝和水晶少女们都聚到木桌前。她们还特地给评审员们安排贵宾席，在另一张单独的木桌上细致地摆好餐具，甚至用花草加以点缀。李天剑看着与众不同的评审员座位，觉得这跟断头台没有两样。

夏枚兴高采烈地道：“铛铛铛铛——水晶少女首届厨王争霸赛开赛，现在热烈欢迎我们的评审员们入座！”

成员们高兴地鼓掌，将诚挚的眼神投向李天剑和猴王，似乎期盼他们能够落座。李天剑面露犹豫之色，刚想偷偷打量猴师叔的反应，便发现向来安静的猴王突然比画起来，来了一段相当复杂的手语。

虽然李天剑近几年已经能跟猴师叔简单交流，但还真没看懂这段手语的意思，不免有些茫然。猴王见师侄不明白，干脆看向楚瑞清，一边比画着，一边还难得地出声：“嗷……”

众人头一回见猴王如此郑重其事，皆相当惊奇，纷纷看向楚瑞清。楚瑞清镇定地翻译道：“二师弟说自己是国家级保护动物，要遵守景区的规定，不能随便吃人类的食物……”

众人：“啥？！”

李天剑觉得，猴师叔应该是害怕身为国家级保护动物的它被毒死。

水晶少女们听到如此离奇的翻译，竟没感觉哪里不对。陈思佳若有所思，点头道：“对哦，二师兄岂不是只能吃水果……”

刘筱白提出质疑：“那我们现在是评审不够？”

旁边负责纪录片拍摄的柴导忍不住吐槽道：“等等，你们确定这只……不，这位猴刚才想表达的是这个意思吗？”

柴导觉得成员们跟常人的关注点截然不同，猴王还能靠手语比画出高级词汇“国家级保护动物”？这智商得高到什么程度？

李天剑笃定地道：“肯定是这个意思。”即使猴王没有灵智，它如今看到这桌惨不忍睹的菜，估计都会吓得当场开智，用各种手段拒绝品尝。

片刻后，柴导为自己的多嘴多舌，付出惨痛的代价，代替猴王坐上评审员的位置，似乎是上天对他质疑猴王的惩罚。辛媛看着评审席坐满，高兴地数了一遍：“一、二、三……要不要再找人来啊？”

辛媛刚刚将视线投向纪录片团队，便见他们疯狂地摆手逃避，恨不得将头埋进土里，生怕被点名。她没找到合适人员，遗憾地叹了口气，只能就此作罢。

现在，评审席上从左至右分别是李天剑、楚瑞清和柴导。虽然楚瑞清号称自己曾负责切菜，但还是被无情地押上评审席。罪魁祸首们还振振有词道："毕竟是首届大赛，评审里必须有重量级人物，能给我们带来热度！"

楚瑞清无言以对。

小贝接替上菜员的工作，将成员们的作品依次放到桌上。辛媛的作品焦黑似墨，刘筱白的作品鲜艳欲滴。

李天剑望着楚瑞清眼前的黑炭，迟疑地道："师父，我跟你换一下吧……"如果单纯从颜色来看，刘筱白的作品似乎更加正常点儿。

楚瑞清："不，这盘就很好。"

柴导吐槽道："反正桌上这三盘，我们最后都得尝。"

李天剑："我怕刚开始太猛，容易直接让味觉失常。"

柴导无言以对，甚至觉得他说得很有道理。

楚瑞清率先动筷，面不改色地夹起一枚黑炭，随即平静地尝了尝。黑炭表皮焦脆，入口时发出清脆的嘎吱声，听上去像是咬破炸鸡的脆皮。

李天剑甚至都已做好拨打急救电话的准备，但楚瑞清思考片刻，缓缓评价道："还可以。"

李天剑闻言有点儿惊奇，干脆也尝了一枚黑炭，然后成功地收获满嘴煳味，心想：师父的标准真是太低了。

辛媛的作品被评价完，便轮到刘筱白的作品上场。李天剑见面前颜色鲜艳的炒青菜似乎平平无奇，便随手尝了一筷子。食物刚刚落入舌尖，他便瞬间瞪大眼，差点儿失态地一秒吐出，对这可怕的味道毫无准备！

李天剑强忍痛苦地咽下来，楚瑞清看他面色惨白，立刻递上清水，语重心长地道："人不能被外表欺骗。"

大师姐：徒弟还是太天真，不知道越好看的食物越难吃。

李天剑：谁能想到平凡的炒青菜也能有如此大的毒性！

楚瑞清和李天剑好歹不是凡人，勉强撑过评审过程。柴导则比较惨，还没吃完晚饭便直接下场，据闻他后来由于这顿饭暴瘦三公斤，貌似留下深深的心理阴影。

水晶少女首届厨王争霸赛终于顺利落幕，陈思佳凭借一道新鲜爽口的拍黄瓜，成功获得团内厨王的称号。夏枚握着胡萝卜，抑扬顿挫地主持道："现在有请小贝为我们新一任厨王颁奖！”

在众人的欢呼中，小贝把象征厨王的果盘递给陈思佳，陈思佳郑重地接过果盘，还煞有介事地在镜头前合影留念。

鸡飞狗跳的晚饭时间过后，大家便在落日下聚在一起玩纸牌和大富翁。因为人员数量的问题，大富翁局不太好组，连李天剑都被拉来作陪。

刘筱白点了一遍人数，苦恼地道：“勉强凑到四个啊，我还以为能有六个……”除她自己外，桌上还有楚瑞清、陈思佳和李天剑。

李天剑好奇地道：“小贝师叔呢？”

楚瑞清：“她跟夏枚去诈金花了。”曾经的大富翁组合已经散了，夏枚带头到隔壁桌玩牌。

陈思佳显然对夏枚的临场叛变耿耿于怀，不满地道：“我们这桌都是要当大富翁的人，诈什么金花！”

李天剑：“那就叫柴导吧。”毕竟柴导是块砖，哪里需要哪里搬。

柴导刚开始被找上门，吓得大惊失色，以为又要吃饭。他听闻大富翁队伍的来意，颇为无语：“多我一个也没用吧，四人和五人好像没有差别？不都没凑到六人？”

柴导想借此离开，刚刚说完，便见几个红通通的果子从天而降。头顶上的树枝上传来窸窸窣窣的声音，一片黑影落在树干上，正是刚刚成功逃避晚饭的猴王，它似乎才从外面归来。

楚瑞清和猴王对视一眼，翻译道：“二师弟说它愿意帮我们凑个数。”

柴导：你这猴可真行，等我们食物中毒完，回来陪着打牌？

柴导是真不知道楚瑞清和猴王如何交流的，心里突然莫名其妙地蹦出一句歌词——“猴哥猴哥，你真了不得！”

众人将大富翁的图纸铺平，一同围在木桌旁，正式开始游戏。李天剑本还担心猴王不懂规则，但他微微侧头，便见猴师叔像模像样地抓起骰子，跟着众人丢起来。

柴导惊道：“这真是成精了吧？”

陈思佳：“不是说许多大猩猩的智商也很高……”

大富翁游戏开始，由于前期众人没瓜分完地皮，还不算太激烈。虽然猴王学会如何投骰子，但有的东西显然不是懂规则就能解决的，李天剑很快就发现原来猴师叔是“非洲猴”，投骰子的运气差到极点。

片刻后，大家纷纷买地赚钱，只有猴王还眼巴巴地盯着图纸。与此相反，李天剑可能是继承了家族的经商基因，即使是玩大富翁游戏，也能成为地产大亨。

李天剑望向猴王，试探地去拽它手中的游戏纸币，不好意思地道：“猴师叔，该交过路费……”

猴王一脸无措。

虽然李天剑望着猴王茫然失措的眼神，心中有一丝不忍，但游戏就是游戏，要尊重游戏规则。

陈思佳调侃道：“大师姐和二师兄是怎么回事？你们俩算破产师兄弟？”

峨眉派里只有李天剑赚得风生水起，剩下的一人一猴则是全场倒数的水平。猴王当然是垫底，楚瑞清是倒数第二，皆处于破产边缘。云岭阁公司里只有总经理赚到大钱，副经理和人事专员都混得相当凄惨。

刘筱白看着即将破产的猴王，犹豫道：“我们这样是不是对国家级保护动物不太友好？”

柴导：“你非要这么论，那就只能找熊猫跟它玩大富翁了。”

当然，猴王失利的状态并没有持续太久，它似乎很快就发现诀窍，逐步转运。猴王不但飞速积累起钱财，还学会强行占地，熟练地使用起各类道具卡。

刘筱白紧盯着桌子上滚动的骰子，祈祷道：“别、别、别，千万别占我的地！哎呀！”

她话音刚落，小巧的骰子终于停止转动，正是她不愿看到的数字。猴王悠闲地挪动棋子，缓缓放到满意的位置上。

陈思佳诧异地道：“总感觉二师兄变得运气极佳？”

李天剑目睹桌上一扫而过的剑气，心想：那当然，猴师叔为了不给猴族丢脸，玩大富翁都上剑气呢。

李天剑一时不知如何吐槽，猴王对待游戏实在过于认真，居然连剑气都用上。他以前只知楚瑞清会使用剑气，都忘记猴王好歹排门里同辈第二，肯定有些真功夫。李天剑还不会剑气外放，但他天资卓绝，近来已经能渐渐看到隐形的剑气。

陈思佳等普通人自然觉得桌上毫无异状，但只有峨眉派三人能看到微小的剑气拂过骰子。剑气轻易地改变了骰子原本的运行轨迹，使其变成猴王想要的数字。猴王借此成功翻身，颇有一代赌神出老千的架势，当然桌上还有其他人浑水摸鱼。

李天剑面露犹豫之色，望向楚瑞清："师父，这样不好吧……"不要以为他没看到她玩黑吃黑。

楚瑞清故意用剑气打乱猴师叔的骰子，让它给自己交过路费。双方还用剑气隔空展开较量，在热闹的氛围下暗流涌动。楚瑞清没有猴王张扬，都是悄悄使用剑气，而且没搞得很夸张，极符合她低调的作风。

李天剑：虽然用剑气投骰子，听上去就不太低调吧……

楚瑞清听到徒弟的质疑，面不改色地道："你也可以。"

李天剑：这一人一猴欺负我还不会剑气。

虽然陈思佳等人看不到剑气，但她们也不傻，很快就发现场上的异状。陈思佳看着好运连连的峨眉弟子们，狐疑地道："你们该不会出老千吧？"

李天剑身为"欧洲人"，是凭本事丢骰子；楚瑞清还算收敛，不敢过于张扬；猴王比较过分，甚至不会丢几次差的遮掩，很快便招致众人怀疑。因为三人是同门，自然被看作一派，让人觉得有猫儿腻。

陈思佳作为好运的"欧洲人"，向来凭本事投骰子，很快就带着凡人队向修仙队宣战，开始抢夺峨眉派弟子们的土地。李天剑觉得师父、师叔真是不易，两位"非酋（玩游戏时运气很差的人）"居然得靠剑气逆天改命，跟好运的"欧洲人"们展开厮杀！

最终，李天剑凭借微弱的优势代表峨眉派险胜，而楚瑞清和猴王的剑气似乎又在游戏中精进不少。

大富翁之战落幕，猴王刚刚放下棋子，突然察觉什么，探头探脑地向远处张望，紧接着猛地蹿出去。李天剑看它狂奔而去，不由得一惊："猴师叔？！"

柴导嘀咕道："猴哥难道是玩输了生气？"

毕竟任谁都看出来猴王刚才玩得真情实感，莫非它是在人类面前受挫，猴类的自尊心大受打击，所以绝尘而去？

楚瑞清环顾四周，发现周围的桌子上空无一人，干脆站起身四处寻找。她瞧到端着茶壶归来的小贝，询问道："夏枚她们呢？"

小贝愣了愣，赶忙左右查看，奇怪地道："明明刚才还在这里，看你们玩游戏……"

刘筱白："她们好像说是要在周围散步？我刚才恰巧听到几句。"她忙于大富翁，对外界的信息捕捉得也不多。

楚瑞清想了想，周围既能让夏枚等人散步，又能引走二师弟的地方，似乎只有一处。剑冢位于后山，平时基本没有人烟，只偶尔有猴出没，或许猴王是感受到了什么。

楚瑞清安抚其他人在院内坐好，叫上李天剑去剑冢寻人。李天剑听完她的猜测，担忧地道："她们都是普通人，在剑冢里会有危险吗？"

楚瑞清平静地道："剑冢不会伤人，但可能会让她们留下心理阴影。"

剑冢能够照出人心中最恐惧的事情，如果是毫无根骨的人进入，基本不会感受到什么，比较麻烦的是稍有潜质的人。李天剑回想自己的试炼，觉得剑冢的吓人水平跟游乐园里的鬼屋差不多，估计也惹不出大麻烦，顿时放下心来。

两人抵达剑冢时，猴王已经在洞口等待多时。它见他们跟过来，直接穿过呼啸的山风，一头钻进洞里。李天剑看着狂风大作的洞口，竟感到一丝熟悉和怀念。他刚要跟上去，便听楚瑞清道："你在外面等我们吧。"

楚瑞清迟疑了一下，解释道："你入门没多久，可能还会受剑冢影响……"

李天剑进门不过三年多，通过试炼的时间还不算太久。尽管他的剑术突飞猛进，但阅历不及门内其他人，有再次被剑冢迷惑的可能性。

李天剑颇感意外地道："即使通过试炼，仍能看到幻觉？师父进去也是？"

楚瑞清点头。

李天剑好奇地道："那师父以前看到的是什么？"

既然剑冢能让人看到最恐惧的事情，他还挺想知道楚瑞清会怕什么，谁让师父平日看上去没有弱点。

楚瑞清想了想，坦白道："我忘了，毕竟是一百多年前的事……"她甚至记不清上回踏入剑冢的具体时间和原因。

那时剑冢可能连鬼屋的功能都没开发出来吧，李天剑甚至不确定百年前有没有鬼屋。

虽然楚瑞清出言建议，但李天剑还是跟着进入剑冢。楚瑞清见他如此坚持，没再劝阻，只让徒弟小心点儿。李天剑跟在她身后，缓缓踏入剑冢黑暗的窄道，只感觉周围的环境跟过去没什么两样。

李天剑一边用手机照明，一边疑惑地道：“猴师叔去哪儿了？”

楚瑞清：“估计还在里面。”猴王半天没有出来，夏枚等人可能是已经抵达插满长剑的石壁。

窄道内十分安静，完全不似有人来过。李天剑默默地跟着楚瑞清，只感觉自己走过好长一段路。他正不紧不慢地跟着，忽闻身边的人开口道：“其实我最近一直在考虑一件事……”

李天剑好奇地道：“什么事，师父？”

楚瑞清停下脚步回身望向李天剑，坦白道：“我觉得自己做师父还不够格。”

李天剑闻言，立马信誓旦旦地开口，笑着保证道：“怎么会？师父是最好的师父……”

李天剑见师父又开始妄自菲薄，立马要狂吹“彩虹屁”，却又听到她的下一句话。

楚瑞清：“我仔细考虑了一下，我们解除师徒关系吧。”

李天剑脸上的笑容还没完全绽开，就由于这句话当场僵硬。他颇为讶异地望向楚瑞清，愣怔在原地，宛如被丢弃的小狗，神情极为失落。

楚瑞清：“等师父出关后，我会让她收你为徒，或许现在的我还没资格收徒。”

李天剑紧紧地盯着眼前镇定自若的人，沉默许久后，逐渐恢复平静，缓缓憋出一句话：“你再用我师父的脸说话，别怪我揍你哦。”

楚瑞清拧眉道：“你胡说什么……”

李天剑见对方死不承认，不由得啧了一声。他颇有种被冒犯的愤怒，咬牙道：“你这绝对是实实在在的披皮黑了！”

李天剑：别人都是在网络上披皮做黑子，剑冢居然直接在幻境里披皮做黑子，肆意破坏师父的形象！

李天剑刚才没留意，竟被蒙骗了一秒，但他听到对方接下来的话，瞬间断定眼前的人不是师父。楚瑞清才不会随便说这种话，更不会莫名其妙地除他的粉籍，没错，绝对不会！

李天剑绝不承认自己是被踩中痛脚，被猜中最害怕的事情，所以恼羞成怒。他见剑冢幻化出的假“楚瑞清”还不露出真面目，立即气愤地拔出纸剑，打算跟对方较量武力。对方见他认真起来，当即拔腿就跑，朝着洞穴深处奔去，像是落荒而逃。

“别当真嘛，这就是个玩笑，你都通过试炼啦，是不是玩不起？”假货一边逃窜，一边吊儿郎当地说道。

“住嘴！不许用我师父的声音说话！”李天剑看冒牌货还在抹黑楚瑞清的形象，气得想跟对方打一架，更加奋力地追去。

假货一溜烟就消失在黑暗中，李天剑只感觉脚上被绊了一下，差点儿平地摔跤。他刚站稳，就听到楚瑞清熟悉的声音，看到近在咫尺的师父，不禁茫然地四处望了望。

楚瑞清看他睁眼，松了口气：“你醒了。”她刚刚看到徒弟闭目停下，便猜到他进入了幻境，不知道情况如何。

李天剑试探道：“师父？”

楚瑞清点头应声，说道：“我们刚刚进入幻境，好在你醒得快。”

楚瑞清没料到他们还没抵达剑冢深处，便遇到幻化出的幻境，可能是今天洞里来的人多，剑冢待客也很热情。

李天剑摸了摸头，又观察一番眼前的楚瑞清，确定不是冒牌货，才踏实下来。他好奇地道：“师父也看到幻境了？看到了什么？”

楚瑞清：“有人试图灭门，团员们也正好在山上，我却自顾不暇。”

楚瑞清的幻境中，敌人御剑而来，想要剿灭云岭阁夺取门内人的根骨，恰巧水晶少女也在山里，危险便更上一层楼。然而她十分无力，完全没法保护重要的人。

李天剑立刻哑然。他万万没想到，楚瑞清害怕的事情如此血腥而写实。他犹豫道：“那师父是如何识破……”

楚瑞清：“因为我感觉实战时好像应对自如，没有想象中的无力感。”

李天剑不太理解这话，茫然地望着她。

楚瑞清继续解释：“幻境中的敌人剑术太弱，所以我发现是幻境，毕竟按常理这水平根本无法灭门，更不可能将我逼到绝境。”

虽然幻境努力营造出敌人强大而她无计可施的氛围，但她刚一瞟到对方的剑招，便觉得漏洞百出、太不真实。这就像快沉浸在电视剧里的观众看到穿帮镜头，几乎瞬间从幻想世界里清醒过来，感到索然无味。

楚瑞清刚陷入幻境时，本以为世上还有更高的剑招，没想到却都不敌电视剧的五毛特效，不禁有点儿失望。

李天剑见她颇为怅然，好像在惋惜什么，一时陷入无言状态。

李天剑：无敌是多么寂寞，可能这就是强者的世界。

两人顺利地通过幻境，终于在石壁前找到猴王和夏枚等人。夏枚正跟着猴王往外走，看到楚瑞清和李天剑颇为惊喜：“怎么都来啦？”

楚瑞清：“你们没事吧？”

夏枚老实地道：“还好。我们闲逛过来没多久，就被二师兄找到，只是辛媛突然想起自己的姥姥，情绪有点儿激动……”

夏枚等人在云岭阁附近散步，无意中发现剑冢，误以为是工作人员布置的神秘场所，便想进来探索一番。夏枚通过窄道时什么都没发生，进来看到石壁上密密麻麻的古剑，才意识到这里可能是云岭阁的收藏馆。

成员们大多没有事，只有辛媛说她回想起去世的姥姥，难过地哭泣起来。她们安慰辛媛一段时间，便在剑冢里耽误了工夫，直到猴王进来接她们。

楚瑞清看了一眼被胡茬扶着的辛媛，见对方只是眼圈泛红，似乎刚刚哭过，除此外并无大事，便放下心来。

辛媛看众人都担忧地盯着自己，赶忙强挤出一丝笑容，解释道：“我也不知道为什么会突然看到我姥姥，但现在平静下来觉得挺幸运的，我当时没赶上见她最后一面，这回算是弥补小小的遗憾……”

辛媛害怕的是最疼自己的姥姥去世，她当初在外工作，没来得及在老人离世前赶到。她潜意识里不愿接受姥姥离开，剑冢便变幻出离别那一刻的幻境，却又是用另一种方式了却了辛媛的遗憾。

虽然她在幻境中哭得声嘶力竭，但醒来后有一点点满足，起码她又见到慈祥的姥姥。

其他人在剑冢里的反应不大，黑禾等人似乎有些许不同的幻觉，但基本没持续几秒，只有辛媛的幻境最完整。当然，辛媛的幻境也只是模糊的梦境，远没有李天剑的逼真，这代表她还是凡人。她醒来后，也只会当那是一场梦。

众人都平安无事，便结伴往回走。路上，李天剑吐槽道："为什么你们会觉得是工作人员布置的神秘场所？柴导等人是来拍纪录片的，又不是拍综艺。"

剑冢门口确实没有拉起禁止入内的条幅，但水晶少女们见到洞就往里钻的习惯也是够奇特的。

夏枚给出富有综艺感的解释："洞口那么大的风，我们以为里面有鼓风机。"

李天剑：这倒是也符合现代人的思维方式，估计她们以为节目组在这里搞鬼屋吧。

夏枚看李天剑面色古怪，不禁打趣道："难道这里是你们门内的圣地？只要安然无恙地走过就是天选之子？那我岂不是天纵奇才？"

夏枚见峨眉弟子们几乎全来接人了，自然产生无尽遐想，觉得自己渡过难关还毫发无伤，说不定是练武奇才。

楚瑞清再次确认道："你什么事都没有？"

夏枚拍了拍胸膛，保证道："当然，全程非常清醒！"

楚瑞清："恭喜你，那你应该确实没有根骨。"

虽然楚瑞清早就摸过夏枚的骨，但这回越发确信自己的结论，夏枚就是纯粹的普通人。

夏枚：这跟说好的剧本不一样啊？！

番外二

师祖出关世事改
以图取貌黯神伤

水晶少女们离开云岭阁后，重新回到女团的重组活动中来。她们的新曲不但销量极佳，还意外地出圈，由于洗脑魔性的曲风，竟在广大路人中拥有传唱度，不负“大型女子广场舞天团”的美称。

水晶少女凭借回归的优秀成绩，甚至踏上亚洲新星盛典的舞台。她们首次面对各国粉丝表演，成为多年来第一个登上此舞台的国内偶像团，可谓扬眉吐气。

当然，跟随女团活动的楚瑞清在繁忙的工作中，还收到一个惊雷般的消息。

李天剑原本接到阚和的电话，并没有太当回事，但听完事情经过，脸上顿时闪现一丝诧异和茫然之色。李天剑放下电话，仍有点儿发蒙，迟疑地望向楚瑞清：“师父，师祖好像……出关了？”

李天剑：永远活在众人台词里的师祖，终于要出关，迎来正式亮相！

李天剑既有些期待，又有点儿发慌，毕竟是师父的师父，他还真不知道师祖有何等风采。峨眉派弟子性格各不相同，能将他们收入门下的师祖，应该也不是普通人。

楚瑞清闻言愣了愣，没想到师父会突然出关，不禁问道：“阚和在山上？”

李天剑点头：“三师叔最近好像都在山上。”这倒是挺令人意外的事情，毕竟阚和以前可是最爱在外浪的人，经常不在云岭阁。

楚瑞清略一思索，便猜到阚和可能早算出师父出关的日子，这是在提前蹲守。阚和会特意蹲守的原因很简单，师父是山上唯一能替他说话的人，估计他见到出关的师父，少不了阴阳怪气地上眼药。

楚瑞清和李天剑得知消息，很快就订完机票，打算飞回去。两人抵达山脚下，李天剑还有点儿惴惴不安，询问道：“师父，师祖是什么样的人？”

李天剑没有见过师祖，心里自然没有底，楚瑞清的年龄已经成谜，恐怕师祖经历的事情更多。虽然他在回来前挑选了礼物，但完全不知道师祖会不会喜欢。

楚瑞清安抚道：“她没什么架子，你们应该能相处得很好。”

在楚瑞清心里，师父经常像个小孩儿，按道理应该能跟徒弟玩到一起去。

云岭阁内，天朗气清，竹林清幽。两人站在门口，便看到在院子里折纸剑的小贝。小贝见他们归来，绽开笑容：“你们回来得好快。”

“师父呢？”楚瑞清环顾一圈，没有看到其他人，但似乎隐约听到屋内有笑声。

小贝乖乖地道：“师父跟师兄们在玩上回的游戏，就是师姐的朋友们爱玩的那个！”

小贝刚说完，便听见屋内的笑声骤然加大，有人兴奋地喊道：“过路费！过路费！”

李天剑：莫非玩的是大富翁吗?

楚瑞清见小贝独自在外，疑惑地道：“你怎么没加入？”

小贝为难地挠了挠脸，解释道：“我还没学会剑气，又不像三师兄那样会卜算。”

李天剑：果然这帮人（猴）又开始用剑气出老千！

楚瑞清鼓励道：“只要加油修炼，总能坐上桌的。”

李天剑忍不住道：“小贝师叔，这其实就是个游戏……”没必要，真的没必要。

楚瑞清敲了敲门，屋里的笑声渐弱，她这才带着徒弟进门。李天剑老实地跟在后面，偷偷打量屋内的情况，桌边坐着啃果子的猴师叔和冥思苦想的阚和，而桌子的那一头露出师祖白色的衣角。

“阿清回来啦！”

那人看到楚瑞清似乎异常高兴，只见白色的身影一闪而过，有人猛地向楚瑞清飞扑，一把将她紧紧地抱住！

李天剑本来还有点儿紧张地等待师祖的真容，他看到白色的身影，心知这人恐怕就是师祖。紧接着，他抬高的视线便不断向下、向下，总觉得对方的身高哪里不对……

楚瑞清看着面前仅仅及腰的小女孩儿，沉默两秒，开口道：“师父，您怎么变成这样了？”

抱住楚瑞清的分明是个小女孩儿，似乎年纪尚小，个头不算高，满脸稚嫩，穿着门内的练功服，头发懒散地扎成一个独髻。虽然楚瑞清觉得师父偶尔像小孩儿，但也不应该变成真的小孩儿。

楚长安尴尬地挠了挠头，哈哈笑道：“哎呀，修炼时出现点儿岔子，就突然回到孩童时的样子了。”

楚瑞清愣了愣，上前握楚长安的手腕，似乎想要检查一番。楚长安摆摆手道：“没事，过几天就能复原，这就是我的徒孙吧？”

李天剑骤然被点名，赶忙礼貌而乖巧地道：“师祖好。”

虽然李天剑没想到师祖会变成小孩儿的样子，但他仍不敢贸然放松，争取第一面留下较好的印象。楚瑞清介绍道：“师父，这是我的大弟子李天剑，应该跟您说过。”

虽然楚长安闭关许久，但定期会跟门内弟子书信交流，寄信和回信都放在阁楼门口的小竹筒里。

“知道，知道！”楚长安兴奋地上下打量李天剑，感慨道，“阿清的效率就是比我高，这么快就有弟子啦！我得给我徒孙送点儿什么！”

楚长安说完，便在身上仓皇地摸索起来，然而她的簪子和手镯似乎都不适合男孩儿，不禁颇为苦恼。李天剑见状，马上递台阶道：“师祖，没事的，应该我给您送礼……”

李天剑将早先备好的礼物递给楚长安，这才乖乖地退回楚瑞清身边。楚长安见徒孙如此懂事，更感到不好意思，突然想到什么，笑道：“把这个给你好了！”

楚长安取出一枚古朴的铜钱，将其送给李天剑。李天剑当即道谢，懵懂地收下见面礼。旁边的阚和看见铜钱，顿时坐不住了，叫道：“师父，您当初可都不愿送我！”

李天剑不知道铜钱的作用，阚和却是一清二楚的。楚瑞清对卜算毫无兴趣，楚长安自然不会送她与此相关的法宝。阚和眼馋铜钱许久，但向来大方的楚长安迟迟不肯给他，如今却痛快地送给李天剑！

楚长安无奈地道：“哎呀，你跟徒孙争什么嘛！不就是一枚铜钱？！”

猴王还煞有介事地拍了拍阚和的肩膀，似乎也在通过这种方式无声地劝慰他。

阚和：“这才不是一枚铜钱的事！”表面上看跟铜钱有关，实际上却代表着师父的爱。

楚长安：“徒孙年纪还小，你就不能谦让一下……”

阚和：“大师姐也从没让过我！您根本不知道，在您闭关的时候，她和她徒弟联手抢夺我的钱财，简直闻者落泪、见者伤心……”

阚和抓紧时机，立刻大倒苦水，看上去要让师父来评个公道。楚瑞清对他的小人嘴脸见怪不怪。此人每次见到楚长安，就会一哭二闹三上吊，烦得犹如熊孩子。

李天剑可不允许阚和肆意抹黑自己师父，严谨地纠正道：“三师叔，那不叫抢夺钱财，是让我们的门派走上公司化道路，让每个人都拥有股份。”

阚和过去仗着楚瑞清等人不在乎钱财，私藏小金库，自然不能姑息。如今云岭阁公司正式建立，懵懂的猴师叔和小贝师叔也能获得自己应有的资产，李天剑觉得很合理。

楚长安佩服地鼓掌：“哎呀，徒孙真是博闻强识！”

阚和闻言大感受挫，没想到自己的师父这么快就倒戈，变得隔辈亲。他愤愤地瞪了一眼风轻云淡的楚瑞清，她正在慢条斯理地喝茶，全程没对阚和告小状的举动有什么反应。

楚长安对自己的弟子们的微表情瞧得一清二楚，阚和想要推翻楚瑞清的统治，可不是一朝一夕的事情。她从袖中取出一个小瓶子，将其递给楚瑞清，说道：“正好你回来啦，去给小贝换骨吧，她应该晒够太阳了。”

楚瑞清接过小瓶子，打开瓶塞一看，微微愣住：“师父，您该不会是由于这个……”

楚长安：“放心，我确实没事，以后小贝就能下山啦。”

李天剑听着打哑谜般的对话，心里有几分茫然。他倒是知道小贝师叔身体不好，一直没有办法离开云岭阁。小贝每回从陈思佳等人那里听到外面世界的消息，眼神中总会透出憧憬的光彩，却再三推辞水晶少女们的邀约。

而且，小贝师叔从来不会练剑，楚瑞清也不会逼她修炼，这是相当奇怪的事情。楚瑞清可是修炼达人，别人见面打招呼爱说“你吃饭了吗”，她最爱说“你修炼得怎么样”，但她从不对小贝说这话，偶尔还劝对方多休息。

李天剑经历完蛊虫事件，隐隐推测小贝师叔的异常跟根骨有关。云岭阁似乎曾经在这方面翻过车，所以楚瑞清才会格外严厉地督促几人修炼，生怕其他人没有自保能力。

楚瑞清要给小贝换骨，单靠她一个人当然不够，猴王立刻聪明地跟了上去，还拉着闷闷不乐的阚和。阚和被二师兄拉起来，嘀咕道：“可我还不会剑气呢……”

猴王嗷嗷两声，好像说了点儿什么，阚和这才跟上。李天剑见状，觉得三师叔极不靠谱，主动道：“我能做什么吗？”

楚长安宽慰道：“没事，有阿清和阿猴就够啦，阿和也只是帮把手，阿剑你坐着吧！”

李天剑觉得师祖将昵称说得犹如绕口令，他陪楚长安坐在屋内，好奇地道：“师祖，小贝师叔怎么了？”

楚长安微微垂眸，轻轻叹了口气，语气有点儿怅然：“我以前受了骗、犯了错，才导致阿贝变成这样，让她一直没法下山……”

李天剑从她无奈的口吻中读出些故事，便极有眼色地安静下来，这似乎是师祖心中的伤疤。

“不过没关系，现在都好啦，大家仍然在一起！”楚长安并未颓然太久，笑呵呵地道，“而且阿清真厉害，这就拐了个徒弟上山，徒孙也要加油呀，争取骗更多人入门。”

李天剑：“我会努力的。”但这话听上去哪里不对，什么叫“拐”和“骗”？

楚长安面露怀念之色：“想当年阿清还是个小娃娃，如今她也收徒啦……”

李天剑见楚长安回忆起往昔，问道：“师祖收下师父时，她的年纪还不大吗？”

楚长安：“是呢，明明那时个子都没过我的腰，居然沉着地领着我去衙门。”

李天剑满脸茫然：“衙门？”

楚长安无奈地笑道：“我被她当作拍花子的，要送到衙门里去呢，明明是我在战场上捡到她……”

李天剑：“或许师父是想回家，所以那时误会了师祖？”既然楚瑞清当时流落在战场上，肯定还有家人，也许她对陌生人比较警惕。

楚长安哭笑不得地道：“不是的，阿清当时年纪尚小，在战场上磕到头，完全忘记以前的事情了。我捡到她时为她扎了几针，救下她的命，却没能让她找回记忆。不过她都已经失忆，居然还知道把拍花子的往衙门送，看来常识是没忘……”

“我现在都记得，她那天特别镇定，面无表情地牵着我走。衙门的人都向我感慨，从来没见过如此冷静懂事的小女孩儿，也从来没见过像我这般容易被拐的人贩子，还没受害者聪明……”楚长安说着往事，露出怀念的微笑。

李天剑：是呢，师父向来有法律意识，现在都成为示范学习班的优等生了。

李天剑好奇地道：“那师父后来找到家人了吗？”

楚长安摇了摇头：“没有，她连名字都想不起来，我便给她起名叫楚瑞清，随我姓楚。”

李天剑诧异地道：“师父是随师祖的姓？”

楚长安点头：“是呀，阚和和小贝是记得自己的名字，所以才没有姓楚，沿用他们的本名。”

李天剑面露迟疑之色：“那猴师叔的名字是……”

楚长安略一思索道：“嗯，应该叫楚猴？”

李天剑心道：为什么前面要迟疑一下？而且猴师叔居然不姓猴？！

李天剑如遭晴天霹雳，刚想追问师祖收猴王为徒的原因，突然见她神秘兮兮地凑过来，悄声道：“不聊这些啦！对了，徒孙知不知道现在出名的翩翩公子都是谁？”

楚长安看他满脸懵懂，似乎很不开窍，赶忙拍大腿道：“就是貌似潘安、情如宋玉、才比子建的人，当然不用三样都有，其中一项顶尖也行！不过最好是美男子！”

李天剑想到楚瑞清过去对师祖的评价，忽然懂了，难怪师祖当年被扭送去衙门，看上去确实不靠谱。师祖可能不是专拐小孩儿的拍花子，而是拐骗良家民男的人贩子。

楚长安看他神情微妙，感觉自己似乎说错话了，犹豫地道：“你似乎成年了吧？阚和说现在民风开化，我的措辞应该不算露骨？”

李天剑：“不算。”只是跟他想象中的师祖大不一样。

楚长安松了一口气，拍手道：“那就好！徒孙只要给我青年才俊的地址就好，我可以自己登门去看！”

李天剑满脸僵硬，内心矛盾不已，不知该如何作答。他哪里知道帅哥们的地址，而且他也不能随口乱说啊。师祖武功盖世，上门堵人，万一真给师父等人找到师公，那该怎么办？

李天剑纠结良久，终于想到办法，提议道：“师祖，我先教您使用一下现代设备吧。”

楚长安其实对帅哥更感兴趣，但也不忍扫徒孙的兴，便道：“好啊好啊。”

李天剑帮楚长安拆开全新的智能手机，这是他从山下带来的礼物之一。他其实完全不知道如何帮忙找青年才俊，但他想到了别的办法，能够曲线救国。李天剑给楚长安的手机下载了微博，又在某站上找了几个花美男的剪辑视频，简单地教授她使用方法。

李天剑：“基本上就是这些操作，师祖可以先看看。”

“好像很有趣……”楚长安看着某站剪辑师们的作品，颇有兴致，津津有味地看了起来，“这些飘来飘去的字是什么？”

“那是弹幕，您可以屏蔽。”

“‘老公我死了’‘我可以’‘姐可妹亦可’又是什么意思？”

“这是现代人对美好事物的一种赞叹方式。”李天剑一本正经地说道，连他自己都快被这官方的解释蒙混过去，更别说刚拿到手机的师祖了。

楚长安若有所思地点头，开始高兴地上网冲浪，加入网络舔屏大军。

李天剑见状放下心来，他希望男明星们的经纪人给点儿力，短期内千万别让师祖给师父找到师公。

屋外，楚瑞清等人已经给小贝换骨结束。李天剑出来时，看到晃动着胳膊的小贝，发现了一点儿微妙的变化，迟疑地道：“小贝师叔，你这是……”

小贝身上好像隐隐有一层薄薄的气，将她包裹起来。李天剑如今已经能看到剑气，自然马上就注意到不同之处。

楚瑞清开口道：“如今我们这辈还不会剑气的，便只有阚和了。”

猴王点了点头，伸手比画起来，朝着李天剑嗷了一声，像是在表达什么。

李天剑闻言，赶忙道：“猴师叔别开玩笑，我哪里能督促三师叔，我比他晚入门那么多年……”当然，他觉得猴师叔还是很客观的，他的天资肯定比三师叔好，但面上总要客套一下。

楚瑞清颇为赞同：“二师弟说得没错，也许你能比阚和还早习得剑气。”猴王能做门内的二师兄，自然有过猴之处，眼光不会差。

阚和咬牙道：“你们现在是集体排挤我啦，是不是？”

小贝忙打圆场道：“我只是借师父的力量学会剑气，比不上三师兄。”

师兄弟们寒暄完，李天剑便将屋内的事情叙述了一遍，向师父及师叔们寻求建议。他为难地道：“师祖让我去找人，我真要去找吗？”

李天剑觉得他真跑去帮师祖找帅哥，有种助纣为虐、辣手摧花的感觉。

阚和旁听完，不禁翻了个白眼，吐槽道：“又开始了是吗？”

小贝笑着掩嘴：“这就是师父的常态啊。”

楚瑞清淡淡地道：“你不用管她，她总是这样，实际上不敢做什么的。”

李天剑：“是吗？”

楚瑞清：“她只是喜欢美好的事物，但没有摘花的爱好，事到临头还会自己逃跑，我们都习惯了。”

李天剑眨了眨眼，总感觉师父的话里透出巨大的信息量。

阚和啧啧道：“当年师父还引得某个小王爷跑上山想要围剿我们呢，结果他被大师姐打得落花流水、狼狈而去，真是记忆犹新的场面。”

虽然阚和同样经常被打，但他回忆起外人挨打的旧事，便有种幸灾乐祸的感觉。

李天剑：这样听下来，师父好像帮师祖处理过不少风流债。

既然众人都这么说，李天剑索性也将此事抛在脑后，觉得师祖研究手机需要一段时间，说不定长此以往便忘记赏美男的雄心壮志。李天剑万万没想到，尽管师祖的年龄在门中最大，思维却是最新潮的，没过多久就将网络摸得门儿清！

自从李天剑教会她如何使用智能手机，楚长安便感觉自己跟年轻人有了无限的话题。

楚长安：“什么是超级星饭团？什么叫白嫖粉（粉圈用语，指虽然喜欢但没为偶像做过有实质意义的事情的粉丝）？”

李天剑：“您怎么会突然问这个？”

楚长安：“他们说我是白嫖粉，根本不给哥哥们打数据。我需要做什么吗？”

李天剑：“没事，您不算白嫖粉。”因为师祖根本就不能称为粉丝，顶多算是找到好看的墙头，非常博爱。

楚长安似有所悟地点头，继续热火朝天地玩手机。

楚瑞清帮助小贝换完骨，确定对方的身体没有异常，便开始准备下山。毕竟水晶少女仍在活动中，她作为center请假过多，实在不像话。李天剑自然也得跟着楚瑞清下山，处理经纪上的事务。

楚长安听闻消息，兴致勃勃地道：“你们要去京城吗？我也好久没去啦。”

阚和见状，当即道：“那我也要去，师父可以住我那里！”

楚瑞清想了想，不如干脆搞个门派团体游，便询问小贝：“小贝想去吗？”

尽管楚瑞清很想叫上猴王一起，但让二师弟坐飞机去帝都，还是太过分了，只能问问剩下的小贝。

小贝思索片刻，似乎内心有点儿矛盾，不好意思地坦白道："大师姐，其实我心里很想去，以前没法下山时，我特别向往外面，但现在真能外出后，反而觉得下山好累……"

"不但要收拾行李，还要下山坐车，甚至要坐飞机，想想就让人筋疲力尽。"小贝苦恼地挠了挠头，"我也不知道自己怎么了，以前明明很想出去的。"

李天剑简练地总结道："小贝师叔，这种心态叫作'宅'。"难怪小贝师叔长时间无法下山，也没产生任何心理阴影，可能这种生活方式恰巧适合她。

虽然楚瑞清挺期待峨眉派团建之行，但小贝不愿意出门，她也没法强逼门内的行政专员参与活动。最终，楚瑞清、李天剑、楚长安和阚和都买机票外出，小贝和猴王则开心地守着家，在山上相伴打牌。

机舱内，楚瑞清又换上全副武装的黑衣黑帽，安静地窝在角落里，尽量不惹人注意。楚长安坐在她身边，好奇地调侃道："阿清，你怎么穿得像个梁上君子？"

楚长安总觉得大徒弟的打扮相当有趣，像是随时就要飞檐走壁，翻墙潜入别人的宅子。

楚瑞清看了自己师父一眼，平静地道："师父为什么还不恢复原样？"

楚长安仍然是小女孩儿的样貌，明明已经休养得差不多，随时可以变回原来的样子，却似乎对装小孩儿一事突然产生兴趣，迟迟不肯恢复。

楚长安摸了摸下巴，坦诚道："我反思了一下自己的人生，觉得门中会有这么多坎坷之事，跟自己过去的不当行为有脱不开的关系……"

楚瑞清面无表情，淡淡地反问："您是说拈花惹草之事？"

楚长安不满地道："哎呀，这叫什么话？！爱美之心，人皆有之！"

楚瑞清镇定地道："但别人都是爱自己的美，师父总是爱别人的美。"而且都是男性的美。

楚长安不以为然地摆摆手，振振有词道："我觉得，以前总是会惹出事，主要还是我让别人误会了。"

楚瑞清："哦？"

楚长安："我其实就是欣赏对方的才华与相貌，却老被误解为图谋不轨，或者要达到某种少儿不宜的目的。"

天地良心，楚长安没有乱搞男女关系的意思，只是喜欢长得好看的人，没真打算做什么。

楚瑞清："对。"

楚长安："我由此吸取教训，以后干脆保持小孩儿的样貌，这样就能肆无忌惮地欣赏美，同时不会让对方误会！"

楚瑞清："嚯。"

楚长安听着大徒弟的反应，感到一丝丝不对，面色古怪地道："我听徒孙说你是偶像，你不是讲相声的吧？这是你在女团里学的？"

楚瑞清点头："那可不。"她们团兼职讲相声。

楚长安面色悲愤地道："阿清你变了！你对为师好敷衍！"

楚瑞清解释道："她们说要是接不上话，我就可以使用这套话，基本上百试百灵。"

夏枚等人为楚瑞清的综艺感操碎了心，因为她总是让各种场面无端冷掉，所以她们就教会她捧哏话术，专门进行各类聊天的紧急救场。楚瑞清对师父的想法实在无言以对，自然只能祭出自己的王牌。

楚长安愤愤不平："在你的心目中，为师难道是相声里逗哏的吗？！"

楚瑞清诚实地道："如果单纯论幽默程度，师父说的话与逗哏差不多。"

楚长安义愤填膺地道："这叫什么话？为师可是很有原则，打算做出改变……"

"您好，打扰一下，请问是您需要毛毯吗？"旁边的空乘小哥温和地开口，礼貌地询问道。

楚长安看到英俊有礼的空乘一秒变脸，佯装乖巧、语气似蜜："哥哥你长得真好看。"

空乘小哥只当楚长安是小女孩儿，亲和地笑道："谢谢你。"

楚长安："我可以要你的电话吗？"

空乘小哥柔和地道："小朋友，飞机上不能打电话，你要尽快关机哦。"

楚瑞清陷入深思，看着装嫩的师父，一度想要大逆不道地将对方丢下飞机，让楚长安御剑去帝都。

空乘小哥离开后，楚瑞清问道："师父，从鸿雁传书到直接要电话，这就是您做出的改变？"

楚长安尴尬地笑道："哈哈哈，不好意思，这真是为师的本能反应，这是个误会……"

楚瑞清提醒道："师父，现在的衙门比当年厉害，这样真的会被抓。"她并不想遇到楚长安非礼良家民男，最后叫她去局子里捞人的事情。

楚长安诧异地道："我在网上搜了搜，不是说不满十四周岁不承担刑事责任？"

楚瑞清算是知道阚和投机取巧的行事风格是随谁了。

楚长安在大徒弟的死亡凝视下，赶忙保证道："为师就是个普通人，肯定不会挑战法律法规！"

另一边，李天剑和阚和坐在一起，两人本相看两相厌，但阚和今日不得不跟李天剑搭话。李天剑本来想坐着处理些工作，突然感觉自己被碰了碰，诧异地扭头看了眼阚和，却见对方将头转向旁边。

李天剑感到莫名其妙，干脆离阚和远一点儿，低头继续工作，没过多久却又被撞了下胳膊。李天剑挑眉道："三师叔有事吗？"

阚和悄声道："你带铜钱没？"

李天剑："什么？"

阚和："师父给你的铜钱，你带在身上没？"

李天剑："在行李里。"

阚和仰了仰下巴，趾高气扬地道："你开个价吧，多少钱卖我？"

李天剑镇定地开口："三师叔，恐怕你没有搞清楚一件事，现在你的工资是由我开。"

李天剑：区区一个副总，还对着我这个正总耍威风？

阚和气恼地道："你又不会卜算，要那铜钱有何用？！"

李天剑："我可以学。"

阚和冷笑道："大师姐可不会这些，你要是真想学，就该明白要讨好谁。"

阚和眉飞色舞，就差脸上写着“求我的话，我可以大发慈悲地教教你”。

李天剑见他神气活现，点头道：“对，所以我打算带师祖去看男团演唱会，或许她老人家心情一好，愿意教我一点儿。”

阚和差点儿忘记师父已经出关，山上不是只有他会卜算。

阚和：“什么男团演唱会？你可不要搞事情，要是真弄回‘师娘’来，大师姐能打断你的腿！”

李天剑对三师叔的絮絮叨叨充耳不闻。他当然不会带楚长安追男团，不过是随口一说而已。毕竟他是师父的毒唯粉，绝不为其他偶像贡献销量。

虽然李天剑想得很好，但意外总是层出不穷。楚长安得知水晶少女的工作行程后，产生无穷的好奇心，想要去后台探班，四处看一看。当然，李天剑仔细检查女团录制当天的嘉宾后，发现原来录制现场还有其他小鲜肉做嘉宾，正是楚长安的新晋墙头，难怪她会感兴趣。

楚瑞清没有拒绝楚长安，正巧水晶少女们得知峨眉派有人来帝都，纷纷提出要尽地主之谊，这倒是双方认识的好机会。

录制当天的后台里，水晶少女们望着楚长安，皆感慨不已，陈思佳惊叹道：“这真是楚老师的师父吗？”

毕竟楚长安看上去完全是个小女孩儿，外表根本没有杀伤力的样子，而且年纪差得有点儿多。大家本以为楚长安是楚瑞清的妹妹，却没料到这是师父级别的人物。她们不禁觉得云岭阁越发神秘，莫非门里是按功力论资排辈？

楚长安大大方方地道：“你们好啊。”

水晶少女们见楚长安外向可爱，干脆跟着楚瑞清乱喊，应声道：“师父好！”

楚长安扭头看向楚瑞清，笑道：“你的小朋友们都很有礼貌嘛。”

陈思佳等人看楚长安人小鬼大的样子，更觉得她俏皮有趣，不禁笑出声来，拿出零食招待。楚长安来者不拒，不但开心地吃起甜点，还暗暗地询问：“其他嘉宾也在这里吗？”

辛媛轻声道：“别的嘉宾跟我们不在同一个休息室里，不过待会儿就能看到啦。”

楚长安：“谢谢姐姐！”

楚瑞清看着装小孩儿的师父，只感到一阵心累，希望此人别再抹黑小朋友的形象，能尽快恢复原貌。

夏枚对楚长安最感兴趣，远远打量许久，最后若有所思地道："如果我是个娱记，并且不知道楚老师的真实性格，现在就可以乱写了。"

刘筱白好奇地道："比如呢？"

夏枚："'楚瑞清隐婚生子，带孩子探班水晶少女'，话题绝对能上热搜！"

楚瑞清客观而冷静地道："如果非要说'隐婚生子'，我目前只有你这一个孩子。"如果人真的能选择小孩儿的性格，她宁愿要夏枚，也不要楚长安。

陈思佳闻言，简直当场爆笑："哈哈哈哈哈，夏枚万万没想到，居然能把自己绕进去！果然人生处处皆是坑！"

刘筱白拍了拍夏枚的肩膀，补刀道："放心吧，你爸只有你这个不孝子。"

夏枚哭笑不得。

片刻后，楚长安最期待的环节终于到了，水晶少女要进入棚里录制节目，而楚长安可以在场中近距离观看。楚瑞清要上台，自然无暇顾及探班的师父。李天剑担心师祖不适应节目流程，干脆全程陪同，跟她一起站在旁边看节目。

节目开场时，楚长安兴奋不已，但随着嘉宾们逐渐入场，她的笑容逐渐退去，变得冷静下来。男团鲜肉们正式上台，楚长安便失望地长叹一声，似乎相当唏嘘。

师祖会有此等复杂的神情变化，倒是让李天剑颇感诧异。毕竟楚长安在山上每天激动舔屏，如今在现场只差跟小鲜肉面对面，却表现得如此平静，实在是出人意料。

节目录制的休息时间，李天剑看着略显颓丧的师祖，略显茫然地问道："师祖，您怎么了？"

楚长安困惑而无奈地道："他们怎么跟照片上长得不一样啊？"

李天剑诧异地道："有吗？"

楚长安："当然有！照片上的相貌明明毫无瑕疵，但真人并不是那样！”

李天剑突然明白师祖的受骗感，他完全忘却在师祖的年代，根本没有美颜相机和高清修图，对方自然不知道“照骗”的存在。

虽然楚长安将手机玩得贼溜，但她还是不小心翻了船，遭受新时代的毒打，被相机滤镜蒙蔽了双眼。

李天剑试探地道：“师祖，您知道世界上帅哥美女最多的地方是哪儿吗？”

楚长安瞬间产生兴趣，追问道：“是哪儿？”

李天剑：“网上。”

楚长安无言以对，心道：你们这些美颜诈骗犯，放在古代都是要进衙门的！